Le venin

ERICA SPINDLER

Le venin

Jade

Titre original :
CAUSE FOR ALARM
publié par MIRA®

Traduction française de LOUISE ACHARD

Jade® est une marque déposée par le groupe Harlequin

Photos de couverture
Femme : © BEAUTYARCHIVE / JUPITER IMAGES
Serpent : © JERRY YOUNG / GETTY IMAGES

83-85, boulevard Vincent-Auriol 75646 PARIS CEDEX 13.
ISBN 978-2-2800-3991-8 — ISSN 1773-7192

Pour mes fils

Prologue

Washington D.C., 1998

Le quartier branché de Washington dormait. Dans la rue faiblement éclairée par les réverbères et la lune aux trois quarts pleine, pas une lumière ne brillait aux fenêtres des demeures cossues. C'était une nuit glacée de novembre. Une odeur de moisissure et de feuilles mortes flottait dans l'air humide.

L'hiver était arrivé.

John Powers gravit les quelques marches conduisant à la porte de son ancienne maîtresse. Il se déplaçait comme un homme animé d'une intention bien précise mais soucieux de ne pas se faire remarquer. Entièrement vêtu de noir, il se fondait parmi les ombres, tel un spectre dans la nuit.

Au sommet du perron, il s'accroupit pour récupérer la clé cachée sous la jardinière de pierre située à droite de l'entrée. Au printemps et en été, celle-ci débordait de bouquets multicolores au parfum délicat. En cette saison, les fleurs y étaient mortes, leurs tiges et leurs feuilles noircies et ratatinées par le gel. A l'image de tout ce qui vit sur terre, elles avaient connu le destin inéluctable de naître et de mourir.

John engagea la clé dans la serrure et la fit tourner. Le pêne sortit sans bruit de la gâche ; John poussa le battant et pénétra dans l'entrée. Facile. Trop facile. Compte tenu du nombre d'hommes — un véritable défilé — qui avaient franchi cette porte durant des années en utilisant cette clé, toujours cachée au même endroit, Sylvia aurait dû se montrer plus prudente.

Mais, à vrai dire, prévoyance et circonspection n'avaient jamais été le fort de Sylvia Starr.

John referma doucement derrière lui, s'arrêtant un moment pour écouter ; cette brève pause lui permettrait de vérifier combien de personnes se trouvaient dans la maison, si elles dormaient et à quel endroit. De la salle à manger, sur sa gauche, lui parvenait le tic-tac régulier de la pendule ancienne posée sur la cheminée ; de la chambre, en face, le ronflement sonore d'un homme profondément endormi, un homme qui avait sans doute trop bu et n'était plus assez jeune pour passer la soirée avec une femme aussi dynamique et enthousiaste que Sylvia.

Tant pis pour le bougre. Il aurait mieux fait de rentrer chez lui retrouver sa grasse et non moins fidèle épouse, ainsi que leurs enfants au physique bovin. Pour s'être trouvé au mauvais endroit au mauvais moment, il allait être victime de sa malchance.

John marcha vers la chambre en sortant son arme, dissimulée sous la ceinture du jean. Le revolver — un calibre 22, semi-automatique — n'était ni élégant ni puissant mais petit, léger, maniable et parfaitement efficace. John l'avait acheté d'occasion, comme tous les autres ; cette nuit, l'arme achèverait sa carrière dans les eaux sombres du Potomac.

Il entra dans la chambre de Sylvia. Le couple dormait côte à côte. Draps et couvertures en bataille s'enroulaient autour de leurs jambes, ne couvrant leurs corps qu'à demi. Le clair de lune qui baignait le lit soulignait les contours d'un sein rond, d'une blancheur laiteuse.

John s'avança du côté où l'homme était étendu. Il appuya le canon de son arme sur le torse du dormeur, au niveau du cœur. Ce contact direct présentait deux avantages : il assourdirait le bruit du coup de feu et permettrait à John de tuer rapidement et sans bavure. Un professionnel ne prenait jamais aucun risque.

John appuya sur la détente. Les yeux de l'homme s'ouvrirent brusquement comme des soucoupes, prêts à jaillir de leurs orbites, et son corps se contorsionna violemment sous l'impact de la balle. Suffoquant, il chercha sa respiration en émettant un étrange gargouillis — des borborygmes produits par un mélange de liquide et d'oxygène.

Sylvia se réveilla en sursaut. Tant bien que mal, elle se redressa en position assise sans chercher à remonter le drap qui resta à ses pieds.

L'inconnu déjà oublié, John reporta son attention sur elle.

— Bonsoir, Sylvia.

Avec de petits glapissements de terreur, elle recula insensiblement jusqu'à la tête du lit et y plaqua son dos nu. Son regard affolé allait de John à son compagnon qui agonisait, son corps en sang secoué de soubresauts.

— Tu sais pourquoi je suis là, murmura John. Où est-elle, Syl ?

Sylvia remua les lèvres sans parvenir à émettre un son. Elle paraissait sur le point de sombrer dans l'hystérie. Avec un soupir, John fit le tour du lit et s'arrêta auprès d'elle.

— Allons, chérie, reprends ton sang-froid. C'est moi qu'il faut regarder, pas lui.

Il lui souleva le menton, l'obligeant à le regarder.

— Voyons, mon cœur, tu sais bien que je ne pourrais te faire aucun mal. Où est Julianna ?

En entendant le nom de sa fille de dix-neuf ans, Sylvia eut un nouveau mouvement de recul. Elle jeta un coup d'œil sur son compagnon, à présent immobile et silencieux, puis revint à John en s'efforçant de se dominer.

— Je… je sais… tout.

— Tant mieux.

Il s'assit sur le lit à côté d'elle.

— Tu comprends donc combien il est important que je la retrouve.

Sylvia se mit à trembler si fort que le lit en fut ébranlé. Elle porta une main à sa bouche.

— A… à quel âge, John ? Quel âge avait-elle quand tu as commencé à quitter mon lit pour le sien ?

Il haussa les sourcils, surpris de son indignation. Puis il eut un sourire cynique.

— Eprouverais-tu soudain un semblant d'instinct maternel ? Après tout, cela ne te déplaisait pas de nous voir ensemble, elle et moi ? De laisser ton amant jouer au papa modèle ? Tu étais trop contente que je m'occupe d'elle pendant que tu t'amusais librement, n'est-ce pas ?

— Espèce de salaud !

Elle saisit le drap et le serra contre elle.

— Je n'aurais jamais imaginé que tu la souillerais ; que… que tu abuserais de ma confiance et…

— Tu es une putain, dit-il simplement, lui coupant la parole. Tu ne t'es jamais intéressée qu'aux réceptions où tu rencontrais des hommes et aux babioles qu'ils pourraient t'offrir. Julianna n'était rien d'autre à tes yeux qu'un petit animal de compagnie, un bibelot parmi d'autres, un moyen de te procurer un semblant de respectabilité.

Sylvia se jeta sur lui, toutes griffes dehors. Il la repoussa aisément d'un coup de poing sur le nez qui envoya sa tête cogner contre le bois du lit, l'assommant à demi. Il posa le canon du revolver sous son menton et l'appuya contre la veine gonflée où le sang battait de façon désordonnée.

— Entre ta fille et moi, ce n'est pas une simple histoire de cul, Sylvia. Notre relation n'est pas si triviale, bien que tu ne sois probablement pas en mesure de comprendre. Je lui ai tout appris de la vie.

Il se pencha sur elle. Il sentait l'odeur de sa peur, mêlée à celle du sang et d'autres fluides corporels, bassement organiques mais très vivaces ; il entendait sa terreur dans les halètements qui faisaient palpiter ses lèvres.

— Je lui ai enseigné ce qu'est l'amour, la loyauté et la docilité ; je lui ai donné des notions de responsabilité, expliqué les obligations qui découlent des engagements. Je suis tout pour elle : père, ami, mentor, amant. Elle m'appartient, depuis toujours.

Il serra plus fermement le revolver dans sa main.

— Je veux qu'elle me revienne, Sylvia. Dis-moi où elle est, tout de suite. Qu'as-tu fait d'elle ? Parle.

— Rien, répondit-elle dans un souffle. Elle… est partie toute seule. Elle… elle…

Malgré elle, son regard se posa de nouveau sur le cadavre étendu près d'elle dans une flaque de sang qui s'élargissait à vue d'œil. La tache écarlate atteignait à présent le couvre-lit de satin. La voix de Sylvia se brisa dans un hoquet irrépressible.

De sa main libre, John la saisit par les cheveux et fit pivoter sa tête vers lui.

— Regarde-moi, Sylvia. Ne regarde rien d'autre. Où est-elle partie ?

— Je… je ne sais pas. Je…

Sans lâcher ses cheveux, il se mit à la secouer.

— Je t'ai demandé : où ?

Sylvia émit soudain un gloussement aigu, un rire de démente, totalement déplacé. Elle porta la main à sa bouche comme pour réprimer son hilarité, mais son fou rire reprit de plus belle.

— Elle est venue me voir…, dit-elle entre deux spasmes ; tu voulais la faire avorter. Je lui ai dit… que tu étais… un monstre. Un tueur de sang-froid, un assassin sans âme. Elle ne me croyait pas, alors j'ai demandé à Clark.

Inexplicablement — compte tenu de sa situation —, son rire se fit triomphant.

— Il lui a montré des photos de tes exploits. Des preuves, John. Des *preuves*.

John se figea brusquement. Sa fureur maîtrisée, glaciale, n'en était que plus terrifiante. Clark Russel, l'éternel râleur de la CIA, son ancien compagnon d'armes et l'un des amants de Sylvia. Un homme qui en savait trop long sur le compte de John Powers.

Clark Russel était un homme mort.

John se pencha vers Sylvia, lui souleva le menton du bout de son revolver, l'obligeant à renverser la tête.

— Clark acceptant de dévoiler une information classée top secret ? Tu es sans doute meilleure baiseuse que je ne l'aurais cru.

Il plissa les yeux, les paumes soudain moites, le cœur battant à toute allure.

— Tu n'aurais pas dû, Sylvia. Tu as commis une erreur.

— Va au diable ! répondit-elle dans un cri. Tu ne la trouveras pas. Je lui ai dit de s'enfuir, le plus vite et le plus loin possible... pour sauver sa vie et celle de son enfant. Tu ne la retrouveras jamais. Jamais !

Une brève seconde, il envisagea l'horreur d'une telle éventualité, puis se mit à rire.

— Bien sûr que si, Sylvia. C'est mon métier. Et quand je l'aurai découverte, j'éliminerai le problème. Alors, nous serons de nouveau réunis, elle et moi. Nous formerons un couple parfait.

— Rien à faire ! Tu ne l'auras jamais ! Tu...

John appuya sur la détente. Du sang et de la cervelle éclaboussèrent le bois blanc de la tête de lit et le joli papier peint du mur. John contempla un instant le spectacle puis se leva.

— Adieu, Sylvia, murmura-t-il.

Evitant de s'attarder, il se mit en quête de Julianna.

PREMIÈRE PARTIE

Kate et Richard

1

Mandeville, Louisiane
Réveillon du jour de l'an, 1998

Toutes les fenêtres de la grande demeure ancienne de Kate et Richard Ryan, à Mandeville, sur l'avenue du Lac, flamboyaient. La maison avait été bâtie au siècle précédent, à l'époque où le mode de vie élégant des Sudistes était encore de mise — une ère antérieure à la télévision et à l'effondrement des valeurs familiales, où les hommes politiques ne trompaient pas notoirement, impunément leur femme et où l'essentiel des informations quotidiennes n'était pas constitué de meurtres sordides relatés chaque jour avec complaisance par la presse dans l'indifférence générale.

La façade de la maison, avec ses grands balcons symétriques et ses hautes fenêtres à petits carreaux, évoquait un certain standing, le confort cossu, la solidité. La famille. Une famille que Kate et Richard ne fonderaient jamais.

Kate sortit sur la terrasse du haut et ferma derrière elle les portes vitrées, s'isolant du bruit de la réception qui battait son plein à l'intérieur. L'air glacé de cette première nuit de janvier, particulièrement froide et agitée pour la saison, lui fouetta le visage. Traversant la terrasse, elle alla s'accouder au balcon et contempla les eaux sombres et turbulentes du lac. Perdue dans ses pensées, elle se pencha sur la balustrade ouvragée sans se soucier du vent qui ébouriffait ses cheveux et traversait l'étoffe soyeuse de sa robe du soir.

De l'autre côté du lac Pontchartrain, reliée à Mandeville par un pont autoroutier de quarante kilomètres, s'étendait La Nouvelle-Orléans, ville-joyau en décomposition, patrie du jazz, des festivités de mardi gras et de l'une des cuisines les plus savoureuses du monde ; patrie, également, de la redoutable avenue Saint-Charles, de la misère et du délabrement des quartiers défavorisés et de la montée en flèche du taux de criminalité qui accompagne les situations extrêmes, forcément explosives.

Kate imagina la fête qui avait lieu sur l'autre rive. Là-bas aussi, on célébrait l'avènement de cette nouvelle année, la dernière du siècle : la fin d'une époque, une porte qui se referme.

C'était d'ailleurs le cas pour elle, songea Kate ; et pour Richard.

Juste avant les vacances, ils en avaient eu la confirmation ; son mari et elle ne pourraient jamais avoir d'enfant ensemble. Le résultat du dernier test ne laissait aucune place au doute : Richard était incurablement stérile. Jusque-là, ils avaient mis leur incapacité à concevoir sur le compte de plusieurs problèmes qu'ils croyaient surmontables. Mais comme leurs tentatives pour modifier la situation se soldaient par des échecs successifs, leur médecin avait insisté pour soumettre Richard à un test de fécondité.

Le résultat les avait anéantis tous les deux. Kate avait pesté contre la terre entière, contre Dieu, contre tous ceux qui procréent sans le moindre effort et se soucient à peine de leur progéniture. Elle s'était sentie trahie, inutile, mise à l'écart.

Puis elle s'était calmée. Même si leurs espoirs avaient été déçus, du moins savaient-ils enfin à quoi s'en tenir. Elle pouvait abandonner cette quête incessante d'une grossesse, poursuivie au prix d'efforts éreintants, tant sur le plan physique que mental. Ils pouvaient de nouveau vivre normalement.

Elle avait payé un lourd tribut à tous ces traitements ; non seulement à titre personnel mais aussi dans ses rapports de couple et dans sa vie professionnelle. Richard aussi. A certains égards, elle se sentait surtout délivrée d'un fardeau pesant, enfin libre de vivre à sa guise. Si seulement elle pouvait aussi être libérée de cette envie d'enfant, de son besoin d'être mère. Certaines nuits, allongée sur son lit les yeux grands ouverts, elle fixait le plafond dans l'obscurité, incapable de trouver le sommeil tant sa souffrance était vive.

Deux bras solides encerclèrent sa taille. Les bras de Richard.

— Que fais-tu dehors à une heure pareille ? lui chuchota-t-il à l'oreille. Et sans même une veste ? Tu vas attraper une pneumonie.

Elle chassa sa mélancolie et sourit par-dessus son épaule à l'homme dont elle partageait la vie depuis dix ans.

— Avec toi pour me réchauffer ? Ça m'étonnerait.

Il lui décocha un sourire en coin et ses yeux pétillèrent. En cet instant, à trente-cinq ans, il dégageait le même charme espiègle qui l'avait séduite lors de leur rencontre, quand il en avait vingt à peine. Il remua les sourcils d'un air suggestif.

— Nous pourrions nous déshabiller et faire ça ici. Tout de suite.

— Chiche ! répliqua-t-elle en se retournant pour nouer les bras autour de son cou. L'idée est bigrement tentante.

Il se mit à rire et appuya son front contre le sien.

— Et qu'en penseraient nos invités ?

— A mon avis, ils sont trop bien éduqués pour se promener par ici sans y avoir été conviés.

— Et s'ils venaient quand même ?

— Ils découvriraient un côté de nous-mêmes qu'ils ne connaissaient pas encore.

— Que ferais-je sans toi ?

Il effleura ses lèvres d'un baiser et s'écarta légèrement pour ajouter :

— Il est temps que j'annonce la nouvelle, à présent.

— Nerveux ?

— Qui, moi ?

Il secoua la tête en riant.

— Jamais.

Il avait raison. L'assurance inébranlable dont il avait toujours fait preuve forçait l'admiration de Kate. Ce soir-là, il s'apprêtait à annoncer son intention de présenter sa candidature au titre de magistrat fédéral pour le district de St Tammany, et pourtant il n'avait pas le trac. Pas un soupçon d'anxiété, d'incertitude ou d'hésitation ne troublait sa détermination.

Pourquoi aurait-il douté de lui-même, du reste ? Sa déclaration allait être applaudie unanimement par leurs familles et leurs amis, par ses associés et par les dirigeants de la communauté. Et il était certain non seulement d'atteindre son objectif, mais aussi de triompher pratiquement sans effort.

C'était l'évidence même. Une bonne étoile avait toujours présidé au destin de Richard. N'était-il pas l'élu, celui à qui tout réussissait sans peine, le gagnant ? Il portait le succès avec autant d'aisance que d'autres une bonne vieille paire de chaussures de sport.

— Tu es certain que Larry, Mike et Chas sont avec toi à cent pour cent ? demanda-t-elle.

Ces derniers étaient ses associés au cabinet Nicholson, Bedico, Chaney et Ryan.

— Tout à fait certain. Et toi, Kate ? Es-tu totalement avec moi ? Si je l'emporte, notre vie changera du jour au lendemain. Nous serons constamment observés, nos moindres gestes feront l'objet de commentaires et de spéculations.

— Essaierais-tu de me faire peur ? dit-elle d'un ton léger en s'appuyant contre lui. Eh bien, tu n'y parviendras pas. Je suis une groupie inconditionnelle. Et il est inutile de dire « si je l'emporte », car il n'y a pas de « si ». Je suis sûre que tu vas gagner.

— Avec toi à mes côtés, comment pourrais-je envisager de perdre ?

Comme elle haussait les épaules en riant, il prit son visage entre ses mains et plongea ses yeux dans les siens.

— Je le pense vraiment. Tu es une véritable fée, Katherine Mary McDowell Ryan. Tu l'as toujours été. Merci de t'être penchée sur moi.

Kate sentit des larmes lui piquer les yeux. Elle se reprocha vivement son accès de mélancolie et énuméra secrètement toutes les raisons qu'elle avait d'être heureuse. L'enfant qui avait porté des chaussures à semelles trouées et l'uniforme du pensionnat Sainte-Catherine, la fillette qui n'avait jamais connu la sécurité d'un foyer confortable, l'étudiante qui avait réussi à décrocher une bourse pour poursuivre ses études à Tulane, s'arrangeant pour emprunter des livres et travailler le soir comme serveuse, avait fait bien du chemin. En grande partie parce que Richard Ryan, l'aîné de l'une des plus grandes familles de La Nouvelle-Orléans, s'était inexplicablement, miraculeusement épris d'elle.

— Je t'aime, Richard.

— J'en rends grâce à Dieu chaque jour.

Il frotta le bout de son nez contre le sien.

— S'il te plaît, pourrions-nous rentrer, à présent ?

Elle acquiesça et, quelques minutes plus tard, ils étaient de nouveau happés dans le tourbillon de la fête, entourés puis séparés par leurs convives en liesse. Richard annonça publiquement sa candidature et, comme prévu, ceux qui n'étaient pas encore au courant de ses projets lui firent une véritable ovation.

A partir de cet instant, les invités achevèrent de se déchaîner, comme animés d'une énergie nouvelle, de l'intuition que la vie ne serait plus jamais tout à fait comme avant. L'année 1999. La *fin de siècle*[1]. Un monde de science-fiction, d'incertitude et d'inconnu — uniquement fait d'anticipation. Un monde qui n'aurait plus rien de commun avec la routine de la vie quotidienne.

Minuit arriva. Confettis et serpentins volèrent à travers la pièce et le bruit des Klaxon résonna dans les rues. On s'étreignit, on s'embrassa, on but encore plus de champagne. Le traiteur servit une collation sous forme de buffet. Après s'être régalés, les invités de Kate et de Richard finirent par prendre congé un à un.

Richard raccompagnait encore le dernier à la porte quand Kate commença à ramasser quelques assiettes. Elle avait pourtant engagé une entreprise de nettoyage, qui devait venir dans la matinée.

— Dieu, que tu es belle.

Elle leva les yeux. Debout dans l'embrasure de la porte qui séparait le salon de la salle à manger, Richard l'observait. La jeune femme sourit.

— Toi, tu as le teint rougi par le succès ; ou par l'alcool.

1. En français dans le texte.

— Les deux. Mais cela ne change rien à l'affaire. Tu es tout de même superbe.

Ce n'était pas vrai, elle le savait. Oui, elle était séduisante, avec ce genre de visage un peu anguleux qui ne vieillit pas. Mais elle n'était ni une superbe femme ni une bombe sexuelle. Elle avait peut-être de l'allure ; et aussi de la présence.

— Je suis contente que tu le penses.

— Tu n'accepteras jamais un compliment. A cause de ton paternel.

— « Tu as une solide charpente, Katherine Mary McDowell, dit-elle, imitant l'accent irlandais de son père. Ne sous-estime jamais l'importance d'une bonne ossature et d'une saine dentition. »

Elle se mit à rire.

— Il me prenait pour un cheval de trait, ma parole !

Richard esquissa un sourire et, comme sur la terrasse, quelques heures plus tôt, Kate retrouva l'étudiant qui l'avait envoûtée — à l'instar de toutes les autres filles du campus de Tulane.

— Ton père avait une manière unique de s'exprimer.

— C'est le moins qu'on puisse dire, en effet !

Elle désigna la table.

— Donne-moi un coup de main.

Il se contenta d'incliner la tête sans cesser de l'examiner avec une expression de satisfaction presque puérile.

— Kate McDowell, murmura-t-il, la fille qu'ils voulaient tous, y compris mon vieux copain Luke ; mais c'est moi qui l'ai eue.

Comme toujours quand elle entendait le nom de leur ami commun, Luke Dallas, un sentiment de remords et de nostalgie envahit la jeune femme. A une certaine époque, ils avaient formé un trio inséparable. Elle considérait Luke comme son meilleur ami, son confident, celui qui avait toujours su l'épauler, l'encourager, la conseiller. A bien des égards, elle avait été plus proche de lui que de Richard pendant leurs années d'université. Mais elle avait détruit cette belle amitié sur un coup de tête inconsidéré.

Mal à l'aise, elle s'efforça de penser à autre chose.

— Tu es ivre, dit-elle d'un ton léger en continuant à rassembler la vaisselle sale.

— Et alors ? Je n'ai pas à conduire.

Il croisa les bras.

— Oserais-tu nier que Luke était amoureux de toi ?

— Nous étions amis, Richard.

— Amis et rien de plus, c'est ça ?

Elle soutint son regard.

— Nous étions les trois meilleurs amis du monde. J'aurais aimé qu'il en soit toujours ainsi.

Pendant quelques secondes, il la regarda sans rien dire. Quand il reprit la parole, son humeur sarcastique s'était dissipée.

— Décidément, tu seras l'épouse idéale pour un homme politique.

Elle haussa un sourcil incrédule.

— En êtes-vous vraiment sûr, procureur général Ryan ? Je n'ai aucun pedigree, vous savez.

— Belle, intelligente, élégante Kate. Tu n'en as pas besoin : tu es mariée avec moi.

Elle posa la vaisselle sur un plateau et entreprit d'en ramasser davantage. Il avait sans doute raison. Leur mariage avait été son passeport pour la haute société de la ville. Elle n'avait pas besoin d'une naissance honorable ou d'une fortune familiale ; elle avait celles de Richard.

Pour la seconde fois de la soirée, elle songea à sa chance. Tant de choses lui avaient été accordées dans la vie : un mari amoureux, une belle maison, un commerce prospère qu'elle adorait — un petit salon de dégustation de café baptisé Un Grain de Fantaisie. Elle pouvait aussi confectionner ses vitraux et dépenser tout l'argent qu'elle voulait. N'était-ce pas là tout ce qu'elle avait toujours désiré au monde ? Tout ce qu'il lui fallait pour être parfaitement heureuse ?

— Excuse-moi pour cette remarque déplacée au sujet de Luke. Je ne sais pas ce qui me prend, parfois.

— La nuit a été longue, c'est tout.

Richard la rejoignit près de la table et lui ôta les tasses vides des mains.

— Oublie le désordre. Nous payons des gens pour tout nettoyer.

— Je sais bien, mais…

— Non.

Il posa les tasses sur la table et lui prit les poignets.

— Viens avec moi. J'ai quelque chose pour toi.

Kate eut un rire léger.

— Je n'en doute pas.

— Oh, cela, ce sera en plus, dit-il.

Il la conduisit dans le salon. Là, devant le feu qui brûlait encore dans la cheminée, il avait disposé deux coussins. Une bouteille de champagne attendait au frais dans un seau plein de glace pilée, avec deux flûtes de cristal.

Ils s'installèrent confortablement. Richard fit sauter le bouchon et remplit les flûtes. Il en tendit une à sa femme et leva la sienne.

— J'ai pensé que nous devions fêter ça en tête à tête.

Elle fit tinter son verre contre le sien.

— A ta campagne.

— Non, corrigea-t-il. A nous.

— Cela me convient tout à fait. A nous.

Elle sourit et but une gorgée de liquide pétillant. Pendant quelques minutes, ils commentèrent le déroulement de la soirée, échangeant des anecdotes glanées ici et là, et s'amusant des pitreries d'un couple parmi les moins inhibés de leurs invités.

— Tu me rends meilleur que je ne suis, Kate, murmura Richard, soudain sérieux. Tu as toujours eu cet effet-là sur moi.

— Toi, tu es encore plus soûl que je ne l'aurais cru.

— Pas du tout.

Lui prenant son verre, il le posa à l'écart et entrelaça ses doigts aux siens.

— Je sais combien cette année a été pénible pour toi ; à cause de… de nos problèmes de stérilité. Les yeux de Kate se remplirent de larmes.

— Ce n'est pas grave, Richard. Je suis tellement comblée. C'est une erreur de ma part de vouloir en plus…

— Non, ce n'est pas une erreur. Et c'est à cause de moi que tu en es privée. Tu aurais pu avoir un enfant…

— Ce n'est pas vrai, Richard ; moi aussi, je suis stérile. J'ai…

— Tu as quelques problèmes de fertilité, Kate. L'insuffisance hormonale n'est plus une fatalité ; il existe des traitements efficaces contre l'endométriose ou susceptibles de stimuler l'ovulation. Moi, je suis incurablement stérile. Je tire des coups à blanc, comme disent mes charmants collègues du cabinet.

Sa voix se teinta d'amertume.

— Crois-tu que cela me laisse indifférent de ne pas pouvoir te donner ce que tu désires le plus au monde ? De ne pas être à la hauteur… comme homme.

Il était douloureux de l'entendre exprimer ainsi ses émotions profondes ; il ne l'avait encore jamais fait. Kate resserra ses doigts sur les siens.

— Foutaises que tout cela, Richard, dit-elle doucement, mais avec une conviction farouche. Ce n'est pas la capacité d'engendrer qui fait l'homme. Ce n'est pas ce qui fait de *toi* un homme.

— Non ? C'est pourtant ainsi que je le ressens.

— Je sais ce que tu ressens parce que c'est aussi mon problème. Vois-tu, toutes les femmes sont censées être capables de procréer. C'est l'attribut féminin par excellence, depuis la nuit des temps. Etre obligée d'avoir recours à la technologie pour y parvenir donne l'impression d'avoir été trahie par la nature.

— Je t'ai fait faux bond, dit calmement Richard.

— Non, Richard. Ce n'est pas du tout ce que je pense.

— Je sais. Mais c'est exactement ce que j'éprouve.

Elle se tourna vers lui sans lâcher ses mains.

— Pourquoi aurions-nous droit à tout, en définitive ? Pourquoi devrions-nous obligatoirement obtenir ce à quoi nous aspirons ? Prenons un peu conscience de tout ce que nous possédons : une splendide maison, des professions qui nous plaisent et où nous réussissons — et, par-dessus tout, un amour réciproque. Nos prétendus malheurs ne sont que des soucis de riches. Parfois, je suis obligée de me pincer pour croire à tant de bonheur. Je me demande alors si cette existence dorée n'est pas une illusion, si je ne suis pas en train de rêver et si mon rêve ne va pas se transformer en cauchemar d'une minute à l'autre.

— Ne t'inquiète pas, mon cœur. Je te protégerai.

Elle porta les mains de Richard à ses lèvres, taraudée par la nécessité de s'exprimer jusqu'au bout.

— Bien des gens ont menti, triché, tué même, pour obtenir ce que nous considérons presque comme un dû. Nous ne devons jamais sous-estimer la chance qui est la nôtre ; au moment même où nous l'oublierions, à la minute où nous en demanderions trop, nous pourrions tout perdre d'un coup.

Richard se mit à rire.

— Tu crois toujours aux petits lutins, aux contes de fées et aux pouvoirs magiques du trèfle à quatre feuilles, n'est-ce pas ?

— Tout peut s'envoler demain. Ce qui est précieux est fragile. Je ne plaisante pas, Richard.

— Moi non plus. Nous *pouvons* tout avoir, Kate. C'est ce que je veux pour toi.

Comme elle s'apprêtait à protester, il posa un doigt sur ses lèvres.

— J'ai quelque chose pour toi. Un cadeau de Noël tardif.

Il tira une enveloppe de format professionnel de sa cachette, sous l'un des poufs, et la lui tendit.

— Bonne année, ma chérie.

— Qu'est-ce que c'est ?

— Ouvre, et tu verras.

Elle s'exécuta. C'était une lettre provenant de la Fondation Citywide, les informant que leur candidature à l'adoption était acceptée par la commission d'enquête du bureau de placement. Avant la fin de l'année à venir, les personnes ayant reçu une réponse positive avaient de sérieuses chances d'avoir un enfant.

Kate s'était renseignée sur toutes les possibilités d'adoption disponibles dans la région. Citywide était de loin l'association privée offrant les meilleures garanties, et les témoignages de parents comblés l'avaient fait rêver bien souvent. Mais chaque fois qu'elle avait abordé le sujet, Richard avait tout simplement refusé d'en discuter.

La jeune femme leva sur son mari un regard débordant d'émotion. Elle avait les yeux brillants de larmes contenues.

— Que s'est-il passé ? Tu ne voulais pas entendre parler d'adoption…

— Mais toi, si.

Bouleversée, elle dut s'éclaircir la gorge.

— Voyons… si tu n'en as pas vraiment envie, il ne faut pas insister. Ce serait une erreur.

— J'ai envie de te rendre heureuse, Kate. Ce sera une bonne chose pour nous, j'en suis persuadé. Et c'est le moment idéal pour fonder une famille.

La gorge de Kate s'était nouée et, même si elle avait pu parler, elle n'aurait pu exprimer toute l'intensité de sa joie. Aussi préféra-t-elle embrasser son mari, mettant dans ce baiser tout l'amour et la gratitude qui l'inondaient.

Ils s'étaient déjà embrassés avec une telle ferveur mais, ce soir, tout était différent, unique. Ce soir, elle se sentait plus comblée que jamais.

A cette époque, l'année prochaine, ils auraient déjà un enfant. Ils seraient parents. Ils formeraient une véritable famille.

— Merci, chuchota-t-elle encore et encore, tout contre sa bouche.

Elle lui ôta ses vêtements, il lui enleva les siens. Les derniers vestiges du feu dans la cheminée les réchauffèrent à l'instar de leurs brûlantes caresses.

— Cette année sera la plus parfaite que nous ayons jamais vécue, murmura Richard en se positionnant au-dessus d'elle. Rien ne pourra jamais nous séparer, Kate. Rien ni personne.

DEUXIÈME PARTIE

Julianna

2

La Nouvelle-Orléans, Louisiane
Janvier 1999

Le snack-bar était situé à l'angle de deux des rues les plus animées du quartier central des affaires. Buster's Big Po'Boys proposait une spécialité locale, les « po'boys » aux crevettes et aux huîtres — énormes sandwichs confectionnés dans une demi-baguette farcie de crevettes ou d'huîtres, ou encore les deux à la fois. La plupart des autochtones les commandaient agrémentés de tomates et de salade verte à la mayonnaise. Naturellement, pour ceux qui n'avaient pas envie de crustacés ou de fruits de mer, Buster's offrait toute une gamme de garnitures différentes et même quelques plats du jour comme le traditionnel riz aux haricots rouges de Louisiane, une spécialité du lundi.

Parmi les snack-bars de la Ville du Croissant, Buster's n'était pas l'un des plus reluisants ; installé dans un immeuble du siècle précédent, il aurait eu besoin d'un bon coup de peinture pour cacher les fissures des murs délabrés et la crasse graisseuse accumulée au plafond depuis une éternité ; et, de juin à fin septembre, l'air conditionné fonctionnait à plein régime sans parvenir à rafraîchir tout à fait les lieux.

Partout ailleurs, les services sanitaires auraient exigé la fermeture de l'établissement ; à La Nouvelle-Orléans, tout le monde considérait Buster's comme un endroit idéal pour déjeuner sur le pouce au centre-ville.

Julianna Starr poussa la porte vitrée et pénétra dans la petite salle, laissant derrière elle le froid de cette matinée de janvier. Une écœurante odeur de friture l'assaillit instantanément, lui donnant la nausée. Ces relents de crustacés dégoulinant d'huile — elle l'avait appris à ses dépens en officiant depuis trois semaines chez Buster's en qualité de serveuse — imprégnaient ses vêtements, ses cheveux, et jusqu'à sa peau. A peine de retour chez elle, après le travail, elle se précipitait sous la douche pour s'en débarrasser, si épuisée ou affamée fût-elle.

Rien de pire que l'odeur de cet endroit, estimait Julianna, sinon la clientèle qui le fréquentait. Les Orléanais étaient dépourvus de toute notion de mesure. Ils parlaient et riaient trop fort, mangeaient et buvaient comme des ogres ; en outre, ils faisaient tout cela avec une sorte d'abandon frénétique. Le seul fait de voir quelqu'un mordre dans l'un des énormes po'boys saturés de mayonnaise lui soulevait parfois le cœur au point qu'elle devait courir aux toilettes. Hélas, elle était de ces femmes enceintes pour qui les rituelles nausées matinales ne se limitaient pas au matin, ni aux trois premiers mois de grossesse.

Julianna parcourut rapidement la salle du regard et réprima une grimace. Elle avait mal choisi son jour pour oublier de se réveiller. L'affluence du déjeuner avait apparemment commencé très tôt. A 11 heures à peine, toutes les tables étaient déjà occupées. Une longue file d'attente se pressait au bar où l'on servait les sandwichs à emporter. Tandis que Julianna se dirigeait vers le fond de la salle, l'une de ses collègues la regarda de travers.

— Vous êtes en retard, princesse, lui cria le patron depuis le bar. Attrapez un tablier et remuez vos fesses plus vite que ça, compris ?

La jeune fille lui jeta un regard furieux. Elle considérait Buster Boudreaux comme un sale porc suintant de graisse, doté d'un quotient intellectuel inversement proportionnel à la taille de ses épouvantables sandwichs. Mais cet individu était son patron, et cet emploi, si sordide fût-il, lui était indispensable.

Sans un mot d'explication, elle passa devant lui d'un pas arrogant, décrocha l'un des tabliers pendus dans l'arrière-salle et l'enfila. L'affreux oripeau à volants fuchsia remonta sur son ventre qui commençait à s'arrondir, la faisant ressembler à une baleine rose. Elle maugréa entre ses dents, se tourna vers la pointeuse et actionna la manette.

Buster la rejoignit, l'air menaçant.

— Si vous avez un problème, pourquoi ne pas me le dire en face au lieu de rouspéter dans votre coin ?

— Je n'ai aucun problème.

Elle remit la carte dans son encoche sur le panneau.

— Quelles tables dois-je servir ?

— Les trois premières rangées. Vous commencerez dès que le fond se remplira. En attendant, allez donner un coup de main à Jane pour les sandwichs à emporter.

Comme Julianna ne prenait pas la peine d'acquiescer, il la retint par le bras.

— J'en ai vraiment marre de votre attitude, vous savez, princesse ! Si je n'avais pas autant besoin de personnel, je vous flanquerais immédiatement à la porte, avec vos airs prétentieux.

Il voulait la voir ramper pour garder son emploi, l'animal ; la voir mendier, s'humilier comme une moins-que-rien. Elle préférait encore crever de faim.

Elle observa d'un œil éloquent la main posée sur son bras puis croisa son regard.

— Y a-t-il autre chose ?

— Ouais, gronda-t-il en ôtant sa main comme s'il s'était brûlé. Encore un retard et vous êtes virée. Je vous remplacerai par ma grand-mère, elle s'en tirera mieux que vous. C'est compris ?

Il n'hésiterait sûrement pas, le salaud.

— Compris.

Elle lui fila sous le nez et gagna la salle. En franchissant la porte elle évita de justesse Lorena, une autre serveuse, qui la foudroya du regard et marmonna quelques mots incompréhensibles.

Julianna l'ignora délibérément. Ce n'était pas la première fois qu'une de ses collègues s'en prenait à elle. Elles ne l'aimaient pas, surtout Lorena. Sans doute parce que Julianna ne faisait pas mystère du fait qu'elle détestait ce job, qu'elle était trop bien pour servir ces répugnants sandwichs à des gens qui la regardaient à peine ; parce qu'elle était trop bien pour *eux tous.*

Elles ne comprenaient pas, ces filles vulgaires, mal dégrossies, qu'elle n'aurait pas dû être obligée de travailler ainsi, de rester debout pendant d'interminables heures, de s'éreinter à la tâche, de servir des gens. Elle avait été éduquée à de meilleures fins : pour qu'on prenne soin d'elle, pour être choyée et adorée. Elle avait toujours vécu ainsi ; sans avoir rien d'autre à faire que des câlins, des sourires, de gracieuses moues ; elle avait toujours obtenu tout ce qu'elle désirait au monde. A vrai dire, si la somme que sa mère lui avait donnée lors de son départ de Washington n'avait pas fondu de manière inquiétante, ces derniers temps, elle ne se serait jamais abaissée à leur niveau.

Elle s'était enfuie depuis treize semaines, effectuant successivement de brefs séjours à Louisville, Memphis et Atlanta. Jusqu'à La Nouvelle-Orléans, elle avait choisi des hôtels discrets, pris ses repas en ville, passé son temps au cinéma ou à flâner dans les boutiques. Jusqu'à La Nouvelle-Orléans, elle n'avait pas remarqué la vitesse à laquelle son portefeuille se vidait ; elle n'avait pas songé au moment où elle se retrouverait sans le sou ni envisagé la nécessité de gagner sa vie. Quand elle avait enfin compris que ses finances étaient limitées, il lui restait à peine quinze cents dollars. Si misérable et avilissant fût-il, cet emploi chez Buster était son unique gagne-pain — du moins pour le moment.

Avec un soupir, Julianna coula un regard rêveur vers le téléphone à pièces au fond de la salle, en face des toilettes, songeant à sa mère. Celle-ci prétendait que le pouvoir d'une femme — une femme qui savait se servir à la fois de sa beauté et de son cerveau — était comparable à celui d'une bombe. D'une simple œillade ou d'un sourire utilisés à bon escient, une belle femme pouvait soulever des montagnes, assurait-elle volontiers.

Si seulement elle pouvait l'appeler, songea Julianna dans un subit accès de nostalgie ; si seulement elle pouvait retourner chez elle.

John, debout au-dessus d'elle tandis qu'une nausée la secouait. Les traits pincés de son amant, son visage livide, empreint d'une fureur terrifiante. John lui enjoignant de ne plus jamais s'opposer à lui, promettant de la châtier si elle recommençait.

Julianna prit une profonde inspiration.

L'homme et la femme sur les photos de Clark Russel, leurs gorges tranchées d'une oreille à l'autre.

John était capable de tout. Sa mère le lui avait dit. Et Clark l'avait confirmé.

Elle ne pouvait pas retourner chez elle ; peut-être plus jamais.

— Mademoiselle ? S'il vous plaît, mademoiselle ?

Brusquement ramenée à la réalité, Julianna battit des paupières. Un client lui faisait signe depuis une table, à sa droite.

— Nous n'avons pas de ketchup.

Julianna hocha la tête et apporta le condiment désiré à sa table, l'addition à une autre, des sandwichs à une troisième. Ensuite, elle se précipita aux toilettes, ce qui lui arrivait fréquemment depuis quelque temps.

Après avoir tiré la chasse d'eau, elle sortit dans les lavabos et se figea brusquement. Debout devant le miroir, une femme s'appliquait à rafraîchir son rouge à lèvres. Ses cheveux blond foncé tombaient sur ses épaules en vagues souples.

Julianna ferma les yeux, sa mémoire faisant un bond de quatorze ans en arrière…

Sa mère était assise devant sa coiffeuse, sans rien d'autre sur elle qu'un soutien-gorge, un slip et un porte-jarretelles. Debout dans l'encadrement de la porte, Julianna la regarda se pencher vers le miroir pour appliquer son rouge à lèvres. Elle étala uniformément le fard sur sa bouche puis serra les lèvres pour le lisser.

Julianna l'observa avec une admiration respectueuse.

— Comme vous êtes jolie, maman, murmura-t-elle étourdiment.

Sa mère se retourna et sourit.

— Merci, mon ange. Toutefois, n'oublie jamais que pour une maman, on ne dit pas « jolie », mais « belle ». Toi, tu es une jolie petite fille. Maman est belle.

La fillette baissa la tête.

— Excusez-moi.

— Ça ne fait rien, ma poupée. Tâche seulement de t'en souvenir.

Julianna acquiesça et avança de quelques pas dans la chambre, ignorant quel accueil lui serait réservé. Comme sa mère ne protestait pas, elle s'assit avec précaution au bord du grand lit couvert d'un édredon de soie, soucieuse de ne pas froisser sa jupe.

Elle lissa son tablier blanc et inspecta ses chaussures vernies à la recherche de quelque éraflure, sans en trouver la moindre. Sa mère exigeait qu'elle se conformât à des règles bien précises et celles-ci étaient si nombreuses qu'à cinq ans, Julianna doutait parfois de pouvoir penser à tout.

Mais elle n'oubliait jamais que des vêtements froissés ou mal ajustés lui vaudraient des remontrances accompagnées d'une punition. Tout particulièrement lorsque sa mère attendait quelqu'un.

— Qui avez-vous invité ce soir, maman ? demanda-t-elle, résistant à l'envie de remuer ses orteils contre le cuir brillant qui crissait si agréablement à l'oreille. L'oncle Paxton ?

— Non.

Sa mère prit un bas dans une boîte posée sur sa coiffeuse.

— Quelqu'un d'exceptionnel.

Elle fit glisser le voile chatoyant le long de sa jambe, puis fixa le haut sur sa cuisse à l'aide d'une jarretelle.

— Quelqu'un de tout à fait exceptionnel.

— Comment s'appelle-t-il ?

— John Powers, répondit sa mère d'une voix caressante, le regard soudain noyé dans le vague. Je l'ai rencontré à une réception dans la capitale la semaine dernière ; celle dont je t'ai déjà parlé, tu sais ?

— Celle où il y avait des sandwichs en forme de cygnes ?

— Des canapés ; c'est ça.

Julianna pencha la tête sans quitter sa mère des yeux. Ce monsieur devait être vraiment exceptionnel, en effet. Elle n'avait jamais vu sa maman parler de l'un de ses visiteurs avec cet air-là.

— Tu te montreras d'une sagesse exemplaire, n'est-ce pas ? Je compte sur toi.

— Oui, maman.

— Si tu te conduis vraiment comme il faut, je t'offrirai peut-être la poupée dont tu avais envie ; celle avec de longs cheveux noirs bouclés, comme les tiens.

Julianna savait ce que sa mère voulait dire en lui demandant de se conduire comme il fallait. Cela signifiait qu'elle devait se tenir tranquille. Se montrer coopérative ; et charmante. En se comportant vraiment comme il fallait, elle serait récompensée ; pas seulement par sa mère, mais aussi par les messieurs qu'elle recevait. Ils lui apportaient des friandises et des jouets, faisaient semblant de s'intéresser à elle, la trouvaient « mignonne, jolie, adorable », l'appelaient « mon bout de chou »…

Et puis sa mère l'envoyait se coucher.

Julianna se plaisait à imaginer qu'un jour, si elle se conduisait comme il fallait, si elle était assez gentille, on ne l'enverrait pas se coucher. Un jour, quand elle serait plus grande, elle recevrait elle aussi la visite de messieurs très spéciaux.

— Je serai sage, maman. C'est promis.

— Va jouer, maintenant, et laisse-moi finir de m'habiller. John va arriver d'un moment à l'autre.

— Mademoiselle ? Est-ce que ça va ?

Julianna tressaillit, brusquement arrachée à ses souvenirs.

— Pardon ?

— Est-ce que tout va bien ?

La femme qui se maquillait remit le rouge à lèvres dans son sac.

— Vous me regardiez d'un drôle d'air, un peu comme si vous aviez vu un fantôme.

Julianna se frotta les yeux et vit réellement la femme pour la première fois. Elle avait une peau épaisse, rougeaude, et ses cheveux couleur miel n'étaient manifestement pas les siens, mais ceux d'une perruque bon marché.

Comment avait-elle pu songer une seconde à sa mère en voyant cette femme ?

— Je n'ai rien, murmura la jeune fille en s'approchant d'un lavabo pour se laver les mains. J'ai seulement... je ne sais pas ce qui m'est arrivé.

La cliente sourit et lui flatta le bras.

— J'ai moi-même six enfants. Tout cet afflux d'hormones vous tourneboule complètement. Cela s'arrangera. Plus tard, ce sont les enfants qui mettront la pagaille dans vos idées.

Avec un rire gras, elle lui flatta encore le bras et quitta les toilettes.

Julianna regarda la porte se refermer, déconcertée par ce qui venait de se passer. Ses souvenirs avaient été si vivaces ; ils s'étaient imposés à elle avec une force inexplicable, la laissant plus vulnérable et désemparée que jamais.

Sa mère lui manquait, songea-t-elle, les yeux soudain luisants de larmes. Washington et son coquet appartement lui manquaient. Elle aurait tellement voulu se sentir de nouveau jolie, unique... et en sécurité.

La porte des toilettes se rouvrit brusquement et Lorena passa la tête dans l'encadrement, visiblement contrariée.

— Tu vas rester enfermée là-dedans toute la journée, ou quoi ? Tes clients te réclament.

Bien que l'autre femme eût déjà disparu, Julianna acquiesça d'un hochement de tête et se hâta de regagner la salle.

Le reste de la journée lui parut interminable ; les minutes, les heures se succédaient avec une lenteur exaspérante. A mesure que la clientèle du déjeuner se raréfiait, puis disparaissait, Julianna se rendait compte à quel point ses pieds et son dos la faisaient souffrir. Elle était éreintée.

En compagnie des autres serveuses, elle regarnissait à présent les pots de condiments, essuyait les tables et y posait les chaises à l'envers, préparant tout pour le lendemain. Buster's arrêtait le service à 15 heures. Il aurait été superflu d'ouvrir le restaurant pour dîner — cette partie du quartier des affaires se transformant en un véritable cimetière à partir de 17 heures, dès la fermeture des banques et des bureaux.

Julianna n'écoutait pas les bavardages de ses compagnes et n'y prenait aucune part. De temps à autre, elle s'apercevait que l'une lui lançait un regard réprobateur tandis que l'autre esquissait quelque grimace dans sa direction. Elle les ignorait et se concentrait sur les tâches qui l'occupaient afin d'en finir au plus vite et d'aller se reposer.

Une fois les préparatifs pour le lendemain terminés, elle alla pointer avant de partir. Comme elle gagnait la porte donnant sur la rue, Lorena se planta devant elle ; l'air mauvais, elle lui barrait le passage, flanquée des deux autres serveuses.

— Pas si vite, Mademoiselle la Bêcheuse. Nous avons un compte à régler avec toi.

Julianna s'immobilisa, les regardant l'une après l'autre avec inquiétude.

— Il y a quelque chose qui cloche ?

Lorena, manifestement élue chef de bande, fit un pas vers elle.

— Ouais, comme tu dis. On en a toutes par-dessus la tête de ton attitude et des airs supérieurs que tu prends. Et puis on en a marre de travailler davantage à cause de ta paresse.

L'animosité non déguisée de sa collègue fit reculer Julianna. Elle jeta un coup d'œil derrière elle à la recherche de Buster. Mais il ne semblait pas être là.

— D'où te vient cette idée que tu vaux mieux que nous autres ?

Lorena avança encore d'un pas ; les autres suivirent.

— Tu t'imagines pouvoir être dispensée de travail parce que tu es allée te faire engrosser, sans doute ? Tu te crois peut-être unique au monde, avec un polichinelle dans le tiroir ?

Une autre serveuse, prénommée Suzy, pointa vers elle un ongle écarlate.

— Quand tu arrives en retard, on est obligées de s'occuper de tes tables. Autrement dit, on est débordées de travail ; et les clients mécontents ne laissent pas de pourboires.

— On en a toutes ras le bol, renchérit Jane.

— Je ne me suis pas réveillée, expliqua Julianna avec raideur. Je ne l'ai pas fait exprès, tout de même !

De toute évidence, la réponse n'était pas de nature à les satisfaire car les joues rondes de Lorena s'enflammèrent sous l'effet de la colère. Elle ressemblait à un ballon gonflable prêt à éclater.

— J'ai une question à te poser, princesse. Nous nous sommes toutes interrogées là-dessus : avec tes foutus airs de grande dame, pourquoi viens-tu travailler dans un endroit aussi miteux ? Où est donc passée ta famille, au juste ? T'aurait-elle laissée tomber dès que tu t'es retrouvée en cloque ?

— Ouais, intervint Suzy ; sais-tu seulement qui est le père ?

— Je parie qu'elle en sait rien, persifla Jane sans laisser à Julianna le temps de réagir. Ce n'est qu'une petite traînée qui se prend pour ce qu'elle est pas.

Lorena se mit à rire.

— Tu es pathétique, tu sais ? Tu me fais pitié. Tu fais pitié à tout le monde.

Elle se pencha vers Julianna, la gratifiant des effluves de son chewing-gum à la fraise et de son parfum synthétique.

— Tu ne réussiras pas à donner le change, compris ? Toi et le petit bâtard que tu portes. Allez, les filles, on s'en va.

Sur ces mots, les trois femmes lui tournèrent le dos et quittèrent le restaurant en claquant la porte vitrée.

Julianna resta pétrifiée sur place, au bord des larmes. C'était donc là ce que ses collègues pensaient d'elle ? Ce que tout le monde pensait d'elle ? Qu'elle était pathétique ? Une pauvre fille rejetée, acculée dans une impasse, inférieure aux autres, en situation désespérée ? Honteuse, humiliée, elle porta les mains à son ventre.

Il ne lui était jamais venu à l'idée que les autres puissent la considérer ainsi ; qu'elle leur inspire ce genre de pitié condescendante.

Personne n'avait jamais eu pitié d'elle jusque-là. Elle retint son souffle pour ravaler ses larmes et laissa retomber ses mains. Elle ne s'était jamais vraiment apitoyée sur son propre sort ; du moins, pas de manière aussi brutale.

Fermant les yeux, elle se remémora son existence à Washington, les restaurants huppés où elle dînait à peu près tous les soirs, le centre de soins où elle était massée, épilée, bichonnée, le coquet appartement dont elle disposait et sa penderie remplie de vêtements coûteux.

Puis elle songea à John et un frémissement parcourut son corps.

Se pouvait-il vraiment qu'il fût le monstre décrit par sa mère ?

Dans la cuisine, elle entendit Buster et le cuisinier achever leur besogne, prêts à fermer le snack pour la journée. Craignant qu'ils la surprennent dans cet état, Julianna sortit précipitamment dans la rue balayée par un vent glacial.

Elle resserra son manteau autour d'elle. La foule des employés de bureau regagnant leur domicile après une journée de labeur encombrait les trottoirs. L'autobus de l'avenue Saint-Charles freina à un arrêt, à quelques mètres du carrefour vers lequel elle se dirigeait. Un reflet de lumière sur les vitres l'aveugla un instant. Le soleil se cacha derrière un nuage. L'autobus tourna à l'angle de la rue.

C'est alors qu'elle vit John.

Il l'avait retrouvée.

Prise de panique, elle réprima un cri et recula machinalement d'un pas. Debout sur le trottoir d'en face, il avait la tête légèrement tournée de côté comme s'il surveillait le haut de l'avenue, dans l'attente de quelqu'un ou de quelque chose.

C'était elle qu'il cherchait ; ou bien un endroit où l'emmener pour la supprimer.

Julianna se figea, indécise, tout juste capable de le regarder, la poitrine oppressée, le cœur battant à se rompre.

Elle éprouvait la même impression que le jour où elle l'avait rencontré pour la première fois, quatorze ans plus tôt. C'était le plus bel homme qu'elle eût jamais vu — grand, athlétique et jeune, pas flétri et ratatiné comme le sénateur Paxton ni gros et chauve comme le juge Lambert.

John était différent de tous les autres messieurs que fréquentait sa mère.

Celle-ci avait fait les présentations, puis demandé gentiment à la fillette qu'elle était de s'approcher, sans chercher à masquer l'accent chantant qui évoquait ses racines sudistes.

— Voici mon bébé, dit-elle. Ma petite Julianna.

L'enfant esquissa une révérence, les yeux modestement baissés, comme sa maman lui avait appris à le faire.

— Julianna, mon ange, dis bonjour à M. Powers.

— Comment allez-vous ? dit-elle, les joues enflammées, luttant contre l'envie de le regarder pour de bon.

— Bonsoir, Julianna, répondit-il. Je suis enchanté de te connaître.

Elle risqua sur lui un coup d'œil plein d'audace, puis un second, et laissa échapper une petite exclamation de surprise.

— Vos cheveux sont tout blancs, dit-elle. Comme la neige.

— En effet.

— Mais comment ça se fait ?

Perplexe, Julianna fronça les sourcils.

— Vous n'êtes pas vieux et ridé comme le Dr Walters qui a les cheveux blancs.

Elle pencha la tête de côté pour l'examiner.

— Et vous en avez beaucoup plus que lui.

Sa mère lui fit les gros yeux et Julianna comprit qu'elle avait commis un impair. Mais John Powers n'avait pas l'air fâché. Il se mit à rire de bon cœur, d'un rire profond, sonore, agréable. La fillette décida qu'il lui plaisait beaucoup plus que tous les autres amis de sa mère.

John s'accroupit devant elle et la regarda dans les yeux — comme jamais personne ne l'avait regardée. Comme si elle était aussi importante qu'un adulte. Comme s'il la trouvait unique.

— Ils ont blanchi d'un seul coup, en une nuit, expliqua-t-il. J'étais en mission spéciale. J'ai failli mourir.

L'enfant écarquilla les yeux.

— Vous avez failli mourir ?

— Exactement.

Il se pencha vers elle et baissa la voix.

— J'ai réussi à survivre en mangeant des insectes.

Julianna réprima un haut-le-cœur.

— Des insectes ?

— Eh oui ! De grosses bestioles affreuses.

— Racontez-moi.

— Un autre jour. Un jour, je te raconterai tout.

— D'accord, dit Julianna, déçue, en baissant le menton.

Il prit ses petites mains dans les siennes et la regarda un long moment sans rien dire. Puis un sourire éclaira son visage.

— J'ai une intuition, tout à coup, lui dit-il. Veux-tu savoir laquelle ?

Comme elle hochait vigoureusement la tête, il poursuivit :

— J'ai le sentiment que nous allons être les meilleurs amis du monde, toi et moi. Cela te ferait plaisir ?

Julianna leva les yeux sur sa mère, vit qu'elle avait l'air contente, et les reporta sur John.

— Oui, monsieur Powers. Ça me plairait beaucoup.

Les meilleurs amis du monde. Le père qu'elle n'avait jamais eu. Son protecteur. Son amant.

John Powers avait été tout cela pour elle.

A présent, il voulait la tuer.

Un coup de Klaxon retentit à son oreille, suivi par un mot d'injure. Julianna battit des paupières et regarda autour d'elle, complètement désorientée. Les passants, pressés de regagner leur domicile, circulaient autour d'elle en lui jetant parfois un regard intrigué… John — si c'était bien lui — avait disparu.

Disparu. Elle se frotta les yeux, sentant le désespoir l'envahir de nouveau. *Le passé, sa vie d'autrefois. John. Tout avait disparu.*

Remontant son col, elle fit demi-tour et s'en alla.

3

Julianna se réveilla en sursaut. Elle ouvrit les yeux, sur le qui-vive, sans savoir précisément ce qui avait suscité son angoisse. Son regard fit le tour de la pièce obscure, cherchant la forme étrangère aux lieux, l'ombre qui se déplaçait imperceptiblement ; aux aguets, elle prêta l'oreille au moindre souffle, au pas le plus furtif.

Elle cherchait à discerner le monstre.

John. C'était lui qu'elle avait vu dans la rue. Il l'avait retrouvée. Il était avec elle, à présent. La terreur lui coupa la respiration, prit forme en elle, tel un être vivant.

Au plus profond d'elle-même. Elle porta les mains à son ventre dilaté, s'attendant presque à le trouver béant, éviscéré, entrailles et fœtus répandus sur les draps blancs dans une mare de sang. Heureusement, elle était intacte — son ventre rond et ferme, tendu comme un ballon.

Merci, mon Dieu… Elle ferma les paupières et s'efforça de maîtriser sa respiration haletante. Si John avait été là, il l'aurait déjà tuée. Il l'aurait éventrée sans hésiter, pour la punir d'avoir désobéi. D'avoir bravé son autorité.

Exactement comme il avait égorgé tous ces gens, ceux dont Clark Russel lui avait montré les photos.

— *Ne recommence jamais à me contrarier,* Julianna, avait menacé John. *Les conséquences en seraient fort regrettables pour toi.*

La jeune femme se frotta les yeux. Il ne l'avait pas retrouvée ; comment y serait-il parvenu ? Elle avait suivi presque tous les conseils de Clark — s'enfuyant loin de Washington D.C. sans jamais s'attarder nulle part, évitant d'utiliser sa carte de crédit afin de ne laisser aucune trace de son passage, s'abstenant d'appeler sa mère ou de lui écrire. Elle avait même fait repeindre sa voiture à Louisville.

Mais elle s'était autorisé quelques entorses. Clark lui avait recommandé de changer de nom, de se fabriquer une nouvelle identité. Elle n'avait pas réussi à le faire. Les hôtels lui réclamaient des papiers ; il lui fallait un permis de conduire pour être en règle si on l'arrêtait sur la route ; avant de l'embaucher, Buster avait exigé qu'elle fournisse une carte d'identité et un extrait de casier judiciaire.

Julianna secoua la tête. Le fait de ne pas avoir changé de nom était sans importance : John ne la dénicherait pas aussi loin. Cet homme dans la rue n'était pas John. Son imagination lui avait joué un tour, comme pour la femme dans les toilettes du snack-bar.

Réprimant un frisson, Julianna s'efforça de dégager ses jambes entortillées dans les draps, gênée par le volume inhabituel de son corps. Elle appuya sa nuque contre le bois du lit. D'une certaine façon, elle ne parvenait pas à croire tout à fait que John soit un tueur. Pas John, qui l'avait comblée d'affection, de cadeaux, d'attentions et d'amour. John qui l'avait bercée, caressée, lui répétant qu'elle était différente, unique, et non pas idiote, faible et méprisable comme tant d'autres.

Quelque chose en elle se refusait à croire qu'il pût être maléfique, même après le cauchemar de leur dernière entrevue.

Les yeux clos, elle songea à ce qu'elle avait vécu avec lui avant cette ultime soirée où John, le visage crispé, blême de rage, s'était conduit avec une brutalité, une cruauté inexplicables à ses yeux. Elle préférait se remémorer les rapports qu'ils avaient toujours eus jusque-là, la douceur avec laquelle il l'étreignait, la cajolait, la patience qu'il lui témoignait, les serments qu'il lui avait faits, du temps où il lui promettait la lune.

En échange, il ne lui demandait rien d'autre que d'être sa petite fille bien sage.

Sa petite fille bien sage. Douce et docile. L'enfant qui levait sur lui le regard qu'on a pour un père, plein d'une confiance absolue.

L'enfant qui se soumettait à sa volonté comme à une règle indiscutable.

Ses yeux se remplirent de larmes. John était tout pour elle, d'aussi loin qu'elle s'en souvienne. Les joues inondées, elle donna libre cours à son chagrin. Elle avait besoin de lui — besoin qu'il l'aime, qu'il s'occupe d'elle. Comme il l'avait toujours fait.

Tout ceci n'avait aucun sens ; les événements survenus ces derniers mois n'étaient qu'un terrible cauchemar. Elle pouvait encore se débarrasser de l'enfant à naître comme il l'avait exigé, songea-t-elle en étouffant un sanglot. Elle rentrerait à la maison et le supplierait de lui pardonner. D'avoir désobéi. D'avoir fouillé chez lui. D'être allée voir sa mère et d'avoir cru ce que Clark et elle lui disaient sur son compte. Elle pouvait promettre de redevenir sa petite fille bien sage. Il lui pardonnerait, sans aucun doute. Il…

Non, se dit-elle. Il ne pardonnerait pas. Il était fâché, furieux. Julianna frotta ses joues humides, frissonnant de nouveau au souvenir de ce dernier soir, le soir où il avait découvert qu'elle était enceinte. Il rentrait d'un long voyage d'affaires, qui l'avait retenu au loin pendant plusieurs semaines. Elle avait décidé de lui annoncer la nouvelle ce soir-là, anticipé chaque moment de la soirée, rêvé d'un tête-à-tête exceptionnel, organisé tous les détails d'une scène inoubliable…

Elle avait brûlé d'impatience, persuadée qu'il serait aux anges en apprenant la nouvelle. Au lieu de cela, elle s'était retrouvée face à un individu méconnaissable, animé d'une rage froide, d'une cruauté implacable.

Suivant leur rituel, elle était arrivée en avance dans l'appartement de John afin de l'attendre au lit, blottie sous les couvertures comme une enfant assoupie. Julianna renversa la tête en arrière contre le mur froid, tandis que sa mémoire remontait le temps. Pour plaire à son amant, elle n'avait pas choisi une nuisette affriolante ou des dessous provocants mais une longue chemise fleurie sagement boutonnée jusqu'au cou et ourlée d'un petit volant.

Le genre de chemise de nuit que porte une petite fille.

La petite fille de John…

Quelques mois plus tôt…

Julianna s'enfonça plus profondément sous les couvertures et sentit le contact duveteux, rassurant, de la chemise de flanelle contre ses jambes. Elle avait un trac fou et ressentait en même temps un mélange d'exaltation et d'impatience.

Elle s'efforça de se dominer — sans grand résultat, toutefois. Le cœur battant la chamade, elle ne cessait d'envisager ce qu'elle allait dire à John et d'imaginer la manière dont il réagirait, d'imaginer l'avenir — leur avenir.

Enceinte. De douze semaines et un jour. Bien qu'elle eût délibérément omis de prendre ses contraceptifs dans l'espoir que cela lui arriverait, elle avait peine à croire que c'était vrai.

Désormais, elle était enfin une femme.

Julianna serra très fort les paupières et inspira profondément afin d'apaiser les battements de son cœur. Voilà pourquoi elle avait arrêté de prendre la pilule à l'insu de John. Elle était lasse de jouer les petites filles. Elle voulait devenir une femme, éprouvait le besoin d'avoir ce qu'avaient les autres femmes. Elle était certaine d'avoir bien fait.

John lui donnerait ce qu'elle désirait. Il ne lui avait jamais rien refusé.

Elle posa une main sur son abdomen encore presque plat, essayant de visualiser l'avenir. Elle voulait former avec John un véritable couple comme ceux qu'on voit à la télévision. De vrais amants, des amants semblables aux héros des films et des romans sentimentaux ; passionnés, unis pour la vie. Et… et adultes.

Julianna avait du mal à déterminer ce qu'elle désirait vraiment, ce qui lui manquait dans ses rapports avec John. Ce n'était pas simplement le fait qu'ils ne vivent pas ensemble, qu'il soit le seul homme qu'elle eût jamais fréquenté — ni même leur différence d'âge ; ce n'était pas non plus qu'elle ne fût pas amoureuse de lui — elle l'aimait de tout son cœur.

Elle roula sur le côté et la douce étoffe de la chemise lui chatouilla de nouveau les mollets. Des larmes lui montèrent brusquement aux yeux. Elle avait arpenté le rayon lingerie des grands magasins, rêvant d'enfiler les dessous transparents, aguicheurs, que nombre de femmes portent pour plaire à leur homme. Elle avait observé avec envie les autres couples, la manière dont hommes et femmes se regardaient, se touchaient.

John ne se comportait pas ainsi avec elle. Il la traitait avec douceur ; avec amour, respect et tendresse ; ce qui était agréable, bien sûr. Et pourtant… elle désirait davantage. Elle rêvait secrètement de passion. Le déchaînement des sens — voire une saine dispute, à l'occasion —, voilà à quoi devait ressembler la passion.

Elle entendit John à la porte d'entrée. Vite, elle ferma les yeux et se mit à respirer profondément, régulièrement, feignant de dormir.

Cela faisait partie du jeu. Le jeu auquel ils se livraient depuis la toute première fois, bien des années plus tôt.

Seulement, à l'époque, ce n'était pas un jeu. Elle ne faisait pas semblant d'être une enfant ; elle n'était alors qu'une toute petite fille.

La porte de la chambre s'ouvrit ; un rai de lumière balaya le lit. Quelques secondes plus tard, le bord du matelas s'affaissa légèrement sous le poids de John.

Pendant un instant, il garda le silence. Julianna savait qu'il la regardait. Comme d'habitude, elle réprima un violent désir d'ouvrir les yeux pour le regarder à son tour, refoula l'envie d'essayer de déchiffrer ses pensées au fond de ses yeux.

— Julianna, dit-il doucement, c'est moi, ma chérie. C'est John.

— John ? murmura-t-elle d'une voix faussement ensommeillée en battant des paupières comme si elle venait tout juste de se réveiller. Tu es de retour ?

— Oui, mon amour. Me voilà.

— Tu m'as manqué, roucoula-t-elle en lui souriant. Tu es venu me border ?

— Oui.

Il prit son visage en coupe entre ses mains et la regarda tout au fond des yeux.

— Je t'aime, ma poupée. Je t'ai toujours aimée, depuis le premier jour où je t'ai vue. Est-ce que tu le sais ?

A cet instant précis de la comédie qui se répétait depuis des années, la jeune fille éprouva une fois de plus une fugitive sensation d'affolement — comme une brève explosion de panique au creux de l'estomac.

Il se pencha sur elle et effleura sa tempe d'un baiser.

— Je t'ai apporté quelque chose.

— C'est vrai ?

— Mmm-hmm.

Faisant l'enfant, elle se redressa d'un bond dans le lit.

— Qu'est-ce que c'est ?

John posa les deux mains sur ses épaules.

— As-tu été bien sage en mon absence ?

Elle hocha vivement la tête, passé et présent ne formant plus qu'un dans son esprit, tandis qu'une étrange sensation de crainte mêlée d'excitation s'emparait de nouveau d'elle, lui nouait le ventre, suscitait en elle un plaisir qui confinait au malaise.

— Es-tu toujours ma petite fille bien sage ?

Elle fit de nouveau signe que oui et se mit à trembler.

— Je ne peux pas rester loin de toi, Julianna.

Il lui caressa les cheveux.

— J'ai essayé mais je ne peux pas, je ne peux plus. Tu es à moi, depuis toujours. Et tu m'appartiendras toujours. Comprends-tu ?

— Que… veux-tu dire ?

— Tu vas comprendre. Bientôt.

Un sourire retroussa le coin de ses lèvres.

— Je te promets que tu comprendras.

Il écarta délicatement les couvertures avec un petit murmure satisfait.

— Jolie poupée, chuchota-t-il en froissant entre ses doigts le tissu douillet de la chemise. Ma douce, ma ravissante poupée.

— John ? dit-elle d'une petite voix frêle.

— Ne crains rien, mon ange. Montre à ton John combien tu l'aimes.

Il exerça une légère pression sur ses épaules, l'obligeant à s'allonger de nouveau.

— Montre-moi que tu es ma gentille petite fille.

Ce qu'elle fit. Totalement inerte, comme il plaisait à son amant, elle le laissa promener ses mains sur son corps, d'abord doucement, puis avec une fébrilité croissante.

Il n'ôta pas ses propres vêtements ; il ne la pénétrerait pas, Julianna le savait. Il le faisait très rarement. Il se consacrait de préférence au plaisir qu'il lui procurait en la caressant tour à tour avec ses mains, sa bouche, ses doigts.

Il fallait qu'elle eût joui, reins cambrés, dans un long cri où perçait une note de surprise hésitante, avant de retomber sur le lit en gémissant doucement, pour qu'il se serrât enfin contre elle. Il transpirait alors abondamment, haletant, comme s'il arrivait au terme d'un marathon. L'excitation et la puissance de son propre désir inassouvi faisaient frémir son corps tout entier.

— Ma douce, ma tendre Julianna. Que deviendrais-je sans toi ?

Elle tourna le visage vers lui et l'embrassa, songeant à l'enfant à naître, se réjouissant de la bonne surprise qu'elle réservait à son amant.

— Je t'aime, John.

Elle sourit et l'embrassa encore.

— Je t'aime tant.

— Montre-moi à quel point, ma beauté.

Prenant sa main, il la posa sur son pénis en érection.

— Montre-moi.

Julianna obtempéra. Elle le prit entre ses doigts, le caressa, le massa et le lécha à petits coups de langue, l'amenant graduellement jusqu'à l'orgasme.

Un éclat de rire éraillé provenant de l'appartement voisin fit tressaillir la jeune femme. Légèrement désorientée, elle cligna des yeux, puis s'aperçut qu'elle devait aller aux toilettes. C'était si urgent qu'elle craignit un instant de ne pas y arriver.

Elle descendit péniblement du lit et se traîna jusqu'aux W.-C., pieds nus sur le vieux plancher rugueux. Le miroir au-dessus du lavabo, sans doute aussi ancien que l'immeuble, était tout piqueté ; traversé en diagonale d'une longue fêlure, il renvoyait à la jeune femme un reflet morcelé de son visage.

Retenant son souffle, elle observa sa figure déformée, presque méconnaissable. Puis elle se tourna de profil, les mains croisées sur son ventre dilaté. Pathétique, songea-t-elle, se remémorant l'appréciation de ses collègues, quelques heures plus tôt. Rejetée. Acculée dans une impasse.

— *Tu ne réussiras pas à donner le change, compris ? Toi et le petit bâtard que tu portes.*

Se regarder lui était pénible et elle se détourna du miroir. Pourquoi agissait-elle ainsi ? Pourquoi était-elle là, seule et enceinte de quatre mois ? Elle ne voulait pas d'enfant ; elle n'avait pas envie de ressembler à ces femmes aux yeux creux qu'elle voyait chez Buster et qui couraient sans cesse après leurs rejetons morveux pour les moucher, exténuées en permanence. Ce n'était pas pour cela qu'elle avait arrêté de prendre la pilule.

C'était pourtant bien le sort qui l'attendait.

Elle aurait dû obéir à John et se débarrasser du bébé. Sa mère elle-même lui avait demandé si elle était certaine d'avoir fait le bon choix. Elle aurait déjà assez de mal à échapper à John et à se débrouiller seule sans s'encombrer d'un bébé, avait-elle ajouté, proposant à Julianna de la conduire dans une clinique qui pratiquait l'avortement.

Mais Julianna continuait à considérer d'un œil ébloui cette grossesse inespérée — son accession au statut d'adulte. Son avenir lui paraissait miraculeusement transformé.

Avec un gémissement, elle se laissa glisser sur le sol et appuya sa joue contre le meuble du lavabo dont la peinture s'écaillait par endroits. Plus rien ne l'éblouissait, à présent. Elle voyait l'avenir avec lucidité et cette perspective l'épouvantait ; presque autant que le passé.

Elle referma les yeux, remontant de nouveau le temps jusqu'à la dernière soirée qu'elle avait passée avec John…

*
* *

Allongés face à face sur le lit, ils avaient bavardé tranquillement. John lui avait demandé comment elle s'était occupée pendant les semaines où il avait été absent. Comme toujours, elle avait tout raconté, se montrant intarissable sur son cours d'aquarelle et ses séances de jazz — alors qu'elle ne pensait à rien d'autre qu'à sa grossesse.

John l'avait écoutée attentivement, presque aux aguets, comme s'il devinait qu'elle lui cachait quelque chose. Et tandis qu'elle parlait, il l'étudia avec une intensité déconcertante. Il la connaissait si bien… mieux que personne ne pourrait jamais la connaître, évidemment.

Il fallait le lui dire. Lui avouer sans ambages comment elle avait arrêté de prendre la pilule, n'avait pas eu ses règles et était allée consulter le médecin ; lui expliquer que le résultat du test était positif. Lui faire partager son euphorie.

« Pas encore, songea-t-elle, freinée par une appréhension qui commençait à se muer en panique. Pas encore. »

— Et ton voyage ? s'enquit-elle.

— Très réussi.

— Où étais-tu ?

John la regarda sans rien dire. Il avait établi une règle : elle ne devait jamais, jamais l'interroger sur ses activités. Julianna savait qu'il travaillait pour l'Etat — la CIA ou un service de ce genre — et que les fonctions qu'il y exerçait étaient classées top secret. Elle n'en savait pas davantage.

Pendant longtemps, cela lui avait suffi. Ce qu'il faisait ne l'intéressait pas. Mais récemment, sa curiosité s'était aiguisée. Tous ces mystères lui procuraient un sentiment de frustration. Elle se sentait exclue de l'existence de John, tandis que la sienne lui paraissait insipide.

Aussi, tout en sachant qu'il se fâcherait s'il découvrait son audace, s'était-elle mise à fureter dans son appartement ; la première fois, il revenait tout juste d'un voyage d'affaires et prenait une douche. Le cœur battant, elle avait fouillé ses bagages et les poches de son veston.

Elle n'avait rien trouvé de particulier cette fois-là mais depuis lors, en recommençant, elle avait fait un certain nombre de découvertes insolites : par exemple, dans la poche intérieure d'un pardessus, une lettre ouverte adressée à quelqu'un d'autre que John et à une adresse différente de la sienne. Son contenu consistait en une simple ligne d'un charabia totalement incompréhensible. Au fond d'un sac de voyage, elle avait également trouvé un billet d'avion pour la Colombie, pays où John prétendait n'avoir jamais mis les pieds ; le nom du passager inscrit sur le talon était celui d'un certain M. Wendell White. Enhardie par ces succès, elle avait continué de plus belle.

Certains soirs où John était en voyage, le temps lui paraissant bien long, elle s'était rendue chez lui pour fouiller son logement jusqu'aux moindres recoins, cherchant une cachette secrète dans les tiroirs de chaque meuble, de chaque placard, derrière les cadres des photos et des tableaux accrochés aux murs. Elle avait même examiné le contenu de son congélateur. Enfin, sa persévérance avait été récompensée sous la forme d'un petit objet plat, soigneusement enveloppé dans du papier de boucherie et dissimulé entre deux paquets de viande congelée : un carnet de notes à spirale relié de cuir. Plusieurs colonnes de dates suivies d'inscriptions codées en remplissaient les pages.

Ce soir-là, elle avait enfin compris pourquoi John ne lui parlait jamais de son travail ; pourquoi elle ne l'avait jamais entendu mentionner le nom d'un collègue ou d'un associé ; pourquoi il parcourait le monde entier sans laisser aucun numéro où elle pût le joindre.

Un espion. John était un espion.

Effrayée, elle avait aussitôt replacé le petit carnet au fond du congélateur.

— Je suis obligé de repartir demain matin.

Julianna se souleva sur un coude.

— Mais tu viens tout juste de rentrer !

— Une affaire inachevée m'attend. Je regrette.

— Combien de temps seras-tu absent, cette fois ?

— Je l'ignore. Une semaine ou deux. Peut-être un mois. Tout dépend de la manière dont ma mission va évoluer.

— Dis-moi au moins où tu seras.

— Impossible. Tu le sais bien.

Elle le savait ; mais ce n'était pas plus agréable pour autant. Décidée à bouder, elle lui tourna le dos.

— Ne fais pas la tête, dit John. Tu es trop mignonne pour te comporter ainsi.

Se retournant à demi, elle lui jeta par-dessus l'épaule un regard courroucé.

— Je m'ennuie tellement quand tu n'es pas là ! Je n'ai absolument rien à faire ! Et je suis toujours toute seule.

— Ceci te consolera peut-être un peu.

Il ramassa le blouson qu'il avait laissé tomber sur la descente de lit. De l'une des poches, il retira un petit écrin de velours bleu marine et le lui tendit.

— C'est pour moi ? demanda-t-elle, ravie.

— Pour qui d'autre ?

Il esquissa un sourire.

— Allez, ouvre-le.

Julianna s'assit dans le lit, prit vivement l'écrin, l'ouvrit et ne put réprimer un mouvement de surprise. A l'intérieur, une paire de boucles d'oreilles en diamant étincelait sur son lit de velours sombre. Elle les contempla avec une stupéfaction émerveillée. Les pierres précieuses étaient énormes : un carat chacune, au moins. Julianna leva les yeux sur son amant.

— John, elles sont magnifiques.

— Mais pas aussi belles que l'élue de mon cœur, murmura-t-il en reprenant l'écrin. Attends, je vais te les mettre.

Julianna souleva ses cheveux au-dessus des oreilles et John glissa les pointes dorées dans les orifices des lobes, avant de visser les fermoirs. Dès qu'il eut terminé, elle bondit hors du lit et courut jusqu'à la salle de bains. Se postant devant le miroir du lavabo, elle admira les bijoux. L'effet était somptueux. Les diamants étincelaient comme des flammes de glace contre ses joues.

John la rejoignit et s'immobilisa derrière elle.

— Elles ne te rendent pas justice, dit-il. Ces diamants ne sont pas des joyaux assez exceptionnels ; ils n'ont pas cette chaleur, cette flamme qui te caractérise.

— Oh, John !

Faisant volte-face, Julianna se jeta à son cou.

— Elles sont superbes ! Je les adore !

Elle le serra dans ses bras.

— Merci. Merci !

— Petite folle.

Riant, il lissa les boucles brunes du bout des doigts, dégageant l'ovale de son visage.

— Ne sais-tu pas que tu les mérites ?

— Tu me gâtes trop.

— Tu es née pour être gâtée, dit John avec un sourire câlin ; pour être à moi et te faire gâter.

Il l'embrassa sur le front.

— J'ai envie de faire couler un bain. Cela te tente-t-il ?

Elle se frotta contre lui.

— Ce sera délicieux.

S'écartant, il ouvrit tout grands les robinets de la baignoire ancienne aux pieds griffus. John aimait lui donner son bain comme il le faisait lorsqu'elle était petite. Il aimait la laver de la tête aux pieds, l'envelopper dans une grande serviette moelleuse puis poudrer son corps avec soin et lui sécher les cheveux.

Le bain commença comme les centaines d'autres qui l'avaient précédé. Il enduisit un gant de savon et le lui promena sur le dos, les membres, le ventre en lui murmurant des mots tendres. Soudain il s'arrêta, fronçant les sourcils.

— Tu as pris un peu de poids, dit-il d'un ton de reproche avant de recommencer à lui savonner la taille et le ventre.

Julianna se crispa. Il la voulait toujours mince comme un fil, avec une silhouette d'adolescente. Que dirait-il quand elle lui annoncerait que son corps allait se déformer de plus en plus au cours des mois à venir ?

— Ce n'est rien, chuchota-t-il d'un ton paisible, mettant son silence sur le compte de l'embarras. Je vais te concocter un petit régime et toi, tu te trouveras un professeur particulier de gymnastique. Ces kilos superflus disparaîtront comme par magie.

Il trempa le gant dans l'eau pour lui rincer les épaules. Puis il contourna la baignoire et frotta doucement le gant sur sa poitrine. Là encore, il s'arrêta brusquement.

— John, souffla-t-elle d'une toute petite voix, j'ai quelque chose à te dire.

Il croisa son regard et posa de nouveau les yeux sur ses seins. Après avoir écarté les bulles autour d'elle, il prit sa poitrine dans ses mains comme pour la soupeser.

Julianna sentit son visage s'empourprer. *Il savait. Il voyait et sentait les changements qui s'opéraient dans son corps.*

Soudain volubile, elle se mit alors à lui raconter de manière un peu décousue comment elle avait cessé de prendre son contraceptif oral, l'absence de règles qui en avait découlé, et conclut par la consultation chez le gynécologue.

— Je suis enceinte ! annonça-t-elle enfin triomphalement. Nous allons avoir un bébé. Nous allons former une famille.

John la fixa d'un air absent, un léger tic faisant tressaillir sa mâchoire crispée.

Le silence se prolongea.

— John ? demanda-t-elle tout doucement tandis que l'appréhension commençait à la gagner.

Cela ne se passait pas comme elle l'avait prévu, comme elle l'avait rêvé.

John était déboussolé et il lui fallait un peu de temps pour s'adapter, se dit-elle. Du temps pour s'accoutumer à l'idée d'être papa ; rien de plus.

— Cette grossesse est donc préméditée ? demanda-t-il enfin. Tu as agi en pleine connaissance de cause ?

— Oui.

Elle leva sur lui des yeux suppliants.

— J'espère que tu n'es pas fâché ; je voulais seulement que nous formions un… un vrai couple. Je t'aime infiniment et je… je voudrais faire comme les autres femmes.

— Comme les autres femmes, répéta-t-il. Tu ne sais même pas ce que cela signifie.

— Si, je le sais. Du moins, il me semble.

D'un geste machinal, elle joignit les mains.

— Laisse-moi essayer, John. S'il te plaît.

— Cela ne se produira pas, Julianna. Cet enfant ne viendra pas au monde.

Il lâcha le gant de toilette.

— Inutile d'y songer.

Ces paroles lui firent l'effet d'une gifle ; sortant une main de l'eau, elle s'empara de la sienne.

— Pourquoi donc ? insista-t-elle. Tu me dis que tu m'aimes… je ne te demande pas de m'épouser. Ce n'est pas mon but. Je voudrais simplement… simplement…

— Simplement, quoi ?

Il dégagea sa main d'un geste brusque.

— Etre grosse, déformée et tout le temps fatiguée ? Devenir un paillasson au lieu d'une princesse ?

— Non ! s'écria-t-elle, les yeux noyés de larmes. Ce n'est pas forcément ce qui va se passer. Ma mère n'a pas changé après ma naissance.

— Ta mère est une putain. C'est cela que tu veux ?

De stupeur, Julianna demeura bouche bée. Comment pouvait-il parler ainsi de sa mère ? Ils étaient amis. Il avait même été amoureux d'elle, autrefois.

— Je ne te partagerai avec personne, Julianna ; ni un autre homme, ni des collègues de travail ni une amie intime. Ni même un enfant. Comprends-tu ?

— Mais ce n'est pas juste !

A l'instant même où cette exclamation involontaire franchissait ses lèvres, elle se rendit compte qu'il s'agissait d'une réaction d'enfant capricieuse, contrariée dans ses intentions.

— Vraiment ?

Il se mit à ricaner et Julianna frissonna. Le son de sa voix lui fit soudain froid dans le dos.

— Parce que la vie est toujours juste, selon toi ?

— Je veux cet enfant, John.

— Je suis désolé de l'apprendre mais tu réussiras à surmonter ce dépit passager. Maintenant, sors de cette baignoire. Le bain est terminé. Quand tu seras rhabillée, nous discuterons de la manière dont tu vas résoudre ce problème.

— La manière dont je vais résoudre ce problème ! s'exclama Julianna. C'est plutôt la manière dont tu me diras de le résoudre, n'est-ce pas ?

— Exactement.

Il se dirigea vers la porte.

— Tu me trouveras dans la cuisine.

— Pourquoi me traites-tu ainsi ?

Elle se mit debout et attrapa la serviette, tremblante de colère et d'indignation. C'était tellement injuste !

Elle avait presque vingt ans. Elle n'était plus un bébé, tout de même.

— Tu me parles comme si j'étais une gamine ! Un bébé de deux ans à peine. J'en ai par-dessus la tête ! Je ne veux plus être un bébé. Je ne veux pas être ta *petite fille*.

John fit brusquement volte-face et plissa les yeux.

— Je te conseille de cesser cette comédie, Julianna. Immédiatement. Avant qu'il soit trop tard.

Elle haussa le menton, ignorant la menace, bien qu'une étrange intonation dans la voix de son amant l'eût glacée jusqu'au sang. Elle écarta les bras.

— Regarde-moi bien, John. Pourquoi ne vois-tu pas la femme que je suis devenue ? Ne suis-je pas comme les autres, après tout ? Pour une fois, ne pourrais-tu pas faire l'effort de… de…

La phrase mourut sur ses lèvres tandis que le tendre visage qu'elle connaissait se transformait en un masque hideux, empreint d'une rage indescriptible. Le visage d'un être dépourvu de chaleur ou d'humanité ; celui d'un étranger, méconnaissable, et qui lui faisait peur. Il avança vers elle et Julianna eut un mouvement de recul ; elle se sentit soudain petite et vulnérable, exactement comme la fillette qu'elle ne voulait plus être.

— John, supplia-t-elle d'une voix altérée, s'il te plaît… ne sois pas fâché contre moi. J'ai seulement… je…

D'un geste brutal, il la saisit à la gorge, l'envoyant heurter le mur, derrière la baignoire. Sa tête buta contre les carreaux de faïence et elle vit trente-six chandelles.

— Ainsi, tu veux être traitée comme les autres femmes, c'est bien ça ?

Comme la main de John lui comprimait le larynx, l'empêchant de respirer, Julianna la griffa. Ses efforts pour inspirer un peu d'air étaient entrecoupés de petits gémissements de terreur.

— Je te gâte et je te dorlote. Je te traite comme une princesse. Mais ce n'est pas ce que tu souhaites.

Elle ne l'avait jamais vu ainsi, n'avait jamais vu personne ainsi. Il n'élevait pas même la voix et, pourtant, cette sérénité apparente la terrorisait.

Où était l'homme qu'elle connaissait et aimait ? L'amant d'une douceur, d'une tendresse, d'une patience à toute épreuve ?

Il se pencha vers elle, ses yeux clairs luisant d'un éclat glacial.

— Tu veux être comme les autres femmes ? Comme ta mère, la putain ?

Il la fit sortir de la baignoire et l'obligea à se traîner sur le sol.

— Alors, viens, je vais te traiter comme les autres femmes.

— Non, John, excuse-moi. S'il te plaît…

Elle essaya de se redresser sur les genoux ; il la jeta de nouveau par terre et se laissa tomber sur elle, lui coupant le souffle.

— Je vais te traiter comme tu le souhaites, dit-il encore en dégrafant sa braguette. Je te traitais comme un être exceptionnel mais cela ne te plaît pas. Ce n'était pas assez bon.

D'un coup de genou, il lui écarta les jambes.

— Eh bien, sois comme tout le monde, Julianna.

Il s'enfonça brutalement en elle.

Julianna se mit à hurler.

Il recommença, encore et encore. Une douleur affreuse déchira ses entrailles ; elle eut l'impression qu'il essayait de défoncer son utérus avec son sexe et de tuer l'enfant qu'elle portait.

John se retira mais le cauchemar n'était pas terminé pour autant. Il la retourna sur le ventre et la fit mettre à quatre pattes. Puis il la pénétra par-derrière en la tenant par les hanches, ses doigts s'enfonçant impitoyablement dans sa chair tendre tandis qu'elle essayait de lui échapper.

— Cela te plaît, Julianna ? Tu aimes te faire prendre en levrette, ma petite mignonne, ma princesse ?

Il ricana de nouveau avec une froideur, une cruauté insoutenables.

— Grogne pour moi comme un animal. Sois pour moi une chatte en chaleur, c'est tellement meilleur que d'être l'élue de mon cœur.

Il empoigna ses seins, les pinça et les tordit sans ménagement.

— Allons, Julianna. Grogne pour moi. Couine comme la putain de truie que tu rêves d'être.

Secouée de sanglots, elle obtempéra, émettant péniblement des cris lamentables, avilie et honteuse, horrifiée. Elle aurait voulu pouvoir rentrer sous terre, disparaître à jamais. Elle avait envie de mourir.

Elle le sentit jouir en elle et l'étreinte sur ses seins se fit insupportable tandis que John donnait libre cours à sa férocité. Ses râles évoquaient ceux d'un prédateur dominant sa proie.

Enfin, il la lâcha et elle s'effondra sur le sol carrelé. Une douleur atroce lui déchirait le ventre et elle se recroquevilla sur le côté en position fœtale, les bras serrés autour de ses genoux repliés, les larmes ruisselant librement le long de ses joues.

— Maintenant, tu es comme les autres femmes.

Le bruit d'une fermeture à glissière et d'une boucle de ceinture qu'on attache ponctuèrent ce constat.

— Alors, heureuse ?

L'estomac de Julianna se contracta en un violent haut-le-cœur. Elle essaya en vain de réprimer sa nausée et tourna la tête de côté pour vomir.

John fit une grimace de dégoût et lui lança une serviette-éponge.

— Tu te débarrasseras du bébé dès demain. C'est compris ?

Julianna acquiesça.

— Jusqu'à présent, je t'ai accordé une confiance absolue. Ai-je eu tort ?

Julianna émit une plainte presque inaudible et secoua la tête.

— Bien. Ne t'avise plus de me tenir tête ou de désobéir, ou tu seras sévèrement châtiée. Est-ce bien compris ?

Elle acquiesça de nouveau. Cette fois, il ne s'estima pas satisfait et renouvela sa question.

— As-tu compris ?

— Oui, dit-elle dans un souffle.

— Débarrasse-toi de ça demain matin, ou je m'en chargerai moi-même.

Sur ces mots, il partit.

Brutalement propulsée dans le présent par un sanglot qui lui obstruait la gorge, Julianna se rendit compte qu'elle gisait toujours sur le sol de la salle de bains, roulée en boule comme une misérable loque. Il faisait froid et elle avait mal.

John était bien l'individu que sa mère lui avait décrit ; le tueur de la CIA ; le monstre dont Clark Russel avait dressé le portrait ; celui qui avait tué les hommes et les femmes dont elle avait vu les cadavres sur les photos et beaucoup d'autres encore, selon Clark.

Il n'hésiterait pas à la tuer, elle aussi ; s'il parvenait à la retrouver.

Il ne la retrouverait pas, se promit-elle en s'appuyant contre le coin du lavabo pour se remettre debout tant bien que mal. Elle s'arrangerait pour continuer à lui échapper, dût-elle passer le reste de sa vie à fuir et à se cacher.

4

Julianna trouva finalement un médecin dans les pages jaunes de l'annuaire local. Elle avait appelé une demi-douzaine d'obstétriciens avant d'en découvrir un qui acceptât de la recevoir en consultation sans aucune assurance pour couvrir ses frais de santé. La secrétaire lui expliqua qu'il faudrait régler le montant de la visite avant de quitter le cabinet médical.

Julianna faillit se décourager en apprenant combien il lui en coûterait : cent trente-cinq dollars, sauf difficultés imprévues susceptibles de nécessiter des examens complémentaires. Ces frais représentaient plus de dix pour cent de la somme qui lui restait sur les dix mille dollars remis par sa mère. Pour une seule consultation.

Mais l'enjeu valait bien la dépense, décida-t-elle. Si désespérée que fût sa situation, jamais elle ne supporterait le dispensaire et l'hôpital public. Car elle s'y était rendue. Et à la vue de la salle d'attente crasseuse et bondée, de cette foule de patients entassés comme dans un wagon à bestiaux, elle avait immédiatement tourné les talons.

Le cabinet du Dr Samuel, lui, était lumineux, délicatement parfumé et confortable. Les quelques patientes qui attendaient leur tour étaient des femmes d'allure respectable, manifestement enceintes comme elle.

Bien que chacun eût fait de son mieux pour la mettre à l'aise, Julianna avait un trac fou. Son cœur battait trop vite et ses paumes étaient moites. Elle ne savait pas ce qui l'attendait, se demandait à quel genre de médecin elle aurait affaire et comment il accueillerait sa demande.

Une infirmière la mena jusqu'à la table d'examen et Julianna sentit bientôt le papier blanc crisser légèrement sous elle. *Dépêchez-vous, docteur. Finissons-en au plus vite.*

Elle ferma les yeux et inspira lentement, profondément. Après cette consultation, ce serait terminé, songea-t-elle. Elle n'aurait plus besoin d'être examinée. Où avait-elle donc la tête, depuis quelques mois ? Elle avait commis une bévue en voulant cette grossesse ; une énorme bévue.

La porte s'ouvrit et un homme en blouse blanche pénétra dans la pièce, suivi de l'infirmière qui avait pesé Julianna et mesuré sa tension avant de lui donner un flacon d'urine à remplir. Il lui tendit la main avec un sourire.

— Je suis le Dr Samuel.

Ils échangèrent une poignée de main. Il était encore jeune et presque séduisant, avec son visage mince et ses lunettes rondes à fine monture il avait l'air d'un homme intelligent et humain — d'un bon médecin, en somme. Cette constatation la rassura un peu.

— Julianna Starr.

— Enchanté.

Lâchant sa main, il se tourna vers l'infirmière, qui lui remit un dossier — probablement le questionnaire qu'elle avait rempli dans la salle d'attente, songea Julianna.

— Votre tension et votre poids semblent corrects.

L'urine a été analysée. Il tourna une page.

— Pas d'alcool ? Pas de stupéfiants ?

— Non, docteur.

— Vous ne fumez pas non plus. C'est très bien.

Il esquissa un sourire.

— D'après la date de vos dernières règles, vous êtes enceinte de vingt-cinq semaines et quelques jours. Par conséquent, l'accouchement devrait avoir lieu aux alentours du 11 mai.

Il la regarda.

— Cela vous paraît à peu près normal ?

— Oui ; enfin, je suppose.

— Si vous vous allongiez un instant ? Nous allons voir comment évolue cette grossesse.

Julianna s'exécuta et l'obstétricien mesura son ventre, en vérifia la souplesse puis, à l'aide d'un Doppler, trouva les battements du cœur de l'enfant qu'ils écoutèrent ensemble. Cela faisait l'effet d'un minuscule marteau pneumatique frappant régulièrement au fond de son corps.

— C'est peut-être une fille, murmura le Dr Samuel. Le cœur des filles bat plus vite.

Il lui tendit la main pour l'aider à s'asseoir.

— C'est tout ? demanda Julianna, surprise.

Il sourit encore et l'infirmière eut un petit rire indulgent.

— Cela ne vous suffit pas ? La plupart de mes patientes ont plutôt hâte de sortir d'ici.

— C'est-à-dire que… je croyais qu'il y aurait… que l'examen serait plus long.

Le médecin consulta de nouveau son dossier.

— Vous êtes jeune et en bonne santé. Je lis ici que vous avez des moyens limités ; comme une échographie ne me semble pas indispensable, je ne vois pas l'intérêt d'en ajouter une. Cela coûte très cher.

Il chercha son regard.

— Il n'y a aucun ennui que vous auriez omis de signaler, n'est-ce pas ? Pas de saignements ? De douleurs ? Quelque chose d'autre ?

Julianna jeta un coup d'œil vers l'infirmière avant de reporter son attention sur lui. Elle humecta ses lèvres, de nouveau gagnée par l'anxiété.

— Non, rien de tout cela.

— Bien. Allez vous rhabiller, je vous attends ensuite dans mon bureau. Nous parlerons de ce qui vous attend dans les mois à venir.

Julianna opina, soulagée de ne pas avoir à s'épancher en présence de l'infirmière. Cette femme lui rappelait un peu sa grand-mère et elle craignait de ne pouvoir s'exprimer en toute franchise devant elle.

Dix minutes plus tard, Julianna était habillée et assise en face du Dr Samuel.

— Je lis ici que vous êtes arrivée récemment dans la région ?

— C'est exact.

— Il faudra nous faire parvenir votre dossier médical. Vous ne mentionnez aucun obstétricien sur le questionnaire.

— Je n'en ai pas.

Elle observa ses mains, essayant de rassembler son courage.

— Je suis allée voir mon généraliste habituel pour effectuer le test de grossesse et… et…

— Vous n'avez vu personne depuis lors.

Elle fit signe que non.

— Dans ce cas, je suppose que vous ne prenez pas les vitamines normalement prescrites à ce stade ?

— Non, je…

— Ce n'est pas grave, nous allons y remédier tout de suite.

Prenant une ordonnance, il se mit à écrire.

— Je veux avorter.

Le médecin releva la tête.

— Plaît-il ?

— Je ne veux pas de cet enfant. C'était une erreur. J'ai commis une erreur depuis le début.

Un silence suivit cet aveu, puis le médecin s'éclaircit la gorge.

— Et le père ? demanda-t-il ensuite.

— Il… Nous ne vivons plus ensemble. Du reste, il m'a clairement fait comprendre dès le début qu'il ne voulait absolument pas d'enfant.

Le Dr Samuel croisa les mains devant lui sur le bureau.

— Dans ce cas, jeune fille, la situation se présente mal. D'abord, je ne pratique pas l'avortement. En ce qui me concerne, j'ai choisi l'obstétrique pour aider à donner la vie — pas pour y mettre fin.

— Mais vous pourriez peut-être m'indiquer quelqu'un qui…

Il lui coupa la parole.

— Ensuite, vous n'êtes plus en mesure de prendre cette décision. L'avortement ne fait plus partie de vos options.

Elle sentit sa gorge se nouer.

— Je ne comprends pas.

— Votre grossesse est trop avancée.

Il secoua la tête.

— La loi autorise l'avortement jusqu'à la vingt-quatrième semaine après la date du dernier cycle menstruel. Vous avez dépassé le terme ; d'une semaine et trois jours.

Une semaine et trois jours. Une broutille. Que racontait-il là ? C'était impossible. Ses yeux s'emplirent de larmes.

— Ce n'est pas ce que vous croyez... c'est... c'est beaucoup plus grave. Je... je n'ai absolument personne au monde, balbutia-t-elle. Je ne peux pas prendre soin d'un bébé. Je n'en ai pas les moyens.

Sa voix se fit plus aiguë.

— Je vous le répète, j'ai commis une bévue. Tout cela est le résultat d'une terrible méprise !

— Je regrette, il n'y a rien à faire.

Comme il s'apprêtait à se lever, elle saisit sa main et s'y accrocha désespérément.

— Quelqu'un ne pourrait-il pas... Quelqu'un qui pratique l'avortement pourrait peut-être juste... tricher un peu sur la date ? Avec la méthode par aspiration...

Les joues du praticien s'empourprèrent et il dégagea fermement sa main, l'air sévère.

— Ce serait demander à un médecin de mentir, mademoiselle Starr. De violer la loi. De risquer de se voir interdire l'exercice de la médecine. Et ce n'est pas tout...

Maugréant à part soi, il consulta sa montre.

— Je vais vous montrer quelque chose.

Il alla choisir un ouvrage sur les étagères de sa bibliothèque murale et l'apporta sur son bureau. Après en avoir feuilleté rapidement les pages, il tourna vers elle le livre ouvert, lui présentant la photo d'un fœtus dans un utérus.

— Vous voyez cette image ? C'est celle d'un fœtus de deux mois.

Julianna examina le cliché. Il était semblable à tous ceux qu'elle avait vus jusque-là — une petite créature qui ressemblait à un extraterrestre, avec une tête démesurément grosse et un réseau de veinules rouges visible à travers sa peau transparente. En dépit de sa forme humaine, il avait encore l'air d'une drôle de bestiole, sans grand rapport avec un enfant.

L'obstétricien tourna quelques pages de plus et s'arrêta.

— Voici le bébé que vous portez.

Julianna regarda la photo, bouleversée. Ce n'était plus une créature indéterminée, une sorte de martien. C'était un bébé. Il avait des mains complètes, avec tous les doigts, des pieds entiers avec leurs orteils. Un visage. Il suçait son pouce. D'un geste machinal, elle porta la main à son abdomen tout en levant les yeux sur le médecin.

— Etes-vous... sûr ? Je veux dire, que j'en suis... qu'il est déjà...

— Absolument, répondit-il.

Il s'éclaircit la gorge.

— Au début du septième mois, les enfants à naître distinguent déjà la voix de leur mère, ils réagissent au bruit et à la lumière. Votre grossesse est tellement avancée que, si vous accouchiez aujourd'hui, votre enfant prématuré aurait quelque chance de survivre en couveuse.

— Je... je ne savais pas.

Elle jeta encore un coup d'œil sur le livre ouvert.

— Enfin, je croyais...

Brusquement, les larmes qui affluaient depuis un instant emplirent ses yeux et ruisselèrent le long de ses joues.

— Que vais-je faire, docteur ? Que vais-je faire ?

L'expression du praticien s'adoucit. Il lui tendit une boîte de mouchoirs.

— Julianna, vous dites que vous ne pouvez pas, que vous ne voulez pas prendre soin de cet enfant. En êtes-vous vraiment certaine ? Quand vous verrez votre bébé et le prendrez dans vos bras…

— Non, dit-elle. Non, je ne veux pas. Et je ne changerai pas d'avis — en aucun cas, j'en suis sûre.

— Avez-vous songé à confier cet enfant à des parents adoptifs ?

— Adoptifs ? répéta-t-elle, consciente de sa stupidité. Non. A vrai dire, je n'ai pas… songé à grand-chose d'autre…

Qu'à John. Et aux moyens de survivre.

Le médecin vint s'asseoir en face d'elle.

— Il y a dans ce pays des milliers de couples stériles, des couples qui souhaitent désespérément trouver un nouveau-né à adopter. Ce sont de braves gens, généreux et solides. Des couples qui s'engagent pour la vie. Ils procureraient à cet enfant un foyer chaleureux, l'affec-tion d'une vraie famille.

Le Dr Samuel se pencha vers elle, l'air sérieux, profondément convaincu.

— Vous entrez dans le dernier trimestre de votre grossesse, Julianna. Ce ne sera plus très long, à présent. Vous admettez que vous n'avez ni l'envie, ni les moyens de vous occuper d'un enfant. A ce stade, l'avortement est hors de question. L'adoption serait donc la solution idéale.

Julianna considéra un moment sa proposition.

— Mais comment… Enfin, où les trouverais-je, ces couples dont vous parlez ?

— Il existe dans la région plusieurs organismes réputés ainsi que de nombreux juristes spécialisés dans les questions d'adoption. Je travaille en fait avec l'un de ces organismes — le meilleur, à mon avis —, la Fondation Citywide.

La jeune femme hésita un peu puis secoua la tête.

— Je ne sais pas…

— C'est une solution qui présente bien des avantages, Julianna. Votre enfant bénéficiera d'une chance inespérée. Il aura des parents qui l'adoreront et le soutiendront dans la vie.

Il accompagna son propos d'un petit sourire entendu.

— J'en parle en connaissance de cause, étant moi-même parent adoptif, expliqua-t-il.

Il fit pivoter son fauteuil, prit un petit cadre sur son bureau et le lui tendit.

— Ma femme et moi avons adopté trois enfants par l'intermédiaire de Citywide.

Il nomma par leurs prénoms la fillette et les deux garçons — des jumeaux.

Julianna regarda leur portrait et son cœur se mit à caracoler malgré elle. C'étaient trois bambins adorables. Ils avaient l'air si heureux, avec leurs mines resplendissantes.

— Ils font la joie de notre existence.

Les yeux de Julianna s'emplirent de nouveau de larmes.

— Je ne sais pas quoi faire, murmura-t-elle, troublée. J'étais seulement venue pour… Je croyais que vous… qu'à partir d'aujourd'hui…

Sa voix s'éteignit sur une note de détresse.

— Réfléchissez, dit le médecin. Accordez-vous un peu de temps.

Se levant, il fit le tour du bureau et sortit une carte du tiroir central.

— Voici l'adresse et le numéro de Citywide. Demandez à parler à Ellen. Elle sera en mesure de répondre à toutes vos questions.

Julianna prit la carte et se leva à son tour.

— Je l'appellerai. Merci, docteur.

— Je voudrais vous revoir dans trois semaines.

Sans doute devina-t-il à son expression qu'elle n'avait pas l'intention de revenir car il secoua la tête d'un air navré.

— Avec ou sans assurance maladie, vous avez besoin d'un suivi médical, Julianna. Vous mettez en danger non seulement la vie du bébé mais aussi la vôtre.

Embarrassée, elle mordilla sa lèvre inférieure.

— Je sais bien ; malheureusement, cela coûte trop cher.

— Si vous choisissez l'adoption, Citywide vous soutiendra financièrement, pour les frais médicaux et ceux de la vie courante.

— Voulez-vous dire qu'ils prendraient en charge les examens médicaux et tous ces trucs-là ?

— Et tous ces trucs-là, confirma le médecin avec un sourire. Le montant de l'allocation est calculé au cas par cas, selon les besoins particuliers. Je ne peux donc pas vous fournir un chiffre précis. En revanche, je vous promets que vous n'aurez rien à débourser pour vos soins médicaux. Et si vous le souhaitez, vous pourrez me garder comme obstétricien.

Il la raccompagna à la porte.

— Promettez-moi au moins d'y réfléchir.

Julianna promit, régla les honoraires à l'accueil et quitta le cabinet, étourdie par les propos qu'elle venait d'entendre. En tout cas, songea-t-elle en sortant dans la rue, c'était là une promesse qu'elle n'aurait aucun mal à tenir.

TROISIÈME PARTIE

Luke

5

Houston, Texas,
janvier 1999

Luke Dallas attendait à une table isolée dans un coin du bar sombre, enfumé. Des cow-boys d'opérette prenaient la pose au rythme d'un air de country, où une chanteuse à la voix nasillarde se lamentait sur son amour sincère pour un homme qui ne l'était pas. Du fond de la salle provenait le bruit caractéristique des boules de billard qui s'entrechoquent, parfois accompagné du rire aigu d'une des femmes aux cheveux crêpés qui, postées autour de la table, regardaient jouer leurs hommes.

Un sourire amusé effleura ses lèvres. Le bar avait été choisi par son contact mais il lui plaisait assez. Il ne manquait pas de charme. Il y régnait une ambiance à la « Texas, Every Man ». Luke imaginait aisément son Alex Lawson à la table de billard, écœurant les gars du coin en s'accaparant non seulement leur argent mais aussi leurs femmes ; et se moquant comme d'une guigne du grabuge qu'il allait provoquer.

Voilà ce qu'il aimait chez Alex, le héros de *Running Dead*, son premier roman publié : il avait des couilles. Il était arrogant, astucieux en diable et secrètement marqué par une enfance de cauchemar. C'était un personnage typiquement issu de l'imaginaire masculin mais que les femmes pouvaient aimer.

Son éditeur avait été tellement emballé par Alex Lawson et son âme damnée Trevor Mann qu'il lui avait fait modifier la fin de *Running Dead* et reprendre ses deux personnages pour le roman suivant. Luke avait donc écrit une trilogie, trois ouvrages unanimement applaudis par la critique et classés en tête du palmarès des meilleures ventes pendant plusieurs mois.

Luke Dallas était le nouvel enfant chéri des maisons d'édition. Son catalogue était sur le point d'être révisé et republié ; son agent littéraire lui avait décroché un nouveau contrat fort avantageux pour plusieurs romans et les racheteurs de droits faisaient monter les enchères sur son travail, tant récent que plus ancien.

Pas mal pour un type qui avait été videur de bar pour assurer sa pitance et payer l'électricité de son ordinateur. Pas mal du tout.

Luke avala une gorgée de bière tiède tout en songeant à son nouveau roman et à ses protagonistes — puis à la raison pour laquelle il attendait dans ce bar mal famé l'arrivée d'un homme qui ne viendrait pas forcément.

Le personnage principal de son livre était un ancien tueur de la CIA devenu membre d'une milice privée, un anti-héros. Luke s'était adressé à Tom Morris — une vague connaissance qui travaillait à la CIA — pour obtenir quelques informations authentiques. Directeur du département opérations de la CIA, Tom Morris était impressionné par la notoriété de Luke, son statut d'écrivain et ses relations dans les milieux branchés d'Hollywood.

Au début, Tom avait nié l'existence d'assassins agissant pour le compte du gouvernement — mensonge dérisoire quand on connaissait les rapports officiels sur les tentatives de la CIA pour éliminer certains adversaires politiques, notamment les nombreux complots contre Castro.

Mais les rapports fondés sur des documents officiels n'étaient pas ce que recherchait Luke. Non, il s'intéressait bien davantage aux ouï-dire, aux suppositions ; à toutes ces rumeurs qui circulaient à propos des agissements auxquels la CIA n'admettrait jamais — officiellement ou pas — s'être livrée. Des agissements dont le Président lui-même n'avait pas connaissance — dans son propre intérêt, naturellement. Luke recherchait d'éventuels tuyaux sur *The Farm*, sur ces implacables machines à tuer qui servaient des fins très particulières, des fins destructrices — destinées à débarrasser le pays de ses ennemis.

Luke était un homme assez cynique pour ajouter foi à ces rumeurs.

Un jour, Morris avait fini par admettre l'existence d'assassins ayant agi par le passé pour le compte du gouvernement et de la défunte *Farm*. Il avait insisté sur le fait qu'il fallait mettre tout cela sur le compte d'un climat politique désormais révolu — celui de la guerre froide et d'une administration conservatrice, obsédée par les notions de défense et de sécurité.

Luke considérait ces excuses comme des inepties mais il ne prit pas la peine de les contester. C'était là l'énorme avantage de la fiction : il n'avait pas à prouver l'authenticité de ce qu'il racontait — il lui suffisait de réussir à y faire croire.

Morris avait accepté de mettre Luke en contact avec un ancien robot de la CIA, un certain Condor — un pseudonyme, naturellement —, sans pouvoir lui promettre que l'homme se montrerait. Ces individus formaient une espèce à part — des solitaires, extrêmement réservés —, des marginaux qui faisaient cavalier seul, vivant selon leurs propres principes.

Condor. Luke porta encore une fois le goulot à sa bouche. Un oiseau de proie, redoutable, majestueux. Un chasseur. Une créature en voie d'extinction.

Cet homme pouvait lui procurer une mine d'informations, lui faire comprendre les mécanismes psychologiques d'un tueur à gages, d'un homme qui ne tuait pas seulement pour gagner sa vie, mais pour protéger son pays. Un homme qui avait été formé à la CIA *Farm* — la pépinière où s'entraînait et se recrutait l'« élite » des assassins du gouvernement.

Dans la vie, cet homme avait occupé la même place que le personnage imaginaire de Luke. Il avait commis des actes identiques, eu peut-être les mêmes sentiments et les mêmes pensées.

Peut-être. Luke espérait en avoir le cœur net.

Il consulta sa montre. Condor était en retard, constata-t-il avec une pointe d'inquiétude. Cette entrevue représentait un véritable coup de chance pour lui. Les gens comme Condor étaient pratiquement introuvables — il y en avait fort peu en circulation et encore moins qui acceptaient de se confier à un écrivain. Luke mourait d'envie que cette rencontre eût lieu.

— Kate ! Viens ici !

Instinctivement, Luke tourna la tête dans la direction d'où provenait l'appel, songeant aussitôt à elle. Sa Kate. La femme qu'il avait aimée naguère, la femme dont il avait cru être aimé — même sans autre capital que ses rêves et sa foi en lui-même et en son avenir.

L'évocation de Kate fit surgir dans son sillage l'image de Richard et le souvenir de l'amitié qui avait dégénéré en une rivalité implacable. Le souvenir de leurs dernières rencontres, gâchées par les secrets, les soupçons, le ressentiment fondé sur des notions aussi stupides que leurs différences de classe sociale ou de richesse. Notions qui auraient dû demeurer des détails sans importance, comme c'était le cas auparavant — à l'époque où une joyeuse décontraction régnait entre eux.

Apparemment, le meilleur des deux l'avait emporté. Le meilleur, celui qui avait les moyens de combler la jeune fille. Le meilleur, celui qui pouvait concrétiser tous ses rêves. Richard l'avait bien expliqué ce matin-là sur la pelouse ensoleillée du foyer des étudiants, alors que Luke attendait Kate avec qui il avait rendez-vous pour lui dire une fois pour toutes ce qu'elle représentait à ses yeux, pour lui proposer de tenter sa chance avec lui.

Richard s'était moqué de lui.

Le meilleur des deux. Luke regarda sa bière, faisant rouler la bouteille entre ses paumes. Celui qui possédait la fortune, les relations, la noble ascendance. Celui qui avait tout ce que Kate n'avait jamais eu ; pas le romancier en herbe obsédé par un rêve puéril, chimérique, inaccessible.

Pas si inaccessible que cela, en définitive. Un sourire sans joie flotta sur ses lèvres. Pas si puéril non plus. Il se demanda ce qu'elle pensait de son succès… et du choix qu'elle avait fait. S'était-elle jamais demandé si elle avait commis une erreur ?

Manifestement, non. Quatre semaines plus tôt, il avait reçu une invitation à la soirée que Kate et Richard donnaient chaque année pour le réveillon du jour de l'an, accompagnée d'une longue lettre de la jeune femme.

L'une et l'autre avaient eu pour effet de retourner le fer dans la plaie, bien que la fortune qu'il avait amassée représentât aujourd'hui vingt fois celle d'un Richard Ryan, bien qu'il eût démontré à Kate et au reste du monde que sa foi en lui-même et en son talent n'avait pas été une simple folie de jeunesse, produit d'une ambition démesurée.

Peut-être était-ce justement le fait qu'ils soient heureux qui l'agaçait le plus ; le fait qu'elle eût peut-être choisi ce qui lui convenait le mieux. Qu'il n'ait lui-même été qu'un candide imbécile, aveuglé par l'amour.

Comme chaque année, il avait répondu à leur invitation en veillant à ce que son attaché de presse leur fasse parvenir toute la publicité récemment parue sur son compte — articles relatant ses succès, programmes des séances de dédicace, de ses conférences et autres apparitions sur le petit écran.

C'était là son unique contact avec le couple depuis de longues années, et il ne l'avait fait que pour le plaisir de leur brandir ses succès sous le nez. Il connaissait suffisamment Richard pour deviner que la réussite phénoménale de son ancien camarade le mettait dans tous ses états. Aux yeux de Richard, la domination ne se partageait pas, et nul autre que Richard Patrick Ryan ne pouvait briller au firmament de l'empire sur lequel il régnait.

Luke fit un effort pour écarter ces idées. Kate et Richard appartenaient au passé. Il avait surmonté sa colère et son désenchantement. Il existait. Les Ryan et leur bonheur conjugal n'avaient plus aucune prise sur lui.

— Luke Dallas ?

Luke pivota sur son siège. Un homme se tenait debout derrière lui, les mains enfoncées dans les poches de sa veste en velours côtelé, le regard fixé sur lui.

— C'est moi, répondit-il.

— Je viens de la part de Tom Morris.

Condor. Luke indiqua la banquette de l'autre côté de la table.

— Je suis content que vous ayez pu venir.

L'homme s'assit tout en continuant à l'examiner d'un œil scrutateur. Luke le laissa faire, profitant de l'occasion pour l'étudier également. Condor ne ressemblait en aucune manière au tueur fictif de son roman. Il avait le visage de Monsieur Tout-le-monde, sans aucun trait distinctif qui le fît remarquer. Il ressemblait à une bonne douzaine d'individus à la ronde, cheveux châtains, yeux marron, taille moyenne et mâchoire carrée.

Un visage agréable. Sympathique. Inoffensif. Il aurait pu être le voisin, le fils ou le frère de n'importe qui.

Luke s'efforça de l'observer sous un autre angle. Il y avait quelque chose de presque désarmant chez cet homme. Il émanait de lui une sorte de nonchalance, une décontraction insouciante qu'on pouvait prendre pour de l'inattention.

Cette impression cessait dès l'instant où vous regardiez Condor dans les yeux. L'homme était perspicace. Intelligent. Aucun détail, même le plus insignifiant, ne lui échappait. Cela, Luke en était certain.

— J'ai aimé vos livres, déclara enfin l'homme. *Last dance* m'a tenu en haleine du début à la fin.

— Merci.

— Allons faire un tour.

Luke régla sa bière et les deux hommes quittèrent le bar. La nuit était froide, le quartier plutôt dangereux. Luke jugea qu'il n'avait pas trop de souci à se faire à propos d'une éventuelle attaque, sachant en quelle compagnie il était. Il se recroquevilla dans la chaleur douillette de son blouson d'aviateur.

— Etes-vous armé ?

Son compagnon esquissa un sourire amusé.

— Votre héros le serait-il ?

— Oui.

— Avec quoi ?

— Un calibre 22 semi-automatique. D'occasion.

— Il y a plusieurs manières d'être armé.

Condor regarda Luke puis reporta son attention sur les alentours.

— Un revolver n'est pas toujours la meilleure. Tout dépend de la situation.

— Ou de la mission à remplir.

— Je ne suis pas en mission, ce soir.

Luke inclina légèrement la tête.

— Morris vous a dit que je voulais m'entretenir avec vous ? Que je souhaitais vous poser quelques questions ?

— Votre nouveau héros est un type dans mon genre.

— Exact.

Ils prirent à droite au premier croisement.

— Héros ou traître sans scrupule ?

— Les deux. C'est un anti-héros. Ce roman est le premier d'une série comme la trilogie autour d'Alex Lawson.

— Donc, vous n'allez pas me faire crever à la fin ?

Luke se mit à rire.

— Pas du tout. Et la nana pourrait même tomber dans vos bras.

— Cela me convient, dit l'autre avec un sourire. Qu'attendez-vous au juste de notre entretien ?

— Je veux pénétrer dans votre tête. Comprendre comment les gens qui exercent ce métier peuvent fonctionner. Je veux comprendre votre façon de penser, comment vous considérez votre profession. Je veux un aperçu, un véritable aperçu de quelque chose dont la plupart des gens ignorent tout : comment vous préparez un travail, à quoi ressemble votre quotidien, ce que vous éprouvez quand vous accomplissez une mission.

— Vous demandez beaucoup, murmura Condor en jetant un coup d'œil sur le ciel d'encre.

— Sans doute.

Luke se tourna vers lui.

— Mais je me contenterai de ce que vous m'accorderez. Pour le lecteur, le contenu de mon livre ne sera que le produit de mon imagination.

Condor s'immobilisa. Ils avaient fait le tour du pâté de maisons et se tenaient à quelques mètres de l'entrée du bar.

— Je vais y réfléchir, dit-il. Je reprendrai contact avec vous.
— Quand ?
— Vous le saurez en même temps que moi.
Sur ces mots, il disparut dans la nuit.

QUATRIÈME PARTIE

John

6

Yosemite Park, Californie
Janvier 1999

John était assis sur un éperon rocheux surplombant de cent cinquante mètres les méandres du Merced, le fleuve qui traverse Yosemite Park. Il respira l'air froid et vif de la montagne, le laissant emplir ses poumons et régénérer son âme.

La beauté de l'endroit l'émouvait profondément — la puissance à l'état brut, indéniable, du fleuve et des séquoias, des pins immenses et du ciel limpide. Ils bourdonnaient de vie. Ils avaient été créés par une force infiniment plus grande que tout ce que l'homme pouvait espérer imiter.

John se baissa et ramassa une poignée de cailloux. Ils se réchauffèrent au creux de sa main, leurs surfaces lisses et dures formant une subtile symphonie de couleurs. L'homme préférait détruire, songea-t-il. Si l'humanité fait grand cas de tout ce qu'elle parvient à créer, il n'en demeure pas moins que son histoire n'est qu'une suite de guerres, de destructions, de massacres. N'était-ce pas le domaine où l'homme avait accompli les progrès les plus remarquables au cours des civilisations successives ?

La puissance nucléaire… John secoua la tête. Quelle blague. Il y avait plus de puissance dans ces quelques cailloux que dans l'arsenal militaire du pays tout entier. Quand l'espèce humaine aurait réussi à s'autodétruire définitivement, jusqu'au dernier de ses représentants, la nature lui survivrait. Sous une forme ou sous une autre, elle continuerait d'exister.

John porta les jumelles à ses yeux, les dirigeant sur la silhouette solitaire de l'homme qui pêchait au bord du fleuve. Il le regarda lancer et tendre sa ligne : celle-ci dansa un instant dans les airs, puis décrivit une courbe au-dessus de l'eau avant d'y plonger, quelques mètres plus loin, dans un mouvement d'une élégance toute poétique.

Un sourire retroussa imperceptiblement le coin de ses lèvres. Clark Russel. Son ancien compagnon d'armes. Il n'avait pas été facile de le trouver seul. Mais Russel, comme tout être humain, avait un point faible : un endroit où sa priorité vitale — la sécurité de sa personne — cédait le pas à l'assouvissement d'une passion. Pour certains, c'étaient les femmes, pour d'autres, l'alcool ou le jeu ; pour Russel, c'était la pêche au lancer.

John n'avait jamais compris la fascination qu'exerçait la pêche sur certains de ses congénères. Quelle satisfaction pouvait-on éprouver à planter un crochet dans la bouche de créatures vivantes pour les tirer hors de l'eau ? Il comprenait le plaisir que procurent le calme et la solitude, la communion avec la nature, voire la beauté du geste répétitif du lanceur. Mais tout le reste lui semblait cruel — barbare et totalement gratuit. Il n'avait pas plus d'indulgence pour les chasseurs.

Il en était un, pourtant. A ceci près qu'il ne chassait que ses semblables, ce qui était beaucoup plus logique, dans l'ordre de l'univers. Ainsi, le cercle se refermait. Les animaux agissent par instinct, pas dans un objectif déterminé. Ils tuent afin de survivre. L'homme, lui, détruit pour le plaisir. Il tue pour s'amuser. Ou bien au nom du progrès. Ou dans quelque accès d'agressivité.

Parmi toutes les créatures vivant sur cette planète, seul l'être humain recèle en lui une inépuisable réserve de malveillance, se plaît à infliger la douleur, physique ou mentale. Les théologiens parlent d'inclination au péché ; John ne voyait là que noirceur d'âme.

Le vent jouait dans les branches des séquoias et des grands pins parasols qui se balançaient en frémissant sous sa caresse. John ferma les yeux, se laissant pénétrer par les sons, la musique qu'il entendait. Il croyait à l'âme, pas à la vie éternelle. Il croyait en une puissance créatrice — pas en Dieu —, à la présence du mal — pas au démon.

Il rouvrit les yeux. Clark venait d'attraper un poisson. L'animal se débattait avec l'énergie du désespoir, arc-bouté au-dessus de l'eau, ses écailles d'argent capturant les reflets du soleil, telle une virgule scintillante qui s'agitait au loin.

Un petit être vivant, brillant, splendide, parfait. Comme sa Julianna.

Ses poings se refermèrent machinalement. L'âme de Julianna était dépourvue de noirceur. Lisse et immaculée, elle rayonnait de lumière. Fermant les yeux, il la revit telle qu'elle lui était apparue la première fois. Debout près de sa mère, les yeux sagement baissés, ses longs cheveux bouclés retenus en arrière par des barrettes en forme de pâquerettes, le corsage de sa robe chasuble brodé des mêmes pâquerettes. Puis elle avait levé les yeux sur lui et lui avait souri, sa candeur et son innocence formant un halo lumineux autour d'elle.

Il en avait été bouleversé. Son âme s'était abreuvée de cette innocence. Ces qualités l'avaient touché au plus profond de lui-même, en un endroit secret depuis longtemps flétri et pratiquement desséché — une partie de son âme qui ne réagissait plus à rien d'autre qu'à la majesté de la nature.

Julianna était une sorte d'ange envoyé sur terre pour le sauver.

Il l'avait aimée d'un amour exclusif, dès le premier instant.

Il avait essayé de la protéger de l'influence corrosive d'autrui, de la laideur d'un monde devenu fou, une laideur qui la gâterait aussi sûrement que le ver gâte un fruit sain.

Afin qu'elle connût ce dont il avait été privé, il l'avait entourée d'amour, entretenant la flamme radieuse qui brûlait en elle.

Naguère, il avait eu également en lui cette flamme unique. Mais personne n'avait pris soin de l'entretenir. Au contraire, elle avait été étouffée et la noirceur l'avait emporté. C'était cela qu'il voulait éviter à Julianna.

Mais la mère de Julianna s'était employée à pourrir cette âme. Elle s'était arrangée pour l'effrayer au point de lui faire prendre la fuite, de la troubler avec des notions dont elle n'avait pas la moindre idée jusque-là. Une rage froide monta en lui avec une intensité redoutable.

La mère et Clark Russel : deux êtres nuisibles, malfaisants.

John reprit ses jumelles. Il examina les berges de la rivière en amont et en aval, puis les rochers et la forêt qui surplombaient le fleuve, s'assurant qu'ils étaient bien seuls dans les parages.

Il n'était pas trop tard pour récupérer Julianna. Il en était persuadé. Il fallait la retrouver, vite.

Mais, auparavant, Clark Russel allait payer pour son forfait.

John se leva et se mit à descendre en direction du fleuve. Il se déplaçait sans effort et presque en silence de rocher en rocher, dans l'épaisseur des sous-bois. Sa respiration s'accéléra mais dans des proportions raisonnables ; l'oxygène alimentait et activait son énergie, s'ajoutant à l'adrénaline qui circulait dans ses veines.

Le meurtre n'était pas une affaire personnelle — ou n'aurait pas dû l'être. S'approcher, accomplir sa tâche le plus rapidement possible, en toute neutralité, et puis s'éclipser : voilà ce qu'il avait appris, à quoi il s'était exercé. Les remarquables dispositions qu'il avait manifestées dans l'exécution de ces directives avaient fait de lui l'un des spécialistes les plus efficaces de la CIA ; et lui avaient valu un nom de code bien mérité : Iceberg.

Mais ce n'était pas la même chose, aujourd'hui. John plissa les yeux, réduisant la distance qui le séparait de l'autre homme, tenaillé par la haine et la soif de vengeance. Clark était allé trop loin ; en empiétant sur sa vie privée, il lui avait déclaré la guerre. Cette fois, il s'agissait d'une affaire personnelle. Une balle dans la nuque ne suffirait pas ; pas plus que la strangulation ou un coup de couteau dans le cœur.

Non, John voulait qu'il sache ce qui lui arrivait, qui était son assassin. Et pourquoi on souhaitait sa mort. Il voulait regarder Clark dans les yeux tandis que la vie s'y éteindrait peu à peu.

Le bruit du courant couvrit celui de ses pas pendant l'ultime approche. John neutralisa l'adversaire d'un violent coup sur la nuque, avec le tranchant de la main. Un oiseau passa dans le ciel en criant. L'homme tomba à genoux puis sur le flanc. John le frappa de nouveau, cette fois d'un coup de pied au plexus solaire, suivi d'un autre dans les reins. Allongé sur le dos, les bras en croix, Clark leva les yeux sur lui, conscient mais réduit à l'immobilité.

— Salut, Clark.

La peur qu'il déchiffra dans le regard de l'autre fit sourire John. La peur de la mort, d'une mort inéluctable.

— Tu es allé trop loin. Tu es venu fourrer ton nez dans mes affaires. Tu as déclenché les hostilités. Maintenant, tu vas me le payer.

Il lui administra un nouveau coup de pied, cette fois en lui écrasant son talon sur la gorge. Le travail ainsi achevé, il ne lui restait plus qu'à pousser le cadavre de la pointe de sa botte pour l'envoyer rouler dans l'eau.

John regarda le corps de Clark descendre le fleuve, ballotté par le courant qui l'emportait.

CINQUIÈME PARTIE

La porte ouverte

7

Julianna tint la promesse qu'elle avait faite au Dr Samuel. En réalité, elle n'avait pensé qu'à cela au cours des vingt-quatre heures suivant la consultation. De toute évidence, ses choix étaient extrêmement limités. Elle songea à voir un autre médecin ou à se présenter dans une clinique spécialisée dans les I.V.G. en trichant sur la date de ses dernières règles. Cette petite supercherie demeurerait probablement inaperçue, le délai de vingt-quatre semaines étant tout juste dépassé.

Elle s'était même rendue jusqu'à l'un de ces établissements, devant lequel un groupe de manifestants anti-avortement, déchaînés, proféraient des menaces en agitant banderoles et posters. L'une des pancartes représentant une photo de bébé mutilé, particulièrement horrible, lui souleva le cœur. Elle se souvint en outre de plusieurs reportages télévisés sur des raids menés par des commandos de fanatiques qui avaient commis des carnages dans certaines cliniques, abattant impitoyablement gynécologues, patientes et infirmières.

En définitive, il valait mieux avoir ce bébé.

Mais elle n'était pas tenue de le garder.

Voilà pourquoi elle était assise là, dans la confortable salle d'attente de la Fondation Citywide, les mains fébrilement croisées sur ses genoux, à se répéter mentalement les explications qu'elle allait fournir à l'assis-tante sociale — celle-là même qu'elle avait eue au téléphone.

Elle ne lui avouerait pas la vérité, naturellement ; du moins, pas toute la vérité. Elle ne lui parlerait pas de John, ni de son propre désir de grossesse, ni de sa mère.

Non, elle lui raconterait une histoire des plus ordinaires, du genre de celles que l'autre femme avait sans doute entendues des dizaines de fois : à la suite d'une bêtise, elle s'était retrouvée enceinte. Elle ignorait qui était le père. Personne ne pouvait lui venir en aide et elle ne voulait pas être mère. Point final.

— Bonjour, mademoiselle. Vous êtes sans doute Julianna Starr.

Julianna leva les yeux. La femme qui traversait la pièce avait un visage gracieux, bien que très quelconque, et son sourire était avenant. Sa silhouette légèrement enrobée lui conférait une sorte de rondeur maternelle, si bien que Julianna se sentit immédiatement rassurée.

— Je suis Ellen Ewing, directrice de Citywide.

— Bonjour, dit Julianna en se levant et en serrant la main qu'elle lui tendait.

— Si nous allions bavarder un moment dans mon bureau ?

Ellen se dirigea vers la porte qui donnait sur un large couloir.

— Madeline, dit-elle à la réceptionniste, je suis occupée pour le moment. Si on me demande au téléphone, dites que je rappellerai.

Le long du couloir, elle parla de choses et d'autres, surtout du temps qu'il faisait. Dans la pièce — décorée dans un camaïeu de pêche et de gris perle —, elle fit asseoir Julianna dans l'un des sièges moelleux, en face de son bureau.

— Jus de fruits ? Soda ? Un verre d'eau, peut-être ?

— Auriez-vous du jus d'orange ?

— Certainement.

Ellen appuya sur un bouton du téléphone et demanda à Madeline d'apporter un jus d'orange et un Coca sans sucre, puis se tourna vers Julianna. Elle esquissa un sourire penaud.

— Je ne peux pas me passer de Coca. J'en consomme du matin au soir. A en juger par ma silhouette, on pourrait croire que je le bois sucré.

Elle soupira.

— Il me semble parfois que moins je mange, plus je grossis.

Madeline arriva sur le seuil avec leurs rafraîchissements. Tandis qu'Ellen allait les prendre, Julianna examina rapidement la pièce. Elle était pleine de charme, apaisante et très féminine. Des dossiers cartonnés et des livres étaient empilés de part et d'autre du bureau. Un bouquet de pivoines disposé dans un joli vase, près de la lampe, ajoutait une note de couleur vive. Un pan de mur entier, derrière le bureau, était couvert de photos d'enfants de tous âges.

Ellen tendit à sa visiteuse une canette de jus de fruits et sourit en suivant son regard.

— Ce sont mes petits, déclara-t-elle.

— Vos petits ?

— D'une certaine manière, oui.

Elle contourna le bureau et s'assit.

— Ils ont tous été adoptés par l'intermédiaire de Citywide.

— Tous ? dit Julianna en promenant les yeux sur le mur, impressionnée. Ils sont si nombreux…

La directrice hocha la tête et balaya à son tour du regard le panneau parsemé de visages souriants.

— Chacun d'eux m'est particulièrement cher ; comme s'ils étaient un peu ma famille.

Elle se retourna vers Julianna.

— Nous sommes très fiers de nos résultats en matière d'adoption, vous savez. L'œuvre à laquelle nous contribuons en aidant des familles à se fonder est tout à fait enrichissante et gratifiante.

Tout en parlant, elle tira sur la languette de la canette qui s'ouvrit avec un bruit sonore.

— Je ne voudrais pas vous donner l'impression d'exercer la moindre contrainte sur vous. Ici, nous ne nous contentons pas de placer des enfants dans des familles adoptives. Notre mission consiste aussi à faciliter le choix des mères biologiques, quelle que soit leur décision finale. Si, à la réflexion, vous préférez garder votre bébé, nous ne serons ni déçus ni fâchés. Nous ne vous retirerons pas notre soutien financier. Bien au contraire, nous ferons notre possible pour vous aider à réaliser ce désir. Nous vous demandons seulement de maintenir le contact avec nous et de nous faire part en toute sincérité de vos sentiments et de vos projets.

— Cela me semble honnête, dit Julianna en posant son jus d'orange sur le bureau ; mais vous n'avez aucun souci à vous faire, je ne déciderai pas de garder cet enfant.

— Votre décision est prise ? Vous souhaitez vraiment abandonner votre bébé à des fins d'adoption ?

— Oui. J'y suis fermement résolue.

Le front d'Ellen s'assombrit l'espace de quelques instants, puis son visage s'éclaira de nouveau.

— Si vous me parliez un petit peu de vous.

Julianna acquiesça et lui fit le récit qu'elle avait préparé.

— Et le père de votre enfant ? demanda Ellen quand elle eut achevé. Comment réagit-il au fait que vous soyez enceinte ?

— Je ne sais pas qui est le père.

L'autre femme demeura un instant silencieuse.

— En êtes-vous certaine ? Parce que, dans cet Etat, le père doit obligatoirement donner son consentement écrit pour l'adoption. Même si le bébé a déjà été placé dans une famille, un homme qui se présenterait comme le père naturel en prouvant le bien-fondé de ses prétentions aurait un droit de parenté indiscutable sur l'enfant. Vous imaginez aisément le chagrin de toutes les personnes concernées en pareil cas. Ce serait un véritable désastre.

N'enfreins plus jamais mes ordres, Julianna. Tu le regretterais sans doute amèrement.

Leurs gorges tranchées d'une oreille à l'autre, béantes et sanglantes, tels de grands sourires factices, grimaçants, terrifiants.

— A vrai dire, poursuivit Ellen, il n'est pas difficile d'obtenir ce consentement, en général. La plupart de ces papas — je le sais par expérience — ne veulent surtout pas entendre parler de responsabilité, financière ou autre ; et si vous n'avez pas envie de reprendre contact avec lui, nous le ferons à votre place. Nous nous occuperons de tout.

Julianna la dévisagea un instant sans un mot puis secoua la tête.

— Je vous l'ai dit, j'ignore totalement qui est le père.

Les yeux légèrement plissés, Ellen étudia la jeune femme avec attention.

— Vous en êtes sûre ? C'est très important, Julianna.

— Non. Je veux dire… oui, j'en suis sûre. J'ai eu beaucoup… d'aventures.

Elle baissa les yeux, l'air penaud.

— Je ne suis pas très fière de ma conduite.

— Ce sont des choses qui arrivent, Julianna ; à plus de jeunes filles que vous ne l'imaginez. Mais à quoi bon s'attarder sur le passé ? Ce qui importe le plus, à présent, c'est de décider ce que vous allez faire ; quel est le meilleur choix pour vous et votre bébé.

Ellen décrivit ensuite le fonctionnement de la fondation, une association internationale dont les ressources provenaient de donations privées, de subventions et des fruits de collectes ou de spectacles donnés au profit d'œuvres charitables. Adoption et assistance maternelle n'étaient qu'une branche des activités de l'organisation. Elle expliqua également quels services étaient fournis aux mères biologiques et comment Julianna choisirait les futurs parents de son enfant.

— Chaque année, nous nous efforçons de satisfaire une douzaine de couples. Pour votre tranquillité d'esprit, sachez qu'ils sont triés avec le plus grand soin. En tout premier lieu, ce sont de braves gens et des couples solides. Ils désirent tous très vivement avoir un enfant. La plupart d'entre eux sont stériles et se sont tournés vers l'adoption au terme de nombreux essais infructueux. Les tranches d'âge varient — jusqu'à la quarantaine —, ainsi que le niveau social et le type d'éducation reçue. Nous avons plusieurs couples appartenant à des milieux très aisés, un couple à revenus modestes, le reste se situant dans la moyenne. Tous habitent la région, certains d'entre eux en ville, d'autres à la campagne. Diverses confessions sont représentées et certaines femmes projettent d'être des mères au foyer tandis que d'autres poursuivent des carrières exigeantes. Quelques couples ont déjà un enfant — adoptif ou naturel.

» Nous tenons à proposer une certaine diversité aux mères biologiques. Vous nous dites ce que vous jugez important, comment vous imaginez la famille idéale pour votre bébé. Et nous la trouvons pour vous.

La famille idéale, songea Julianna avec une mélancolie qui la surprit. La famille dont elle avait rêvé toute son enfance ; celle qu'elle avait espéré fonder avec John.

Levant les yeux, elle croisa le regard compatissant d'Ellen. Julianna se remémora sa confrontation avec ses collègues du snack et le terme qu'elles avaient employé à son égard : pathétique.

Etait-ce ainsi que cette femme la considérait, elle aussi ?

Julianna redressa machinalement les épaules. Elle n'avait pas besoin de sa pitié. Que la chose fût visible ou pas, elle avait tout pour elle. Absolument tout.

— Comment vais-je les choisir ? demanda-t-elle. Organisez-vous des rencontres, ou bien verrai-je défiler tous ces gens, par exemple ?

Un sourire effleura les lèvres de l'assistante sociale.

— Vous pourrez rencontrer le couple que vous aurez choisi mais il s'agit d'une étape ultérieure. Nos candidats à l'adoption remplissent des questionnaires très complets concernant ce qu'ils aiment, ce qu'ils détestent, leur point de vue sur l'amour, le mariage, l'éducation des enfants. Ils décrivent leurs origines, leur enfance, la famille dont ils sont issus. Nous leur demandons également un album avec des photos remontant jusqu'à leur plus jeune âge. Munis de ces informations, nous établissons un dossier pour chaque couple, comprenant l'album de photos, leurs réponses aux questions posées et un résumé de ce que nous avons appris de plus significatif sur leur compte. Aucune information pouvant servir à vous identifier réciproquement — telle que noms, prénoms, adresses — n'est échangée à ce stade. Quand vous serez prête, nous sélectionnerons les couples correspondant aux souhaits que vous aurez formulés et vous remettrons leurs dossiers. Vous pourrez les emporter chez vous pour les étudier et réfléchir tout à loisir. Nous ne vous bousculerons pas pour obtenir une décision rapide. Nous n'ignorons pas l'importance de ce choix et tenons à ce que vous ne le regrettiez à aucun moment.

Séduite malgré elle, Julianna récapitula mentalement ce qu'elle venait d'entendre.

— Et si aucun des couples que vous aurez sélectionnés…

— … ne vous convient ? Vous pouvez examiner tous les dossiers, si vous le désirez.

Ellen entreprit de lui expliquer la différence entre adoption ouverte et adoption fermée. Julianna fut étonnée d'apprendre que ce serait elle — et non pas le couple choisi ou la fondation — qui déciderait du degré d'interaction à maintenir entre elle et la famille adoptive, l'éventail allant d'une ou deux visites initiales avant la naissance de l'enfant jusqu'à des rencontres régulières après le placement, et pour plusieurs années. Elle pouvait même opter pour l'adoption fermée qui n'autorisait pas le moindre contact, pas même un échange de photos ou de lettres. Tout cela ne dépendait que d'elle.

Evidemment, le couple choisi devrait accepter de bonne grâce l'arrangement qu'elle aurait choisi, mais Ellen lui assura que si l'un d'entre eux ne s'accommodait pas d'un certain degré de liberté, un autre prendrait sa place.

— Peut-être souhaiteriez-vous vous accorder un temps de réflexion ? Je sais qu'il n'est pas facile d'assimiler autant d'informations en quelques heures.

— Non, merci. Je me sens prête.

— C'est une démarche importante. Les répercussions émotionnelles…

Julianna la regarda droit dans les yeux.

— Je n'ai pas besoin de réfléchir davantage. J'ai commis une énorme bévue. Je n'ai aucun désir d'être mère. Absolument aucun. Et je m'y suis prise trop tard pour avoir recours à l'interruption de grossesse.

— Je comprends.

— Bon.

En pleine possession de ses moyens, à présent, Julianna respira enfin.

— Encore une question. Le Dr Samuel m'a dit que la fondation était en mesure de régler mes frais médicaux ?

— C'est exact ; si vous n'avez pas d'assurance maladie.

— Je n'en ai pas.

— Nous tenons absolument à ce que vous bénéficiiez du meilleur suivi médical. Que vous abandonniez votre enfant à des fins d'adoption ou que vous décidiez de le garder, si vous faites partie de notre association, l'assistance médicale vous est assurée. Si vous avez apprécié le Dr Samuel, vous pouvez continuer à le voir. C'est l'un des obstétriciens attitrés de notre organisation.

— Il me convient tout à fait.

Julianna s'éclaircit la gorge.

— Il m'a également dit que vous… que la fondation peut apporter une contribution aux frais de la vie courante.

Elle craignait un peu de se faire rabrouer ou d'être prise pour une opportuniste de la pire espèce. Rien de tel ne se produisit. Ellen répondit à sa question comme si elle l'avait entendue maintes fois auparavant.

— Nous pouvons en effet contribuer aux frais de la vie courante, bien que le montant et les conditions ne soient pas aussi clairement définis que pour l'assistance médicale. Peut-être pourriez-vous me préciser quelle est au juste votre situation, et je vous dirai ce que nous pouvons faire pour vous.

Julianna expliqua :

— Je n'ai aucune famille susceptible de m'aider. Je travaille actuellement comme serveuse chez Buster's Big Po'Boys, un snack-bar du centre-ville. Pour le moment, tout se passe à peu près bien. Mais, certains jours, je me sens terriblement fatiguée. Je crains de ne pas pouvoir continuer à suivre le rythme dans les semaines qui viennent. De toute évidence, mon patron n'autorisera aucun relâchement dans mon travail. Il m'a prévenue qu'au moindre retard, je serais licenciée.

Ellen Ewing lui sourit gentiment.

— Si tout ce que vous m'avez dit se révèle exact, je ne vois aucun motif pour vous refuser notre aide. Nous sommes justement là pour cela, Julianna. Nous nous occuperons de vous et de votre enfant.

Soulagée d'un immense poids, Julianna lui rendit son sourire.

— Bien ; quelle est la prochaine étape ?

8

Seuls les individus de constitution particulièrement robuste avaient eu le courage de s'installer à la terrasse du café ce jour-là — autour de tables de fer peint blotties sur un trottoir, tout près d'une des rues les plus animées de Georgetown. Bien que le soleil brillât, un vent froid soufflait par rafales.

Condor se dirigea vers l'endroit où Tom Morris était attablé, devant un café crème. Avec son apparente bonhomie, ses lunettes rondes et son crâne dégarni, il rappelait à Condor son oncle Fred, un brave homme un peu farfelu. En réalité, Morris était loin d'être aussi inoffensif qu'il le paraissait : son poste de directeur du département opérations de la CIA — la branche dont dépendaient toutes les manœuvres secrètes et qui coiffait la totalité du bureau des renseignements ainsi que les opérations paramilitaires clandestines — faisait de Tom Morris l'un des personnages les plus redoutables, les plus puissants et les plus craints de Washington.

— Bonjour, Tom.

L'homme leva les yeux. Condor aperçut son reflet dans les Ray Ban — identiques aux siennes — de son supérieur.

Morris désigna la chaise qui se trouvait de l'autre côté de la table.

— Asseyez-vous.

Condor obtempéra et Morris en vint sans préambule à l'affaire pour laquelle il l'avait convoqué.

— John Powers nous crée des difficultés.

— Comment cela ?

— Il se balade librement dans la nature. L'Agence est en danger.

Morris ajouta un paquet d'édulcorant à son café crème.

— Il faut que nous puissions contrôler ses agissements.

— Eh bien, occupez-le.

— Plus facile à dire qu'à faire.

Condor grimaça une moue écœurée.

— Ce type est un prédateur entraîné à tuer sans merci ; vous ne pouvez pas lui demander brusquement de se transformer en agneau. Cela ne fonctionne pas ainsi.

— Les temps ont changé ; vous le savez bien.

L'air préoccupé, Morris laissa son regard errer dans le lointain.

— Du reste, la question n'est plus là.

— C'était un collaborateur indépendant ; il a longtemps fait cavalier seul. Pourquoi cette inquiétude subite ?

Morris sortit une enveloppe de son porte-documents et la tendit à Condor.

— Jetez un coup d'œil là-dessus.

Condor souleva le rabat et tira deux clichés de grand format. En couleurs. Un homme et une femme. Tués à bout portant dans leur lit. Du sang et de la cervelle partout, mur éclaboussé, draps imbibés.

— Jacobson, le sénateur, déclara Morris. Avec sa maîtresse.

Condor examina les photos.

— Un travail de pro ?

— Ça en a tout l'air.

— Powers ?

— C'est possible.

— De qui provenait l'ordre ?

— Je l'ignore, répondit Morris. De personne, peut-être.

L'attention de Condor lui était acquise, à présent.

— Je ne vous suis pas.

Morris but quelques gorgées de café, fit légèrement claquer sa langue et posa la tasse sur la table.

— L'existence d'un lien personnel a été établie. Powers et cette femme se sont fréquentés autrefois.

— Il peut s'agir d'une coïncidence, dit Condor en replaçant les photos dans l'enveloppe.

— C'est vrai. Mais ce n'est pas tout. Russel est mort. Un coup derrière la tête, un autre aux reins, le larynx écrasé. L'œuvre d'un professionnel, sans aucun doute possible.

— Powers ?

Morris haussa les épaules.

— Merde, grommela Condor.

Il promena son regard sur la rue puis le ramena sur Morris.

— Quel rapport entre les deux affaires ?

— Russel a également connu… intimement cette femme.

Condor fronça les sourcils.

— Vous pensez qu'il s'agit d'un règlement de comptes personnel ?

— Oui. Mais il nous faut une certitude. Un sénateur américain est mort ; un de nos chefs de département également. Si c'était une mission commandée, nous devons savoir de qui émanait l'ordre. Si Powers a agi de sa propre initiative, nous avons un problème à régler.

— Qu'attendez-vous de moi ?

— Trouvez-le. Arrangez-vous pour découvrir la vérité. Si nécessaire, expliquez-lui la position de l'Agence.

Les deux hommes échangèrent un regard entendu.

— Faites en sorte qu'il comprenne.

Condor opina.

— Où est-il ?

— Nous l'ignorons.

— Y a-t-il des instructions particulières ?

— Vous avez carte blanche. L'affaire ne doit pas être ébruitée.

— Naturellement.

Condor se leva.

— Au fait, j'ai rencontré votre ami, Luke Dallas.

— Alors ?

— Il me plaît. Il a écrit un sacré bouquin.

— C'est un type bien.

— Peut-on lui faire confiance ?

— Oui, je crois.

Morris but le reste de son café.

— Vous allez lui parler ?

— Peut-être.

Condor jeta l'enveloppe sur la table.

— Je vous ferai signe.

9

Le soleil entrait à flots par la baie vitrée du coin-repas, inondait de lumière la vieille table de ferme en chêne, réchauffant sa surface patinée par le temps. C'était une superbe mais froide journée de janvier, avec un ciel d'un bleu de carte postale.

Kate était assise à table, une jambe repliée sous elle, un bol de café fraîchement torréfié entre les mains. Elle porta le bol à sa bouche sans y tremper les lèvres, préférant en humer l'arôme puissant avant de le goûter.

Le grain provenait d'Afrique, de la région de la Côte d'Ivoire. La mouture était sombre, le breuvage fort. La saveur serait audacieuse, riche et complexe, si elle se montrait à la hauteur des promesses du torréfacteur.

Kate goûta, marqua une pause et recommença. Elle fit légèrement claquer sa langue contre son palais, appréciant le moelleux du café. Il était digne de figurer à la carte du Grain de Fantaisie.

— Bonjour, ma beauté.

Richard entra dans la cuisine tout en finissant d'ajuster sa cravate. Il s'approcha d'elle et Kate lui tendit ses lèvres qu'il effleura d'un baiser. Elle arrangea ensuite son nœud de cravate et le tapota du bout des doigts quand elle eut terminé.

— Te voilà tout à fait présentable.

Il se redressa.

— Je déteste les cravates. C'est l'une des pires corvées dans l'existence d'un homme.

— Pauvre chéri.

— Je suis prêt à parier que ce bon vieux Luke ne s'embarrasse pas chaque matin de ce rite ridicule.

Il alla se servir une tasse de café et glissa deux tranches de pain complet dans le grille-pain.

— Je n'ai pas choisi le métier qui me convenait. J'aurais dû opter pour quelque chose de plus bohème — romancier, par exemple.

Ignorant le sarcasme, Kate avala encore un peu de café et soupira d'aise.

— Il n'y a rien de plus merveilleux qu'une tasse de café fumant par une froide matinée d'hiver.

Elle jeta un coup d'œil sur son mari.

— Je suis en train d'essayer un nouveau grain. Dis-moi comment tu le trouves.

Richard en but une petite gorgée.

— Bon.

— Bon ? C'est tout ?

— Vraiment bon.

— Comment le qualifierais-tu ? Cite quelques adjectifs.

— Chaud. Fort.

Il essaya encore.

— Il a un goût de… café.

Kate agita sa cuillère d'un geste menaçant.

— Demain, tu n'auras que de l'instantané.

— D'accord.

La mine dépitée de Kate le fit rire.

— Excuse-moi, mon cœur. Je ne suis vraiment pas connaisseur en la matière. Pour moi, tous les cafés se ressemblent.

Il apporta son bol et ses toasts sur la table et s'assit en face d'elle. Kate poussa vers lui les pages sportives du *Times Picayune*.

— J'ai lu dans la rubrique financière que les cafés Starbucks songent sérieusement à venir s'installer dans la région.

Elle fronça les sourcils, l'air soucieux.

— J'espère qu'ils resteront de l'autre côté du lac. Je n'ai vraiment pas besoin de concurrence dans ce périmètre.

— Comment ça va à l'asile de dingues ?

— Je suppose que tu veux dire au Grain de Fantaisie ? Eh bien, nous sommes tous sains d'esprit, si tu veux le savoir.

Richard étala un peu de confiture sur son toast.

— Toi, tu es saine d'esprit, répliqua-t-il. Je n'en dirais pas autant de cette équipe de farfelus qui travaille pour toi.

Elle se mit à rire. Ses employés n'étaient pas des gens ordinaires, il fallait l'admettre.

— Il ne faut pas confondre un salon de dégustation avec un cabinet juridique.

— Oh, vraiment ?

— Ma clientèle apprécie un certain degré de fantaisie et de créativité. Du reste, mes employés ne sont pas des dingues mais des originaux. La différence est de taille.

— Si tu le dis…

— Je l'affirme avec conviction.

Kate remplit un bol de muesli, y ajouta des framboises du marché et recouvrit le tout de crème fraîche.

— J'affirme également que tu es trop collet monté et que tu aurais grand besoin de t'assouplir un peu.

— Mes clients, eux, n'apprécieraient pas forcément le changement ; il est plutôt bien vu pour un homme de loi d'être collet monté. Cela inspire confiance.

Il haussa un sourcil en la voyant plonger sa cuillère dans les céréales.

— De la crème ?

— Miam.

Elle lécha la cuillère, le narguant ouvertement.

— Où est le problème ? Serais-tu envieux ?

— Pas du tout.

— Menteur.

Richard affichait des goûts spartiates. Elle s'autorisait tous les excès. Il suivait un entraînement sportif sans concession, un régime pauvre en graisses et en sucre et devait cependant se battre contre une légère tendance à l'embonpoint. Kate engloutissait des friandises et des aliments gras, limitait ses activités sportives à de longues promenades effectuées d'un bon pas sur les berges du lac

— sans que sa taille perdît sa finesse, que son poids augmentât d'un gramme ou que son taux de cholestérol en souffrît.

Cette injustice révoltait Richard et il ne cessait de la mettre en garde contre une insouciance qu'il jugeait suicidaire, prétendant qu'elle s'en mordrait les doigts à partir de la quarantaine et ne garderait pas éternellement sa silhouette de jeune fille. Kate écartait ces avertissements d'une boutade. Elle descendait d'une longue lignée d'hommes et de femmes sveltes, épargnés par les maladies cardiaques, l'hypertension et l'artériosclérose. S'il advenait un jour que ses gènes la trahissent et que les prédictions de Richard se réalisent, eh bien, elle s'en soucierait le moment venu.

— Pauvre Richard. En veux-tu un tout petit peu, pour goûter ?

Il lorgna son bol d'un air alléché puis secoua la tête.

— Mes tartines me suffisent largement.

— C'est évident.

Avec un petit sourire en coin, elle avala une seconde bouchée et la fit descendre avec une gorgée de café.

— Oh, j'allais oublier... Tu es rentré si tard de ta réunion, hier soir, que je n'ai pas eu le temps de t'en parler : Ellen a appelé.

Il leva les yeux de ses pages sportives et haussa un sourcil perplexe.

— Ellen, de Citywide. Il semble que nous ayons obtenu 20 sur 20, expliqua Kate.

Elle se mit à rire.

— Nous sommes le premier couple de notre groupe à avoir rendu la totalité de notre devoir.

— Vraiment ? C'est tout à fait dans notre style : les éternels premiers de la classe...

Kate coinça une mèche rebelle derrière son oreille, s'abstenant de relever la remarque.

— Déterminés. Enthousiastes. Je n'allais tout de même pas rater pareille opportunité en faisant traîner les choses.

— Je suis bien content que ce soit fait, en tout cas.

Kate était de son avis. Le travail à fournir pour remplir toutes les conditions de l'inscription était une véritable corvée. Il existait apparemment un questionnaire pour chacun des aspects de leur existence : leur parcours familial, leur santé individuelle, le milieu social dont ils étaient issus et celui où ils évoluaient. Ils avaient même dû fournir leurs empreintes digitales et un extrait de leur casier judiciaire.

Mais la partie la plus difficile à remplir avait été le questionnaire concernant la personnalité de chacun. Les questions approfondies — parfois indiscrètes — exigeaient de leur part une véritable introspection, une très sérieuse réflexion sur des sujets tels que leur vie de couple, la notion d'adoption ou le rôle des parents.

On leur demandait réellement de se livrer cœur et âme sur le papier en gardant toujours à l'esprit qu'une future mère biologique lirait ce qu'ils avaient écrit — que les mots qu'ils allaient employer influenceraient sa décision concernant le choix de parents adoptifs pour son enfant.

L'opération avait été d'autant plus éprouvante pour Kate qu'elle avait été avertie de l'importance toute particulière de l'évaluation personnelle. Pour la grande majorité des mères biologiques, avait expliqué Ellen, l'abandon d'un bébé à des fins d'adoption était une décision non pas rationnelle mais purement affective.

Aussi Kate s'était-elle beaucoup investie dans cet exercice. Elle avait mis à nu son cœur et son âme, décrit ses aspirations les plus intimes, tout en priant pour que l'une ou l'autre des choses qu'elle disait touche une corde sensible chez une future maman ; elle souhaitait tant faire sentir l'immense désir qu'elle avait d'être mère et tout l'amour qu'elle donnerait à son enfant.

— Il ne reste plus que notre album de photos à remettre. Je l'ai terminé hier soir et je comptais le porter là-bas, au siège de la fondation, aujourd'hui ou demain. Aurais-tu par hasard l'occasion de faire un tour de l'autre côté du lac au cours des prochaines quarante-huit heures ?

— Pas la moindre. En revanche, je pourrais y aller vendredi.

— C'est noté, bien que je ne me sente pas capable d'attendre jusque-là.

— Toujours la première de la classe, la taquina-t-il.

— Allons, dit-elle en riant ; j'ai envie d'en finir, un point c'est tout.

— Prête à te rasseoir, te détendre, et attendre qu'un bébé te tombe dans les bras, hein ?

— Me détendre ?

Elle secoua la tête.

— Tu en es peut-être capable, moi pas. Je me sens plus impatiente et anxieuse que jamais. A présent, c'est pour de bon. Cela pourrait se produire d'un moment à l'autre, n'importe quand.

— Respire un bon coup, mon cœur. Tu te souviens de ce qu'a dit Ellen. Cela peut aussi prendre une année entière, voire davantage. Cette année risque de te paraître interminable si tu ne parviens pas à te calmer un peu.

Il avait raison. Elle le savait bien. Mais le fait de le savoir ne changeait pas grand-chose à l'affaire.

Kate soupira.

— Je sais, Richard. Je n'ai pas oublié ce qu'elle a dit. Seulement, tu comprends, j'ai… nous avons…

— … tellement attendu, acheva-t-il à sa place.

Il posa sa main sur la sienne au milieu de la table.

— Tu as raison, mon cœur.

Elle referma ses doigts sur les siens, le cœur débordant de gratitude.

— Je t'aime.

— Moi aussi, je t'aime.

En bas, dans la rue, le car de ramassage scolaire freina bruyamment à l'arrêt de bus du carrefour. Il passait tous les jours à 8 h 10 précises. Richard jeta un coup d'œil sur sa montre et jura entre ses dents.

— Il faut que j'y aille. Je suis en retard.

— Moi aussi.

Ils se levèrent ensemble, portèrent leurs bols dans l'évier, attrapèrent leurs affaires au vol et gagnèrent précipitamment la porte. Sur le seuil, Richard embrassa sa femme.

— Tu n'as pas oublié que nous dînons avec Sam Petrie et madame, n'est-ce pas ?

— Bien sûr que non. Au Dakota, à 19 heures.

— Parfait. Si tu mettais ta jolie robe de soie rouge ? Elle te va à merveille.

Kate éclata de rire.

— C'est une robe plutôt sexy pour un soir de semaine, monsieur le magistrat.

— Et Sam Petrie pourrait m'apporter un soutien précieux dans ma campagne politique.

Voyant son air scandalisé, il lui fit un clin d'œil.

— Je plaisante, c'est tout. Quoi que tu portes, tu es magnifique. Choisis ce qui te plaira.

Il l'embrassa encore puis sortit sur la terrasse du rez-de-chaussée.

— Je t'appellerai dans la journée.

Elle le regarda s'éloigner puis referma la porte derrière elle et partit de son côté.

10

L'un des nombreux avantages d'avoir son propre magasin, avait estimé Kate durant les premiers mois de son installation, était qu'on pouvait choisir l'endroit. En l'occurrence, le salon était situé à six cents mètres environ de leur domicile, en longeant le lac ; la plupart du temps, elle effectuait le trajet à pied.

Naguère, la bâtisse dépendait de la propriété adjacente, dont elle était une annexe. Toutes deux avaient été construites avant le pont autoroutier ou l'invention de l'air conditionné : les habitants de La Nouvelle-Orléans échappaient alors aux terribles chaleurs estivales en se déplaçant vers la rive nord du lac Pontchartrain où ils avaient construit de fabuleuses résidences.

Kate avait découvert ce pavillon en ruine et l'avait acheté sur un coup de foudre en dépit des arguments de Richard qui jugeait la réfection beaucoup trop coûteuse et lui conseillait d'opter plutôt pour les sentiers battus — à savoir les rues commerçantes ou les abords des grandes surfaces qui attiraient plus de monde.

Mais Kate avait refusé d'en démordre ; et comme elle l'avait prédit, la clientèle avait trouvé le chemin du café. Aucun de ses concurrents n'avait ce qu'elle offrait : une vue panoramique sur le lac Pontchartrain, de beaux chênes centenaires où les aigrettes venaient se percher à la tombée du jour, un indéniable parfum historique et le charme éternel du vieux Sud.

Les habitués du café n'étaient pas de ceux qui fréquentent les galeries marchandes. On n'y trouvait pas la jeunesse classique, du genre minivan et chien-chien, qui formait la majorité de la population de Mandeville. Non. Le Grain de Fantaisie semblait attirer les originaux installés sur la rive Nord : artistes et écrivains, étudiants et chômeurs, retraités de métier, libres-penseurs, philosophes et solitaires endurcis.

Ses employés eux-mêmes étaient plutôt excentriques. Parfois même un peu trop, songea Kate en franchissant le seuil du café et en découvrant ses deux chefs d'équipe, Marilyn et Blake, au beau milieu d'une discussion acharnée — l'une de ces discussions qui faisaient la réputation du café. Elle réprima un soupir. Un quidam qui serait entré là par hasard aurait pu jurer qu'ils se disputaient ou, pire, qu'ils se vouaient une haine farouche.

Comment s'en étonner, du reste ? Ces deux-là étaient aussi différents qu'on peut l'être. Marilyn, blonde créature de rêve à la voix aigrelette et au quotient intellectuel de surdouée, étudiait les religions de l'antiquité et préparait à vingt-cinq ans son diplôme de quatrième cycle universitaire. Blake, à vingt-huit ans, n'en était pour sa part qu'au début d'une licence ès lettres et redoublait sa seconde année. Homosexuel et fier de l'être, il avait la repartie facile, un humour décapant et une allure un peu trop tapageuse pour s'intégrer aisément dans le microcosme plutôt conservateur de la rive Nord. Il avait cependant choisi d'y résider, expliquait-il, par amour des arbres.

Leurs discussions enflammées étaient devenues légendaires parmi les habitués. Certains d'entre eux affirmaient même venir pour assister aux feux d'artifice autant que pour déguster le café maison. Malgré tout, ces faux ennemis ne se fâchaient jamais pour de bon et formaient un tandem parfaitement efficace.

— Mon chou, disait Blake à Marilyn de son accent traînant, tu peux me croire, en matière de dimensions, l'égalité entre les races sera toujours une utopie.

Marilyn émit un petit grognement de mépris.

— Ce genre de réflexion est non seulement obscène mais encore pervers et dangereux comme tout cliché fondé sur une différence raciale stéréotypée. Une civilisation qui fabrique des stéréotypes…

— Excuse-moi, coupa Blake, les poings sur les hanches, mais comment crois-tu donc que naissent les clichés ?

— Généralement, ils vont de pair avec une oppression ou une haine latentes.

Les joues en feu, Marilyn épongea un peu d'eau qui avait coulé sur le zinc.

— Décidément, en tant qu'homosexuel, je t'aurais cru plus sensibilisé à ce genre de problème.

— Tout à fait d'accord. Justement, pour démontrer le bien-fondé de mon discours, combien de Noirs à grosse…

— Ça suffit, vous deux ! déclara Kate en s'interposant. C'est inadmissible. Nous avons des clients.

— Oh, ça ne me dérange pas, lança Peter, un habitué installé dans un box à proximité du bar. Je m'apprêtais à ajouter mon grain de sel.

— Moi aussi.

Joanie, une romancière, également habituée de l'endroit, alla demander un autre verre au barman et se tourna vers Kate.

— Tout cela apporterait plutôt de l'eau à notre moulin…

— Non, murmura Blake. Kate a raison. Mais avant de passer à un sujet qui soulève moins de… controverses, je tiens à préciser encore une chose : quiconque prétend que les dimensions n'ont pas d'importance est affligé soit d'un attribut ridiculement petit, soit d'un partenaire dans le même cas.

Marilyn faillit s'étrangler, Joanie renversa un peu de whisky sur le bar et Kate dut se retenir pour ne pas s'esclaffer. Avant qu'elle n'ait pu réprimander son employé, Peter renchérit à son tour :

— Je n'ai jamais rien prétendu de tel, Blake, je t'assure. Bien au contraire, j'ai toujours dit qu'il n'y a rien de plus important qu'un organe de belles dimensions.

Sa déclaration provoqua l'hilarité générale et quelques quolibets fusèrent dans l'assemblée. La conversation semblait s'orienter de nouveau vers un échange de propos scabreux quand une mère de famille et ses deux enfants franchirent la porte de l'établissement. Marilyn et Blake changèrent instantanément de registre, s'affairant avec un sérieux tout professionnel autour des nouveaux venus.

Kate secoua la tête avec une exaspération amusée. Elle se figurait sans peine la réaction de Richard s'il avait assisté à la scène. Il considérait déjà le café comme un asile d'aliénés ; sans doute les aurait-il tous jugés — y compris sa femme — réellement bons à enfermer.

Elle observa du coin de l'œil Marilyn et Blake qui prenaient la commande du trio tout en bavardant avec la maman, et sourit. Elle aimait bien le Grain de Fantaisie. Elle aimait bien les clients, ceux qui devenaient des habitués comme ceux qui entraient là au hasard de quelque promenade. Elle aimait bien ses employés et leurs excentricités, le fait de prendre part à leur existence.

Bien que l'art eût été sa première passion, elle avait décidé de bonne heure de ne pas s'engager sur la voie de l'artiste crève-la-faim. Elle avait grandi dans cet environnement-là ; vécu au jour le jour, de saisie en saisie, voyant ses parents attendre avec une amertume croissante une renommée qui n'était jamais venue ; vu l'aigreur de la déception miner progressivement leur couple et le détruire à petit feu.

Ils avaient divorcé l'année où Kate avait obtenu sa licence à Tulane. L'année suivante, sa mère avait trouvé la mort dans un accident de la circulation et son père avait déménagé pour s'installer dans une colonie d'artistes, au nord de San Francisco. Ils se parlaient longuement au téléphone, avec beaucoup d'affection du reste, mais l'éloignement géographique les empêchait de se voir beaucoup.

Oui, l'expérience de ses parents avait dissuadé Kate de compter sur l'art pour vivre, l'incitant à s'orienter vers des études de gestion et à reléguer sa passion au rôle de passe-temps favori. Aujourd'hui, au lieu d'orner les murs des galeries, ses vitraux décoraient chacune des fenêtres du café. Ses œuvres étaient issues d'un besoin de créer ; elle ne se souciait pas d'en tirer un profit ou une renommée quelconques. De temps à autre, elle vendait une pièce et cela lui était agréable. Le fait de ne pas vivre la contrainte de celui qui doit vendre pour assurer sa subsistance lui procurait un précieux sentiment de détachement.

Kate ne sous-estimait pas la chance qu'elle avait. Elle aurait pu être obligée de se soumettre à des horaires draconiens, d'accepter quelque emploi assommant de gratte-papier, enfermée du matin au soir entre quatre murs sans autre espoir que d'atteindre au plus vite l'âge de la retraite.

Et, en pareil cas, elle aurait fait de son mieux sans rechigner, parce qu'elle ne manquait pas de sens pratique.

Voilà ce que Luke n'avait jamais réussi à comprendre.

C'était drôle, songea-t-elle en revoyant son ami en pensée. Issus l'un et l'autre de familles modestes, ils avaient obtenu tous les deux une bourse pour poursuivre leurs études à Tulane. Pourtant, Luke n'avait jamais renoncé à son rêve de devenir un jour romancier. Il s'était même toujours refusé à commencer par le journalisme ou la rédaction publicitaire. Il avait eu foi en lui-même jusqu'au bout.

Que serait-il advenu si elle avait fait preuve d'une telle confiance en soi — si elle avait eu ce courage ? se demanda Kate.

Voyant que la petite famille était servie, elle s'approcha de ses deux responsables de salle.

— Si je peux compter sur vous pour cesser de tenir des propos scabreux, je vais m'occuper des bulletins de paie dans mon bureau.

Elle les regarda tour à tour avec une lueur de malice.

— A moins que vous ne souhaitiez pas être payés aujourd'hui ?

— Si, si, allez-y, l'encouragea Blake en joignant le geste à la parole. Je suis complètement fauché.

Marilyn émit un petit claquement de langue réprobateur.

— Tu devrais gérer un peu plus sérieusement tes finances. On ne peut pas vivre éternellement de l'air du temps, tu sais.

Il haussa les épaules.

— Voilà des conseils fort avisés, de la part de l'étudiante la plus endettée du campus.

— Va te faire voir.

— Si tu veux mais ailleurs, car tu n'es pas mon genre, mon lapin.

— Inutile de vous inquiéter de nos sujets de conversation, Kate, dit Marilyn en posant sur Blake un regard chargé de sous-entendus. Je ne pense pas qu'à ça, moi.

Kate leva les bras au ciel.

— Vous ne changerez donc jamais, tous les deux ? En tout cas, je renonce à vous sermonner, arrangez-vous seulement pour ne pas faire fuir les clients. D'accord ?

Sans attendre de réponse, elle gagna son bureau, vérifiant au passage ce qui manquait, notant mentalement les commandes qu'il faudrait passer. Les cartes de pointage étaient soigneusement empilées sur un coin de son bureau, attendant qu'elle s'en occupe. Avec un soupir, elle s'installa dans son fauteuil pivotant et se mit au travail.

Quelques minutes à peine s'étaient écoulées quand Blake frappa légèrement au battant ouvert de la porte.

— Il y a un problème.

Levant les yeux, Kate lui fit signe d'entrer.

— Que se passe-t-il ?

— C'est encore le pâtissier. Il n'est pas venu samedi ; par conséquent, nous manquions déjà de gâteaux avant l'arrivée des clients qui sortent du cinéma.

— Vous l'avez appelé ?

— Naturellement.

Blake plissa le front.

— Je suis tombé sur le répondeur. Deux fois de suite.

— Et il n'a toujours pas rappelé, je suppose.

Ecœurée, elle grimaça.

— Combien de fois nous a-t-il fait le coup ?

— Quatre fois, l'abruti.

Blake prit machinalement le presse-papiers de cristal en forme de cœur posé sur le bureau, le soupesa dans sa paume et le remit à sa place. L'objet — un véritable baccarat — était un cadeau de Richard pour la Saint-Valentin.

— Je déteste les irresponsables.

Kate sourit. C'était précisément cela qui faisait de lui un excellent employé.

— Je vais m'en occuper, Blake. Il y a d'autres pâtissiers en ville et nous en trouverons bien un.

— Il faut l'espérer.

Blake la menaça du doigt.

— Cette fois, cessez un peu d'écouter ses pleurnicheries, d'accord ? Ce n'est pas notre affaire si son chien est mort ou si sa femme l'a quitté : il a un contrat à remplir et il doit nous approvisionner, un point c'est tout. Vous êtes beaucoup trop gentille avec ce genre d'énergumène.

« Une bonne pâte notoire », disait Richard en parlant d'elle. Les escrocs et les professionnels du porte-à-porte la voyaient venir.

— Entendu, dit-elle. Je n'admettrai aucune excuse.

Cet artisan de Pillsbury est de l'histoire ancienne. Cette promesse parvint à le dérider.

— A la bonne heure. Merci, Kate.

Comme il quittait le bureau, elle l'arrêta.

— Les affaires ont bien marché, ce week-end ?

— Très bien. Mais la recette aurait été encore meilleure si nous avions eu tous les desserts qu'il fallait.

— Le petit nouveau s'en sort bien ?

— Beanie ?

Beanie, ainsi surnommé parce qu'il changeait tous les jours de casquette, était le tout dernier membre de l'équipe. Le plus jeune, également. Elle l'avait engagé en supposant qu'il ferait du bon travail car il tenait probablement là sa seule chance de trouver un emploi rémunérateur.

— Pas mal du tout, répondit Blake. J'ai chargé Tess de faire équipe avec lui. Cela lui a évité de commettre des bévues de débutant — du moins, à ma connaissance — et les clients ont semblé l'apprécier. Chapeau, pour un petit bleu.

Tess, la jeune fille dont il parlait, était une bonne serveuse mais manquait quelque peu de dynamisme. Kate haussa un sourcil perplexe.

— Tess ? Responsable de formation ?

Marilyn passa la tête à la porte.

— Kate, un appel pour vous. C'est Ellen, de City wide.

Kate opina, retenant son souffle.

— Merci.

Elle décrocha le récepteur. Du coin de l'œil, elle vit Marilyn donner un discret coup de coude à Blake. Ils sortirent ensemble du bureau et fermèrent la porte derrière eux.

La jeune femme sourit. Tous ses employés et la plupart des habitués savaient qu'elle effectuait des démarches en vue d'adopter un enfant avec son mari. Ils savaient aussi ce qu'elle avait enduré jusque-là et combien elle désirait être mère.

— Bonjour, Ellen, dit-elle. Quoi de neuf ?

— J'ai une bonne nouvelle pour vous.

— Une bonne nouvelle ? répéta Kate dont le cœur s'affolait déjà.

— Une future maman est venue s'inscrire pour l'adoption de son enfant à naître. Elle a commencé à examiner les dossiers. Le vôtre fait partie de ceux que j'ai sélectionnés pour elle. Mais ne vous emballez pas trop vite, ajouta-t-elle à la hâte : votre couple est seulement l'un de ceux que nous lui proposons. Bien qu'à mon avis vous puissiez faire l'affaire, il se peut qu'elle ne partage pas cette opinion. Vous devez être prête à tout ; je présenterai sans doute votre dossier à une bonne douzaine de mères biologiques.

— Ah bon.

Terriblement déçue, Kate sentit sa gorge se nouer.

— Je comprends.

— Non, dit Ellen avec un petit rire compatissant ; c'est moi qui vous comprends. Votre réaction est tout à fait normale. Mais je suis obligée de vous mettre en garde : l'adoption risque d'être l'équivalent affectif des traitements contre la stérilité. Il va falloir prendre un peu de recul. Je sais, c'est difficile. Cette attente est infernale et les faux espoirs n'arrangent rien. Le sachant, il ne vous reste plus qu'à vous armer de patience.

— Prendre du recul, m'armer de patience… J'ai l'impression d'entendre Richard : « Détends-toi, me dit-il. Chaque chose en son temps. »

— Votre mari ne manque pas de sagesse.

— Je sais bien, dit Kate, mais… mais…

A sa grande honte, ses yeux s'emplirent de larmes et sa voix se brisa malgré elle.

— Nous avons tellement attendu, Ellen. J'ai... Nous désirons un enfant depuis si longtemps.

Elle s'éclaircit la gorge.

— Pardonnez-moi. Vous devez me prendre pour une idiote.

— Certainement pas, murmura son interlocutrice. Je pense qu'une femme qui désire un enfant avec une telle intensité fera une très bonne maman.

Pleine de gratitude pour la compréhension qu'Ellen lui témoignait, Kate réussit à reprendre contenance.

— Vous êtes gentille.

— Ecoutez, Kate : pour avoir parlé à plusieurs reprises avec cette jeune femme, je suis convaincue qu'elle est fermement engagée sur la voie de l'adoption. Je ne perçois en elle aucune hésitation concernant l'abandon de son enfant à naître. En outre, ajouta Ellen, elle s'intéresse tout particulièrement à vous et à Richard. Vous possédez un certain nombre de qualités qui sont importantes à ses yeux. Pour toutes ces raisons, je me suis demandé si vous alliez bientôt me faire parvenir votre album de photos.

— Je l'ai terminé hier soir et j'avais l'intention de vous le remettre dans les jours qui viennent.

— Le plus tôt sera le mieux.

— Je vous l'apporte tout de suite. Je serai là dans trois quarts d'heure.

11

Assise sur son lit, le dos calé contre les oreillers, les dossiers des couples candidats empilés sur ses jambes allongées, Julianna contemplait les caractères imprimés sur la feuille du dessus, la vue brouillée par les larmes.

J'ai aimé Kate dès le premier instant où je l'ai vue. Elle est ma partenaire, ma compagne, ma meilleure amie. Je ne peux pas imaginer ma vie sans elle.

Respirant à peine, Julianna relut ces phrases pour la énième fois avec un douloureux sentiment de convoitise, assoiffée d'amour, de tendresse. Voilà ce qu'elle voulait : être aimée, désirée de manière aussi totale, aussi exclusive. Devenir l'unique horizon d'un autre être.

Elle ferma les yeux et son imagination s'envola. Son intention initiale était d'examiner brièvement tous les dossiers et de choisir l'un des couples au hasard. Après tout, elle ne voulait plus ce bébé et Ellen lui avait affirmé que les candidats, rigoureusement sélectionnés, avaient tous les qualités requises pour faire de bons parents.

Puis, sans motif particulier, elle s'était mise à feuilleter l'un des manuscrits qui lui avaient été remis. D'emblée, quelque chose lui avait déplu dans l'autoportrait rédigé par ce premier couple : un ton moralisateur sous-jacent, un léger sentiment de condescendance qu'on devinait entre les lignes. Comme si ces gens-là s'estimaient supérieurs à elle ; et à son enfant.

Les jugeant profondément antipathiques, elle avait tiré un trait sur ce dossier et entamé la lecture d'un autre. Le couple suivant était beaucoup moins désagréable. Leur sincérité, leur envie d'élever un enfant semblaient évidentes. Elle était femme d'intérieur et lui, comptable.

Ils étaient ennuyeux à mourir. Leur mode de vie, la manière dont ils envisageaient leur rôle de parents, leurs espoirs pour l'avenir de leur enfant, tout parut à Julianna d'une banalité consternante.

Elle les avait éliminés eux aussi.

Enfin, le samedi soir, elle avait découvert Kate et Richard. Tout chez eux la séduisit d'emblée : mode de vie, convictions, espoirs, rêves et projets d'avenir. L'existence qu'ils menaient, les rapports qui les unissaient étaient exactement ce à quoi elle aspirait depuis toujours.

Ce jour-là — un lundi —, après avoir lu et relu plus de vingt fois leur autoportrait, elle s'aperçut qu'elle venait de trouver infiniment plus qu'un couple susceptible d'adopter son enfant. Cet homme était celui qu'elle avait attendu tout au long de sa vie. Celui auquel elle était destinée, et réciproquement.

Julianna s'efforça de discipliner les pensées qui échappaient à son contrôle, s'imprégnant machinalement des phrases qu'il avait écrites et qu'elle connaissait déjà par cœur.

Nous nous sommes rencontrés à la fac. C'était une jeune fille ardente, brillante, intelligente, d'une vivacité remarquable. Je l'ai regardée au fond des yeux et j'y ai découvert l'avenir. Mon avenir.

Qu'avait donc vu John en la regardant pour la première fois ? Une enfant qu'il fallait protéger ? Une innocente créature qu'il pourrait modeler à sa guise ? Sa gorge se serra malgré elle. Qu'est-ce que les autres avaient vu en elle ?

Soudain, les larmes lui montèrent aux yeux puis ruisselèrent lentement sur ses joues. Sa mère l'avait traitée comme l'un de ses précieux accessoires — foulard Hermès ou sac Gucci —, rien de plus. John ne lui avait pas accordé beaucoup plus d'importance. Bien qu'il eût toujours affirmé être amoureux d'elle et lui eût témoigné beaucoup d'égards, il lui avait toujours réservé une place limitée dans sa vie, dont elle était supposée se contenter une fois pour toutes.

Désormais, elle voulait davantage. Elle voulait ce qu'avait Kate.

Dépitée, Julianna essuya ses larmes et posa de nouveau les yeux sur le dossier ouvert sur ses genoux. Elle lut les indications fournies par Richard sur sa propre enfance et sur sa famille, sur ses rêves et ses aspirations. Il livrait les espoirs qu'il mettait en l'avenir ; ses points de vue sur l'amour, le mariage et le rôle des parents.

Elle tourna la dernière page et s'aperçut alors que sa main tremblait. Les mots qu'il employait reflétaient exactement ce qu'elle pensait — ses propres rêves et ses prières. Cet homme, sans qu'ils se fussent jamais rencontrés, avait touché les profondeurs de son cœur et de son esprit, la bouleversant comme personne n'avait jamais pu le faire.

C'était comme s'ils se connaissaient. Comme si quelque lien invisible les unissait. Comme s'ils étaient un seul être divisé par le temps et le destin.

Et que le temps, le destin venaient de reconstituer.

Richard. Et Julianna.

Elle savoura sur sa langue le goût de son nom, le prononça tout haut, l'associa au sien. Leurs prénoms allaient bien ensemble. Ils s'accordaient parfaitement. En les répétant encore et encore, elle avait l'impression d'entendre résonner dans sa tête un joyeux son de cloche, un carillon célébrant sa venue au monde. Le véritable commencement de sa vie, qui n'avait rien à voir avec sa naissance physique. Rien de commun avec son passé.

Aujourd'hui, elle était toute neuve. Elle se sentait renaître. Chaque élément se mettait en place. Tout prenait enfin un sens ; tout devenait évident. Voilà pourquoi elle attendait un enfant. Pourquoi John l'avait contrainte à s'enfuir. Voilà vers où convergeaient tous les événements de son existence.

Elle croyait au destin. Elle venait de rencontrer le sien.

Richard. Et Julianna.

La jeune femme ôta les feuilles manuscrites de ses genoux, les posa à côté d'elle sur le lit et prit l'album de photos qui les accompagnait. Elle promena les doigts sur le cuir de la reliure, le cœur battant, hésitant presque à l'ouvrir sans pouvoir s'expliquer pourquoi.

Peut-être était-ce à cause de la nouveauté, de la puissance inquiétante de ce qu'elle éprouvait ; à cause, peut-être, de cette étrange impression d'avoir été frappée de plein fouet par la révélation de son avenir.

Son avenir. Le leur. L'avenir de Richard et de Julianna.

Sans cesser de trembler, elle ouvrit enfin le précieux album, passant d'une page à l'autre, les tournant avec une lenteur solennelle, le souffle coupé par l'énormité de ce qui se produisait, par les bouleversements qui en résulteraient pour elle.

Il ressemblait à l'image qu'elle s'était faite de lui en lisant son autoportrait. C'était un bel homme aux cheveux bruns, avec des épaules solides et un charmant sourire d'adolescent frondeur. Il avait l'air fort, sûr de lui ; de ces hommes sur lesquels une femme peut s'appuyer. Ces hommes qui savaient aimer profondément, passionnément.

Il était celui qu'elle avait attendu.

Richard et Julianna.

Et Kate : une ombre au tableau.

Julianna fronça les sourcils. Elle ne voulait aucun mal à cette femme. Comment l'aurait-elle pu ? N'était-elle pas un élément indispensable du puzzle, la femme grâce à qui le miracle avait pu se produire ? Si Kate n'avait pas éprouvé ce désir d'être mère, comment elle, Julianna, aurait-elle découvert Richard ?

La jeune femme promena son regard d'une photo à l'autre, déchiffrant les commentaires correspondants. Richard et Kate au ski, à Aspen. En voilier, sur le lac Pontchartrain. En vacances sous les tropiques. Se tenant par la taille ou par l'épaule. Souriants, les yeux dans les yeux.

Julianna contempla les photos, la gorge nouée. Kate n'était pas une beauté ravageuse. Elle n'était pas même vraiment jolie. Mais elle avait une allure folle. Une allure dégagée, indépendante. Elle n'avait rien d'une petite fille. Ni d'une bombe sexuelle.

Du bout des doigts, elle caressa la silhouette de Kate sur la surface brillante d'un cliché. De toute évidence, Kate était le genre de personne dont un homme tel que Richard tombait fatalement amoureux. Le genre de personne destinée à devenir sa compagne.

Une personne qui méritait la chance qui lui était échue.

Le front de la jeune femme se plissa de nouveau. D'où provenait ce petit pincement de jalousie ? Cette pointe d'anxiété inopinée ?

Elle refusa de s'appesantir là-dessus. A quoi bon se mettre martel en tête ? Elle était plus jolie que Kate, plus jeune et plus séduisante. On pouvait acquérir de la classe, simuler le vernis de l'éducation.

Si elle le décidait, elle pouvait être exactement comme Kate, avoir tout ce qu'elle avait.

Si elle le décidait.

Julianna reporta son attention sur l'album, sur les photos de Kate et Richard. Tandis qu'elle les contemplait de nouveau, Kate disparut et Julianna prit sa place au bras de Richard, la place de celle qu'il regardait avec tant d'amour. De celle sur qui pleuvait cette manne.

Oui, se dit-elle. Aujourd'hui, elle décidait de devenir cette femme. D'avoir tout ce qu'elle avait ; de vivre la vie de Kate.

Elle n'avait qu'à tout mettre en œuvre pour y parvenir.

12

La clientèle du samedi matin au Grain de Fantaisie se composait presque exclusivement d'étudiants et de célibataires. Les premiers venaient y retrouver des amis ou étudier leurs cours, les seconds pour y rencontrer d'autres célibataires — saine alternative au schéma du petit verre dans un bar classique.

Avec l'affluence des amateurs de double cappuccino ou de café moka, la salle n'avait pas désempli. Pas plus que Tess et Blake, Kate n'avait pu s'éloigner du comptoir depuis l'ouverture, sinon pour aider à servir quelques tables.

— Nous sommes à court de muffins aux raisins, annonça Blake en posant le dernier sur une assiette. Et si cela continue, nous ne tarderons pas à manquer de croissants et de brioches.

— Qu'est-ce qui se passe, ce matin ?

Tess ramena ses cheveux dorés derrière l'oreille.

— C'est un jour de congé, ou quoi ? Je n'ai jamais vu autant de monde ici.

— Ce doit être le temps, répondit Kate en remerciant une cliente avec un sourire et en lui rendant la monnaie. Personne n'a envie de rester chez soi quand il fait aussi beau.

— Moi, si.

Tess s'épongea le front du revers de la main.

— J'aimerais être au fond de mon lit, les rideaux tirés. Je dormirais volontiers jusqu'à 3 heures de l'après-midi, au moins.

Kate lui jeta un regard où l'exaspération le disputait à la compassion. A en juger par sa mine, son employée avait dû passer la nuit à faire la fête et rentrer à l'aube en titubant.

Tess sourit au couple qui s'approchait du zinc, prit la commande et la transmit à Blake qui manœuvrait l'appareil à espresso. Elle tourna la tête vers Kate.

— J'ai rencontré quelqu'un hier soir. Je crois que je suis amoureuse.

Et voilà ; ça recommençait. Tess, qui étudiait les arts plastiques à l'université de Hammond, était une jolie fille à l'intelligence vive, mais elle manquait du bon sens le plus élémentaire en ce qui concernait les hommes. Elle gobait leurs âneries sans le moindre discernement et se pâmait d'amour pour tout ce qui portait culotte. Blake — pourtant fort peu conventionnel en la matière — disait qu'elle ne se contrôlait pas davantage qu'une chatte en chaleur. Kate jugeait pour sa part que Tess avait besoin d'hommes et d'amour pour se rassurer sur son propre compte.

Ce comportement autodestructeur exposait la jeune fille aux plus grands dangers et Kate ne manquait jamais une occasion de lui prodiguer ses conseils. Ne voyait-elle donc pas tout ce qu'elle avait pour elle ? Elle n'avait besoin ni d'un homme, ni de quoi que ce soit pour se mettre en valeur.

Kate secoua la tête.

— Oh, Tess.

La jeune fille se rembrunit.

— Je ne comprends pas pourquoi tout le monde me dit ça.

— Mon chou, intervint Blake de son accent chantant, récapitule un peu le tableau de tes exploits : chaque jour — ou presque — tu es victime d'un nouveau coup de foudre. Les lapins ne font pas mieux.

— Toi, l'apôtre de la monogamie ? Tu ferais mieux de te taire !

— Seulement, moi, je ne prétends pas qu'il s'agit d'amour.

— Allons, les enfants, murmura Kate, profitant d'une légère accalmie pour regarnir les plateaux de pâtisseries. Pas de disputes.

— D'ailleurs, cette fois, ce n'est pas pareil. Cet homme-là n'est pas comme les autres. Il est plus mûr, moins ordinaire.

Elle leva sur Kate un regard suppliant.

— Vous me croyez, n'est-ce pas ?

— Peu importe ce que je crois, Tess.

Kate écrasa un carton de pâtisseries vide et le jeta à la poubelle.

— C'est ce que vous pensez, vous, qui est important.

— Tu vois ? dit la jeune fille à Blake en lui faisant un pied de nez.

Il haussa simplement les épaules et alla bavarder un moment avec un petit groupe d'habitués. Tess s'accouda au comptoir, la mine rêveuse.

— C'est tout de même fabuleux de pouvoir poser les yeux sur quelqu'un et *savoir.*

— Savoir quoi, Tess ?

— Qu'il est exceptionnel. Différent. Qu'il est celui qu'il vous faut.

L'image de Luke apparut soudain, inopinément, aux yeux de Kate — tel qu'il était la première fois qu'elle l'avait vu à la fac, dans la file d'attente du bureau de prêt, avec cet air de défi, ce regard fier et étrangement vulnérable qui le caractérisaient.

Kate secoua la tête — autant pour chasser ce souvenir que pour souligner sa différence d'opinion avec Tess.

— Mais il pourrait aussi s'agir d'amitié. Il ne suffit pas que quelqu'un vous plaise ou que vous lui plaisiez, ou encore qu'il vous fasse rire, par exemple, pour que ce soit une histoire d'amour. Cela ne signifie pas forcément que vous devez coucher ensemble. Parce que, en le faisant, il arrive parfois qu'on gâche tout.

— Cela ne fonctionne pas ainsi, répliqua Tess en fronçant les sourcils. Ce que j'éprouve en pareil cas est tout à fait particulier, vous comprenez ? J'ai l'impression...

Elle hésita un peu, cherchant le meilleur moyen de s'exprimer.

— J'ai l'impression que si je n'avais pas cet homme-là, j'en mourrais ou je deviendrais folle. Et quand j'en suis à ce stade, je peux faire n'importe quoi pour être avec lui.

— N'importe quoi pour être avec lui ? répéta Kate, haussant le sourcil. Vous iriez jusqu'à mentir ? Jusqu'à trahir ou blesser quelqu'un qui vous est cher ? Jusqu'à perdre tout amour-propre ?

Tess soutint son regard, le visage en feu.

— Oui. Oui, je crois que j'irais jusque-là. Et même plus loin, peut-être.

Sa réponse prit Kate au dépourvu. Elle ne s'y attendait vraiment pas et en fut presque scandalisée.

— Ce n'est pas possible, Tess. Et si vous dites vrai, ne croyez-vous pas que c'est anormal ?

— Anormal ? Je ne sais pas. Pourquoi ? demanda la jeune fille, visiblement perplexe.

— Tess, vous venez de m'affirmer que vous seriez prête à mentir pour être avec un homme ; prête à vous faire du mal, ou à blesser un ami. A mon avis, ce n'est pas normal. C'est même carrément malsain.

— Vous n'y êtes pas. Le fait est que ce sentiment me semble plus fort que tout. Plus fort que vous. C'est ça, l'amour. J'en suis sûre.

— Ah bon ? dit Kate. Je me demande bien comment. Vous avez été amoureuse plusieurs dizaines de fois depuis le début de l'année et cela n'a jamais duré. L'amour n'est tout de même pas aussi éphémère.

Après avoir servi un client à la table voisine, Blake vint les rejoindre et se mêla à la conversation.

— J'ai été amoureux de cette façon ; comme Tess le décrit. Une ou deux fois.

— C'est vrai ?

Tess se tourna vers lui.

— Et alors ? Qu'est-ce qui s'est passé ?

Il ne répondit pas tout de suite.

— Eh bien, je n'ai plus la moindre envie de me retrouver piégé là-dedans, dit-il enfin.

Comme Kate cherchait une parole de réconfort, il secoua la tête.

— Je vais débarrasser les tables.

Le cœur débordant de compassion, Kate le regarda s'éloigner.

Blake n'avait pas eu une jeunesse facile. Il avait dû se battre contre l'intolérance et la discrimination, y compris au sein de sa famille. Comme tout un chacun, il aspirait à être aimé et accepté, mais le monde n'admet pas aisément ceux qui sortent du rang, et Blake avait reçu quelques coups rudes. Pourtant, malgré son humour acerbe et son esprit souvent sarcastique, Kate savait qu'au fond, c'était un garçon tendre, avec un cœur d'or.

— N'avez-vous pas vous-même un sentiment fort pour Richard, Kate ?

Kate se retourna vers l'autre femme, essayant de se remémorer sa rencontre avec Richard, quinze ans plus tôt ; ce qu'elle avait éprouvé durant les premières semaines, les premiers mois de leur liaison. La griserie. Le trouble. Le septième ciel.

Ces souvenirs firent naître un sourire sur ses lèvres.

— Je suppose que oui. J'ai connu cela, autrefois.

Tess eut l'air tellement attristée que Kate se mit à rire.

— Inutile de faire cette tête, Tess. En fait, vous n'avez pas encore compris que l'amour et le mariage ont bien d'autres implications que ce dont vous parlez. Il s'agit d'un engagement total ; d'un partage permanent ; d'une confiance réciproque. Et des responsabilités qui en découlent. Il s'agit de bâtir du solide, de s'employer ensemble à réussir une vie de couple. A fonder une famille. Ce que vous décrivez concerne l'euphorie de la découverte, de la nouveauté. Mais tout cela ne dure pas.

— Je suis sincèrement désolée pour vous.

— Il ne faut pas. Ce qui nous reste est beaucoup plus riche et satisfaisant que vous l'imaginez.

Tout en prononçant ces paroles qui lui venaient pourtant du fond du cœur, elle ressentit un petit pincement d'insatisfaction comme si, en effet, quelque chose manquait à sa vie.

Cette impression la mit mal à l'aise et elle songea aussitôt à ce qui manquait réellement dans leur existence — à savoir, un ou plusieurs enfants. Mais ils étaient en train d'y remédier.

— Vous verrez, Tess : c'est extra. C'est vraiment chouette. Je vous le garantis.

*
* *

Cette conversation avec Tess la poursuivit tout au long de la journée et jusque dans la soirée. Tandis qu'elle dînait avec Richard dans leur restaurant favori, elle se surprit même à revenir sur les détails de leur dialogue afin de découvrir ce qui avait bien pu provoquer son accès de mélancolie. De nouveau, elle s'efforça de remonter le temps, de retrouver ses émotions à l'époque de leurs fiançailles, essaya d'analyser le comportement de Richard.

Grâce à lui, dès leur premier rendez-vous, elle avait eu l'impression de se transformer d'un coup de baguette magique — telle la Cendrillon du conte de fées rencontrant le prince charmant. Il l'avait emmenée dans des endroits de rêve — jusqu'alors inaccessibles pour elle —, lui avait fait goûter à un mode de vie si éloigné de celui de son milieu d'origine qu'elle en avait été tout éblouie. Elle était tombée follement, passionnément amoureuse de lui. Et il avait semblé partager sa passion.

Semblé, oui. L'idée la fit grimacer. Comme tous les jeunes couples, ils avaient traversé des orages. Richard était un jeune homme qui avait toujours obtenu ce qu'il voulait, que tout le monde trouvait intéressant. Quand elle l'avait connu, c'était en quelque sorte un homme à femmes et il le lui avait avoué franchement ; il n'avait pas l'intention d'en fréquenter une en particulier, lui avait-il dit. Entre eux, pourtant, c'était devenu sérieux. Et, le constatant, Kate lui avait demandé de choisir.

Il l'avait choisie. Bien qu'il eût rompu une dizaine de fois avec elle pour aller vers d'autres flirts, il était toujours revenu.

— Kate ?

Richard agita une main sous les yeux de sa femme.

— Voulais-tu du café ?

Elle cligna des yeux puis rougit en constatant que, absorbée dans ses réflexions, elle n'avait pas remarqué le serveur qui attendait sa réponse. Elle lui sourit d'un air contrit.

— Oui, merci ; je prendrai du café.

— Mauvaise journée ? demanda Richard tandis que le garçon s'éloignait.

— Pas vraiment.

Il haussa les sourcils.

— Alors, pourquoi ne dis-tu rien ?

— Je ne dis rien ?

Richard lui sourit.

— Ma foi, je me trouve en aussi charmante compagnie qu'un gardien de cimetière.

Elle se mit à rire.

— Excuse-moi. Décidément, j'aurais dû m'abstenir de sortir, ce soir.

Il se pencha vers la table et posa sa main sur la sienne.

— Veux-tu m'en parler ?

— Oh, c'est ridicule.

Elle rit encore, d'un air penaud, cette fois.

— Tu vas te moquer de moi, j'en suis sûre.

— Mets-moi à l'épreuve.

Ce qu'elle fit, lui résumant sa conversation avec Tess.

— La façon dont elle m'a regardée, comme si elle était désolée pour moi, comme si elle considérait notre couple comme moribond...

Elle s'interrompit et haussa les épaules.

— Cela m'a laissé une drôle d'impression tout au long de la journée. Je ne me sentais pas dans mon assiette.

Richard esquissa une grimace d'incrédulité.

— Tu ne t'es pas laissé impressionner par ces thèses farfelues sur l'amour, tout de même ?

— Non, mais vois-tu...

Son regard erra un instant sur la salle puis se posa de nouveau sur Richard.

— As-tu jamais éprouvé un sentiment de ce genre avec moi ? A perdre l'appétit ou le sommeil à force de penser à moi ? A avoir envie de mourir si tu ne devais plus me voir ?

— Kate, entends-tu ce que tu racontes ? Quel âge a Tess ?

Dix-neuf ans ? Vingt ans ? Si j'en crois ce que tu m'as dit, elle n'a même jamais eu une liaison suivie avec un homme.

Il se pencha vers Kate et esquissa un petit sourire amusé.

— Sois lucide : en matière d'amour, elle ne connaît vraiment pas grand-chose.

— Je suppose, en effet.

Kate se tut quelques secondes et regarda par la baie vitrée la surface lisse du lac qui reflétait la lune.

— Mais tout de même... as-tu jamais ressenti cela pour moi ?

— Je n'ai jamais cessé.

Il se mit à la lorgner avec convoitise et elle fronça les sourcils.

— Arrête. Je parle sérieusement.

Richard se cala de nouveau dans son siège.

— Ah, je vois qu'il s'agit de ce genre de conversation-là.

— Quel genre de conversation ?

— Celui où, quoi que je dise, je suis condamné d'avance.

— Ce n'est pas vrai. J'essaie de te parler sérieusement et toi, tu fais le clown.

— De quoi veux-tu parler sérieusement ?

Prenant la main de sa femme, il l'attira vers lui.

— Voyons : Tess a plus de kilomètres au compteur que le camion-saucisse d'Oscar Mayer[1], et tu te laisses impressionner par ses opinions sur l'amour, sur le couple que nous formons ? Ne crois-tu pas que c'est tout de même un peu irrationnel ?

Amusée, Kate referma ses doigts sur les siens.

— Présenté de cette manière, c'est même complètement idiot, admit-elle. Où vas-tu chercher des idées pareilles ? Le camion-saucisse d'Oscar Mayer !

Ils rirent ensemble.

1. Oscar Mayer : marque d'un fabricant de charcuterie qui utilise un camion publicitaire en forme de saucisse pour livrer ses produits dans tous les points de vente des Etats-Unis.

— Tu n'as jamais eu l'un de ces petits sifflets en forme de saucisse ? demanda-t-il.

— Quel gamin n'en a pas eu ?

— Tess, probablement. Voilà qui expliquerait son obsession pour les mâles. Cela relève de la psychanalyse.

Malgré elle, Kate sourit de nouveau.

— A ton avis, ce ne serait donc que cela ?

— Certainement.

Il porta leurs mains jointes à ses lèvres, effleura ses phalanges d'un baiser et la libéra.

— Songe un peu à ce que tu aurais pu devenir si le camion-saucisse n'avait jamais fait halte à l'épicerie de ton village.

— J'y songe.

Elle reprit son sérieux.

— Richard ?

Il leva les yeux de l'addition qu'il examinait.

— Hmm ?

Elle promena l'index sur le rebord de la table.

— Tu ne... Il ne te manque rien dans notre mariage ? Je veux dire : tu es heureux, n'est-ce pas ?

— Quelle question !

Tout en tirant son portefeuille de sa poche, Richard secoua la tête.

— Je suis parfaitement heureux, Kate.

— Moi aussi.

Elle eut un petit soupir mi-satisfait, mi-soulagé.

— Je ne voudrais pas qu'il nous arrive quoi que ce soit, c'est tout.

— Il ne nous arrivera rien, mon amour.

Il jeta sa carte de crédit sur l'addition et lui sourit.

— Cela, je peux te le promettre.

13

Julianna attrapa l'autobus au vol en face de Buster et prit la direction des beaux quartiers où se trouvait le siège de Citywide. Au moment où elle montait, une place — la dernière — fut libérée par un énorme bonhomme dont les vêtements étaient imprégnés de vagues relents de bière, de tabac et de transpiration.

Comme l'odeur et la chaleur du passager persistaient, elle fut prise de nausée et s'assit tout au bord de la banquette en se tenant au dossier de devant. Elle regrettait l'époque où elle changeait chaque jour de destination à sa convenance et sans contrainte particulière.

A présent, elle était obligée d'utiliser les transports publics. De se déplacer suivant des horaires imposés, parmi des gens qu'elle ne connaissait pas — et préférait, pour la plupart, ne pas connaître. A présent, elle était obligée de supporter les cris d'enfants et les arrêts réguliers, les bousculades des heures de pointe et, à l'occasion, les inévitables rots, gaz et relents d'haleine fétide qui allaient de pair avec cette promiscuité.

Tous ces désagréments l'irritaient considérablement. Mais l'autobus était bon marché. Il ne lui avait pas fallu plus de vingt-quatre heures pour se rendre compte du prix scandaleux des places de parking au centre-ville, au cœur du Quartier Français de La Nouvelle-Orléans. Son salaire de serveuse ne lui autorisant pas d'aussi folles dépenses, elle s'était empressée de garer sa voiture dans le premier parking gratuit qu'elle avait découvert à proximité de son appartement et ne l'avait plus déplacée depuis.

Julianna se tourna vers la vitre et regarda le jour décliner sur la ville, s'efforçant d'ignorer les traces de graisse qui ternissaient le carreau. Ce n'était que temporaire, songea-t-elle. Bientôt, elle aurait tout ce qu'elle aimait, tout ce qu'il lui fallait.

Richard.

Et Julianna.

Fermant les yeux, elle imagina son avenir, ce qu'elle ferait de ses journées, à quoi sa vie ressemblerait. Sa vie avec Richard.

Ce serait parfait ; toutes ses aspirations seraient comblées.

Elle sourit en son for intérieur. La nuit précédente, Richard était venu à elle en rêve. Il lui avait murmuré quelque chose à l'oreille : qu'*elle* était tout pour lui. Sa compagne, sa maîtresse. Sa meilleure amie.

Il lui avait dit qu'il ne pouvait pas vivre sans elle.

Et ils s'étaient unis l'un à l'autre — sexuellement, et par l'esprit, aussi. Deux âmes se fondant en une seule, deux corps mêlés en un acte d'amour si pur, si parfait qu'il défiait les lois naturelles de l'existence.

Kate, elle aussi, était venue à elle. Souriante, un bébé dans les bras. Pleinement satisfaite.

Donnant sa bénédiction à l'amour de Julianna et de Richard.

Le bébé remua en elle et Julianna s'en réjouit. Ce rêve était un signe envoyé par le ciel pour lui montrer la voie tracée d'avance pour elle. Sa place sur terre était dans les bras de Richard ; ils étaient faits l'un pour l'autre.

Kate était destinée à avoir un enfant dans les bras. L'enfant que Julianna lui donnerait.

Car sa décision était prise : elle allait donner son enfant à Kate. Et en échange, elle lui prendrait son mari.

L'autobus s'immobilisa dans un fracas de ferraille. Julianna ouvrit les yeux. Ils étaient arrêtés devant une école privée. A travers les grilles de l'enceinte, on apercevait un joli jardin avec sa fontaine et une statue de la Vierge entourée d'un parterre de roses — symbole du bien, de la pureté, de leur victoire sur les forces du mal.

Encore un signe du ciel. Une garantie. Julianna porta une main tremblante à sa bouche. *La destinée.*

Le véhicule redémarra, s'éloignant de l'école et de la statue de Notre-Dame. Julianna pivota sur son siège et tordit le cou pour la garder le plus longtemps possible dans son champ de vision.

Quand la statue eut complètement disparu, elle reprit sa position initiale. Un sourire confiant éclairait son visage. Ce soir, elle faisait le premier pas sur la voie de son avenir. Ce soir, elle allait annoncer à Ellen qu'elle avait choisi Kate et Richard comme parents adoptifs pour son enfant.

Les pneus de l'autobus grincèrent à l'arrêt suivant, à l'angle de la 6e Rue et de l'avenue Saint-Charles — l'arrêt où elle descendait. La fondation se trouvait légèrement à l'écart de l'avenue, au rez-de-chaussée d'une belle maison ancienne restaurée avec goût pour abriter les bureaux de quelques petites entreprises.

Julianna quitta le véhicule. Le temps, plutôt clément pour un mois de février, s'était rafraîchi en fin de journée, et Julianna resserra son manteau autour d'elle. Les prévisions météorologiques annonçaient une baisse de température consécutive à l'arrivée d'une masse d'air froid sur l'ensemble du pays.

A en juger par les centaines de conversations qu'elle avait entendues au snack-bar, les habitants de La Nouvelle-Orléans étaient obsédés par le temps. Il fallait reconnaître que le climat était particulièrement instable et passait par toutes les gammes imaginables — des pluies torrentielles aux gelées inopinées, des chaleurs supportables aux canicules les plus infernales. L'un des habitués avait un jour déclaré que tout individu vivant sous un climat aussi pénible pouvait à juste titre s'inquiéter du temps qu'il faisait.

Sans doute avait-il raison.

Julianna arriva au siège de la Fondation Citywide et franchit le seuil. Madeline, l'hôtesse d'accueil, n'était pas derrière son bureau, et Julianna s'installa dans la salle d'attente, songeant qu'elle devait se trouver dans les parages et ne tarderait pas à regagner sa place.

Une dizaine de minutes s'écoulèrent. Un peu plus loin, dans le couloir, on entendait des bribes de conversation provenant du bureau d'Ellen. Afin de se dégourdir les jambes, Julianna se leva et suivit la direction du bruit, s'immobilisant derrière la porte entrouverte de l'assistante sociale. A en croire les pauses fréquentes qu'elle observait en parlant, Ellen devait être occupée au téléphone. Sur le point de frapper à la porte, Julianna suspendit son geste en l'entendant prononcer le prénom de Kate, puis celui de Richard.

Julianna retint son souffle. *Sa* Kate et *son* Richard ?

Son cœur se mit à battre la chamade et elle tendit l'oreille. Sur ces entrefaites, Ellen raccrocha.

Julianna fit un bond en arrière, les joues en feu. Craignant qu'Ellen la surprît en train de rôder autour de son bureau, elle reprit contenance, frappa légèrement à la porte, attendit une fraction de seconde, et passa la tête dans l'entrebâillement.

— Bonsoir, Ellen. Madeline n'était pas à l'accueil, alors je me suis permis de venir. Je ne vous dérange pas, j'espère ?

— Pas du tout, répondit Ellen avec un chaleureux sourire. Entrez, je vous en prie.

Elle désigna l'un des sièges destinés aux visiteurs et referma le dossier ouvert devant elle.

Julianna suivit son geste des yeux et le sang se mit à bourdonner dans sa tête. Se pouvait-il que ce fût le dossier de Kate et Richard ? C'était probable, puisque Ellen venait de parler à l'un des deux au téléphone.

Il fallait qu'elle y jette un coup d'œil. Elle trouverait bien un moyen.

— Merci, murmura-t-elle, reportant à grand-peine son regard sur son interlocutrice. Je craignais que vous n'ayez pas le temps de me recevoir.

Ellen la gratifia d'un autre sourire.

— En réalité, vous tombez à pic. J'allais justement vous appeler ce soir.

— Vraiment ?

Julianna s'assit en face d'elle.

— A quel propos ?

— J'ai de bonnes nouvelles pour vous, annonça Ellen en souriant de plus belle. Votre demande d'allocations a reçu une réponse positive ; frais médicaux, loyer et dépenses courantes seront entièrement pris en charge.

— Oh, Seigneur.

Julianna porta une main à son cœur.

— Vous parlez sérieusement ?

— Le plus sérieusement du monde. Le Dr Samuel en a été averti. Vous devez appeler son cabinet afin de prendre rendez-vous. Pour vos dépenses courantes, vous recevrez un premier chèque au début du mois prochain puis chaque mois jusqu'à la naissance du bébé.

Pendant quelques secondes, Julianna dévisagea la femme sans un mot, à peine capable d'y croire. Plus de rustres à servir. Plus d'ampoules aux pieds et de douleurs lombaires, de vêtements imprégnés d'odeurs de friture en rentrant chez soi après le travail.

Un autre signe du ciel.

Des larmes lui piquèrent les yeux.

— Merci, Ellen. Merci infiniment. Cela va me faciliter considérablement la vie.

— Nous sommes là pour ça. Et maintenant, reprit Ellen en croisant les mains devant elle sur le bureau, que puis-je faire pour vous ?

Julianna s'efforça de respirer calmement. Nul doute qu'Ellen ne croyait pas au destin, ne savait pas que tout était écrit. Comment aurait-elle pu comprendre que Julianna et Richard étaient destinés l'un à l'autre ? Nul doute non plus que, si elle venait à soupçonner ses intentions, elle la rayerait de sa liste en moins de temps qu'il n'en faut pour le dire.

Il fallait absolument éviter tout faux pas.

La jeune fille baissa brièvement les yeux puis les leva de nouveau sur Ellen, s'efforçant de paraître encore indécise et hésitante.

— Je… j'ai enfin arrêté mon choix. Concernant le couple de parents adoptifs auquel confier mon bébé.

— Vraiment ? demanda Ellen en se penchant légèrement en avant, le visage rayonnant d'espoir.

— Oui, je… Ce n'est pas si facile. Tous les couples m'ont paru sympathiques. J'ai presque regretté de ne pouvoir les choisir tous.

— Pourtant, l'un d'entre eux s'est détaché du lot, dit Ellen en l'encourageant d'un sourire. L'un des couples correspondait parfaitement à vos aspirations.

Julianna lui rendit son sourire.

— C'est exactement cela. Comment le savez-vous ?

— Cela se passe toujours ainsi. A mon avis, c'est là l'un des miracles de l'adoption.

Les traits d'Ellen s'épanouirent de nouveau.

— Alors, qui avez-vous choisi ?

— Avant de…

Julianna s'interrompit pour reprendre son souffle.

— Avant de vous répondre, j'ai quelques questions à vous poser sur les différentes options concernant les relations avec la famille adoptive.

— Certainement.

Croisant les bras sur le bureau, Ellen entreprit de lui exposer les choix qui s'offraient à elle, de l'adoption ouverte à l'adoption fermée avec tout l'éventail d'options intermédiaires. Elle avait déjà évoqué ce sujet lors de leur toute première rencontre, mais Julianna ne l'avait écoutée que d'une oreille, peu disposée qu'elle était alors à donner suite à leur entrevue.

L'explication terminée, Julianna observa encore quelques instants de silence, feignant de réfléchir à ce qu'elle venait d'entendre.

— Mais, dit-elle enfin, comment saurai-je si le couple que j'ai sélectionné acceptera l'arrangement qui me convient ?

— Pour être franche, la plupart des couples font preuve d'une grande souplesse en la matière. C'est normal : ils ont tellement envie d'avoir un enfant…

— Mais s'il se trouvait que ce couple-là, justement, ne soit pas du même avis ?

Julianna mordilla sa lèvre inférieure d'un air anxieux.

— Vous comprenez… Je ne voudrais surtout pas fonder trop d'espoirs sur eux et être déçue ensuite.

— Oui, je comprends parfaitement. Mais rassurez-vous, cela ne s'est jamais produit.

— Tout de même, insista Julianna en se tordant machinalement les mains, si je vous disais qui j'ai choisi… pourriez-vous me renseigner sur l'option qu'ils ont sélectionnée ?

Elle leva sur son interlocutrice un regard suppliant. Ellen hésita une fraction de seconde.

— Je ne dis pas non. Quel est donc l'heureux couple ?

— Richard et Kate.

— Richard et Kate, répéta Ellen, visiblement satisfaite. Votre choix est tout à fait judicieux, Julianna. C'est un couple adorable qui pourra offrir beaucoup à votre enfant. J'ai justement leur dossier ici.

Elle désigna le classeur posé devant elle, sur une pile d'autres documents.

— Accordez-moi le temps de vérifier le degré de relation qu'ils souhaiteraient avec la mère biologique.

Ouvrant le dossier, elle feuilleta quelques pages et s'arrêta vers le milieu. Les yeux fixés sur elle, Julianna s'efforça de conserver son calme alors qu'elle brûlait de mettre la main sur ce classeur.

— Ils accepteraient de vous rencontrer, déclara Ellen. Ils sont favorables à l'échange de courrier et de photos après le placement de l'enfant ainsi qu'à une visite tous les trois mois au cours de la première année.

Elle leva les yeux sur sa visiteuse.

— Qu'en pensez-vous ?

— J'en suis satisfaite, murmura Julianna. Cela me laisse une certaine liberté de choix.

Elle examina un instant ses mains posées sur ses genoux puis croisa de nouveau le regard d'Ellen, s'efforçant de paraître le plus sincère possible.

— Je n'ai pas encore décidé ce que je souhaitais. Il y a tant de choses à prendre en compte. Je tiens à agir pour le mieux.

L'autre femme opina.

— Je vous en sais gré. Richard et Kate apprécieront également votre attitude. En tout état de cause, n'oubliez pas que vous faites déjà le bon choix dans l'intérêt de votre enfant. Il ou elle aura une existence de rêve avec les… avec Kate et Richard.

Malgré elle, Julianna reporta encore les yeux sur le classeur bleu, cherchant désespérément un moyen d'y avoir accès. Soudain, l'inspiration lui vint.

— Merci infiniment de m'avoir consacré tout ce temps et de… de…

Elle porta une main à son front.

— Je ne me sens pas très bien.

Ellen se leva d'un bond.

— Que vous arrive-t-il ? Vous n'êtes pas… Seraient-ce des contractions ?

— Je ne sais pas. Je… je ne crois pas. Je me sens…

Julianna battit des paupières et oscilla légèrement sur son siège.

— Je me sens un peu faible.

— Oh, ma pauvre enfant.

L'assistante sociale contourna précipitamment le bureau et lui prit le bras.

— Venez, je vais vous aider. Il y a un divan dans la salle d'attente. Vous pourrez vous y allonger.

Julianna secoua la tête.

— Non, c'est inutile. Je n'ai pas… je préférerais m'asseoir ici un instant. Peut-être… un verre d'eau ou de jus de fruits me ferait du bien. Si ce n'est pas trop abuser…

— Bien sûr que non.

Avec empressement, Ellen l'aida à se rasseoir sur son siège.

— Je reviens tout de suite. Appelez-moi si vous avez besoin d'autre chose.

A peine avait-elle quitté la pièce que Julianna se releva d'un bond. S'emparant du classeur, elle l'ouvrit d'un geste vif.

— Ryan, murmura-t-elle, déchiffrant le nom inscrit sur la première page. 361, avenue du Lac, Mandeville.

Elle se répéta mentalement l'adresse à plusieurs reprises, l'imprimant dans sa mémoire pendant qu'elle refermait le dossier et le remettait sur le bureau à la place exacte où elle l'avait pris.

Sitôt assise, elle entendit des pas résonner dans le couloir. Un verre de jus d'orange à la main, Ellen entra en coup de vent dans la pièce.

— Voilà une boisson fraîche qui vous revigorera.

Elle resta debout auprès de la jeune fille, attendant qu'elle eût vidé le contenu du verre jusqu'à la dernière goutte.

— Comment vous sentez-vous ? s'enquit-elle ensuite.

— Mieux.

Julianna la remercia d'un faible sourire et lui rendit le verre.

— Beaucoup mieux. Merci.

L'autre femme ne parut pas convaincue.

— Avez-vous mangé ? Je peux vous apporter un autre jus de fruits. Et Madeline doit avoir une réserve de biscuits dans l'un de ses tiroirs. Si vous voulez…

— Tout va bien, maintenant. Je vous assure.

Comme Ellen semblait vouloir insister, Julianna s'empressa de la rassurer davantage.

— J'ai mangé un sandwich au beurre de cacahuètes et bu un verre de lait juste avant de quitter mon service. Il m'arrive parfois d'avoir la tête qui tourne, c'est tout.

— Cela s'appelle être enceinte, répliqua Ellen, visiblement soulagée. Il faudra tout de même le signaler au Dr Samuel.

— Je n'y manquerai pas.

L'adresse des Ryan en tête, Julianna songea à l'avenir, à Richard et elle, à ce qu'ils feraient ensemble.

— Pour être franche, dit-elle, soucieuse de ne pas paraître trop distraite, une grossesse m'a suffi et je n'ai pas la moindre intention de renouveler l'expérience.

— Il n'y en a plus pour très longtemps, désormais.

Ellen posa une main sur l'épaule de la jeune fille dans un geste de réconfort.

— Puis-je apprendre la bonne nouvelle à Kate et Richard ? demanda-t-elle ensuite. Ils vont être enchantés. Heureux comme des rois.

— Pas encore, s'il vous plaît. Je voudrais m'habituer pendant quelque temps à la résolution que j'ai prise. J'ai également besoin de décider quel genre d'adoption je vais choisir ; quel degré de relation avec mon enfant et sa famille me conviendrait le mieux. Vous comprenez ?

— Naturellement. Et c'est ce que nous attendons de vous. Croyez-moi, une décision mûrement réfléchie vous épargnera à tous regrets ou déchirements éventuels.

— Merci encore, Ellen. Pour tout ce que vous faites.

Se levant, Julianna enfila son manteau, impatiente de partir. Impatiente de planifier ce qu'elle allait faire, la manière dont elle allait utiliser l'information qu'elle venait de se procurer.

— Je dois vous quitter.

— Etes-vous sûre de vous sentir assez solide ? Peut-être serait-il plus sage de ne pas partir immédiatement ? Madeline sera là d'un moment à l'autre et elle pourra...

Julianna lui coupa la parole.

— Mon malaise est passé tout à fait. Et j'aimerais rentrer avant la nuit.

Ellen opina de la tête et l'accompagna jusqu'à la porte. Sur le seuil, elle passa un bras autour de son épaule et la serra légèrement.

— Je vous félicite pour votre décision, Julianna. Vous avez fait là un choix remarquable.

— J'en suis persuadée, murmura la jeune fille. Un choix remarquable. Désormais, chacun sera comblé.

— Julianna ?

Les deux femmes se regardèrent.

— Puis-je vous demander pourquoi vous avez choisi Kate et Richard ?

— Plaît-il ?

— Quelque chose en eux vous a-t-il particulièrement plu ? Je suis certaine qu'ils aimeraient le savoir.

Julianna dévisagea un instant son interlocutrice puis sourit.

— J'ai eu le coup de foudre, répondit-elle. S'ils posent un jour la question, vous pourrez le leur dire.

14

Julianna ne perdit pas de temps. Le lendemain, après avoir allégrement donné sa démission à son patron, elle prit l'autoroute en direction de Mandeville.

Ne s'étant jamais aventurée jusque-là, elle n'avait pas la moindre idée de ce qu'elle trouverait sur la rive nord du lac Pontchartrain mais l'endroit la séduisit d'emblée. Mandeville était une charmante petite ville résidentielle où il ferait bon vivre, songea-t-elle.

Trouver l'avenue du Lac se révéla un jeu d'enfant. Il lui fut à peine plus difficile de découvrir où habitaient Kate et Richard : elle perdit juste quelques minutes pour avoir d'abord emprunté l'avenue dans le mauvais sens.

Après avoir repéré l'adresse, elle s'arrêta en face de la maison et en contempla la façade, impressionnée par sa beauté. Elle lui rappelait une demeure sudiste qu'elle avait vue un jour dans une revue spécialisée ; du reste, celle-ci était également digne de figurer en couverture d'un magazine de décoration. Julianna se demanda à quand remontait sa construction, quelle était son histoire, si elle avait toujours appartenu à la famille Ryan.

Elle ne se lassait pas de la regarder, ainsi que le parc qui l'entourait, s'imprégnant des moindres détails : les grandes terrasses couvertes, de part et d'autre de la maison, avec leurs balcons ouvragés. Les deux balancelles blanches installées en vis-à-vis sur chacune des terrasses. Les chênes centenaires du parc aux branches reliées par de longues guirlandes de mousse espagnole. La balançoire accrochée à la plus haute fourche du cèdre qui flanquait la grille d'entrée.

Une impression de déjà-vu, d'*aboutissement*, s'empara d'elle. Elle était destinée à vivre là, dans cet environnement, cette demeure. Ces lieux trouvaient un écho en elle, exactement comme les propos de Richard.

Le sourire aux lèvres, elle cala sa nuque contre l'appuie-tête et ferma les yeux. Une série d'images se mirent à défiler sous ses paupières closes. Elle se vit sur la balançoire dans une tenue blanche, vaporeuse, riant aux éclats tandis que Richard la poussait. Elle se vit sur la terrasse du rez-de-chaussée, recevant des amis pour un verre, buvant avec eux quelque chose de frais, de pétillant.

Elle se vit dans les bras de Richard qui lui faisait l'amour dans la pénombre, sur la terrasse de l'étage, le murmure du lac se mêlant à leurs soupirs.

Sa gorge se serra sous l'effet de l'émotion. Elle aimait cet homme. Profondément. Passionnément. Comme jamais elle n'avait aimé personne. Pas même John. Surtout pas John.

Un petit rire secoua ses épaules. Il n'était pas difficile d'imaginer la réaction des autres si elle leur faisait part de ses réflexions. Ils penseraient qu'elle divaguait complètement. Ils la prendraient pour une idiote entretenant un béguin ridicule pour un inconnu. Mais ils ne pouvaient pas savoir. Ils n'étaient pas dans sa tête lorsqu'elle avait lu et relu les mots écrits par Richard, que ses pensées s'étaient mêlées aux siennes ; ils n'étaient pas avec elle toutes ces nuits où, étendue sur son lit, elle avait contemplé des photos de lui, le reconnaissant non seulement par la vue mais aussi par instinct, du fond de son cœur.

Ils ne feraient plus qu'un seul être. C'était écrit ainsi. Bientôt, il verrait les choses comme elle, éprouverait les mêmes sentiments. Et il comprendrait.

Alors, il lui serait infiniment reconnaissant d'être venue vers lui, d'avoir permis qu'ils soient enfin réunis.

Un coup de Klaxon suivi d'une épithète plus ou moins amène la tira brusquement de sa rêverie. Elle prit conscience du spectacle étrange qu'elle devait offrir à contempler ainsi la maison des Ryan, assise au volant de sa voiture. Elle jeta un coup d'œil autour d'elle. De l'autre côté de la rue, elle découvrit un espace vert aménagé au bord du lac avec une aire de pique-nique et de jeux et même, un peu plus loin, un petit belvédère.

L'endroit ne manquait pas d'animation. Des couples se promenaient main dans la main le long de la berge ; des enfants jouaient sous la surveillance de leurs mères qui bavardaient par groupes de deux ou trois ; des adolescents assis dans l'herbe se racontaient des histoires en fumant une cigarette.

Là-bas, elle passerait inaperçue.

Julianna redémarra aussitôt, roula jusqu'au croisement suivant où se trouvait un parking et y gara son coupé. Après avoir verrouillé la portière, elle regagna le jardin public et s'installa sur un banc jouissant d'une vue imprenable sur la maison des Ryan.

Les minutes passèrent. Le soleil descendit lentement sur l'horizon et le jour commença à tomber. Le jardin se vida peu à peu ; l'air se mit à fraîchir. Julianna remonta le col de son manteau pour se protéger du froid.

Cependant, la maison restait plongée dans l'obscurité. Julianna consulta sa montre. Il était presque 6 heures du soir et il ne restait plus qu'elle dans le jardin, à l'exception des passants qui le traversaient pour rentrer chez eux et de quelques adolescents en rollers.

Julianna se déplaça sur le banc de fer tandis qu'une sorte de panique s'emparait d'elle. Et si les Ryan ne rentraient pas chez eux ? S'ils étaient allés dîner quelque part ou, pire, partis en vacances ? Avait-elle fait tout ce chemin pour rien ? Il fallait qu'elle les voie. Il fallait qu'elle *le* voie.

Elle fut prise de crampes à l'estomac. Serrant les bras sur son abdomen, elle regretta de ne pas avoir emporté quelque chose à manger ; ou une Thermos de café. Elle n'avait pas été très prévoyante ; elle n'avait pensé à rien d'autre qu'à trouver Richard.

En prenant sa voiture, elle pourrait faire un saut jusqu'au petit supermarché qu'elle avait aperçu tout à l'heure au bord de la route et avaler un bon chocolat chaud avec un pain au lait bien nourrissant. Elle n'en aurait pas pour plus de dix minutes — un quart d'heure, au maximum.

Mais son aller-retour risquait d'attirer l'attention des voisins. Non. Elle s'efforça d'oublier la faim et le froid en songeant au retour de Kate et Richard, en imaginant la première impression qu'elle aurait d'eux.

Son esprit se mit à vagabonder. Elle pensa à sa mère et à John. Elle se demanda s'il s'était mis à sa recherche et quelle serait sa réaction en apprenant qu'elle était tombée amoureuse d'un autre homme.

Serait-il jaloux ? Furieux ? C'était fort probable.

Elle en aurait conçu de l'inquiétude si elle n'avait pas été aussi certaine qu'il ne la retrouverait pas. Suivant les conseils de Clark et de sa mère, elle n'avait ni écrit ni téléphoné chez elle, ni même utilisé sa carte de crédit depuis son départ de Washington.

Mais s'il la retrouvait tout de même ?

La jeune femme frissonna puis secoua la tête, chassant délibérément ces craintes ridicules. Richard se débarrasserait de lui ; il était avocat. Il connaissait des gens capables d'arrêter John et de le châtier. Il s'arrangerait pour que John cesse définitivement de l'importuner.

Une lampe s'alluma dans la maison des Ryan. Julianna se redressa et son cœur bondit presque douloureusement. Une silhouette passa devant la fenêtre éclairée puis une autre lumière brilla derrière des rideaux tirés.

« Voilà Kate », songea Julianna. Elle retint son souffle, prenant conscience qu'une centaine de mètres à peine les séparaient.

Sous son regard attentif, Kate circula ensuite d'une pièce à l'autre, allumant les lumières au fur et à mesure. Julianna l'imagina touchant les interrupteurs, écoutant les messages enregistrés sur leur répondeur, triant le courrier du jour, regardant la pendule dans l'attente de voir rentrer Richard.

Tout comme Julianna qui, assise sur son banc, attendait, les joues en feu malgré le froid.

Elles aimaient toutes les deux le même homme.

Cette constatation lui procura une sensation étrange. Elle partageait cela avec Kate ; tout comme son enfant à naître. Un lien important, fondamental, les unissait l'une à l'autre. Elle en ressentait la puissance, aussi forte que l'attraction terrestre.

D'une certaine manière, elles étaient la même personne.

L'une des portes donnant sur la terrasse de l'étage s'ouvrit. Kate sortit et alla s'accouder au balcon. Julianna tendit le cou pour mieux la distinguer, bien qu'elle ne pût guère apercevoir que sa silhouette.

Kate paraissait plus grande, plus élancée qu'elle n'en avait l'air sur les photographies. Julianna serra les bras autour d'elle, impatiente de retrouver sa taille de guêpe. Elle n'avait pris que cinq kilos depuis le début de sa grossesse mais elle ne reconnaissait plus son corps. Comparée à Kate, elle avait l'impression d'être difforme.

Sur ces entrefaites, le bébé lui donna un coup de pied et elle ne put s'empêcher d'éprouver une pointe de ressentiment envers lui. Elle ferma les yeux très fort en songeant que, sans cet enfant, elle n'aurait jamais eu l'occasion de rencontrer Richard. Elle n'aurait eu aucun moyen de provoquer un rapprochement entre elle et les Ryan.

Mais elle ne devait pas non plus se bercer d'illusions. Pour rivaliser avec Kate auprès de Richard, elle devrait retrouver un corps mince et ferme. Elle devrait redevenir séduisante.

Kate se dirigea vers l'angle de la terrasse qui surplombait l'allée et regarda en bas quelque chose que Julianna ne pouvait pas voir. Ses mouvements étaient pleins de grâce, remarqua Julianna en la suivant des yeux ; ses gestes fluides. Une sorte d'aisance naturelle se dégageait d'elle : Kate Ryan avait de la classe.

Ce n'était pas pour autant un personnage inaccessible. Non, Kate était une femme sympathique, chaleureuse. Toutes ses photos en témoignaient ; elle avait un visage, un sourire rayonnants ; et ce qu'elle avait écrit — sur l'amour, la confiance, le rôle d'une mère, la vie — confirmait tout cela. Julianna sentit des larmes lui piquer les yeux. Kate était quelqu'un de bon. Quelqu'un de sensible, au cœur ardent.

Pourtant, Julianna s'apprêtait à la faire souffrir ; elle allait lui causer un chagrin immense. Il n'y avait aucun moyen de l'éviter ; elle en était terriblement navrée.

La respiration entrecoupée, elle s'efforça d'emplir ses poumons, étouffant de son mieux les remords qui la rongeaient. Elle agissait dans leur intérêt à tous, songea-t-elle. Kate oublierait Richard, oublierait son chagrin en tenant son bébé dans les bras, en le regardant grandir.

Une voiture s'engagea dans l'allée et ses phares balayèrent la façade, éclairant brièvement Kate comme en plein jour.

Richard. Julianna se leva et porta une main à son cœur qui s'affolait. Cela faisait mal d'être aussi près de lui et pourtant si loin. Elle mourait d'envie de courir vers lui, de sentir ses bras l'envelopper, de l'entendre murmurer des mots tendres à son oreille.

Comment réagirait-il si elle s'approchait ? La reconnaîtrait-il tout de suite comme elle l'avait reconnu ? Comme son âme sœur ? Son unique amour sur terre ? Sa compagne prédestinée ?

Elle se laissa retomber sur le banc, sachant qu'il n'en ferait rien. Richard n'obéissait qu'à la logique ; c'était un homme raisonnable, responsable. A cause de ses engagements envers Kate, il refuserait d'admettre ce qu'il éprouvait pour Julianna.

Jusqu'à ce qu'il ne puisse plus nier l'évidence.

Julianna avait appris de sa mère qu'aucun homme n'est jamais réellement marié. Enfoui au tréfonds de chaque homme, un besoin inassouvi était tapi, à l'affût ; une aspiration secrète si puissante que, une fois qu'elle trouvait un objet sur lequel se cristalliser, chacun d'eux était prêt pour elle à quitter sa famille, à trahir ses amis, son pays ou son Dieu.

Elle découvrirait à quoi Richard aspirait secrètement. Le ciel, où tout était écrit, la mettrait sur la voie.

Une portière — la portière de Richard — claqua. En haut, sur la terrasse, Kate agita la main et lui dit quelques mots. Il leva les yeux sur elle et lui répondit. Le son de sa voix, porté par la brise, atteignit Julianna et l'enveloppa telle une étreinte amoureuse.

Il se dirigea vers la porte d'entrée puis s'immobilisa brusquement et se retourna vers le lac. Vers le jardin public, du côté du banc — du côté de Julianna. Elle sentit son regard sur elle, aussi réel, aussi palpable qu'une caresse.

Elle sourit dans le noir. *Il avait senti sa présence. Il percevait le lien qui les unissait. Comme un rayon de lumière dans l'obscurité, comme une flamme vibrante dans un vaste monde désert.*

Quelques secondes plus tard, il disparaissait à l'intérieur de la maison.

Julianna ne bougea pas. Le temps passa sans qu'elle pût au juste le mesurer. Le froid s'empara d'elle, s'insinua sous son manteau, puis sa peau, l'engourdissant progressivement. Tandis que son corps cessait d'exister, son imagination prit son essor.

Elle sut ce qu'elle devait faire pour conquérir Richard.

Il fallait devenir Kate.

C'était l'évidence même. Richard aimait profondément sa femme. Il aimait tout en elle. N'était-ce pas l'une des raisons pour lesquelles Julianna s'était éprise de lui ?

En devenant comme Kate — une Kate plus jeune, plus séduisante —, elle se ferait aimer de lui. Il l'aimerait plus encore que sa femme ; il se rendrait compte qu'ils étaient faits l'un pour l'autre.

Elle allait donc les observer, étudier et apprendre. Et il serait à elle.

Confiante dans l'avenir qui se dessinait sous ses yeux, Julianna se leva et quitta le jardin.

15

Le samedi matin, le téléphone sonna au moment où Richard s'apprêtait à partir à son cours de gym.

— Pourrais-tu répondre, Kate ? demanda-t-il. J'ai oublié mon sac de sport là-haut et je suis déjà en retard.

— Bien sûr, chéri.

Elle ferma le robinet de l'évier et s'essuya rapidement les mains avant de se diriger vers l'appareil.

— Et si c'est ma mère, je suis parti. Je l'appellerai plus tard.

Kate acquiesça et décrocha le récepteur.

— Allô ?

Sans attendre de savoir qui c'était, Richard gagna rapidement le couloir. Son cours particulier commençait à 9 heures et son professeur n'aimait guère attendre. En outre, ce dernier ne prolongeait pas la séance si son client était en retard.

Richard prit le sac oublié sur le seuil du dressing-room, vérifia rapidement son contenu et redescendit précipitamment. Il jeta un coup d'œil dans la cuisine au passage.

— Je serai de retour vers... Kate ? Qu'est-ce qu'il y a ? Qu'est-ce qui ne va pas ?

Pâle, décomposée, Kate croisa son regard. Elle ouvrit la bouche comme pour parler mais aucun son ne franchit sa gorge.

Dévoré d'inquiétude, il la rejoignit. La prenant aux épaules, il la secoua légèrement.

— Y a-t-il eu un accident ? Kate, est-ce que l'un de nos parents…

— C'était Ellen, murmura-t-elle, les yeux pleins de larmes. Nous sommes… sélectionnés…

La voix étranglée par les sanglots, elle toussa pour s'éclaircir la voix.

— Une mère biologique… elle nous a choisis.

Déconcerté, Richard fit un pas en arrière. C'était impossible. Ils ne pouvaient pas avoir été choisis aussi rapidement.

Il sonda le regard de Kate à la recherche d'une petite lueur, signe d'amusement pour le bon tour qu'elle lui jouait. Il en fut pour ses frais.

Mais il n'était pas prêt !

Il s'efforça de reprendre contenance, de recouvrer un sang-froid qui lui faisait rarement défaut.

— Es-tu certaine que nous avons vraiment été retenus ? Peut-être faisons-nous seulement l'objet d'une attention particulière sans pour autant…

— Non, j'en suis sûre. Absolument. Ellen souhaite nous rencontrer lundi ou mardi pour nous expliquer ce qui va se passer ensuite.

— Mais…

Richard lissa ses cheveux en arrière, troublé de constater que sa main tremblait.

— Mais il n'y a pas deux mois que nous sommes inscrits chez Citywide ; en principe, cela ne se passe pas aussi vite. Ellen annonçait un an, peut-être davantage. Elle avait dit…

— Je sais.

Kate hocha la tête d'un air rêveur.

— L'accouchement est pour bientôt. Le bébé doit naître début mai : dans un peu moins de trois mois.

Début mai ?

Grands dieux, qu'allait-il faire, à présent ?

Kate passa les bras autour de sa taille et blottit sa joue contre sa chemise.

— Nous allons avoir un enfant, Richard. Nous allons être parents.

Il la serra fort contre lui. Au frémissement de son corps, à la manière dont elle s'accrochait à lui, il pouvait sentir son bonheur, la joie intense qui la submergeait. Il le voyait dans ses yeux, l'entendait dans sa voix.

Alors, pourquoi n'éprouvait-il que l'impression d'être piégé ?

Elle renversa la tête pour le regarder.

— Comment te sens-tu ? demanda-t-elle, comme si elle devinait ses pensées.

Impossible de lui avouer la vérité. Il ne pouvait pas lui causer cette peine. Il s'y refusait à tout prix.

— Heureux, sans doute.

— Sans doute ? répéta-t-elle en riant.

— Oui, tout à fait heureux.

Il scruta son regard à la recherche d'un soupçon d'hésitation, d'une appréhension comparable à celle qui le rongeait secrètement — sans en apercevoir la moindre trace.

— Simplement… Je n'arrive pas à y croire.

— Moi non plus. C'est un rêve qui se concrétise.

La concrétisation d'un rêve. Pour elle.

Se maudissant de réagir ainsi, il l'attira de nouveau contre lui. Il était heureux, pour de bon. Il ne se laissait pas aveugler par la joie, voilà tout. Il n'avait pas le goût du risque, comme elle. Il était moins confiant. Un juriste ne pouvait éviter d'envisager toutes sortes de complications — légales en particulier.

Tout pouvait voler en éclats d'un jour à l'autre ; et si ce n'était qu'une fausse joie, Kate en aurait le cœur brisé.

— Tu ne dis rien, murmura-t-elle.

— Je réfléchis.

— Oh ! là, là !

Elle leva la tête vers lui et rit de nouveau.

— Arrête. Cesse donc d'imaginer toutes sortes de difficultés. Tu vas être un papa génial, Richard Patrick Ryan.

Gagné malgré lui par l'allégresse de Kate, il lui sourit.

— Qu'est-ce qui te fait dire ça ?

— Je le sais, c'est tout.

Elle prit son visage en coupe entre ses mains et plongea ses yeux dans les siens.

— Tu seras le meilleur papa du monde, tu verras.

16

Kate et Richard retrouvèrent Ellen au siège de Citywide le lundi matin, à la première heure. Le principal objectif de cette rencontre était de passer en revue toutes les dispositions à prendre avant l'adoption ; elle servirait également d'entretien préalable à l'examen du domicile. En Louisiane, la loi exigeait qu'un tel examen du domicile soit effectué avant tout placement d'un enfant dans une famille adoptive. Etant donné les circonstances, Kate et Richard devraient s'y soumettre d'urgence.

Richard s'agita sur sa chaise, impatient d'en venir au fait. Il avait un emploi du temps chargé : déjeuner d'affaires en compagnie d'un personnage influent susceptible de lui apporter son soutien et réunion avec ses associés en milieu d'après-midi. Enfin, la plaidoirie qu'il préparait pour le procès de la semaine suivante offrait plus de brèches à l'adversaire que la ligne Maginot en 1940.

Aucune de ces corvées ne lui semblait pourtant aussi pénible que celle qui justifiait sa présence dans le bureau d'Ellen.

Depuis l'appel de l'assistante sociale, Kate n'avait guère parlé d'autre chose que de l'*événement*. Elle dormait à peine ; elle avait annoncé la nouvelle à leurs familles respectives et même dévalisé un ou deux magasins d'articles pour nouveau-nés.

Son euphorie inquiétait Richard. Dans cette affaire, le juriste expérimenté flairait d'instinct quelque anomalie. Il récapitula les faits. Une inconnue sur le point d'accoucher les avait choisis comme parents adoptifs de son enfant à naître ; en d'autres termes, une étrangère était prête à leur remettre son nouveau-né et à l'abandonner définitivement entre leurs mains. Kate et lui ignoraient tout de cette femme — son passé, son mode de vie, son patrimoine génétique. C'était là prendre des risques inconsidérés.

Il avait tenté de faire part à Kate de ses réflexions ; elle s'était contentée d'en rire. Manifestement, elle ne voyait que la carotte, et pas le bâton.

Richard passa une main sur son front. En réalité, il avait décidé d'adopter un enfant pour faire plaisir à Kate. Il avait voulu lui accorder ce qu'elle désirait le plus au monde. Il s'était senti coupable ; après tout, ce n'était pas bien compliqué et, *a priori*, la perspective d'être père ne lui déplaisait pas.

Pourtant, rien ne lui semblait plus aussi simple. Désormais, il apercevait le bâton — la menace dissimulée derrière l'appât.

Serait-il vraiment capable de tenir parole ?

S'il se rétractait maintenant, Kate ne le lui pardonnerait jamais.

— Bonjour.

Ellen entra en coup de vent dans la pièce, une tasse de café et un croissant posés en équilibre sur la pile de classeurs qu'elle portait.

— Excusez mon retard. L'une de nos jeunes mamans a mis son enfant au monde aux alentours de minuit et j'ai dû me rendre sur place.

Elle posa son petit déjeuner sur la table, tira une chaise et s'y laissa tomber, visiblement exténuée.

— Ouf, soupira-t-elle ; la nuit a été longue.

Elle but une gorgée de café, soupira encore, puis les dévisagea avec un large sourire.

— Je parie que vous avez passé un excellent week-end, tous les deux.

Radieuse, Kate lui rendit son sourire.

— L'excitation m'a tenue en éveil toute la nuit, avoua-t-elle. C'est tellement stupéfiant.

— Je suis très heureuse pour vous.

Tout en parlant, Ellen ôta le croissant du classeur qu'elle ouvrit à la première page.

— Et vous, Richard, êtes-vous encore sous le choc ?

— La nouvelle est arrivée avec une rapidité effarante, en effet.

— Cela se produit quelquefois, remarqua l'assistante sociale. Nous appelons ces enfants nos « bébés tombés du ciel ».

— Hum, je crains qu'il ne soit pas très sain pour un nouveau-né de tomber du ciel, maugréa Richard.

Ellen se mit à rire, puis s'aperçut qu'il ne plaisantait pas vraiment. Fronçant les sourcils, elle posa sur lui un regard interrogateur.

— Excusez-moi, je ne comprends pas très bien.

— Dans ce cas, je vais être plus clair. Y a-t-il un problème avec cet enfant ?

Ellen se redressa légèrement.

— Pas à ma connaissance, en tout cas.

Kate laissa échapper une petite exclamation indignée. Richard l'ignora délibérément.

— Ce n'est donc pas tout à fait exclu ?

Une légère rougeur monta aux joues de son interlocutrice.

— La mère et l'enfant ont été examinés avec le plus grand soin par un médecin et continueront de bénéficier d'un suivi médical attentif, répliqua-t-elle d'un ton vif. Tout semble parfaitement normal, la mère est jeune et en bonne santé. Bien sûr, il y a toujours des impondérables, impossibles à déceler par avance. Il en irait de même si c'était votre propre enfant. La part de risque n'est jamais absolument nulle, Richard. Toute naissance est soumise à la loi du hasard.

— Le hasard dont vous parlez concerne nos existences, Ellen. Je ne prends pas cela à la légère.

— Moi non plus, dit-elle avec raideur. Si je pouvais vous garantir que ce bébé sera parfait, je le ferais ; si je pouvais vous promettre que la future maman ne changera pas d'avis, je vous le promettrais. Mais je n'en ai pas les moyens. Je peux seulement vous affirmer que telle est ma conviction, voilà tout.

— C'est l'évidence même et nous ne vous en demandons pas davantage, murmura Kate en regardant Richard, le front barré d'un léger pli. Nous sommes très émus d'avoir été choisis ; n'est-ce pas, Richard ?

— Oui, très émus.

Richard changea de position sur sa chaise.

— Toutefois, j'ai encore une petite question à poser avant de passer à autre chose. Pourquoi cette mère biologique n'a-t-elle pas choisi un autre couple ? L'un de ceux qui sont inscrits depuis plus longtemps que nous ?

Ellen les regarda tous deux tour à tour.

— Y aurait-il une certaine hésitation de votre part, Richard ? Dans l'affirmative…

— Non !

Kate posa une main sur celle de son mari.

— Bien sûr que non.

— Richard ? répéta Ellen.

Elle fixa les yeux sur lui, évitant ostensiblement de regarder Kate.

— Tout comme je me refuserais à présenter un bébé dont la mère biologique paraîtrait éprouver quelques doutes, je ne placerais pas un bébé dans un foyer où les parents ne seraient pas entièrement engagés dans le processus d'adoption. Ce ne serait correct ni pour l'enfant, ni pour la mère biologique, ni pour les dizaines d'autres couples inscrits sur nos listes.

Les doigts de Kate étaient glacés ; Richard les sentit trembler. Il n'ignorait pas ce que cela représentait pour elle. Il referma sa main sur celle de sa femme.

— Je suis avocat, déclara-t-il. Les avocats sont des gens soupçonneux qui posent beaucoup de questions, vous savez.

Il ponctua sa phrase d'un petit rire faussement désinvolte.

— Toutefois, je m'interroge encore sur un point : pourquoi nous ?

— Oui, renchérit Kate dont la voix trahissait un soulagement manifeste. A-t-elle dit pourquoi ? J'aimerais bien savoir.

L'autre femme hésita imperceptiblement puis inclina la tête.

— Elle a dit qu'elle avait eu le coup de foudre. Je répète exactement ses paroles. Elle serait tombée amoureuse de vous, en somme.

— Amoureuse de nous ? répéta Kate.

Elle regarda Richard, qui lui fit un clin d'œil.

— N'ai-je pas toujours affirmé que nous étions aimables ? En voici la preuve.

Ellen se mit à rire.

— Je sais que cela peut vous paraître bizarre : il s'agit d'une inconnue, après tout. Mais vous devez comprendre que, pour ces jeunes femmes, c'est une démarche presque exclusivement affective. De toute évidence, elle a aimé les portraits que vous avez faits de vous, la vie que vous avez dépeinte et que vous procurerez à son enfant.

Elle croisa les mains sur le bureau.

— La plupart de ces jeunes femmes sont très seules ou ont traversé de terribles épreuves. Certaines ont été abandonnées par un homme, d'autres mises à la porte par leurs parents, et leur entourage n'appuie pas souvent leur décision de faire adopter leur enfant. A tout cela s'ajoute l'appréhension de commettre une erreur. Leur confiance dans le couple sélectionné est essentielle pour elles ; cette mère biologique a confiance en vous, voilà tout.

— Quand la rencontrerons-nous ? demanda Kate d'une voix altérée par l'émotion. Je voudrais tant la remercier.

Ellen détourna brièvement les yeux, puis la regarda de nouveau.

— Pour le moment, c'est impossible. Elle a choisi l'option la plus restrictive.

— L'option la plus restrictive, répéta Kate, profondément déçue. Mais je… j'espérais vraiment que nous pourrions au moins faire sa connaissance. Et d'après ce que j'ai lu sur le sujet, ce serait la meilleure solution pour tout le monde, particulièrement pour l'enfant.

— C'est aussi celle que nous préférons. Hélas, c'est à la mère biologique qu'appartient le choix, en dernier ressort.

— Je ne comprends pas, murmura Richard, la mine perplexe. Pourquoi est-ce à elle de choisir ? Il me semble que notre rôle est aussi important que le sien dans cette affaire.

— Tout simplement parce que, dans ce pays, la demande d'enfants à adopter est largement supérieure à l'offre. Selon la loi du marché — si je puis m'exprimer ainsi —, c'est elle qui mène la danse. Que cela vous plaise ou non, le fait est là.

Richard regarda Kate, puis Ellen, et fronça les sourcils.

— Cela ne me paraît pas très clair. Aurait-elle quelque chose à cacher ? Une raison qui pourrait expliquer son refus de nous rencontrer ?

Ellen s'empourpra de nouveau.

— Elle n'a rien à cacher. Si c'était le cas, nous le découvririons et lui demanderions de se désister. Les dossiers de toute personne inscrite chez nous sont passés au crible. Rien ne peut nous échapper.

— Nous avons une totale confiance en vous et en votre association, affirma Kate avec une pression de la main destinée à mettre Richard en garde. N'est-ce pas, chéri ?

— Une totale confiance, bien entendu, répéta-t-il. Seulement, nous sommes déçus que la mère ait choisi l'option restrictive.

L'assistante sociale hocha la tête.

— Comme je vous l'ai dit, c'est une expérience à caractère fortement émotionnel pour ces jeunes femmes. Certaines préfèrent prendre le maximum de recul vis-à-vis de l'adoption afin de dépersonnaliser cet acte. Elles changent parfois d'avis par la suite, en constatant l'échec de cette tactique.

— Pouvez-vous au moins nous dire son prénom ? demanda Kate. La décrire un peu et nous donner son âge ?

— Pour le moment, elle se refuse même à révéler son prénom. Je peux toutefois vous confier qu'elle a dix-neuf ans et qu'elle est très jolie. En fait, sa stature est comparable à la vôtre, Kate, et ses cheveux à peu près de la même couleur. Cela ne suffira probablement pas à satisfaire votre curiosité mais je ne peux pas vous en dire plus dans l'immédiat.

Kate considéra Richard puis de nouveau Ellen.

— Pourriez-vous lui parler ? insista-t-elle. Lui expliquer combien nous aimerions la connaître ?

— J'essaierai, répondit Ellen, mais je crains que ce soit inutile. C'est une jeune personne qui a de la suite dans les idées. A ce que j'ai pu constater, rien ne peut la faire changer d'avis quand elle a pris une décision.

— Ce que femme veut, Dieu le veut, murmura Richard.

Ellen opina de la tête avec un sourire.

— Et, en l'occurrence, c'est vous qu'elle veut.

17

Julianna s'installa à Mandeville pour se rapprocher de Richard et Kate. Elle trouva un appartement du genre de ce que les habitants de La Nouvelle-Orléans qualifient de « coup de fusil » : un petit meublé minable au loyer beaucoup trop élevé pour sa catégorie — mais qui présentait l'incomparable avantage d'être situé dans le même quartier que leur domicile.

Son déménagement était une opération mûrement calculée. En habitant à proximité des Ryan, elle pourrait tout naturellement fréquenter le jardin public du bord du lac ainsi que leurs restaurants ou magasins préférés, et passer plusieurs fois par jour devant leur maison sans éveiller l'attention de quiconque.

Au demeurant, elle ne s'en priva pas. Julianna consacra ses journées à épier les Ryan ; à les suivre.

Cette filature se révéla d'une facilité étonnante : ils allaient et venaient sans remarquer le moins du monde sa présence. Elle apprit rapidement quels étaient leurs emplois du temps, leurs loisirs favoris, et sut bientôt différencier leurs amis de leurs relations de travail. Richard jouait au golf et Kate avait une préférence pour la lecture — les énigmes policières, en particulier. Au restaurant, Richard commandait plus volontiers du poisson que de la viande ; Kate avait un faible pour les crustacés et les pâtisseries. La liste des découvertes de Julianna s'allongeait ; elle apprenait tout par cœur, amoureusement, confectionnant mentalement une sorte d'album secret qu'elle conservait dans un coin de sa mémoire. De temps à autre, elle s'y plongeait avec délices et passait en revue ce qu'elle avait enregistré, se familiarisant avec le couple qui lui plaisait chaque jour davantage.

Au bout de deux semaines, elle concentra l'essentiel de son attention sur Kate. Elle se mit à étudier ses expressions, comment et à quels moments elle riait, la manière dont elle marchait et bougeait. Elle remarqua le genre de vêtements qu'elle portait, le café qu'elle buvait, la cadence à laquelle elle parlait.

Julianna s'était rendue au Grain de Fantaisie, s'appliquant à ne pas y croiser Kate, écoutant les conversations tout en feignant de lire. Elle y apprit que la jeune femme était aimée et respectée par ses employés. Ils appréciaient son sens de l'humour, son énergie apparemment illimitée et sa gentillesse à toute épreuve.

Tout ce qu'elle entendit sur le compte de son modèle inspira Julianna ; mais parmi toutes les qualités qu'elle lui découvrit, aucune ne l'impressionna plus que son talent artistique.

Dès sa première visite au Grain de Fantaisie, elle avait été subjuguée par les superbes vitraux qui ornaient chaque fenêtre et dont les reflets multicolores égayaient l'intérieur du café. Tout en les admirant, Julianna avait éprouvé un petit pincement au cœur. N'avait-elle pas rêvé, un jour, de devenir une artiste ? Rien ne lui aurait plu davantage que d'aller étudier les Beaux-Arts à Paris ou New York. John l'en avait rapidement dissuadée, lui conseillant de ne pas se bercer d'illusions : elle ne possédait ni le talent, ni l'autodiscipline nécessaires pour réussir.

Kate, elle, était manifestement douée. Cette femme avait vraiment tout pour elle, songea Julianna.

Mais cela ne durerait pas toujours. Février passa, puis mars. En avril, le Dr Samuel annonça que la délivrance approchait, qu'elle aurait lieu d'un jour à l'autre. La dilatation avait commencé. Le bébé était descendu et se trouvait dans la bonne position.

Ils étaient donc prêts l'un et l'autre, songea Julianna, debout en sous-vêtements devant le miroir de sa salle de bains. Elle examina attentivement son reflet et posa les mains sur son ventre dont la peau était aussi lisse et tendue que celle d'un tambour.

Un sourire éclaira soudain son visage, et sa perplexité céda la place à un émerveillement subit. Sans doute Kate était-elle capable d'assembler le verre et de former des compositions étonnantes, des objets magnifiques, mais elle n'avait pas ce pouvoir-là : celui de donner la vie.

Le bébé remua sous ses paumes et elle reçut un coup de pied. Pour la première fois, Julianna s'en réjouit et se mit à rire, enchantée d'être enceinte.

Kate ne manquait ni d'esprit, ni d'allure. Elle vivait dans une belle maison et dirigeait une affaire prospère. Un homme merveilleux était épris d'elle.

Rien ne l'empêchait d'être comme cette femme, songea encore Julianna. Tout cela était à sa portée. Kate, en revanche, ne pouvait obtenir ce à quoi elle aspirait le plus sans son aide à elle, Julianna.

La jeune femme rit de nouveau. Elle se sentait bien, tout à coup. Elle se sentait importante. Unique.

Il était temps de s'y mettre.

Fermant les yeux, elle respira profondément et se représenta Kate ; Kate en train de parler, Kate renversant légèrement la tête et riant. Kate souriant à son mari ou rêvassant à son balcon. Les images défilèrent dans sa tête, éclipsant tout le reste.

Soudain, Julianna rouvrit les yeux et sourit. Le sourire de Kate — vif, franc et chaleureux — transforma légèrement ses traits. Elle recommença à plusieurs reprises jusqu'à ce que l'expression devînt naturelle, sans jamais omettre de se référer à l'image mentale qui lui servait de modèle.

— Bonjour, dit-elle, bienvenue au Grain de Fantaisie. Que désirez-vous ?

Ce n'était pas cela. Kate ne parlait pas de cette façon. Elle appuyait légèrement sur les consonnes, conférant à ses phrases une intonation musicale.

Julianna s'exerça inlassablement, s'efforçant d'imiter les manières de l'autre femme. Progressivement, sa façon de parler, son rire lui devinrent plus naturels. Elle glissa ses cheveux derrière l'oreille, comme Kate le faisait machinalement, et copia les petits gestes gracieux des mains dont elle accompagnait ses propos.

Par la fenêtre de la salle de bains, la lumière crue de midi inonda la pièce — puis déclina peu à peu à mesure que l'après-midi avançait. Julianna s'entraînait toujours. La faim et la fatigue commencèrent à la tenailler. Son dos la faisait souffrir. Elle se décida enfin à se ménager une pause pour se désaltérer et grignoter un en-cas mais posa un miroir sur la table de la cuisine, profitant de l'occasion pour imiter la façon dont Kate se tenait à table.

Malgré sa fatigue, Julianna regagna la salle de bains sitôt son repas terminé. Sortant d'un tiroir une petite photo de Kate dérobée dans l'album du couple, elle la colla sur la psyché et l'étudia de près. Puis elle se munit des produits qu'elle avait achetés la veille et entreprit de se maquiller à l'image de Kate : un maquillage léger, tout en nuances, qui rehaussait subtilement l'éclat des yeux et le modelé des pommettes.

Patiemment, elle s'appliqua à parfaire la ressemblance, s'interrompant de temps à autre pour comparer son reflet au portrait fixé sur la glace, corrigeant immédiatement chaque erreur ou imperfection.

Elle savait qu'elle ne deviendrait pas pour autant un sosie de Kate. Leurs visages n'avaient pas la même forme, leurs traits étaient différents. Elle ne visait qu'à reproduire le style, l'allure de l'autre femme.

Finalement, elle y parvint. Elle avait saisi l'esprit de son modèle. Un fac-similé de Kate contemplait Julianna de l'autre côté du miroir.

La jeune femme laissa échapper une exclamation de triomphe — qui se mua en un cri étouffé. Se pliant brusquement en deux, elle serra les bras sur son ventre, terrassée par une douleur fulgurante.

Julianna s'effondra sur le sol dans la flaque de liquide qui s'était formée à ses pieds. Elle la regarda s'élargir avec stupéfaction, soudain consciente qu'elle était en train de perdre les eaux.

Le bébé était là.

18

L'accouchement dura onze heures, au terme desquelles Julianna donna naissance à une petite fille. Née une semaine et demie trop tôt, elle ne pesait que 2,6 kg mais sa capacité pulmonaire compensait largement cette insuffisance de poids.

Julianna l'avait brièvement tenue dans ses bras juste après la délivrance — bien malgré elle, au demeurant. De son propre chef, l'infirmière avait posé le nouveau-né hurlant sur son ventre et contemplé la mère et l'enfant d'un air ridiculement béat. A l'entendre, Julianna venait de mettre au monde un bébé magnifique. Pour sa part, elle aurait plutôt comparé sa fille à une grenouille congestionnée qu'elle n'avait pas la moindre envie de garder auprès d'elle.

Détournant le regard, elle avait prié l'infirmière de l'emmener. Ellen, qui ne l'avait pas quittée pendant toute la durée de l'accouchement, s'était aussitôt avancée, impatiente de prendre l'enfant. Julianna l'avait regardée bercer le petit paquet emmailloté, les joues baignées de larmes, et le spectacle l'avait laissée perplexe.

Perplexité qui ne l'avait pas quittée depuis lors.

Ellen passa la tête à la porte.

— Bonjour, dit-elle doucement. Comment allez-vous ?

— Je me sens lasse.

— Le contraire serait surprenant. Puis-je entrer ?

— Je vous en prie. Est-ce pour moi ? demanda Julianna en désignant un vase rond contenant un bouquet composé d'une seule rose rouge au milieu d'un nuage de gypsophile.

— Naturellement.

Ellen posa le vase sur sa table de chevet.

— Félicitations, Julianna. Vous avez fait du beau travail.

Sur ces entrefaites, l'infirmière de service entra dans la pièce, poussant un petit lit à barreaux. Elle arborait un sourire épanoui.

— J'ai pensé que vous aimeriez passer un moment avec votre fille.

Elle souleva le nouveau-né endormi en prenant soin de soutenir sa tête et le plaça dans les bras de sa mère.

— Sonnez-moi quand vous voudrez la rendre. Encore toutes mes félicitations. C'est un vrai petit trésor.

— Tout le monde me répète la même chose, murmura Julianna quand la femme fut sortie.

— Quoi donc ?

— Félicitations.

— C'est que vous méritez des éloges pour avoir mis un enfant au monde.

— Vraiment ? Ma foi, c'est possible.

Julianna regarda le paquet emmailloté dans une couverture rose, la tête ronde cachée par un petit bonnet en tricot. La poitrine du bébé se soulevait et s'abaissait au rythme d'une respiration rapide. Ses paupières bouffies étaient closes, les petits poings sortaient de la couverture.

Le cœur étrangement serré, Julianna leva les yeux sur Ellen qui se tenait debout au pied du lit.

— Elle est belle, n'est-ce pas ?

— Oui, murmura Ellen. Très belle.

Julianna reporta son regard sur l'enfant. Du bout du doigt, elle caressa la joue rose. La douceur de sa peau était presque insoutenable.

— C'est moi, chuchota-t-elle — c'est moi qui l'ai faite. Et elle est parfaite. Absolument parfaite.

— En effet.

Ellen s'éclaircit la gorge.

— C'est un vrai petit miracle.

— Oui.

Julianna sourit et regarda de nouveau Ellen.

— Je n'avais pas encore compris cela. Je ne savais pas. Mais maintenant, je sais.

Une ombre balaya brièvement le visage de l'autre femme puis disparut aussitôt.

— Comment vous sentez-vous ? Cela n'a pas été facile.

Julianna opina, bien qu'elle ne se souvînt plus de rien à partir d'un certain point. Elle se rappelait seulement avoir refusé la péridurale, la douleur — bien qu'intolérable — lui ayant fait l'effet d'un élément indispensable, voire gratifiant, de l'accouchement.

— A un moment donné, vous avez perdu connaissance. Croyez-moi, vous nous avez fait une belle frayeur.

— Ah bon ? murmura Julianna sans quitter sa fille des yeux. Je ne m'en souviens pas.

— Julianna ?

— Oui ?

— Maintenant qu'elle est née, quels sont vos sentiments à propos de l'adoption ? Avez-vous changé d'avis ?

— Pourquoi changerais-je d'avis ?

Ellen hésita imperceptiblement puis haussa les épaules.

— Le bébé est là, maintenant. Vous l'avez tenu dans vos bras. Certaines femmes se rendent compte à cet instant-là qu'elles sont incapables d'abandonner leur enfant.

— Ce n'est pas mon cas, affirma Julianna. Je sais que je ne suis pas destinée à être sa mère.

Une émotion aussi vive qu'inattendue lui étreignit soudain le cœur. Elle l'étouffa aussitôt.

— C'est le rôle de Kate.

— Etes-vous vraiment sûre de vous ? Si vous éprouvez le moindre doute, c'est le moment ou jamais d'en prendre conscience. Plus tard… quand l'enfant sera placé, tout le monde en souffrirait ; y compris le bébé.

Julianna hésita à peine.

— Je n'ai pas le moindre doute.

Comment aurait-elle pu douter ? Désormais, Julianna Starr avait cessé d'exister. Son passé était mort, une nouvelle existence commençait pour elle. A partir de cet instant, elle devenait la femme que Richard aimerait.

— Appelez l'infirmière et dites-lui de venir reprendre le bébé. Téléphonez ensuite à Kate et Richard pour leur annoncer que leur fille est née.

19

Kate regarda sa petite fille, blottie pour la première fois au creux de ses bras, tout emmaillotée de rose et de blanc. Elle était née deux jours plus tôt, le 29 avril.

Kate et Richard lui avaient donné pour prénom : Emma Grace. Emma comme sa grand-mère et Grace parce que Kate considérait cette enfant comme un don du ciel.

Elle promena son regard sur le visage endormi de sa fille, détaillant avidement chacun de ses traits : le petit nez retroussé, la bouche en bouton de rose, les yeux bien fermés, encore bouffis par le traumatisme de la naissance, le fin duvet de cheveux noirs, la peau fine, aussi blanche et veloutée qu'un pétale de gardénia.

Comme elle caressait délicatement la joue d'Emma, le bébé tourna légèrement la tête et suivit son doigt, cherchant instinctivement à téter.

Le souffle coupé par l'émotion, Kate sentit monter en elle un immense flot d'amour — mélange de tendresse et d'instinct de protection. Jusqu'à cet instant, elle n'avait pas la moindre idée de ce que signifiait l'amour maternel. A présent, elle savait. C'était un sentiment absolu, d'une puissance presque terrifiante. Elle ne reculerait devant rien pour protéger son enfant, songea-t-elle. Elle affronterait, toutes griffes dehors, quiconque tenterait de lui faire du mal ; si nécessaire, elle n'hésiterait pas même à sacrifier sa propre vie.

Elle leva sur Richard un regard humide et découvrit le sien posé sur elle, brillant lui aussi de larmes contenues. En cet instant, Kate l'aima de toute son âme, avec une intensité encore inégalée.

— Comme elle est belle, chuchota-t-elle. Elle est parfaite.

— Vous êtes parfaites. Vous êtes belles ensemble.

La gorge nouée par l'émotion, elle demeura un long moment incapable de proférer le moindre mot. Quand la voix lui revint enfin, elle ne trouva rien d'autre à dire que « merci ».

20

Pour Kate, les six premières semaines avec un bébé furent une période épuisante et troublée. S'occuper d'Emma ne lui laissait pas un instant de répit dans la journée — et guère davantage la nuit. Il fallait lui donner le biberon toutes les deux ou trois heures ; elle pleurait fréquemment et sans raison apparente.

A ces moments-là, Kate arpentait la maison avec elle, la faisait sauter dans ses bras ou fredonnait une berceuse en se balançant avec elle dans un fauteuil à bascule. Emma continuait à pleurer.

Désappointée et rongée par le doute, Kate finissait par sangloter avec elle. Elle n'était pas destinée à être mère, songeait-elle. Il lui manquait certainement quelque chose, un trait essentiel de la constitution féminine, et ce manque la rendait incapable d'élever un enfant. Peut-être était-ce pour cela qu'elle n'avait pas pu concevoir. Peut-être la nature l'avait-elle fait exprès.

Puis, tout comme elle avait commencé à pleurer, Emma s'était subitement tue. Et elle avait souri. Ce n'était pas un sourire quelconque, dans le vague, un sourire aux anges. Non : tournant vers Kate un visage confiant, elle l'avait gratifiée d'un magnifique sourire, plein d'adoration.

Un sourire destiné à elle seule.

En cet instant précis, tout avait basculé. Kate était devenue la mère d'Emma, pour de bon et à jamais. En cet instant, elle avait su que rien d'autre n'avait d'importance : les doutes et le manque de sommeil, les longues heures à marcher de long en large et même sa mine hagarde — tout cela valait bien la peine, en définitive.

Kate contempla sa petite fille endormie, le cœur si plein d'amour qu'il semblait sur le point d'exploser. Elle caressa doucement, régulièrement sa tête soyeuse du bout des doigts. Elle ne se lasserait jamais de regarder Emma, de la porter et de la toucher. Le reste de sa vie lui paraissait futile et elle s'émerveillait du moindre changement d'expression du bébé.

Le bruit de la porte d'entrée qui claquait lui parvint du rez-de-chaussée. Richard était de retour. Surprise que ce fût déjà l'heure, Kate consulta sa montre et constata qu'elle n'avait pas vu passer le temps.

Elle quitta le fauteuil à bascule en prenant soin de ne pas réveiller Emma. Après avoir déposé le bébé dans son berceau, elle descendit accueillir son mari.

Debout près de la table de la cuisine, il jetait un coup d'œil sur le courrier du jour.

— Bonsoir, chéri, dit-elle en s'approchant.

— Bonsoir.

Posant le courrier, il inclina la tête et l'embrassa.

— As-tu passé une bonne journée ?

— Excellente. Et toi, ça va ?

— Comme ci, comme ça ; beaucoup trop de travail.

Elle remplit deux verres de vin et posa celui de Richard sur la table, à côté du courrier.

— As-tu faim ?

— Je suis affamé. Je n'ai pas eu le temps de déjeuner.

— Ah, quel dommage.

Kate esquissa un petit sourire d'excuse.

— J'espère qu'un morceau de pizza réchauffée fera l'affaire.

— Ai-je le choix ?

— Certainement.

Ouvrant le réfrigérateur, elle en sortit les restes du festin de la veille.

— Il reste aussi un sandwich au thon ; mais le pain a l'air d'être un peu ramolli et… hum, je lui trouve une légère odeur de moisi.

Richard ne répondit pas et elle s'employa à préparer leur repas, si maigre fût-il.

— Emma a fait une chose absolument incroyable, aujourd'hui : elle a éclaté de rire.

Richard, qui s'était remis à parcourir le courrier, ne leva pas les yeux.

— J'aurais aimé que tu puisses voir ça. C'était trop drôle.

Tout en parlant, Kate enfourna la pizza sur la plaque à pâtisserie.

— Ce n'était pas un simple gazouillis de bébé, mais un bon rire franc, parole d'honneur !

Il ne répondit toujours pas et, du coin de l'œil, elle le vit décacheter une enveloppe, parcourir son contenu et froncer les sourcils. Puis il en fit une boulette, qu'il jeta négligemment à la poubelle.

— Qu'est-ce que c'était ? demanda Kate.

— Oh, une lettre de l'association des anciens élèves de Tulane ; pour nous avertir qu'une *célébrité* de notre promotion sera bientôt à l'honneur dans la région.

A la manière dont il prononça le mot *célébrité*, elle comprit aussitôt de qui il s'agissait.

— Qui est cette vedette ? demanda-t-elle néanmoins.

— Qui veux-tu que ce soit ? Le grand, l'ineffable Luke Dallas. Il lira un passage de son dernier roman et dédicacera son livre. Quel pédant, quel raseur !

Luke n'avait jamais eu une once de pédanterie, songea Kate. Elle ne l'avait pas revu depuis dix ans mais cela ne changeait rien à l'affaire.

— Quelle mouche t'a encore piqué ?

Il leva les yeux, cherchant visiblement la bagarre.

— Pardon ?

— Tu m'as parfaitement entendue. D'où vient cette humeur massacrante ?

— Des restes de pizza.

Kate plissa les yeux, sur la défensive.

— Désolée, je n'ai pas eu le temps de passer au supermarché. J'ai eu beaucoup trop à faire.

— Sans blague.

— Ça veut dire quoi, au juste ?

— Que tu pourrais peut-être t'arranger pour trouver le temps.

— Ce n'est pas aussi facile que cela.

— Ah bon ?

Il croisa les bras d'un air belliqueux.

— Nous aurions pu aller dîner quelque part.

— Pas avec Emma.

— Les bébés sont admis dans les restaurants, tu sais.

— Je sais. Mais c'est l'heure où elle dort le mieux. Je ne veux pas la déranger. Ça la met de mauvaise humeur.

Kate respira un bon coup, s'efforçant, bien que contrariée, de dédramatiser la situation.

— Quand on te réveille au beau milieu d'un petit somme, tu deviens parfois un peu grincheux, toi aussi.

Il haussa les épaules d'un air écœuré.

— Je vais te dire ce qui me rend grincheux : d'être nourri deux soirs d'affilée avec des restes de pizza. Je suis grincheux quand ma femme m'accueille en robe de chambre à mon retour ou quand elle n'a plus d'autre centre d'intérêt au monde que *le bébé*.

Kate le foudroya du regard, soudain si furieuse qu'elle l'aurait volontiers giflé.

— Crois-tu que ça me plaise de me promener toute la journée dans cette tenue ? dit-elle en désignant le survêtement informe qu'elle avait enfilé à la hâte ce matin-là. Si tu me donnais un coup de main de temps en temps, j'aurais peut-être le loisir de passer au supermarché ou de m'habiller autrement.

— C'est toi qui t'occupes du bébé. C'est ce que nous avons décidé.

— C'est moi qui m'en occupe ?

Elle haussa les sourcils.

— Ah, je vois ; comme c'est moi qui en ai essentiellement la charge, je ne devrais sans doute jamais te demander de la surveiller quelques instants pour m'attarder un peu dans mon bain ou faire des courses ? Je ne dois jamais espérer que tu me remplaces pour le biberon de 2 heures du matin afin que je puisse dormir plus de trois heures d'affilée par nuit ?

Sa voix se brisa.

— Je ne devrais pas non plus compter sur toi pour passer un moment avec elle ? Emma est aussi ta fille, Richard.

— Crois-tu ?

Kate retint son souffle.

— Que dois-je comprendre par là ?

Ignorant sa question, il s'approcha d'elle et lui prit les mains.

— Que dirais-tu d'une invitation, Kate ? Tu sais, un petit dîner aux chandelles en tête à tête, pour flirter…

— Puis faire l'amour.

— Puisque tu abordes le sujet, eh bien oui, justement. Quand avons-nous fait l'amour pour la dernière fois ? Il y a deux semaines ? Trois ?

Sa voix se fit caressante.

— Tu me manques. Nos étreintes me manquent.

Kate sentit des larmes lui piquer les yeux.

— Je suis tellement lasse, Richard. Je suis tout le temps fatiguée. C'est difficile de se sentir séduisante quand…

Un grésillement se fit entendre, signalant qu'Emma bougeait dans son berceau. Cela signifiait toujours qu'elle était réveillée. Dans moins d'une minute, elle allait se mettre à hurler pour réclamer son biberon.

— Zut, grommela Kate en se dirigeant vers le réfrigérateur.

Elle en sortit un biberon tout prêt, ôta le couvercle et le plaça dans le micro-ondes pour le réchauffer. Au moment précis où la sonnerie du four se déclenchait, le bébé se mit à pleurer.

— Génial.

Richard passa une main dans ses cheveux.

— Vraiment génial, bordel !

— Que veux-tu que je fasse ? demanda Kate en prenant le biberon et en vissant la tétine. Que je la laisse pleurer ?

— Hum, pourquoi pas ?

Kate réprima un mouvement d'indignation. Leurs regards se croisèrent.

— Je vais faire semblant de croire que tu n'as pas dit ça. Excuse-moi, maintenant.

Le biberon à la main, elle quitta la pièce d'un pas décidé.

— Kate, attends !

Il la retint par le bras.

— Je regrette. Je ne pensais pas ce que j'ai dit.

Elle le dévisagea.

— Ah bon ?

— C'est que, tu comprends... tu me manques trop. Notre vie à deux me manque. Tout ce que nous faisions ensemble...

La vue brouillée par les larmes, Kate secoua la tête.

— Je te le répète : si tu participais un peu, j'aurais peut-être plus de temps pour nous deux.

— Fais-toi aider. Ne me dis pas que nous ne pouvons pas nous le permettre.

Kate haussa les sourcils d'un air incrédule.

— Il n'en est pas question. Nous avons attendu trop longtemps d'avoir un enfant pour démissionner. Du reste, je tiens à ce que tu participes ; je voudrais que tu la portes, que tu lui donnes son biberon, que tu joues avec elle. Tu n'en profites pas, Richard. Il serait grand temps de faire connaissance avec ta fille : elle est vraiment chouette.

— Je n'ai pas le temps.

— Mais tu trouverais le temps de sortir en ville ? De m'emmener dîner quelque part ou de passer un week-end en amoureux ?

A l'étage, les cris d'Emma redoublaient.

— Lâche-moi, dit-elle. Elle a besoin de moi.

— Moi aussi, j'ai besoin de toi.

— Tu es un adulte, Richard. Tu peux...

Soudain, la vérité lui apparut clairement : Richard ne s'arrangeait pas seulement pour éviter de changer les couches ou donner le biberon. Le quotidien des quinze jours précédents se déroula comme un écheveau dans sa mémoire. Il n'avait pratiquement jamais pris Emma dans ses bras. Il n'allait pas la voir en rentrant du travail, omettait de prendre de ses nouvelles et ne s'intéressait pas le moins du monde à ses progrès de chaque jour.

Kate porta une main angoissée à sa bouche. Il l'avait même à peine regardée.

Déconcertée, terriblement déçue, elle fit volte-face et gagna l'étage en courant. Dans la chambre d'enfant, elle souleva sa fille et la prit tendrement contre elle. Aussitôt, les pleurs du bébé diminuèrent et elle chercha à téter.

— Maman est là, murmura Kate en la portant jusqu'au fauteuil à bascule où elle s'installa avec elle. Ça va bien, maintenant. Tout va s'arranger.

Elle lui présenta le biberon et Emma s'y accrocha, tétant vigoureusement, avec un appétit glouton, comme si elle avait été privée de nourriture depuis plusieurs jours et non depuis quelques heures.

Au bout d'un moment, Kate leva les yeux. Debout dans l'encadrement de la porte, Richard la regardait d'un air si désemparé qu'il faisait presque peine à voir.

— Qu'est-ce qui t'arrive, Richard ? Est-ce que tu…

Sa voix s'étrangla et elle refoula ses larmes, tâchant de s'éclaircir la gorge.

— Aurais-tu… Regretterais-tu que nous ayons…

Elle appréhendait tellement la réponse qu'elle ne put finir de formuler sa question. Il le fit à sa place.

— Si je regrette que nous l'ayons adoptée ?

— Oui.

Il regarda ailleurs, l'espace d'un instant.

— Comment le pourrais-je ? C'est simplement… que cela exige un gros effort d'adaptation. C'est…

Il marqua une pause et reprit sa respiration.

— Brusquement, le bébé t'accapare complètement et moi… je me retrouve à l'écart. J'ai l'impression de tenir trop de place.

— Parce que tu ne te sens pas assez concerné. Si tu t'intéressais davantage à Emma, tu n'aurais pas cette impression-là. Tu ferais partie de sa vie et nous formerions tous les trois une véritable famille.

— Je sais.

Il passa une main sur son visage d'un geste las.

— J'ai été débordé, ces derniers temps ; de nouvelles affaires ne cessent de nous tomber dessus au cabinet, et puis il y a cette campagne politique... Bon sang, Kate, ne m'en veux pas. Tu sais que je m'adapte mal au changement ; et celui-ci est de taille !

Kate se mit à rire. Il avait raison : le changement n'était pas son fort. Elle, en revanche, ne s'en lassait jamais. Mais il finirait par s'accoutumer à la situation. Ce n'était qu'une question de temps.

— C'est sans doute pour cela que Dieu donne neuf mois aux parents pour s'habituer à leurs nouvelles fonctions.

Richard s'approcha du fauteuil et s'agenouilla auprès d'elle.

— Merci d'être aussi indulgente.

Il effleura d'un baiser la tête du bébé puis la main de sa femme.

— Cela va s'arranger, mon amour. Je vais engager quelqu'un pour m'aider à mener cette campagne, je vais m'adapter.

Il leva la tête vers elle.

— Ne cesse jamais de m'aimer, veux-tu ? Même quand je me conduis comme le dernier des abrutis.

Kate sourit à travers ses larmes.

— Jamais. Pas même dans ce cas-là.

21

Longtemps après qu'Emma se fut rendormie et que sa mère fut couchée, Richard resta assis dans le fauteuil à bascule de la petite chambre, les yeux fixés sur le berceau. Hormis la lueur bleue de la veilleuse, la pièce était plongée dans l'obscurité et, de temps en temps, le bébé s'agitait ou gémissait dans son sommeil, avant de recouvrer son calme.

Richard, las et découragé, passa une main sur son front. Pour faire plaisir à Kate, il avait participé au rituel du soir avec leur fille. Il l'avait portée et bercée ; il lui avait donné son biberon et même changé sa couche… enfin, il avait essayé — le résultat n'était pas tout à fait concluant.

Kate l'avait pourtant regardé faire, visiblement radieuse. Heureuse et fière de lui. Emma elle-même avait paru se réjouir de l'attention qu'il lui accordait. Elle avait agité bras et jambes avec force gazouillis. Et, tout en tétant son biberon, elle l'avait fixé de ses grands yeux bleus pleins de confiance.

Ces yeux, ce regard, auraient fait fondre le cœur le plus endurci.

Le sien n'avait pas fondu.

Mais, bon sang, d'où provenait ce blocage ?

Richard se leva et s'approcha du berceau. Il contempla longuement le bébé. C'était sa fille, se répéta-t-il. La sienne. Et celle de Kate.

Alors, pourquoi n'éprouvait-il rien d'autre que de la colère ? Rien d'autre qu'un sentiment d'échec et de dépit ?

Parce qu'il avait toujours obtenu tout ce qu'il voulait. Il avait pris les initiatives, déclenché les événements. Parce qu'il en avait été ainsi sa vie durant, il avait cru qu'il en serait toujours ainsi.

Pourtant, en l'occurrence, le contrôle de la situation lui échappait ; il n'avait pas pu la modeler à sa guise. Il avait rencontré un obstacle ; et cela ne lui plaisait pas. Vraiment pas du tout.

Incapable de regarder plus longtemps cette enfant, il quitta la pièce. Après s'être assuré que Kate dormait toujours, il alla prendre la bouteille de whisky et un verre dans le bar puis gagna son bureau. Là, il se versa une rasade d'alcool, l'avala d'un trait et s'en servit une autre.

S'approchant ensuite des portes vitrées qui donnaient accès au balcon du premier étage, il écarta les rideaux. Son regard balaya distraitement le parc endormi au clair de lune. Avec un soupir, il laissa retomber les rideaux. Au début, le spectacle de Kate avec sa fille lui avait procuré un sentiment de plaisir attendri. Elles formaient un tableau charmant ; le bonheur évident de sa femme lui réchauffait le cœur.

Mais, au fil des jours et des semaines, sa satisfaction avait progressivement cédé la place au dépit et à la jalousie. Il était jaloux du temps que Kate consacrait à Emma ; de l'amour absolu qu'elle témoignait manifestement à l'enfant.

Il s'était pris à rêver que le bébé… disparût, tout simplement. A rêver qu'un matin, il se réveille pour découvrir que l'adoption d'Emma n'avait été qu'un cauchemar et que sa vie reprenait comme avant. Que sa femme lui était revenue.

Que révélait cette réaction sur son propre compte ? Que devait-il en déduire sur sa personnalité profonde ?

Pas très fier de lui-même et de ses pensées, ni de la réponse à la question précédente, il enfouit brièvement son visage dans ses mains.

Il n'était qu'un traître. Un raté. Un irresponsable.

Jamais il ne pourrait avouer la vérité à Kate. Pas cette vérité-là. Elle ne s'en remettrait pas. Elle ne comprendrait pas. Elle ne le regarderait plus jamais de la même façon.

Il ne pouvait pas supporter l'idée de la perdre.

Ses mains retombèrent le long de son corps. Si seulement il

pouvait avoir la fibre paternelle. Si seulement il pouvait se sentir gâteux ou bouffi d'orgueil en regardant sa fille. Si seulement la vue de cette enfant n'évoquait pas systématiquement pour lui la défaillance de sa virilité ; son impuissance à combler sa femme autrement que par un artifice — l'enfant d'un autre.

Incapable de supporter une minute de plus ce genre de réflexions, il ouvrit la porte vitrée et sortit sur le balcon. La nuit était plutôt froide. Cette fraîcheur lui fit du bien, lui éclaircit les idées. Il respira de profondes bouffées d'air léger, évacuant dans un long souffle toute la tension qu'il accumulait depuis quelque temps.

C'était le tour nouveau pris par leurs existences qui le perturbait, se répéta-t-il pour la énième fois. Leur ancien style de vie lui manquait. Ses sentiments à l'égard d'Emma changeraient. Il cesserait de lui en vouloir. Il était un adulte, un brave type ; cela n'était pas au-dessus de ses forces.

Il y parviendrait.

Et alors, tout redeviendrait comme avant entre Kate et lui. Il reprendrait les choses en main et leurs vies retrouveraient leur cours normal.

Ils formeraient de nouveau un couple heureux.

22

Depuis son poste d'observation stratégique à la terrasse du café d'en face, Julianna regardait sortir les employés du cabinet Nicholson, Bedico, Chaney et Ryan. Ils plaisantaient et riaient ensemble, certains allant par deux dans l'intention évidente de se retrouver après le travail, d'autres se souhaitant joyeusement bonsoir au passage tout en se hâtant de regagner leur voiture.

Durant les dix semaines qui avaient suivi la naissance du bébé, Julianna avait été fort occupée. Elle avait perfectionné le sourire et le rire de Kate, sa façon de parler. Elle s'était exercée à imiter sa démarche jusqu'à s'en imprégner comme d'une seconde nature, se procurant des vêtements et des accessoires qui auraient pu convenir à son modèle, écumant les magasins d'usine pour y dénicher quelques articles raffinés. Elle avait fait couper ses cheveux et choisi une coiffure identique à celle de Kate. Elle avait renforcé ses muscles par une gymnastique assidue afin de raffermir son corps déformé par la grossesse.

A présent, elle était prête pour l'étape suivante, celle qui la rapprocherait davantage encore de son destin — qui la rapprocherait de Richard.

Le rythme de son cœur s'accéléra. Au cours des semaines précédentes, elle avait eu toutes les peines du monde à se tenir loin de lui. Attendre le moment propice pour le rencontrer, écoutant les voix de la prudence et de la raison lorsqu'elle aurait voulu envoyer promener toute précaution pour le rejoindre, avait exigé d'elle une volonté incommensurable. Elle l'aimait à la folie. Elle le désirait éperdument, de tout son corps et de toute son âme, et l'intensité de sa passion dépassait l'entendement.

Dans ses rêves, ils se retrouvaient. Elle passait ses nuits à faire l'amour avec lui, assouvissant par avance les fantasmes qu'il suscitait en elle. Au matin, elle se réveillait entortillée dans ses draps, haletante, le corps moite et frémissant.

Alors, elle se mettait à pleurer, l'oreiller étroitement serré contre elle, regrettant que la nuit s'achève. Qu'une fois de plus, Richard s'éloigne — pas de son cœur mais de ses bras.

Puis la raison l'emportait. Julianna avait toujours réussi à jouer la carte de la prudence, domptant ses élans irréfléchis, comparant avec soin les avantages et les inconvénients des différentes circonstances où ils pourraient se croiser pour la première fois. Elle avait envisagé, puis écarté tour à tour une rencontre fortuite dans un bar, au golf ou à son club de musculation. Rien de tout cela ne lui fournirait l'opportunité de s'insinuer dans sa vie et de conquérir son cœur.

Non, le meilleur terrain de rencontre se situait sur son lieu de travail ; elle se rapprocherait davantage de lui par l'intermédiaire de relations professionnelles — à son cabinet d'avocats. Pour y parvenir, elle devait trouver une personne susceptible de l'introduire dans ce cercle fermé. Quelqu'un qui la présenterait et répondrait d'elle auprès des responsables.

Voilà précisément où *elle* entrait en scène. Sa favorite.

La jeune femme reporta son attention sur la façade de l'immeuble abritant les bureaux du cabinet et sur les employés qui en sortaient. Il était 17 heures — l'heure de pointe pour les secrétaires, assistants et autres sous-fifres tenus à des horaires réguliers.

Richard ne partait jamais à 5 heures de l'après-midi ; ses associés non plus. Ils sortaient soit plus tôt, soit beaucoup plus tard. C'était là un signe d'importance au sein du cabinet.

Julianna avait rapidement décrypté les arcanes de la hiérarchie de l'entreprise. La tâche était relativement aisée. Beaucoup de gens ignorent tout ce que leur comportement peut dévoiler sur eux-mêmes : par exemple, quelle situation sociale ils occupent — s'ils sont appréciés ou laissés pour compte, effacés ou agressifs.

Les associés marchaient d'un pas résolu ; leur maintien assuré clamait sans équivoque le statut privilégié qu'ils occupaient dans la société. Ils portaient des complets superbement coupés dans des étoffes nobles et l'or brillait à leurs poignets. Les associés — Julianna l'avait constaté — quittaient généralement le cabinet avec un de leurs pairs ou bien un assistant surchargé de travail qui prenait fébrilement des notes tout en s'efforçant de ne pas se laisser distancer par le patron.

Julianna but quelques gorgées de soda tout en cherchant des yeux sa favorite. Enfin, elle l'aperçut qui émergeait de l'immeuble et dévalait précipitamment l'escalier du perron, pressée de rattraper ses collègues, comme si elle craignait de rater une invitation à quelque sortie organisée après le travail.

Elle réussit à rejoindre les autres ; personne ne parut remarquer sa présence.

Julianna eut presque pitié de la jeune femme. Un tel besoin de s'intégrer était vraiment pathétique. Elle mendiait littéralement une miette d'attention.

Tout en continuant à siroter sa boisson, Julianna étudia cette femme. Elles devaient être sensiblement du même âge. Ses cheveux châtains, mi-longs, manquaient d'éclat, et son visage quelconque était à demi mangé par des lunettes à monture épaisse. Son tailleur trop strict, de coupe médiocre, trahissait un conformisme pointilleux ; au lieu de lui conférer le sérieux professionnel qu'elle visait probablement, il la rendait presque ridicule. Ainsi vêtue, elle avait l'air parfaitement déplacée, telle une gamine qui aurait emprunté les vêtements de sa mère.

« Pitoyable », songea de nouveau Julianna. C'était une pauvre fille mal fagotée, mal dans sa peau, qui voulait paraître mieux qu'une simple secrétaire. Qui aurait voulu plaire, faire partie du groupe, être acceptée, sympathique, d'une compagnie recherchée.

Aucun doute possible : ce serait celle-là.

Depuis plus d'une semaine, Julianna l'observait. Elle sortait toujours seule de l'immeuble. Tandis que les autres circulaient autour d'elle en bavardant et en échangeant leurs projets, elle avançait la tête basse, leur jetant de temps à autre, subrepticement, des regards avides ; regards que ses collègues ne remarquaient pas ou préféraient ignorer.

Julianna laissa deux dollars sur la table, se leva et quitta la terrasse du bar. Elle entreprit de suivre sa favorite à distance respectable sans se presser, sachant déjà qu'elle garait sa voiture au parking du coin de l'avenue, qu'elle habitait dans un studio de Covington et passait ses soirées toute seule dans un petit salon de thé de son quartier — le Fond de la Tasse.

Ce serait là qu'elles lieraient connaissance, avait décidé Julianna ; et deviendraient amies. Pas plus tard que ce soir-là.

23

Le Fond de la Tasse était l'un de ces endroits fréquentés par les célibataires qui cherchent fortune — nouvelle version du vieux bar à rencontres classique. Seulement, l'établissement ne servait que des boissons non alcoolisées, passait de la musique folk et affichait dès l'entrée une pancarte « Interdiction de fumer ».

C'était aussi un endroit où les éternels laissés-pour-compte pouvaient s'attabler seuls dans l'espoir d'un miracle, sans avoir l'air trop déplacés ou trop désemparés.

Depuis le début de sa filature, Julianna n'avait jamais vu la jeune femme se faire aborder par quiconque à l'exception d'un quidam qui l'avait priée de lui passer le sucre.

Ce soir, sa chance allait tourner, songea-t-elle en réprimant un sourire. Assise deux tables plus loin, elle se leva et s'approcha de sa favorite, feignant elle aussi d'avoir besoin de sucre.

— Oh, dit-elle avec une surprise parfaitement simulée en désignant le volume posé devant l'autre femme et dont elle s'était procuré à dessein un exemplaire une heure plus tôt. Nous lisons le même livre. Est-ce qu'il vous plaît ?

— Oui, oui, hum… beaucoup, dit l'autre avec empressement.

Son visage s'était empourpré.

— D'ordinaire, je n'aime pas ce genre de roman. Je préfère les ouvrages un peu plus substantiels. Mais le suspense est vraiment prenant.

Sans savoir le moins du monde de quoi elle parlait, Julianna la gratifia d'un large sourire.

— C'est aussi mon avis. Puis-je m'asseoir ici ?

— Je vous en prie.

Julianna alla chercher sa tasse et son sac pour venir s'installer en face d'elle.

— Je m'appelle Julianna, dit-elle.

— Et moi, Sandra Derricks. On m'appelle Sandy. Enchantée de faire votre connaissance.

Tout en rajoutant un sucre dans son café moka, Julianna regarda la tasse de Sandy et sourit de nouveau.

— Tiens, nous avons commandé la même chose ; décidément, nous avons pas mal de goûts en commun. Parlez-moi donc des lectures que vous aimez.

Un peu embarrassée mais ravie, Sandy énuméra un certain nombre d'auteurs et de titres qui n'évoquaient absolument rien pour Julianna. Tout en buvant son café, elle feignit néanmoins de s'intéresser aux propos de sa nouvelle compagne ; en réalité, elle était uniquement préoccupée par la manière dont elle pourrait alimenter la conversation et aborder le sujet qui lui tenait à cœur.

L'occasion ne tarda pas à se présenter.

— C'est vraiment très gentil à vous d'accepter de me tenir compagnie, dit-elle. Je viens d'arriver dans la région et je ne connais personne. Je n'ai même pas trouvé d'emploi pour le moment.

— Vraiment ? Moi, j'ai toujours vécu ici ; enfin, dans la région. Je me suis installée en ville parce que j'y avais trouvé du travail.

— C'est vrai ?

Julianna posa sa tasse sur la table.

— Où travailles-tu ? Si tu me permets de te tutoyer…

— Bien sûr : nous sommes à peu près du même âge, apparemment. Je travaille dans un cabinet d'avocats : Nicholson, Bedico, Chaney et Ryan. Je suis l'assistante de Chas Bedico, l'un des quatre associés du groupe.

— Quelle chance tu as ! s'exclama Julianna.

Elle soupira d'un air dépité.

— J'espère bien réussir à trouver quelque chose bientôt.

Elles bavardèrent à bâtons rompus durant près d'une heure. Enfin, son second café terminé, Julianna consulta sa montre.

— Oh ! là, là ! je n'ai pas vu passer l'heure. Il est temps de regagner mes pénates.

Elle se leva.

— Nous pourrions peut-être nous retrouver demain ?

— Demain ? répéta platement Sandra. Toutes les deux ?

Son air incrédule faillit faire sourire Julianna.

— Pourquoi pas ? dit-elle avec un haussement d'épaules désinvolte. Même heure, même endroit, par exemple ? D'ici là, j'aurai fini ce roman. Nous pourrons échanger nos points de vue.

24

Kate travaillait à son bureau du Grain de Fantaisie. Toujours en congé parental, elle était néanmoins passée un moment pour relever le nombre d'heures de ses employés et préparer les bulletins de salaire. L'invitation à la soirée de l'association d'anciens élèves pour la présentation du dernier roman de Luke était posée devant elle. Elle l'avait repêchée dans la poubelle de la cuisine à l'insu de Richard, devinant intuitivement qu'il ne comprendrait pas, prétendrait haut et fort qu'il se fichait pas mal de l'amitié de Luke et ferait tout son possible pour la dissuader d'y aller. En cela, depuis toujours, il obéissait à un sentiment de jalousie irraisonnée et sans aucun fondement.

Mais, pour elle, l'amitié de Luke comptait beaucoup ; leur relation lui manquait. *Il* lui manquait. Elle ne voulait pas rater l'occasion de s'expliquer avec lui — l'occasion de lui dire combien elle regrettait ce qui s'était passé entre eux.

Elle tendit la main vers le téléphone puis se ravisa. Elle l'avait déjà appelé à trois reprises et laissé trois messages sur son répondeur, le suppliant de leur faire signe dès qu'il serait là afin qu'ils puissent se retrouver tous les trois.

Luke n'avait pas rappelé.

Son silence était éloquent. Manifestement, il ne voulait pas de son amitié. Il n'avait plus besoin d'elle. Il l'avait exclue de sa vie, une fois pour toutes.

N'insiste pas, se dit-elle. Ne le relance pas.

Se levant, Kate s'approcha d'Emma endormie dans sa poussette, près de la fenêtre. Un sourire illumina son visage. Quelle chance elle avait de ne pas être obligée de choisir entre son travail et sa fille, de ne pas avoir à se séparer d'elle tous les matins. Elle aurait été vraiment malheureuse de manquer ses sourires et ses progrès quotidiens.

Cela la fit songer à Richard. Depuis leur querelle déclenchée par l'incident des restes de pizza, quinze jours plus tôt, il était souvent rentré plus tard que d'habitude. Les autres soirs, en revanche, il n'avait pas quitté sa fille, et Kate en éprouvait un grand soulagement. En définitive, il semblait prendre plaisir à la dorloter, à jouer son rôle de père.

Se retrouver du jour au lendemain avec un nouveau-né exigeait de lui d'énormes efforts d'adaptation, elle en était consciente. C'était une source de tension et d'anxiété. Tout changement brutal — même positif — est source de stress. Cela non plus, elle ne l'ignorait pas. Mais elle avait rêvé si longtemps d'avoir un enfant que la réalisation de son vœu l'avait rendue aveugle à toute autre considération.

Kate regagna son bureau pour se remettre à la tâche. L'invitation attira de nouveau son regard, ramenant Luke au centre de ses pensées. Aimerait-il avoir des enfants ? se demanda-t-elle. La notice biographique accompagnant son dernier roman lui avait appris qu'il n'était toujours pas marié. N'avait-il jamais été tenté de mettre fin à son célibat pour fonder une famille, comme Richard et elle ?

C'était peu probable, songea-t-elle avec une pointe d'amusement. Si l'on considérait l'ampleur de ses récents succès — même Hollywood lui faisait les yeux doux —, il pouvait se permettre de s'afficher avec une starlette de vingt ans et ne souhaitait probablement pas s'encombrer d'une petite famille.

— Kate ?

La jeune femme leva les yeux. Dans l'encadrement de la porte, Marilyn l'observait avec un sourire.

— Quoi de neuf ? demanda Kate.

— Rien du tout. Je profitais simplement d'une accalmie pour venir faire un brin de causette. J'ai l'impression de ne pas vous avoir vue depuis une éternité.

— Entrez, dit Kate en lui rendant son sourire.

Elle mit de côté les feuilles de pointage.

— De toute façon, je n'avançais pas beaucoup.

— Je m'en suis aperçue.

Marilyn s'installa en face d'elle dans le fauteuil.

— Vous aviez l'air complètement dans les nuages.

— En effet, je suis un peu préoccupée, je l'avoue.

Kate jeta un coup d'œil vers l'invitation posée sur son bureau puis regarda de nouveau la jeune femme.

— Avez-vous jamais perdu de vue un ami très proche ? Quelqu'un dont l'amitié comptait beaucoup pour vous ? Vraiment, vraiment beaucoup ?

— Ma foi, j'avais deux excellentes amies au lycée. Nous étions aussi inséparables que des sœurs. Mais nos chemins se sont peu à peu séparés après le bac.

— Est-ce qu'elles vous manquent ?

— Elles, pas vraiment. Mais l'amitié que nous partagions, oui.

— Vous n'avez jamais eu l'idée de les appeler, d'essayer de les revoir ?

— Si, naturellement. Nous nous sommes retrouvées un jour pour déjeuner ensemble.

Marilyn esquissa une petite moue nostalgique.

— Ce n'était plus pareil. Nous n'avions plus rien en commun.

Elle haussa les épaules.

— Nous sommes restées là à nous regarder toutes les trois, sans rien à nous dire ; cherchant désespérément un sujet auquel nous raccrocher.

— Avez-vous fini par trouver quelque chose ?

— Le passé. C'est tout ce qui nous rassemblait. Marilyn regarda Kate.

— Pourquoi remuer subitement les vieux souvenirs ?

— A cause d'un ami de longue date, répondit Kate en tendant à Marilyn le carton d'invitation. Il doit venir en ville et je serais ravie de le voir.

— Vous connaissez Luke Dallas ? L'auteur à succès ? Elle pencha la tête, examinant les clichés de presse.

— Il est vraiment mignon.

— Nous étions ensemble à l'université de Tulane. Nous formions un trio inséparable, Richard, lui et moi.

Marilyn lui rendit le bristol.

— Alors, quel est le problème ?

— Nous avons eu un petit différend juste avant la fin de nos études et nous ne nous sommes jamais revus depuis.

Kate soupira.

— Je ne sais pas si c'est le fait d'avoir un bébé qui me perturbe mais je n'arrête pas d'y penser, depuis quelque temps. Je voudrais essayer de réparer les dégâts. Cela devient une obsession.

— Et sa venue à La Nouvelle-Orléans vous procure l'occasion rêvée de le faire.

— Exactement. Mais, de toute évidence, il n'est pas du tout dans le même état d'esprit que moi. J'ai laissé trois messages sur son répondeur et il ne m'a pas rappelée.

Marilyn garda le silence pendant un long moment. Les sourcils froncés, elle réfléchissait visiblement à la question. Au bout d'un moment, elle leva de nouveau les yeux.

— Si c'est tellement important pour vous, pourquoi lui demander l'autorisation ?

— Comment cela ?

— Vous avez reçu une invitation. Nous vivons dans un pays libre. Allez-y, c'est tout.

— Autrement dit, je n'ai qu'à me rendre à la séance de dédicace ?

— Pourquoi pas ? Imposez-lui une confrontation. Plantez-vous carrément devant lui et obligez-le à vous écouter.

— Mais s'il…

— S'il vous envoie promener ? acheva Marilyn à sa place.

— Oui.

Kate joignit les mains devant elle, soudain aussi indécise qu'une gamine.

— Ce serait horrible. Je me sentirais terriblement humiliée.

— Au moins, vous pourrez vous dire que vous avez essayé. Vous aurez fait tout votre possible pour arranger les choses.

Marilyn se leva et se dirigea vers la porte. Sur le seuil, elle s'arrêta et se tourna vers Kate.

— Réfléchissez-y. Qu'avez-vous à perdre, après tout ?

25

En effet, elle n'avait rien à perdre ; sa décision prise, le samedi suivant, après que Richard fut parti jouer au golf, Kate s'habilla et, emmenant Emma, prit la route de La Nouvelle-Orléans où Luke présentait son nouveau roman. Trois quarts d'heure plus tard, elle était de retour chez elle, le bébé gigotant dans ses bras tandis qu'elle s'efforçait de glisser la clé dans la serrure. Quand elle eut enfin réussi à ouvrir la porte d'entrée, elle monta directement à l'étage avec sa fille.

Emma poussait de petits cris de ravissement et Kate, exaspérée, lâcha un soupir.

— Qu'as-tu donc, aujourd'hui, petite enquiquineuse ? Aurais-tu décidé de me faire rater la séance de dédicace ?

Le bébé la gratifia d'un sourire désarmant. Secouant la tête, Kate la porta dans sa propre chambre. Ce matin-là, pour revoir Luke après dix ans de séparation, elle s'était habillée avec un soin tout particulier — ensemble pantalon en lin couleur chamois et chemisette de soie blanche.

Elle avait parcouru la moitié du pont autoroutier quand Emma s'était mise à vomir, éclaboussant sa ravissante petite robe. Bien organisée et relativement accoutumée à ce genre d'incident, Kate n'omettait jamais d'emporter de quoi la changer. S'arrêtant sur une aire d'autoroute, elle avait donc gagné le coin bébé prévu à cet effet. Seulement, voilà : Kate n'avait pas prévu de se changer elle-même — et au moment précis où elle s'apprêtait à repartir avec sa fille de nouveau impeccable, Emma avait décidé qu'une fois ne suffisait pas, décorant le chemisier de soie de sa mère.

Kate avait donc le choix : se rendre à la présentation du roman avec une constellation de taches sur son corsage ou faire demi-tour.

Elles étaient rentrées.

Dans la chambre principale, Kate posa le bébé sur le grand lit. Toujours souriante, Emma agita bras et jambes, visiblement aux anges.

— Oh, bien sûr, tu es toute contente, n'est-ce pas, petit trouble-fête ?

En guise de réponse, l'enfant émit un gazouillis éloquent et Kate ne put s'empêcher de rire.

— Très bien, reprit-elle, nous serons donc en retard. Et puis après ? Nous attendrons moins longtemps dans la file.

Elle ôta sa veste de lin et se dirigea vers la penderie tout en déboutonnant son chemisier. Les portes-miroirs étaient entre-bâillées ; elle les ouvrit complètement en les faisant glisser sur le rail. Tandis qu'elle prenait un autre corsage, elle aperçut au passage le lit qui se reflétait dans l'une des portes.

De l'autre côté — le côté de Richard —, le dessus-de-lit était tout froissé, comme si quelqu'un s'y était étendu. L'oreiller portait aussi l'empreinte d'une tête.

Kate fronça les sourcils. Ce n'était pas normal. Elle avait fait le lit juste avant de quitter précipitamment la maison. A moins que… Elle rassembla ses souvenirs. Il fallait admettre qu'elle était alors un peu agitée. La perspective de revoir Luke lui donnait le trac. Richard était déjà parti ; elle se souvint d'avoir battu les oreillers avant de les remettre à leur place. Puis elle avait quitté la maison en coup de vent avec Emma.

Elle ne s'était pas même assise sur le lit après l'avoir fait ; s'y allonger ne lui serait certainement pas venu à l'idée.

Quelqu'un s'était introduit chez eux. Un inconnu avait pénétré dans la chambre, s'était reposé sur le lit, avait enfoui sa tête dans l'oreiller.

Kate frissonna et balaya la pièce du regard. Tout le reste paraissait normal. Désorientée, elle se massa le front. Son imagination devait lui jouer des tours. Pourquoi quelqu'un se serait-il introduit chez eux sans rien prendre ? Et comment aurait-on pu entrer et sortir aussi rapidement ? Son absence avait duré moins d'une heure.

Elle s'approcha du lit et lissa le dessus du plat de la main. Comme elle se redressait, quelque chose de rose et de brillant qui dépassait de dessous le lit retint son regard.

C'était l'un des cintres spéciaux sur lesquels elle accrochait sa lingerie fine. Comment cet objet avait-il atterri là ? Elle le ramassa et repartit vers la penderie.

Une fois de plus, elle se figea, une sueur glacée dans le dos ; se retournant du côté du lit, elle examina l'espace compris entre le sommier et le sol.

Un individu de taille adulte avait largement la place de s'y cacher à plat ventre.

Sans écouter la petite voix qui lui disait de prendre Emma et de s'enfuir en courant, elle revint lentement vers le lit, le cœur battant. Emma, parfaitement calmée à présent, suivait chacun de ses mouvements d'un œil attentif, presque solennel, comme si elle devinait que quelque chose clochait.

Kate atteignit le lit. Se baissant, elle souleva le volant qui dissimulait le sommier et regarda en dessous.

Au même instant, le téléphone se mit à sonner.

Elle se releva d'un bond en hurlant. Effrayée, Emma se mit à pleurer. Kate la prit dans ses bras et la serra contre elle en lui murmurant des mots tendres.

Le répondeur se déclencha à la quatrième sonnerie. Quelques secondes plus tard, la voix de Mme Ryan résonnait à travers la maison. Kate exhala le souffle qu'elle avait inconsciemment retenu jusque-là et appuya sa tête contre celle d'Emma. Rien de plus efficace que sa belle-mère pour la ramener sur terre.

Penaude, elle se mit à rire. Quelle imagination ! Il n'y avait rien d'autre sous le lit que deux ou trois moutons et des chaussettes dépareillées de Richard. Que s'était-elle attendue à trouver ? Ou qui ? Le croque-mitaine ? Un assassin ou un violeur ? Mandeville n'était pas Chicago, tout de même. Qu'est-ce qui ne tournait pas rond chez elle ?

C'était probablement le trac. L'idée de revoir Luke, de lui parler, la perturbait. Comment allait-il réagir ?

Elle jeta un coup d'œil sur sa montre et lâcha un juron. Si elle ne filait pas tout de suite, elle n'arriverait jamais à temps : la séance de dédicace serait terminée et Luke aurait plié bagage depuis longtemps.

Emma enfin calmée, Kate se précipita vers la penderie. Elle attrapa le premier chemisier à sa portée, l'enfila, le boutonna et le rentra dans son pantalon de lin. Jetant un dernier coup d'œil sur le lit, elle reprit Emma et partit sans s'attarder une minute de plus.

26

A l'université de Tulane, le directeur de la librairie conduisit Luke et l'attachée de presse vers une table installée au centre du magasin. Un large espace avait été dégagé entre la table et les doubles portes vitrées de la librairie. Des dizaines d'exemplaires de *Dead Drop* étaient empilés sur la table, par terre, sur des présentoirs. Un peu plus loin, un chariot croulait sous le poids d'une douzaine de cartons portant des étiquettes avec le titre du livre et le nom de son éditeur.

Luke jeta un regard effaré sur cette avalanche d'ouvrages. Jamais il n'avait vu rassemblés autant d'exemplaires d'un de ses romans.

— J'espère que nous en avons commandé un nombre suffisant, dit le libraire, visiblement nerveux. Certaines personnes font déjà la queue depuis plus de deux heures. Il serait difficile de les renvoyer avec des excuses.

Luke tourna les yeux vers la vitrine derrière laquelle se pressait une foule de gens. Etaient-ils tous là pour lui ? Il avait cru qu'ils venaient retirer des places pour un spectacle ou un concert quelconques.

— Ouah, quel pied, souffla Helena, l'attachée de presse. Je sens comme une poussée d'adrénaline.

Luke se mit à rire. La New-Yorkaise d'une trentaine d'années au langage salace, volontiers cynique, jubilait littéralement.

— Vous savez ce que ça signifie, n'est-ce pas ? reprit-elle en lui serrant le bras sans quitter des yeux l'interminable file d'attente. C'est la consécration, monsieur Dallas. Seuls les auteurs de renommée exceptionnelle — comme Clancy ou Stephen King — parviennent à déplacer autant de monde. Bon Dieu, c'est encore meilleur qu'une partie de jambes en l'air !

Luke secoua la tête, muet de stupéfaction. L'époque n'était pas si lointaine où il rédigeait une ou deux dédicaces dans une minable librairie de quartier ; ce n'était pas si éloigné qu'il ne se souvînt de l'émotion qu'il éprouvait en voyant un client s'approcher de sa table — puis de sa déception quand on lui demandait où se trouvaient les toilettes, ou bien les livres de John Grisham.

— Prenez l'air aussi dégagé qu'il vous plaira, mon bonhomme, lui chuchota-t-elle à l'oreille tandis qu'ils s'asseyaient derrière la table. En réalité, ça vous fait jouir à mort ; votre caleçon en est tout trempé, avouez-le.

Amusé, Luke lui jeta un regard en coin.

— Mon caleçon en est tout trempé ? Helena, n'est-ce pas une expression un peu osée, même dans votre bouche ?

Elle se pencha vers lui, l'œil pétillant d'humour.

— Je suis de New York ; alors, je m'en branle.

Luke rit de nouveau. Osé ou pas, c'était la vérité. Pour un romancier, rien n'égalait le plaisir de se savoir lu et apprécié. Même des droits d'auteur d'un montant faramineux ne procuraient pas une satisfaction comparable à celle d'une lettre provenant d'un admirateur — ou d'une admiratrice.

Le directeur alla ouvrir les portes et la foule envahit le magasin. Durant près de deux heures, Luke dédicaça livre sur livre. Helena et le libraire l'assistaient dans sa tâche en lui tendant les volumes ouverts à la page de garde.

Les gens semblaient sympathiques ; le seul regret de Luke était de ne pas avoir le temps d'échanger quelques mots avec chaque lecteur. Hélas, il ne pouvait vraiment pas se le permettre sous peine de provoquer une émeute à l'extrémité de la file.

Extrémité qu'on commençait enfin à apercevoir, du reste. Luke jeta un coup d'œil par-dessus les têtes, essayant de déterminer s'il resterait assez de livres et s'il pouvait espérer se dégourdir bientôt la main. Il commençait à souffrir d'une crampe.

La file bougea, avança, s'éclaircit un peu. Et soudain il la vit, belle comme le jour parmi tous ces visages, reconnaissable entre mille bien qu'il ne l'eût pas revue depuis une bonne dizaine d'années. Luke retint sa respiration ; il eut un bref passage à vide puis reprit ses esprits, une seule pensée balayant tout le reste : *Kate était là.*

Helena se pencha légèrement vers lui.

— Je meurs d'envie d'aller griller une petite cigarette. Puis-je m'absenter quelques minutes, si vous n'y voyez pas d'inconvénient ?

Luke cligna des yeux, brusquement ramené au moment présent, à ce qu'il était censé faire. L'une de ses lectrices se tenait en face de lui, devant la table, dans une attitude d'attente. Il sourit, lui demanda son nom, dédicaça son volume puis salua la personne suivante.

— Que disiez-vous ? demanda-t-il à son attachée de presse.

— J'ai besoin de fumer. Cela vous ennuierait-il que j'y aille ?

— Pas du tout.

Tandis qu'elle se levait, il regarda de nouveau vers l'extrémité de la file ; Kate n'était pas seule. Elle portait un bébé dans les bras. *L'enfant de Richard.* Il se cuirassa contre l'amertume, contre la petite pointe de rancune qui lui mordait brièvement, cruellement le cœur.

Il fronça les sourcils, rassemblant son indignation et ce qu'il voulait prendre pour de la colère. S'il n'avait pas donné suite aux messages trouvés sur son répondeur, c'était qu'il ne voulait pas la voir. N'avait-elle donc pas saisi ? Il n'avait pas du tout envie qu'elle vienne.

Mensonges. Il avait beaucoup trop envie de la voir, justement.

Luke s'efforça de se concentrer sur sa tâche ; sur ce moment de triomphe. Il sourit, signa une dédicace et songea que Kate n'était qu'une lectrice parmi tant d'autres — qu'il traiterait comme les autres. Quand son tour viendrait, il signerait son livre et la congédierait.

Cet instant arriva plus tôt qu'il ne l'aurait souhaité. Debout en face de lui, elle paraissait nerveuse, embarrassée et pleine d'espoir. Cette dernière constatation l'émut tout particulièrement.

— Bonjour, Luke, dit-elle avec un sourire.

Il inclina brièvement la tête de manière impersonnelle. Le libraire lui passa un exemplaire de *Dead Drop*.

— Que puis-je écrire en guise de dédicace ?

Le sourire de Kate vacilla, le bébé se tortilla dans ses bras.

— « A Kate et Richard, dont l'amitié m'a été si précieuse, autrefois. »

Elle n'y était jamais allée par quatre chemins, n'avait jamais tourné autour du pot : c'était là l'une des nombreuses qualités qu'il avait appréciées chez elle. A présent, son audace l'irritait. Toutefois, il s'exécuta et lui tendit le livre.

— J'espérais que nous pourrions nous parler, dit-elle en rangeant le livre dans la poussette et en faisant sauter dans ses bras l'enfant qui protestait maintenant avec véhémence.

— Ce n'est ni le moment, ni l'endroit.

— Je sais. Il y a un salon de thé à l'angle de l'avenue Saint-Charles et de Carrollton. Nous pourrions nous y retrouver après cette séance.

Des signes d'impatience commençaient à se manifester dans la file qui la suivait.

— Je t'en prie, Luke.

Refuse et envoie-la promener.

Il émit un petit soupir agacé.

— J'en ai encore pour un bon moment : une heure, au moins. Peut-être davantage.

— J'attendrai.

Il détourna les yeux puis les ramena sur elle.

— J'essaierai. Mais je ne promets rien.

Kate opina et il la regarda s'éloigner en se remémorant l'époque des promesses, l'époque où la vie sans elle lui paraissait impossible.

En définitive, Luke fut incapable de ne pas y aller. Il se répéta à loisir qu'il le faisait pour en finir une bonne fois pour toutes, pour se débarrasser d'elle et retrouver enfin sa tranquillité d'esprit. Quand ils se seraient expliqués, Kate Ryan appartiendrait vraiment au passé.

Ce ne fut pourtant pas du tout ce qu'il éprouva en pénétrant dans le salon de thé, une heure et demie plus tard. Bien au contraire, en la cherchant des yeux parmi les consommateurs attablés, il crut retrouver ses vingt ans et son amour fou pour une fille qui ne l'aimait pas en retour. Ce souvenir lui resta sur le cœur et il se raidit en traversant la salle pour la rejoindre. Occupée à donner le biberon au bébé, Kate leva les yeux sur lui.

— J'ai cru que tu ne viendrais pas.

Il se faufila sur la banquette, en face d'elle.

— Je n'en avais pas l'intention.

— Et pourtant, tu es là.

Elle ôta le biberon vide de la bouche de l'enfant, qu'elle hissa contre son épaule en lui tapotant le dos.

— Pourquoi ? demanda-t-elle.

— Par curiosité ; une curiosité morbide, en quelque sorte.

— Très drôle.

— Ça ne me fait pas rire.

Kate resta un moment immobile, figée, puis un pâle sourire effleura ses lèvres.

— Tu as toujours été d'une franchise brutale.

— J'ai soif, dit-il en se levant. Veux-tu boire quelque chose, toi aussi ?

— Un autre café. Merci.

Il gagna le comptoir, prit un café pour Kate et un Coca pour lui, puis revint s'asseoir. Après avoir fait son rot, le bébé s'était endormi. Kate l'installa délicatement dans la poussette et couvrit ses jambes d'un petit châle.

— C'est une belle petite fille, dit-il en posant les boissons sur la table. Félicitations.

— Merci.

Une lueur brilla dans les yeux de Kate.

— Elle s'appelle Emma.

— Cela te va bien d'être maman.

L'aisance avec laquelle il réussit à déguiser ses véritables sentiments le surprit.

— Richard doit être... content.

Il était plus vraisemblablement bouffi d'orgueil, semblable à l'un de ces ballons gonflables de la parade de Thanksgiving.

— Oui... bien sûr, dit-elle en hésitant imperceptiblement.

— Je n'ai relevé aucune allusion à cette grossesse dans la longue lettre que tu m'as envoyée pour Noël.

— Je n'étais pas enceinte. Emma est notre fille adoptive.

Les mots planèrent un instant entre eux, suscitant de nouvelles questions. Sans lui demander aucune explication, toutefois, Luke la regarda droit dans les yeux.

— Que veux-tu, Kate ?

— Te voir. Qu'y a-t-il là de si étrange ? Nous avons été les meilleurs amis du monde.

— Il y a plus de dix ans. Une éternité. Nous n'avons plus rien en commun, à présent.

— Je sais. Je...

Elle s'interrompit brusquement et s'affaira un instant autour du bébé, arrangeant le châle sur ses jambes. Puis elle leva de nouveau les yeux sur lui.

— Je le regrette beaucoup. Tu me manques, Luke. Notre amitié me manque.

C'en était trop pour lui.

— Arrête, Kate.

— C'est pourtant vrai. Tu ne peux pas savoir. Tu...

Elle respira longuement, comme si l'air pénétrait difficilement dans ses poumons.

— Il fallait que je te voie. Je voulais essayer de te faire comprendre ce qui s'est passé.

— Je le sais parfaitement. J'étais là, Kate. L'aurais-tu oublié ? gronda-t-il entre ses dents, soudain si furieux qu'il en tremblait presque.

— Je n'ai rien oublié. Pas une seconde.

Une bouffée d'espoir ridicule monta en lui, malgré lui. Comment pouvait-il encore réagir aussi violemment, après tant d'années ?

— Qu'est-ce que ça veut dire ? demanda-t-il d'un ton dur, presque insultant. Que Richard ne te suffit plus ? Que tu as envie de baiser un bon coup avec quelqu'un d'autre ?

Il se pencha vers elle, frémissant de colère.

— Tu as envie de recommencer comme la dernière fois, c'est ça ?

Visiblement meurtrie, elle eut un mouvement de recul.

— Ne dis pas n'importe quoi ; tu me connais mieux que cela.

— Ah, tu crois ?

— Je suis désolée, Luke. Je suis désolée de t'avoir fait de la peine.

Ses yeux s'emplirent de larmes.

— Je regrette tellement d'avoir détruit notre amitié.

— Moi aussi, je regrette.

Il se leva.

— Mais ce qui est fait est fait. Et il est trop tard pour revenir en arrière.

— Attends ! Je t'en prie !

Elle lui saisit la main.

— Cette nuit-là… que nous avons passée ensemble… ce n'était pas une ruse. J'étais anéantie. Richard avait rompu une fois de plus avec moi ; je m'étais juré que ce serait la dernière. Je m'étais juré de ne plus lui rouvrir les bras, même s'il me couvrait de fleurs. Je me suis tournée vers toi parce que…

— Tu t'es servie de moi pour le rendre jaloux ; pour te venger de son aventure — de ses multiples aventures.

Il dégagea sa main d'un geste sec.

— Eh bien, ça a marché. J'espère que tu es satisfaite de la vie que tu t'es choisie.

— Ce n'est pas vrai. Tu te trompes sur toute la ligne.

Elle leva sur lui un visage suppliant.

— S'il te plaît, Luke, écoute-moi un instant.

Emma s'agita dans son sommeil et émit un petit gémissement plaintif. Luke se laissa de nouveau choir sur la banquette.

— Dis ce que tu as à dire, mais fais-le vite.

— Le lendemain matin, Richard est venu me voir… tout penaud, comme d'habitude. Je lui ai dit que c'était fini entre lui et moi, que ça suffisait. Il m'a suppliée de lui pardonner, Luke. Il m'a suppliée en pleurant. Il disait qu'il m'aimait, qu'il voulait m'épouser. Il voulait que nous vivions ensemble pour toujours.

— Et tu as craqué ?

Luke fit claquer ses doigts.

— Comme ça, tout simplement ?

— Je l'aimais, depuis des années. Je rêvais depuis si longtemps de l'épouser. Comment aurais-je pu refuser de lui pardonner ?

— Comment ? rugit Luke. En te rappelant où tu étais la nuit précédente. En te rappelant les promesses que tu m'avais faites.

— Je n'avais rien promis. Je…

— Tout ça, ce sont des foutaises. Tu as couché avec moi. Ce n'était pas insignifiant. Pas pour une fille comme toi. Nous avons parlé de Richard. Du passé, de notre avenir.

— Je suis désolée.

D'un geste machinal, elle joignit les mains.

— Si je pouvais annuler cette nuit-là, je le ferais. Si tu savais combien de fois j'ai souhaité qu'elle n'ait jamais eu lieu ! Je n'avais pas les idées claires — je me suis conduite comme une irresponsable. J'ai saccagé notre amitié, je vous ai fait du mal, à toi et à Richard.

Luke poussa une exclamation de rage.

— Ne viens pas me dire que tu as fait du mal à Richard. Il ne t'est jamais venu à l'idée qu'il savait où tu étais cette nuit-là ? Qu'il avait tout deviné ? Tu ne t'es jamais demandé pourquoi il avait proposé de t'épouser ce matin-là, justement ? Comme par hasard ?

— Qu'est-ce que tu veux dire ? Que Richard m'a demandée en mariage à cause de toi ? Pour te couper l'herbe sous le pied ?

— Réfléchis un peu. Richard a toujours été mauvais perdant. Il était perpétuellement en compétition ; surtout avec moi.

— Non.

Soudain très pâle, Kate secoua la tête.

— Ce n'était pas pour cela. Il m'a demandée en mariage parce qu'il m'aimait. Parce que, comme il l'a dit, il ne pouvait pas supporter… il ne voulait pas…

Sa phrase resta en suspens. Luke sourit.

— Il ne voulait pas te perdre ; c'est bien ce que tu allais dire ?

— Pas comme tu l'entends.

— Rappelle-toi plutôt cette rivalité incessante qui nous opposait à propos de tout et de rien — matchs de tennis, parties de poker, classement aux examens… Parfois même, nous avons failli en venir aux mains. Il n'admettait jamais l'idée d'être battu par un minable petit boursier, un rêveur sans le sou. Un jour, j'ai commis l'imprudence de lui faire part de mon rêve de devenir écrivain.

Luke se pencha sur la table et plissa les yeux.

— Si tu savais comme il s'est moqué de moi ! Il n'a jamais raté une occasion de me tourner en ridicule à ce sujet.

— Ce n'est pas vrai, dit Kate, les yeux brillants de larmes contenues. C'est ainsi que tu ressentais les choses, mais pas lui.

— Comment peux-tu me regarder en face en mentant aussi effrontément ?

— Richard est mon mari. Nous sommes heureux ensemble. Il ne m'a pas épousée pour satisfaire quelque obscure rivalité d'adolescents.

— Si cela peut te rassurer, ma grande…

Cette fois, ce fut elle qui se leva pour partir et Luke qui l'arrêta.

— Et toi, Kate ? demanda-t-il en plongeant les yeux dans les siens. As-tu vraiment dit oui à Richard parce que tu l'aimais ? Ou bien à cause de l'avenir tranquille qu'il pouvait t'assurer ?

— Laisse-moi partir.

— Pas avant de connaître ta réponse.

— Pourquoi fais-tu cela ?

— Tu voulais de la franchise, mon cœur. Tu voulais déterrer le passé ; eh bien, le voilà, dans toute sa splendeur.

Pendant quelques secondes, elle soutint son regard. Ses yeux trahissaient sa souffrance et il comprit qu'il l'avait profondément blessée. Il en éprouva un regret fugitif. En cet instant, il aurait voulu pouvoir retirer tout ce qu'il avait dit, jusqu'au dernier mot.

Puis il se souvint de la façon dont elle s'était servie de lui, et sa résolution en fut affermie. Il libéra sa main.

— Tu vois, il est parfois plus sage de ne pas remuer le passé.

— Oui, murmura-t-elle, en effet. Je ne te dérangerai plus.

Elle rassembla ses affaires et déplaça la poussette. Leurs yeux se croisèrent de nouveau.

— Tu n'avais jamais été méchant, Luke. Tu l'es devenu. C'est bien dommage.

— Ce ne sont pas les gentils qui gagnent, tu dois le savoir.

— A mes yeux, tu n'as jamais perdu, Luke. Jamais.

Sur ces mots, elle s'éloigna et sortit de sa vie, la tête haute. Luke la suivit des yeux, ignorant le sentiment d'abandon qui lui étreignait le cœur, réprimant une terrible envie de lui courir après.

Kate Ryan appartenait définitivement au passé, désormais.

27

Tard dans l'après-midi, Kate arriva chez elle épuisée, la mort dans l'âme. Dieu merci, Richard n'était pas rentré. Elle ne savait comment lui raconter sa journée — sa rencontre avec Luke.

Avec un soupir, elle jeta les clés sur la console de l'entrée et prit délicatement sa fille endormie dans ses bras. Richard croyait qu'elle passait la journée au Grain de Fantaisie ; elle n'avait pas pris la peine de le détromper. Averti de ses intentions, il aurait été contrarié et, jaloux, aurait tout fait pour la dissuader de voir Luke.

Quel gâchis, songea-t-elle. Elle avait fondé tant d'espoirs sur cette rencontre, persuadée d'agir pour le mieux, persuadée de pouvoir raconter le soir même à Richard comment elle avait restauré leur amitié.

A présent, elle regrettait de s'être tue. Elle avait le sentiment de s'être comportée comme une idiote, naïve et exagérément optimiste. Le temps et les bonnes intentions ne suffisent pas à tout arranger. Certaines choses ne changent jamais. Certaines blessures ne se referment pas ; bien au contraire.

Emma gémit et se blottit plus étroitement contre sa poitrine, en quête d'une position confortable. La journée avait été longue pour elles deux, songea Kate en la portant jusqu'à sa petite chambre. Elle la déposa avec précaution dans son lit sans que l'enfant esquissât un mouvement.

Haletante, Kate respira profondément, s'appuyant un instant aux barreaux du lit de bébé pour contempler le beau visage paisible de sa fille endormie. Luke se trompait totalement sur les motivations de Richard. Ils étaient mariés depuis dix ans. Ils étaient heureux. Ils formaient un couple uni, fondé sur l'amour — et pas sur quelque stupide rivalité de jeunesse. Manifestement, Richard prenait son engagement au sérieux, tout comme elle.

Kate s'éloigna du petit lit et entreprit de remettre un peu d'ordre dans la pièce. Elle était partie si précipitamment ce matin-là qu'elle n'avait pas trouvé une minute pour ramasser les jouets d'Emma.

Elle se baissa pour ramasser les hochets et les peluches qui traînaient sur le tapis de jeux et les ranger dans le grand panier prévu à cet effet, près du fauteuil à bascule. Malgré elle, ses pensées revinrent de nouveau sur sa confrontation avec Luke, sur ce qu'il lui avait dit. Y avait-il du vrai là-dedans ? Avait-elle uniquement fait un mariage d'amour ou avait-elle obéi à d'autres considérations, comme Luke l'avait suggéré ?

Elle jeta les jouets dans le panier. Luke la prenait pour une femme intéressée, éblouie par la fortune et le prestige des Ryan.

Des larmes lui piquèrent les yeux et elle laissa échapper un petit gémissement. Elle devait à tout prix fouiller cette époque passionnante mais tumultueuse de sa vie ; retrouver ses sentiments et les analyser sans tricher.

Elle avait aimé Richard ; dès leur première rencontre. Evidemment, il s'était parfois mal conduit. Jeune et un peu trop sûr de lui, il avait l'habitude qu'on cédât à tous ses caprices. Il lui avait brisé le cœur plus d'une fois, il fallait l'avouer.

Mais en dépit de tous ses défauts, elle brûlait alors d'envie de devenir sa femme ; elle avait prié pour qu'il la demandât en mariage ; parce qu'il était un compagnon fabuleux, amusant et généreux, charmant et attentionné la plupart du temps. Avec lui, elle se sentait appréciée, choyée.

Sa fortune, ses relations et le prestige de sa famille avaient-ils joué un rôle dans les sentiments qu'elle éprouvait pour lui ? Sans doute, admit-elle. Comment aurait-il pu en être autrement ? Tout cela faisait partie du personnage. Cela ne signifiait pas pour autant qu'elle ne l'aimait pas, qu'elle l'avait épousé par intérêt.

Kate s'approcha de la petite commode blanche et redressa

machinalement les cadres et les bibelots qui la garnissaient. Elle fronça les sourcils. Sa photo préférée — celle de Richard portant Emma, le tout premier jour — n'était plus là.

Elle la chercha par terre, derrière la commode, au fond du lit. Ne la trouvant nulle part, elle s'immobilisa au milieu de la pièce, les poings sur les hanches. Cette photo ne devait pas être bien loin. Elle l'avait regardée le matin même, juste avant que Richard quitte la maison.

Elle se massa légèrement le front, essayant de se souvenir. Elle avait joué avec Emma, assise avec elle sur le plaid, à même le sol. Comme Richard venait lui dire au revoir, elle s'était levée pour l'embrasser. Puis, au moment où elle se retournait vers Emma, elle avait souri en apercevant le cliché.

Où était-il passé, à présent ? Dans le couloir, le parquet craqua légèrement. Ce n'était qu'un bruit infime, à peine un froissement.

Kate se figea, soudain terrorisée. Elle porta une main à sa gorge tandis qu'elle revoyait son couvre-lit froissé, les traces sur l'oreiller, le cintre tombé sous le lit…

Elle se tourna lentement vers le seuil de la chambre. Il n'y avait personne. Flageolant sur ses jambes, elle gagna la porte et jeta un coup d'œil dans le couloir — également désert.

— Richard ? appela-t-elle. C'est toi ?

Seul le silence lui répondit. Elle retint son souffle, prêtant l'oreille au moindre bruit, tout en se traitant mentalement d'imbécile. Les vieilles maisons craquent toujours. On y entend des grincements et des soupirs.

Oui, mais les photos n'y disparaissent pas toutes seules. Les cintres ne se déplacent pas du placard jusqu'au lit.

Elle n'était pas seule.

Le cœur battant la chamade, Kate fonça sur le berceau et souleva délicatement sa fille, s'appliquant à ne pas la secouer. Le bébé gémit et s'agita un peu, avant de se blottir dans ses bras sans se réveiller.

Kate descendit avec elle au rez-de-chaussée le plus silencieusement possible. Le paquet de couches et la poussette étaient restés dans le vestibule. S'asseyant sur les talons, elle installa doucement l'enfant dans le siège et attacha la ceinture d'une main tremblante. Puis elle se redressa et se tourna vers la porte.

Un homme se tenait sur le seuil, sa silhouette se découpant dans la pénombre du soir, derrière la vitre dépolie. Kate poussa un cri aigu et recula machinalement.

— Kate ?

Le visiteur frappa à la porte.

— C'est moi, Joe, votre voisin.

Les épaules crispées de Kate se détendirent et elle partit d'un rire à la fois penaud et infiniment soulagé. Le vieux Joe, comme tout le monde l'appelait dans le quartier, était un monsieur âgé de quatre-vingts ans, au moins, qui faisait volontiers la mouche du coche : un grand-père parfaitement inoffensif, en somme — sauf pour ceux qui n'avaient pas la conscience tranquille.

— Vous m'avez fait peur, dit-elle en allant ouvrir la porte. J'étais sur le point de sortir.

— Je suis désolé.

Il jeta un coup d'œil derrière elle, vers l'intérieur de la maison.

— Rien qui cloche, n'est-ce pas ?

Sa question fit prendre conscience à Kate de son ineptie : comment pouvait-elle laisser son imagination s'emballer ainsi ? La maison craquait ? La belle affaire ! Ce n'était pas une raison pour s'enfuir comme une possédée avec sa fille.

— Non, non ; tout va bien, naturellement.

Elle rit de nouveau, rougissante.

— Entrez donc, Joe.

Il franchit le seuil et regarda autour de lui.

— Richard n'est pas encore rentré du golf ?

Kate réprima un sourire.

— Non, pas encore. Il devait passer au cabinet cet après-midi. Aviez-vous quelque chose à lui dire ?

— Pas du tout.

Joe fronça ses sourcils broussailleux.

— Comment va le bébé ?

— Bien. Elle dort comme un ange, dit Kate en désignant la poussette.

— J'ai été navré d'apprendre que la petite poupée était malade. Qu'a dit le médecin ?

Déconcertée, Kate secoua la tête.

— Emma n'a pas... Qui vous a dit cela, Joe ?

— Votre amie, ce matin ; elle m'a dit que vous aviez emmené Emma chez le médecin.

— Une amie ? répéta Kate, cherchant à se souvenir. Quelqu'un du Grain de Fantaisie ?

— Non, l'amie qui venait vous voir. Elle attendait votre retour, assise sur la balançoire.

Kate sentit ses cheveux se dresser sur sa tête.

— Il y avait quelqu'un sur la balançoire ?

— Une bien jolie jeune femme ; une vingtaine d'années, environ. Elle a eu l'air bigrement surprise quand je l'ai interpellée.

Joe redressa brièvement le menton.

— Je lui ai demandé ce qu'elle faisait dans votre jardin.

La photo disparue. Le couvre-lit froissé.

Cette impression d'être observée. De ne pas être seule.

Un tremblement lui parcourut le corps. Elle s'efforça de ne pas laisser paraître son affolement.

— Qu'a-t-elle répondu ? demanda-t-elle.

— Qu'elle était une de vos amies, de La Nouvelle-Orléans, et passait la journée chez vous ; que vous aviez emmené le bébé chez le médecin. Comme elle ne m'a pas dit son nom, je n'ai pas cherché à savoir, pensant que cela ne me regardait pas.

Le front de Joe se plissa.

— J'aurais peut-être dû poser la question ?

— Ce n'était pas une de nos amies, dit Kate. Quelle heure était-il, à peu près, Joe ?

— Je revenais de ma promenade avec Beauregard, mon chien. Par conséquent, il ne devait pas être loin de midi.

A midi, elle était en ville et Richard aux alentours du neuvième trou.

Joe maugréa entre ses dents.

— Elle m'avait bien paru un peu bizarre. Pourtant, en lui parlant... Je veux dire, elle connaissait vos prénoms et savait que vous aviez un bébé. J'ai donc pensé que tout allait bien. A présent, je regrette de ne pas avoir insisté.

Soucieuse de le rassurer, Kate esquissa un sourire contraint.

— Allons, ce n'était rien de bien important, j'en suis sûre.

— C'est aussi mon opinion. Mais je voulais tout de même vous avertir, au cas où...

— Merci, Joe. Vous avez bien fait.

En le raccompagnant à la porte, Kate vit la Mercedes de Richard s'engager dans l'allée.

— Cela me réconforte de vous savoir dans les parages, dit-elle encore.

Content de lui, il hocha la tête d'un air satisfait.

— Je resterai aux aguets et vous préviendrai aussitôt si je la vois encore rôder par ici.

Kate lui dit au revoir en le remerciant encore puis attendit Richard sur le pas de la porte. Elle l'entendit saluer Joe au passage ; quelques secondes plus tard, son mari la rejoignait.

— Bonsoir, chérie.

Il se pencha pour l'embrasser.

— La journée a été bonne ? Tout s'est bien passé ?

L'esprit ailleurs, elle se demanda de quoi il parlait.

— Pardon ?

— Au café, les affaires ont marché ?

Le cœur de Kate se mit à battre la chamade. Sur le point de lui faire part de sa rencontre avec Luke, elle se ravisa.

— Oh, tu sais, ça marche toujours bien au Grain, le samedi.

Sitôt la réponse formulée, elle regretta de lui avoir menti. Mais elle ne se sentait vraiment plus le courage de lui avouer la vérité. Et puis, à quoi bon réveiller le chat qui dort ? songea-t-elle tout en rougissant légèrement, malgré elle. Pourquoi risquer de contrarier Richard avec une histoire définitivement classée ?

— Est-ce que ça va ? demanda-t-il en allant chercher une bière dans le réfrigérateur. Tu as l'air un peu drôle.

Raconte-lui ce qui s'est passé avec Luke. Tout de suite.

— Ah bon ?

— Mmm.

Il ouvrit la canette de bière et la porta à sa bouche.

— Que voulait le vieux Joe ?

Joe. La femme sur la balançoire. La photographie disparue. L'impression d'être observée depuis ce retour inopiné pour se changer. Tout lui revint pêle-mêle et, tandis qu'elle faisait à son mari un récit un peu décousu de ces multiples incidents, son impression de malaise resurgit.

— Je crois avoir entendu quelqu'un marcher dans la maison, Richard. J'ai essayé de me persuader que mon imagination me jouait des tours, mais maintenant…

— D'autres objets auraient-ils disparu ? demanda-t-il d'un air soucieux.

— Je… je ne sais pas.

Elle serra les bras autour d'elle.

— J'avais trop peur pour faire le tour de la maison ; ensuite, le vieux Joe est venu.

Richard posa sa canette de bière, alla chercher son sac de golf et en sortit un putter métallique flambant neuf. Il posa sur Kate un regard grave qui lui donna un frisson dans le dos.

— S'il t'arrive d'avoir la moindre raison de penser qu'il y a quelqu'un dans la maison, sors immédiatement, Kate, prends la petite et fiche le camp. Va chez un voisin et téléphone-moi, ou bien appelle la police.

Kate opina, la bouche sèche, le cœur palpitant. Elle était plus effrayée par l'inquiétude de Richard qu'elle ne l'avait été auparavant, seule dans la maison.

— Compris.

— Bon. Allons jeter un coup d'œil.

Ils entreprirent de visiter la demeure, lui, armé du club de golf, et elle portant Emma dans le siège amovible de la poussette. Ils examinèrent les lieux de fond en comble, regardant sous chaque lit, ouvrant tous les placards, vérifiant l'argenterie, les bijoux de Kate, le contenu des tiroirs du bureau.

Apparemment, tout était en ordre. De retour dans la cuisine, Richard rangea le putter avec ses affaires de golf.

— Eh bien, rien ne semble avoir disparu. La porte du fond était-elle fermée quand tu es rentrée ?

— Je n'en sais rien.

Emma commença à s'agiter, tétant dans son sommeil — signe qu'elle allait se réveiller d'un moment à l'autre et réclamer son biberon. Kate alla chercher du lait maternisé à l'office.

— Je suis passée par-devant, dit-elle.

— Je vais vérifier.

Il revint un instant plus tard.

— La porte est fermée. La clé n'a pas bougé de sa cachette.

Kate remplit un biberon de lait, le plaça dans le micro-ondes et se tourna vers son mari.

— Pourquoi quelqu'un s'introduirait-il chez nous pour n'emporter qu'un simple cliché ?

— Bonne question. Aurais-tu pu te tromper ? En fait, trouver un cintre par terre et un couvre-lit un peu froissé n'a rien de vraiment significatif. Au demeurant, les vieilles maisons craquent et gémissent comme des grabataires, tu le sais aussi bien que moi.

Contrariée, Kate fronça les sourcils. Sur le moment, tout cela lui avait paru bien réel et vraiment angoissant — rien à voir avec quelque frayeur imaginaire. Mais, à présent, l'affaire semblait un peu tirée par les cheveux.

— Ce n'est pourtant pas mon genre d'être aussi étourdie, murmura-t-elle. Et puis je me laisse rarement emporter par mon imagination.

— Je sais, admit Richard. Mais tu as eu pas mal de soucis, ces derniers temps. Le manque de sommeil peut provoquer des comportements tout à fait inhabituels.

Emma choisit cet instant précis pour se réveiller et se mettre à pleurer. Kate la souleva de son siège et traversa la cuisine pour sortir le biberon du micro-ondes. Richard n'avait pas tort, évidemment, songea-t-elle sans parvenir cependant à chasser cette impression de menace qui l'obsédait. Une menace toute proche, plus sombre et terrifiante que ses pires cauchemars.

Pendant qu'elle donnait le biberon à sa fille et contemplait son adorable visage, la menace grandit, se précisa. Soudain, elle comprit de quoi il s'agissait.

Elle redoutait que la mère biologique d'Emma recherchât sa fille ; et voulût la reprendre.

Quand, quelques minutes plus tard, le biberon fut vide et le bébé en pyjama, Kate était dans tous ses états. Craignant de communiquer sa détresse à l'enfant, elle la coucha et retourna voir Richard.

Il était dans la cuisine, en train d'assaisonner un steak destiné au gril.

— Richard ?

Elle avança dans la pièce, les mains jointes au niveau de la poitrine, la gorge nouée par l'angoisse.

Richard leva les yeux vers elle, et le sourire mourut sur ses lèvres.

— Que se passe-t-il ?

— Je… j'ai eu une idée horrible, Richard. Et si… si la mère d'Emma nous avait trouvés ? Si c'était elle… elle qui…

Kate laissa sa phrase en suspens, incapable de formuler ce qu'elle redoutait le plus au monde.

— Elle qui… quoi ? Qui se serait introduite ici et aurait volé la photo d'Emma ?

— Oui, répondit Kate d'une toute petite voix.

— Et pourquoi aurait-elle fait cela ?

— Tu sais bien.

Les yeux de Kate se remplirent de larmes.

— Parce qu'elle aurait changé d'avis ; parce qu'elle voudrait récupérer sa fille.

— Et elle serait venue aujourd'hui en cachette, pour nous voler Emma ?

— Je ne pourrais pas supporter de la perdre, Richard.

Les larmes débordèrent puis ruisselèrent sur ses joues.

— Je ne pourrais pas.

— Viens là.

Il lui tendit les bras et elle alla s'y blottir, appuyant la joue contre son torse.

— Tu dis des bêtises, mon amour, affirma-t-il en la serrant très fort contre lui. Cela ne se produira pas.

Elle renversa la tête pour le regarder, la vue brouillée par les larmes.

— Comment le sais-tu ?

— Ce serait totalement illogique, répondit-il avec un sourire. D'abord, parce qu'elle a choisi un mode d'adoption totalement cloisonné : elle n'a aucune information sur nous — pas même nos noms et adresse. Ensuite, si elle voulait reprendre le bébé, elle passerait par l'intermédiaire de Citywide. Elle appellerait Ellen et demanderait l'assistance d'un juriste, plutôt que de venir rôder chez nous pour Dieu sait quel motif.

Il avait raison, naturellement. Alors, pourquoi n'était-elle pas rassurée pour autant ?

— Où est passée la photo, Richard ?

Il secoua la tête en riant.

— Elle est tombée au fond d'un tiroir. La femme de ménage l'aura déplacée.

— Mais je l'ai regardée ce matin ! Ça, j'en suis sûre.

— Tu as pu te tromper.

Comme elle s'apprêtait à protester, il posa un doigt sur ses lèvres.

— Elle réapparaîtra un de ces jours, tu verras.

— Et si elle reste introuvable ?

— Nous en prendrons une autre, dit-il avec une pointe d'amusement dans la voix ; ou bien nous la ferons refaire à partir du négatif. Achète un autre cadre.

— Très drôle.

Un bref instant, elle appuya le front contre sa chemise puis leva de nouveau les yeux sur lui.

— Cet après-midi, quand j'ai éprouvé cette impression d'être observée, de ne pas être seule, j'en ai eu la chair de poule, tu sais. Ensuite, Joe m'a parlé de cette femme…

Elle inspira péniblement, le souffle entrecoupé.

— Son âge correspondait tout à fait. Quelle étrange coïncidence, quand même... Que faisait-elle dans le jardin ?

Richard prit son visage en coupe dans ses mains.

— N'invente pas toute une histoire, Kate. Il pouvait s'agir de n'importe qui. Le portail n'est pas fermé à clé et la rue est très passante. Il y a même un jardin public juste en face ! Quelqu'un a vu la balançoire, l'a trouvée à son goût et s'en est servi.

— Mais elle connaissait nos noms ; elle savait que nous avions un bébé.

— Beaucoup de gens le savent, dans le quartier. C'est peut-être quelqu'un que nous connaissons, qui s'est senti honteux d'avoir été surpris.

Se penchant, Richard effleura sa bouche d'un baiser.

— Ton imagination s'emballe, Kate. Tu peux me croire, mon amour. Je ne vois là aucune raison de s'inquiéter ; absolument aucune.

28

Avant de gagner son hôtel, Luke alla flâner dans le Quartier Français, retrouvant l'ambiance, les odeurs, les bruits caractéristiques de La Nouvelle-Orléans, autrefois si familiers. Il dégusta un beignet et un café-crème au Café du Monde, arpenta la promenade lunaire, s'assit sur un banc dans Jackson Square et regarda passer les gens.

Peu à peu, il se laissa envahir par les souvenirs de jeunesse à Tulane, se remémorant l'étudiant qu'il était à l'époque, ses rêves d'avenir. Au cœur de tous ces souvenirs, il y avait Kate : ce qu'ils avaient fait ensemble, le son de son rire, la confiance qu'elle lui communiquait par sa seule présence à ses côtés.

A la réflexion, il regrettait en partie ce qu'il lui avait dit quelques minutes plus tôt, se reprochant de l'avoir blessée. Il avait même été tenté de lui courir après, de lui présenter ses excuses, de trouver quelque explication fallacieuse à son comportement et de solliciter son pardon.

Il s'était toutefois raisonné en se répétant qu'elle avait effectué cette démarche dans l'intention de mettre les choses au clair. Elle avait voulu que rien ne restât dans l'ombre et, à ce jeu de la vérité, Luke s'était refusé à tricher.

Son éditeur lui avait retenu une suite au Royal Orléans, l'un des plus luxueux établissements du Quartier Français, conçu et entretenu dans la plus pure tradition sudiste.

En pénétrant dans l'hôtel, il fut frappé par le calme et la fraîcheur des lieux. Dehors, dans les rues, touristes et promeneurs se raréfiaient, et les noctambules allaient prendre le relais, circulant de bar en bar, écumant restaurants et night-clubs.

Luke traversa le vaste hall couronné de grands lustres de cristal et se dirigea vers la réception. Helena avait organisé un dîner au Commander's Palace avec le directeur commercial de leur antenne régionale et le principal distributeur local. Elle avait promis de lui laisser un message à l'accueil pour confirmer l'heure et le lieu du rendez-vous. Avec un peu de chance, peut-être lui resterait-il encore une heure ou deux devant lui après avoir pris une rapide douche et s'être changé.

Au bureau de la réception, une jeune femme à la beauté typée répondant au doux prénom d'Aimée le salua par son nom. Luke lui sourit.

— Y a-t-il des messages pour moi ?

Elle lui rendit son sourire.

— Je crois que oui, monsieur Dallas. Une petite seconde, je vais vérifier.

Elle alla consulter la messagerie et se tourna vers lui.

— Vous en avez reçu un. Il y a également un paquet pour vous. Je peux le faire monter à votre chambre ou bien aller le chercher au fond, si vous patientez un instant.

— J'attendrai. Merci.

La jeune femme lui tendit une lettre puis disparut par la porte du fond. Ouvrant l'enveloppe, Luke découvrit qu'il avait en effet un bon moment devant lui avant l'heure du dîner.

Aimée reparut, un petit sac en papier à la main. A l'intérieur, Luke trouva un exemplaire de son roman dédicacé le matin même à l'intention de M. L'Oiseau.

Il fronça les sourcils. Il avait signé tant de livres, vu défiler tant de visages ce jour-là. Il y avait eu une douzaine de Mary, à peu près autant de Steven et de Dave — mais un seul M. L'Oiseau. Il se rappelait fort bien avoir écrit ces mots mais l'individu ne lui avait laissé aucun souvenir. Logiquement, songea-t-il, un nom tel que celui-là aurait pourtant dû éveiller son attention.

En creusant sa mémoire, il se souvint de l'avoir regardé bien en face. C'était un homme entre deux âges, vraiment difficile à décrire. En dépit de tous ses efforts, Luke ne parvint pas à se le représenter plus nettement.

— Monsieur Dallas ?

Luke leva les yeux et découvrit ceux de la jeune Eurasienne posés sur lui. Elle rougit légèrement.

— Je voulais seulement vous dire que j'apprécie beaucoup vos romans. J'ai vraiment hâte de lire le dernier.

— Merci, lança Luke, flatté. Dites-moi, ajouta-t-il en désignant le sac de papier, sauriez-vous qui a déposé ceci pour moi ?

— Désolée, je viens tout juste d'arriver.

— N'était-il pas accompagné d'un mot, ou d'une carte de visite ?

— Pas à ma connaissance. Mais je vais m'en assurer tout de suite.

Elle ne trouva rien et Luke regagna sa chambre. Le téléphone sonnait au moment où il ouvrit la porte ; il se précipita pour décrocher avant que la réception ne prenne l'appel.

— Allô ?

— Je vous attends dans vingt minutes au Club de Tir du Vieux Carré. Rendez-vous au bar.

— Qui êtes-vous ?

— Dans vingt minutes, répéta l'homme ; si vous souhaitez toujours que nous parlions.

Il y eut un déclic et Luke garda un instant le récepteur à la main avant de raccrocher. Peu à peu, un sourire se dessina sur ses lèvres. Condor, songea-t-il.

M. L'Oiseau. Evidemment.

Le Club de Tir du Vieux Carré était un établissement privé réservé à une clientèle richissime — à en juger par l'élégance du quartier et de la façade. Le portier invita Luke à entrer et lui indiqua la réception. Une superbe blonde vêtue d'un tailleur Chanel le salua par son nom. Après l'avoir prié de signer le registre des invités, elle le conduisit au bar du club.

Luke repéra tout de suite Condor. Seul à une table d'angle, il était assis contre le mur du fond.

— Monsieur L'Oiseau, je présume ?

Condor esquissa un sourire.

— Plutôt banal, mais je n'ai pas pu résister.

Il désigna un siège de l'autre côté de la table basse.

— Avez-vous mis longtemps à deviner ?

— Trop longtemps, je dois l'avouer, répondit Luke en s'installant dans le profond fauteuil de cuir fauve. Vous êtes donc venu à ma séance de dédicace ? Je ne vous ai pas reconnu.

Condor fit signe à la serveuse.

— Regardez les yeux. Ce sont les yeux qui trahissent l'homme.

La serveuse vint prendre leur commande et Luke regarda ce que buvait son compagnon.

— Je ne choisis jamais de boissons alcoolisées, dit Condor, comme s'il devinait ses pensées. L'alcool endort les sens et ralentit les réflexes.

— C'est justement ce que recherchent la plupart des buveurs. Pour ma part, j'aime le goût de l'alcool.

Luke sourit à la jeune femme, commanda une bière et se tourna de nouveau vers Condor.

— On ne lésine pas, ici, dit-il en promenant un regard appréciateur sur le salon feutré, à l'ameublement cossu.

Condor porta son verre de jus de tomate à ses lèvres.

— Il y a pire, en effet.

— Vous êtes membre du club, sans doute ?

— Disons que j'ai quelques relations dans les hautes sphères.

Ils bavardèrent un moment à bâtons rompus ; Luke sentit que l'autre homme continuait à le jauger. Sans doute voulait-il savoir où il mettait les pieds.

— J'aimerais comprendre, lui dit-il. Pourquoi vous êtes-vous décidé à me parler ?

Condor haussa les épaules.

— J'aime bien vos romans ; ma femme aussi.

— Vous êtes marié ?

— Cela semble vous surprendre. N'aurions-nous pas le droit ?

Luke but une gorgée de bière.

— Je suppose que si. Seulement, cela ne cadre pas tout à fait avec l'image classique d'un tueur professionnel.

— L'image que vous en avez, murmura l'autre avec un petit sourire narquois ; l'image véhiculée par Hollywood.

— Votre femme est-elle au courant de vos activités ?

— Evidemment, non. Pour elle, je suis représentant et je vends des logiciels aux entreprises. Je voyage beaucoup.

— Avez-vous des enfants ?

— Deux garçons ; six et huit ans.

Luke réfléchit un instant.

— Avez-vous jamais songé à ce qu'elle éprouverait si elle venait à découvrir ce que vous faites ? Et si vos enfants l'apprenaient ?

— Cela ne se produira pas. Il n'y a aucune raison.

— Et si vous trouviez la mort au cours d'une mission ?

— La CIA s'occuperait de tout ; ce sont eux qui assurent ma couverture, affirma Condor.

Dès que Luke eut terminé sa bière, son compagnon se leva.

— Etes-vous bon tireur, Dallas ?

— Suffisamment pour pouvoir aborder le sujet dans mes livres en connaissance de cause.

— Bien. Allons nous amuser un peu.

L'opulence des aménagements intérieurs s'arrêtait aux portes de la salle de tir. Aussi nue qu'un garage avec ses murs aveugles, blindés et insonorisés, elle était équipée de six stands, tous munis d'un système mécanique permettant de faire avancer ou reculer les cibles de carton.

Ils étaient seuls dans la salle. Deux boîtes de munitions et un revolver étaient posés sur une table, à côté du stand numéro 1.

Condor s'approcha de la table et prit l'arme à feu.

— Beretta 9mm, semi-automatique.

Tout en parlant, il examinait le revolver, vérifiant le chargeur, pressant sur la détente puis la relâchant, le retournant entre ses mains expertes. Il manipulait l'arme avec une familiarité respectueuse, comme on traite un ami de longue date.

— Barillet 15 trous, poursuivit-il. 1,2 kg entièrement chargé. Vitesse initiale : 38 mètres à la seconde — comparable au 357.

Il chargea trois cartouches et en glissa une dans le barillet.

— Possédez-vous une arme à feu, Dallas ?

— Un Magnum 44.

Condor le regarda.

— Une sacrée puissance de feu, dit-il. Je n'aurais pas cru qu'un romancier puisse avoir besoin d'une telle arme.

Luke eut un rire légèrement embarrassé.

— J'en ai fait l'acquisition quand j'écrivais *Last Dance*. Que dire pour ma défense ? J'aime beaucoup les films policiers, genre *Dirty Harry*. Mon héros était un cousin de Harry Callahan, en quelque sorte : un écorché vif faisant cavalier seul. Un renégat.

Manifestement, Condor ne voyait pas les choses ainsi.

— Un renégat est un hors-la-loi. Callahan respecte l'essence même du droit, au contraire. Il fait justice lui-même, voilà tout : œil pour œil, dent pour dent. Il oppose la violence à la violence, rend coup pour coup. La simplicité même.

— Est-ce vraiment si simple ? Est-ce là votre propre code moral ?

— En gros, oui. La violence règne partout, Luke. Les plus grands et les plus méchants d'entre nous sont aussi vulnérables que quiconque parce que l'enveloppe corporelle est fondamentalement fragile ; donner la mort peut donc représenter l'ultime solution à tout problème.

— Et c'est précisément ce que vous faites ? Selon vous, votre activité consisterait tout simplement à résoudre des problèmes ?

— Oui, parce que je suis un patriote convaincu. Tenez, voyons un peu de quoi ce joujou est capable.

Il fixa une cible de carton représentant un torse humain sur le rail mobile, l'envoya une vingtaine de mètres plus loin et ajusta le casque sur ses oreilles. Il visa et tira une série de coups de feu, vidant le barillet d'une seule traite.

Condor actionna de nouveau le rail pour récupérer la cible. Il lui avait arraché la tête et avait criblé son cœur de balles. Après l'avoir remplacée par une autre, il se tourna vers Luke et lui tendit le revolver par la crosse.

— A votre tour.

Luke prit l'arme et rechargea le barillet. Une fois plein, il semblait peser plus lourd que le 1,2 kg mentionné par Condor. Avançant jusqu'à la ligne de tir, il ajusta sa cible, visa et tira — ni aussi rapidement, ni avec autant de précision que Condor : il n'avait pas besoin de regarder pour le savoir.

Il vida lui aussi le chargeur et examina la cible, satisfait de constater que, du moins, la plupart de ses balles l'avaient atteinte.

— Pas mal pour un amateur, dit Condor.

Luke le remercia d'un sourire et lui rendit l'arme.

— Tout ce matériel sophistiqué que les professionnels utilisent dans les films, reprit Condor, insérant une autre cartouche de munitions dans le barillet, c'est uniquement du cinéma. En réalité, nous choisissons ce qu'il y a de plus simple.

Il remit le casque et se plaça au ras de la ligne de tir. Cette fois encore, il visa, vidant le chargeur en quelques secondes à peine. Après avoir ôté le casque, il revint auprès de Luke.

— Un pistolet, un couteau, une cordelette : simplicité, rapidité, efficacité.

Le geste économe, visiblement machinal, avec lequel il rechargeait les cartouches, témoignait d'une longue pratique.

— Pour tout dire, reprit Condor, le professionnel doit trouver un juste équilibre entre puissance de feu et efficacité ; d'une part, maniabilité, d'autre part, discrétion. Le 44 que vous possédez a beaucoup plus de punch qu'il ne m'en faut mais ce n'est pas un si mauvais choix de votre part si vous parvenez à le manier. Un individu dangereux s'est introduit chez vous et vous voulez l'éliminer au plus vite : l'occasion de tirer ne se présentera peut-être pas deux fois et Dieu sait où votre balle ira se loger ; aussi est-il préférable d'avoir un maximum de puissance.

— Merci de la confiance que vous me témoignez.

Condor rit et poursuivit ses explications.

— Une arme est un outil, rien de plus ; pas un objet auquel on s'attache. D'ailleurs, une arme ne nous sert jamais deux fois.

— Jamais ?

— Jamais. Ce serait fournir des indices permettant de relier plusieurs affaires. Tout ouvrier consciencieux se débarrasse de son arme à chaque meurtre. S'il s'agit d'un revolver, je m'arrange autant que possible pour le démonter au préalable. Les différentes pièces sont ensuite jetées aux quatre vents : la crosse dans une décharge, le chargeur dans quelque fossé et ainsi de suite. De cette façon, je sais qu'on ne retrouvera jamais l'arme.

— Pourquoi ne pas vous débarrasser du cadavre ? demanda Luke. C'est l'évidence même : pas de cadavre, pas d'enquête criminelle.

— Ouais, mais un mort est moins facile à manipuler qu'un objet, vous ne croyez pas ?

Condor tendit le Beretta à Luke.

— N'oubliez pas la fameuse théorie de la police : pour démasquer le coupable, il faut trouver le motif, le moyen utilisé, les circonstances. Les statistiques démontrent que la plupart des meurtres sont commis par des personnes appartenant à l'entourage des victimes : c'est donc par là que l'enquête va commencer. Débarrassez-vous de l'arme et il reste tout de même deux pistes à suivre, mais sans motif et sans arme... Je suis déjà loin quand les enquêteurs ont terminé d'interroger les proches — famille, collègues ou associés, amis intimes.

Luke reprit le revolver, remit la cartouche en place et se positionna. Visant la cible, il fit feu ; avec plus d'assurance et plus de précision, cette fois. Puis il enleva le casque et tendit l'arme à son compagnon.

— Avant l'action, à quoi pensez-vous ?

— A la façon dont je vais m'approcher, effectuer ma tâche, puis m'en aller. Le professionnel a deux objectifs : tuer la cible et filer, voilà tout.

— Et une fois la mission accomplie ? demanda encore Luke. Vous ne pensez pas à la femme ou aux enfants de la victime ? Vous ne vous demandez jamais si ce que vous faites est bien ?

— Pour moi, ce ne sont pas des personnes, Dallas. Ce ne sont que des cibles. Un nom et un visage sur un morceau de papier.

Il posa le pistolet sur la table.

— Je ne suis pas un assassin. Je ne suis pas un désaxé dépourvu de tout sens moral ; ces types-là m'écœurent complètement. Ils sont incapables de se dominer et ignorent ce qu'est la loyauté. Ce sont de sales brutes égoïstes et sans honneur dont les lubies peuvent vous coûter la vie. Je suis un patriote ; un soldat. Je travaille pour mon pays et j'exécute des ordres.

L'air effaré de Luke le fit rire.

— Ne soyez pas naïf ; tous les pays du monde emploient des gens comme moi. Nous sommes une nécessité politique. J'aime ma patrie et ma famille ; comme n'importe quel homme, je ferais tout ce qui est en mon pouvoir pour les protéger. Pour qu'ils soient en sécurité.

Il y avait quelque chose d'ahurissant à entendre cet homme parler d'honneur, de loyauté, de patriotisme ; à entendre sa voix se teinter d'émotion quand il mentionnait sa femme et ses enfants.

Luke songea soudain qu'il devrait avoir peur de lui. Cet homme était capable de tuer de dix manières différentes et sans la moindre hésitation. Ce qu'il faisait était à la fois illégal et au-dessus des lois.

Et il livrait ses secrets, ses pensées les plus intimes, à quelqu'un qu'il connaissait à peine ; ce qui le rendait vulnérable. Or un homme comme Condor n'était sans doute pas habitué à se sentir vulnérable.

Pourtant, Luke sentait confusément qu'il n'avait rien à craindre de lui. Condor lui inspirait presque une forme de respect. Même s'il n'est jamais excusable de tuer, les guerres ont toujours existé et rien ne fera probablement jamais qu'elles cessent d'éclater ; d'une certaine manière, cet homme venait de lui expliquer qu'au fond, la guerre existe toujours à l'état latent. Ceux qui, comme lui, participaient à ces actions clandestines, à ce conflit souterrain, l'empêchaient peut-être de prendre d'autres dimensions, limitant les dégâts au strict minimum.

— Vous arrive-t-il d'agir pour des motifs personnels ?

Condor fronça les sourcils.

— Des motifs personnels ? Non, jamais de la vie. C'est absolument contraire à notre déontologie.

— Mais si cela arrivait à l'un d'entre vous ? Si, pour une raison ou une autre, un professionnel transgressait soudain la règle d'or et se mettait à tuer pour son propre compte, ou fondait une sorte de milice privée, par exemple ?

Visiblement perplexe, Condor réfléchit un instant.

— Ce serait très grave, Dallas. Vous auriez affaire à une véritable machine à tuer. Vous comprenez, il a été entraîné pour ça.

Il se pencha vers Luke. Son regard implacable lui fit froid dans le dos.

— Un tueur professionnel sait ôter la vie à un homme de cent manières différentes et il le fait sans le moindre scrupule, sans l'ombre d'un remords. Il ne s'embarrasse d'aucune morale, comme vous le feriez à sa place. Le ciel et l'enfer, le bien et le mal lui sont parfaitement étrangers. Le droit à la vie, la condition humaine lui sont indifférents. Il ne voit en ses victimes que des cibles. Seuls le sens de l'honneur, les principes moraux, permettent de tenir l'assassin en échec.

S'interrompant une fraction de seconde, il plongea les yeux dans ceux de Luke.

— Otez ces principes ou déformez-les, et vous aurez une véritable machine à tuer traînant dans les rues ; un homme pour qui le mot vengeance est synonyme de justice.

29

Julianna et Sandy se retrouvèrent tous les soirs au café pendant huit jours. Au bout d'une semaine, sur une suggestion de Julianna, elles convinrent de dîner ensemble le vendredi avant d'aller au cinéma, puis en vinrent graduellement à courir les magasins le samedi à l'occasion d'un déjeuner en ville.

Peu à peu, elles devinrent inséparables.

L'amitié que lui témoignait Julianna comblait Sandy. Sa gratitude était telle qu'il ne lui vint jamais à l'idée de s'interroger sur l'attachement qu'elle inspirait tout à coup, de se demander par quel miracle Julianna la trouvait si intéressante, elle qui n'avait jamais réussi à se faire apprécier de quiconque.

Julianna décida alors qu'il était temps de passer à l'étape suivante.

Elle choisit de le faire au cours d'une de leurs sorties du vendredi soir. A la fin du repas, au restaurant chinois où elles avaient dîné, les nouvelles amies se mirent à échafauder des projets pour les courses du lendemain.

Julianna compta la somme qu'elle devait débourser pour régler sa part et soupira.

— Il faut vraiment que je trouve du travail.

— Toujours rien en vue ?

— Rien d'autre qu'une place de serveuse au McDo.

— Le rêve !

— Sans plaisanter, je n'aurais jamais cru qu'il soit aussi difficile de décrocher un emploi décent.

Elle regarda dans le vague puis fixa de nouveau Sandy, comme si l'inspiration lui venait subitement.

— Et au cabinet où tu travailles ? N'y aurait-il pas quelque chose pour moi ?

Sandy secoua la tête.

— Je ne pense pas. De toute façon, tu n'aurais pas les qualifications requises.

— Qu'en sais-tu, après tout ? Je peux rendre beaucoup de services.

— Pour les deux postes actuellement vacants, un diplôme universitaire et une expérience en cabinet juridique sont exigés. Je suis désolée.

Julianna ne chercha pas à cacher son dépit. Au sein d'un cabinet aussi important que Nicholson, Bedico, Chaney et Ryan, il devait bien y avoir une opportunité pour elle — n'importe quoi ! Peut-être Sandy n'était-elle pas tout à fait sincère ; peut-être fallait-il trouver des moyens de persuasion plus efficaces.

— On me répète toujours la même chose, dit-elle en baissant les yeux, feignant de masquer les larmes qui les emplissaient. Je crains d'être obligée de repartir.

— De repartir ? Tu ne songes pas à retourner à Washington, tout de même ?

Comme Julianna hochait la tête, Sandy la dévisagea d'un air éploré.

— Mais tu ne peux pas t'en aller ! Nous sommes… nous venons tout juste de nous lier d'amitié.

— Je n'en ai pas envie mais comment faire autrement ? De toute évidence, je ne vais pas arriver à gagner correctement ma vie. A Washington, j'ai des relations mais ici, tu es la seule personne que je connaisse et tu ne peux pas…

Elle laissa sa phrase en suspens sur une note de détresse.

— Quel dommage de ne pas pouvoir travailler ensemble, reprit-elle. Nous aurions pu déjeuner tous les jours dans le quartier, nous passer des petits mots dans le dos des chefs, comme au lycée.

— J'aurais bien aimé, murmura Sandy d'un ton de regret ; c'est vrai, je t'assure. Tu es… tu es la meilleure amie que j'aie jamais eue, Julianna.

— Et c'est réciproque. Tu vas me manquer, Sandy.

Un silence maussade suivit. Tassée sur sa chaise, Sandy semblait sur le point de fondre en larmes. Soudain elle se redressa, une étincelle dans les yeux.

— Attends, je viens d'avoir une idée ; il pourrait y avoir un autre poste.

Soudain volubile, la jeune femme raconta comment elle avait entendu la secrétaire de Richard Ryan se plaindre d'être surchargée de travail.

— Il se présente aux prochaines élections de la cour fédérale et elle menace de donner sa démission à cause du travail supplémentaire que cela lui occasionne. Selon elle, il lui aurait promis d'embaucher une assistante qui se chargerait de la paperasse et des diverses tâches associées à sa campagne électorale.

Richard recherchait une assistante ? Un nouveau signe du destin, à coup sûr.

— Quand a-t-elle dit cela ?

— Cette semaine ; attends… je crois que c'était mercredi. Oui, c'est ça ; dans la salle de repos. J'ignore cependant s'il a passé une annonce ou s'il n'a pas déjà une idée de la personne à qui il entend confier ce travail.

Euphorique, Julianna l'écoutait à peine. *Travailler directement avec Richard ? C'était trop beau pour être vrai. Pareille opportunité méritait d'être saisie sur-le-champ.*

— C'est parfait, dit-elle.

Se penchant au-dessus de la table, elle captura les mains de Sandy.

— Tu dois me présenter à Me Ryan ; tu dois absolument, Sandy !

L'autre femme se figea, visiblement inquiète.

— Ça, je ne sais pas, Julianna. Tu comprends, si je te présentais, cela signifierait…

— Que tu m'accordes ta confiance, acheva Julianna à sa place. Tu as confiance en moi, n'est-ce pas ?

— Ma foi, bien sûr. Seulement…

Julianna accentua sa pression sur les doigts de sa compagne.

— Il me faut cet emploi, Sandy. Il me le faut, comprends-tu ? J'en ai vraiment besoin.

— Tu me fais mal, Julianna, murmura cette dernière, dégageant ses mains de son étreinte. Si nous partions ?

Julianna se recula, tâchant de faire amende honorable.

— Excuse-moi, Sandy. Tu comprends… je commence à désespérer. N'est-ce pas un peu normal, tout de même ?

L'autre femme opina, visiblement embarrassée.

— Et ce serait là l'emploi idéal pour moi, insista Julianna. N'oublie pas que je viens de Washington. La politique est une seconde nature pour moi.

Sandy l'observait, attendant visiblement autre chose. Il lui fallait davantage, songea Julianna. Comment la persuader qu'elle avait les qualifications nécessaires ? Elle songea à sa mère, puis à l'amant de sa mère.

Le sénateur Jacobson. Evidemment.

— J'ai assisté le sénateur Jacobson lors de sa campagne électorale.

Le mensonge s'appuyait sur une part de vérité : à plusieurs reprises, elle avait accompagné sa mère au siège de la campagne électorale, dont le responsable leur avait fait visiter les locaux en leur expliquant les tâches assignées aux bénévoles qui les assistaient.

Sa compagne dressa l'oreille.

— Oh, vraiment ?

— Je t'assure, dit Julianna avec un sourire. Il me fournirait sans doute une recommandation.

L'autre femme observa un long moment de silence. Son visage perplexe se déchiffrait comme un livre : elle brûlait d'envie d'accepter mais craignait de prendre un tel risque. En cas de problème, ses supérieurs l'en tiendraient pour responsable. Tout retomberait irrémédiablement sur elle.

Une petite incitation supplémentaire s'imposait.

— Songes-y, Sandy. Si Me Ryan m'engageait, nous travaillerions dans le même immeuble. Nous prendrions nos pauses ensemble, nous irions boire un verre en sortant, avec les autres…

Elle plongea les yeux dans ceux de Sandy, s'efforçant de paraître le plus sincère possible.

— Travailler avec sa meilleure amie, c'est vraiment le rêve ! Cela ne m'est encore jamais arrivé.

— Ce serait chouette, admit Sandy d'un ton encore hésitant.

— Alors, tu vas le faire ?

Incapable de refréner son élan, Julianna lui reprit les mains.

— Tu me présenteras à Me Ryan ? Tu lui glisseras un petit mot en ma faveur ?

Sandy capitula avec un soupir.

— Entendu, Julianna. Je le ferai.

30

Sandy accepta de remettre le curriculum vitæ de son amie à Richard dès le lundi matin à la première heure. Julianna passa tout le week-end à le préparer, prenant autant de libertés avec la vérité qu'elle pensait pouvoir se le permettre. Elle ajouta deux ans à son âge, ce qui lui en faisait vingt-deux. A titre de références, elle cita d'anciens amants ou des relations de sa mère, espérant que Richard n'aurait pas l'occasion de vérifier. Enfin, elle prétendit avoir fait partie des assistants du sénateur William « Billy » Jacobson lors de sa campagne électorale.

Le personnel du magasin de bureautique l'avait aidée pour la présentation. Après avoir tapé son texte sur l'un des ordinateurs et utilisé l'imprimante à laser, elle était plutôt fière du résultat — tout particulièrement de sa liste des fonctions dont elle était chargée auprès du sénateur. Qui aurait cru que les conversations des amis de sa mère et deux ou trois visites au siège d'une campagne électorale pourraient lui rendre un jour d'aussi précieux services ?

Après son entretien d'embauche — et en fonction de la tournure qu'il prendrait —, elle romprait son engagement de garder le silence et appellerait sa mère pour tout arranger avec le sénateur, décida la jeune femme. Ainsi, elle parait à toute éventualité, si Richard s'avi-sait de contrôler l'authenticité de ses allégations.

Le lundi matin, Julianna appela Sandy pour l'encourager.

— Bonjour, c'est moi.

— Bonjour, dit Sandy.

— Tu te sens prête ?

— Je crois…

Julianna fut alertée par le ton de sa voix. La veille au soir, elle avait remis son curriculum vitæ à la jeune femme en lui expliquant ce qu'elle devrait dire. Sandy s'était alors montrée enthousiaste et optimiste. A présent, elle paraissait nerveuse et beaucoup moins prête à tenir sa promesse.

La main de Julianna se crispa sur le récepteur.

— Sandy, tu n'aurais pas changé d'avis, au moins ?

— Bien sûr que non, répondit l'autre femme après un bref silence, et sans le moindre empressement.

Si elle espérait lui faire lâcher prise, elle en serait pour ses frais, songea Julianna.

— Tant mieux, dit-elle, parce que je ne te trouve pas très dynamique, ce matin. Et si tu es pessimiste, je n'obtiendrai jamais cet emploi. Il va falloir me présenter de manière positive.

— Je sais. Seulement, vois-tu…

Sandy hésita puis laissa échapper un soupir.

— Tu comprends, Me Ryan est l'un de mes employeurs. En cas d'échec, je pourrais me retrouver à la porte.

— De quel échec parles-tu ?

La voix de Julianna s'adoucit jusqu'au murmure.

— Voyons, Sandy, tu me connais. Nous sommes les meilleures amies du monde. Tu peux me croire : cette tâche est à ma portée et je m'en acquitterai admirablement bien. Si Me Ryan m'embauche, il sera si content de moi que tu obtiendras probablement une promotion et une augmentation.

— Nous irons déjeuner tous les jours ensemble, n'est-ce pas ?

— Tous les jours ; et tu viendras me chercher pour les pauses-café.

Julianna sourit, sentant qu'elle avait gagné.

— Je ne ferai absolument rien qui risque de te nuire, Sandy. Si je n'étais pas aussi sûre de moi, je ne te demanderais pas cette faveur. Tu peux en être certaine.

— Je le sais bien.

Gagnée par l'enthousiasme de sa compagne, Sandy se mit à rire.

— Excuse-moi, j'ai eu tort de m'inquiéter.

— N'oublie pas de préciser que nous sommes d'excellentes amies et que j'ai travaillé pour Jacobson.

— C'est promis.

— Promis, juré ? Tu ne vas pas oublier et me faire faux bond ?

— Mais non, rassure-toi.

— Ne lui dis pas non plus où nous nous sommes rencontrées ni quand. A moins qu'il le demande.

— D'accord.

— Tu sais, Sandy, reprit Julianna, prise d'un trac qui confinait soudain au malaise, tu lui rends un véritable service. Je suis vraiment la candidate idéale : si tu en es convaincue, il le sera aussi.

Comme Sandy s'apprêtait à raccrocher, elle l'arrêta immédiatement.

— Et appelle-moi dès que tu sauras quelque chose. Je reste près du téléphone.

A 16 h 30, le téléphone sonna.

— Il a accepté de t'accorder un entretien, annonça Sandy, la voix vibrante d'excitation. Demain matin, à 8 heures précises.

31

— Maître, dit Julianna en tendant la main à Richard, je suis heureuse de faire votre connaissance.

— Enchanté, mademoiselle.

L'avocat lui serra la main puis désigna les chaises de cuir installées devant son bureau.

— Asseyez-vous, je vous en prie.

— Merci.

Elle prit un siège et s'exhorta au calme, priant pour que s'apaisent les battements désordonnés de son cœur. Richard Ryan ne serait pas tenté d'embaucher une candidate morte de trac. Elle devait se présenter comme une femme intelligente, pleine d'assurance et de discernement.

Elle devait se comporter comme Kate.

Dans cette intention, elle avait revêtu un ensemble d'une élégance à la fois sobre et raffinée, s'était maquillée avec discrétion — et s'était longuement exercée devant la glace à dire bonjour, à sourire, à bouger comme son modèle.

La transformation avait été stupéfiante.

Richard parcourut rapidement son curriculum vitæ, leva les yeux et s'éclaircit la gorge.

— Je vois ici que vous avez travaillé pour M. Jacobson, le sénateur. Vous paraissez un peu jeune pour avoir fait partie de son équipe.

Julianna se redressa.

— J'ai vingt-deux ans. Ce n'est pas si jeune que cela.

— Attendez d'en avoir trente-trois, dit-il avec une petite grimace amusée avant de reporter son attention sur la feuille posée devant lui. Je suis surpris qu'il vous ait engagée sans le moindre diplôme universitaire.

Luttant contre la panique, elle croisa les mains sur ses genoux.

— Billy est un ami de mes parents. Il a eu la gentillesse de m'accorder une chance bien que je n'aie aucune expérience.

Elle soutint le regard de Richard.

— Je ne l'ai pas déçu ; et si vous m'engagez, je ne vous décevrai pas non plus.

Richard esquissa un sourire.

— Vous avez confiance en vous ; vous ne manquez pas d'assurance. C'est important.

Julianna se pencha légèrement en avant, mettant toute son âme dans ses paroles.

— Si vous m'embauchez, je travaillerai d'arrache-pied pour vous. Pour moi, ce ne sera pas un emploi comme un autre. Votre plate-forme électorale est solide ; je crois en votre programme ; je comprends notamment votre volonté d'être ferme dès la première inculpation, de n'avoir recours à la requalification des faits qu'en dernier ressort.

Visiblement flatté, Richard l'encouragea d'un sourire et elle poursuivit, consciente de la passion qu'elle mettait dans ses propos, de son animation.

— Ce serait un honneur de travailler avec un homme tel que vous, maître Ryan ; j'ai foi en votre intégrité, en votre intelligence. Je serais fière de contribuer à vous faire élire magistrat fédéral de la circonscription de St Tammany.

Pendant quelques secondes, il la dévisagea sans rien dire, puis se remit à parcourir son curriculum vitæ.

— Je vois que vous avez exécuté toutes sortes de tâches au cours de la campagne de M. Jacobson : sollicitations d'ordre financier, mailing, relations publiques et démarchage électoral. Cela représente un large éventail d'activités.

Soudain consciente d'avoir exagéré, elle chercha désespérément une explication valable.

— Evidemment, je n'avais qu'un poste subalterne, dit-elle d'un ton modeste. On me demandait surtout d'effectuer des remplacements par-ci par-là.

Baissant brièvement les yeux sur ses mains croisées, elle les leva ensuite sur lui.

— Pour parler franchement, c'était un peu vexant de n'être qu'un sous-fifre ; mais aujourd'hui, je me rends compte que l'expérience acquise dans autant de domaines différents est plutôt à mon avantage.

— J'en conviens tout à fait, mademoiselle Starr.

Il inclina la tête, l'examinant plus attentivement.

— J'ai l'impression de vous avoir déjà vue quelque part. Nous serions-nous rencontrés auparavant ?

— Non, dit Julianna ; du moins, je ne pense pas. Je n'habite pas ici depuis très longtemps.

Richard se cala au fond de son fauteuil.

— Qu'est-ce qui vous a amenée à quitter Washington pour venir vous installer dans le Sud ?

La question la prit par surprise. Elle ne s'y était pas préparée. Elle réfléchit à une réponse logique, s'efforçant de ne laisser aucun temps mort dans la conversation.

— Eh bien, dit-elle avec une gravité à peine affectée, ma mère s'est éteinte l'an dernier à la suite d'une longue maladie. Elle était ma seule famille et, après son décès, je n'ai pas eu envie de rester là-bas.

— Ah, je suis navré.

Julianna inclina brièvement la tête.

— Et puis, j'avais toujours entendu parler de La Nouvelle-Orléans, des festivités de mardi gras et du Quartier Français. Tout cela m'attirait beaucoup. Alors, me voici, conclut-elle avec un sourire.

— Mais à présent, vous habitez Mandeville ?

— En fait, La Nouvelle-Orléans ne ressemble pas tout à fait à l'image que j'en avais ; un dimanche, je suis allée faire un tour de l'autre côté du lac… et j'ai été conquise.

Richard hocha la tête d'un air entendu.

— Je vous comprends très bien. Pour ma part, j'ai grandi à La Nouvelle-Orléans, mais aujourd'hui, je ne voudrais pas vivre ailleurs que sur la rive Nord.

Se levant, il tendit la main à sa visiteuse.

— J'ai été ravi de vous rencontrer, mademoiselle Starr : je vais réfléchir à votre candidature, soyez-en sûre.

Désappointée, Julianna s'efforça de faire bonne figure. Elle avait rêvé qu'il lui donnerait le poste sur-le-champ.

— Pourriez-vous me dire quand vous comptez prendre votre décision ?

— Bientôt. Si vous n'avez pas de nouvelles dans une semaine, appelez ma secrétaire — Nancy Ferris.

Après une dernière poignée de main, elle gagna la porte puis s'arrêta sur le seuil et se retourna, le cœur battant éperdument.

— Je veux cet emploi, maître. Il me le faut. Si vous me le donnez, je travaillerai dur. J'exécuterai n'importe quelle tâche, aussi insignifiante soit-elle. Si vous me confiez ce poste, je ne vous décevrai pas. Je vous le promets.

Ce discours parut lui plaire.

— Je ne l'oublierai pas, affirma-t-il. Oh, hum, mademoiselle Starr ?

Elle s'arrêta de nouveau, une lueur d'espoir dans les yeux.

— Toutes mes condoléances pour la mort récente de votre ami, M. Jacobson.

— Pardon ?

— Le sénateur. J'admirais beaucoup la politique qu'il défendait. Son assassinat est un véritable scandale. C'est une grande perte pour le pays.

Pétrifiée, Julianna le fixa sans rien dire tandis que la pièce se mettait à tournoyer autour d'elle.

— Son assassinat ? murmura-t-elle. Billy serait… mort ?

Richard contourna le bureau et la prit par le bras.

— Vous êtes livide, dit-il. Venez vous asseoir. Je vais vous chercher un verre d'eau.

Il la guida jusqu'au fauteuil qu'elle occupait un instant plus tôt. Elle s'y effondra et pencha la tête vers ses genoux tout en respirant lentement, profondément, par le nez. Au bout d'une minute, le vertige passa. Mais pas la commotion.

Billy était mort. Assassiné.

« Mon Dieu, ma mère », songea-t-elle.

— Je suis vraiment désolé, dit Richard en lui tendant un verre. Je ne vous l'aurais jamais dit… si je ne croyais que vous étiez au courant. Tous les journaux en ont parlé.

Elle secoua la tête et prit le verre d'une main tremblante. Après avoir bu une gorgée d'eau, elle leva les yeux sur l'avocat.

— Je n'ai pas eu le temps… avec mon déménagement…

Elle but encore.

— Quand est-ce… comment… ?

— Il y a quatre mois, environ. Une balle dans la tête, mais je ne saurais vous en dire davantage. Je ne crois pas qu'on ait retrouvé l'assassin ; du moins, pas à ma connaissance.

L'amant de sa mère était mort. Assassiné.

L'assassin courait encore.

John.

Prise d'un tremblement incoercible, elle se leva néanmoins, s'efforçant de dissimuler son affolement. A en juger par l'expression de Richard, ses efforts étaient plutôt vains. Elle se raisonna de son mieux en se répétant que la fin tragique de Billy n'avait aucun rapport avec sa mère et John. Pourquoi y aurait-il un lien ? Des centaines de meurtres étaient commis chaque jour — c'était l'un des drames de la condition humaine. N'était-ce pas ce que John lui disait souvent ?

Richard la raccompagna à la porte du bureau.

— Je regrette de ne pouvoir vous donner plus de détails. Vous pourriez vous rendre à la bibliothèque et demander à consulter les numéros déjà parus du *Times Picayune.*

La bibliothèque. Bien sûr.

— Merci, maître. C'est ce que je vais faire.

Elle le gratifia d'un faible sourire.

— J'espère recevoir un appel de votre part.

*
* *

Julianna effectua tant bien que mal le trajet la séparant de la bibliothèque de St Tammany. Sur place, le bibliothécaire l'aida à trouver sur un microfilm ce qu'elle cherchait, puis la laissa seule.

La jeune femme parcourut l'article. Le crime avait été commis le 16 novembre. Le sénateur, expliquait le journal, avait été trouvé mort dans sa chambre d'hôtel, à Washington, le crâne troué par une balle. Le décès avait été instantané. A la date où l'article avait été rédigé, la police n'avait encore aucun suspect en vue et les enquêteurs hésitaient entre plusieurs pistes.

Julianna regarda fixement l'écran, la vue brouillée par des larmes naissantes ; ses dents se mirent à claquer malgré elle et elle se recroquevilla sur son siège. Quelque chose ne tournait pas rond, songea-t-elle. Pourquoi Billy était-il descendu à l'hôtel ? Bien sûr, il habitait en Virginie avec sa famille ; mais chaque fois qu'il séjournait à Washington, il allait dormir chez sa mère.

— Vous vous sentez bien ?

Julianna leva les yeux. Le bibliothécaire était revenu et la regardait d'un air inquiet.

— Excusez-moi, murmura la jeune femme. Vous me parliez ?

— Puis-je faire quelque chose pour vous ?

— Non, merci ; je…

Elle s'interrompit, refoulant les larmes qui menaçaient de jaillir.

— Vous m'avez dit que je pouvais obtenir une copie de cet article ?

— En effet ; c'est dix *cents* la page.

Julianna sortit trente *cents* de son porte-monnaie et demanda une copie des gros titres, en première page, et une de la dernière page où se trouvait le récit complet de l'affaire.

Puis elle remercia le bibliothécaire et quitta l'immeuble, les feuillets serrés contre sa poitrine. En arrivant chez elle — bien qu'elle n'eût aucun souvenir d'être montée dans sa voiture ou d'avoir conduit —, elle se précipita sur le téléphone. Le cœur battant à se rompre, elle composa le numéro de sa mère. Deux sonneries se succédèrent. Julianna se répétait que sa mère était saine et sauve ; que la mort de Billy n'avait aucun rapport avec elle ou sa mère, aucun rapport avec John.

A la troisième sonnerie, un message enregistré l'informa que ce numéro n'était plus attribué. La main toujours crispée sur le récepteur, Julianna tomba à genoux. C'était impossible, songea-t-elle ; elle avait dû se tromper. Elle recommença, s'employant à le composer correctement, cette fois.

L'appel déclencha le même répondeur.

Luttant contre l'hystérie qui s'emparait d'elle, Julianna appela les renseignements et demanda le numéro de téléphone de Sylvia Starr. L'opérateur répondit qu'il n'y avait aucune Sylvia Starr dans la région de Washington.

Plus de Sylvia Starr dans l'annuaire. Et Billy était mort.

Julianna se plia en deux, le récepteur au creux de l'épaule. Mon Dieu, qu'allait-elle faire, à présent ? Elle devait s'assurer que sa mère allait bien. Il fallait qu'elle la retrouve.

Clark Russel. Evidemment.

Essuyant ses larmes du revers de la main, elle rappela les renseignements puis composa le numéro de la CIA à Langley, en Virginie.

— CIA. Quel service demandez-vous ? répondit la standardiste.

— S'il vous plaît, pourriez-vous..., chuchota Julianna d'une voix entrecoupée par les larmes. Je voudrais...

— Veuillez parler plus fort, je vous prie, dit la femme. Je ne vous entends pas.

Julianna s'éclaircit la gorge.

— Passez-moi Clark Russel, s'il vous plaît.

— De la part de qui ?

— Julianna Starr.

A l'autre bout de la ligne, il y eut une série de déclics, puis une voix d'homme se fit entendre.

— Todd Bishop, en ligne. Puis-je vous être utile ?

— J'avais... Il faut que je parle à Clark Russel, s'il vous plaît.

— Je suis désolé. M. Russel ne travaille plus à l'Agence. Peut-être puis-je vous renseigner à sa place ?

— Il n'est plus à...

Julianna s'efforça de respirer calmement.

— Mais où est... Quand a-t-il...

— Il a pris sa retraite en janvier, le veinard. Y a-t-il quelque chose que je puisse...

Julianna laissa tomber le récepteur sur son support avec un gémissement. Assise à même la moquette, elle replia ses jambes contre sa poitrine, les bras serrés autour des chevilles. Le front appuyé sur ses genoux, elle se mit à se balancer régulièrement, tâchant de se contrôler, de dominer son angoisse.

Billy était mort. Assassiné trois semaines, exactement, après qu'elle s'était enfuie. Clark ne travaillait plus à la CIA. Sa mère avait disparu.

John faisait le ménage. Il exerçait sa vengeance.

Sa mère était morte, elle aussi.

Non. La jeune femme se boucha les oreilles comme si le bruit de ses propres pensées lui était insupportable. Ce n'était pas vrai. Sa mère allait bien ; ce milliardaire arabe qu'elle avait rencontré peu de temps avant qu'elles ne se séparent — et qui lui déplaisait tant — l'avait emmenée sur son yacht. Il l'avait finalement conquise grâce à ses largesses. Ce genre de scénario n'était pas inédit.

C'était tout. Une fois de plus, Julianna essuya ses larmes. Sa mère avait rompu avec Billy, accepté la proposition de son milliardaire et bouclé ses valises. Voilà pourquoi Billy dormait à l'hôtel la nuit du crime. Voilà pourquoi le numéro de sa mère n'était plus en service. Quant à Clark Russel, il avait pris sa retraite, comme cet homme venait de le dire.

Tout cela se tenait parfaitement. N'était-ce pas plus logique que d'imaginer John tuant tous ceux qui l'avaient connue pour se venger d'elle ?

Elle recouvra son calme. Souriante, elle se leva, se reprochant son imagination débordante. Evidemment, elle avait été bouleversée en apprenant la mort de Billy. Mais désormais, elle ne se laisserait plus détourner de son objectif : rien n'avait plus d'importance pour elle que Richard et l'avenir qui les attendait.

32

En rentrant chez lui ce soir-là, au volant de sa Mercedes, Richard songea à la jeune fille qu'il avait reçue le matin pour un entretien d'embauche. Il avait pensé à elle par intermittence tout au long de la journée, sans s'expliquer au juste pourquoi.

Sa prestation avait été satisfaisante, il fallait en convenir. Elle était aussi compétente que n'importe lequel des candidats à ce poste ; son ambition, sa volonté lui plaisaient. Il appréciait l'ardeur éperdue avec laquelle elle convoitait le poste et dont l'accent perçait dans sa voix.

Son choix ne s'était pas porté sur elle, malgré tout. Elle était trop jeune, trop jolie, trop inexpérimentée.

Pourtant, il ne pouvait pas s'empêcher de penser à elle. Et plus il réfléchissait, plus il sentait faiblir sa résolution initiale de ne pas l'engager. Aucun des autres candidats n'avait manifesté une détermination comparable à la sienne — une détermination de fort bon augure pour le travail qui lui serait éventuellement confié.

L'assurance et le discernement qu'elle avait témoignés au cours de l'entretien évoquaient en outre une maturité surprenante pour son âge, une expérience de la vie qu'on n'attendrait pas de la part d'une jeune femme de vingt-deux ans.

Richard s'engagea dans la rue Gerard, en direction du lac. Il esquissa un sourire, se souvenant du regard qu'elle avait posé sur lui — qu'elle avait *levé* sur lui ; comme si elle avait foi en lui, de toute son âme ; comme si elle n'avait pas le moindre doute sur ses compétences, ni sur le fait qu'il l'emporterait sur ses concurrents aux prochaines élections de magistrat fédéral — ou à n'importe quelle élection, du reste.

Il secoua la tête, amusé. En le regardant ainsi, elle lui avait rappelé le jeune homme qu'il était à l'époque de ses études — lorsque rien ne pouvait l'arrêter. Le garçon trop sûr de lui, qui ne doutait de rien — surtout pas de lui-même, de son talent ou de son avenir doré. Elle lui avait rappelé ce qu'on éprouvait quand il suffisait de claquer des doigts pour voir tous ses désirs exaucés.

Ces réflexions lui arrachèrent une grimace. Un joli brin de fille, de onze ans sa cadette, levait sur lui un regard ébloui et le voilà qui se rengorgeait comme un paon. Raison de plus pour ne pas l'embaucher.

Un peu dégrisé, il la revit ensuite s'effondrer à l'annonce de la mort du sénateur. La pauvre enfant avait été vraiment bouleversée. Elle faisait peine à voir.

Au croisement suivant, le feu passa au rouge et il s'arrêta ; tandis qu'il attendait en contemplant distraitement le lac en face de lui, ses pensées s'orientèrent vers Kate. Elle le regardait autrefois de la même manière que Julianna aujourd'hui, comme si elle le croyait capable de décrocher la lune et le jugeait, pour ainsi dire, infaillible. Grâce à elle, il s'était senti invincible et bouffi d'orgueil.

Quand cela avait-il changé ? se demanda-t-il. Quand avait-il cessé d'être son héros ?

Depuis l'arrivée du bébé : c'était l'évidence même et il en éprouva malgré lui un petit pincement au cœur. Depuis Emma, rien n'était plus comme avant entre sa femme et lui.

Le feu passa au vert et il tourna à gauche dans l'avenue du Lac. Tout en empruntant son allée privée, il salua son voisin qui taillait sa haie de lauriers. Installée sur le balcon du premier étage, Kate lisait à côté du berceau de sa fille. Richard gara la voiture sous le tilleul, prit son porte-documents et descendit. Kate l'aperçut à cet instant. Elle lui fit un petit signe de la main en lui lançant un bonsoir plein d'entrain.

C'était ça, songea-t-il, agitant la main dans sa direction. Julianna avait quelque chose de Kate, bien qu'elle ne lui ressemblât pas du tout physiquement. Avec ses traits réguliers, sa silhouette irréprochable, Kate était d'une beauté assez classique. Julianna Starr évoquait plutôt les mannequins favoris de Calvin Klein — femmes-enfants à la fois attendrissantes et sensuelles. En dépit de ces différences, il retrouvait en elle certains gestes, certaines attitudes de Kate — sa façon de parler, son sourire, son assurance.

Il pénétra dans la maison et surprit Kate dans la cuisine, en train de déboucher une bouteille de merlot. S'approchant d'elle par-derrière, il l'enlaça par la taille et effleura son oreille d'un baiser.

— Bonsoir, ma belle.

Elle pivota dans ses bras et noua les bras autour de son cou avec un sourire.

— Bonsoir, toi.

Il l'embrassa puis promena le regard sur son visage, remarquant les cernes qu'elle avait sous les yeux.

— Tu as l'air fatigué.

— Je le suis, dit-elle avec une petite grimace. Emma ne m'a pas laissé une minute de répit.

Il s'écarta et alla chercher deux verres dans un placard.

— Elle s'est calmée, on dirait.

— Dieu merci. Rien ne semblait lui plaire, aujourd'hui. J'ai passé une bonne partie de la journée à marcher de long en large en la berçant.

Richard remplit les verres du beau vin moelleux, d'un rouge profond, et en apporta un à sa femme.

— Tu n'as probablement pas pu passer au Grain de Fantaisie comme tu en avais l'intention ?

— Impossible ; Emma n'aurait pas tenu dix secondes, répondit Kate.

Elle but une bonne gorgée de vin et soupira.

— Ah, j'en avais besoin.

Elle but encore, soupira de nouveau et posa le verre sur la table.

— Où en es-tu avec les entretiens d'embauche ?

— C'est drôle, j'allais justement t'en parler. J'ai reçu quelqu'un d'intéressant, aujourd'hui. Une jeune femme.

Kate jeta un coup d'œil sur le récepteur-bébé pour s'assurer qu'il était branché.

— Parle-moi d'elle.

Il lui fit un bref récit de son entrevue avec Julianna. Quand il eut terminé, Kate le regarda.

— Apparemment, c'est la candidate idéale. Vas-tu l'embaucher ?

— Je ne sais pas. Elle est bien jeune ; et elle manque d'expérience. L'expression de Kate le fit rire.

— Aurais-je dit quelque chose dont tu prennes ombrage ?

— Pas tout à fait ; enfin... crois-tu qu'elle puisse faire ce travail ?

Après un bref instant de réflexion, Richard opina.

— Oui, je crois.

— Et tu te sens capable de travailler avec elle ?

— Bien sûr, quoique...

Il jeta à sa femme un petit regard en coin, vaguement amusé.

— Le culte du héros est peut-être une notion un peu dépassée.

— Le culte du héros ? Laisse-moi rire.

L'air taquin, elle lui lança le torchon à la volée. Le projectile le manqua de peu et Richard s'appuya au bar en riant.

— Alors, qu'en dis-tu ? Me conseilles-tu de lui donner cet emploi ?

— C'est toi qui décides, naturellement.

Le récepteur-bébé se mit à grésiller et ils entendirent Emma s'agiter dans son berceau. Kate se redressa.

— Mais cette fille semble plutôt chouette ; et puis, n'as-tu pas dit qu'elle te faisait penser à moi ? Dans ce cas, ce doit être une perle.

Cette fois, ce fut Richard qui lui jeta le torchon roulé en boule. Elle reprit son sérieux.

— Réfléchis un peu, Richard. Nous avons été jeunes et inexpérimentés, nous aussi. Pourquoi ne pas lui accorder une chance ?

Propose-lui une période d'essai et vois un peu ce dont elle est capable. Dis-lui que tu évalueras ses résultats dans un mois.

Il hésita quelques secondes puis acquiesça.

— Tu as sans doute raison. Il serait injuste de lui refuser cette chance. Je vais la prendre à l'essai.

33

Au cours des deux semaines qui suivirent, Julianna s'attela avec ardeur à sa nouvelle tâche, soucieuse d'impressionner Richard. Ses fonctions étaient mortellement ennuyeuses — organisation de discours électoraux, contacts avec des partisans, commissions diverses —, mais travailler avec Richard était un perpétuel enchantement.

Elle ne perdait pas une occasion de se faire apprécier, de gagner insensiblement le cœur de son employeur. Son plan d'attaque comportait deux volets. Elle choisissait chaque jour sa tenue avec un soin tout particulier, recherchant le juste équilibre entre séduction et professionnalisme. Ses jupes étaient toujours plutôt courtes et elle s'arrangeait le plus souvent possible pour que son chemisier ne soit pas boutonné jusqu'en haut — sans toutefois se montrer ouvertement provocante et risquer de faire jaser autour d'eux : coquette sans excès mais féminine et engageante, en somme. Le second volet de son plan consistait à se plier aux moindres désirs de Richard, à lui témoigner un dévouement à toute épreuve.

Elle voulait l'amener à compter de plus en plus sur elle, à avoir besoin de sa présence, à la désirer. Il devait à tout prix prendre conscience qu'il ne pouvait pas se passer d'elle.

Certains jours, quand il la regardait avec ce sourire unique qu'il lui réservait, quand il posait une main sur son épaule, jetait un coup d'œil furtif sur ses jambes ou dans l'échancrure de son corsage, elle avait l'impression d'avoir gagné la partie. En revanche, les jours où ils se voyaient à peine, ou bien lorsqu'il semblait tout juste remarquer sa présence, ses certitudes sombraient brusquement, son optimisme aussi.

Ces jours-là, elle se répétait inlassablement qu'ils étaient faits l'un pour l'autre, que le destin les avait réunis. Alors, elle redoublait d'efforts.

— Julianna ?

Le récepteur calé entre l'oreille et l'épaule, la jeune femme leva les yeux. A la porte du petit réduit qui lui servait de bureau, Sandy la regardait d'un œil plein d'espoir.

— Oui ? dit Julianna en fronçant les sourcils.

— J'ai pensé... Nous pourrions peut-être déjeuner ensemble ?

Julianna secoua la tête.

— Désolée. Aujourd'hui, je déjeune avec Me Ryan.

— Avec Me Ryan ? Avec ton patron ?

— Oui, Sandy, répondit Julianna avec un soupir. Nous avons des questions professionnelles à régler.

— Ah...

Sandy s'éclaircit la gorge.

— Alors, quand pourrais-tu déjeuner avec moi ? Demain ?

— Je ne sais pas. Peut-être.

— C'est ce que tu m'as répondu hier, répliqua Sandy d'un ton boudeur. Et avant-hier aussi.

Julianna plissa légèrement les yeux.

— Et après ?

— Je n'ai pas pris un seul repas avec toi depuis que tu travailles ici — c'est-à-dire depuis environ deux semaines.

— Je suis très occupée ; priorité au travail.

— Je comprends. Je... Et si nous allions dîner quelque part ? Ou prendre un café au Fond de la Tasse ? Nous ne nous voyons plus du tout.

— Désolée ; je ne peux pas.

Julianna reporta son attention sur l'appel téléphonique qu'elle s'apprêtait à passer, congédiant tacitement l'autre femme.

Sandy ne bougea pas d'un pouce.

— Je t'ai vue avec Laura et Bruce, l'autre jour, reprit-elle. Tu n'étais pas trop occupée pour déjeuner avec eux, n'est-ce pas ?

Julianna grommela quelque chose entre ses dents. Sandy devenait un véritable pot de colle. Cette pauvre fille était bien la dernière personne à laquelle elle voulait être associée au travail, la dernière personne en compagnie de laquelle elle souhaitait que Richard la vît. Néanmoins, il était inutile de s'en faire une ennemie.

— Ma parole, on dirait presque que tu me fais une scène de jalousie, Sandy. Nous ne sommes pas mariées tout de même !

Les joues de Sandy s'empourprèrent.

— Je ne voulais pas dire ça mais… quand je t'ai fait obtenir ce poste, tu m'avais promis…

— Attends un peu : tu ne m'as absolument pas fait obtenir ce poste. Je l'ai obtenu toute seule. Grâce à mes propres mérites. Qu'irait-on penser si on t'entendait dire ça ?

L'infortunée Sandy recula d'un pas.

— Excuse-moi. C'est seulement…

Embarrassée, elle se tordit les mains, les yeux soudain brillants de larmes contenues.

— On dirait presque que tu… que tu me laisses tomber.

Julianna ferma son agenda, se baissa et ramassa son sac à main sous le plateau de son bureau. Glissant la courroie sur son épaule, elle croisa de nouveau le regard de sa collègue.

— Tu te fais des idées. Je suis tout simplement débordée, à présent. En fait, ajouta-t-elle en jetant un coup d'œil à sa montre, il faut que je me dépêche. Richard m'attend.

Une fraction de seconde, Sandy la dévisagea sans rien dire, puis quelque chose traversa son visage, comme si tout devenait soudain limpide pour elle.

— Tu t'es servie de moi, murmura-t-elle d'une voix altérée. Tu t'es servie de moi pour obtenir cet emploi ; pour pouvoir approcher Richard Ryan.

— Ne sois pas ridicule, voyons.

Julianna s'efforça de dissimuler son embarras.

— Je ne savais rien de toi quand nous nous sommes rencontrées ; pas même où tu travaillais.

— Comment le saurais-je ? rétorqua Sandy en secouant la tête. Tu aurais pu me suivre depuis pas mal de temps et t'arranger pour apprendre tout ce qu'il fallait.

Inquiète, Julianna s'efforça tant bien que mal de conserver son sang-froid.

— Et pourquoi aurais-je fait cela ?

— Parce que tu es amoureuse de lui. Je vois bien de quelle manière tu le regardes. Tout le monde le voit.

— Ma pauvre Sandy, tu as vraiment besoin de te faire soigner ; ou de mener une vie un peu plus palpitante, affirma Julianna.

Elle avança de deux pas et se planta crânement devant l'autre femme.

— Tu es vraiment pathétique, tu sais. Tu me fais pitié.

Se faufilant dans l'espace resté libre, elle quitta le bureau et la laissa sur le pas de la porte, les épaules secouées par la violence de ses sanglots.

34

Julianna et Richard allèrent déjeuner au snack-bar situé en face du cabinet. Une serveuse les conduisit à une table proche de la baie vitrée et Julianna promena son regard sur le jardin luxuriant.

— J'aime tant manger au frais, dit-elle avec un soupir.

Richard se mit à rire.

— C'est vrai, vous n'aviez pas encore passé de mois d'août en Louisiane, dit-il. Qu'en pensez-vous ? Fait-il assez chaud à votre goût ?

— Ce que j'en pense ? Que je ne vais pas tarder à fondre dans cette fournaise.

Elle posa le menton sur son poing — l'un des gestes familiers de Kate —, et Richard fut frappé de constater combien elle lui rappelait sa femme.

— Le temps se rafraîchira-t-il jamais ? demanda-t-elle.

— En général, nous commençons à avoir un peu d'air frais en octobre.

Tout en prenant le menu, elle esquissa une moue incrédule.

— Vous me taquinez.

— Je préférerais, dit-il avec un léger sourire. Imaginez un peu ce qu'était la vie autrefois sans air conditionné.

La chose était trop horrible pour qu'on pût se la figurer et ils étudièrent leur menu en silence. A peine venaient-ils de le poser que la serveuse s'approcha pour prendre leur commande.

Richard observa sa compagne tandis qu'elle parlait, songeant encore aux similitudes qui existaient entre sa femme et elle.

Penchant la tête pour mieux l'examiner, il fronça les sourcils ; c'en était presque troublant.

Julianna surprit son regard et rougit.

— Qu'y a-t-il ?

— Vous me rappelez quelqu'un, dit-il.

— Vraiment ? Et qui donc ?

— Ma femme — aussi invraisemblable que cela puisse paraître.

— Pourquoi cela paraîtrait-il invraisemblable ?

Il se mit de nouveau à rire.

— Parce que vous ne vous ressemblez absolument pas.

La serveuse apporta leurs thés glacés. Il regarda Julianna sucrer le sien et secoua la tête.

— Incroyable : elle met deux sucres dans son thé, elle aussi.

— La comparaison ne me vexe pas, dit Julianna. A en juger par le portrait d'elle que j'ai vu sur votre bureau, elle semble plutôt séduisante.

— Elle l'est, en effet.

Richard but une gorgée de thé.

— Il faudra que je vous la présente un jour. Je suis sûr qu'elle vous plaira.

— Vous n'avez pas d'enfants ?

— Pardon ?

— Je n'ai remarqué aucune photo...

— J'ai une fille, répondit-il très vite. Un bébé de trois mois.

En disant cela, il eut l'étrange impression de proférer un mensonge et en éprouva de la gêne.

— Elle s'appelle Emma Grace.

— Pourquoi n'avez-vous aucune photo d'elle sur votre bureau ? demanda Julianna avec un sourire. Montrez-la donc un peu. Je suis sûre qu'elle est belle comme un cœur.

— Naturellement.

Il s'éclaircit la gorge, pressé de changer de sujet et d'en revenir à des questions professionnelles.

— Je vais être occupé tout l'après-midi au palais de justice et j'aimerais régler quelques détails avec vous tant que la situation est encore possible à gérer.

— Entendu, dit Julianna.

Elle se pencha pour fouiller dans son sac et sortit son stylo et un calepin qu'elle ouvrit devant elle sur la table.

— Je vous écoute.

— Vous avez appelé le siège local de l'ordre de Malte pour confirmer la date de mon allocution ?

— C'est fait.

La jeune femme parcourut rapidement ses notes.

— Le président Jay Summers se chargera du discours de présentation. Je lui ai envoyé quelques indications biographiques sur votre compte. Je lui ai également rappelé les sujets que vous aborderiez — à savoir, le rôle du magistrat fédéral dans notre système judiciaire et votre plate-forme électorale. Il m'a priée de vous préciser qu'il faudra prévoir une marge d'une vingtaine de minutes à la fin pour une séance de questions-réponses.

— Bien.

Richard but une gorgée de thé.

— Comme vous le savez déjà, j'ai un procès important la semaine prochaine. Ce sera vraiment de la folie et vous ne me verrez sans doute pas du tout. Je ferai le point avec vous dès que possible, mais je passerai surtout par l'intermédiaire de Nancy. En cas d'urgence, prévenez-la tout de suite.

Julianna acquiesça, prenant des notes pendant qu'il parlait. Il la chargea de contacter les responsables des prochains festivals et de réserver des places dans les tribunes pour son épouse et lui. Il fallait aussi chercher un imprimeur pour divers supports publicitaires — autocollants, prospectus et plaquettes aimantées.

— Tout est noté ? demanda-t-il quand il eut terminé.

— Pas de problème. Une petite question, cependant : quelle doit être la durée du procès, en principe ?

La serveuse apporta leurs sandwichs. Quand elle s'éloigna, Richard se tourna de nouveau vers Julianna.

— Deux à trois semaines, je pense. Le dossier d'instruction est chargé ; il y aura beaucoup de citations à la barre, ainsi que des preuves contestables — notamment des résultats de test ADN.

— Donc, pas d'allocutions publiques, de dîners ni quoi que ce soit de ce genre pendant la durée du procès ?

— Exactement.

Julianna mordit dans son sandwich au poulet et mangea un instant en silence.

— Il doit être pénible d'examiner les preuves pour un crime tel que celui-ci, dit-elle enfin avec un frisson. Votre client est bien ce type qu'on accuse d'avoir découpé sa maîtresse à la hache, n'est-ce pas ?

La presse avait surnommé le prévenu « Docteur Massacre » à cause de la nature du crime et parce que le Dr Robert Wellever était un chirurgien de renom à La Nouvelle-Orléans.

— L'affaire est assez horrible, admit Richard. Mais mon travail l'exige et je ne peux pas m'y dérober.

— Croyez-vous que vous parviendrez à le faire acquitter ?

— Je l'espère bien. Cet homme est innocent.

— Mais au cas où…

S'interrompant, Julianna se mordit la lèvre.

— Non, rien, dit-elle ensuite.

— Continuez, Julianna. Qu'alliez-vous dire ?

— Mais au cas où il ne serait pas innocent ? Ou plutôt, si vous étiez convaincu de sa culpabilité ?

— J'assurerais tout de même sa défense. Dans ce pays, tout prévenu bénéficie d'une présomption d'innocence tant que sa culpabilité n'a pas été démontrée. Tout citoyen des Etats-Unis a droit à un procès équitable et à une défense impartiale.

La ferveur, l'admiration éperdue qui brillaient dans le regard de la jeune femme ne pouvaient le laisser de marbre. Comment ne pas succomber à la tentation de se sentir plus jeune, idolâtré par un être à la fois ardent, passionné et plein de fraîcheur ?

— Cela dit, c'est précisément la raison pour laquelle je me présente aux élections de la cour fédérale, poursuivit-il. Pour une fois, j'ai envie de me trouver de l'autre côté du tribunal. J'ai défendu des criminels dont la culpabilité ne faisait aucun doute

— qui me l'avaient même avouée, quelquefois. En dépit de cela, j'ai choisi les meilleurs arguments, utilisé tout mon talent à plaider leur cause et obtenu leur acquittement. En pareil cas, la réussite vous laisse un arrière-goût plutôt désagréable ; comment dire ? On irait volontiers prendre un bain.

Il eut un rire un peu embarrassé, surpris de se confier aussi aisément à elle.

— Deux ou trois fois, j'ai souhaité pouvoir dénoncer ces ordures ; m'approcher du jury et déballer tout ce que je savais.

— Quel terrible dilemme, murmura Julianna.

Elle se penchait vers lui, l'œil étincelant, et l'échancrure de son corsage laissait entrevoir la naissance d'un sein. Un désir incontrôlé monta brusquement en lui et il détourna tant bien que mal le regard. Julianna baissa les yeux puis les leva de nouveau sur lui à travers ses longs cils noirs.

— C'est un véritable honneur de travailler pour vous.

Il se mit à rire.

— Vous me parlez comme à un vieux juge de la Cour suprême, tout ridé et perclus de rhumatismes.

Julianna rit avec lui.

— Ce n'est pas du tout le cas ; vous êtes l'homme le plus séduisant...

Elle s'empourpra soudain et porta une main à sa bouche.

— Comment ai-je pu... dire ça ? Je suis vraiment désolée.

— Ne vous excusez pas, pour l'amour du ciel ! Je suis peut-être vieux mais je vis encore. Pareil compliment de la part d'une belle jeune femme m'est plutôt agréable.

Infiniment plus qu'agréable, corrigea-t-il à part lui ; c'était une impression grisante ; enivrante. Cela faisait une éternité qu'on ne l'avait regardé de cette manière. Depuis quelque temps, Kate ne semblait même plus le voir comme un homme mais comme un père. On aurait dit que la séduction n'était plus de mise dans son ménage.

— Merci, répondit timidement Julianna. Je suis flattée que vous me trouviez belle.

— Il n'y a pas de quoi.

Il lui sourit, conscient d'être en train de flirter ouvertement avec elle. Tout en songeant qu'il serait plus sage d'en revenir à des questions professionnelles, il inclina machinalement le buste vers elle.

— Parlez-moi un peu de vous, Julianna. Vous travaillez pour moi depuis deux semaines et je n'en sais pas plus sur vous que le jour où nous nous sommes rencontrés.

La jeune femme écarta son assiette à demi pleine.

— Que voulez-vous savoir ?

Tout, songea-t-il. Ce qu'elle aimait, ce qu'elle n'aimait pas ; quelle enfance avait été la sienne ; les qualités qu'elle recherchait chez un homme.

Sa gorge se serra légèrement. Aucune femme ne lui avait fait cet effet depuis le jour où il avait dit « oui » à la sienne. Bien sûr, il lui était arrivé d'admirer une paire de seins ou de fesses ; de se demander brièvement comment une femme se comporterait au lit. Quel homme — marié ou pas — ne réagissait pas ainsi, de temps en temps ?

Mais cette fois, c'était différent. Comment nier l'évidence ? Son intérêt pour Julianna était plus complet que cela ; il ne s'agissait pas d'une petite excitation passagère à la vue d'une minijupe ou d'un décolleté provocant.

S'intéresser à quelqu'un — fût-ce une jolie secrétaire, en l'occurrence — n'était pas un crime. Cela ne faisait pas de lui un traître ou un hypocrite. Cela ne voulait pas dire qu'il allait commettre une infidélité.

De toute façon, il n'était pas un mari volage. Il aimait profondément sa femme et respectait les vœux qu'ils avaient échangés. Du reste, il avait largement jeté sa gourme avant de se laisser passer la corde au cou.

Il s'en félicitait, à présent ; car s'il ne l'avait pas fait, la fréquentation quotidienne de Julianna Starr aurait pu représenter un péril pour son couple.

35

— Allons, mon cœur, murmura Kate à Emma qui agitait bras et jambes comme un pantin. Il faut nous faire belles pour notre invitée, n'est-ce pas ? Et pour papa !

Pour toute réponse, Emma redoubla d'énergie et poussa de petits cris perçants, se moquant des efforts désespérés de sa mère pour l'habiller. Amusée et exaspérée à la fois, Kate secoua la tête.

— Ça t'est bien égal, n'est-ce pas, petite peste ?

Se penchant sur sa fille, elle posa ses lèvres sur son nombril et souffla doucement en faisant *pfft*. Emma se figea puis émit un gazouillis de ravissement. Kate profita de l'accalmie pour lui enfiler sa robe — d'abord la tête puis les bras. Avant que l'enfant ait pu protester, la ceinture était attachée, la fermeture à glissière remontée.

— Je t'ai eue, bout de chou, dit Kate avec un sourire.

Consciente que le temps passait, elle consulta sa montre et s'aperçut que Richard allait arriver d'une minute à l'autre avec sa nouvelle assistante — et elle n'était pas encore habillée. Après avoir relevé et bloqué la grille du lit d'Emma, elle fit bouger le mobile coloré que l'enfant regarderait jusqu'à ce que le mouvement s'arrête ; puis elle se précipita dans sa chambre pour enfiler une tenue dont elle n'aurait pas honte.

Comme il fallait s'y attendre, elle entendit la porte claquer alors qu'elle finissait tout juste de boutonner la robe fluide, dansante, qu'elle avait choisie.

— J'arrive tout de suite, chéri, lança-t-elle depuis le seuil de sa chambre. Il y a une bouteille de vin blanc au réfrigérateur et du vin rouge dans le casier. Sers-moi un verre de rouge, veux-tu ?

Elle s'approcha du miroir pour vérifier une dernière fois si rien ne clochait. En fait, la perspective de rencontrer Julianna lui donnait un peu le trac. Richard ne cessait de vanter les mérites de la jeune femme et, quand il avait évoqué la nécessité de faire des heures supplémentaires avec elle, Kate lui avait proposé de venir à la maison. Ils pourraient ainsi dîner tous les trois ensemble, puis il irait travailler avec Julianna pendant qu'elle débarrasserait et s'occuperait d'Emma. Après tout, elle avait envie de connaître ce prodige, avait-elle ajouté pour le taquiner. Il avait répondu sur le même ton, l'accusant d'être jalouse depuis qu'il passait un peu de temps avec une autre femme.

Elle l'avait embrassé en riant.

Elle n'avait pourtant plus envie de rire, quelques minutes plus tard, quand Julianna se tourna vers elle avec un sourire, main tendue.

— Vous êtes Kate, bien sûr, dit la jeune fille d'une voix suave.

Kate changea sa fille de bras pour lui serrer la main. D'après la description de Richard, elle s'était figuré une femme toute jeune, pleine de fougue et sans détour. Elle s'attendait à ce qu'elle fût jolie.

Mais pas aussi belle — aussi mystérieuse, aussi séduisante. Elle ne l'avait pas imaginée aussi sûre d'elle, affichant avec une tranquille assurance la grâce de ses vingt ans.

Et elle ne s'attendait certes pas à ce qu'elle couvât son mari de ce regard possessif.

— Et vous êtes Julianna, répondit-elle. Je suis contente de faire enfin votre connaissance.

La nouvelle venue reporta son attention sur Emma.

— Et cette petite beauté est Emma Grace, la fille de Richard.

Kate se hérissa.

— En effet, c'est Emma ; *notre* fille.

Julianna se tourna vers Richard.

— J'aimerais beaucoup la prendre dans mes bras.

— Allez-y, dit-il avec un sourire.

— Non.

D'un mouvement instinctif, Kate recula au moment où l'autre femme tendait les bras vers l'enfant. Embarrassée, elle s'éclaircit la gorge.

— Excusez-moi, mais Emma ne réagit pas toujours très bien avec les inconnus. Il lui faut un peu de temps pour s'acclimater.

— Depuis quand ? dit Richard en s'esclaffant, avant de se détourner pour aller allumer le barbecue dehors. Laisse donc Julianna la porter ; elle sera trop contente de te la rendre quand ce petit diablotin commencera à s'agiter.

Il avait raison. Elle se comportait comme une idiote, paranoïaque et hyperprotectrice, de surcroît.

Elle tendit Emma à l'autre femme, la gorge inexplicablement nouée par l'appréhension. En la regardant cajoler sa fille et lui roucouler des mots doux, elle réprima une brusque envie de la lui arracher.

Pourquoi cette femme l'agaçait-elle à ce point, comme le bruit d'une craie grinçant sur un tableau ? se demanda Kate. Pourquoi l'avait-elle immédiatement prise en grippe, de manière aussi radicale ?

C'était l'attitude mesquine d'une femme jalouse, conclut-elle ; à force de passer le plus clair de son temps sans autre compagnie que celle d'un bébé, elle commençait à dérailler un peu.

Mais elle eut beau se raisonner, dès qu'Emma se mit à gigoter, Kate en profita pour reprendre sa fille.

— Vous savez comment sont les bébés, dit-elle avec un enjouement forcé ; rien ne saurait tout à fait remplacer leur maman.

— Richard m'a appris que vous l'aviez adoptée.

Figée sur place, Kate regarda Julianna. La jeune femme arborait encore ce petit sourire entendu, narquois et suffisant, dont elle ne se départait pas depuis le début ; comme si elle détenait un délicieux secret qui lui conférait une supériorité indiscutable.

Kate faillit rétorquer que, adoption ou pas, elle était tout de même la maman d'Emma. Elle s'en abstint toutefois et refréna son mouvement d'humeur en songeant que cette péronnelle était l'une des employées de son mari.

— C'est exact, répondit-elle sèchement. Si vous voulez bien m'excuser, je vais chercher les amuse-gueules.

A son vif dépit, Julianna la suivit dans la cuisine.

— Vous devez vous féliciter de votre chance ; je crois qu'il est très difficile de trouver des enfants à adopter.

Kate compta jusqu'à dix. En général, elle ne se laissait pas décontenancer par les questions bien intentionnées mais parfois blessantes des gens à propos de leur démarche. Le fait que sa fille soit une enfant adoptée n'était pour elle qu'un élément de la personnalité d'Emma, l'une des caractéristiques qui la rendaient unique, exceptionnelle. Si quelqu'un émettait une remarque stupide ou offensante, c'était par pure ignorance, et Kate profitait simplement de l'occasion pour l'instruire.

Mais la condescendance amusée de cette femme et le caractère dissimulé qu'on devinait chez elle lui déplaisaient souverainement. Les réflexions de Julianna n'avaient pas un accent de candeur mais de malveillance. Décidément, elle ne l'aimait pas du tout.

— Nous ne l'avons pas *trouvée*, Julianna. Nous l'avons adoptée par l'intermédiaire d'un organisme d'excellente réputation.

— Le barbecue est prêt, annonça Richard sur le pas de la porte en se frottant les mains.

Il s'approcha du plateau d'amuse-gueules et trempa un brocoli dans la sauce.

— Kate et moi étions en train de parler d'adoption. Je trouve vraiment merveilleux que vous ayez pu adopter Emma.

Richard gratifia son assistante d'un sourire radieux, et Kate faillit s'étrangler avec son radis. Manifestement, son mari ne partageait pas son impression à l'égard de Julianna.

— C'est aussi notre avis, assura-t-il. En fait, nous considérons cela comme une sorte de miracle.

Il se tourna vers Kate.

— N'est-ce pas, chérie ?

Kate lui sourit, le cœur débordant d'amour et de gratitude.

— Oui, un vrai miracle, murmura-t-elle avec ferveur.

— Pourquoi ne ferais-tu pas visiter la maison à Julianna pendant que je mets la viande sur le gril ?

Montrer la maison à Julianna était bien la dernière chose que Kate eût envie de faire mais elle ne trouva aucun moyen de s'y dérober poliment. Tandis qu'elles passaient d'une pièce à l'autre, elle éprouva soudain l'étrange impression que Julianna était déjà venue, qu'elle connaissait les lieux, qu'elle n'en découvrait pas l'agencement pour la première fois.

Déconcertée, Kate demeura légèrement en arrière pour observer la jeune femme. Comme elle en avait eu l'intuition, Julianna prit les devants, et ce fut soudain comme si l'autre femme lui faisait visiter sa propre maison. La sensation provoquée par cette situation absurde lui donna la chair de poule.

— Et voici le bureau de Richard, murmura Julianna.

Elle pénétra dans la pièce, ferma les yeux, et inspira profondément.

— Je reconnais son odeur.

Kate tressaillit.

— Pardon ? Je n'ai pas bien saisi.

— C'est un homme merveilleux, dit Julianna en la regardant. Vous avez beaucoup de chance.

— A vous entendre, on dirait presque que ma chance est sur le point de tourner, grommela Kate avec le peu d'humour qu'il lui restait.

— Vraiment ? Je suis désolée.

Après avoir contemplé la pièce quelques instants, Julianna se tourna de nouveau vers Kate.

— J'aimerais beaucoup visiter la chambre d'Emma. Elle se trouve au bout de ce couloir, je parie.

— En effet. Mais je ne vois pas très bien l'intérêt...

— Ne dites pas de bêtises, Kate. Je tiens absolument à voir où dort ce petit trésor.

Elle sourit au bébé et Kate changea sa fille de bras, l'éloignant le plus possible de Julianna.

— Très bien ; par ici, alors.

Kate la précéda dans le couloir. Sitôt arrivée à la porte, Julianna se précipita à l'intérieur de la chambre avec une exclamation de ravissement.

— Oh, c'est un vrai rêve de petite fille, s'extasia-t-elle.

S'approchant de la commode, elle examina avec une curiosité désinvolte les photos encadrées disposées parmi les bibelots. Au bout d'une minute, elle regarda Kate par-dessus son épaule.

— Il n'y en a aucune d'Emma avec son papa.

Kate la dévisagea, un frisson dans le dos.

— Nous en avions une, répondit-elle d'une voix légèrement altérée. Elle a été volée.

— Volée ? répéta Julianna en ouvrant de grands yeux horrifiés. Vous voulez dire qu'on vous a cambriolés ? C'est affreux.

Embarrassée, Kate haussa les épaules avec un petit rire contraint.

— J'aurais dû préciser : on nous l'a *peut-être* volée, à moins que nous l'ayons égarée. En tout cas, elle a disparu.

— Cela m'arrive tout le temps. Je déteste égarer mes affaires, dit Julianna.

Elle esquissa une grimace.

— Vous la retrouverez un de ces jours, j'en suis sûre.

Kate répondit qu'elle l'espérait puis, ayant terminé la visite de l'étage, conduisit la jeune femme jusqu'à son atelier, au rez-de-chaussée. Julianna se mit à déambuler dans la pièce, touchant de-ci de-là un objet ou un meuble.

Kate la laissa faire et la suivit des yeux, profitant de l'occasion pour l'étudier un peu mieux. Richard avait dit qu'il retrouvait quelque chose d'elle chez Julianna. A première vue, elle n'avait rien remarqué. A présent, elle comprenait. En la regardant, elle avait l'impression de voir son reflet dans une glace déformante. Elles avaient exactement la même coupe de cheveux, la même coiffure ; la robe de Julianna, bien que d'une couleur différente de la sienne, était d'un style identique. Son sourire était une réplique du sien, tout comme son rire, ses gestes, et jusqu'à sa démarche.

Décontenancée, Kate se demanda ce qu'il fallait en penser. Tout se passait comme si l'autre femme s'était introduite dans sa chambre au milieu de la nuit pour lui emprunter son identité. Que pouvait-elle encore convoiter d'autre qui lui appartînt ?

Elle jeta un coup d'œil à sa montre.

— A mon avis, les grillades doivent être à point, maintenant. Si nous allions retrouver Richard ?

Julianna ne parut pas l'avoir entendue.

— J'aurais aimé être artiste peintre, confia-t-elle. Mais je…

Elle laissa sa phrase en suspens et prit sur une étagère l'exemplaire de *Dead Drop* dédicacé par Luke.

— Tiens, je viens justement de lire ce roman. Vous aussi, je suppose ?

Ouvrant le livre à la page de garde, elle lut la phrase qui y était inscrite. Kate dut se retenir pour ne pas le lui arracher des mains.

— Vous connaissez personnellement l'auteur ?

— Oui ; c'est un ami de longue date.

Kate s'approcha d'elle et tendit la main. Julianna lui rendit le livre et Kate le remit à sa place.

— A présent, il est vraiment temps d'aller rejoindre Richard. Je suis sûre qu'il nous attend.

Plus tard dans la soirée, leur invitée étant partie et Emma profondément endormie, Kate s'attarda devant la glace de la salle de bains, songeant à Julianna Starr. Richard, assis dans le lit, relisait ses notes pour le procès du lendemain.

Elle jeta un coup d'œil de son côté.

— Elle ne me plaît pas du tout, dit-elle.

Il leva les yeux.

— Qui donc ne te plaît pas ?

— Julianna.

Visiblement stupéfait, il haussa les sourcils.

— Ah bon ? Pourquoi donc ?

— Il y a quelque chose en elle…

Kate reporta les yeux sur son reflet dans le miroir sans réussir à chasser l'étrange impression que l'autre femme avait dérobé son identité.

— Je lui trouve un caractère dissimulé, presque sournois. A mon avis, elle ne t'a pas tout dit sur son compte.

— Evidemment, répliqua Richard en secouant la tête d'un air amusé. Je suis son employeur, ne l'oublie pas.

Kate fronça les sourcils.

— Elle ne te regarde pas comme on regarde son patron.

— Pour l'amour du ciel, Kate. Elle n'a…

— Tu ne t'en aperçois pas.

Après avoir déposé du dentifrice sur sa brosse, Kate pointa l'objet vers le lit.

— Du reste, elle ne te regarde pas ; elle te dévore littéralement des yeux.

Richard éclata de rire.

— Allons bon ! Quel appétit !

— Je parle sérieusement, affirma Kate d'un air sombre. Quant à Emma, elle la couve des yeux comme si c'était sa fille — pas la nôtre.

Elle commença à se brosser les dents puis s'arrêta soudain.

— Quand je lui ai fait visiter la maison, elle n'a pas arrêté de s'extasier.

Voyant que Richard ne semblait pas la prendre au sérieux, elle insista.

— Elle s'est comportée comme si elle était déjà venue ; comme si elle connaissait les lieux.

— Sans doute est-elle déjà venue ici — en rêve, répliqua Richard. Quel débutant ne serait pas impressionné par ce que nous avons, ou ne rêverait d'avoir, un jour, la même chose ? Une belle maison, de jolis meubles ; un couple idéal, la réussite sociale… Tu devrais presque te sentir flattée par sa réaction.

Flattée ? Elle se sentait menacée.

— Ce n'était pas du tout ça, dit Kate, dépitée. Tu n'as rien remarqué.

— Rien du tout, en effet.

Il donna une petite tape sur le lit, à côté de lui.

— Viens te coucher. Tu es épuisée et excédée. Demain matin, tu te sentiras ridicule, avec tes soupçons.

Mais, le lendemain, Kate ne se sentit pas ridicule. Elle éprouvait un malaise indéfinissable. D'horribles cauchemars avaient troublé son sommeil : un danger mortel planait sur elle et sur ce qu'elle avait de plus cher au monde. Une créature invisible, redoutable, épiait chacun de leurs gestes, menaçant de les anéantir.

Assise dans la cuisine, elle buvait son café à petites gorgées et s'efforçait d'évacuer ces idées noires, quand elle songea qu'elle avait peut-être commis une erreur en incitant son mari à embaucher Julianna Starr.

36

Depuis son dîner avec Richard et Kate, deux jours plus tôt, Julianna n'avait pas réussi à dormir la nuit. Du soir au matin, elle était restée assise sur son lit, les genoux repliés sous le menton, les yeux grands ouverts, le cerveau en ébullition. Ce qu'elle avait appris sur Kate, Richard et leurs rapports de couple lui inspirait mille réflexions.

Elle y voyait clair, maintenant. Elle comprenait ce qui manquait à Richard ; comment elle pourrait l'enlever à Kate. C'était tellement évident, après une soirée passée en leur compagnie...

Julianna s'efforça de respirer plus lentement, de se calmer un peu. Sa mère avait raison : chaque homme a un point faible, un vide qui ne demande qu'à être rempli. Elle avait trouvé celui de Richard.

Kate ne l'aimait pas assez.

Pas comme Julianna l'aimait, en tout cas. Pas assez pour sacrifier ses propres besoins aux siens, pour n'avoir d'autre horizon que lui. Richard avait besoin d'une femme qui l'aidât à se sentir fort et sexuellement puissant ; une femme qui s'appuyât sur lui, sollicitant son avis, comptant sur lui et sur lui seul.

Kate était trop indépendante pour cela ; elle avait trop de caractère. Elle était aux petits soins pour Emma, pas pour son mari. Julianna eut un léger grognement de mépris. L'enfant était restée sur les genoux de sa mère toute la soirée — y compris pendant le repas. Kate la dorlotait, l'embrassait, lui chuchotait des mots tendres et se tenait prête à satisfaire ses moindres besoins. En revanche, elle s'était contentée de tendre les lèvres à son mari qui se penchait pour l'embrasser.

Kate lui facilitait la tâche.

Le ciel favorisait ses projets, une fois de plus.

Il lui fournissait même une arme supplémentaire — sous une forme des plus inattendues — en la personne de Luke Dallas. L'affaire était presque comique, songea la jeune femme en riant sous cape. Au cours du dîner, elle avait évoqué devant Kate et Richard l'ouvrage dédicacé qu'elle avait trouvé dans l'atelier, quelques instants plus tôt.

Au seul nom de Dallas, Richard s'était crispé, brusquement rouge de colère. Sur la défensive, Kate avait menti à propos de la manière dont elle s'était procuré ce livre, prétendant qu'une amie s'était rendue à la séance de présentation du roman et l'avait fait dédicacer pour eux. Avait-il oublié Meg Martin, une admiratrice inconditionnelle de Luke ?

Julianna connaissait la vérité. Etant passée prendre un café au Grain de Fantaisie ce matin-là, elle avait entendu Marilyn dire à Blake où Kate était allée : elle s'était rendue à la librairie où Dallas signait son roman, à La Nouvelle-Orléans.

Ce mensonge et la jalousie de Richard pourraient se révéler fort utiles ; grâce à eux, Julianna s'arrangerait pour semer la discorde dans le ménage. Ensuite, il ne lui resterait plus qu'à passer à l'action. Rien de plus simple, d'ailleurs : il lui suffirait d'être là pour lui.

D'être attentive, toujours disponible, afin qu'il se sente compris et aimé. Progressivement, Richard en viendrait à se confier à elle : de petites confidences, d'abord, qui deviendraient plus importantes. Peu à peu, il s'attacherait à elle. Peu à peu, elle lui deviendrait indispensable.

Le fossé se creuserait chaque jour davantage entre le mari et la femme ; et quand il aurait achevé de les séparer, Julianna serait là, les bras ouverts pour accueillir Richard.

37

John s'arrêta sur le trottoir devant Buster's Big Po'Boys. Le sang battait sourdement à ses tempes ; la sueur se mit à perler sur sa lèvre supérieure, à couler le long de son dos. Il ferma brièvement les yeux et compta jusqu'à dix, s'efforçant de dominer l'excitation qui s'emparait de lui, faisait trembler ses mains. Il avait mis huit mois à la retrouver mais il touchait enfin au but. Il allait revoir sa Julianna. Son petit ange.

Il vérifia une seconde fois l'adresse qu'il avait obtenue auprès des services fiscaux, vit qu'elle correspondait bien à celle de Buster's, et examina la façade délabrée du snack-bar. Comment imaginer que Julianna travaillait là, qu'elle était tombée si bas ? Et pourtant, cela ne faisait aucun doute : son employeur avait déclaré son salaire aux impôts, de sorte que John avait pu la retrouver.

Il avait eu de la chance.

Un sourire effleura ses lèvres. Ces huit mois d'attente s'achevaient enfin ; huit mois à suivre chaque piste qui se présentait, à perdre confiance quand la piste débouchait sur une impasse ; huit mois à s'interroger, à s'inquiéter, à espérer, à désespérer — tout cela touchait à sa fin.

Il pénétra dans la salle. Une serveuse à la tignasse décolorée lui sourit au passage tout en faisant une grosse bulle avec son chewing-gum.

— Salut, beau blond, assieds-toi où tu veux. J'arrive tout de suite.

Croyait-elle vraiment qu'il allait s'asseoir — et à plus forte raison, prendre quelque chose — dans un endroit pareil ?

*
* *

A 3 heures de l'après-midi, le restaurant était presque désert. John s'approcha de la caisse et sourit à l'employée qui bayait aux corneilles.

— Bonjour, le directeur est-il là ? Ou un responsable ?

La fille le détailla de la tête aux pieds et opina du chef.

— Buster ! appela-t-elle. Quelqu'un demande à vous voir.

Quelques instants plus tard, un homme portant un tablier crasseux émergea des cuisines.

— Je suis Buster Boudreaux. Que puis-je faire pour vous ?

— Je suis clerc de notaire chez Reed, Reed and White, dit John en lui tendant une carte professionnelle. Je suis chargé de régler la succession de Jonathan Starr et je recherche sa fille unique, Julianna. Elle travaille ici, m'a-t-on dit ?

L'homme parcourut la carte puis leva les yeux sur John avec une curiosité manifeste. Il se demandait sans doute s'il pouvait tirer profit de la situation, estima John.

— Mlle Starr a hérité d'une somme importante, monsieur Boudreaux, et nous essayons de la retrouver. Une prime conséquente sera octroyée à tous ceux qui nous auront aidés efficacement dans cette démarche.

Buster empocha la carte, l'air écœuré.

— Elle a bien travaillé ici, répondit-il. Jusque vers la fin mai. Elle a rendu son tablier du jour au lendemain sans respecter le moindre préavis.

— Savez-vous où elle est partie ? s'enquit John, brûlant d'impatience.

— Je regrette : elle n'a laissé aucune adresse en partant. Attendez, je vais voir si l'une des filles est au courant. Lorena, appela-t-il en regardant derrière John, viens une minute, veux-tu ?

John se tourna vers la serveuse qui les rejoignait — la blonde décolorée qui l'avait accueilli à l'entrée.

— Ce monsieur cherche Julianna. Il paraît qu'elle a fait un gros héritage. Tu ne saurais pas où elle est partie, par hasard ?

— J'en sais rien et je m'en fiche, dit la femme.

Une moue de mépris retroussa ses lèvres fardées de rouge.

— La petite princesse se croyait supérieure à tout le monde ; en fait, elle valait guère mieux qu'une putain, avec son ventre rond et pas le moindre père en vue.

Une brusque flambée de colère fit frémir John. Il plissa les yeux, réprimant l'envie de tordre le cou à cette mégère. Il ne pouvait tolérer qu'une moins-que-rien parlât en ces termes de sa Julianna. Il ne le permettrait pas.

— Je peux vous donner l'adresse de son domicile à l'époque où elle travaillait chez moi, dit Boudreaux.

— Merci. Cela me rendrait service.

L'homme disparut derrière une porte et revint trois minutes plus tard avec une carte du restaurant, au dos de laquelle il avait noté l'adresse en question.

— Vous avez bien dit qu'il y a une récompense pour qui vous aide à la retrouver ?

— Absolument.

John prit la carte et se tourna vers la blonde.

— Je veillerai à ce que vous ayez aussi un petit quelque chose, ma belle. Faites-moi confiance.

Il commençait à être tard. Dans les rues du Quartier Français, les passants se faisaient de plus en plus rares. Dissimulé dans l'ombre, en face du petit bar de nuit, John regardait les lumières s'éteindre une à une à l'intérieur.

Finalement, sa patience fut récompensée. Deux silhouettes apparurent sur le seuil, un homme et la blonde du snack-bar — la forte en gueule. Le couple se souhaita bonsoir puis se sépara, chacun partant de son côté.

John sortit de la pénombre et se mit à suivre la blonde. Sans un bruit, il lui emboîta le pas à quelque distance.

Elle ne regarda qu'une fois derrière elle, quand il l'avait déjà pratiquement rattrapée. Elle prit alors ses jambes à son cou mais trop tard. Il l'atteignit à la nuque et elle fit un bond en avant, s'étalant à plat ventre sur le trottoir humide et crasseux ; à la place qui lui convenait, songea John en tournant autour d'elle d'un air dégoûté.

Tandis qu'elle sanglotait, recroquevillée parmi les détritus, le suppliant de l'épargner, il lui lança un coup de pied au beau milieu des reins, avec une précision quasi chirurgicale. Le choc la souleva légèrement de terre. John recommença en visant un peu plus bas, cette fois.

Il ne l'avait pas tuée. Elle regretterait seulement de ne pas être morte.

— La prochaine fois, dit-il sans élever la voix, je vous conseille de manifester un peu plus de respect envers les personnes que vous ne valez pas.

38

Richard et Julianna étaient installés face à face à une table de café. Tête penchée, la jeune femme déchiffrait le menu et il en profita pour l'observer tout à son aise. Ces derniers temps, il avait remarqué chez sa jeune assistante certains détails qui le réjouissaient : la fraîcheur veloutée de sa peau, l'accent mélodieux de son rire, l'admiration éperdue qui brillait dans ses yeux quand elle les levait sur lui.

Il secoua la tête, songeant à tout ce que Kate avait dit de Julianna. Sournoise ? Intrigante ? Il avait passé pas mal de temps avec la jeune fille et la trouvait absolument charmante, sincère et sans détour.

Tout en buvant son thé à petites gorgées, il esquissa une moue amusée. Kate nierait sans doute farouchement la chose, mais il soupçonnait que la jalousie n'était pas étrangère à son opinion. Qui aurait pu l'en blâmer ? Julianna était jeune, séduisante, sans entraves.

C'était logique, somme toute. Même si Kate adorait Emma et avait envie d'être mère, l'adaptation n'était pas facile ; les réveils nocturnes et les périodes d'agitation de l'enfant créaient une occupation permanente, engendraient une certaine tension. Kate n'était plus libre d'aller et venir à sa guise. Elle n'avait pas même repris le travail et ne mettait plus les pieds dans son atelier depuis belle lurette.

— Je vais prendre la brochette de volaille aux poivrons, dit Julianna en fermant le menu et en levant les yeux.

Découvrant ceux de Richard posés sur elle, elle s'empourpra.

— Y a-t-il quelque chose qui cloche ?

Quand avait-il fait rougir une femme pour la dernière fois ? C'était si loin, songea-t-il avec une pointe de nostalgie.

— Pas la moindre, dit-il en souriant, tout content de lui.

— Alors, pourquoi…

Julianna rougit de plus belle.

— Vous n'arrêtez pas de me regarder, Richard.

Il posa le menton sur son poing fermé.

— Qui, moi ?

— Vous le savez très bien ! Vous…

Elle eut un petit soupir exaspéré.

— Regardez-moi tant que vous voudrez, je m'en moque complètement.

Il se mit à rire et posa son menu sur la table. Ils avaient pris l'habitude de déjeuner ensemble chaque fois qu'il était libre, jugeant le moment idéal pour récapituler le programme de la campagne et discuter de la manière dont elle se déroulait.

— Avez-vous vu Léo cette semaine ? demanda Julianna tandis que le serveur s'éloignait après avoir pris leur commande.

Léo Bennett était un conseiller politique que Richard avait engagé pour diriger les opérations. Dans l'immédiat, à un an et demi des élections, il s'en tenait uniquement à son rôle de conseiller, laissant à Richard et Julianna le soin de préparer le terrain au quotidien pour la présentation du candidat. Dans un an, quand l'affaire commencerait à se corser, il interviendrait de manière plus active dans la campagne.

— Il est en voyage. Il m'a envoyé une liste d'associations avec lesquelles je pourrais prendre contact pour leur présenter mon programme.

Tout en parlant, Richard sortit une feuille de sa poche intérieure et la tendit à son assistante. Elle la parcourut rapidement avant de la ranger dans son classeur.

— Je vais m'y mettre dès cet après-midi.

Le serveur apporta leurs boissons et leur demanda de patienter quelques minutes pour les plats. Richard le remercia puis reporta son attention sur sa compagne.

— Votre week-end s'est bien passé ?

Julianna haussa les épaules.

— Pas mal.

— Pas mal, c'est tout ? Pas de sortie avec quelque amoureux transi ?

— Pas la moindre. Et vous ?

— Encore un week-end tranquille à la maison avec le bébé.

— Oh, vraiment ? dit Julianna d'un ton compatissant. Kate refuse toujours de faire garder Emma ?

La semaine précédente, il lui avait fait part de la contrariété que lui causait l'attitude de Kate à cet égard. Peu habitué à s'épancher ainsi dans le cadre du travail, il s'en était étonné lui-même mais Julianna l'avait écouté avec beaucoup d'attention et de compréhension.

Depuis lors, il lui avait confié bien d'autres choses — espoirs ou soucis personnels, inquiétudes quant à la santé de ses parents. Leurs entretiens prenaient peu à peu un tour presque intime et il était impatient de la retrouver pour parler. A la différence de Kate, Julianna semblait toujours avoir du temps à lui consacrer ; et elle le comprenait toujours.

— Elle accepte parfois mais c'est toujours très compliqué. Elle ne confiera pas Emma à des adolescents, même si ce sont les enfants des voisins, sous prétexte qu'ils sont trop jeunes. Elle a trouvé deux femmes qui lui plaisent beaucoup mais elles ne sont pratiquement jamais libres. Il est impossible de les appeler pour le soir même — du reste, Kate ne s'avise même pas d'essayer. J'ai vraiment du mal à comprendre, conclut-il avec un soupir ; en fait, je ne la comprends pas.

— Vous ne la comprenez pas ? répéta Julianna d'un ton incrédule. Cela me semble étrange, Richard. N'avez-vous pas vécu dix ans ensemble, tout de même ?

Il réfléchit un instant puis secoua la tête.

— Elle a changé, avoua-t-il. Nous sortions beaucoup. Nous recevions, aussi. A présent, tout son temps est pour…

Il ravala les mots qui lui venaient aux lèvres, craignant de paraître capricieux et égocentrique.

— On ne s'improvise pas parents du jour au lendemain, reprit-il. Il faut du temps pour s'adapter.

— Bien sûr, il y a de gros efforts à faire, admit Julianna, conciliante. Je me demande pourtant… Au fait, quel âge a Emma ?

— Quatre mois.

— Ah, fit la jeune femme, pinçant les lèvres.

— Et alors ?

Elle haussa évasivement les épaules.

— Je n'ai jamais eu d'enfant, bien sûr ; mais j'ai entendu dire que certaines femmes… et puis non. Ce ne sont pas mes affaires, après tout.

— Allons donc.

Il se pencha vers elle.

— Ce sont vos affaires dans la mesure où je vous en ai parlé. Répétez-moi ce que vous avez entendu dire.

— Que certaines mères souffrent d'une profonde dépression — à tel point que leurs conjoints les reconnaissent à peine. Pensez-vous que ce soit son cas ? Je veux dire : croyez-vous qu'elle soit heureuse ?

— Vous avez dîné avec nous, déclara Richard. Quel est votre avis là-dessus ?

— Je l'ai trouvée… aux petits soins pour Emma.

Mais pas pour lui. Julianna n'avait pas besoin de le préciser. Il le savait déjà.

— Soyez patient, murmura-t-elle. Cela passera certainement un jour ou l'autre.

Mais si cela ne passait pas ? se demanda-t-il pendant que le serveur déposait leurs assiettes garnies sur la table. Si le fossé continuait à se creuser davantage entre sa femme et lui jusqu'à ce qu'ils n'aient plus rien en commun ?

Ils mangèrent en silence pendant quelques instants. Ce fut Julianna qui rompit le silence.

— Richard ?

Il leva les yeux et la jeune femme posa une main sur la sienne au milieu de la table. Surpris par son geste et par le frémissement qui le parcourut au contact de sa peau, il songea qu'il devrait retirer sa main. Mais il ne bougea pas un seul muscle.

— Il y a quelque chose que je voulais vous dire, mais je... je...

Elle hésita, puis s'éclaircit la gorge comme pour rassembler son courage.

— J'ai beaucoup tergiversé sans parvenir à décider si je devais vous en parler ou pas mais, aujourd'hui, considérant la conduite étrange de Kate...

— C'est à propos de Kate ?

— Oui.

Julianna détourna le regard puis le reporta sur lui.

— De Kate et... et de Luke Dallas.

Richard tressaillit.

— De quoi voulez-vous parler ?

— L'autre soir, chez vous... elle ne vous a pas vraiment dit la vérité à propos du livre dédicacé. Je l'avais vue, Richard.

Il haussa les sourcils.

— Qu'est-ce que cela signifie ? Où l'avez-vous vue ?

— A la présentation du roman de Luke Dallas. Elle avait emmené Emma. Je ne l'avais vue qu'en photo et je ne l'ai pas reconnue mais je l'ai remarquée à cause du bébé. J'étais presque tentée de la plaindre : elle avait l'air si fatigué.

Une bouffée de colère monta en lui. Il s'efforça de dissimuler sa fureur, son embarras et l'amertume qui le submergeait.

La mine affligée, Julianna se tassa dans son siège.

— J'aurais mieux fait de me taire. Je suis navrée, j'ai seulement pensé que vous aimeriez...

Qu'il aimerait savoir. Savoir que sa femme battait la campagne à la poursuite d'un ancien petit ami alors qu'elle ne trouvait pas le temps d'aller dîner en ville avec son propre mari. Savoir qu'elle lui avait menti.

— Je suis navrée, répéta Julianna, les yeux brillants de larmes contenues. Manifestement, cela vous a peiné et c'est normal, en somme.

Elle se pencha vers lui d'un air suppliant.

— Je vous en prie, oubliez ce que je viens de dire. Je me suis sans doute trompée et je… je m'en voudrais terriblement si vous vous disputiez avec Kate à ce sujet.

— Allons donc, maugréa Richard avec un sourire contraint. Je suis content que vous m'en ayez parlé. Ce n'est pas bien grave. Nous étions tous les trois bons amis à l'université et je suis certain qu'elle a simplement omis de me le raconter.

— Je suis sûre que c'est cela.

Mais ils n'étaient dupes ni l'un ni l'autre. Richard consulta sa montre et fit signe au serveur d'apporter l'addition, qu'il régla ensuite en espèces.

— Il est temps de regagner le cabinet, déclara-t-il. Le travail ne manque pas, cet après-midi.

— C'est le moins qu'on puisse dire.

Julianna recula sa chaise pour se lever. Il l'arrêta d'un geste.

— Julianna ?

Elle se tourna vers lui.

— Merci de m'écouter aussi patiemment. Je sais que cela ne fait pas tout à fait partie de vos fonctions.

La jeune femme le gratifia d'un doux sourire empreint de tristesse.

— Je serai toujours là pour vous, Richard — quoi que vous attendiez de moi. Ne l'oubliez surtout pas.

39

Richard était en retard. Pour la centième fois en une heure, Kate consulta sa montre. Elle indiquait 22 heures. *Où était-il passé ?* Au téléphone, juste avant d'aller déjeuner, il lui avait dit qu'il rentrerait tôt.

Perplexe, elle se mordilla machinalement les lèvres. Ce n'était pas son genre de ne pas appeler. S'il avait été retenu par quelque réunion ou dîner de dernière minute, il l'en aurait avertie.

Kate se mit à marcher de long en large, folle d'inquiétude. Elle avait appelé tout le monde — ses associés, ses partenaires du golf et jusqu'à ses parents —, demandé au club de gym si quelqu'un l'avait aperçu. Elle s'était même adressée au poste de police et au service des urgences. Personne ne l'avait vu.

Elle s'efforça tant bien que mal de respirer plus calmement, l'imaginant dans quelque fossé, couvert de sang ou évanoui auprès d'un amas de tôle et de verre brisé.

L'aiguille marqua 10 h 15, puis 11 heures. Toujours pas de Richard.

En entendant enfin sa clé dans la serrure, elle se précipita vers la porte et l'ouvrit toute grande.

— Richard, tu es là ! J'étais morte d'angoisse. Que t'est-il arrivé ?

— Tiens, n'est-ce pas là ma tendre épouse si dévouée ?

Il passa devant elle d'un pas incertain, laissant dans son sillage un relent d'alcool et de tabac froid.

— Tu as bu.

— Bravo, ma petite dame. En plein dans le mille.

Il lança son porte-documents en direction du canapé et le manqua. L'objet tomba par terre avec fracas. Kate jeta un coup d'œil anxieux vers la chambre d'enfant.

— Chut, tu vas réveiller le bébé.

— Le bébé, le bébé, la singea-t-il d'un ton narquois. Encore et toujours le bébé, n'est-ce pas ?

Il n'avait pas simplement bu, comprit-elle soudain, démoralisée. Il s'était soûlé intentionnellement et pour un motif précis. Elle l'avait déjà vu ainsi quand ils étaient étudiants et n'appréciait guère le personnage qui émergeait alors.

— Où étais-tu, Richard ?

— En ville.

Il se retourna brusquement vers elle.

— Il serait plus intéressant de savoir où tu étais, toi ?

— Ici, à t'attendre. A me faire du mauvais sang.

— Je vais prendre un verre.

Comme il esquissait un pas vers le bar, Kate le retint par la manche.

— A mon avis, tu as assez bu comme cela.

— Je n'ai pas de conseil à recevoir de toi, gronda-t-il en la repoussant brutalement. De toi, ni de personne.

Ebranlée, Kate fit un pas en arrière. Elle n'avait vu Richard dans cet état que deux ou trois fois, bien des années plus tôt. Cependant, elle savait par expérience qu'il était parfaitement inutile de lui tenir tête quand cette humeur-là le prenait. Cela ne servait qu'à envenimer la situation, sa colère risquant d'exploser sans la moindre retenue.

Elle respira profondément afin de se calmer.

— Allons, chéri, parle-moi, dit-elle avec douceur. Raconte-moi ce qui s'est passé.

— Pourquoi ne le racontes-tu pas toi-même ?

Il avança vers elle.

— Parlons un peu de ce livre, Kate. Parle-moi de *Dead Drop.*

— Le roman de Luke ?

Elle secoua la tête.

— Je ne comprends pas.

— Ben voyons, persifla-t-il, goguenard. Comment t'es-tu procuré cette dédicace ?

Kate réprima un tressaillement. Son cœur se mit à battre la chamade. Le moment était vraiment mal choisi pour évoquer sa rencontre avec Luke. Richard n'était pas dans son état normal.

— Je t'ai dit comment…

— Garde ces foutaises pour toi ! cria-t-il. Tu es allée à La Nouvelle-Orléans pour le voir — derrière mon dos.

Il s'approcha un peu plus.

— Tu as repêché cette foutue invitation dans la poubelle, n'est-ce pas ?

Levant le menton, elle soutint fermement son regard.

— En fait, je voulais le voir. Je voulais tenter de nous raccommoder, tous les trois ; notre amitié me manquait.

Un ricanement bref accueillit son explication.

— Amitié, mon cul.

— C'est la vérité. Je voulais recréer le trio que nous formions. J'ai laissé plusieurs messages sur son répondeur et, comme il ne rappelait pas, j'ai décidé d'aller le voir.

— Tout ceci étant parfaitement innocent, dit Richard d'une voix traînante, tu t'es abstenue de m'en parler.

Elle joignit machinalement les mains, regrettant amèrement de ne pouvoir revenir en arrière, de ne pouvoir éliminer ce mensonge qui lui faisait horreur.

— Au début, je ne t'en ai pas parlé parce que je savais que tu réagirais ainsi. Et l'autre soir, devant ton assistante, je n'ai pas voulu mettre cette histoire sur le tapis. Je suis désolée, Richard ; crois-moi, je m'en veux de ne pas te l'avoir dit franchement dès le début.

— Ah oui ? Tiens donc !

Il avança encore en titubant.

— Tu m'as menti effrontément pour aller le voir en cachette, cet animal.

— Je refuse d'en discuter davantage pour le moment, répondit Kate, qui se dominait à grand-peine. Tu es ivre.

Elle tenta de s'esquiver prestement ; il lui barra le passage, les traits déformés par la rage et la jalousie.

— Tu n'as pas de temps ni d'énergie à me consacrer quand j'ai besoin de toi ; mais tu en trouves pour aller en ville avec Emma et faire la queue pendant des heures lorsqu'il s'agit de faire dédicacer son précieux livre de merde.

— Tu es complètement soûl, répéta Kate. Nous en reparlerons demain matin.

— Pas question, nous allons en parler tout de suite !

D'une main mal assurée, il essaya de discipliner une mèche hirsute.

— Elle t'a vue là-bas, reprit-il. L'autre soir, elle savait tout à propos de toi et Dallas. Tu ne peux imaginer combien je me suis senti humilié, combien...

— Qui m'a vue là-bas ? interrogea Kate. Et qu'y a-t-il à savoir sur Luke et moi ? Que nous avons été amis et ne le sommes plus, à présent ?

— Tu sais très bien de quoi je parle.

Il se pencha sur elle, vacillant sous l'effet de l'alcool.

— Tu le sais.

— Qui m'a vue ? insista Kate. Ton assistante ?

L'expression de Richard lui fournit la réponse et Kate réprima un haut-le-cœur. Voilà pourquoi ce livre intéressait tellement la jeune femme, pourquoi elle avait ensuite parlé de Luke au cours du dîner.

— C'est un être sournois et perfide, Richard. Tu ne t'en aperçois pas parce que tu es sous le charme, voilà tout.

— Tu regrettes de ne pas l'avoir épousé, n'est-ce pas ? Maintenant qu'il est devenu un auteur renommé ; et qu'il est plus riche que moi.

A la fois écœurée et profondément blessée, Kate dévisagea son mari avec stupeur.

— Comment peux-tu penser cela ? Après toutes ces années de vie commune ?

— Tu es allée le voir pour lui dire que tu t'étais trompée, hein ? que tu aurais aimé être sa femme...

— Tu es ridicule, répliqua-t-elle froidement. Je refuse d'écouter un mot de plus.

Comme elle se détournait de lui, il la retint de nouveau par le bras.

— Pourquoi m'as-tu épousé, Kate ? Pour mon argent ? Pour pouvoir devenir Mme Richard Ryan et vivre dans une maison de rêve ?

— Assez ! s'écria-t-elle, perdant le sang-froid qu'elle conservait à grand-peine depuis un moment.

D'abord Luke et maintenant Richard. Les hommes de sa vie la connaissaient-ils donc si peu ?

— Arrête avant que cela aille plus loin ; avant que nous nous disions des choses irréparables.

Le récepteur-bébé accroché à sa ceinture se mit à grésiller, signalant qu'Emma s'agitait dans son lit.

Kate dégagea son bras d'une secousse.

— Emma a besoin de moi.

— Moi aussi, j'ai besoin de toi. Que vas-tu faire, Kate ?

Elle le regarda d'un œil incrédule.

— Tu n'es pas un bébé, que je sache.

— Très bien, vas-y, lança-t-il comme elle s'éloignait. Va la retrouver comme tu es allée vers Luke. Tu as du temps pour tout le monde sauf pour moi, n'est-ce pas ? Pour Luke Dallas. Pour ton café. Pour ta fille.

Kate s'immobilisa et fit volte-face.

— Pour notre fille, murmura-t-elle d'une voix altérée. *La nôtre.* Bien qu'il soit difficile de s'en rendre compte, vu le peu de temps que tu lui consacres.

— Comment faire autrement ? Tu passes déjà vingt-quatre heures sur vingt-quatre avec elle. Qu'est-ce qui reste pour moi, Kate ?

Cette rivalité déclarée avec Emma avait quelque chose de répugnant. Sa haine affichée à l'égard de Luke et de son succès n'était déjà pas à son avantage ; mais pareille jalousie vis-à-vis d'un bébé — sa propre fille, de surcroît — était vraiment inadmissible, jugea Kate.

— Cesse de faire l'enfant, Richard ; tu as des réactions d'enfant gâté, de fils à papa à qui on n'a jamais rien refusé. Il serait temps de te comporter en adulte.

Après les préliminaires habituels, relativement discrets, Emma pleurait maintenant à pleins poumons et Kate se précipita vers sa chambre, Richard dans son sillage. Avant qu'elle ait pu soulever l'enfant, il la tira par le bras et la fit brusquement pivoter contre lui.

— Tu es à moi, Kate. J'ai gagné la partie et je ne laisserai pas Luke, ni qui que ce soit d'autre, te reprendre.

— Tu as gagné la partie ? répéta-t-elle d'une voix brisée, se remémorant les paroles de Luke. Notre mariage serait donc fondé là-dessus ? Ton esprit de compétition irait jusque-là ?

Il ne répondit pas et elle essaya de se dégager.

— Lâche-moi, Richard ! Emma va s'étouffer à force de pleurer.

— Tu es à moi, répéta-t-il en resserrant son étreinte.

La tenant fermement, il écrasa sa bouche contre la sienne sans aucun ménagement. Puis il plongea sa langue entre ses lèvres tremblantes ; le goût amer, écœurant du bourbon lui donna la nausée. Elle rejeta la tête en arrière pour échapper à son baiser.

— Vas-tu me lâcher, oui ou non ?

Sans l'écouter, il lui bloqua la nuque d'une main et la maintint immobile pour s'emparer de nouveau de sa bouche. Cette fois, tout en y enfonçant sa langue, il plaqua son bas-ventre contre le sien avec des intentions — et une érection — tout à fait éloquentes.

Une fureur incontrôlée s'empara soudain d'elle. Elle se mit à se débattre de toutes ses forces, à coups de pied et de genou. Seigneur, qui était cet individu ? Qu'était-il advenu de l'homme tendre et attentionné qui partageait sa vie depuis des années ?

Elle dégagea son buste d'une secousse et plaqua les mains sur le torse de Richard pour le tenir à distance tout en tapant violemment sur son pied avec le talon. Il la lâcha avec un grognement et recula d'un pas chancelant, comme si la douleur réussissait enfin à émousser sa frénésie d'ivrogne.

Peu à peu, il parut prendre conscience de son comportement et son regard trouble céda la place à une expression horrifiée.

Kate se pencha immédiatement sur le petit lit et prit sa fille dans ses bras en lui murmurant des mots apaisants. Des larmes brûlantes rougissaient ses yeux, lui obstruaient la gorge.

— Kate ? murmura Richard d'un ton abattu. Kate ?

L'angoisse qui perçait dans sa voix ne parvint pas à l'émouvoir ; elle se sentait même incapable de le regarder, tremblant encore de tous ses membres, la bouche et le visage meurtris par ses assauts sauvages.

— Ce n'est même pas notre vraie fille, dit-il tout bas, comme pour lui-même. Et pourtant, tu l'aimes plus que moi.

Kate eut l'impression que son univers s'effondrait autour d'elle. De sa vie, elle ne s'était sentie aussi furieuse, aussi désemparée. Alors, enfin, elle regarda son mari, comprenant soudain qu'il était devenu un parfait étranger.

— Quelle mouche t'a donc piqué ? demanda-t-elle d'une voix rauque. Comment peux-tu dire cela ? Emma est notre fille. Un enfant est à soi quand on l'élève avec amour comme le sien — qu'on l'ait engendré ou non.

Elle lutta contre les larmes pour achever :

— Je croyais que nous étions bien d'accord là-dessus, Richard.

Comme il se taisait, le visage hermétique, elle éclata en sanglots, anéantie. Inclinant la tête, elle l'appuya contre celle du bébé.

— Sors d'ici, dit-elle. Sors de cette pièce ; je ne veux plus que tu t'approches d'Emma. Et je ne peux pas supporter de te voir.

Sans un mot, il fit demi-tour et quitta la chambre. Quelques instants plus tard, le bruit de la porte d'entrée qui claquait derrière lui résonna à travers la maison.

Emma blottie au creux de ses bras, Kate s'effondra dans le fauteuil à bascule et donna libre cours à ses larmes.

40

Richard se retrouva devant l'immeuble où habitait Julianna. Durant plusieurs minutes, il resta debout face à la porte, brûlant d'envie de sonner mais conscient qu'il ne fallait pas. Il était très tard. Il était son patron. Le fait de venir là transgressait une règle tacite, violait la frontière invisible entre professionnel et personnel, employeur et employé.

Il serait bien plus sage de faire demi-tour, de rentrer à la maison, honteux et repentant. Pourtant, Richard demeurait figé sur place. Les yeux fermés, il imagina Julianna ouvrant la porte, l'invitant à entrer. Elle lèverait sur lui ce regard qui lui donnait l'impression d'être immense, invincible. Elle écouterait et comprendrait.

Julianna avait foi en lui. Elle le trouvait exceptionnel.

Tout comme Kate… avant.

Levant la main, il frappa très légèrement à la porte. Au même instant, un mélange d'euphorie et de panique le submergea. La panique l'emporta et un éclair de lucidité le ramena enfin à la raison. Qu'est-ce qui avait bien pu lui prendre ? Il était marié. Julianna était son employée. Tout jugement moral mis à part, son comportement pouvait avoir des répercussions sur le plan légal — être qualifié de harcèlement sexuel, par exemple.

Pour un avocat, ce serait le comble. Et il pourrait renoncer définitivement à devenir magistrat fédéral du district.

Il recula d'un pas puis pivota et descendit la première marche du palier, soulagé d'avoir été capable de se ressaisir avant qu'il soit trop tard.

Avant ? Non. Déjà, il était trop tard. La porte de Julianna s'ouvrit, un faisceau de lumière balaya l'obscurité.

— Richard ? C'est vous ?

Il se retourna, leurs yeux se croisèrent et elle laissa échapper une petite exclamation de surprise.

— Que faites-vous donc ici, Richard ?

Il rougit, regrettant amèrement d'avoir trop bu pour pouvoir réfléchir clairement.

— Excusez-moi, Julianna. J'ai... je me suis disputé avec Kate et je ne savais pas vraiment où...

Il s'interrompit pour reprendre son souffle.

— J'ai l'impression de me comporter comme un abruti. J'espère que vous ne me tiendrez pas rigueur de cette grave entorse aux convenances, eu égard à nos relations professionnelles.

La jeune femme ouvrit sa porte un peu plus grand et avança d'un pas ou deux dans le rectangle de lumière.

— Vous vous êtes disputé avec Kate ?

Ainsi éclairée par-derrière, sa chemise de nuit devenait à peu près transparente. Malgré lui, Richard ne put s'empêcher de regarder. La gorge subitement sèche, il sentit son pouls s'emballer.

— Oui, murmura-t-il en s'arrachant à ce spectacle, j'avais besoin de parler à quelqu'un et je... j'ai pensé à vous.

Julianna ouvrit complètement sa porte.

— Je vais enfiler un peignoir.

L'appartement était petit et pauvrement meublé, mais absolument impeccable. Même dans l'état de fatigue et d'ébriété où il se trouvait, Richard remarqua ici et là quelques touches de raffinement qui témoignaient d'un goût exquis : bouquet de pivoines dans un joli vase bleu, jeté de canapé en étoffe soyeuse, bougies parfumées, de tailles différentes, rassemblées sur une table basse ou un rebord de fenêtre.

Elle revint quelques instants plus tard vêtue d'un peignoir blanc en velours chenille, deux tasses de café fumant dans les mains.

— Asseyez-vous, dit-elle avec un petit sourire d'invite.

S'apercevant qu'il se tenait toujours à l'entrée de la pièce, Richard alla prendre place sur le canapé.

— Je ne devrais pas être là. Je me conduis comme un imbécile.

— Nous sommes amis. Je suis contente de pouvoir vous rendre service.

Elle se pencha pour lui donner son café et le haut du peignoir s'ouvrit largement, offrant une vue plongeante sur sa poitrine ferme, jusqu'aux pointes roses des seins.

Un désir brûlant monta en lui avec une violence qui lui ôta le souffle. Très vite, il reporta les yeux sur ceux de la jeune femme.

— Merci, dit-il d'une voix rauque.

Elle se redressa. Les pans du peignoir se remirent en place.

— Voulez-vous de la crème, ou du sucre ?

Il contempla sa tasse d'un regard absent puis secoua légèrement la tête.

— Je le prendrai noir, merci.

Julianna s'installa à l'autre extrémité du canapé, les jambes repliées sous elle.

— Racontez-moi tout.

Il hésita un moment avant de se lancer.

— Vous aviez raison. Elle m'avait menti à propos du livre.

Un silence suivit sa déclaration ; puis Julianna opina avec un soupir.

— Je suis désolée.

Richard haussa les épaules.

— A l'université, nous étions amis, tous les trois ; du moins, je l'ai cru. Jusqu'au jour où j'ai découvert que Dallas était amoureux d'elle. Depuis le début, tout en faisant semblant d'être mon ami, il projetait de détourner de moi ma fiancée, ce salaud.

— Vous êtes tout de même restés amis ?

— Je n'ai découvert la vérité qu'un mois ou deux avant la fin de nos études, expliqua Richard. C'est lui qui me l'a avouée un beau jour.

Il marqua une pause et conclut :

— Quel culot, tout de même !

— En effet, murmura Julianna. Mais Kate ne partageait certainement pas ses sentiments ; après tout, c'est vous qu'elle a choisi, n'est-ce pas ?

Richard songea à sa querelle avec Kate et à la question qui lui avait échappé : *pourquoi m'as-tu épousé, Kate ? Pour mon argent ?*

Bien sûr elle avait nié. Elle s'était vexée, indignée. Et il aurait bien aimé la croire. Mais une petite voix enfouie tout au fond de lui suggérait que c'était exactement pour cela qu'elle avait accepté de devenir sa femme.

— A la fac, Dallas n'avait pas un sou vaillant. A présent, il est célèbre et il roule sur l'or. Il côtoie les vedettes et fait la une des magazines.

Sans aucune fortune familiale, sans relations, Luke s'était arrangé pour réussir mieux que lui — comme il l'avait prédit, fulmina Richard. Ce sale type prétentieux, il le haïssait de toute son âme, de toutes ses forces.

Posant sa tasse sur la table basse, il se leva pour arpenter la pièce.

— Il a eu de la chance, reprit-il. De la chance, c'est tout. Ça peut arriver à n'importe qui. Kate est complètement éblouie ; à l'entendre, on croirait qu'il s'agit du Messie revenu sur terre, ma parole. Le fait d'avoir vendu quelques livres ne fait pas de lui un être exceptionnel, que je sache.

— Certes pas, renchérit Julianna ; je connais pourtant certaines femmes que la gloire et la renommée fascinent littéralement. Je ne les comprends pas.

Elle s'interrompit, choisissant ses mots avec soin.

— Je suis persuadée que des considérations aussi superficielles n'auraient aucun effet sur Kate.

— Vous le pensez vraiment ? demanda Richard, s'immobilisant pour la regarder.

— Bien sûr. Du reste, pourquoi vous soucier des sentiments que Dallas a pu éprouver pour elle ? S'ils avaient été amants, ce serait peut-être différent ; mais ce n'est pas le cas, n'est-ce pas ?

Ce serait complètement différent, en effet.

Richard retourna s'asseoir, ses jambes refusant de le porter une minute de plus. Il s'affaissa contre le dossier du canapé, un coussin calé sous la nuque, et observa le plafond d'un air absent. Depuis des années, cet horrible soupçon le rongeait, justement. C'était même plus qu'un soupçon ; il aurait mis sa main au feu qu'il s'était passé quelque chose entre Kate et Luke, un jour. Mais il avait écarté cette idée en se disant qu'au bout du compte, c'était lui qui avait triomphé.

Kate lui avait menti. Afin d'aller voir Dallas.

— Richard ?

— Non, dit-il. Ce n'est pas le cas. Ils étaient bons amis, sans plus.

— Alors, vous n'avez aucun souci à vous faire. Soyez patient. Elle vous aime beaucoup, c'est certain.

— Je n'en sais rien, répondit-il en secouant la tête. Je le croyais encore il y a quelques mois. Je croyais que nous formions le couple idéal. A présent, je... à présent, on dirait que tout est en train de s'effondrer.

Honteux de se plaindre et de s'apitoyer ainsi sur son propre sort, il se leva de nouveau et gagna la fenêtre. Dehors, la rue était sombre et déserte. Pas une lumière ne brillait aux fenêtres ; il devait être horriblement tard. Kate était-elle encore éveillée ? se demanda-t-il. Dans ce cas, elle devait se poser bien des questions sur son absence.

Julianna le rejoignit. Debout derrière lui, elle posa les mains sur ses épaules et entreprit de masser ses muscles raidis. Cela lui fit le plus grand bien et il laissa échapper un petit grognement de plaisir.

— Je devrais m'en aller, murmura-t-il, bien qu'il n'eût pas la moindre envie de partir.

— Oui.

Il se retourna vers elle.

— Merci de votre accueil. Je ne sais pas ce que j'aurais fait si vous n'aviez pas été là ce soir.

Elle sourit tristement.

— Comment pourrait-elle ne pas vous aimer ? Vous êtes tout ce dont une femme peut...

La gorge nouée, elle ne put achever et détourna vivement les yeux.

— Julianna ?

Il lui prit le menton.

— Regardez-moi.

Elle obéit et Richard découvrit qu'elle pleurait.

— Petite fille, qu'est-ce qu'il y a ?

Reniflant légèrement, elle s'écarta d'un pas.

— Rien. Partez vite.

Comme elle faisait mine de s'éloigner, il la retint par la main.

— Vous pleurez. Il y a forcément quelque chose.

Une larme roula sur la joue de la jeune femme.

— Je ne peux pas vous le dire. Vous êtes un homme marié.

— Je ne partirai pas tant que vous ne m'aurez pas dit ce que vous avez.

Posant les mains sur ses joues, il encadra son visage.

— Confiez-moi votre secret, Julianna.

La jeune femme enfouit son visage dans les mains de Richard et prit son élan avec une longue respiration entrecoupée.

— Toute ma vie, j'ai attendu… j'ai espéré rencontrer un homme tel que vous. Et Kate, elle… elle ne semble pas se rendre compte… Ne sait-elle pas quelle chance elle a de vous avoir ?

Richard sentit son cœur se gonfler de tendresse pour l'innocente enfant.

— Ma petite chérie.

Il avait prononcé ces mots-là aussi naturellement qu'on respire. Elle leva de nouveau le regard sur lui et il chavira instantanément. Les grands yeux sombres de la jeune femme étaient pleins de désir, pleins de regret, aussi.

Ses lèvres sensuelles l'attiraient irrésistiblement. Dès cet instant, il n'eut plus qu'une idée en tête : en savourer le goût, la douceur, s'en emparer, se perdre en elles. Renonçant à lutter davantage contre ses pulsions, il inclina la tête et effleura sa bouche d'un baiser. Il la sentit frémir sous la sienne puis s'ouvrir. Avec un gémissement étouffé, il en prit possession, l'explora de sa langue, la conquit.

Labourant ses épaules, Julianna s'accrocha à lui pendant quelques instants de rêve puis plaqua ses paumes contre sa poitrine et le repoussa.

— Non, Richard.

Elle reprit son souffle à grand-peine.

— Ce n'est pas possible. Vous avez une femme. Un enfant.

Richard s'efforça de se dominer de nouveau, de recouvrer l'équilibre qui lui avait rarement fait défaut jusque-là.

— Je donnerais n'importe quoi pour être avec vous, dit-elle encore d'une voix très douce, mais pas de cette façon. Vous vous en voudriez ensuite. Et je ne pourrais pas le supporter.

— Julianna…

— Non.

Elle posa un doigt sur ses lèvres pour le faire taire.

— Ne dites rien. Rentrez chez vous, Richard. Retournez auprès de Kate ; de votre petite fille.

Elle avait raison, bien sûr. Il avait une famille, des responsabilités ailleurs. Pourtant, il hésitait. Sa douceur, sa vulnérabilité le bouleversaient profondément.

Comment résister à la tentation ?

Il ouvrit la bouche mais ne trouva strictement rien à dire. Il n'avait aucune réponse à cela. Il ne pouvait rien y changer.

Sa femme l'attendait.

Sur un dernier regard, un dernier soupir, il partit.

41

Longtemps après le départ de Richard, Julianna resta assise dans le noir à revivre chaque seconde de sa visite, de leur baiser. Elle porta une main à sa bouche qui conservait l'empreinte de ses lèvres et frémit au souvenir de ce contact. Brûlant. Pénétrant. Eperdu.

Elle l'avait désiré tout aussi éperdument, aussi désespérément. Le repousser lui avait coûté un effort surhumain, elle qui ne rêvait que de le retenir à jamais entre ses bras. Elle n'avait trouvé le courage de le faire qu'en se remémorant ce que sa mère lui avait appris sur la manière de conquérir un homme. L'appâter progressivement. Ne jamais succomber trop rapidement. Savoir qu'un homme marié a besoin de justifier sa conduite à ses propres yeux quand il trompe sa femme ; besoin de se sentir vertueux pour avoir tenu bon aussi longtemps qu'il était humainement possible.

La jeune femme esquissa un sourire. Richard avait commis un écart ; il en commettrait d'autres, se laisserait peu à peu envoûter. Comment pourrait-il résister ? Maintenant qu'il avait eu un aperçu de ce que Julianna pouvait lui donner, les baisers distraits de Kate et leurs étreintes rapides suffiraient de moins en moins à le satisfaire. Il rêverait d'autre chose.

Du reste, elle ne pouvait que triompher — car tel était leur destin.

Richard l'ignorait encore mais, déjà, il lui appartenait.

42

Le lendemain matin, Richard se repentit. Bourrelé de remords, il supplia Kate de lui pardonner et cajola Emma en affirmant qu'il l'aimait de tout son cœur. Il mit sa conduite sur le compte du stress et de l'abus d'alcool ; il avait dû perdre la tête et promit que cela ne se reproduirait plus jamais. L'après-midi, il fit livrer un énorme bouquet de fleurs à sa femme ; en rentrant du travail, il apporta un bel ours en peluche à Emma.

Kate accepta de passer l'éponge. Comment aurait-elle pu refuser ? Richard était son mari ; devant Dieu, en présence de leur famille, de leurs amis, elle s'était engagée à partager sa vie pour le meilleur et pour le pire.

L'épisode de la veille était bel et bien à classer dans la catégorie du pire, songea-t-elle ce soir-là, après dîner, en contemplant les reflets de la lune sur le lac depuis le balcon du premier étage. Comme promis, elle pardonnerait ; oublier était une autre affaire, en revanche. En dépit de tous ses efforts, elle ne parvenait pas à chasser de son esprit la scène de jalousie sordide et tout ce que Richard avait dit à ce moment-là ; au sujet d'Emma, en particulier.

Elle avait le sentiment qu'il se produisait entre eux quelque chose d'irréparable, qu'ils étaient manipulés par des forces extérieures, étrangères à leur volonté. Cette curieuse impression la poursuivait depuis plusieurs semaines.

Plissant le front, elle tenta de rassembler ses souvenirs, de remonter à l'origine du malaise afin d'analyser ce qui les avait conduits jusque-là. Tout avait commencé le jour où elle s'était rendue à la séance de dédicace de Luke, songea-t-elle ; ce jour-là, la photo de Richard et Emma avait disparu, et le vieux Joe avait vu une jeune fille sur la balançoire.

La fille sur la balançoire.

Julianna. Emma.

Bien que la nuit fût douce, Kate massa ses bras nus parcourus d'un frisson. Tant d'événements semblaient s'être précipités dans leur vie, ces derniers temps. Troublée, elle songea à l'inexplicable rapidité du processus d'adoption ; à la nouvelle assistante de Richard et à l'antipathie immédiate que la jeune femme lui avait inspirée ; au comportement de Richard et à la photo disparue. Autant de pensées qui n'avaient aucun lien entre elles — aucun, sinon le déséquilibre provoqué dans leur couple par cette accumulation d'incidents, et qui menaçait de le détruire.

— Kate ?

Elle se retourna. Debout dans l'encadrement de la porte, Richard arborait l'expression puérile d'un gamin pris en faute. Agacée malgré elle, Kate rongea son frein, essayant vainement de prendre les choses avec philosophie.

— Tu n'arrives pas à dormir ? demanda-t-il.

— Non.

Il franchit la distance qui les séparait mais ne fit pas un geste pour la toucher. Kate le regarda puis détourna les yeux vers le lac. Leurs rapports s'étaient-ils détériorés au point qu'il ne cherchait plus avec elle le contact physique ? Et que cela la laissait indifférente ?

— Je suis désolé, dit-il.

Il baissa la tête.

— Sincèrement, Kate.

Elle avait déjà entendu ces mots-là de sa part, prononcés exactement de la même manière, bien des années plus tôt. Elle soupira.

— Je sais.

— Me pardonneras-tu jamais ?

— J'essaie.

Mais ce n'était pas aussi facile que naguère ; et cette constatation n'avait rien de rassurant.

Richard lui prit les mains.

— Viens te coucher. Laisse-moi te faire l'amour. Laisse-moi te prouver à quel point je t'aime.

Comme elle hésitait, il porta les mains de sa femme à ses lèvres.

— Tout va s'arranger entre nous, Kate. Tout va redevenir comme avant. Fais-moi confiance. Elle acquiesça et il la conduisit jusqu'à leur chambre — jusqu'à leur lit. Ils firent l'amour et elle se raccrocha aux impressions familières, à l'homme qu'elle connaissait et aimait depuis si longtemps. A l'homme qui l'avait rendue heureuse.

Cependant, dans le secret de son cœur, elle ne put s'empêcher de redouter que rien ne soit plus jamais pareil entre eux, désormais.

43

Couché en chien de fusil, Richard regardait Kate dormir. Deux semaines s'étaient écoulées depuis le soir de leur fameuse dispute — depuis le soir où il avait couru vers Julianna et l'avait tenue dans ses bras. Deux semaines infernales.

Il contempla le visage de sa femme, les traits qu'il connaissait par cœur, qu'il aurait pu dessiner les yeux fermés. Ils avaient suffisamment vécu ensemble pour ne plus rien ignorer l'un de l'autre. Il l'aimait et l'admirait sans mesure. Il enviait sa bonté, sa force de caractère. Il ne pouvait imaginer la vie sans elle.

Pourtant, étendu à son côté dans leur lit, il éprouvait l'étrange impression de prendre ses distances, de s'éloigner insensiblement, irrémédiablement, vers Julianna. Il savait bien qu'il avait tort. Chaque jour, il partait au travail cuirassé par une nuit passée auprès de Kate, conscient de ses responsabilités, de ses obligations morales. N'avait-il pas toujours été un homme de parole ?

Puis, dès qu'il apercevait Julianna, tous ces raisonnements, ces bonnes résolutions s'envolaient en fumée. Auprès d'elle, il retrouvait sa jeunesse, sa vigueur. Elle réveillait en lui des sensations, des élans oubliés depuis des années.

Il était littéralement obsédé par cette femme ; l'idée de lui faire l'amour ne le quittait pas une minute — et il imaginait son odeur, la douceur de son corps, de son sexe, l'expression qu'elle aurait en jouissant.

Oui, il venait de passer quinze jours épouvantables, déchiré entre des sentiments contradictoires, entre son amour pour sa femme et la passion charnelle qu'il éprouvait pour une autre.

Richard s'étendit sur le dos et regarda le ventilateur qui tournait paresseusement au plafond. Une heure plus tôt, à peine, il avait fait l'amour avec Kate — et joui en pensant à Julianna. C'était elle qu'il aurait voulu sentir bouger sous lui, se cambrer contre lui en criant son nom au moment de l'orgasme.

Mais c'était sa femme qui avait crié son nom, et le remords lui avait fait l'effet d'une douche froide.

Avec un soupir, il replia un bras sur son front, écœuré de sa propre faiblesse. Que lui arrivait-il ? Il aimait sa femme. Il aimait la vie qu'ils menaient ensemble.

Mais il désirait Julianna. Il avait tellement envie d'elle que cela finirait par le rendre fou, se dit-il.

Julianna ne l'encourageait pas. Bien au contraire, elle le tenait à distance, apparemment plus consciente qu'il ne l'était lui-même des responsabilités et des obligations morales qui le liaient.

Ils avaient parlé du baiser échangé chez elle, convenant que c'était une erreur qui ne se renouvellerait pas.

« Plus facile à dire qu'à faire », songea Richard avec un grognement étouffé. Entre eux, l'air semblait vibrer, chargé d'attente et de désir inassouvi. Au beau milieu d'une réunion, il se surprenait à fixer la bouche de la jeune femme — et une vague de souvenirs déferlait en lui, le mettant dans tous ses états. Au cours d'une séance de travail, il arrivait que leurs mains ou leurs épaules se frôlent ; ils levaient alors les yeux en même temps et leurs regards s'unissaient ; dans les prunelles sombres de la jeune femme, Richard découvrait le reflet de son propre désir.

S'il ne s'agissait que d'une simple attirance physique, se dit-il encore, il en eût triomphé plus aisément, sans doute. Mais tout en elle le séduisait irrésistiblement. Chaque fois qu'il la regardait, il ressentait un profond besoin de la prendre contre lui, de la protéger et de la posséder — un besoin instinctif, irrépressible et vieux comme le monde ; celui que les hommes éprouvent depuis la nuit des temps pour l'élue de leur cœur. A la fois douce et intelligente, vulnérable et captivante, elle avait toutes les qualités de la femme idéale.

Elle avait proposé de démissionner, lui conseillant de chercher une autre assistante. Il fallait qu'il donne la priorité à sa famille, avait-elle dit. Ils ne devaient pas succomber à la tentation mais faire preuve de volonté.

Il avait refusé. Il ne pouvait pas lui imposer ce sacrifice ; elle avait besoin de ce travail et s'en acquittait à merveille. Il aurait été cruel et injuste de l'en priver.

Non, c'était à lui de se conduire en honnête homme. Il saurait se dominer, être fort. Ce ne serait pas facile — pour lui comme pour elle —, mais ils en étaient capables.

Le téléphone sonna, le tirant de ses rêveries. Il décrocha vivement le récepteur pour éviter qu'Emma ou Kate ne soient réveillées par une seconde sonnerie.

C'était Julianna. Elle pleurait. De façon convulsive, presque hystérique.

— Qu'y a-t-il ? demanda-t-il, inquiet.

— Je ne sais pas quoi faire. J'ai tellement peur.

Richard jeta un coup d'œil oblique sur Kate. Elle s'agita légèrement sans se réveiller. S'asseyant, il appliqua plus étroitement le téléphone contre son oreille.

— Dites-moi ce qui s'est passé.

— Quelqu'un a essayé de s'introduire chez moi. Je dormais et…

Elle s'interrompit brièvement et il l'entendit haleter, cherchant son souffle.

— Le bruit de la poignée qu'on essayait d'ouvrir m'a réveillée et je… j'ai vu une silhouette par la fenêtre.

— J'arrive tout de suite. Assurez-vous que portes et fenêtres sont bien fermées, et ne bougez pas.

Il raccrocha et sortit du lit.

— Richard ? marmonna Kate. Qu'est-ce qu'il y a ?

— Le cabinet, dit-il. Il y a eu effraction.

L'aisance et la rapidité avec lesquelles il proféra ce mensonge le stupéfièrent. Honteux, il aurait voulu pouvoir le retirer. Mais c'était impossible. A présent, il devait l'assumer jusqu'au bout.

— Une effraction ?

Kate se souleva sur un coude, l'air soucieux.

— Je vais aller jeter un coup d'œil.

Incapable de soutenir son regard, il lui tourna le dos pour enfiler son polo et son pantalon de toile.

Complètement réveillée, elle s'assit et écarta les cheveux qui lui tombaient sur les yeux.

— Es-tu certain qu'il n'y a pas de danger ? Je ne sais pas si c'est vraiment une bonne idée de te...

— La police est sur place. Il faut qu'un des associés vienne vérifier si tout est rentré dans l'ordre, remettre en marche le système d'alarme et ainsi de suite.

Se redressant, il lui adressa un petit sourire rassurant.

— C'est bien ma veine, mon numéro de téléphone devait être le premier de la liste.

Kate fronça les sourcils.

— Tout danger est vraiment écarté, maintenant ?

— Absolument.

Le sang battant à ses tempes, Richard contourna le lit et se pencha pour l'embrasser. Ce faisant, il se rendit compte de la place qu'elle tenait dans sa vie, de tout ce qui les unissait l'un à l'autre, de l'amour qu'il éprouvait pour elle ; et du risque qu'il prenait de la perdre.

Non, c'était ridicule. Son imagination l'égarait. N'allait-il pas tout simplement aider une amie qui l'appelait à l'aide ? Une femme seule, complètement affolée ? Il avait menti uniquement parce que... parce qu'il était tard et qu'il voulait éviter une scène. Quoi de plus naturel ?

Une seconde fois, il embrassa sa femme, avec plus de tendresse encore.

— Je t'aime, Kate, murmura-t-il d'une voix légèrement étranglée. Ne l'oublie pas.

Quand il s'écarta, elle s'accrocha un instant à son cou et chercha son regard.

— J'ai peur, Richard.

Il comprit qu'elle ne parlait pas de cette nuit-là ou de la tentative de vol au bureau qui lui servait de prétexte. C'était d'eux qu'elle parlait, du couple uni qu'ils avaient cru indestructible pendant si longtemps.

Il l'embrassa une dernière fois ; sans doute moins pour la rassurer que pour se justifier à ses propres yeux.

— Il n'y a aucune raison de t'inquiéter, affirma-t-il avec un sourire faussement désinvolte. Je serai de retour avant que tu aies pu dire ouf.

44

Julianna ouvrit la porte et Richard pénétra dans l'appartement. Il referma derrière lui et tira le verrou, puis il se tourna vers elle pour la regarder. Ils étaient adultes tous les deux ; ils savaient exactement ce qu'ils faisaient — pourquoi il avait accouru sur-le-champ, inventant un prétexte et embrassant sa femme à trois reprises avant de la quitter.

Ils n'échangèrent pas un mot. Julianna vint se blottir dans ses bras et se serra contre lui. A travers la fine étoffe de sa chemise de nuit, il sentit le modelé de son corps tout entier, chaque rondeur, chaque creux. Plaquant les mains sur ses reins, il l'attira plus près pour lui prouver l'intensité de son désir.

Le contact la fit frémir de la tête aux pieds et sa bouche exhala un soupir trop longtemps contenu. Elle se frotta voluptueusement contre son sexe tendu, s'accrocha à lui en tremblant.

Il lui arracha sa chemise de nuit ; elle lui ôta ses vêtements. Une fois nus, ils roulèrent ensemble sur la moquette. Elle le prit d'abord entre ses mains puis dans sa bouche, lui procurant des sensations dont il avait seulement rêvé jusque-là.

Haletant, il s'allongea sur le dos, la souleva et la plaça à califourchon sur son bassin. Elle se mit à onduler des hanches, faisant grimper en lui la fièvre. Et quand elle cambra le dos en poussant un cri rauque, un violent orgasme le secoua à son tour.

Tandis qu'ils gisaient côte à côte, pantelants et luisants de sueur, Richard prit soudain conscience de la gravité de son acte. Il avait baisé une autre femme, manqué à sa parole, commis l'adultère que ses principes lui interdisaient.

Seulement, cette fois, il ne pouvait mettre sa conduite sur le compte de l'alcool ou de la négligence de Kate à son égard ; il ne pouvait pas s'en prendre à Luke Dallas. Il avait agi en toute connaissance de cause, sans rien ignorer des conséquences possibles.

Les conséquences. Sa gorge se noua brusquement.

Bon sang, il avait gâché l'existence de rêve qu'ils menaient jusque-là. Il avait tout foutu en l'air pour une femme, pour pouvoir batifoler un moment à sa guise.

Julianna soupira d'aise en se blottissant contre lui, et ce qu'il avait fait le rendit malade. Pourtant — Dieu lui pardonne ! — il avait bien l'intention de recommencer. Tout de suite. Demain. Et après-demain.

Son corps s'apaisa peu à peu. Il enlaça plus étroitement la jeune femme. Tout en cherchant désespérément un moyen de revenir sur l'acte qu'il avait commis, de redevenir l'homme estimable qu'il était encore une minute avant de succomber, il comprit qu'il ne pouvait — ni ne voulait — faire marche arrière.

Maintenant qu'il avait possédé Julianna, il ne pouvait envisager de renoncer à elle. Le virus courait dans son sang ; rien ne pourrait le guérir d'elle, désormais.

SIXIÈME PARTIE

La menace

45

Debout au beau milieu du minuscule appartement de Julianna, John grimaça un sourire triomphant. Bientôt, ils seraient réunis. Comme ce serait bon, songea-t-il, frémissant d'impatience. Un vrai paradis.

Il promena les yeux sur la pièce avec un mélange de curiosité et de répulsion. Il n'y avait là ni berceau, ni jouets, ni parc, et aucun relent de biberon ou de talc ne flottait dans l'air — rien qui signalât la présence d'un bébé dans les parages. Ainsi, à la réflexion, elle s'était finalement rangée à son point de vue et avait choisi d'avorter.

Quoi d'étonnant à cela ? Julianna était une enfant gâtée, accoutumée au luxe, habituée à être choyée, admirée, dorlotée. On l'imaginait mal veillant nuit et jour sur un marmot braillard, changeant des couches et préparant des biberons.

Comment pouvait-elle vivre dans ce minable deux pièces, ou accepter un emploi tel que celui qu'elle avait quitté récemment ? se demanda-t-il, écœuré. Décidément, plus rien ne le surprendrait de sa part — tant elle était tombée bas depuis son départ.

D'ailleurs elle serait déjà revenue auprès de lui sans sa mère et cet animal de Russel. Ils l'avaient effrayée.

Ils lui avaient appris des choses sur son compte qu'elle n'avait pas à savoir ; elle avait perdu la tête et pris peur. A présent, elle redoutait les conséquences de sa propre désobéissance — et de sa trahison.

John secoua la tête d'un air navré. Son ange avait perdu la grâce. Elle avait été bien punie par l'existence qu'elle menait depuis lors ;

mais pas suffisamment. Elle devait encore payer pour ce qu'elle avait fait ; il veillerait à lui ôter l'envie de recommencer.

John gagna le bureau installé dans un renfoncement du séjour et se mit à feuilleter la pile de courrier posée sur un coin : prospectus publicitaires, quittances de loyer et factures diverses. Il ouvrit la dernière facture de téléphone et en examina le relevé : une douzaine d'appels pour La Nouvelle-Orléans — tous adressés au même numéro —, deux demandes de renseignements au service longue distance et un appel pour Langley, en Virginie.

La CIA. John se rembrunit en reconnaissant le numéro familier de l'Agence. Pourquoi avait-elle appelé le siège de la CIA ?

Il glissa la facture dans sa poche, et se rappela soudain l'autre motif pour lequel il tenait à retrouver Julianna : son carnet. Il contenait des informations précieuses : noms, dates, lieux, sommes d'argent. John avait tout noté pour s'en servir en cas de besoin, par exemple s'il prenait à quelqu'un l'envie de l'envoyer en prison. Il y avait là de quoi compromettre un certain nombre de personnes, qui auraient été ravies de mettre la main dessus — notamment quelques anciens compagnons d'armes de la CIA. Il devait à tout prix le récupérer.

En découvrant la disparition du carnet, il avait vu rouge. Sa rage s'était à la fois dirigée contre Julianna pour le caractère délibéré, prémédité, de ce vol — et contre lui-même, qui lui avait accordé une confiance stupide.

Il ne renouvellerait pas cette erreur.

John entreprit de fouiller l'appartement, d'abord le bureau et le séjour, puis la cuisine et la salle de bains. Il procéda méthodiquement, passant en revue les cachettes courantes et celles qu'elle aurait pu considérer comme astucieuses. Il examina les plinthes, à la recherche d'un élément décollé et fit de même avec le plancher ; il fouilla le contenu du congélateur et le garde-manger, jeta un coup d'œil dans la chasse d'eau et sur les étagères, derrière les piles de linge.

Pour finir, il entra dans sa chambre, la visitant de fond en comble, et terminant par la commode — qu'il inspecta à partir du tiroir du bas. En ouvrant celui du haut, il se figea brusquement. Il y avait là tout un assortiment de dessous affriolants et de nuisettes légères. Désorienté, il les contempla un instant sans comprendre. Puis il prit l'un des strings en dentelle noire et l'examina ; c'était le genre de sous-vêtements que portaient les femmes libérées, accoutumées à baiser à droite et à gauche. Le type de femmes dont l'âme avait été polluée. Pas sa Julianna — pas la douce enfant qu'il avait aimée si tendrement, pendant si longtemps.

Il froissa l'étoffe entre ses doigts tandis que le sang lui montait à la tête, tambourinait à ses tempes. Imaginer sa petite fille chérie, sa perle rare, dans ces vêtements de traînée le rendait malade. Et si elle les portait, à l'intention de qui le faisait-elle ?

Incapable de se contrôler davantage, il donna libre cours à sa rage et se mit à déchirer un à un ces répugnants oripeaux, s'aidant de ses dents pour arracher les élastiques, les jetant à travers la pièce.

La leçon qu'il lui avait administrée le dernier soir n'avait pas suffi. Il fallait la châtier davantage. Il allait lui montrer qu'elle était dans l'erreur. Tous les enfants renâclent sous le joug des aînés chargés de les éduquer. La révolte de Julianna devait être matée.

Il s'efforça de respirer plus calmement, s'assouplit les doigts, reprit son aplomb. Dès qu'il l'aurait punie, tout reprendrait entre eux comme avant. Mieux qu'avant.

Il patienterait. Il attendrait son heure, jouerait au chat et à la souris avec elle, ébranlerait le petit univers tranquille qu'elle s'était créé.

Mais d'abord, il allait lui faire un cadeau.

S'approchant du lit, il repoussa la couette jusqu'au pied. Puis, agenouillé sur le bord, il défit sa braguette et prit son pénis dans sa main. Lentement, il se mit à se caresser, les yeux fermés, songeant à sa peau douce comme la soie, aux boutons de rose de ses petits seins fermes, au pubis lisse, humide et frais. Le mouvement de sa main s'accéléra tandis qu'il haletait de plus en plus fort. Avec un gémissement rauque, il éjacula sur le drap.

Après s'être rajusté, il sortit un canif de sa poche et l'ouvrit. Sans sourciller, il appuya la lame aussi affûtée qu'un rasoir sur le tranchant de sa main libre. La peau se fendit, une traînée de sang écarlate recouvrit la pointe du couteau.

Satisfait, il avança la main et regarda le sang couler sur le lit, se mélanger au sperme répandu au beau milieu du drap. La vie et la mort. Le commencement et la fin. Maintenant et à jamais.

Elle comprendrait.

46

— Qu'avez-vous trouvé ? demanda Morris sans préambule en se tournant vers Condor.

Les deux hommes étaient assis sur un banc dans le hall de la Gare de l'Union, à Washington. Une foule dense circulait en tous sens — banlieusards prenant leur train, touristes et hommes d'affaires. Le bruit émanant de cette humanité trépidante résonnait dans l'immense salle, se répercutait à travers les voûtes du plafond d'une hauteur vertigineuse.

— Pas grand-chose, répondit Condor en balayant de la main quelques miettes de biscuit tombées sur ses genoux.

Une petite pâtisserie dans la galerie marchande du niveau au-dessous vendait les meilleurs cookies au chocolat qu'on pût imaginer. Gourmand, Condor avait succombé à la tentation.

Il tendit le sachet à Morris.

— Un cookie ?

Son compagnon lorgna les gâteaux avec convoitise et se servit.

— Merci.

— Powers n'est pas revenu à son appartement, reprit Condor. Il n'a voyagé sous aucun des noms d'emprunt que nous lui connaissons. J'ai mené une enquête approfondie qui n'a rien donné. L'homme a disparu de la circulation.

— Je ne crois pas.

Condor jeta un coup d'œil sur son supérieur.

— Non ?

— Non.

Morris rompit un morceau de biscuit.

— L'Agence a reçu un appel intéressant il y a deux mois environ ; d'une certaine Julianna Starr. Elle voulait parler à Clark Russel.

— Julianna Starr, répéta Condor. Y aurait-il un lien de parenté avec le macchabée ?

— C'est sa fille. J'aurais transmis l'information plus tôt mais l'employé qui a pris l'appel était un nouveau et la chose nous a d'abord échappé.

— Que pouvait-elle bien vouloir à Russel ?

— Bonne question ; dont j'aimerais connaître la réponse.

Morris marqua une pause.

— En tout cas, reprit-il, nous avons appris un certain nombre de choses sur son compte : elle ne s'est pas présentée aux obsèques de sa mère et n'a pas non plus touché son héritage. Les voisins et relations de sa mère affirment ne l'avoir pas revue depuis fort longtemps. N'est-ce pas étrange, compte tenu des circonstances ?

Perplexe, Condor fronça les sourcils.

— Peut-être ignore-t-elle que sa mère est morte ; ou bien, au contraire, a-t-elle été témoin du double assassinat. Dans ce cas, elle se cache pour sauver sa peau et appelle Russel à l'aide — ou solliciter de lui quelque renseignement.

— C'est exactement ce que j'ai pensé.

— Deux mois, c'est bien long. Cette Julianna pourrait s'être éclipsée Dieu sait où, à présent.

Renversant la tête, Condor observa la somptueuse coupole du plafond.

— Vous avez une adresse ?

— Et une photo, répondit Morris en lui tendant une large enveloppe de papier bis. Etes-vous jamais allé en Louisiane du Sud ?

— En fait, j'en reviens tout juste.

— J'espère que le climat vous a plu, l'ami ; vous retournez visiter la région.

47

Julianna ouvrit la porte de son appartement et entra en coup de vent. Richard s'était arrangé pour s'éclipser avec elle à l'heure du déjeuner. Un déjeuner qu'ils allaient partager chez elle — au fond du lit. Après avoir fait longuement l'amour.

La jeune femme referma derrière elle sans prendre la peine de tirer le verrou ; Richard allait la rejoindre dans quelques minutes, une fois qu'il aurait acheté des sandwichs au bar du coin.

Elle avait décidé de l'attendre au lit, nue et frémissante d'excitation.

Ces trois dernières semaines s'étaient écoulées comme un rêve. Son nouvel amant comblait tous ses espoirs, et même davantage. Il la traitait comme une femme — comme son égale —, l'encourageait à exprimer ses opinions et ne se fâchait pas quand elles étaient différentes des siennes.

Leurs étreintes passionnées lui avaient procuré l'épanouissement des sens — tout ce qui lui manquait avec John. Elle avait d'abord hésité à lui faire part de ses désirs. Mais à présent, elle savait qu'il appréciait ses initiatives ; qu'il aimait l'audace avec laquelle elle explorait son corps, formulait ses fantasmes secrets et décrivait ce qui lui plairait tout particulièrement.

C'était une expérience fabuleuse. Pour la première fois de sa vie, elle se sentait libre, vivante, et réellement femme. Ils faisaient l'amour où et quand l'envie leur en prenait ; au bureau de Richard entre deux réunions, dans la Mercedes garée au bord du lac — vitres ouvertes pour laisser pénétrer l'air frais de l'automne —, dans les lavabos d'un restaurant et même, une fois, dans le lit matrimonial des Ryan en l'absence de Kate.

Quand ils étaient ensemble, ils ne parlaient jamais de Kate. Ni d'Emma. Ils n'évoquaient pas le fait qu'il était marié et ne faisaient aucun projet d'avenir. Pour le moment, Julianna ne s'en souciait pas trop. Sa mère avait été de bon conseil, et elle se garderait bien de le harceler. Il fallait qu'il en vînt tout seul à la conclusion qu'il ne pouvait pas vivre sans elle.

Du reste, elle avait mieux à faire que d'aborder une question dont elle connaissait déjà la réponse. Ils étaient destinés l'un à l'autre. Ils vivraient donc ensemble. Pour toujours.

Sitôt dans sa chambre, Julianna ôta tous ses vêtements à l'exception du string et du soutien-gorge. S'approchant du lit, elle écarta la couette et se figea brusquement avec un petit cri étranglé. D'où provenait cette bouillie sanguinolente, au beau milieu de son lit ? se demanda-t-elle, prise de nausée.

Pétrifiée, elle contempla le spectacle et porta une main à sa gorge tandis que la vérité commençait à se frayer un chemin dans son esprit. Elle recula vivement, horrifiée. Son regard tomba alors sur la commode, le tiroir du haut grand ouvert, ses vêtements éparpillés. Le cœur battant à se rompre, elle traversa la pièce avec précaution, comme si la moquette risquait d'être également contaminée.

Elle vit alors qu'il ne s'agissait pas de n'importe quels vêtements — mais de sa lingerie et de ses déshabillés sexy, en lambeaux.

John. Il l'avait retrouvée.

— Julianna ? appela Richard depuis l'entrée. J'apporte de quoi nous restaurer, chaton.

— Richard !

Elle se précipita vers la porte, l'ouvrit à la volée et la fit claquer derrière elle, craignant qu'il vît ce qu'avait fait John.

Dans un élan éperdu, elle courut jusqu'à lui et se jeta à son cou.

— Dieu soit loué, te voilà.

— Tu es toute tremblante.

Il l'écarta légèrement de lui, scrutant son visage, l'air inquiet.

— Qu'as-tu donc ? Que s'est-il passé ?

Julianna secoua la tête et se blottit de nouveau dans ses bras, incapable de le regarder en face. Elle brûlait de lui avouer la vérité à propos de John, mourait d'envie de se faire rassurer, réconforter. Mais elle n'osait pas. Comment lui raconter cette épouvantable histoire sans le faire fuir ? Il risquait de ne plus vouloir d'elle, ensuite. Et elle ne pouvait pas supporter l'idée de le perdre.

Une partie de la vérité suffirait, songea-t-elle en s'accrochant à lui et en s'efforçant de dominer sa terreur.

— Julianna ? insista-t-il. Chaton, parle-moi.

Encore une fois, il l'éloigna de lui, l'obligeant à le regarder dans les yeux. Ceux de la jeune femme s'emplirent de larmes.

— A Washington, j'ai fréquenté un homme, un homme épouvantable. En fait, c'est à cause de lui que je me suis réfugiée ici. Pour lui échapper.

Sa voix s'étrangla malgré elle et elle tenta de s'éclaircir la gorge. Attentif, Richard semblait pressé d'entendre la suite.

— C'est un être malfaisant, Richard. S'il me trouve, il va me faire du mal. Je sais qu'il le fera.

— Et tu penses qu'il t'a retrouvée ?

— Oui. En rentrant ici, je… j'ai…

Lui prenant la main, elle le conduisit jusqu'à la chambre. Elle lui montra le lit, puis sa lingerie éparpillée.

Richard examina les dégâts et une expression menaçante se peignit sur ses traits.

— Comment peux-tu être sûre que c'est lui qui a fait ça ?

— Je n'en suis pas sûre, je suppose seulement… Qui d'autre aurait pu se laisser aller à délirer ainsi dans ma chambre ?

— N'importe quel désaxé traînant dans les parages. Un type qui t'aurait remarquée et suivie avant de s'introduire chez toi. Ça ne me plaît pas du tout.

Julianna se mit à claquer des dents. Prenant son peignoir accroché derrière la porte du placard, elle l'enfila.

— Toutes les issues étaient-elles fermées ? demanda Richard.

— Je crois… Je n'en sais rien. La porte d'entrée, oui, puisque je me suis servie de la clé pour entrer.

Ils firent le tour de l'appartement. La porte du fond était verrouillée mais ils trouvèrent deux fenêtres entrouvertes. Richard les ferma soigneusement avant de regagner le séjour.

— Il va falloir te montrer extrêmement prudente, dit-il. Procure-toi une bombe lacrymogène et ne sors jamais seule le soir. Tâche de repérer si quelqu'un a l'air de te suivre ou de rôder dans les parages. Admettons que tu remarques un type au marché et que tu le revoies ensuite au poste d'essence : dans ce cas, avertis immédiatement la police.

— La police ? répéta Julianna. C'est vraiment indispensable ?

— Oui.

Il plongea les yeux dans les siens, l'air grave.

— Je vais m'en aller, Julianna. Dès que je serai parti, je veux que tu t'habilles et que tu appelles la police.

Luttant contre les larmes, elle resserra les pans de son peignoir.

— Tu vas t'en aller ?

— Je ne peux pas me trouver là quand la police arrivera. Ce serait… Tu me comprends, n'est-ce pas ?

Elle acquiesça d'un air pitoyable et réprima un frisson.

— Je suis morte de peur, Richard.

Il la reprit entre ses bras solides, nichant la joue de la jeune femme contre sa poitrine. Puis il effleura sa tête d'un baiser.

— Nous allons régler cette affaire, chaton. Je ne laisserai personne te faire du mal.

— Tu le promets ? murmura-t-elle en levant les yeux sur lui.

Richard prit son visage en coupe dans ses mains.

— Tu n'as aucune raison d'avoir peur, Julianna, chuchota-t-il en approchant ses lèvres des siennes. Plus aucune.

48

— Hourra ! Kate est de retour ! s'écrièrent à l'unisson Marilyn, Tess et Blake quand la jeune femme franchit le seuil du Grain de Fantaisie le lundi matin.

Le congé de maternité qu'elle s'était accordé avait officiellement pris fin ; bien qu'elle eût continué à diriger l'affaire à distance et fût même venue travailler de temps en temps au cours des six derniers mois, ce lundi était son premier jour de reprise à plein temps.

Kate s'arrêta net, surprise et profondément émue. Ses employés avaient accroché une banderole au-dessus du comptoir avec ces simples mots : « Elle est de retour ! » Des ballons rouges et bleus décoraient chaque table et un bouquet de cœurs gonflables multicolores flottait à l'angle du bar.

Les trois jeunes gens se précipitèrent pour l'accueillir. Marilyn prit Emma, Tess lui ôta des mains le grand sac du bébé et Blake la saisit par le bras.

— Entrez, entrez, ma belle. Les surprises ne font que commencer.

Ils l'entraînèrent au fond de la salle. L'angle le plus retiré avait été aménagé en coin de jeux pour Emma, séparé du reste par une barrière pliante et rempli de jouets pour tout-petits. Un tapis en patchwork recouvrait le carrelage et, sur un joli dessin collé au mur, se détachaient les mots « COIN BEBE ».

Ils se mirent à parler tous à la fois.

— Nous nous sommes réunis…

— Et quelques-uns des habitués, aussi…

— … pour trouver le youpala, le petit manège et le culbuto.

— C'est moi qui ai fait le dessin, dit Tess.

— Nous voulions préparer quelque chose pour Emma, pensant qu'ainsi…

— Le travail serait beaucoup plus facile pour vous…

— Avec le bébé.

Marilyn la gratifia d'un radieux sourire.

— Nous sommes si contents que vous soyez enfin là, Kate. Vous nous avez vraiment manqué.

Kate regarda tour à tour ses employés, les larmes au bord des yeux.

— Je ne sais pas quoi dire. Vous êtes vraiment adorables, tous les trois.

— Bon, tant mieux, répondit Blake avec une petite moue malicieuse, parce que ce n'est pas tout.

Il lui reprit la main.

— Votre bureau, à présent.

— Mon bureau ? répéta-t-elle d'une voix frêle.

Pouffant comme des gamins, ils la guidèrent jusqu'à la pièce. Là, ils avaient installé un ravissant berceau et un superbe fauteuil à bascule datant du début du siècle.

— Le fauteuil appartient à ma sœur, expliqua Marilyn. Elle a dit que vous pouviez vous en servir aussi longtemps que vous voudrez.

Kate secoua la tête.

— C'est vraiment trop, les enfants ; vraiment, je vous assure.

— Richard nous a aidés.

— Il est au courant ?

— Bien sûr.

Tess se mit à rire.

— Il nous a donné carte blanche au rayon bébé. On s'est amusées comme des folles, Marilyn et moi. Je me sens vraiment faite pour dépenser l'argent des autres.

Soudain, ils entendirent frapper à la porte puis quelqu'un appela :

— Hello ! Il y a quelqu'un ?

Blake regarda sa montre.

— Oh ! là, là ! vous avez vu l'heure ? Nous sommes ouverts depuis dix minutes.

— Nous aurions dû ouvrir il y a dix minutes, corrigea Kate en se dirigeant bien vite vers l'entrée de la salle. Dites-moi qu'il n'y a plus qu'à servir le café et que les menus du jour sont prêts.

Hélas, rien n'était prêt. La course contre la montre commença. A mesure que la journée avançait, une bonne partie des habitués vint saluer Kate et s'extasier sur Emma. Les fournisseurs étaient en retard, l'appareil à cappuccino tomba en panne et un groupe de mères flanquées d'enfants en bas âge laissa sa progéniture se déchaîner librement entre les tables.

En somme, tout se passa comme à l'ordinaire. Kate se réjouit secrètement d'être de retour. Dès la première accalmie, Marilyn se glissa vers elle.

— Comment ça va avec Richard ?

Kate considérait tous ses employés comme des amis mais elle était particulièrement proche de Marilyn. Elles se parlaient volontiers, se confiant mutuellement leurs idées, leurs projets ou leurs menus soucis. Quelque temps auparavant, Kate avait évoqué les difficultés de Richard à s'adapter à la présence du bébé dans leur vie.

Kate sourit, ravie de pouvoir répondre franchement que tout allait bien. Quoique souvent absent — la campagne électorale battait son plein et d'importants procès l'occupaient énormément —, Richard se montrait tendre et attentif à la maison ; à son égard et à l'égard d'Emma. Le fait qu'il témoignât enfin de l'affection à sa fille lui réchauffait le cœur. Il lui apportait fréquemment un petit cadeau en rentrant — jouet en peluche ou livre d'images ; il prenait même l'habitude d'offrir des fleurs à sa femme, songea Kate en souriant à part soi.

On pouvait dire que, depuis leur dernière dispute, Richard avait changé — pas seulement dans son attitude mais de manière plus fondamentale, comme s'il était devenu un autre homme.

— Je suis bien contente, dit Marilyn quand Kate eut terminé.

Rien de tel que la mauvaise conscience pour remettre un homme sur la bonne voie.

Blake passait auprès d'elle, un carton de serviettes en papier sous le bras, de sorte qu'il entendit la fin de sa phrase.

— Remettre un homme sur la bonne voie ? répéta-t-il, pince-sans-rire. Chérie, tes goûts sont ce qu'ils sont mais ce n'est pas une raison pour couper l'herbe sous le pied des autres, tout de même.

— Pourquoi ramènes-tu toujours tout au sexe ?

Le jeune homme sourit.

— Ma foi, à chacun sa spécialité, paraît-il ; il se trouve que, pour ma part, je suis le virtuose du phal…

Kate leva les mains pour les arrêter.

— A présent, plus aucun doute : je suis bien de retour.

— Dans ce cas, vous êtes prête à vous remettre à niveau ? demanda Blake tout en rangeant le carton sous le bar. Ici, c'est plus mouvementé que les meilleurs épisodes de Peyton Place, ces temps-ci.

— Oh, vraiment ? Si vous profitiez de ce moment de tranquillité pour me raconter un peu tout cela ?

— Ralph et sa femme se sont séparés, dit Tess, parlant de l'un des habitués. Elle a obtenu la garde du chat et la jeep.

— Il était anéanti, ajouta Blake. Il adorait la voiture ; et il avait tout juste fini de rembourser l'emprunt.

Ils lui apprirent ensuite que leur écrivain maison venait enfin d'être édité, que le gros Burt Beals avait perdu quinze kilos grâce à un régime sans sucre et que leur célibataire la plus endurcie venait de se retrouver enceinte.

— N'oublions pas les cinq grands amours de Tess qui se sont succédé coup sur coup — si j'ose dire.

— Cela fait six, je crois, corrigea Marilyn en riant.

— J'ai tout entendu, lança Tess en surgissant inopinément, Emma dans les bras.

Manifestement fascinée par ses longs cheveux blonds, le bébé en tenait solidement une poignée entre les doigts.

— Qu'est-ce que j'y peux si je finis toujours par trouver un défaut majeur à mes princes charmants ? reprit la jeune femme.

Elle se tourna vers Marilyn et Blake.

— Lui avez-vous parlé du nouveau ?

— Il s'agit du dernier en date de nos habitués, expliqua Marilyn tout en servant un client au comptoir. En fait, il y en a trois.

— Tous des hommes, précisa Tess ; mais un seul d'entre eux, Nick Winters, mérite le détour ; il est absolument craquant.

Kate dégagea les cheveux de Tess et lui reprit Emma.

— Décrivez-les-moi ; à commencer par ce Winters.

— Il est vraiment mignon, affirma Tess.

Elle fit le tour du comptoir pour aller aider Marilyn, prit une commande et lança un clin d'œil à Kate.

— Et célibataire, par-dessus le marché.

— Et trop âgé pour toi, répliqua Marilyn en écarquillant les yeux. Mais elle a raison : c'est un bel homme — très viril, et intellectuel, de surcroît. Il enseignait la philosophie à l'université de Cleveland ; récemment, à la suite d'un gros héritage, il a démissionné de son poste, vendu tout ce qu'il possédait et mis les voiles.

— Que vient-il faire par ici ?

— Il a entrepris un tour complet des Etats-Unis et s'est arrêté en Louisiane pour une escale ; la région lui plaît tellement qu'il s'y attarde depuis plusieurs semaines.

— Et puis il y a Steve Byrd, mon préféré, dit Blake. Un authentique baba cool, condensé de la mode des années soixante — jusqu'aux cheveux longs coiffés en queue-de-cheval. Il suit le groupe des Grateful Dead depuis vingt-cinq ans et gagne sa vie en vendant leur attirail à chaque concert. La mort de Jerry Garcia lui a ôté le goût de la vie, paraît-il.

— A mon avis, sa matière grise a été largement entamée par la drogue, renchérit Marilyn. Je n'ai jamais pu comprendre comment une bonne partie de cette génération a pu se détruire ainsi.

— Il ajoutera probablement un peu de fantaisie à notre assortiment habituel, dit Kate en riant. Eh bien, si vous me disiez quelques mots du troisième larron ? Ils sont bien au nombre de trois, n'est-ce pas ?

Ses employés échangèrent des regards embarrassés. Blake s'éclaircit la gorge.

— Il nous effraie un peu. C'est un ancien militaire, pas très bavard. Il se pointe tous les jours et observe Steve avec une animosité inquiétante. Il déteste manifestement tous les personnages un peu marginaux — y compris Beanie et moi.

Blake réprima un frisson.

— C'est le genre de type qui s'en prend volontiers aux pédés.

— Comment s'appelle-t-il ? demanda Kate.

— Je l'ignore. Je vous l'ai dit : il ne parle pas beaucoup.

— J'ai essayé d'engager la conversation avec lui, dit Tess. Il s'est montré si désagréable que j'ai aussitôt battu en retraite.

— Pour une fois, je suis d'accord avec Blake, admit Marilyn. Le bonhomme me fait l'effet d'un vrai bloc de glace.

Un vrai bloc de glace ? Kate fronça les sourcils, perplexe. Pourquoi un individu de cette espèce se mettrait-il à fréquenter un endroit comme le Grain de Fantaisie ? Il n'avait aucune raison de le faire, à moins de chercher les ennuis.

Il faudrait s'arranger pour l'empêcher d'en trouver.

49

John était assis sur un banc du parc, par une belle journée d'octobre, lumineuse et douce. Devant lui, la surface lisse du lac Pontchartrain étincelait comme un diamant, à peine troublée, de temps à autre, par une mouette plongeant sur quelque proie aquatique. Au-dessus de sa tête, les branches d'un immense chêne centenaire — impressionnant chef-d'œuvre de la nature — s'élançaient vers le ciel limpide.

Un spectacle magnifique, songea John. Somptueux, apaisant ; à n'importe quel autre moment, un tel paysage l'aurait empli de bonheur. Mais, en cet instant, rien ne pouvait apaiser sa fureur.

Il respira profondément, s'efforçant de se dominer. Il avait suivi Julianna, mené son enquête. Il savait où elle travaillait, connaissait ses horaires ; elle ne fréquentait pas les autres employés, avait donné naissance à une fille aussitôt abandonnée à des fins d'adoption. Il savait même qui l'avait adoptée.

Il savait tout.

Il leva les yeux sur le ciel sans nuages, d'un bleu de carte postale. Absolument *tout*.

Julianna baisait avec quelqu'un d'autre. *Sa* Julianna. L'élue de son cœur. John s'assouplit les doigts, revoyant en pensée le tiroir rempli de dessous vulgaires, l'imaginant ainsi vêtue, abandonnée entre les mains de l'homme.

Comme sa mère, elle était devenue une putain. Elle avait oublié tout ce qu'il lui avait appris sur la loyauté, la fidélité.

Une *putain*.

Une rage inexprimable s'empara de lui. Il l'avait crue différente des autres ; meilleure qu'elles — exceptionnelle. Elle l'avait été, naguère.

Un gémissement sourd s'échappa de ses lèvres, semblable à la plainte d'un animal blessé ; un gémissement de regret, comme à la mort d'un être cher. Car, en perdant sa pureté, sa lumière, Julianna avait sombré dans le néant.

Il ferma les yeux, évoquant l'image de la petite fille qui lui était apparue le tout premier jour, rayonnante d'innocence, de bonté ; ses yeux candides avaient fait vibrer en lui des fibres insoupçonnées, réchauffé son cœur de glace.

Comment avait-il pu se tromper ainsi sur son compte ? Et comment allait-il pouvoir vivre sans elle, à présent ?

Une mère et sa petite fille passèrent devant lui main dans la main. L'enfant devait avoir sensiblement le même âge que Julianna lors de leur première rencontre ; au passage, elle tourna la tête, le gratifiant d'une œillade aguicheuse, déjà coquette.

Il la regarda d'un œil indifférent. Elle ne possédait pas cette lumière intérieure, cette beauté d'esprit qui caractérisaient Julianna ; qui la rendaient différente des autres — supérieure aux autres.

Il ne s'était pas trompé sur son compte.

Non, songea-t-il en recouvrant un semblant d'énergie. Julianna n'était pas comme les autres. Mais elle était également bien jeune et son âme avait gardé l'impétuosité de l'enfance, ce qui la rendait facile à manipuler.

Elle n'avait pas été accoutumée à se prendre en charge. Perturbée, elle s'était tournée vers ce Richard, ce moins-que-rien. John n'étant plus là pour la diriger, elle s'était laissé entraîner sur la même voie que sa mère.

John se leva. Haut dans le ciel, une mouette tournoya en riant puis descendit en piqué sur le lac.

Il devait se débarrasser de l'homme. Du bébé. De la femme. Les complications s'étaient accumulées. Il fallait agir.

Une fois les obstacles éliminés, il saurait si Julianna était vraiment digne de son amour.

50

Pendant les quelques jours qui suivirent, Kate fut débordée, exténuée. Le retour au Grain de Fantaisie après plusieurs mois de congé n'allait pas de soi. Emma devait s'adapter, elle aussi. L'agitation constante et le défilé de nouveaux visages tenaient l'enfant en haleine toute la journée et il était bien difficile ensuite de la calmer, surtout au moment du coucher. Après avoir bercé sa fille dans le fauteuil à bascule et l'avoir mise au lit, Kate trouvait tout juste l'énergie suffisante pour se déshabiller et s'écrouler sur son lit.

De surcroît, toute une série de petits tracas domestiques était venue grossir le flot de ses occupations — crépitements sur la ligne téléphonique et apparition inopinée d'un agent de la compagnie venu vérifier les appareils ; sécheresse persistante obligeant à arroser le jardin chaque soir ; panne du réfrigérateur qui avait finalement rendu l'âme six ans seulement après son acquisition.

Mais, en dépit de tout cela, une petite phrase prononcée par Marilyn lui revenait continuellement à l'esprit, avec une insistance presque obsessionnelle.

Rien de tel que la mauvaise conscience pour remettre un homme sur la bonne voie.

Richard avait-il un poids sur la conscience ? se demanda Kate tout en aidant au service des tables en terrasse. Etait-ce la raison de ses attentions récentes ? De sa délicatesse ? A quoi fallait-il attribuer le flux constant de menus cadeaux dont il les couvrait depuis quelque temps, Emma et elle ?

Elle pouvait comprendre qu'il se sentît coupable de ce qu'il avait dit le soir de leur fameuse altercation — à propos de Luke, et d'Emma. Le souvenir de son comportement, quand il avait essayé d'abuser d'elle, pouvait à juste titre l'inonder de remords. Pour sa part, elle en gardait un souvenir cuisant.

Mais y avait-il autre chose ? Quelque chose de plus ?

Elle débarrassa la table, ramassa serviettes et sachets de sucre usagés et les entassa dans un bol vide avant de passer une éponge humide sur la surface. Elle devenait paranoïaque, se laissait emporter par son imagination, se dit-elle. Elle n'avait pas cessé d'inventer des histoires depuis le jour où le vieux Joe avait vu une fille sur la balançoire.

La fille sur la balançoire. Pourquoi y songeait-elle souvent, et avec une telle impression de malaise ?

Justement, en levant les yeux, Kate vit son voisin s'approcher, tenant son chien en laisse — comme si quelque phénomène de télépathie l'avait fait subitement apparaître.

Une main en visière au-dessus des yeux pour se protéger du soleil, elle agita l'autre dans sa direction.

— Joe, venez prendre un café avec moi, appela-t-elle. Je vous invite.

Il la salua à son tour et traversa la rue pour la rejoindre. Une minute plus tard, ils étaient attablés face à face sur la terrasse du Grain, une tasse de café devant eux et un bol d'eau fraîche à leurs pieds pour l'animal haletant.

Ils échangèrent d'abord quelques plaisanteries, puis Kate entra dans le vif du sujet.

— Je me posais des questions à propos de la jeune fille que vous avez vue sur la balançoire, dit-elle. Pourriez-vous me la décrire de manière un peu plus précise ?

La question ne parut pas surprendre le vieux Joe. Il se gratta légèrement la tête.

— Voyons, laissez-moi réfléchir, murmura-t-il. Cela fait un certain temps et je ne l'ai pas approchée de très près, vous savez.

Il regarda Kate, plissant le front.

— Ses cheveux étaient à peu près de la couleur des vôtres,

et sa coiffure du même style. C'était une fille toute jeune, une étudiante, peut-être. Et elle portait une minijupe.

Il secoua la tête avec une moue réprobatrice.

— Quelle idée de se balancer dans cette tenue, si vous voyez ce que je veux dire !

Kate admit que ce n'était pas très convenable.

— Ne vous rappelez-vous rien d'autre à son sujet, Joe ? N'avez-vous rien remarqué dans son apparence ou son comportement qui vous ait particulièrement frappé ?

Après un instant de réflexion supplémentaire, il secoua la tête.

— Je regrette, Kate. J'aimerais vraiment pouvoir vous aider davantage.

Ils bavardèrent encore à bâtons rompus, puis Joe prit congé d'elle en la remerciant pour le café. Kate le suivit des yeux, récapitulant fébrilement le peu qu'il lui avait appris.

Des cheveux châtains. Mi-longs, coupés au carré. Toute jeune. La description pouvait s'appliquer à des centaines de femmes habitant Mandeville. Elle évoquait aussi celle qu'Ellen leur avait faite de la mère biologique d'Emma.

Bonté divine, la mère d'Emma.

Tout en se répétant qu'elle sombrait de nouveau dans le délire, elle se leva d'un bond et courut jusqu'à son bureau. Décrochant le téléphone, elle composa le numéro de Citywide et demanda à parler à Ellen. Quelques secondes plus tard, l'assistante sociale prenait la communication.

— Ellen, dit Kate d'une voix dont elle perçut elle-même la fêlure, c'est Kate Ryan.

— Bonjour, Kate, répondit son interlocutrice avec chaleur. Je suis contente de vous entendre. Comment va notre bout de chou ?

— Merveilleusement bien. Vous la reconnaîtriez à peine, tellement elle a grandi. Hier, elle a réussi à faire une cabriole. Imaginez un peu sa fierté !

— Amenez-la à mon bureau ; nous serions ravies de la voir.

Ellen marqua une pause et changea de ton.

— J'ai le sentiment que vous n'appelez pas pour me parler des progrès d'Emma ; est-ce exact ?

— En effet.

Ne sachant trop comment aborder le sujet, Kate s'éclaircit la gorge. Elle ne voulait pas donner l'impression qu'elle devenait paranoïaque ni faire douter Ellen de la stabilité du couple auquel Emma avait été confiée. Mais il fallait qu'elle sache si la mère biologique d'Emma avait manifesté un revirement quelconque quant à sa décision d'abandonner l'enfant ; si elle n'avait pas cherché à les retrouver.

— Je me demandais… Avez-vous des nouvelles de la mère biologique d'Emma ?

— Non, répondit Ellen. Pas la moindre. Pourquoi cette question ?

— J'aimerais vraiment faire sa connaissance ; Richard également.

— Je suis désolée, mais elle s'est montrée inflexible dans son choix d'un cloisonnement total.

— Ah bon.

— Votre déception est bien naturelle mais ne désespérez pas ; elle peut encore changer d'avis.

Elle n'en ferait rien, songea Kate. Comment, en effet, expliquer la contradiction évidente entre le prétendu coup de foudre qui lui avait fait jeter aussi rapidement son dévolu sur eux et son refus absolu de les rencontrer ? Cette femme préparait-elle dans l'ombre quelque machination diabolique destinée à les détruire… ?

Bon, d'accord : ce genre de scénario n'existait qu'au cinéma — pas dans la vie réelle. Sans doute était-ce encore le produit d'une imagination délirante. Malgré tout, Kate ne put s'empêcher de formuler ses doutes.

— Cela peut paraître insensé, mais serait-il possible que la mère d'Emma nous ait trouvés, d'une manière ou d'une autre ? Se pourrait-il qu'un renseignement permettant de nous identifier ait filtré par inadvertance dans les documents qu'elle a consultés ?

— Absolument pas, affirma Ellen.

De nouveau, elle marqua une pause avant de demander :

— Se passerait-il quelque chose d'anormal ?

Kate soupira.

— C'est idiot mais… j'ai l'épouvantable intuition que…

— Que la mère biologique d'Emma a changé d'avis et veut vous la reprendre — vous la voler.

— Oui, dit Kate dans un souffle. C'est ça ; comment avez-vous deviné ?

Ellen eut un petit rire désinvolte.

— Parce qu'il s'agit d'une crainte extrêmement répandue parmi les parents adoptifs, surtout ceux qui se voient imposer un mode d'adoption totalement cloisonné. Les parents biologiques leur posent une véritable énigme : comment ont-ils pu abandonner leur enfant ? Pour les parents adoptifs, ce bébé est la septième merveille du monde, et il leur semble inconcevable qu'on ait voulu s'en débarrasser un jour.

En effet, Kate s'était posé ces questions dans ces termes-là, d'innombrables fois. Comment le nier ?

— En fait, poursuivit Ellen, votre crainte de perdre Emma témoigne de l'importance des liens que vous avez établis avec votre fille. A présent, vous formez une véritable famille et l'idée — même dépourvue de fondement — que quelqu'un pourrait revendiquer un droit sur l'un de ses membres vous est intolérable. Avec le temps, l'angoisse s'atténuera, vous verrez.

Dans sa voix, Kate perçut un sourire.

— Je vous le promets, ajouta Ellen.

Un peu réconfortée, Kate eut un petit rire penaud ; malgré tout, elle ne put s'empêcher de penser qu'il y avait probablement quelque chose qu'Ellen elle-même ignorait au sujet de cette jeune femme.

— Elle n'a jamais exprimé la moindre hésitation ? Ni appelé pour demander des nouvelles du bébé ? Jamais ?

— Jamais. Kate, je vous le garantis : la mère biologique d'Emma était fermement déterminée à faire adopter sa fille. Elle n'était pas plus tourmentée par sa décision que n'importe laquelle des femmes auxquelles j'ai eu affaire. Faites-moi confiance — vous n'entendrez pas parler d'elle.

Quelques secondes plus tard, quand Kate raccrocha, les paroles rassurantes de l'assistante sociale résonnaient encore à ses oreilles ; elles ne purent toutefois lui ôter la pénible impression qu'il était trop tard — qu'ils avaient déjà entendu parler d'elle.

51

Kate ne tarda guère à faire la connaissance des nouveaux habitués du Grain de Fantaisie. Le premier qu'elle vit fut M. l'Adjudant-Chef — comme l'avait surnommé Blake. A son grand regret, Kate s'aperçut que ses employés n'avaient pas forcé le trait : l'individu — d'un abord glacial — n'avait rien de bien rassurant.

Elle tenta une manœuvre d'approche, se présentant comme la propriétaire des lieux, dans l'espoir d'apprendre son nom et ce qui l'amenait à Mandeville. Elle échoua lamentablement. L'homme fit comprendre sans détour qu'il avait payé le prix exorbitant d'un café chez elle dans l'intention de le déguster en paix.

Exauçant son vœu, elle s'éloigna donc, profondément perplexe. Pourquoi ce rabat-joie avait-il décidé de fréquenter son joyeux petit établissement ? se demanda-t-elle.

L'admirateur de Jerry Garcia arriva ensuite, le troisième jour après le retour de Kate, fleurant bon l'encens et émaillant ses phrases d'expressions telles que « c'est planant » ou « te bile pas ». Marilyn se lança dans une conversation sans queue ni tête avec lui, et Tess s'accorda une pause pour écouter le récit de ses voyages dans le sillage des Dead.

Après avoir donné le biberon à Emma et l'avoir couchée pour un petit somme, Kate vint faire un tour de leur côté.

— Salut, Steve, dit-elle en lui tendant la main. Je m'appelle Kate.

Il lui serra la main en souriant. Kate remarqua qu'il avait la peau étonnamment douce pour un homme.

— Je m'en doutais, répliqua-t-il. J'adore votre bistrot. On y ressent des vibrations positives.

— Merci.

— Et je trouve les vitraux vraiment magnifiques ; Tess m'a dit qu'ils sont votre œuvre ?

— En effet ; je suis flattée qu'ils vous plaisent.

Elle le dévisagea un instant, plissant les yeux. Ce type-là ne lui était pas inconnu.

— Nous sommes-nous déjà vus quelque part ?

— Je ne pense pas.

Il but une gorgée de son café crème.

— Ça ne fait pas très longtemps que je suis par ici ; à moins que vous n'ayez déjà assisté à un concert des Dead ?

Kate secoua la tête.

— Non ; mais j'ai quelques disques du groupe.

Ils bavardèrent encore un moment, évoquant la musique des Grateful Dead. Puis Kate s'excusa et regagna le bar pour aider Blake à servir le groupe d'étudiants qui venait d'entrer. Quand ils eurent chacun leur boisson, elle se pencha vers Blake.

— Quelque chose ne me paraît pas normal chez ce type, murmura-t-elle.

Il suivit son regard et fronça les sourcils.

— C'est de Steve que vous parlez ?

— Hum, oui. Vous connaissez l'expression : un fieffé renard ?

— Lui ? dit Blake avec une grimace. Certainement pas. Le pauvre bougre a le cerveau plutôt ramolli.

— Je ne suis pas de cet avis.

Steve tourna soudain la tête de leur côté et Kate évita prestement son regard.

— Regardez bien ses yeux ; je vous assure, cette caricature de hippie n'est qu'une mascarade montée de toutes pièces. Le bonhomme est vif, et malin comme un singe.

Blake haussa les épaules.

— Soyez réaliste, Kate. D'abord, comment quelqu'un pourrait-il avoir envie de se faire passer pour un drogué ? Ensuite, ce gars est complètement dans les vapes. Ça se voit au premier coup d'œil.

Kate préféra ne pas insister. Certaine, cependant, d'avoir déjà rencontré ce Steve Byrd quelque part, elle se promit de le surveiller de près.

Plus tard dans la journée, le dernier nouveau venu du Grain de Fantaisie se montra à son tour. Si son T-shirt portant l'insigne de l'université de Cleveland n'avait déjà mis Kate sur la voie, la mine béate de Tess et son *Oh, mon Dieu, le voilà* auraient suffi à la renseigner sur son compte.

— Vous êtes sans doute Nick, dit Kate en lui tendant la main. Je suis charmée de faire votre connaissance.

La réaction de Tess le laissant manifestement indifférent, il gratifia Kate d'un sourire éblouissant — un sourire de star, songea-t-elle, admirant ses dents superbes. Tess avait raison : Winters était un homme tout à fait séduisant. Le cours de philosophie de l'université de Cleveland avait dû attirer une foule de petites étudiantes.

Il prit sa main dans la sienne.

— Et vous êtes Kate, sans doute. Vos employés m'ont beaucoup parlé de vous.

— Vraiment ?

Kate dégagea sa main avec un petit rire légèrement embarrassé.

— En bien, j'espère ?

— Mieux que cela. Je n'ai entendu que des propos élogieux.

Nick sourit encore et reporta son attention sur Emma.

— Ils m'ont aussi raconté toute l'histoire de ce bébé miracle. Vous permettez ?

Il tendit les mains vers l'enfant.

— Il y a une éternité que je n'ai pas tenu un bébé dans les bras.

Kate hésita une fraction de seconde avant de lui laisser sa fille.

En fait, son appréhension se dissipa instantanément : Nick savait s'y prendre avec un bébé.

Il la tint un moment en l'air pour l'admirer.

— Elle est belle comme un cœur.

— C'est aussi mon avis, dit Kate en souriant.

Comme il lui murmurait des mots affectueux, Emma le gratifia de ses plus beaux sourires et poussa de petits cris de ravissement. Attendrie, Kate observa la scène.

— On voit que vous n'êtes pas emprunté avec les enfants.

— Je suis l'aîné d'une famille nombreuse ; j'ai eu cinq frères et sœurs.

— Avez-vous vous-même des enfants ?

— Moi ? Sûrement pas. Je me suis suffisamment occupé de mes cadets pendant toute ma jeunesse.

Il désigna une table à proximité.

— Venez vous asseoir un moment, si cela vous est possible. Nous bavarderons plus à notre aise.

Kate jeta un coup d'œil sur Tess et Blake qui semblaient maîtriser parfaitement la situation.

— Très volontiers, dit-elle.

Ils s'installèrent près d'une fenêtre. Nick fit sauter Emma sur ses genoux tout en sucrant son espresso.

— Parlez-moi un peu de vous, Kate Ryan.

La jeune femme haussa les épaules.

— Il n'y a pas grand-chose à dire. Je suis mariée, avec un enfant depuis peu. J'occupe mes loisirs à travailler le verre et j'adore le café ; à tel point, en fait, que j'ai ouvert ce salon de dégustation. Rien que de très banal, en somme. En revanche, je me suis laissé dire que, pour votre part, vous menez une existence beaucoup plus palpitante — de nomade, en quelque sorte ?

— Ne soyez pas si modeste, répliqua Winters, ignorant totalement la dernière question sur sa propre vie. En vous regardant, je vois une belle jeune femme accomplie et douée d'un talent remarquable.

Ce compliment direct et plutôt audacieux la prit au dépourvu.

Elle se sentit rougir — ce qui ne lui était pas arrivé depuis des années, songea-t-elle.

— Vous me flattez, murmura-t-elle.

— Pas du tout. Prenons ces vitraux, par exemple : un simple loisir, dites-vous ? Manifestement, il s'agit plutôt d'une passion. Ils sont magnifiques.

— Décidément, répliqua Kate en riant, je suis à l'honneur, aujourd'hui. Merci, en tout cas. Je suis touchée que mon travail vous plaise.

Une étincelle brilla dans les prunelles bleues de Nick tandis qu'il promenait un doigt sur la joue veloutée d'Emma.

— Toutefois, je ne comprends pas pourquoi vous perdez votre temps avec ce café ; vous devriez vous consacrer entièrement à votre art.

Elle le dévisagea un instant, se demandant ce qu'il fallait penser de cette remarque.

— J'ai trop de sens pratique pour espérer gagner ma vie de cette façon.

— Mais il y a des choses plus importantes que l'argent. Vous avez du talent — et vous le gaspillez.

Choquée par son effronterie, elle se raidit. Comment osait-il ? Et comment pouvait-il deviner aussi rapidement le conflit intérieur qui l'agitait depuis des années ?

— Votre opinion n'engage que vous, naturellement ; je ne la discuterai pas.

— Aïe, je vous ai offensée. Ce n'était pas mon intention. Excusez-moi.

— Non, pas du tout ; mais le devoir m'appelle, je vais me remettre au travail.

Il se leva après elle et lui rendit sa fille. Kate s'éloignait avec Emma quand il l'appela par son nom. S'arrêtant net, elle le regarda par-dessus l'épaule.

— Notre petite conversation m'a causé le plus grand plaisir, dit-il galamment. Vous êtes une femme exceptionnelle, madame Ryan.

Les joues de Kate s'empourprèrent de nouveau. A court de

réponse, elle inclina brièvement la tête avec un sourire et regagna le bar, le visage en feu.

— Hum, hum, qu'est-ce que ça veut dire ? interrogea Blake à mi-voix.

— Pardon ?

— Que se passe-t-il avec ce Winters ?

— Je ne sais pas à quoi vous faites allusion. Nous avons bavardé un moment, c'est tout.

— Allons, Kate : vous êtes encore toute rouge. A mon avis, ce type en pince pour vous.

— Ne soyez pas ridicule. Il ne me connaît même pas. Et je suis une femme mariée, tout de même.

— Ce qui n'a aucun rapport avec le fait qu'il ait un faible pour vous.

Ce jour-là et ceux qui suivirent, Kate ignora délibérément les taquineries de Blake à propos de Nick Winters tout en se demandant à part soi s'il n'avait pas raison. Tous les après-midi, Nick l'invitait à s'asseoir un moment à sa table et l'entraînait dans une conversation passionnante. Ils échangèrent leurs opinions sur le mariage et les enfants, abordant même des questions aussi épineuses que la peine capitale et la prière à l'école. Il l'encouragea également à parler d'Emma et à lui faire part de son expérience de mère adoptive.

Son attitude était flatteuse, il fallait l'admettre. Outre un physique extrêmement séduisant, Nick Winters possédait une intelligence remarquable, un esprit curieux et une érudition indiscutable.

Il y avait bien longtemps qu'elle ne s'était pas sentie admirée aussi ouvertement par un autre homme que Richard et ce n'était pas désagréable, songea-t-elle.

Pas désagréable du tout.

52

Deux semaines après la reprise du travail, Kate s'accorda un week-end de congé bien mérité. Emma, elle aussi, avait besoin de repos ; elle dormit une bonne partie de la journée du samedi et du dimanche après-midi.

Le lundi matin, la mère et la fille avaient refait le plein d'énergie. En entrant au Grain de Fantaisie, Kate porta directement Emma dans son coin de jeux. Ravie de retrouver tous ses jouets, l'enfant manifesta sa joie en se trémoussant dans ses bras et en poussant de petits cris aigus.

— Salut, Kate, lança Blake depuis le comptoir. Le week-end a été bon ?

— Excellent.

Kate installa sa fille avec soin puis se tourna vers le jeune homme.

— Et vous, comment… Oh, mon Dieu, où est-il passé ?

Son œuvre préférée avait disparu. Posé à contre-jour dans l'embrasure de la fenêtre panoramique du café, le grand vitrail représentait une scène bucolique — un vol d'aigrettes perchées dans les hautes branches noueuses d'un chêne centenaire.

— Il a été vendu. Samedi.

— Vendu ? dit-elle.

Très attachée à cette pièce, Kate avait pensé que son prix exorbitant — cinq mille dollars — suffirait à dissuader tout acquéreur éventuel.

— Qui l'a acheté ?

— Nick Winters.

Nick aurait déboursé cinq mille dollars pour l'une de ses compositions ?

Kate en croyait à peine ses oreilles.

— Vous êtes sûr ? questionna-t-elle platement.

Blake se mit à rire.

— Et comment ! Tenez, le paiement est là, sous la caisse enregistreuse.

Kate réprima une exclamation de surprise.

— Oh, mais c'est un chèque bancaire.

— Oui, je sais. J'ai pensé qu'il serait en sécurité à cet endroit-là. Heureusement, nous n'avons pas été cambriolés. J'ai failli lui demander d'attendre jusqu'à lundi pour que vous… Tiens, quand on parle du loup… justement, le voilà.

Kate fit volte-face. Winters se tenait à l'entrée de la salle, les yeux fixés sur elle. La jeune femme ébaucha un faible sourire.

— Bonjour, Nick.

— Je vois que vous avez l'argent, dit-il en la rejoignant près du bar.

— Oui.

Elle regarda tour à tour le chèque et son client.

— Je n'en reviens pas.

— C'est bien naturel.

Il sourit à son tour, ordonna un double espresso et se dirigea vers l'une des tables.

— Venez donc vous asseoir.

Kate eut l'impression qu'il s'agissait plus d'un ordre que d'une invitation ; se figurait-il qu'en achetant l'une de ses œuvres au prix fort, il avait acquis un droit quelconque sur elle, ou qu'elle lui était désormais redevable ? Certaines personnes sont ainsi. S'il faisait partie du lot, elle allait le détromper tout de suite.

— Avez-vous été surprise ? demanda-t-il en tirant une chaise pour elle.

— C'est le moins qu'on puisse dire. En voyant le rebord de la fenêtre vide, j'ai failli avoir une attaque. J'avais un faible pour cette pièce.

— Rien d'étonnant à cela. C'était la plus belle du lot.

S'installant en face d'elle, il entreprit de sucrer son café et porta la tasse à ses lèvres.

— Savez-vous que, pour certaines cultures primitives, l'artiste livre une parcelle de son âme dans chacune de ses créations ?

La jeune femme plissa les yeux.

— Non, j'ignorais cela, Nick.

— Intéressant, n'est-ce pas ? On procède alors à des cérémonies rituelles destinées à débarrasser les objets de toute influence spirituelle négative, comme s'ils possédaient une sorte d'énergie vitale.

Cette conversation la mit mal à l'aise, ce qui n'échappa guère à son client, songea Kate. Il semblait même prendre un malin plaisir à la déstabiliser ainsi.

— Vous savez ce que cela signifie, n'est-ce pas ?

Elle fit non de la tête.

— Que je possède une parcelle de votre âme.

Quelque chose dans son expression, tout au fond de ses yeux, la glaça jusqu'au sang. Elle s'efforça de ne pas dévoiler ses sentiments.

— A supposer qu'on croie à tout ça, dit-elle.

— Exactement.

Il but une autre gorgée de café sans la quitter des yeux, puis il posa délicatement la tasse sur sa soucoupe.

— Ce qui ressort de cette vision, c'est le caractère intime, personnel et unique de l'activité créatrice. Certains artistes ont le sentiment de donner leur chair et leur sang, d'autres évoquent une inspiration transcendante, d'autres encore parlent d'un acte de volonté pure. Qu'en est-il pour vous, Kate ? Comment définiriez-vous ce qui vous anime ?

Elle n'avait pas la moindre envie de débattre avec cet homme d'un sujet aussi personnel, de lui décrire les joies et les frustrations, l'appréhension et la passion engendrées par son travail. Cela ne le concernait pas et, du reste, sans pouvoir s'expliquer au juste pourquoi, elle avait l'impression qu'il s'arrangerait, quoi qu'elle dise, pour déformer ses propos à sa convenance.

Comment avait-elle jamais pu le trouver séduisant et intéressant ? Comment avait-elle été assez stupide pour s'enorgueillir de l'attention qu'il lui témoignait ? se demanda-t-elle. Cette seule idée lui donnait la nausée.

— Cela me détend, répondit-elle. C'est un passe-temps agréable.

— Vous ne mentez pas très bien.

— Voyez-vous, Nick, dit-elle d'un ton faussement désinvolte, j'aimerais en fait vous racheter ce vitrail. Vous comprenez, c'est… Je me sens un peu ridicule — mais je n'aurais jamais cru qu'à ce prix, il se vendrait un jour. J'étais particulièrement attachée à cet objet et…

— Je regrette, Kate ; ce ne sera pas possible.

Elle eut un brusque serrement de cœur.

— Puis-je vous demander pourquoi ?

— Je l'ai fait emballer et expédier dans ma maison de famille, dans l'Ohio.

— Je vois, dit Kate, sans pour autant s'avouer vaincue.

Elle essaya une autre tactique.

— Mais après tout, vous n'en profiterez pas beaucoup puisque vous voyagez continuellement et…

— Je suis navré, Kate.

Son sourire ambigu démentait ces paroles de regret.

— C'est trop tard.

53

— Bonsoir, Kate, lança le vieux Joe en s'arrêtant au portail. Belle soirée, n'est-ce pas ?

— Splendide, en effet.

Kate ferma le robinet d'arrosage et traversa la pelouse sans se presser pour aller bavarder avec son voisin.

— Mais le temps a été très sec, ces derniers jours.

— Vous avez bien fait d'arroser un peu ce massif, affirma-t-il. Je craignais que vos fleurs se dessèchent. J'ai failli passer vous le dire, hier ; au cas où vous n'auriez pas remarqué.

Kate réprima un sourire.

— Merci d'être si attentif, Joe. J'ai beaucoup de mal à trouver le temps de tout faire, en ce moment. A propos, avez-vous toujours des problèmes de téléphone ? Ma ligne continue à crépiter de plus belle.

Joe fronça les sourcils.

— Des problèmes de téléphone ? Ma ligne est claire comme un son de cloche.

Ce fut au tour de Kate de froncer les sourcils.

— Chez nous, cela dure depuis plusieurs semaines. Un employé de la compagnie est passé un matin pour jeter un coup d'œil sur notre installation. Il m'a dit que tout le monde avait des problèmes dans le quartier ; ce serait dû aux travaux d'élargissement de la chaussée sur l'avenue du Lac.

— Ceux de l'année dernière ? Ah, je comprends mieux, fit Joe. Mon jardin est situé à l'angle des deux avenues. Ma ligne a dû être épargnée au moment des travaux.

— Vous avez sans doute raison. Je les appellerai… demain mat…

Laissant sa phrase en suspens, Kate porta une main à sa bouche. *Steve Byrd. Voilà qui il lui rappelait : l'employé du téléphone qui était venu vérifier sa ligne.*

Tandis qu'elle évoquait l'image de l'homme qui s'était présenté chez elle ce matin-là, elle dut cependant admettre qu'il n'avait rien de commun avec le marginal qui fréquentait son établissement. Alors, d'où lui était venue cette idée subite ?

— Kate ? Est-ce que ça va ?

Elle battit des paupières et rougit légèrement.

— Excusez-moi, Joe ; ce soleil doit m'étourdir un peu.

Le vieil homme leva les yeux sur le ciel avec une moue perplexe.

— Pour sûr, le climat est vraiment bizarre, ces temps-ci. Je ne crois pas avoir déjà vu un mois d'octobre aussi sec.

Il reporta son attention sur Emma, assise à l'ombre dans son petit siège à bascule.

— Elle a bigrement grandi ; et elle devient de plus en plus mignonne.

Kate regarda sa fille avec un sourire.

— C'est un amour, dit-elle d'une voix tendre.

— Au fait, Kate, votre petite énigme est résolue : c'était bien une de vos amies.

— Pardon ?

— La fille sur la balançoire, que vous m'avez demandé de vous décrire. Je l'ai aperçue avec Richard en promenant mon chien, vers midi. J'ai dit bonjour et votre mari m'a fait signe.

Kate plissa le front.

— Etes-vous certain que c'était la même femme ?

— Absolument certain.

Beauregard tira sur sa laisse puis regarda son maître en aboyant. Joe soupira.

— Pas de repos pour les braves, dit-il avec un soupir. Eh bien, au revoir, Kate. J'ai été content de bavarder avec vous.

Kate regarda le vieil homme s'éloigner, profondément troublée.

Joe avait vu Richard avec la jeune fille de la balançoire ? Qui donc pouvait bien…

Julianna. Evidemment.

L'idée ne lui était pas venue jusque-là, mais Julianna était en effet toute jeune, comme une étudiante. Elle avait les cheveux châtains et une coupe au carré du même style que la sienne.

Mais si son voisin ne s'était pas trompé, comment Julianna pouvait-elle se trouver chez eux plusieurs semaines avant que Richard l'eût embauchée ?

Et que venait faire Richard à la maison avec son assistante, au beau milieu de la journée ?

Un coup de Klaxon la tira brusquement de ses réflexions. C'était Richard qui s'engageait dans l'allée. Kate agita la main avec un sourire contraint, contrariée par le cours que prenaient ses pensées. Bien entendu, Richard allait fournir une explication parfaitement valable à tous ces mystères.

Il quitta la Mercedes, claquant la portière derrière lui.

— Alors, ma belle, lança-t-il en traversant la pelouse dans sa direction. Qu'est-ce que tu fabriques ?

— J'arrosais les fleurs.

Cela la fit penser à Joe, et son sourire s'évanouit.

— La journée a été bonne ? demanda-t-elle.

— Chargée.

Il souleva Emma avec son siège, tandis que Kate enroulait le tuyau d'arrosage sur son support.

— Joe m'a dit qu'il t'avait aperçu à la maison vers midi.

Après avoir rangé le support à sa place sous l'auvent, elle se dirigea vers le perron avec Richard.

— J'avais oublié mes notes sur le procès Miller, répondit-il.

— Julianna t'accompagnait, paraît-il ?

— En effet. Nous nous rendions à un déjeuner avec une association de lutte contre les accidents dus à l'alcoolisme. Au passage, j'en ai profité pour récupérer mes notes.

Ainsi, c'était bien Julianna. Que fallait-il en déduire ?

Kate tint le battant ouvert, tandis que Richard portait sa fille à l'intérieur. Il alla jusqu'à la cuisine et déposa le siège sur le sol.

Ignorant les efforts du bébé pour attirer son attention, il gagna le bar et ouvrit une bouteille de vin.

— Veux-tu un petit verre ?

— Non, merci.

Kate s'approcha d'Emma, défit la boucle de l'attache et la prit dans ses bras.

— Pourrais-tu me servir plutôt un thé glacé ?

— Bien sûr.

Tout en remplissant son verre, Richard esquissa une petite grimace amusée.

— Ce vieux fouineur de Joe ; il n'a vraiment rien de mieux à faire que d'espionner ses voisins.

— Il n'*espionnait* personne, Richard. Il t'a aperçu par hasard, en promenant Beauregard.

— Et il s'est empressé d'aller te rapporter ce qu'il avait vu. Moi, j'appelle ça un mouchard.

Kate fouilla dans le sac du bébé à la recherche d'une tétine à sucer.

— Il m'en a parlé parce que je l'ai encore questionné récemment au sujet de la fille qu'il avait vue sur la balançoire.

Richard fronça les sourcils comme s'il tentait de comprendre de quoi il s'agissait, puis il hocha la tête.

— Ah oui, dit-il. Mais quel rapport cela aurait-il avec aujourd'hui ?

— Richard, Joe m'a affirmé que la jeune femme avec qui il t'a vu à midi est la même que celle qui se balançait dans notre jardin il y a près de cinq mois. Il en est certain.

Comme son mari la dévisageait avec des yeux ronds, elle émit un soupir exaspéré.

— Tu ne vois donc pas ce qu'il y a d'étrange dans tout cela ? Pourquoi Julianna se serait-elle promenée dans notre jardin, plusieurs semaines avant que tu la connaisses ?

— C'est complètement ridicule, dit Richard avec une moue écœurée. Tu préfères écouter les radotages d'un vieux gâteux plutôt que ton mari ?

— Mais enfin, en quoi cela te concerne-t-il ? C'est de Julianna qu'il s'agit.

— Et moi je te dis que Joe s'est trompé.

Comme il prenait son verre pour quitter la pièce, Kate lui barra le chemin en se plantant devant lui.

— Comment peux-tu être aussi sûr de toi ? demanda-t-elle, l'obligeant à la regarder. Je te le répète : cette fille dissimule quelque chose. Je n'ai pas confiance en elle. Je ne la crois pas sincère.

— Oh, pour l'amour du ciel. Cette conversation n'a plus ni queue ni tête. Julianna est une fille bien qui prend son travail au sérieux. Je lui fais totalement confiance et ne doute pas une minute de son intégrité morale.

— Mais si c'était bien elle sur la balançoire ? Et puis, pourquoi la défends-tu aussi ardemment ?

— Pourquoi la laisserais-je accuser de n'importe quoi ? En fait, je crois que tu es jalouse.

— Jalouse ? s'exclama Kate, interloquée. Pourquoi serais-je jalouse de ton assistante ?

— A ton avis ? Parce qu'elle est jeune, séduisante et disponible.

Les mots de Richard lui firent l'effet d'une gifle et elle recula imperceptiblement sous le choc.

— Disponible, Richard ? Tu me reproches de ne pas l'être ?

— Je n'ai jamais dit ça.

— Alors ? C'est peut-être toi qui rêves d'être libre ?

— Je refuse d'écouter une seconde de plus ces divagations.

Il l'écarta pour passer et un peu de vin gicla hors de son verre, éclaboussant le carrelage.

— Tu n'as pas la conscience tranquille, Richard ?

S'immobilisant, il se tourna lentement vers elle.

— Que dois-je entendre par là ?

— Tu as très bien compris, je pense.

Elle respira un bon coup, prenant son courage à deux mains.

— Est-ce que tu… me trompes avec Julianna ? Est-ce à cela

que je dois attribuer toutes ces attentions récentes — bouquets de fleurs et autres manifestations de tendresse ?

— Merci infiniment, dit-il d'un ton sec. Après tant d'années de vie commune, je suis charmé d'apprendre ce que tu penses réellement de moi.

Kate haussa le menton, refusant coûte que coûte de se cacher la tête dans le sable.

— Eh bien, Richard ? Me trompes-tu oui ou non avec Julianna ?

Un petit rire crispé fit trembler ses lèvres tandis qu'elle ajoutait :

— Avec elle ou avec une autre, tant que nous y sommes.

— Je n'en crois pas mes oreilles, dit Richard. Je n'arrive pas à croire que c'est toi qui me parles ainsi.

Il fit un pas vers elle.

— Qu'est-ce qui t'arrive ? Depuis qu'Emma est là... tu as tellement changé, Kate.

— Je n'ai pas changé, affirma-t-elle en secouant la tête. C'est toi qui...

— Ce n'est pas moi qui ne veux jamais aller nulle part. Moi, je ne suis pas tout le temps fatigué et je n'invente pas de folles histoires de cambrioleurs venant voler des photos chez nous sans emporter les bijoux. Ce n'est pas moi qui accuse une gamine consciencieuse et parfaitement innocente d'être une intrigante animée d'intentions malveillantes. Et ce n'est certes pas moi qui soupçonne d'infidélité la personne qui partage ma vie depuis plus de dix ans.

Lui tournant le dos, il se dirigea vers la salle de séjour. Kate le suivit des yeux, la vue brouillée par les larmes. Il avait raison, songea-t-elle. Elle devenait soupçonneuse, paranoïaque, et présentait tous les symptômes de la jalousie qu'il lui reprochait. Commençait-elle à ressembler à ce genre de femme possessive, acariâtre, qui lui avait toujours fait pitié et qu'elle s'était promis de ne jamais devenir ?

— Richard, appela-t-elle en avançant vers lui. Attends, s'il te plaît.

Il céda à sa prière et pivota vers elle.

— Avant, je te trouvais drôle, Kate. Tu étais bien dans ta peau, bien avec moi ; nous formions un couple uni — un couple heureux. Qu'est-ce qui t'est arrivé ? demanda-t-il encore une fois. Je ne te reconnais même plus.

54

Une salve de coups de tonnerre réveilla brusquement Kate. Des rafales de pluie fouettaient les vitres et des milliers de gouttes martelaient le toit. Comme elle se redressait péniblement contre son oreiller, un éclair illumina la chambre encore plongée dans la pénombre.

Richard était déjà debout, constata-t-elle. Pourtant, elle ne l'avait pas entendu se lever ni quitter la pièce. Elle posa une main sur son oreiller ; il était froid. Kate soupira, se demandant s'il lui adresserait seulement la parole ce jour-là, si leur couple survivrait jusqu'à la fin du mois — voire jusqu'à la fin de la semaine.

Elle avait très peu dormi et les effets de cette nuit d'insomnie se faisaient sentir. Elle s'était tournée et retournée dans son lit, tourmentée par sa dispute avec Richard. Horrifiée par les reproches dont elle l'avait accablé ; par le dérapage qu'accusait leur vie commune.

Tout au long de la nuit, Richard était resté immobile, rigide, à son côté. A plusieurs reprises, elle avait tenté de s'approcher, murmuré des mots d'excuse, manifesté son remords. Chaque fois, il s'était écarté, lui tournant obstinément le dos.

Cela lui avait fait mal — mal à hurler.

Kate sortit du lit et gagna la salle de bains. Elle ne pouvait pas se permettre de se reposer ce matin. Bien que sa belle-mère eût insisté pour garder Emma toute la journée et fût venue la chercher la veille, en fin de soirée, Kate était obligée d'ouvrir le café, comme tous les samedis. Du reste, les clients étaient encore plus nombreux les jours maussades : quelle meilleure façon d'occuper une matinée pluvieuse que de s'attabler avec des amis devant un bon café ?

Elle passa une main sur ses paupières d'un geste las. Du moins pouvait-elle se réjouir de ne pas avoir à s'occuper d'Emma ; épuisée et déprimée comme elle l'était ce matin, elle ne se serait probablement pas très bien tirée d'affaire.

Consciente que l'heure avançait, elle se doucha, s'habilla et descendit prendre son petit déjeuner. Elle découvrit alors que Richard n'était pas seulement levé mais déjà parti.

Et il n'avait pas laissé de message.

Ses yeux s'emplirent de larmes. Cette petite omission était éloquente. Soudain, la maison lui parut trop calme, le bruit de la pluie plus énervant qu'apaisant, le tonnerre, éprouvant.

Elle décida d'aller prendre son café au Grain de Fantaisie. Attrapant son sac, elle enfila son imperméable et se mit en route sous l'orage.

Quelques minutes plus tard, elle se garait derrière le café. Mais au lieu de quitter la voiture, elle s'attarda au volant, le temps que l'averse se soit calmée. Les essuie-glaces balayaient sans répit le pare-brise, incapables d'évacuer les trombes d'eau déversées par le ciel, et Kate jeta un coup d'œil dehors sans parvenir à distinguer la porte de service, pourtant à moins de deux mètres. La visibilité était très faible.

Enfin, dès la première accalmie, elle ouvrit vivement la portière et courut comme une flèche jusqu'au café, sa clé à la main. Son pied gauche s'enfonça dans une flaque, qui trempa sa chaussure et le bas de son pantalon. Jurant entre ses dents, elle atteignit enfin la porte ; mais comme elle glissait la clé dans la serrure, le battant s'ouvrit sous la poussée.

La jeune femme se figea. La porte n'avait pas été fermée à clé ; elle était même restée entrouverte. Qui avait-elle chargé de la fermeture, la veille ? se demanda Kate.

Elle avait confié cette tâche à Tess ; oui, elle s'en souvenait parfaitement. La jeune fille s'en était plainte l'après-midi et avait vainement essayé de permuter avec Beanie.

Contrariée, Kate franchit le seuil. Un vendredi soir, dans sa hâte à aller courir les boîtes de nuit, Tess avait mis la sécurité de l'établissement en péril : un cambrioleur aurait pu profiter de l'aubaine. Le vent aurait pu pousser la porte ; avec la pluie torrentielle qui tombait cette nuit-là, la réserve aurait été inondée.

Kate referma soigneusement derrière elle. Elle allait être obligée d'avoir une petite discussion avec son employée. D'ordinaire, Tess parvenait à contrôler son étourderie mais, en l'occurrence, elle avait commis une faute professionnelle.

Tandis qu'elle avançait dans la réserve, Kate porta une main à son nez tout en ronchonnant à mi-voix, consternée. D'où provenait cette horrible odeur ? Cela empestait comme une poubelle restée ouverte au soleil, ou une remontée d'égouts.

La puanteur devint plus forte à mesure qu'elle s'approchait de la salle du café. Kate jeta un coup d'œil dans les toilettes, puis dans son bureau, sans rien remarquer d'anormal.

Perplexe, elle poussa la porte à claire-voie qui séparait la grande salle des pièces du fond et s'arrêta net avec un cri étranglé. Tous ses vitraux avaient été brisés en mille morceaux. Les fragments multicolores constellaient le sol, dessinant une sorte de mosaïque incohérente.

Kate fit quelques pas dans la salle et trébucha sur une masse qui traînait par terre. Elle regarda à ses pieds. Un hurlement jaillit de sa gorge. Tess gisait sur le sol, son corps recroquevillé à demi coincé derrière le bar, un bras étendu en travers du passage. Sa tête était tordue suivant un angle anormal — sa bouche et ses yeux, grands ouverts. Comme sous l'effet de la surprise ; ou de la terreur.

L'estomac soulevé, Kate porta la main à sa bouche pour réprimer une brusque nausée. Un bruit lui parvint depuis le fond. Un bruit de pas. Elle fit volte-face avec un cri de terreur qui déchira le silence.

C'était Blake. Dieu soit loué.

Kate s'abattit contre lui en sanglotant.

*
* *

La police arriva. Puis le médecin légiste. L'enquête commença. Kate et Blake furent interrogés les premiers ; puis ce fut le tour des autres employés ; enfin, celui des habitués. Le crime fut d'abord mis sur le compte d'un hold-up qui aurait mal tourné. Puis, au terme de recherches approfondies, il fut établi que rien n'avait disparu à l'exception de l'agenda de Kate.

Tess avait eu le cou brisé, dirent les experts. La mort avait été instantanée. A en juger par la blessure et la position du cadavre, elle avait été attaquée par-derrière, à l'improviste. Sans doute n'avait-elle jamais vu son assassin.

Du moins n'avait-elle pas souffert, songea Kate, s'accrochant à ce minuscule élément de réconfort ; du moins n'avait-elle pas agonisé durant de longues heures de solitude et d'angoisse, incapable d'appeler au secours.

Les heures, les jours se succédèrent en un interminable cauchemar éveillé. Kate ferma l'établissement pour une durée indéterminée et s'acquitta d'une foule de tâches comme un automate, répondant à la police et à la presse, acceptant condoléances et témoignages de réconfort, s'occupant d'Emma et réussissant même, de temps en temps, à se nourrir et à dormir un peu.

Elle n'arrivait pas à croire que pareille horreur eût été perpétrée au Grain de Fantaisie, qu'une jeune fille qui lui était si proche et pour laquelle elle éprouvait une sincère affection en eût été la victime.

Chaque soir, tandis qu'elle se balançait dans son fauteuil pour endormir Emma, elle promenait les yeux sur le doux visage de sa fille en s'efforçant de se ressaisir. Recouvrerait-elle jamais sa tranquillité d'esprit — cette confortable illusion d'indestructibilité qui aide à vivre au quotidien ?

Dans cette épreuve, Richard fut le roc auquel elle s'accrocha. Son soutien inébranlable, sa solidarité et sa compréhension inconditionnelles lui furent d'un précieux secours. Elle se sentit plus proche de lui qu'elle ne l'avait été depuis de longs mois — leur dispute et ses affreux soupçons avaient été comme effacés par l'horrible tragédie.

Kate se sentit soulagée lorsque, huit jours après sa macabre découverte, Matt Gordon, l'un des nombreux « fiancés » de Tess, fut arrêté et écroué en qualité de suspect. Des témoins les avaient aperçus ce soir-là, se querellant violemment. On avait vu la jeune fille pour la dernière fois alors qu'elle montait dans la voiture de Matt. L'instruction établit qu'elle avait eu des rapports sexuels peu de temps avant son décès. Des tests préliminaires révélèrent que le sperme prélevé avait de fortes chances d'être celui de Matt. Et, avant même que l'expertise soit confirmée par les résultats du test ADN, la police estima disposer d'éléments suffisants pour procéder à l'arrestation.

Kate ne put se résoudre à rouvrir le café avant que Matt fût sous les verrous. La reprise se fit du reste dans la plus grande discrétion, sous le signe du deuil. Tous ceux qui connaissaient Tess étaient anéantis par sa mort. Les habitués — ceux, du moins, qui n'avaient pas disparu à l'instar de Steve Byrd et de M. l'Adjudant — exprimèrent leurs condoléances, évoquant tous avec tristesse le souvenir de l'adorable jeune fille, débordante de vie et de fantaisie.

Tous, sauf Nick Winters.

Il arriva tranquillement deux jours après la réouverture. Il commanda un double espresso et s'accouda au comptoir pour le déguster.

— Il n'y a pas grand-monde, aujourd'hui, fit-il remarquer.

— C'est ainsi, murmura Marilyn, depuis... vous savez quoi.

Winters haussa les sourcils.

— Depuis le meurtre ?

— Oui.

Les yeux de la jeune fille s'emplirent de larmes et elle se tourna brièvement vers Kate.

— Excusez-moi un instant.

Kate la regarda s'éloigner précipitamment puis reporta son attention sur son client, s'attendant à quelque commentaire affligé, quelque manifestation de regret ou de compassion. En fait, il se borna à porter sa tasse à ses lèvres pour finir son café, puis il la posa sur la soucoupe et plongea ses yeux dans les siens. Son regard d'une indifférence glaciale la fit frissonner.

— Avez-vous éprouvé un sentiment de viol, Kate ?

— Pardon ?

— En découvrant qu'on avait détruit vos œuvres ; ne font-elles pas intimement partie de vous-même ?

— J'ai à peine songé à mes vitraux, répliqua sèchement la jeune femme, indignée.

— Comment ne pas y songer ? Cette salle paraît bien nue, à présent. Nue et terne.

— La destruction de mon travail n'est rien, comparée à la mort de Tess.

— Il est inutile de jouer la comédie avec moi, Kate. Je vous connais. Comme une sœur.

Il marqua une pause et soupira.

— Enfin, je me félicite d'avoir sauvé la plus belle pièce. Si je vous l'avais rendue, elle serait en miettes, aujourd'hui.

Kate le dévisagea d'un air incrédule. Il soutint son regard sans ciller, un petit sourire amusé au coin des lèvres.

— Allons, dit-il d'un ton de reproche, Tess était une jolie fille mais bien différente de nous, vous ne l'ignorez pas.

— Qu'entendez-vous par là ?

— Elle n'avait aucune notion de loyauté ou de fidélité, affirma Winters. Ce n'était pas quelqu'un de respectable. Voyons, Kate, vous le pensez comme moi.

Il se pencha vers Kate, qui recula instinctivement.

— Cette fille n'était qu'une petite putain dépourvue de sens moral.

Kate réprima un haut-le-cœur.

— Comment pouvez-vous parler ainsi d'elle ? Tess vous aimait bien. Elle était gentille avec vous.

L'homme haussa une épaule désinvolte.

— Je ne dis que la vérité. Vous le savez parfaitement, Kate. Avec moi, vous pouvez être franche.

— Je ne sais rien de tel, répliqua Kate en s'écartant du comptoir, écœurée. Cette conversation s'arrête là, Nick. Je vous suggère d'aller vous asseoir plus loin, comme tout le monde.

Dédaignant ses conseils, il prit sa main posée sur le comptoir.

— Que feriez-vous, Kate, si vous découvriez que votre mari vous trompe ? Lui pardonneriez-vous ? En seriez-vous capable ? J'aimerais le savoir.

Ebranlée, Kate suffoqua, la flèche l'atteignant beaucoup trop près du cœur.

— Lâchez-moi, Nick.

L'étreinte se resserra sur ses doigts.

— Je vous admire. Vous êtes forte. Et honnête. La plupart des gens ne le sont pas. Tess ne l'était pas.

Ses paroles, le ton de sa voix lui donnèrent la chair de poule ; frissonnante, elle tenta vainement de dégager sa main toujours emprisonnée dans la sienne. Du coin de l'œil, elle vit Marilyn réapparaître par la porte du fond. Elle s'immobilisa.

— J'ai dit : lâchez-moi.

— Vous êtes trop bien pour lui, Katherine McDowell Ryan, susurra Winters.

Il libéra sa main.

— C'est bien dommage. C'est vraiment trop dommage.

55

Assise à son bureau, Kate observait rêveusement l'aquarelle accrochée au mur, près de la fenêtre. Elle représentait leur maison au printemps, à l'ombre des marronniers en fleur. Le tableau était l'œuvre d'un artiste local ; elle l'avait fait exécuter à l'occasion du premier anniversaire de leur installation.

Du bout des doigts, elle massa ses tempes où la tension semblait s'être accumulée. Plusieurs heures s'étaient écoulées depuis sa conversation houleuse avec Nick Winters et, en dépit de tous ses efforts, elle ne parvenait pas à écarter de son esprit les doutes qu'il y avait introduits. Les nerfs à vif, elle sentait renaître ses soupçons.

Sa colère, aussi : colère à l'égard de Winters et de ses insinuations — mais aussi contre sa faiblesse à elle, qui y prêtait attention.

Détournant les yeux du tableau, elle contempla le couffin où dormait sa fille. Elle mordillait machinalement le crayon qu'elle tenait à la main, pensive. Richard s'absentait très souvent, depuis quelque temps. Tous les week-ends. Plusieurs soirs par semaine.

Il fallait reconnaître que c'était une période chargée. Richard n'avait jamais été aussi occupé depuis le début de leur mariage — même au moment du procès Gary Seneca, le plus compliqué de sa carrière, le plus important aussi, à bien des égards.

Certes, jusqu'à présent, il n'avait encore jamais préparé une campagne électorale. Mais, à la réflexion, il restait encore près d'un an avant les élections ; et un soutien considérable lui était déjà assuré — notamment celui du *Times Picayune* et de la municipalité de St Tammany. Comment pouvaient-ils être aussi débordés, son assistante et lui ?

Maudissant la suspicion qui lui gâchait l'existence, elle ramassa son sac, jeta un coup d'œil sur Emma et gagna la salle du café. Il fallait qu'elle en ait le cœur net une fois pour toutes.

— Marilyn, Blake, j'ai quelque chose à faire. Pourriez-vous surveiller Emma jusqu'à mon retour ? demanda-t-elle. C'est important.

— Pas de problème, dit Marilyn en croisant son regard. Qu'est-ce qui se passe ?

— Je… je dois procéder à une petite vérification et cela ne peut pas attendre.

Marilyn fronça les sourcils et Kate ignora l'interrogation muette qu'elle lut dans ses yeux.

— Bébé dort, dit-elle ; probablement pour un bon moment. Il y a deux biberons au réfrigérateur et des couches de rechange dans le sac, derrière le couffin.

Elle posa le récepteur-bébé sur la tablette du bar.

— Je serai de retour le plus tôt possible.

S'esquivant avant que l'un ou l'autre de ses employés s'avisât de lui poser quelque question embarrassante, Kate courut chercher sa voiture chez elle et prit la direction du cabinet juridique. En chemin, elle s'efforça de se rassurer. Naturellement, Richard serait à son bureau, plongé jusqu'au cou dans sa paperasse, comme il l'avait dit ce matin. Elle se sentirait ridicule, inventerait une excuse pour justifier cette visite impromptue et regagnerait le café en se promettant de ne plus jamais déranger son mari au travail.

Mais Richard n'était pas au cabinet. En revanche, Kate y trouva plusieurs associés, qu'elle interrogea sans qu'ils fussent en mesure de la renseigner. Elle utilisa le téléphone du bureau de son mari pour appeler chez eux. Le répondeur se déclencha à la troisième sonnerie. Elle essaya son portable, puis le club de gym — sans plus de succès.

Les mains tremblantes, elle raccrocha. Elle irait voir à la maison ; peut-être faisait-il un petit somme — ou bien travaillait-il au jardin. Sa voiture n'était pas là quand elle avait pris la sienne mais ils avaient pu se croiser.

Enfilant le couloir comme une flèche, elle heurta de plein fouet une secrétaire qui portait une pile de photocopies dans les bras. Les feuilles volèrent de tous côtés.

— Excusez-moi, dit Kate, confuse. Je ne faisais pas attention.

— Ce n'est pas grave, madame Ryan ; ce sont des choses qui arrivent.

— Nous nous connaissons ?

L'autre femme rougit.

— Nous nous sommes rencontrées l'an dernier ; au Noël organisé par l'entreprise. Je suis Sandy Derricks — l'assistante de Me Bedico.

Kate sourit.

— Bien sûr, Sandy. Où avais-je la tête ? Ravie de vous revoir.

Elle rassembla les dernières feuilles et les tendit à la jeune femme d'un air d'excuse.

— C'est déjà assez pénible de devoir travailler le samedi — et par-dessus le marché, je viens vous compliquer la tâche.

— Ce n'est rien, je vous assure. Je travaille tous les samedis.

Sandy inclina la tête, l'observant du coin de l'œil.

— Du reste, si je peux vous être utile d'une manière ou d'une autre...

Kate eut un rire faussement désinvolte.

— Eh bien justement oui, peut-être. Je cherche mon mari. L'auriez-vous aperçu aujourd'hui ? J'ai quelque chose d'assez urgent à lui dire.

Pendant un bref moment, Sandy la dévisagea d'un air inexpressif, puis un petit sourire rusé se dessina sur ses lèvres.

— Non, dit-elle ; je ne l'ai pas vu aujourd'hui. Evidemment, il n'est pas très souvent au cabinet, ces temps-ci.

Elle marqua une pause visiblement étudiée et son sourire s'élargit, se fit presque triomphant. Gagnée par l'appréhension, Kate sentit son cœur se serrer.

— Mais en cherchant son assistante, Julianna, vous aurez des chances de le trouver.

La petite phrase perfide atteignit sa cible. Malgré elle, Kate se mit à trembler. Le message de Sandy était clair ; elle le délivrait d'ailleurs avec un plaisir manifeste.

Kate fit un pas en arrière, s'efforçant à grand-peine de maîtriser ses émotions ; de contrôler sa souffrance, sa fureur, son embarras, son besoin de défendre fougueusement son mari, d'affirmer à cette jeune fille que ce n'était pas vrai. Que son mari ne la trompait pas.

Pourtant, d'un ton posé et aussi digne que possible, elle demanda à Sandy l'adresse personnelle de Mlle Starr.

La jeune assistante ne se fit pas prier et, dix minutes plus tard, Kate arrêtait sa voiture en face de l'appartement de Julianna. La Mercedes de Richard était garée dans l'allée du petit immeuble, derrière une Miata bleu électrique.

Kate s'attarda un moment au volant et respira profondément, essayant de se calmer. La peur lui nouait le ventre et elle fut tentée d'être lâche. Il suffisait de redémarrer, de partir ; de se cacher la tête sous l'aile. De faire semblant de croire que son mari ne s'était pas joué d'elle, n'avait pas abusé de sa confiance, de son amour. Qu'il ne lui avait pas brisé le cœur.

Oh, Richard… pourquoi, pourquoi ? Désemparée, elle posa le front sur le volant. *Nous étions si heureux ensemble. Nous nous aimions tant.*

Se reprenant enfin, elle ouvrit résolument sa portière et quitta la voiture. Trente secondes plus tard, elle frappait à la porte de l'appartement. N'obtenant pas de réponse, elle se mit à tambouriner.

Le battant finit par s'entrouvrir légèrement. Juste assez pour laisser voir Julianna vêtue d'un déshabillé vaporeux. Ses cheveux étaient en désordre, ses joues enflammées.

Kate sentit s'envoler son dernier espoir — celui qu'ils fussent réellement en train de travailler. *Imbécile. Pauvre idiote aveugle et naïve.*

— Je veux parler à mon mari, dit-elle d'une voix altérée. Tout de suite.

— Je ne sais pas ce que vous…

— Epargnez-moi vos salades. Sa voiture est là.

Poussant fermement la porte, Kate força le passage et entra.

— Comment osez-vous ! s'écria Julianna. Quelle…

Sur ces entrefaites, Richard apparut sur le seuil de la chambre, torse nu, boutonnant son pantalon à la hâte.

— Julianna, qu'est-ce qui se p…

Il s'interrompit en voyant Kate et changea d'expression. Le spectacle était presque comique, à condition d'avoir envie d'en rire.

— K… Kate, bredouilla-t-il d'une voix pâteuse, qu'est-ce que tu fais là ?

Malgré elle, ses yeux s'emplirent de larmes.

— Il serait plus intéressant de savoir ce que tu y fais, toi.

— Ce n'est pas ce qu'on pourrait croire.

— Ah bon ? Alors, qu'est-ce que c'est ?

— Eh bien…

Il jeta un coup d'œil sur Julianna qui pleurnichait et se tordait les mains : l'innocence, la vulnérabilité personnifiées. Kate grimaça, écœurée ; cette comédie lui donnait envie de vomir.

— Nous… j'ai renversé du café sur ma chemise et… et j'ai dû l'ôter pour…

Sa phrase mourut, inachevée, sur une note pathétique. Face à cet homme désemparé, à demi nu, s'évertuant à trouver quelque lamentable explication à sa présence dans la chambre de son assistante un samedi après-midi, Kate vit soudain son mari comme il ne lui était jamais apparu jusque-là : un pauvre type, faible et superficiel, parfaitement égocentrique. L'homme qu'elle avait cru aimer pendant si longtemps avait-il seulement existé ?

— Kate, murmura-t-il en tendant vers elle une main suppliante, je peux tout t'expliquer.

Elle songea à leur dernière dispute, aux reproches dont il l'avait accablée, aux remords et à la honte qu'elle avait éprouvés, comme si leur couple se désagrégeait peu à peu par sa faute. Comme si sa propre négligence était à l'origine de tous leurs problèmes. Croisant les bras, elle lutta de son mieux contre la souffrance qui la tenaillait.

— Tu peux tout m'expliquer, Richard ? Comment cela ? En me traitant de mégère possessive et jalouse ? En m'accusant de ne plus avoir confiance en toi ? Ou bien de ne plus être amusante ?

Les bras ballants, il la regarda sans rien dire. Pour une fois, le brillant avocat avait perdu sa langue, songea Kate avec mépris. Elle détourna brièvement les yeux puis les ramena sur lui, soudain animée d'une rage indescriptible.

— Espèce de salaud. Je te faisais confiance. Je…

La gorge obstruée par les larmes, elle s'efforça de les refouler.

— Ne rentre pas à la maison, Richard. Tu n'y es plus le bienvenu, désormais.

56

Ce soir-là, Kate resta un long moment près du berceau de sa fille. Emma était plongée dans le sommeil paisible et profond des tout-petits. Elle ne connaissait pas encore le remords, la peur, la trahison qui empoisonnent l'esprit et détruisent la paix de l'âme.

Les yeux emplis de larmes, Kate se retint de prendre subitement le bébé dans ses bras. Il aurait été injuste de la réveiller uniquement parce que sa mère avait besoin de se raccrocher à elle.

Elle était si mignonne, songea Kate ; si affectueuse, si parfaite. Elle avait apporté tant de joie dans leur vie. Non, pas dans leur vie ; pas dans celle de Richard. Seulement dans la sienne, de toute évidence. Le comportement de Richard le prouvait. S'il avait eu un brin de tendresse pour sa fille, s'il avait été content d'être père, il n'aurait pas tout gâché de la sorte.

Un cri de détresse monta des profondeurs de son être, un cri muet d'animal blessé. Comment Richard avait-il pu la traiter de la sorte ? Comment avait-il pu trahir sa confiance, négliger sa famille ?

Elle se détourna du berceau et quitta précipitamment la chambre d'enfant. Depuis qu'elle était rentrée à la maison avec Emma, elle avait tour à tour arpenté la maison, sangloté et donné libre cours à sa fureur. Elle n'avait pas répondu au téléphone, qui avait dû sonner dans le vide plus d'une fois. Dès le second appel, elle avait débranché le répondeur afin de ne pas risquer d'entendre la voix de Richard. Elle ne voulait plus jamais l'entendre.

D'un geste rageur, elle essuya ses yeux. Il ne méritait pas qu'on pleure pour lui, ce misérable tricheur, ce salaud.

Son mari. Comment avait-il pu la trahir ainsi ?

Elle s'effondra sur le canapé. Depuis combien de temps cela durait-il ? Cette liaison avait-elle commencé après qu'il avait recruté Julianna ? Ou bien avait-il embauché sa maîtresse ? Du reste, peut-être avait-il eu d'autres aventures avant elle ?

Un mois plus tôt, pareille idée ne lui serait jamais venue à l'esprit. Seulement, voilà : jusqu'à cet après-midi, elle croyait avoir épousé l'homme idéal. Leur vie commune — à l'exception de quelques dérapages mineurs — lui semblait une réussite.

A présent, elle... De nouveau, ses larmes jaillirent de manière irrépressible. Se levant, elle se mit en quête d'un mouchoir. Elle en trouva une boîte dans un tiroir, se servit, jeta son mouchoir mouillé dans la corbeille à papier et en prit un autre. Richard l'avait-il seulement aimée un jour ? Ou bien l'avait-il épousée pour remporter une victoire sur Luke ? Ou encore parce que, stupidement amoureuse, elle lui avait toujours donné tout ce qu'il voulait ?

En effet, elle s'était comportée comme une dinde aveuglée par l'amour. Avant l'arrivée d'Emma, elle avait été heureuse de lui mijoter des petits plats, de satisfaire ses moindres caprices. Elle lui était si reconnaissante d'avoir fait d'elle Mme Richard Ryan.

Le sale égoïste, songea-t-elle, soudain furieuse. Il n'avait pas voulu partager avec Emma. Richard avait toujours eu besoin d'être le numéro un — besoin de se faire remarquer, fût-ce au détriment des autres. Kate le savait depuis longtemps. Mais elle avait cru qu'il serait assez mûr, assez solide pour laisser de la place à un enfant.

Apparemment, elle s'était trompée. Mais ne s'était-elle pas trompée à bien des égards, ces derniers temps ?

Le carillon de l'entrée retentit soudain. Surprise, Kate tressaillit et jeta un coup d'œil dans l'entrée. A travers la vitre dépolie de la porte, elle aperçut une silhouette masculine. L'homme se tourna légèrement de son côté, comme s'il pouvait la voir, et agita la main dans sa direction.

Nick Winters. Que faisait-il là ? Cette visite inopinée la stupéfiait, la contrariait aussi.

S'efforçant de reprendre contenance, elle s'approcha de la porte et l'entrouvrit légèrement.

— Bonsoir, Kate, dit-il en souriant. Pardonnez-moi de vous déranger si tard, mais j'aimerais acheter une autre de vos œuvres.

Elle fit non de la tête, serrant plus fermement la poignée de la porte.

— Je suis désolée, Nick, mais vous tombez très mal, ce soir. Demain, peut-être ?

— S'il vous plaît, Kate.

Il posa une main sur le battant.

— C'est pour ma mère. Après-demain, ce sera son anniversaire et…

Leurs regards se croisèrent.

— Je vous en prie, Kate. Elle adorera vos vitraux.

Kate jeta un coup d'œil sur sa montre et leva de nouveau la tête vers lui. Une visite était bien la dernière chose dont elle eût envie ce soir ; surtout celle de Nick Winters.

— Le moment est vraiment mal choisi. Cela ne pourrait pas attendre ?

— Non, dit-il. Soyez gentille, Kate. Cela lui ferait tellement plaisir.

Après une brève hésitation, elle acheva d'ouvrir la porte.

— Il faudra se dépêcher, alors. Je ne me sens pas très bien, ce soir.

Nick franchit le seuil et hocha la tête d'un air compatissant.

— Je m'en aperçois. Je suis navré, Kate.

Elle eut l'impression qu'il savait exactement pourquoi elle ne se sentait pas très bien, et sa gorge se serra. Passant devant lui pour lui montrer le chemin, elle le précéda dans l'escalier qui conduisait à son atelier, à l'étage en dessous. La plupart de ses compositions étaient accrochées aux murs mais elle en avait disposé d'autres dans un classeur spécial. Nick se mit à le feuilleter sans un mot.

Le silence — trop absolu, trop intense — commençait à devenir inquiétant. Kate le sentit soudain chargé de menace.

Elle consulta de nouveau sa montre, soudain consciente de son imprudence. Seule à la maison, elle venait d'ouvrir sa porte à un individu dont elle ignorait pratiquement tout ; un homme qui n'avait manifesté aucune émotion à la mort de Tess et qui l'avait déjà contrariée aujourd'hui même.

Un frisson parcourut sa nuque et elle s'éclaircit la gorge.

— Voyez-vous quelque chose qui vous plaît ?

Il ne répondit pas et elle recula imperceptiblement, se demandant jusqu'où elle pourrait aller en prenant soudain ses jambes à son cou.

— Je ne suis vraiment pas en forme, ce soir. Pourrions-nous en rester là, s'il vous plaît ?

Nick se tourna vers elle. Dans ses yeux délavés, Kate distingua comme de la pitié.

— Je sais ce que c'est que d'être trahi, Kate. De voir son amour et sa confiance foulés aux pieds sans la moindre considération.

Sa voix se fit aussi douce qu'une caresse.

— Je sais à quel point cela fait mal.

Déconcertée, Kate sentit sa gorge se nouer. Le ton familier qu'il employait, la manière dont il la regardait lui donnaient l'impression d'être nue devant lui.

— Il est tard, Nick. Je ne voudrais pas vous mettre à la porte mais…

Elle s'écarta légèrement et il la suivit.

— Richard est couché et… je lui ai dit que je remontais tout de suite. Il va descendre me chercher d'un instant à l'autre.

Nick secoua la tête d'un air apitoyé.

— Je les ai vus ensemble. Je suis au courant.

Il prit le visage de Kate dans ses mains, l'obligeant à le regarder.

— Je vous aime bien, Kate. J'ai beaucoup d'estime pour vous. Je regrette que la situation ne puisse pas être différente.

Elle tenta de se dégager ; il la maintint plus fermement. Kate eut l'impression que sa tête était prise dans un étau.

— Avez-vous envie de vous venger ? demanda-t-il. De lui faire payer ça ?

Kate laissa échapper un petit cri de terreur. Sa réaction parut faire plaisir à Winters. Le sourire qu'elle vit jouer sur ses lèvres lui glaça le sang.

— La loyauté est une chose essentielle, Kate. Nous savons cela tous les deux. Quand la confiance a disparu, il ne reste plus que la vengeance. « Car la vengeance m'appartient », a dit le Seigneur.

Il desserra légèrement les doigts et promena son pouce sur la bouche de Kate d'un geste presque distrait. Pétrifiée entre ses mains, elle réprima à grand-peine un frémissement d'horreur. A qui avait-elle affaire ? Qui était cet individu ?

Un monstre, songea-t-elle, affolée. Elle avait ouvert sa porte à un monstre.

Et Emma qui dormait là-haut dans son petit lit. Toute seule. Sans défense.

« Oh, Seigneur… Ne le laissez pas faire de mal à ma fille, supplia-t-elle en silence. Oh, non — pas mon bébé. »

— Je vous aime bien, répéta Nick d'une voix empreinte de regret.

Il se pencha sur elle. Son souffle effleura l'oreille de Kate.

— Tout sera bientôt terminé, murmura-t-il. Bien plus tôt que vous ne pourriez l'imaginer.

Sur ces mots, il s'écarta d'elle, fit volte-face et partit. Figée sur place, Kate le regarda s'éloigner en tremblant de la tête aux pieds. Il gravit l'escalier ; elle entendit ses pas résonner dans le vestibule, au-dessus de sa tête. La porte d'entrée s'ouvrit et se referma avec un claquement sec.

Ce bruit définitif pénétra enfin sa frayeur, la galvanisant d'un seul coup. Elle s'élança dans l'escalier avec un cri de terreur et courut comme une flèche jusqu'à la chambre d'Emma. L'enfant dormait dans son berceau, sa poitrine se soulevant et s'abaissant au rythme d'une respiration paisible.

Kate remercia le ciel à mi-voix et regagna précipitamment l'entrée. Après avoir fermé à clé, elle regarda dehors à travers la vitre.

Debout près de sa voiture, Winters observait la maison. Il l'observait, elle. Kate porta une main tremblante à sa bouche. Sa peur l'amusait. Il souriait de ses efforts dérisoires pour se protéger et protéger sa fille. S'il voulait leur faire du mal, il le ferait, songea-t-elle. Une porte verrouillée ne suffirait pas à l'en empêcher.

Rien ne pourrait l'en empêcher.

Elle éteignit la lumière du vestibule et demeura dans l'obscurité, laissant la lanterne du perron éclairer l'extérieur. Il leva une main comme pour la narguer, parfaitement conscient de la terreur qu'il lui inspirait, puis remonta en voiture. Quelques secondes plus tard, la Lexus noire reculait dans l'allée, le double faisceau de ses phares balayant la nuit, bondissant d'une branche à l'autre tels des lampions de carnaval.

Kate s'éloigna de la porte et fit le tour de la maison au pas de course, vérifiant portes et fenêtres, fermant soigneusement celles qui ne l'étaient pas tandis que la panique lui nouait le ventre.

Secouée de sanglots, elle alla ensuite décrocher le fusil de chasse dans le cellier et le chargea tant bien que mal. Elle dut s'y reprendre à trois fois pour glisser les cartouches dans le chargeur tant ses mains tremblaient. Puis, munie de l'arme et du téléphone sans fil, elle gagna la chambre d'Emma et se laissa tomber sur la moquette, à côté du berceau.

57

Richard jeta un dernier coup d'œil sur la porte de l'appartement de Julianna avant de descendre les trois marches du perron. Il détestait partir ainsi pendant son sommeil mais il ne pouvait vraiment pas rester là. Sa présence chez elle cette nuit serait du plus mauvais effet ; il devait songer à sa réputation, à celle du cabinet, à sa campagne électorale.

De toute façon, il n'avait pas pu fermer l'œil. Chaque fois qu'il essayait de s'endormir, le visage de Kate lui apparaissait — avec l'expression meurtrie qu'elle avait eue en lui disant de ne pas remettre les pieds chez eux.

Dieu lui pardonne, il n'avait pas couru vers elle. Il était resté auprès de Julianna, qui l'avait pris dans ses bras et réconforté. Elle comprenait si bien sa peine et son désarroi. Puis le réconfort avait cédé la place à la passion — à un désir frénétique. Elle l'avait pris dans ses mains, dans sa bouche et lorsque, enfin, elle l'avait accueilli en elle, Kate et ses malheurs conjugaux avaient complètement déserté ses pensées.

A présent, ils revenaient en force. Comment pourrait-il jamais la regarder en face ? se demanda-t-il, honteux, en levant les yeux sur un ciel sans étoiles. Il se sentait minable et sale, si sale. Il avait une femme admirable, qui l'aimait et le rendait heureux. Il avait tout fichu en l'air, inconsidérément.

Non. Tout n'était pas fichu. S'il voulait la récupérer, reprendre la vie conjugale, bon sang, il y parviendrait. Kate était sa femme ; elle passerait l'éponge. Il le méritait bien, quand même. Après tout ce qu'il avait fait pour elle et la manière dont elle le traitait depuis plusieurs mois, elle lui devait bien cela. Elle pouvait lui pardonner un petit dérapage.

Il sortit son portable de sa poche et composa le numéro de leur domicile tout en traversant le carré de pelouse qui le séparait de sa voiture. Elle répondit dès la première sonnerie, la voix engourdie par le sommeil — ou d'avoir trop pleuré, peut-être ?

— Kate, c'est moi. Ne raccroche pas, je…

— Je n'ai rien à te dire.

Elle coupa la communication et Richard jura entre ses dents, furieux. C'était sa femme, et elle lui parlerait, un point c'est tout. Il appuya sur la touche de rappel mais, avant que la communication fût rétablie, une silhouette apparut au coin de l'immeuble, se détachant de l'ombre.

— Tu as pris quelque chose qui m'appartient, dit l'inconnu à mi-voix. Et je vais le reprendre.

Richard s'efforça de distinguer le visage de l'homme, à demi caché par l'obscurité. Le peu qu'il en vit ne lui rappela absolument rien.

— Il y a erreur, mon vieux, dit-il d'un ton agacé. Fichez le camp.

L'homme s'approcha d'un pas, émergeant complètement de l'ombre.

— Tu m'as pris ma petite fleur et tu l'as souillée. A présent, tu vas me le payer.

Richard émit un soupir prononcé.

— Je ne vous connais pas. Je n'ai pas pris cette fleur dont vous parlez. Je vous suggère d'aller plutôt faire un petit somme réparateur. Et maintenant, foutez-moi la paix.

Ignorant son ton sans appel, l'individu s'approcha encore d'un mouvement félin, totalement silencieux. Richard vit qu'il était blond et que son regard inexpressif était froid comme la mort.

Un étrange frisson le parcourut.

— Vous ne m'avez pas entendu ? Je vous ai dit de foutre le camp avant que…

— Avant que quoi ? demanda l'autre en ricanant. Avant

que tu appelles les flics ? Tout sera terminé bien avant qu'ils se pointent.

Il fit un pas de plus.

— Je vais te raconter une histoire ; celle d'une belle jeune fille — et de l'homme qui l'aimait. Elle était tout pour lui, murmura-t-il avec un regard oblique vers la fenêtre de Julianna. Il la protégeait et tenait à elle comme à la prunelle de ses yeux. Il lui avait appris ce qu'étaient la loyauté et la confiance. En échange, il la traitait comme une reine.

Marquant une brève pause, il soupira.

— Mais elle était perméable au mal, aux forces nuisibles déterminées à priver son âme de sa lumière unique ; aux influences néfastes qui la transformeraient en putain ordinaire.

Julianna, songea Richard. Ce type parlait de Julianna. Ce devait être l'individu qui la harcelait sans relâche, celui dont elle redoutait la violence.

Il plissa les yeux.

— S'il s'agit de Mlle Starr, je puis vous affirmer que tout est terminé entre vous et elle. Elle ne veut plus vous voir. Plus jamais.

Cette fois, ce fut lui qui avança vers l'autre dans l'espoir de l'intimider.

— Fichez-lui la paix. Si vous insistez, vous vous retrouverez avec une assignation à résidence en moins de temps qu'il n'en faut pour le dire ; et si ça ne suffit pas, ce sera la garde à vue. Compris, espèce de guignol ?

Un rictus méprisant étira les lèvres de l'autre.

— Quelle suffisance, hein ? Quelle fatuité, pour un sale traître sans foi ni loi. Tu es un moins-que-rien, un tartufe, la lie de la société — un être déloyal, indigne de vivre.

Sans même tourner la tête, il cracha aux pieds de Richard.

— Que fais-tu de ta charmante épouse et de ta petite fille, seules dans cette grande maison ? Qui veille sur elles pendant que tu t'envoies en l'air ici, avec ma Julianna ? Qui va les protéger ?

Ces menaces implicites firent à Richard l'effet d'une douche glacée. Cet individu connaissait sa famille, leur adresse ; il savait que sa femme et sa fille étaient seules, vulnérables.

Epouvanté, il recula d'un pas.

— J'appelle la police, dit-il en tapant trois chiffres sur son portable. A votre place, je…

Pan ! Le bruit sec — comme un pétard qui explose — résonna aux oreilles de Richard. Aussitôt il ressentit un choc cuisant au niveau du cœur. Il porta une main à l'endroit de la douleur et la retira tout humide.

Pleine de sang.

Bonté divine, Kate…

Soudain pris de vertige, il leva sur l'homme un regard incrédule. L'homme esquissa un sourire. Et appuya encore sur la détente.

58

Kate ouvrit lentement les yeux. Des coups résonnaient dans sa tête ; une douleur lancinante lui martelait les tempes. Elle respirait mal, comme si une main d'acier étreignait ses poumons. Désorientée, elle jeta un coup d'œil autour d'elle. Alors, tout lui revint. La trahison de Richard. L'effrayante visite de Nick Winters. Le fusil qu'elle avait pris avant d'aller monter la garde au pied du berceau.

Les coups dans sa tête redoublèrent, de plus en plus insistants. Kate s'aperçut qu'on frappait à la porte d'entrée. Elle se redressa, s'assit puis, lentement, se mit debout avec une grimace, à cause des courbatures. Après une nuit passée à même le sol de la petite chambre, elle se sentait fourbue ; ses muscles endoloris protestaient vigoureusement.

— J'arrive, maugréa-t-elle en jetant un coup d'œil à son bracelet-montre.

Qui pouvait la déranger à une heure aussi matinale ? Ce n'était certainement pas Richard. Il n'aurait aucun scrupule à se servir de sa clé si l'envie lui en prenait.

Emma remua dans son lit sans se réveiller — heureusement. Il fallait d'abord aller voir qui frappait ainsi à la porte ; puis elle se préparerait un bon café noir. Peut-être se sentirait-elle alors de nouveau humaine.

Gagnant le vestibule, elle jeta un coup d'œil dehors à travers la vitre dépolie. Deux inconnus en veston et lunettes noires attendaient sur le perron. Ils avaient l'allure de ces flics de série télévisée qui vont toujours par paire.

Elle entrouvrit légèrement la porte.

— Que puis-je faire pour vous ?

— Madame Ryan ?

— C'est moi.

— Police de Mandeville.

L'homme qui se tenait à droite lui tendit son insigne.

— Je suis l'inspecteur Owens. L'inspecteur Dober m'accompagne. Pourriez-vous nous accorder quelques minutes, je vous prie ?

Kate les dévisagea tour à tour pendant quelques instants, la gorge nouée. Elle déglutit avec peine.

— De quoi s'agit-il ?

— Pourrions-nous entrer ?

Elle secoua la tête.

— Pas avant de m'avoir dit de quoi il s'agit.

Les deux hommes échangèrent un regard.

— Madame Ryan, savez-vous où se trouve votre mari ?

Une demi-heure plus tard, Kate était en route pour la morgue afin d'identifier son mari. Assise à l'arrière de la Ford grise des policiers, elle se recroquevilla dans l'angle, silencieuse, les mains crispées sur ses genoux. Une voisine gardait Emma. Un coup d'œil sur Kate avait suffi ; elle avait aussitôt accepté de veiller sur l'enfant sans poser de questions.

Tournant la tête vers la portière, Kate regarda défiler le monde extérieur. Le spectacle lui était à la fois familier et totalement étranger. Elle s'efforça de ne pas sombrer dans le désarroi, d'assimiler ce qu'elle venait d'apprendre. L'affaire ressemblait à un crime crapuleux, selon la police. Le portefeuille, la montre et l'alliance de Richard avaient disparu. On l'avait trouvé derrière sa voiture, son téléphone mobile à la main. Il avait été tué de deux balles en plein cœur, tirées à bout portant.

La police l'avait interrogée de manière très détaillée sur sa dernière entrevue avec Richard, sur l'emploi du temps et les fréquentations de son mari au cours de ces dernières semaines. Savait-elle si quelqu'un avait pu souhaiter sa mort ?

Malgré l'humiliation que cela représentait pour elle, Kate avait avoué toute la vérité, évoqué l'infidélité de Richard et l'affrontement qu'elle avait eu avec lui à ce propos, au domicile de sa maîtresse.

Au fur et à mesure de son récit, elle les avait vus changer d'expression ; de compatissants, ils étaient devenus soupçonneux. De toute évidence, elle avait un mobile pour le tuer — et aucun alibi pour la disculper. Un rire nerveux la secoua soudain malgré elle, et l'inspecteur qui conduisait — Owens ou Dober ? — l'observa du coin de l'œil dans le rétroviseur. Bonté divine, songea-t-elle, son mari avait été assassiné et elle allait être obligée de se procurer l'assistance d'un avocat.

Comme une somnambule, Kate entra à la morgue en compagnie des deux inspecteurs. Une odeur âcre et puissante — une odeur de pommes fermentées — l'assaillit aussitôt. Peut-être, songea-t-elle, était-ce l'odeur du formol ou d'un antiseptique quelconque destiné à masquer celle de la mort, et qui s'y mélangeait.

L'un des inspecteurs fit glisser un tiroir réfrigéré. Kate attendit, immobile, qu'il soulevât le drap blanc. La sueur se mit à perler sur son front, glissa en filet entre ses omoplates.

Il écarta le drap. Kate sentit ses jambes fléchir. Un cri s'étrangla dans sa gorge. Elle porta la main à sa bouche, réprimant un haut-le-cœur. Sans un mot, elle hocha mécaniquement la tête et fit volte-face, haletante.

L'inspecteur à la voix douce la guida vers la sortie puis l'accompagna dehors, dans la rue baignée d'une belle lumière automnale. Elle se laissa choir sur une marche, devant l'immeuble, enfouit sa tête dans ses mains et sanglota éperdument.

Les quarante-huit heures qui suivirent furent un véritable cauchemar. Tout en faisant face à la famille de Richard anéantie par ce deuil, à leurs amis et aux collègues de son mari, tous terriblement ébranlés, Kate dut prendre les dispositions nécessaires pour les obsèques, s'occuper d'Emma et diriger son affaire. A tout cela s'ajoutait l'ombre menaçante des soupçons qui pesaient sur elle, les questions insistantes des policiers chargés de l'enquête.

Sans compter son propre chagrin. Ses remords. Elle ne pouvait s'empêcher de penser qu'en se montrant plus indulgente envers Richard — en le laissant rentrer à la maison —, elle lui aurait probablement sauvé la vie.

Comment pourrait-elle supporter cette idée ? Comment allait-elle continuer à vivre avec ce poids sur la conscience ?

Elle fut mise hors de cause dès que la police eut pris connaissance des appels enregistrés à partir du mobile de Richard. Notamment de celui qu'il lui avait adressé quelques minutes avant sa mort. Le témoignage du vieux Joe qui promenait son chien vers minuit finit de la disculper.

Blake, Marilyn et Beanie lui furent d'un précieux secours en prenant la direction des opérations au Grain de Fantaisie. En vérité, Kate ne souhaitait même plus en entendre parler.

D'abord, Tess. A présent, Richard. Plus rien n'avait de sens, désormais.

Rien, sinon Emma. Sans sa fille, Kate avait le sentiment qu'il ne lui resterait plus qu'à s'allonger pour mourir aussi. Lorsque famille et amis lui proposèrent de garder l'enfant jusqu'à ce qu'elle refît surface, elle s'y refusa. Privée de sa fille, leur expliqua-t-elle, elle ne referait jamais surface. Emma était tout ce qui la rattachait encore à ce monde.

59

Richard fut inhumé dans le caveau des Ryan, à La Nouvelle-Orléans. L'enterrement eut lieu par une grise journée de novembre, froide et humide. Julianna se tenait à l'écart du cortège ; elle ne pouvait s'intégrer au cercle familial, ni à celui des amis ou des collègues de Richard. Une paria, se dit-elle, amère. Comme toujours.

Sans Richard, elle était complètement seule, désormais. De nouveau seule. Des larmes lui piquèrent les yeux et elle s'efforça de les contenir. Il ne fallait pas qu'on la voie pleurer. Elle ne voulait pas qu'on la juge pathétique — aussi pathétique qu'elle avait conscience de l'être.

Le cabinet avait fermé pour la journée en signe de deuil et pour permettre aux employés d'assister aux obsèques. Ils snobèrent tous la jeune fille. D'une manière ou d'une autre, ils avaient découvert le rôle qu'elle avait joué dans les heures précédant le crime et nul n'ignorait plus sa liaison avec son patron.

D'une manière ou d'une autre. Julianna reporta le regard sur Sandy, à présent intégrée dans le groupe des secrétaires, acceptée parmi elles.

Etait-ce vraiment surprenant ?

Le lendemain du drame, Chas Bedico avait appelé Julianna, lui rappelant froidement qu'elle avait un contrat de travail avec Me Ryan, pas avec le cabinet. Il lui demandait de bien vouloir débarrasser le bureau de ses affaires personnelles avant l'heure d'ouverture, le lundi matin. Par égard pour Kate, il réglerait lui-même ses honoraires, avait-il précisé.

Manifestement, lui aussi était au courant des relations qu'elle avait entretenues avec son associé.

Sur ces entrefaites, Sandy leva les yeux et leurs regards se croisèrent. L'ombre d'un sourire effleura discrètement ses lèvres, mais son expression triomphante n'échappa guère à Julianna. C'était là, sans équivoque, un sourire de revanche. A cette minute-là, Julianna eut la confirmation de ce qu'elle avait seulement soupçonné jusqu'alors — à savoir que Sandy s'était chargée de ruiner sa réputation au sein du cabinet : grâce à elle, personne n'ignorait plus la nature de ses rapports avec Richard. Sans doute la jeune fille avait-elle enrichi ses commérages d'une multitude de détails sordides de son invention.

Elle tenait là sa vengeance.

La vue brouillée par les larmes, Julianna détourna les yeux. Serrant les bras autour d'elle, elle donna libre cours à son chagrin, sans se soucier davantage du spectacle qu'elle offrait aux autres. Sandy ne pouvait pas comprendre. Personne ne le pouvait. Sa liaison avec Richard ne se résumait pas à une vulgaire histoire de fesses. Leur union était marquée par le sceau du destin. En lui, elle avait trouvé son âme sœur — et réciproquement.

A présent, il n'était plus là.

La jeune femme resserra plus étroitement les pans de son imperméable, s'efforçant de ne pas céder au désespoir. Elle n'avait plus rien. Plus d'amant, plus d'emploi.

Elle regarda Kate qui tenait Emma dans ses bras, la serrait farouchement sur son cœur.

Plus de bébé, non plus.

En contemplant la mère et l'enfant, elle éprouva une brusque envie de prendre sa fille contre elle, un désir si vif et si douloureux qu'il lui arracha une grimace. Si seulement elle pouvait s'accrocher au bébé comme le faisait Kate, qui puisait manifestement son courage dans la présence de ce petit être, dans son amour absolu, inconditionnel… Avec Emma, elle ne se serait pas retrouvée seule et abandonnée comme elle l'était aujourd'hui.

Elle n'avait plus rien. Plus personne.

Non, corrigea-t-elle mentalement ; elle n'était pas tout à fait seule. John rôdait dans les parages, à l'affût. Depuis l'obscène offrande qu'il avait déposée dans son lit, il ne s'était plus manifesté directement, bien qu'elle devinât sa présence toute proche. Elle sentait planer dans l'air une sourde menace — le calme trompeur qui précède l'orage. Il l'épiait. Il attendait son heure.

Les parents de Richard ouvrirent leur maison à tous ceux qui étaient venus se recueillir sur la tombe de leur fils afin de recevoir leurs condoléances. Julianna ne se mêla pas au groupe. Elle s'éclipsa discrètement et roula longtemps sans but à travers la ville avant de prendre le chemin du retour ; elle s'efforçait de rassembler ses idées, d'échafauder quelque projet. Que faire, où aller ?

Elle avait eu la faiblesse de s'abandonner à une impression de sécurité trompeuse, préférant imaginer qu'un parfait inconnu s'était introduit chez elle pour violer son intimité ; ou croire que Richard pourrait la protéger de John.

A présent, Richard était mort. Les mains soudain agitées d'un violent tremblement, Julianna serra plus fermement le volant. Personne ne pouvait la protéger de John. Personne, sinon elle-même. Elle devait fuir — elle l'aurait déjà fait si elle ne s'était sentie tenue d'accompagner Richard à sa dernière demeure. Elle n'avait pas eu le courage de s'enfuir sans un dernier adieu.

Quand elle arriva dans sa rue, le jour commençait à décliner. L'humidité persistait et la soirée s'annonçait plutôt froide. La jeune femme réprima un frisson. Pourquoi n'irait-elle pas s'installer à Los Angeles ? songea-t-elle en quittant sa voiture et en se dirigeant vers son appartement. Palmiers, brises océanes, températures clémentes lui convenaient tout à fait ; et, dans une ville de cette taille, elle brouillerait plus aisément les pistes.

Elle déverrouilla la porte, franchit le seuil et se figea avec un cri étranglé. John était assis sur une chaise face à la porte, un revolver posé sur ses genoux.

Il l'accueillit avec un sourire glacial. Julianna eut alors la conviction qu'il avait tué Richard. Et qu'il venait la tuer à son tour.

— Bonsoir, Julianna.

Elle recula instinctivement d'un pas, une main dans le dos,

cherchant à tâtons la poignée de la porte. Dérisoire tentative, car elle savait qu'il ne la laisserait jamais s'échapper.

Il leva le revolver et le pointa vers elle.

— Ecarte-toi de cette porte, je te prie. Il ne faut surtout pas déranger tes voisins.

Julianna obtempéra, le cœur battant à se rompre, la poitrine oppressée.

— Qu'est-ce qui t'arrive, mon cœur ? persifla-t-il. Tu n'es pas heureuse de me voir ?

Un rictus étira ses lèvres.

— Ma présence ne devrait pas te surprendre outre mesure. Je sais que tu as trouvé mon cadeau.

— Tu as... tué... Richard.

— En effet. Il avait pris ce qui m'appartient, Julianna. Il me dépossédait. C'était inacceptable.

Il lui fit signe d'avancer.

— Viens par ici.

Les yeux luisants de larmes, elle s'exécuta. Ses jambes tremblantes la portaient à peine. Elle s'immobilisa devant lui, tête basse.

— Regarde-moi, Julianna.

Elle obéit.

— Je veux que tu t'agenouilles.

Les larmes jaillirent et roulèrent sur ses joues. Elle ne voulait pas mourir à genoux, et se conforma pourtant à son injonction tout en se demandant quand la balle allait la frapper ; et où il choisirait de la loger.

Elle se demanda aussi s'il lui accorderait une mort rapide, miséricordieuse, ou s'il la laisserait agoniser lentement dans d'atroces souffrances.

John se leva.

— Tu m'as déçu, Julianna. Terriblement déçu.

Il baissa la voix.

— Après tout ce que je t'ai enseigné sur l'amour, sur la loyauté et la fidélité aux engagements, comment as-tu pu me lâcher, me trahir de la sorte ?

— Je suis désolée, murmura-t-elle. Je suis sincèrement désolée.

Powers secoua la tête.

— Ça ne suffit pas. Tu m'as désobéi. Tu as été malhonnête. Tu t'es jouée de mon amour et l'as piétiné sans vergogne. Que crois-tu que cela m'ait fait ?

Comme elle ne répondait pas, il appuya l'arme contre sa joue.

— Eh bien, Julianna ?

— Cela t'a fait mal, dit-elle d'une voix entrecoupée. Affreusement mal.

— C'est rien de le dire.

Il marqua une pause, comme sous l'effet d'une profonde émotion.

— Tu m'as brisé le cœur, Julianna.

Elle ravala les larmes qui obstruaient sa gorge.

— Pardonne-moi, John. Ce n'était pas mon intention. S'il te plaît… ne me fais pas de mal.

Ignorant ses prières, il alla se placer derrière elle.

— Je pourrais te tuer tout de suite.

Il s'inclina jusqu'à elle et Julianna sentit son haleine sur sa nuque. Les lèvres froides effleurèrent son oreille. Elle frissonna.

— Rien de plus facile. La vengeance serait douce, après la trahison que tu m'as infligée.

Un sanglot secoua le corps de la jeune femme. Comment avait-elle pu être assez stupide pour croire que Richard allait la protéger de John ? Qu'il était possible de lui échapper ?

— Là… voilà, reprit John d'un ton légèrement radouci, tu saisis, à présent. Tu commences à mesurer l'étendue de mon pouvoir. Le pouvoir du bon droit, de la justice.

Il se mit à rire et le timbre de sa voix implacable la fit frémir de la tête aux pieds.

— Les responsables doivent payer. Les obstacles doivent être éliminés ; voilà pourquoi j'ai liquidé Clark Russel. Et aussi ta mère.

Elle tourna brusquement la tête vers lui. John ricana.

— Eh oui, chaton. Ils se sont mêlés de mes affaires, ils t'ont appris des choses que tu n'aurais pas dû savoir. Ils méritaient d'être châtiés.

— Non ! cria-t-elle d'une voix aiguë qui se brisa d'un coup. Non !

— Je crains que si.

Il plaça la gueule de l'arme sous son menton et l'obligea à renverser la tête au point de la faire suffoquer.

— Ce n'était pas joli à voir, mon cœur. Mais j'ai accordé à ta mère une mort rapide. Par égard pour toi, je lui ai épargné la souffrance.

Julianna fondit en larmes, les épaules secouées par les sanglots. Richard était mort à cause d'elle. Sa mère aussi ; et Clark Russel. *Qu'avait-elle donc fait ?*

— Ça suffit, dit sèchement John.

Il la toisa avec sévérité.

— Elle ne méritait pas que tu la pleures. Ce n'était pas une bonne mère. Elle ne s'est pas occupée de toi. Moi, si. C'est pour moi que tu devrais pleurer. Pour moi, Julianna. Rien que pour moi.

Il relâcha le chien du revolver, glissa l'arme dans la ceinture de son pantalon et s'assit sur les talons en face d'elle. Il prit son visage entre ses mains, enfonçant les doigts dans la chair, exigeant qu'elle le regarde.

— Tu es jeune et influençable. Tu ne sais pas encore te protéger de ceux qui veulent te mener à ta perte. Ce n'est pas ta faute ; je le sais bien.

Il parlait lentement, patiemment, comme on s'adresse à un enfant frondeur.

— A cause de ta jeunesse, de ton inexpérience, je pourrais te pardonner cette fois, à titre exceptionnel. J'ai bien dit : je pourrais.

Julianna retint son souffle. Il lui offrait une chance de survie. Ravalant sa peur et son chagrin, elle concentra toute son attention sur ce qu'il lui proposait.

— Qu'est-ce que… Comment pourrais-je racheter mes torts envers toi ? demanda-t-elle dans un souffle. Comment, John ?

Elle posa ses mains sur les siennes.

— S'il te plaît, dis-moi ce qu'il faut faire.

Il sourit et promena doucement les pouces sur ses pommettes.

— Je veux retrouver ma petite fille. L'élue de mon cœur. Elle me manque, Julianna.

Approchant son visage, il effleura de ses lèvres la bouche de la jeune femme.

— Je veux retrouver ce que nous avons partagé.

A ces mots, Julianna éprouva une brusque nausée ; elle dut fournir un effort surhumain pour ne pas vomir. Bonté divine, comment pourrait-elle accéder à son désir ? Comment redevenir la petite fille qui avait aimé cet homme — ce monstre abominable dont elle connaissait à présent la véritable nature ? Comment, mais comment faire ?

Un bref instant, elle envisagea de lui avouer la vérité, de lui jeter au visage toute la haine, la répulsion qu'il lui inspirait ; de lui dire qu'elle préférait mourir plutôt que renouer avec lui.

Elle ne put le faire. Parce que cela aussi eût été un mensonge. Elle ne voulait pas mourir. Elle avait envie de vivre. Et c'était là sa seule chance d'échapper à la mort. Elle se pencha vers lui et appuya son front contre son torse.

— Tu m'as tellement manqué.

Le mensonge franchit ses lèvres avec une aisance surprenante ; son accent naturel, chargé d'émotion, pouvait faire illusion. Elle releva la tête et ébaucha un frêle sourire.

— C'était si bon d'être ta petite fille. De me sentir unique.

Les mains de John frémirent sous les siennes. Cet imperceptible témoignage d'excitation acheva d'écœurer Julianna. Elle s'efforça de dissimuler ses véritables sentiments tandis qu'il l'aidait à se remettre debout et la conduisait vers la chambre — jusqu'au lit.

Là, il la déshabilla entièrement, fébrilement. Il l'allongea sur le lit puis se dévêtit à son tour et s'étendit près d'elle. Immobile, elle se laissa caresser et cajoler, sachant ce qu'il attendait, ce qui le mettait dans tous ses états — sachant parfaitement que la moindre erreur lui serait fatale.

Elle ferma les yeux et serra très fort les paupières pour oublier les mains qu'il promenait sur elle, incapable de réprimer les frissons de dégoût qui parcouraient son corps, incapable de retenir les larmes qui ruisselaient du coin de ses yeux et roulaient le long de ses joues.

Elle était perdue.

Du bout de l'index, John cueillit une larme sur son visage et la porta à sa bouche.

— Tu as peur, Julianna ?

— Oui, murmura-t-elle d'une voix presque inaudible.

— Il ne faut pas, petite fleur.

Il prenait sa réponse, le tremblement de ses lèvres, pour un aveu de dépendance qui faisait partie du jeu. Julianna ne l'ignorait pas. Elle savait aussi qu'il en jouissait.

— Je te traiterai avec douceur, tu le sais bien ; avec une infinie douceur.

Il prit sa main et lui fit toucher son érection. Comme tant d'autres fois, il lui expliqua comment le tenir et le caresser. Tandis qu'elle s'y employait, des sons gutturaux jaillirent de la gorge de John — des grognements sourds, presque bestiaux. Au supplice, Julianna se demanda finalement si une balle dans la tête n'eût pas été préférable.

Enfin, John la remit sur le dos et la pénétra. Elle poussa un cri. Un cri de désespoir et d'humiliation. Loin d'avoir un effet dissuasif, sa réaction acheva au contraire de le griser. Cambrant les reins, il jouit sans retenue dans un long râle triomphant.

Puis il retomba auprès d'elle, pantelant, le corps luisant de sueur.

— Mon ange, murmura-t-il au creux de son cou. Mon adorable petit ange. Je savais que tu me reviendrais. Je le savais.

Redoutant de se trahir, Julianna préféra garder le silence. Au bout de quelques instants, John se souleva sur un coude pour la contempler, l'œil humide.

— Heureuse ?

Il fallait boire la coupe jusqu'à la lie, poursuivre jusqu'au bout cette comédie.

— Infiniment heureuse, murmura-t-elle. Je t'aime tant, John.

Il étudia son expression, se demandant visiblement si elle était sincère. S'il décidait que non, il la tuerait sans l'ombre d'une hésitation. Comment en douter, désormais ?

L'attente se prolongea — et il continuait de scruter son visage, cherchant à déceler la vérité. Le cœur battant la chamade, elle sentit une vague de chaleur monter à ses joues tandis que son pouls s'accélérait follement.

Enfin, au bout de quelques secondes interminables, John hocha lentement la tête.

— Je te pardonne, déclara-t-il, magnanime. Mais ta désobéissance ne peut pas rester impunie ; ton infidélité mérite d'être sanctionnée. Tu dois réparer ; tous les obstacles ne sont pas encore éliminés.

Sa mère avait été l'un de ces obstacles, désormais abattus ; Clark Russel et Richard, également. A qui pouvait-il encore songer ? Elle chercha son regard, une angoisse au creux de l'estomac.

— Je ne comprends pas.

— Le bébé, naturellement.

Il promena un doigt sur sa joue, suivant la trace des larmes.

— Emma doit mourir, à présent.

Le cœur de Julianna cessa de battre. *Emma ? Non !*

— Oui, dit-il comme s'il déchiffrait ses pensées.

Il secoua la tête d'un air de regret.

— Tu aurais dû t'en débarrasser quand je te l'ai dit. Maintenant, c'est plus difficile. Il faut compter avec Kate.

Une vague de panique monta en elle, lui noua la gorge. Cette fois, elle ne tremblait pas pour sa propre vie mais pour une autre. Les yeux fermés, elle revit sa fille agitant vigoureusement ses petites jambes avec un joyeux gazouillis. Elle revit son sourire radieux. Puis elle l'imagina dans un bain de sang, la gorge tranchée ou le crâne défoncé par une balle.

Il fallait trouver un moyen d'arrêter John.

— Mais pourquoi ? articula-t-elle enfin. C'est la fille de Kate, à présent. Elle n'a plus aucun lien avec nous. Elle…

John posa une main sur sa bouche, coupant court à ses protestations.

— Les séquelles, dit-il. On risque d'y être confrontés un jour ou l'autre. Il faut les éliminer.

Il se redressa, avant de sortir du lit.

— J'aurais aimé épargner Kate, dit-il en ramassant le revolver qu'il posa à côté de lui. Hélas, je crains que ce soit impossible.

Julianna regarda fixement le plafond, horrifiée. Il parlait de supprimer Kate et Emma comme s'il évoquait la pluie et le beau temps, ou proposait un déjeuner en ville. Comment avait-elle pu être aussi aveugle à son sujet ? Comment avait-elle pu se croire amoureuse de lui ?

Elle ne le laisserait pas tuer Emma. Elle en était incapable.

Julianna darda des regards fiévreux sur la pièce, examinant les possibilités qui s'offraient à elle, cherchant désespérément un moyen de s'en sortir, un moyen de le neutraliser. L'idéal eût été de mettre la main sur son revolver. Mais comment ? Il ne le perdait jamais de vue. C'est alors qu'elle avisa l'affreuse lampe en céramique posée sur la table de nuit. Cela devrait faire l'affaire.

Elle se glissa hors du lit, ramassa son T-shirt et son pantalon, et les enfila à la hâte.

— Tu as sans doute raison, admit-elle. Mais il… faudrait que je te donne un coup de main.

John se leva et la dévisagea d'un air interrogateur.

— Tout est ma faute, reprit la jeune femme. Je dois t'aider à… à réparer les dégâts.

Après quelques secondes de réflexion, il inclina imperceptiblement la tête.

— Que proposes-tu ?

A son tour, il ramassa son pantalon sur le sol, y passa les jambes et tendit la main vers son revolver.

Elle devait tenter sa chance — son ultime chance. Elle souleva la lampe et frappa. Le pied en céramique heurta la nuque de John avec un bruit sourd. Le revolver lui glissa des doigts.

Il se redressa et la regarda d'un air tour à tour stupéfait puis entendu. Elle frappa de nouveau, de toutes ses forces, en ahanant comme un bûcheron. Cette fois, le pied de la lampe se brisa sur sa tête. Des éclats de céramique volèrent de tous côtés parmi les éclaboussures de sang.

Comme dans une séquence au ralenti, John tomba d'abord à genoux, puis par terre, à plat ventre sur son revolver.

Agitée d'un violent tremblement, Julianna demeura un instant debout au-dessus de lui, la main crispée sur ce qui restait de la lampe. Elle n'aurait su dire s'il respirait encore ; et, pour rien au monde, elle ne se serait approchée davantage pour vérifier.

Elle laissa tomber la lampe sur la moquette.

— Voilà ce que je propose, espèce d'ordure.

60

Kate se réveilla en sursaut. Désorientée, elle se redressa et regarda autour d'elle. En revenant de l'enterrement, elle avait couché Emma puis elle était allée s'asseoir sur le canapé du salon avec un verre de vin. Sans doute s'y était-elle assoupie.

Elle jeta un coup d'œil sur le récepteur-bébé pour s'assurer qu'il n'était pas débranché. L'indicateur lumineux brillait au-dessus de la table basse, repère rassurant dans l'obscurité de la pièce.

Kate l'observa un instant, l'oreille tendue. Aucun bruit ne provenait de la chambre d'Emma. Elle se laissa retomber parmi les coussins et enfouit son visage dans ses mains, terrassée par la fatigue, par le désespoir.

Tout était terminé. Les obsèques avaient marqué la fin de la vie de Richard mais aussi de la sienne ; celle qu'elle menait depuis plus de dix ans à ses côtés — sa vie de femme mariée et comblée. Confiante. Sûre de sa place dans le monde, sûre d'être aimée.

Soudain, Emma gémit faiblement puis poussa un cri, bref et aigu ; un cri de frayeur.

L'appareil se mit à crépiter ; la lumière clignota avant de s'éteindre brusquement.

Kate se figea une fraction de seconde avant de céder à l'affolement. Se levant d'un bond, elle renversa son verre de vin, dont le contenu se répandit sur la moquette beige. Elle courut comme une flèche jusqu'à la chambre d'enfant.

En pénétrant dans la pièce, elle poussa un cri étranglé. Une silhouette se penchait sur le lit de sa fille ; le sac de voyage d'Emma, plein à craquer, était posé à ses pieds.

— Ne touchez pas à mon bébé !

L'intruse fit brusquement volte-face, Emma dans les bras ; une main posée sur sa bouche, elle s'efforçait de la faire taire.

Kate tressaillit en la reconnaissant à la faible lueur de la veilleuse.

— Julianna ? Que faites-vous là ?

La jeune femme libéra la bouche d'Emma et les cris du bébé déchirèrent le silence de la maison.

— Ce n'est pas ce que vous pourriez croire, Kate.

Kate avança avec précaution, ne sachant trop que faire pour ne pas mettre en péril la sécurité d'Emma.

— Rendez-moi mon enfant.

Au son de la voix de sa mère, l'enfant se tourna vers elle et ses hurlements redoublèrent d'intensité. Julianna recula d'un pas en secouant la tête.

— Vous ne comprenez pas. Il sera là d'un moment à l'autre. Il a l'intention...

— Donnez-la-moi !

Kate s'arrêta devant elle et tendit les bras.

— Vous la terrorisez.

Julianna hésita. Kate profita d'un relâchement de son attention pour lui arracher sa fille et s'écarter d'une pirouette. Emma blottie contre sa poitrine, elle lui murmura des mots apaisants tout en la berçant tendrement. Peu à peu, l'enfant commença à se calmer, ses cris se muant en petits gémissements éperdus, entrecoupés de hoquets.

— Cela ne vous a pas suffi ? demanda Kate d'une voix vibrante d'émotion contenue. Vous m'avez pris mon mari et il vous faut encore mon enfant, par-dessus le marché ?

— Vous ne pouvez pas comprendre, répéta Julianna en se tordant les mains et en jetant un coup d'œil anxieux sur l'horloge à coucou qui décorait le mur. John va arriver. Il...

— Je ne connais aucun John. Comment êtes-vous entrée ici ?

— Avec la clé cachée dans la rocaille, près de la porte du fond.

Bonté divine, c'était donc ainsi qu'elle s'était déjà introduite chez eux.

— J'appelle la police.

Julianna la retint par le bras.

— Non. Il ne faut pas. Vous feriez mieux…

— Mon mari est mort. Il n'aurait pas été assassiné s'il était resté à la maison, dit Kate en écartant sa main d'un geste sec. Sortez de chez moi. Je ne veux plus vous voir rôder dans les parages.

Kate quitta la chambre d'Emma et regagna précipitamment le salon. Sur le seuil, elle actionna l'interrupteur. La lumière du plafonnier inonda la pièce. Le téléphone était posé sur le sol, à côté du verre renversé.

— La vie d'Emma est en danger.

Kate s'arrêta net. Pivotant vers Julianna, elle découvrit alors son visage ravagé par les larmes, ses vêtements chiffonnés, maculés de taches écarlates. On aurait dit… Oui, de toute évidence, c'était bel et bien du sang.

— Oh, mon Dieu, murmura-t-elle dans un souffle.

— John va arriver. Il a l'intention de tuer Emma.

Serrant plus étroitement sa fille contre elle, Kate recula d'un pas.

— Allez-vous-en.

Julianna tendit une main — toute souillée de sang, elle aussi.

— Je dois la protéger.

Le cœur battant, la bouche sèche, Kate secoua la tête.

— Vous divaguez. Vous êtes complètement déséquilibrée. Je vous interdis…

— Je suis la mère biologique d'Emma.

Sous le choc, Kate vacilla. Elle dévisagea l'autre femme, son univers soudain dangereusement ébranlé.

— Qu'est-ce… que vous…

— Je suis la mère…

— Taisez-vous ! cria Kate. Vous mentez ! Vous mentez forcément !

— Je voulais me faire avorter, commença Julianna d'une voix

tremblante, mais j'ai attendu… trop longtemps. Onze jours de trop, exactement.

Elle marqua une pause, reprit sa respiration.

— Le médecin m'a montré des photos de fœtus à ce stade de développement. Ils étaient… ils… Enfin, je n'ai pas pu. Vous comprenez, je ne savais pas.

Les épaules de la jeune femme s'affaissèrent. La mine abattue, elle se détourna et alla s'asseoir au bord du canapé.

— Le Dr Samuel m'a conseillé d'avoir recours à l'adoption. Il m'a parlé de Citywide. Pour moi, c'était la meilleure solution ; le seul moyen de m'en sortir.

Kate regarda sa petite fille et ses yeux s'emplirent de larmes. Richard avait couché avec la mère biologique d'Emma. Cette idée lui était intolérable.

— Est-ce qu'il… savait ? demanda-t-elle d'une voix étranglée.

— Non. Je ne lui ai rien dit.

Julianna examina ses mains puis leva de nouveau les yeux sur Kate.

— J'avais d'abord l'intention d'abandonner Emma et de disparaître. Puis j'ai jeté un coup d'œil sur les extraits de dossiers des parents adoptifs et… j'ai découvert le vôtre. J'ai lu ce que vous aviez écrit sur vous-même ; ce que Richard avait écrit. Je suis tombée amoureuse de lui.

Kate la dévisagea d'un air interdit.

— Vous êtes tombée amoureuse de mon mari à cause de… de ce que vous avez lu sur son compte ?

La jeune femme opina. Elle serra les bras autour d'elle.

— Il était exactement… l'homme dont je rêvais depuis toujours. Mais je ne suis pas tombée amoureuse de lui seulement, avoua-t-elle, le regard soudain embué de larmes ; de vous, aussi. De la vie que vous meniez, du couple que vous formiez.

— Alors, vous avez décidé de nous en déposséder ? Au lieu de vivre votre propre vie, vous avez préféré nous voler la nôtre ?

Durant quelques secondes, Julianna garda la tête baissée. Puis elle la releva et redressa les épaules.

— Je vous donnais ma fille. Vous désiriez un enfant plus que tout au monde. Je l'ai lu dans les documents que vous avez remplis. En échange de Richard, je vous donnais mon enfant.

Que dire à cette inconsciente ? se demanda Kate. Merci ? Julianna la regardait comme si elle s'attendait à être non seulement comprise, mais approuvée.

— Comment avez-vous pu nous trouver ? reprit Kate. Ellen nous a affirmé que son organisme ne fournissait aucun renseignement sur le compte de ses adhérents sans leur autorisation expresse.

— Je me suis arrangée pour jeter un coup d'œil à son insu sur le dossier complet, dans son bureau.

Bonté divine, songea Kate, tout était donc vrai. Elle ne s'était pas trompée à propos de l'effraction, de la photo volée, de la fille sur la balançoire. Chaque fois, il s'agissait bel et bien de la mère d'Emma.

— Vous nous avez donc épiés, murmura-t-elle. Vous vous êtes insinuée dans notre existence, dans celle de Richard. Vous avez réussi à le séduire.

Julianna se pencha en avant, visiblement sincère.

— Il ne voulait pas vous être infidèle, Kate. Il n'était pas malhonnête. Mais une force irrésistible nous poussait dans les bras l'un de l'autre. C'est le destin qui nous rapprochait. Nous étions deux âmes sœurs.

Kate contempla Emma qui s'était calmée et la regardait de ses beaux yeux limpides ; Emma qui n'avait d'yeux que pour elle — sa mère. Son cœur se gonfla soudain d'une immense tendresse ; grâce à cet amour, la colère et l'amertume de la trahison, la laideur de ces derniers jours refluèrent comme par enchantement.

— Partez, maintenant, dit-elle en se tournant de nouveau vers Julianna. A cause d'Emma, je n'appellerai pas la police si vous disparaissez tout de suite.

— Je ne peux pas. Je... il y a autre chose, Kate. Quelque chose que je... dois vous dire.

L'accent de sa voix fit frissonner Kate ; elle eut soudain l'intuition qu'un danger imminent, un terrible danger planait sur Emma et elles.

— Il y a un homme. Il a tué Richard et il a décidé de… de supprimer aussi Emma.

— Pourquoi ? Pourquoi raconter de pareilles inepties ? s'écria Kate, tremblant malgré elle. Ne pouvez-vous donc nous laisser tranquilles ? Ne m'avez-vous pas fait assez de mal ? N'avez-vous pas causé assez de ravages dans cette famille ?

— Cet homme est le père d'Emma.

Kate ouvrit la bouche puis la referma, consternée. Le cauchemar qu'était devenue sa vie l'entraînait subitement encore plus loin dans l'horreur. Comme un automate, elle se dirigea vers une chaise et s'assit précautionneusement sur le bord. Julianna était une jeune femme gravement perturbée ; cette histoire invraisemblable ne tenait pas debout. Pourtant… inexplicablement, quelque chose sonnait juste dans tout cela. Et si elle disait vrai, la vie d'Emma était en danger.

— Mais pourquoi ? demanda-t-elle enfin. Je ne comprends pas.

— A cause de moi. Parce que c'est un désaxé, victime d'une obsession démentielle.

— J'appelle la police, déclara Kate en se levant.

— Non ! cria Julianna.

D'un bond, elle fut près d'elle.

— La police ne peut rien contre lui. C'est un tueur professionnel. Un assassin, formé par le gouvernement pour se charger des sales besognes. Pour lui, tuer ne signifie pas grand-chose. Ce n'est qu'un travail comme un autre, un mode de vie.

— C'est ridicule ! Invraisemblable !

— Il faut m'écouter : la police ne nous sera d'aucun secours. John attendra son heure. Il leur glissera entre les doigts comme une anguille. Et il ne renoncera pas. A ses yeux, Emma représente un problème à éliminer, un dernier détail à régler. Il me l'a dit dans ces termes.

D'un pas décidé, Kate se dirigea vers le téléphone posé sur le sol. Julianna la retint par le bras.

— J'ai vu des photos. Des photos de gens égorgés. Ma mère…

Sa voix se fêla.

— Ma mère était au courant de ses agissements. Comme je refusais de la croire, elle a chargé l'un de ses amis de la CIA de confirmer ses dires ; c'est lui qui… qui m'a montré les clichés.

Elle marqua une pause, les yeux luisants de larmes.

— Cet homme… son ami de la CIA… il a été tué. Et ma mère aussi. Tout cela à cause de moi. Vous ne comprenez pas ? Il va tuer Emma.

Kate s'effondra sur une chaise ; le téléphone sans fil lui glissa des doigts.

— Oh, non, ce n'est pas possible… Si ce que vous dites… est vrai, que vais-je faire ?

Julianna s'assit devant elle sur ses talons.

— Nous devons nous sauver. Immédiatement. Je l'ai assommé avec une lampe mais je ne suis pas sûre de… de l'avoir tué ; en fait, je crains bien que non.

— *Nous* devons nous sauver ? répéta Kate d'un ton incrédule. J'aimerais mieux suivre un serpent dans son nid plutôt qu'aller où que ce soit avec vous. Je cours un risque, sans doute — mais je veux le courir toute seule.

— Je connais cet homme, insista Julianna. Je connais ses méthodes, son apparence physique.

Désespérée, elle prit les mains de Kate.

— Vous aurez besoin de moi. Sans moi, vous êtes condamnées, toutes les deux.

— Je n'ai pas besoin de vous. Je…

Le téléphone les interrompit. D'un même élan, elles se tournèrent vers l'appareil sans faire le moindre geste pour décrocher. A la quatrième sonnerie, le répondeur se déclencha. Le message enjoué de Kate résonna dans la maison silencieuse, puis une voix masculine, profonde et suave, prit le relais.

— Allô, Kate ? Veuillez communiquer ce message à Julianna, je vous prie : « A présent, je connais ta réponse. Tu m'as trahi pour la dernière fois. »

Une pause. Un soupir accablé.

— « Emma et toi, vous êtes condamnées. »

61

La route s'étirait à perte de vue devant elle. Seuls ses phares et ceux des rares véhicules qui circulaient encore trouaient çà et là l'épaisseur des ténèbres.

Kate roulait depuis plusieurs heures sans destination précise, sans autre objectif que de mettre le maximum de distance entre Powers et elles. Tenant fermement le volant entre ses mains crispées, elle s'y accrochait comme si sa vie en dépendait, persuadée qu'en lâchant prise, elle s'effondrerait du même coup comme un pantin désarticulé.

Pour protéger Emma, elle devait à tout prix rester très vigilante — aussi calme et déterminée que possible. Si elle s'effondrait… Elle refusa de gaspiller son énergie à envisager toutes sortes d'éventualités. A quoi bon raisonner avec des « si » ? Ce sinistre individu, ce monstre ignoble ne gagnerait pas la partie. Il ne mettrait pas la main sur Emma. Elle ne le laisserait pas approcher de sa fille.

Elle jeta un coup d'œil par-dessus son épaule sur le siège arrière. Emma dormait dans son landau transformable. Elle n'avait pas bougé depuis près de trois heures, bercée par le mouvement régulier du véhicule. Julianna, installée à l'avant, s'était également assoupie.

Kate appréciait le silence et le maudissait tout à la fois. Il lui épargnait en effet tout échange ou conflit avec sa passagère, qu'elle n'aurait eu ni l'énergie ni la force de maîtriser. En revanche, il la laissait aux prises avec ses pensées ; et la voix désincarnée qui avait prononcé l'horrible message sur son répondeur résonnait sans cesse dans sa tête, assorti de la terrible menace : *Emma et toi, vous êtes condamnées.*

Elle s'efforça de respirer calmement, régulièrement, afin de ne pas céder à la panique. Après le déclic du répondeur, les deux femmes n'avaient pas échangé un mot. Kate s'était contentée d'ajouter quelques objets — biberons, lait en poudre et affaires de toilette — dans le sac déjà préparé par Julianna.

Elle fronça les sourcils, essayant vainement de se rappeler si elle avait fermé à clé la porte d'entrée en partant. Le souffle court, elle avait couru de la maison à la voiture, reculé à toute allure dans l'allée, manquant renverser au passage le vieux Joe qui promenait son chien. Heureusement, elle n'avait pas oublié d'emporter son sac à main ; chéquier, cartes de crédit et cent cinquante dollars en espèces leur permettraient de survivre quelque temps.

Ses paupières s'alourdirent et elle dut fournir un effort pour les garder ouvertes. A l'arrière, Emma s'agita légèrement dans son sommeil. Elle n'allait pas tarder à se réveiller, songea Kate. Il faudrait lui donner son biberon et la changer. Peut-être était-il temps de se mettre en quête d'un endroit où passer la nuit.

Un motel ferait probablement l'affaire — du moins, pour ce soir. Mais demain ? Et après-demain, alors ? Leur existence était-elle en train de se transformer en une longue errance ponctuée de nuits dans des chambres lugubres d'hôtel ? Ce n'était pas une vie pour un enfant.

Des larmes lui brûlèrent les yeux. Qu'allaient-elles devenir ? Reverrait-elle jamais leur belle maison, le Grain de Fantaisie, ses amis de Mandeville ?

Elle refoula ses larmes et s'efforça de raisonner froidement. Jusqu'à présent, elle avait roulé droit devant elle afin de s'éloigner le plus vite possible du danger. A présent, elle devait trouver un point de chute. Voyager ainsi à l'aventure ne les mènerait nulle part, forcément. Sans but, elle ne tarderait pas à se décourager. Il était donc indispensable de savoir où aller. Seulement, voilà : elle n'en avait pas la moindre idée.

Il n'était pas question de se réfugier auprès de la famille, même si la solution l'avait tentée un instant. De toute évidence, la famille et les proches amis seraient les premières personnes chez qui John Powers irait les chercher.

Un semi-remorque la dépassa dans un grondement assourdissant, se rabattit devant elle et s'engagea sur une bretelle de sortie. Kate regarda le panneau indicateur et eut un choc en déchiffrant le nom de la ville qu'elles venaient d'atteindre.

Houston.

Luke. Evidemment.

Luke avait disparu depuis trop longtemps de sa vie pour que Powers pût connaître les liens qui les avaient unis. Elles seraient en sécurité auprès de lui ; s'il était à son domicile, sans doute accepterait-il de les héberger pour la nuit. Il ne pouvait pas lui en vouloir au point de lui fermer sa porte, tout de même ?

Elle quitta l'autoroute à la sortie suivante et s'arrêta à la première station-service. Se garant devant une pompe à essence, elle ouvrit la portière. Le bruit réveilla Julianna, qui s'étira et ouvrit les yeux.

— Où sommes-nous ? demanda-t-elle d'une voix pâteuse.

— A Houston, dit Kate. Avez-vous besoin de quelque chose ? Je dois aller passer un coup de fil.

62

Assis sur une marche du perron, Luke attendait Kate. Il n'avait pas allumé la lumière du porche. Autour de lui, les bruits légers de la nuit peuplaient le silence : bourdonnements d'insectes nocturnes, longue plainte solitaire d'un chien attaché dans quelque jardin, grondement lointain de la circulation provenant d'une ville trop immense pour être jamais vraiment endormie.

Il renversa la tête en arrière, s'appuyant sur les coudes. Il écrivait fébrilement quand Kate l'avait appelé. La veine créatrice le tenait éveillé depuis plusieurs heures. Complètement immergé dans l'univers de ses personnages, il avait dû lui faire répéter trois fois qui était au bout du fil avant de saisir réellement le sens de sa réponse.

Kate. Sa superbe Kate.

Plissant le front, il examina le ciel d'un noir d'encre, soudain assailli par le doute. La voix de la jeune femme trahissait une immense fatigue teintée de désespoir. Elle avait simplement dit qu'elle avait des ennuis et cherchait un endroit pour dormir — fût-ce pour une seule nuit — avec son bébé et une amie qui l'accompagnait. C'était urgent, avait-elle précisé.

Une question de vie ou de mort.

Une foule de questions était d'abord montée aux lèvres de Luke. Quel genre d'ennuis pouvait-elle avoir, et où était donc Richard ? Il s'était toutefois contenté de lui fournir les indications nécessaires pour trouver la maison.

Il passa une main sur ses joues hérissées d'une barbe naissante. Kate n'avait jamais eu tendance à exagérer ou à dramatiser. On pouvait se fier à ce qu'elle disait. Par conséquent, qu'entendait-elle au juste par « une question de vie ou de mort » ?

Un véhicule tourna dans sa rue et la longea lentement, ralentissant devant chaque portail. Luke se leva pour allumer la lumière du porche et resta debout dans le halo de lumière.

La voiture, une jeep Cherokee, s'engagea dans son allée privée et s'y arrêta. La portière du conducteur s'ouvrit aussitôt. Kate apparut. Leurs regards se croisèrent et elle s'élança vers lui avec un cri étranglé. Luke l'accueillit au bas des marches et la prit dans ses bras, la serrant affectueusement sur son cœur. Elle se blottit désespérément contre lui, le visage contre sa chemise, les épaules secouées de sanglots.

— Merci, Luke... merci d'avoir accepté de nous héberger.

— Kate... Kate...

Il enfouit brièvement le visage dans ses cheveux, retrouvant son parfum familier. Puis il s'écarta légèrement pour mieux la regarder.

— Que se passe-t-il ? Où est Richard ?

La portière du passager s'ouvrit et une jeune femme descendit à son tour.

— Kate, dit-elle doucement, d'une voix hésitante, Emma est réveillée.

Kate hocha la tête mais s'attarda encore un instant dans les bras de Luke avant d'aller sortir le bébé de son siège.

L'enfant n'avait pas l'air enchantée du voyage.

— Entrez, dit Luke. Je vais m'occuper des bagages.

— Il n'y en a pas.

Il regarda Kate.

— Pas la moindre valise ?

— Non ; juste un sac de rechange pour Emma.

— Bon. Je vais l'apporter.

Tandis qu'elles gagnaient la maison, il alla prendre le sac du bébé, verrouilla la voiture et les rejoignit. Les deux femmes l'attendaient dans l'entrée, la mine hagarde, visiblement épuisées.

Emma se tortillait dans les bras de sa mère en émettant de

petites plaintes brèves, aiguës — qui semblaient annoncer une vraie crise de larmes.

— A-t-elle besoin de quelque chose ? demanda Luke.

— D'être changée, sans doute ; et elle doit avoir faim.

Il passa devant elles pour les conduire dans la cuisine. Pour Luke, l'un des principaux atouts de cette maison résidait dans l'absence de cloisons au rez-de-chaussée. Toutes les pièces à vivre — à l'exception des chambres et des sanitaires — s'articulaient autour du séjour central, sans portes ni passages étroits pour les relier. Il appréciait aussi tout particulièrement la vaste pièce du second étage qui lui servait de bureau avec ses bibliothèques encastrées dans les murs et sa grande baie vitrée donnant sur la rue et la campagne environnante.

Sa fille calée sur une hanche, Kate entreprit de remplir un biberon avant de le réchauffer au four à micro-ondes. Luke se tourna en souriant vers l'autre femme et lui tendit la main.

— Je ne me suis pas présenté. Luke Dallas.

Avant qu'elle ait pu lui répondre, Kate s'interposa.

— Je suis désolée. Voici Julianna.

Quelque chose dans la manière dont elle prononça ce prénom trahissait une indiscutable réticence. Elle ne la portait pas vraiment dans son cœur, songea-t-il.

— Bonsoir, Julianna, dit-il, perplexe, en échangeant une poignée de main avec la jeune femme.

Ce faisant, il remarqua soudain les taches rouge sombre qui maculaient son T-shirt et son pantalon. Il les examina un instant, supposant qu'il devait se tromper. Ce ne pouvait être du sang, tout de même ?

Son regard croisa de nouveau le sien et il fut frappé par l'expression de ses grands yeux cernés. Elle avait l'air terrorisée. Elle croisa les bras devant elle comme pour tenter de dissimuler les taches. C'était donc bel et bien du sang. Il eût parié n'importe quoi là-dessus.

— Il faut que nous parlions, dit-il en se tournant vers Kate.

Elle secoua la tête.

— Plus tard, si tu veux bien.

Il n'avait pas la moindre envie d'attendre.

— Où est Richard ? demanda-t-il en baissant la voix.

Kate regarda brièvement sa fille et laissa échapper un petit rire amer.

— Au cimetière, dit-elle. Il a été assassiné mardi. Je l'ai… Les obsèques ont eu lieu aujourd'hui.

Horrifié, Luke la dévisagea un instant sans parler.

— Bonté divine, murmura-t-il enfin. Mon Dieu, Kate, je… je ne sais trop quoi dire.

— Je voudrais me laver les mains, demanda soudain Julianna, qui luttait visiblement pour ne pas fondre en larmes. Pourriez-vous m'indiquer où se trouve la salle de bains ?

— Je vous y conduis.

Il se tourna de nouveau vers Kate.

— Je vais montrer sa chambre à Julianna. En attendant, fais comme chez toi. Je reviens tout de suite.

Après avoir installé la jeune femme dans une chambre d'amis, il s'arrêta un instant sur le pas de la porte.

— Votre cabinet de toilette est au fond. N'hésitez pas à prendre une douche si vous le souhaitez. Vous trouverez des serviettes sur les étagères. Avez-vous de quoi vous changer ?

Elle fit signe que non.

— C'est bien ce que je pensais. Je vais vous prêter un survêtement. Je le déposerai sur le lit.

Il s'acquitta de sa promesse et descendit rejoindre Kate tout en méditant sur l'étrangeté de cette affaire. Elle arrivait inopinément en pleine nuit, terrorisée, en compagnie d'une femme aux vêtements maculés de sang, qu'elle ne semblait pas apprécier. Richard était mort, annonçait-elle de surcroît. Assassiné quelques jours plus tôt.

Tout cela était plus qu'étrange. Déroutant. Il était grand temps d'obtenir quelques explications.

Kate avait trouvé le chemin du séjour et donnait le biberon à sa fille sur le canapé. Quand il pénétra dans la pièce, elle leva la tête vers lui. Il vit alors à quel point elle était éreintée, à bout de forces. Ses yeux creusés par la fatigue, enfoncés dans leurs orbites, formaient deux taches sombres dans son visage livide. Elle avait manifestement besoin de s'aérer un peu.

— Rude épreuve, n'est-ce pas ? dit-il doucement.

Les yeux de Kate s'emplirent de larmes.

— As-tu faim ? demanda-t-il.

Elle fit signe que non.

— Que dirais-tu d'un verre de vin ?

— Ce serait... oui ; cela me ferait le plus grand bien. Merci, Luke.

Il lui apporta le vin puis s'assit avec elle pendant qu'Emma achevait de boire son biberon. Au lieu de la harceler de questions, d'engager à tout prix la conversation, il préféra patienter, se contentant de la regarder faire, ému par la tendresse qui se dégageait du tableau.

Ils auraient pu former une famille ensemble. Emma aurait pu être sa fille.

Cette idée saugrenue lui traversa brusquement l'esprit, accompagnée d'un petit pincement au cœur inattendu. On aurait dit que le spectacle de Kate et de sa fille éveillait la fibre paternelle qui sommeillait en lui.

Il détourna les yeux, soucieux de ne pas laisser deviner la nature de ses sentiments.

— Luke ?

Kate le fixait avec attention. Il s'éclaircit la gorge.

— Oui ?

— Merci encore. Tu aurais pu nous éconduire poliment, après tout. Rien ne t'obligeait à nous recevoir.

Sur ces entrefaites, Julianna réapparut, les cheveux encore humides, portant les vêtements qu'il lui avait prêtés. Elle accepta un sandwich à la dinde, mangea en silence dans son coin puis monta se coucher.

Luke remarqua que les deux femmes ne se regardaient presque pas ; Julianna maintenait toujours une certaine distance entre Emma et elle, et Kate ne lui confiait jamais le bébé.

Ces rapports tendus étaient ceux de deux adversaires. Mais tandis que Julianna se tenait simplement sur ses gardes, Kate était sur la défensive. Son regard trahissait aussi une hostilité teintée d'une émotion moins évidente — colère ou humiliation, peut-être — qui la faisait frémir de manière presque palpable à l'approche de l'autre femme.

De plus en plus intrigué, Luke attendit que Kate eût couché sa fille puis s'approcha avec un autre verre de vin.

— Maintenant, dit-il, je veux savoir ce qui se passe.

Elle acquiesça et se laissa tomber avec lassitude sur le canapé, son verre entre les mains.

— Je ne sais trop par où commencer… il s'est passé tant de choses affreuses, ces derniers temps.

A en juger par sa mine et le peu qu'elle lui avait déjà dévoilé, il s'agissait même d'un euphémisme, songea Luke.

— Qui est Julianna ? demanda-t-il, décidant de l'aider.

— Ah, oui, Julianna…

Kate haussa les épaules.

— C'est la mère biologique d'Emma. Je ne l'ai appris qu'aujourd'hui.

— Aïe.

— Ouais, maugréa Kate, comme tu dis. Et ce n'est pas tout, loin de là.

— Alors, raconte-moi la suite.

Elle hocha la tête, but une gorgée de bordeaux et posa le verre sur la table basse. Renversant la tête contre les épais coussins du dossier, elle fixa le plafond.

— Richard me trompait.

— Je suis navré.

— Mais pas autrement surpris ?

— Non, avoua-t-il.

Une idée lui traversa soudain l'esprit.

— Julianna aurait-elle été…

— Oui.

Kate appliqua un instant ses paumes sur ses yeux fatigués puis posa de nouveau les mains sur ses genoux.

— Ce que tu m'as suggéré le jour où je suis venue te voir à Tulane… je crois que c'était vrai. A propos des raisons…

Sa voix se brisa.

— … pour lesquelles il m'a épousée.

Pris de remords, Luke esquissa une moue.

— Tu sais, Kate, j'ai dit cela sous l'effet de la colère. Parce que j'avais mal ; et que je voulais te faire mal, aussi. Je ne pensais pas vraiment…

— Si, si, tu le pensais. Même si tu étais en colère, il y avait une part de vérité là-dedans. Ce n'était peut-être pas entièrement vrai mais ça l'était en partie, au moins.

Kate but une autre gorgée de vin.

— Tout a commencé avec l'adoption d'Emma.

Luke l'écouta faire le récit de ces derniers mois — la surprise du couple en apprenant qu'ils avaient été choisis par une future mère, puis l'arrivée d'Emma et la joie qu'elle avait éprouvée à avoir un enfant.

— J'étais tellement heureuse, tellement comblée que je n'ai pas remarqué la réaction de Richard. Enfin, pas tout de suite.

Avec un soupir, elle se leva et marcha vers la baie vitrée qui donnait sur le jardin. Elle regarda dehors sans rien voir, absorbée dans ses souvenirs.

— Il n'était pas satisfait. Il s'approchait à peine d'Emma, ne la prenait jamais spontanément dans ses bras. C'était tout juste s'il lui accordait de l'attention ; quant à jouer avec elle… Bref, j'ai fini par comprendre qu'il était jaloux de l'affection et du temps que je consacrais à notre fille.

Elle soupira encore.

— Il l'avait fait pour moi : je m'en rends compte, aujourd'hui. Je voulais un enfant ; comme nous ne pouvions pas en avoir ensemble, il a accepté d'avoir recours à l'adoption. Mais, au fond, il n'était pas vraiment enthousiaste. Je n'avais pas compris à quel point l'idée d'accueillir l'enfant de deux inconnus chez nous — dans nos cœurs — pouvait lui être désagréable.

Dépitée, elle secoua la tête.

— J'aurais dû m'apercevoir de ce qu'il ressentait. Simplement, je n'avais pas envie de penser à lui ou à ce qu'il éprouvait réellement ; mon propre désir d'être mère m'ôtait toute lucidité.

— Kate, dit Luke d'une voix douce, tu n'en sais rien ; il aurait pu réagir de la même façon avec un enfant que vous auriez conçu ensemble. Certaines personnes n'ont pas la vocation d'élever des enfants, voilà tout.

— Je regrette de ne pas m'en être avisée plus tôt.

— Vraiment ? Aurais-tu rendu Emma à la fondation, dans ce cas ?

— Non.

Elle eut un petit rire d'autodérision.

— Je ne peux plus imaginer mon existence sans elle. Cette enfant est ma véritable raison de vivre.

— Alors, il ne faut rien regretter.

— Tu as sans doute raison.

Kate se retourna, regagna le canapé sans se presser et s'installa dans l'angle, repliant ses jambes sous elle.

— Comment m'étonner, ensuite, de l'infidélité de Richard ? reprit-elle après un moment de silence. Nous avons commencé à nous disputer pour des futilités. Peu à peu, le garçon que nous connaissions tous deux à l'université refaisait surface, reprenait l'avantage sur l'homme dont je partageais la vie depuis dix ans. Il redevenait l'enfant gâté, vaniteux et arrogant, capable de piquer une colère à la moindre contrariété.

Son récit parut ensuite plus décousu à Luke. Elle expliqua comment leur vie commune s'était progressivement dégradée et enchaîna sur des épisodes sans queue ni tête : son voisin avait aperçu une fille sur leur balançoire, une photo avait inexplicablement disparu de leur domicile… Bref, elle éprouvait l'étrange impression d'être épiée. Enfin, elle raconta comment elle avait découvert la liaison de son mari et de Julianna, quelques heures à peine avant le meurtre.

Frissonnante, elle serra les bras autour d'elle.

— Tout est allé si vite, murmura-t-elle. Du jour au lendemain, je suis passée du statut d'épouse et de nouvelle maman comblée à celui de veuve. Comment surmonter cette épreuve ? Comment accepter qu'il ait été… assassiné ? Je n'étais pas encore remise de l'avoir surpris dans les bras d'une autre.

Sa phrase s'acheva dans un sanglot et elle regarda Luke à travers ses larmes.

— Je me sens tellement coupable… Il aurait suffi d'un rien — d'un peu plus de lucidité, d'indulgence de ma part — pour qu'il soit encore en vie. Si seulement mon envie d'avoir un enfant ne m'avait pas aveuglée… si seulement j'avais deviné quels étaient ses véritables sentiments à l'égard de l'adoption. Si je lui avais donné ce qui lui manquait, ou pardonné sa première incartade…

Luke secoua la tête, refusant de la suivre sur cette voie.

— Le sort nous joue parfois de vilains tours, Kate. Il suffit de se trouver au mauvais endroit, au mauvais moment. Cela n'a aucun rapport avec ce que tu as fait ou pas.

— Sa mort n'est pas due au hasard, dit-elle en secouant la tête. Ce n'était pas un crime crapuleux.

Leurs regards se croisèrent.

— Il s'agissait d'un acte prémédité, commis par un dangereux désaxé — à cause de Julianna.

Luke songea aux taches de sang sur les vêtements de la jeune femme et fronça les sourcils.

— Que veux-tu dire ?

Elle lui répéta ce qu'elle avait appris quelques heures plus tôt de la bouche de Julianna : comment la mère d'Emma les avait trouvés par l'intermédiaire de Citywide, comment elle était tombée amoureuse de Richard en lisant sa prose et avait entrepris de le séduire.

— Elle nous a suivis, nous a regardés vivre. Elle s'est mise à me copier, afin de gagner la confiance de Richard.

Un gémissement douloureux ponctua sa phrase.

— Finalement, elle a réussi à me ressembler — en mieux. En plus jeune, plus affriolante — plus libre, aussi.

— Personne ne te ressemble, répliqua Luke avec douceur. Tu peux me croire : voilà dix ans que je cherche.

Kate le dévisagea un moment en silence ; puis les larmes se remirent à couler sur ses joues.

— Ensuite, l'histoire se corse, reprit-elle, retraçant entre deux sanglots le portrait de John Powers tel que Julianna le lui avait décrit, expliquant qu'il avait tué Richard, la mère de Julianna et l'un de ses amis, membre de la CIA, qui s'efforçait de les aider.

— Et tu ajoutes foi à ces élucubrations, Kate ? Voyons, cette jeune femme est complètement déséquilibrée. Elle a dû inventer toute…

— Non ; j'ai d'abord refusé de la croire. Jusqu'à ce qu'il téléphone. Il a dit qu'Emma… qu'elle était condamnée.

Luke s'adossa au canapé, une expression horrifiée se peignant sur ses traits.

— Il a dit cela ? En ces termes ?

— Oui. Ses paroles ne prêtaient pas à confusion. Ainsi, tu vois, conclut-elle, nous sommes pourchassées par un aliéné ; un fou furieux — un tueur professionnel, de surcroît. Il a décidé de supprimer Julianna et Emma — et moi aussi, accessoirement. S'il découvre que tu nous as hébergées…

Sa voix se brisa.

— Oh, Luke, je n'aurais pas dû venir ici. Je n'aurais jamais dû te mêler à cette affaire.

— Tu n'avais guère le choix.

— Bien sûr que si. J'aurais pu continuer ma route sans m'arrêter. Seulement, j'ai eu peur ; et je savais qu'avec toi… je me sentirais en sécurité.

Elle fondit en larmes.

— Maintenant, à cause de moi, tu es en danger, toi aussi. Je m'en veux, Luke. Je m'en veux tellement…

Il s'approcha et la prit dans ses bras, étreignant son corps secoué de sanglots. Elle blottit son visage au creux de son épaule et passa les bras autour de sa taille.

Peu à peu, les sanglots s'espacèrent et elle s'écarta.

— Nous ne nous attarderons pas, murmura-t-elle en essuyant ses joues ; il ne faut pas nous arrêter afin de conserver une longueur d'avance sur lui. Je dois seulement réfléchir un peu ; essayer de trouver une destination — un endroit où il ne pourra pas nous repérer.

— Tu peux rester aussi longtemps que tu voudras.

— Non.

Elle secoua la tête avec fermeté.

— Je ne veux pas t'exposer plus que je ne l'ai déjà fait. Plus vite nous serons parties, mieux cela vaudra.

— Je ne crains pas grand-chose, Kate. C'est pour toi que je suis inquiet. Et pour Emma.

Elle posa de nouveau la tête sur son épaule. Il sentit à quel point elle était exténuée à la manière dont elle s'affaissait contre lui, comme si elle n'avait même plus la force de se tenir droite.

— Si seulement j'étais capable de réfléchir clairement, murmura-t-elle. Il doit bien y avoir un moyen de se débarrasser de lui, tout de même.

Luke l'enlaça plus étroitement.

— Demain matin, dit-il, nous en reparlerons. A nous deux, nous trouverons une solution. Je te le promets.

63

Luke ne dormait pas. Longtemps après avoir souhaité bonne nuit à Kate, il était encore assis devant son ordinateur, les yeux fixés sur le rectangle lumineux de l'écran. Il avait cru que son roman parviendrait à chasser Kate et sa situation dramatique de son esprit. Son travail réussissait parfois à l'emporter ailleurs, dans un univers imaginaire, loin du monde réel.

Ce soir, c'était peine perdue. Depuis une heure et demie, ses efforts n'aboutissaient à rien. Le récit de Kate se superposait obstinément au sien, l'empêchant de suivre son fil conducteur.

Résigné, Luke débrancha son ordinateur, se leva et gagna la fenêtre. Tout en promenant les yeux sur la rue obscure, il réfléchit à ce qu'il venait d'entendre. Les événements survenus ces derniers temps dans la vie de Kate évoquaient plus la fiction que la réalité ; on aurait pu les croire issus de l'un de ses livres.

Pourtant, elle n'avait rien inventé. Et il était terriblement inquiet pour elle.

Les recherches auxquelles il s'était livré dans le cadre de son travail l'avaient mis en contact avec des individus tels que John Powers : Condor, par exemple, lui ressemblait comme un frère. Face à cette évidence, Luke sentit son sang se glacer. Il se remémora la manière dont Condor caressait son arme au club de tir, songea aux propos qu'il avait tenus sur la vie et la mort — sur sa profession de tueur.

Oui, Powers était une sorte de Condor — mais livré à lui-même, à ses propres démons, parce que dépourvu de toute notion d'éthique professionnelle. De ce fait, ils avaient affaire à un véritable robot, une machine à tuer marchant et parlant comme un être humain.

L'angoisse saisit soudain Luke à la gorge. Fermant les yeux, il vit Kate étendue dans une mare de sang. Il vit Emma auprès d'elle, les traits déformés par les convulsions de l'agonie. Ces images lui coupèrent le souffle.

Il s'écarta de la fenêtre. Powers avait pu suivre les deux femmes jusqu'ici, songea-t-il encore. A la réflexion, rien ne l'empêchait d'appeler Kate depuis un téléphone portable, garé à proximité de la maison des Ryan. Il avait pu les épier, caché quelque part, s'amusant de leurs pitoyables efforts pour lui échapper.

Le cœur battant, il regagna son bureau et prit son 44 Magnum dans le tiroir du bas, se remémorant sa conversation avec Condor. Il grimaça un sourire. En l'occurrence, il se félicitait de disposer d'une arme aussi puissante. Face à un individu tel que Powers, il espérait causer un maximum de dégâts au premier coup de feu.

Luke ouvrit le barillet pour s'assurer que l'arme était bien chargée et se dirigea rapidement vers l'escalier. Il grimpa quatre à quatre les marches menant à l'étage supérieur et s'arrêta brièvement sur le palier, prêtant l'oreille. Puis il se dirigea vers la chambre de Kate, au fond du couloir.

Négligeant de frapper, il ouvrit doucement la porte, entra dans la pièce et s'approcha du lit. Kate dormait, allongée sur le côté en chien de fusil, le visage à demi enfoui dans l'oreiller de plume. Dans la pénombre, on distinguait les cernes profonds qui marquaient ses yeux et la frange de cils noirs contrastant avec la pâleur de ses joues.

Luke tendit la main vers elle, se ravisa et dirigea son regard vers le bébé. La petite Emma était couchée à côté d'elle dans le grand lit à deux places, confortablement calée dans les oreillers qu'ils avaient disposés pour elle en forme de berceau. Il contempla un instant le visage du bébé, angélique dans le sommeil. Ses bras potelés, rejetés en arrière, encadraient sa tête dans une position de détente et d'abandon total. Son torse se soulevait et s'abaissait au rythme d'une respiration paisible.

Rien d'étonnant à ce que Kate l'aimât aussi éperdument, au point de sacrifier sa vie pour elle, songea Luke. Comment Richard avait-il pu réagir autrement ? Emma Ryan ne pouvait inspirer que des sentiments de tendresse. S'attacher à elle devait être chose facile. Trop facile.

Bonté divine, il devait à tout prix venir en aide à Kate. Il devait les sauver toutes les deux — tenir cet individu en échec.

— Luke ? Ça ne va pas ?

Les yeux de Kate s'étaient entrouverts. Il se reprocha aussitôt de l'avoir réveillée.

— Si, si, tout va bien, répondit-il à mi-voix, songeant encore à Powers.

Il esquissa un sourire faussement désinvolte.

— Je venais juste m'assurer que vous étiez bien installées. Rendors-toi. Tout va bien se passer.

Kate battit des paupières et marmonna quelque chose d'incompréhensible. Déjà, elle s'était rendormie. Il la contempla encore quelques instants puis quitta la pièce, laissant la porte entrebâillée. Après avoir vérifié que rien n'était resté ouvert dans la maison, il alla préparer du café, s'en servit une tasse et alla s'installer sur le canapé.

Quelqu'un devait monter la garde, cette nuit et les suivantes, jusqu'à ce que Powers soit hors d'état de nuire.

Qui d'autre que lui pourrait s'en charger ?

64

Quand elle s'éveilla, une bonne odeur de café et de bacon frit flottait dans l'air. Kate s'étira et respira profondément, savourant quelques instants le luxe de se sentir choyée. Un sourire effleura ses lèvres. Depuis combien de temps n'avait-elle plus senti de tels effluves à son réveil ? Depuis l'arrivée du bébé, bien sûr. Mais elle se souvint ensuite que cela avait commencé bien avant. A un moment donné de leur vie commune, Richard s'était déclaré inapte à préparer le café, prétextant que Kate rendait l'opération trop compliquée à son gré. Peu à peu, il lui avait laissé le soin de s'occuper du petit déjeuner.

Evoquer Richard fit surgir des souvenirs plus récents qui la ramenèrent brutalement au présent. Elle ne pensait toujours pas à lui à l'imparfait, songea-t-elle. Un flot de larmes monta à ses yeux. Elle ne pouvait pas. Pas encore. C'était trop douloureux.

Les larmes roulèrent le long de ses joues. Il lui manquait tellement… non pas tel qu'il était devenu au cours des derniers mois — quand ses défauts et ses faiblesses avaient pris le pas sur ce qu'il y avait de meilleur en lui. L'homme qu'elle regrettait était celui qui l'avait portée dans ses bras pour franchir le seuil de leur maison, le compagnon attentif et drôle, tendre et solide à la fois, qui lui avait tout appris de l'amour, auprès de qui il faisait bon vivre.

Il était inutile de se lamenter ainsi, songea-t-elle, essuyant ses larmes d'un revers de main. Elle devait consacrer toute son énergie à protéger sa fille. A distancer un criminel lancé à leur poursuite.

Les événements de la veille et la gravité de la situation lui apparurent de nouveau dans toute leur horreur. Elle jeta un coup d'œil sur le réveil posé sur la table de nuit, vit qu'il était plus de 10 heures et se redressa péniblement. Elle porta les mains à son visage, essayant de se concentrer. Il fallait garder la tête froide, les idées claires. Dans quelques heures, elle reprendrait la route avec Julianna et Emma. D'ici là, elle devait à tout prix élaborer un plan.

Soudain consciente du silence étonnant qui régnait dans la pièce à une heure aussi tardive, elle se tourna d'un bloc vers la place que Luke l'avait aidée à arranger pour Emma.

Il n'y avait personne.

Kate se figea une fraction de seconde puis bondit du lit avec un cri étranglé, se précipita dans le couloir et s'élança, nu-pieds, vers le palier.

— Luke ! cria-t-elle. Luke ! Où es-tu ?

Il répondit qu'il était dans la cuisine et elle dévala aussitôt l'escalier pour le rejoindre, le cœur battant à se rompre, le ventre noué par la panique. John les avait retrouvées. Il s'était introduit dans la maison pendant la nuit et avait enlevé Emma. Une série d'images atroces se mirent à défiler devant ses yeux.

Elle s'arrêta net à l'entrée de la cuisine. Stupéfaite. Interloquée. Assis à la table, Luke tenait Emma dans ses bras et lui donnait le biberon.

Il leva les yeux et lui sourit.

— Bonjour, Kate.

— Qu'est-ce que tu fais ?

Il regarda Emma, puis de nouveau Kate.

— Je lui ai préparé un biberon. Elle s'est réveillée avec un petit creux et tu avais besoin de dormir. En fait, il y a eu deux épisodes successifs — le premier à 6 h 30. Ce biberon-ci est le second.

Il était venu prendre Emma dans sa chambre et elle n'avait rien entendu.

Déconcertée, Kate avança dans la pièce, les jambes flageolantes.

— Mais comment... comment as-tu su ce qu'il fallait faire ?

Il lui adressa ce fameux petit sourire en coin qui avait toujours fait palpiter son cœur d'une drôle de manière.

— Cela n'a rien d'un exploit, Kate. Prendre le biberon, le remplir, le réchauffer, le présenter à bébé : quoi de plus simple ?

Kate éclata alors de rire — un rire nerveux, trop aigu. Luke la dévisagea d'un air soucieux.

— Y a-t-il quelque chose qui cloche ?

— Non, je…

Elle porta une main à sa poitrine et exhala un long soupir.

— Je me suis réveillée et… elle n'était plus là.

A la fois soulagée et encore ébranlée, elle marcha jusqu'à la table et s'effondra sur une chaise.

— J'ai cru… j'ai imaginé le pire.

Le sourire de Luke s'estompa.

— Excuse-moi, Kate. Je n'avais pas songé à cela. Compte tenu des circonstances, j'aurais dû…

Elle l'interrompit d'un geste.

— Non, non, je t'en prie ; je te suis reconnaissante de m'avoir laissée dormir. Richard n'a jamais…

Elle ravala les mots qui lui venaient aux lèvres, esquissa un petit sourire contraint et tendit les bras.

— Je peux la prendre, maintenant.

— Tu me priverais plutôt d'un plaisir, dit Luke. Puis-je continuer ?

Kate acquiesça, la gorge nouée.

— La cafetière est pleine, reprit-il. Si tu veux te servir, il y a des tasses dans le placard, à droite de l'évier.

— Merci.

Elle ouvrit la porte qu'il indiquait et aperçut une tasse avec une anse en forme de crosse de revolver. Sans doute un support publicitaire pour son dernier roman, songea Kate en lisant le titre du livre, imprimé sur l'objet.

— Amusant, dit-elle.

— Un cadeau de mon éditeur…

Kate la remplit de café, ajouta une larme de crème et savoura une gorgée de liquide.

— Mmm… c'est du Kona, n'est-ce pas ?

— Exact. J'en suis devenu « accro » durant le séjour que j'ai fait à Hawaii, pour mes recherches à propos de *Last Dance*. Tu trouveras du bacon dans l'assiette couverte de papier aluminium ; et une miche de pain aux raisins fait maison sur la planche à découper. Sers-toi à volonté.

Elle obéit de bonne grâce, soudain affamée.

— Quand t'es-tu transformé en cordon-bleu ? demanda-t-elle en revenant s'asseoir à table avec sa tasse et son assiette pleine.

— A force de vivre seul, on finit par se lasser des « Big Macs » et des pizzas à domicile.

Le petit sourire en coin réapparut.

— Mon répertoire est assez limité mais j'ai pensé que tu aurais faim en te levant.

— J'ai un appétit d'ogre.

Kate goûta une bouchée de pain aux raisins.

— J'adore le pain fait maison, dit-elle d'un air gourmand.

— J'ai tout de même un appareil pour mélanger la pâte, avoua Luke avec un clin d'œil complice. Ma sœur me l'a offert pour Noël.

Emma s'agita dans ses bras. Il lui ôta le biberon de la bouche, mesura à vue d'œil ce qui restait et le lui rendit. L'enfant se remit à téter avec voracité.

Kate s'étonna mentalement qu'ils soient assis là à s'entretenir de futilités concernant la machine à pain ou la qualité du café ; à peine quelques minutes plus tôt, elle croyait encore que John Powers avait enlevé Emma.

— Tu as bien dormi ? s'enquit Luke.

— Etrangement bien.

Au cours de la nuit, ses cauchemars avaient finalement cédé la place à un curieux sentiment de bien-être et de paix.

— Et toi ? demanda-t-elle.

— Moi aussi ; comme un bébé.

Emma avala bruyamment le fond de son biberon et continua à téter de l'air, la tétine vide produisant un léger bruit de soufflerie.

Luke la lui enleva, plaça l'enfant contre son épaule et lui donna de petites tapes dans le dos.

Devant l'assurance avec laquelle il manipulait le bébé, Kate lui fit part de sa surprise.

— J'ai quatre frères et sœurs plus jeunes que moi, lui rappela-t-il. Et trois d'entre eux ont eux-mêmes des enfants, à présent. J'ai passé une bonne partie de mon existence à faire faire leur rot à des tout-petits.

— J'avais oublié que tu appartenais à une famille nombreuse.

Sur ces entrefaites, Emma émit un rot impressionnant dont un marin aurait pu être fier. Kate et Luke se regardèrent et éclatèrent de rire.

— Bravo, ma belle, dit-il. C'est très « classe », très féminin.

Kate rit de nouveau et tendit les bras.

— Oh, elle peut faire mieux encore. C'est une véritable virtuose, crois-moi ; sans parler des gaz qu'elle lâche n'importe où, sans se soucier de me mettre dans l'embarras. Tiens, à ce propos, il serait temps de changer sa couche. Elle doit être trempée, le pauvre ange.

— C'est déjà fait, dit Luke en lui donnant Emma.

— Oh, vraiment ?

— Mais oui. Je l'ai changée juste avant que tu descendes.

Il alla remplir sa tasse à la cafetière. Puis il se tourna vers Kate et croisa son regard, l'air sérieux.

— Il faut que nous parlions, Kate. J'ai réfléchi à la situation et conclu que vous faites fausse route, Julianna et toi.

— Ah bon ?

— Oui.

Il porta sa tasse à ses lèvres et but une gorgée de café, comme s'il profitait de cette pause pour rassembler ses idées. Kate attendit, le cœur battant, espérant contre toute logique qu'au cours de la nuit, quelque solution miraculeuse lui était venue à l'esprit.

— A mon avis, dit-il, si vous commencez à fuir, vous ne pourrez plus jamais vous arrêter. Il doit y avoir une autre solution.

— Laquelle ?

— Je ne sais pas. Pas encore.

Il regagna la table et s'assit sans détacher son regard du sien.

— Je connais l'individu qui vous pourchasse, Kate ; pas personnellement, mais je me suis renseigné sur le compte de ces gens-là pour les besoins de mes romans. C'est un prédateur qui échappe à la loi grâce au caractère exceptionnel de sa profession, de ses… compétences. Il n'éprouve aucun scrupule à supprimer une vie humaine ; pour lui, la mort fait partie de la vie ; et le fait de tuer ne l'impressionne pas davantage que de sortir ses poubelles. C'est une simple nécessité. Un acte légitime.

— Merci de me remonter le moral, murmura Kate. J'en avais justement besoin.

— Ce n'est pas tout, poursuivit-il d'un ton lugubre. Il faut être lucide, Kate. Vous ne vous exposez pas à une errance momentanée, en attendant des jours meilleurs ; il ne s'agit pas de disparaître un mois ou deux, ni même un an, avant de reprendre une vie normale. Ce type-là s'est fixé un objectif et il ira jusqu'au bout ; même si cela doit lui prendre des années, il vous retrouvera. Et quand ce sera fait…

— Il nous éliminera.

— Exactement.

Luke se leva et vint s'asseoir devant elle sur ses talons, plongeant les yeux dans les siens.

— Nous devons trouver un moyen de l'arrêter. C'est la seule façon d'assurer votre sécurité.

— *Nous*, Luke ?

Kate secoua la tête.

— J'ai déjà mis ta vie en danger en venant chez toi. Je ne peux pas…

— Si, tu le peux, coupa-t-il. Je ne t'abandonnerai pas aux griffes de ce monstre, Kate. Ni toi, ni Emma.

Kate s'efforça de respirer calmement, de dominer l'angoisse qui l'étreignait. Elle repoussa aussi la tentation de s'appuyer sur lui, de renoncer à lutter. Ce n'était ni juste, ni correct. Il risquait sa peau.

— Je ne peux pas te laisser faire ça, Luke. Tu ne comprends pas à quoi tu t'exposes.

— Oh, si ; je le sais parfaitement.

Inclinant la tête, il posa une main sur la joue de la jeune femme.

— Tu n'as pas le choix, petite Katie ; maintenant que tu t'es réfugiée ici, tu ne peux plus te débarrasser de moi.

Son père l'appelait toujours « petite Katie », songea-t-elle avec émotion. Ses yeux s'emplirent de larmes et elle couvrit la main de Luke de la sienne.

— Que devrions-nous faire, selon toi ?

— Je connais une ou deux personnes à la CIA. Laisse-moi reprendre contact avec elles, leur demander conseil. Pendant ce temps, vous resterez ici, toutes les trois. Reposez-vous, reprenez des forces…

— Non.

Ils levèrent ensemble les yeux sur la jeune femme qui venait d'apparaître à l'entrée de la cuisine, une expression de panique sur le visage.

— Julianna…

— Non ! répéta-t-elle d'un ton farouche. Vous ne savez pas de quoi il est capable. Vous n'avez pas vu…

— Je sais parfaitement, Julianna.

Luke se leva.

— C'est précisément pour cela qu'il est inutile de chercher à lui échapper. J'en suis convaincu.

— Il a raison, intervint Kate. Nous devons nous organiser. Trouver un moyen de contrecarrer ses plans.

Elle jeta un coup d'œil sur Emma qui s'était endormie dans ses bras, puis se tourna de nouveau vers Julianna.

— Vous pouvez prendre le parti que vous jugerez le meilleur mais, en ce qui me concerne, je reste auprès de Luke.

La jeune femme les dévisagea un instant en silence, visiblement hésitante, puis elle fit demi-tour et quitta la pièce. Elle ne tarda pas à revenir, munie de son petit sac à dos. Elle le posa sur la table, fouilla un instant à l'intérieur et en retira une pochette en plastique qui semblait contenir trois objets.

Elle la tendit à Luke.

— Ceci pourrait vous être utile.

Luke ouvrit la pochette et examina son contenu qui se composait d'un petit carnet relié de cuir noir, d'une enveloppe usagée et d'un billet d'avion.

— Qu'est-ce que c'est ?

— Je l'ai pris chez John quand j'ai quitté Washington, après avoir parlé avec ma mère. Luke feuilleta rapidement le carnet.

— Toutes ces notes sont codées, expliqua Julianna. John ne parlait jamais de ses activités. Je ne devais jamais l'interroger à ce sujet. Cela a fini par éveiller ma curiosité.

— Et vous avez commencé à fureter ?

— Exactement.

Julianna tira une chaise et s'assit, l'air à la fois accablé et méfiant.

— J'ai trouvé le carnet noir dans le congélateur, dissimulé entre deux paquets de viande. J'en ai déduit que ce devait être vraiment important.

— Excellente nouvelle, murmura Luke. Cela pourrait nous servir, en effet.

Kate s'approcha et jeta un coup d'œil sur les trouvailles de Julianna par-dessus l'épaule de Luke.

— Qu'est-ce que ça signifie ?

— Tu vois ce billet d'avion ? dit-il en le lui montrant. Il a été émis au nom d'un certain Wendell White.

Il agita ensuite l'enveloppe.

— Et cette lettre a été envoyée à M. David Snow. Mais tout ceci était en possession de notre homme. Pourquoi ? Parce que ce sont deux noms d'emprunt de John Powers. Et cette lettre porte une adresse fantôme — celle d'une planque postale, en quelque sorte.

Julianna fronça les sourcils.

— Comment le savez-vous ?

— Je n'en sais rien. Mais je suis prêt à parier que c'est vrai.

— Une adresse fantôme ? dit Kate, stupéfaite. Comme le titre de ton roman.

— En effet.

Luke esquissa un sourire.

— Une adresse fantôme est une alternative à la poste restante : un endroit où l'on reçoit du courrier et des colis, mais qui ne permet pas de remonter jusqu'à leur véritable destinataire — en l'occurrence, John Powers. Un agent de la CIA peut en posséder une douzaine à la fois — voire davantage — un peu partout dans le monde.

— Ils peuvent ainsi se livrer à leurs activités sans crainte d'être découverts, murmura Kate.

— Exactement. Je connais un détective privé — un excellent détective. Il m'a aidé dans mes recherches il y a deux ou trois ans. Je vais lui passer un coup de fil, lui demander s'il peut dénicher quelque chose à partir de ces deux noms.

— Et le carnet ? demanda Kate. A quoi pourrait-il nous être utile ?

— Il veut le récupérer, intervint Julianna. Il me l'a réclamé. Il était vraiment furieux que je l'aie pris.

— C'est parfait.

— C'est parfait ? répéta Kate. Qu'il soit en colère ? Pourquoi cela ne me rassure-t-il pas davantage ?

Luke sourit de nouveau.

— Sa réaction prouve que c'est important pour lui. Autrement dit, nous pourrions nous en servir contre ce salopard.

— Mais de quelle manière ? interrogea Kate, redoutant de s'abandonner à un soulagement prématuré.

Si elle relâchait — même imperceptiblement — son attention, peut-être l'ennemi en profiterait-il pour frapper à ce moment-là.

Luke frotta d'un air pensif son menton hérissé d'une barbe naissante.

— Ça, je l'ignore encore, dit-il. Je vais me mettre en rapport avec les agents de la CIA et leur exposer la situation. Ils pourront certainement nous fournir quelques indications.

— Merci, Luke, dit Kate d'une voix mal assurée. Je ne sais pas ce que nous serions devenues sans toi.

— Pas si vite.

Il lui adressa un petit clin d'œil.

— Attends que nous soyons débarrassés de ce guignol. *Alors*, tu pourras me remercier.

65

Condor répondit au message de Luke dans les quarante-huit heures. Il accepta de le rencontrer, choisissant comme lieu de rendez-vous une brasserie proche de l'aéroport qui restait ouverte toute la nuit.

Luke arriva en avance. Il se dirigea vers le fond de l'établissement et s'installa sur une banquette adossée au mur du fond. Le Skaï, déchiré par endroits, laissait apparaître le rembourrage du siège sous le Scotch transparent utilisé en guise de raccommodage succinct.

Une serveuse qui affichait au moins la soixantaine vint prendre sa commande. L'éclairage au néon donnait à son casque de boucles grises une teinte verdâtre et lui faisait un teint cireux.

Elle apporta immédiatement son café, le lui mit sous le nez et s'éclipsa sans un mot. Une odeur de brûlé mêlée à un vague relent de vaisselle sale montait de la tasse. Il fallait avoir l'estomac solide pour consommer pareil breuvage, songea Luke en examinant la salle avec attention. A part lui, les seuls clients étaient un solide gaillard en survêtement et deux filles d'une vingtaine d'années qui se gavaient de pâté en croûte accompagné de frites graisseuses et de Coca-Cola.

Ponctuel, Condor franchit la porte de la brasserie à l'heure précise dont ils étaient convenus. Il le rejoignit à sa table et s'installa sur la banquette perpendiculaire à la sienne, dans l'angle de la salle.

Ils échangèrent quelques plaisanteries. La serveuse apporta

une autre tasse du même liquide et Luke entra sans plus tarder dans le vif du sujet.

— L'une de mes amies a de graves ennuis. J'ai besoin de votre aide.

— Vous connaissez la nature de mes activités, Luke. Sous quelle forme souhaitez-vous obtenir cette aide ?

— Je ne veux rien de plus qu'un conseil.

Un sourire imperceptible effleura les lèvres de son compagnon.

— Allez-y.

Luke lui résuma toute l'affaire.

— L'individu en question s'appelle John Powers, conclut-il. Ce nom vous dit-il quelque chose ?

Condor ne répondit pas tout de suite. Son regard inexpressif ne laissait rien deviner de ses pensées.

Enfin, il inclina la tête.

— J'ai entendu parler de lui.

— Mais vous ne l'avez jamais rencontré ?

— Non.

Condor but une gorgée de café sans paraître incommodé par son goût.

— On essaie de nous isoler au maximum les uns des autres.

Le petit sourire narquois dansa de nouveau sur ses lèvres minces.

— Rien ne déplairait davantage à nos employeurs que de nous savoir réunis autour d'une table à échanger de savoureuses anecdotes. Mais j'ai entendu parler de ce type.

— Que savez-vous, au juste ?

— Qu'il a été l'un des meilleurs et des plus redoutables instruments de l'Agence. Spécialisé dans les tâches — disons — délicates.

— Délicates, répéta Luke. Entendez-vous par là les affaires à forte connotation politique ?

— C'est à peu près ça. Powers est presque insurpassable dans le maniement des armes et dans le combat à mains nues. En outre, l'usage du poison et des explosifs n'a pas de secrets pour lui ; il a mené une carrière exceptionnelle avant de décider un beau jour de faire cavalier seul, voici quelques années.

— Cavalier seul ? Que voulez-vous dire ?

— C'est un renégat. Il s'est mis à son propre compte. En somme, il travaille désormais comme un mercenaire — peu lui importe pour qui, pourvu qu'on le paie très cher.

— Et la CIA autorise cela ?

— Jusqu'à un certain point.

— Pourriez-vous préciser ?

Condor ignora la question et poursuivit :

— Son nom de code était Iceberg. On devine pourquoi. La rumeur prétend qu'il a assassiné les six enfants d'un empereur de la drogue en les éventrant sous les yeux de leur mère, en Colombie.

— Oh, merde.

Luke réprima un haut-le-cœur.

— Et notre gouvernement cautionne ces horreurs ?

— Pour tout dire, Iceberg avait été envoyé là-bas pour négocier. Ses instructions étaient d'employer tous les arguments nécessaires pour obtenir gain de cause.

Condor leva la main d'un geste circonspect.

— Evidemment, il ne s'agit là que d'une simple rumeur.

Rumeur, mon cul, songea Luke. *C'était la vérité, Condor le savait pertinemment. Et lui aussi.*

Jusque-là, Luke espérait que Kate et Julianna avaient surestimé l'habileté de ce démon et le danger qu'il représentait. Hélas, il n'en était rien.

Les deux filles attablées près du bar se levèrent et se dirigèrent vers la sortie. Condor les suivit des yeux jusqu'à ce qu'elles eussent franchi la porte. Il reporta ensuite son attention sur Luke.

— Vos amies sont en mauvaise posture, Dallas. Et vous aussi, désormais. Je vous conseille de leur tirer votre révérence au plus vite.

— Je ne peux pas.

— C'est votre affaire, bien sûr.

— Il doit bien y avoir un moyen de lui couper l'herbe sous

le pied ? D'échapper à ce cauchemar ? Si nous allions trouver la police en expliquant toute…

Condor secoua la tête, confirmant ce dont Luke se doutait déjà.

— Alerter la police ne servirait qu'à faire de vous des cibles vivantes, affirma-t-il. Vous seriez morts avant que les flics du coin aient eu le temps de remuer leurs fesses.

Il se pencha légèrement en avant, le regard pénétrant.

— La police n'a jamais pu mettre la main sur lui, à plus forte raison l'inculper du moindre crime. Vous savez comment fonctionne le système, Luke : pas d'arme, pas de témoin, pas de motif d'inculpation.

Il avait raison. Luke le savait. Qu'allait-il dire à Kate ? Elle fondait tant d'espoir sur cette entrevue, quand il l'avait quittée ce matin. Elle reprenait presque courage.

— Il pourrait y avoir une issue, cependant. Mais ce ne sera pas facile.

— Dites toujours.

Luke attendit, le cœur battant. La difficulté ne le rebutait pas ; une chance infime était quand même préférable au désespoir complet.

— J'ai l'impression que Powers est en train de dérailler, confia Powers à mi-voix. Il se met à tuer pour des motifs personnels. C'est un comportement dangereux. Il transgresse la règle.

Il promena les yeux sur la salle puis les fixa de nouveau sur Luke.

— Cela va l'affaiblir. Parce qu'il est directement concerné, parce que ce sont des choses qui lui tiennent à cœur, il va prendre des risques qu'il n'aurait sans doute jamais pris. Peut-être l'a-t-il déjà fait.

— Cela peut aussi l'inciter à se surpasser pour arriver à ses fins, maugréa Luke.

— Exact. Mais c'est précisément là que réside votre unique chance.

Condor baissa la voix jusqu'au murmure.

— La CIA refusera de s'impliquer tant que Powers ne sera pas considéré comme dangereux pour elle, tant que leurs opérations ou la sécurité nationale ne seront pas menacées. Il fait partie des leurs, après tout. Ils ne peuvent pas le laisser errer dans la nature en tuant n'importe qui, n'importe où. Pas de façon notoire, en tout cas.

Condor parlait d'une voix mesurée, choisissant ses mots avec soin. Luke s'efforça de lire entre les lignes, persuadé que l'homme tentait de lui délivrer un message à mots couverts.

— Ils n'aimeraient pas voir leurs activités étalées au grand jour, n'est-ce pas ? demanda-t-il.

L'autre homme ne parut pas l'avoir entendu.

— Si vous pouvez démontrer que Powers est devenu un élément incontrôlable, si vous prouvez qu'il représente une menace pour la CIA ou le gouvernement de ce pays, l'Agence se chargera de régler son cas.

Il croisa les mains sur la table.

— Bien entendu, il faudra apporter des preuves. Des pièces à conviction. Des noms, des dates, par exemple. Les documents doivent être convaincants.

Le carnet. Seigneur, ils détenaient la preuve.

— J'ai ce qu'il vous faut, dit-il. Je peux vous apporter ce que vous me demandez.

Condor se redressa.

— Expliquez-vous.

Luke décrivit alors le carnet de Powers et raconta comment Julianna se l'était procuré.

— Son contenu est codé mais je suis persuadé que les noms et les dates qui vous intéressent doivent s'y trouver.

L'expression de son compagnon se modifia imperceptiblement, comme s'il se tenait soudain à l'affût.

— Avez-vous décrypté le code ?

— Non, avoua Luke. Aidez-nous à le faire, je vous en prie. C'est notre seule chance.

— Vous m'êtes très sympathique, Dallas — mais je ne peux pas vous rendre ce service.

Il jeta un coup d'œil sur la porte de la brasserie puis se tourna de nouveau vers Luke.

— Je ne veux pas savoir ce qui est écrit dans ce carnet. Si je l'apprenais, je deviendrais une cible — un homme à abattre, un jour ou l'autre. Du reste, en me mêlant des affaires de Powers, je transgresserais la règle et mes principes me l'interdisent.

— Alors, dites-moi comment le décrypter.

Condor hésita un instant avant d'acquiescer.

— Déchiffrez l'une des données, utilisez ce que vous aurez trouvé pour découvrir la clé du code. Allez voir Tom Morris. Il fera l'ignorant au sujet de Iceberg, mais il dirige le département des Opérations Secrètes et le dossier Powers n'a pas de mystère pour lui. Exposez-lui toute l'affaire comme vous venez de le faire avec moi, puis arrangez-vous pour que l'Agence s'engage à éliminer Powers en échange d'une preuve indiscutable de ses activités actuelles. Il est important que vous obteniez un véritable engagement de la part de Morris.

— Sinon, ce sera bien dommage pour nous, n'est-ce pas ?

— Il s'agit de la réalité, Dallas ; pas d'un roman policier. Les « bons » ne s'en sortent pas forcément.

Luke eut un rire bref et maussade.

— Et la frontière entre « bons » et « méchants » n'est pas vraiment nette.

— Ce n'est pas moi qui établis les règles, Dallas. Je me contente de les respecter, répliqua Condor.

Il posa un billet sur la table et se leva.

— Je vous offre le café.

Ils quittèrent la brasserie. Dans la rue, le froid humide de la nuit les enveloppa comme un linceul.

— Vous ne m'avez pas vu ce soir, reprit Condor. Cette affaire ne me concerne pas.

— Entendu.

— Une dernière recommandation : ne perdez jamais de vue ce carnet. Si Morris ou la CIA mettent la main dessus, ils auront vite fait de décrypter le code. Dès qu'ils auront obtenu ce qu'ils voulaient, vous vous retrouverez le bec dans l'eau. Et si Powers parvient à le récupérer, vous n'aurez plus aucune prise sur lui.

— En d'autres termes, nous serons morts.

— C'est ça.

Condor se tourna vers lui et le regarda droit dans les yeux. Une fois de plus, Luke eut le sentiment que ses propos apparemment anodins contenaient un sens caché. A lui de le deviner.

— Morris vous réclamera le carnet ; vous devez vous y attendre. Mais ne vous en séparez sous aucun prétexte, même s'il vous promet la lune. C'est capital, Luke. Ne le lui donnez pas. Votre vie en dépend ; m'avez-vous bien compris ?

Luke répondit par l'affirmative. L'instant d'après, Condor avait disparu dans la nuit.

66

Kate et Julianna n'étaient pas couchées quand Luke rentra. Il les trouva sur le pas de la porte, et l'espoir qui brillait dans leurs yeux lui fit presque mal. Si elles s'attendaient à quelque miracle, elles en seraient pour leurs frais.

— Nous avons une chance, dit-il. Ce sera difficile et risqué mais la situation n'est pas tout à fait sans issue.

Ils se rendirent dans la cuisine. Tandis que Kate préparait du café, Luke leur fit un récit détaillé de sa conversation avec Condor. A mesure qu'il parlait, l'espoir qui animait le visage de Kate quelques minutes plus tôt se muait en incertitude.

— Déchiffrer l'une des données ? demanda-t-elle quand il eut terminé. Mais comment nous y prendrons-nous ?

— J'ai déjà réfléchi à la question et ce n'est peut-être pas aussi insoluble qu'on pourrait le croire.

Luke alla se servir une tasse de café tout juste filtré.

— Puisque les dates inscrites dans le carnet ne sont pas codées, il faudrait nous arranger pour trouver quelque chose qui permette de relier l'une de ces dates à la présence de Powers en un certain lieu ; nous pourrions ensuite mener une petite enquête sur les meurtres éventuellement commis ce jour-là dans les parages.

— Et avec un peu de chance, murmura Kate, nous ferons une découverte intéressante.

Elle croisa le regard de Luke.

— Avec une chance inouïe, corrigea-t-il.

— Ça ne marchera pas, intervint Julianna, la mine accablée.

Et nous nous retrouverons pris au piège ; à la merci de cette brute sanguinaire. Qu'adviendra-t-il alors de nous ?

— Qu'adviendra-t-il alors de nous ? répéta Kate, les joues soudain enflammées par la colère. Je sais exactement où j'en étais, Julianna — avant que vous entrepreniez de séduire mon mari et de m'entraîner dans ce cauchemar. Avant que vous ameniez ce monstre jusqu'à ma porte.

— Je ne savais pas ! s'écria Julianna. Je n'ai jamais pensé qu'il s'en prendrait à vous, ou à Emma. A Richard non plus. A moi, oui. Mais pas à vous.

Les yeux luisants de larmes, elle leva sur Kate un regard suppliant.

— Comment aurais-je pu imaginer cela ? Vous ne lui avez jamais rien fait.

— C'est là le hic, répliqua Kate d'un ton cinglant ; vous n'avez pas pensé... vous ne pensez à rien, à personne d'autre qu'à vous.

— Je suis désolée, bredouilla la jeune femme, effondrée. Je ne savais pas.

Elle porta les mains à son visage.

— J'ai tellement peur. Je veux seulement retourner chez moi.

— Vous croyez peut-être que je ne souhaite pas en faire autant ?

Tremblante de rage, Kate avança vers elle.

— J'aimerais par-dessus tout rentrer chez moi, Julianna. Mais, à cause de vous, je ne peux plus y songer. A cause de vous, mon mari est mort. A cause de vous, nous sommes condamn...

Luke posa une main sur son bras, l'interrompant.

— Je sais que tu es en colère, Kate. Il y a de quoi. Mais, en nous querellant, nous ne ferons que nous affaiblir et nous rendre plus vulnérables vis-à-vis de Powers. Pour lutter contre lui, nous devons nous serrer les coudes.

Il plongea les yeux dans les siens.

— Tu sais bien que c'est vrai.

D'une pirouette, elle se dégagea et alla se poster devant la baie vitrée qui donnait sur le jardin, derrière la maison. La nuque raide, les bras serrés autour de la taille, elle s'efforçait manifestement de dominer ses émotions.

Au bout de quelques instants, elle inspira profondément et se retourna vers l'autre femme.

— Il n'est pas question de prendre simplement le large, dit-elle. Nous ne pourrions pas lui échapper. J'en suis certaine, à présent. Mais si c'est ce que vous souhaitez faire, vous avez ma bénédiction. Pour ma part, je m'en tiens à la proposition de Luke.

— Eh bien, Julianna, à vous de décider, renchérit Luke. Voulez-vous rester avec nous ou vous enfuir seule ?

— Rester avec vous, murmura-t-elle en essuyant furtivement ses larmes. Je ne veux pas être seule.

— Dans ce cas, j'ai besoin de votre aide. Nous en avons besoin.

Il fit quelques pas et s'arrêta devant elle.

— Auriez-vous autre chose à nous dire au sujet de Powers ? N'importe quoi. Une remarque que vous auriez jugée anodine sur le moment ou des informations que vous auriez entendues par hasard. Ou encore une confidence faite par inadvertance, sur l'oreiller — ou quelques mots murmurés dans son sommeil.

— Non, répondit Julianna en secouant la tête. Je vous ai tout dit.

— Réfléchissez bien. C'est d'une importance vitale, Julianna.

— Je ne vois rien d'autre.

La jeune femme soupira.

— Nous avions passé un… accord. Il ne parlait jamais de ses activités, des gens pour qui il travaillait. Quand il partait en voyage, il ne précisait jamais où il allait. Et je n'avais pas le droit de l'interroger.

Elle marqua une pause et haussa les épaules.

— Jusqu'aux derniers temps, cela ne me gênait pas d'ignorer où il était et ce qu'il faisait. Je ne posais jamais de questions.

— Puis vous êtes devenue plus curieuse, avança Luke. Et vous avez commencé à fureter un peu partout.

— Oui ; c'est alors que j'ai trouvé le carnet.

— Et les cadeaux qu'il vous offrait ? demanda Kate en se tournant vers elle. Quel genre d'objets vous rapportait-il de voyage ? Ne vous souvenez-vous pas d'une spécialité quelconque provenant d'un endroit particulier ? Par exemple, des chocolats suisses ou du parfum de Paris ?

D'un geste machinal, Julianna porta les mains à ses oreilles où scintillaient les boucles en diamant. Luke les avait déjà remarquées ; avec des pierres de cette taille, elles passaient difficilement inaperçues.

— Rien de ce genre, répondit-elle d'un ton de regret. La dernière fois, il m'a offert ces bijoux. Parfois, il me rapportait une… une poupée, ou un joli serre-tête. Ou encore des livres, des fleurs, achetés dans les boutiques de l'aéroport. Jamais rien de plus exotique.

Elle leva les yeux vers ses deux interlocuteurs, visiblement sincère.

— Vous devez me croire. Son appartement était tout aussi impersonnel. A part les meubles, les ustensiles de cuisine et le linge de maison, il n'y avait rien qui permît d'identifier la personne qui l'occupait.

Kate regarda soudain Luke.

— Penses-tu à la même chose que moi ?

— L'appartement de Powers ?

Comme elle opinait, il se tourna de nouveau vers Julianna.

— Avez-vous gardé une clé ?

— Oui ; je me demande bien pourquoi, du reste. Je n'y retournerai jamais.

— Il ne faut jamais jurer de rien, mon petit.

Luke se frotta les mains avec un sourire.

— Powers ne s'attend certainement pas à ce que nous passions à l'offensive. Enfin, voilà un bon point de départ pour nos recherches.

Julianna paraissait rien moins qu'enthousiaste. Kate, en revanche, semblait plus déterminée que jamais.

— Es-tu certain que la CIA s'engagera à mettre Powers hors d'état de nuire ? demanda-t-elle.

— C'est ce que pense mon contact, répondit Luke ; à condition que nous puissions fournir des preuves contre Powers.

Il regarda tour à tour les deux femmes.

— En tout état de cause, je ne crois pas que nous ayons le choix.

— Très bien, dit Kate. Je t'accompagne. Et vous, Julianna ?

Après un bref instant d'hésitation, la jeune femme acquiesça.

— Moi aussi.

— Alors, c'est entendu.

Luke consulta sa montre, qui indiquait 2 heures du matin.

— Nous partons dès aujourd'hui pour Washington.

67

Incapable de se calmer suffisamment pour dormir, Kate s'efforça du moins de se reposer. Etendue sur le lit, elle écoutait la respiration légère d'Emma, imaginant le pire et priant pour qu'un miracle se produisît.

Par moments, hélas, l'angoisse prenait le dessus et la submergeait. Elle voyait alors sa précieuse Emma sauvagement assassinée sous ses yeux, hurlant de terreur sans qu'elle pût rien faire pour la secourir. Ce scénario atroce était insoutenable. Le cas échéant, décida Kate, elle supplierait Powers de la tuer, elle, plutôt que sa fille.

Des coups légers frappés à la porte interrompirent ce cauchemar éveillé. Jetant un coup d'œil sur le bébé endormi, Kate se leva et traversa la pièce sur la pointe des pieds.

— Oui ? chuchota-t-elle à travers le battant.

— C'est moi, Luke. Puis-je entrer un instant ?

Elle ouvrit la porte et posa un doigt sur ses lèvres.

— Je voulais seulement m'assurer qu'Emma et toi… que vous allez bien, dit-il à voix basse.

— Pour le moment, oui.

Avec un soupir, Kate regarda de nouveau le lit où reposait l'enfant.

— L'angoisse me rend folle mais il n'y a là rien de bien nouveau.

— Tout va s'arranger, affirma Luke. Je ferai tout mon possible pour vous protéger, toutes les trois. Je te le promets.

Kate sonda son regard, se remémorant les innombrables

promesses de Richard, son assurance à toute épreuve. En définitive, tout cela n'était que du vent.

— Je ne suis pas Richard, dit-il comme s'il lisait en elle. Tu peux me croire, Kate.

C'était vrai, songea-t-elle. Il était différent. Luke Dallas était l'homme que Richard aurait voulu être.

Cette simple constatation permettait d'éclairer bien des zones d'ombre, comme la rancune et la jalousie de Richard envers son ancien ami. Manifestement, il avait considéré Luke comme un rival, et son succès comme un échec personnel.

Sa gorge se serra.

— Merci, Luke, murmura-t-elle. Merci de ne pas nous avoir laissées tomber. Merci d'être là pour moi malgré... malgré tout.

Du bout des doigts, il lui caressa la joue. D'un geste spontané, irréfléchi, elle tourna la tête et promena ses lèvres sur sa main.

Il parut soudain manquer de souffle.

— Kate, je...

Elle leva les yeux sur lui ; son visage était empreint d'une nostalgie poignante. Elle voulut dire quelque chose — mais quoi ? Sans lui en laisser le temps, il ôta sa main et recula légèrement.

— Essaie de dormir un peu, conseilla-t-il. La journée de demain sera éprouvante.

L'instant d'après, il était parti.

La journée du lendemain se révéla épuisante, en effet. Pour le voyage, Kate et Julianna avaient besoin de vêtements et d'articles de toilette. Il fallait aussi acheter des couches et quelques jouets pour le bébé. Luke les accompagna dans un grand magasin et insista pour régler leurs achats en espèces. Chèques et cartes de crédit, expliqua-t-il, laissent des traces utilisables par n'importe quel détective amateur.

Et John Powers n'était pas un amateur.

Pour les mêmes raisons, il suggéra d'effectuer le trajet jusqu'à Washington en voiture plutôt qu'en avion. Contrairement à ce qu'affirment les compagnies aériennes, les listes de passagers sont d'un accès relativement facile, assura-t-il. En outre, l'avion les eût obligés à louer un véhicule ou à prendre un taxi pour se déplacer ensuite. Aucune des deux formules n'assurait une discrétion suffisante.

Il était près de 15 heures quand Kate, ayant chargé tous leurs bagages dans la Tahoe de Luke, fut enfin prête à partir. Elle se mit en quête de leur hôte et le trouva finalement au téléphone, dans son bureau. Il lui fit signe d'entrer.

— Oui, Frank, je vais bien.

Il couvrit le micro d'une main et se tourna vers Kate.

— Le détective privé, chuchota-t-il.

Il reprit sa conversation téléphonique.

— Merci ; je suis content qu'il t'ait plu. Ecoute, j'ai une petite enquête à te confier. Voici trois noms : John Powers, Wendell White, David Snow.

Il les épela.

— Je pense que Wendell White et David Snow sont deux noms d'emprunt utilisés par un certain John Powers. Tâche de rassembler le maximum de renseignements sur son compte à partir de ces trois identités : adresses, factures de téléphone, relevés de cartes bancaires, déplacements éventuels. Je veux être informé du moindre éternuement émis par cet individu au cours de ces deux dernières années.

Luke écouta un instant son interlocuteur puis acquiesça.

— Deux, c'est tout. Et le nom d'une agence de voyages.

Il sortit l'enveloppe et le billet d'avion d'une poche de son veston et fournit au détective l'adresse de Powers à Washington puis celle de David Snow et les coordonnées de l'agence de voyages.

— Voilà, conclut-il. Je n'ai rien de plus. A présent, je dois m'absenter quelque temps. Je t'expédie un acompte avant de partir. Inutile d'essayer de me joindre. Je t'appellerai moi-même en route.

Quand il eut raccroché, Kate exhala enfin le souffle qu'elle retenait inconsciemment depuis un moment.

— Tu m'épates, Luke. D'où tiens-tu toutes ces astuces ? J'ai l'impression d'avoir affaire à James Bond, ma parole.

— Ça fait partie du métier, répondit-il avec un clin d'œil amusé. Au cours de ces dix dernières années, je me suis complètement immergé dans l'univers de l'espionnage, de la P. J. et des criminels. Je me suis identifié aux pires assassins aussi bien qu'aux héros ; il m'est même arrivé de me glisser dans la peau de quelque damoiselle en détresse.

— A présent, tu es un authentique héros, dit-elle avec un sourire attendri.

— Ce qui fait de toi la damoiselle en détresse.

— Probablement, admit Kate.

Son sourire s'estompa.

— Les héros se font tuer, Luke. Je ne veux pas... Je ne pourrais pas supporter de...

Elle ne pourrait pas supporter de le perdre.

Embarrassée, elle s'éclaircit la gorge.

— Sois très prudent, veux-tu ? Pas d'actes de bravoure.

— Inutile de t'inquiéter pour moi. J'ai damé le pion à des dizaines de crapules aussi dangereuses que Powers.

Mais c'était là l'avantage de la fiction — où le dénouement ne dépend que de l'auteur ; où il peut faire triompher les bons, régler leur compte aux méchants et accorder à ceux qui le méritent de vivre très longtemps et d'avoir beaucoup d'enfants.

Hélas, ils évoluaient dans la réalité — pas dans un roman.

— Allons, Kate, reprit-il. Je sais ce que tu penses.

De l'index, il lui souleva le menton, l'obligeant à le regarder dans les yeux.

— Nous viendrons à bout de ce forcené. J'en ai la conviction absolue.

Kate sonda un moment ses prunelles, le cœur battant.

— J'aimerais partager ta confiance, dit-elle. J'aimerais ne pas être aussi effrayée.

Il enlaça sa taille mince et l'attira doucement contre lui. D'abord réticente, elle s'abandonna finalement à son étreinte, au réconfort qu'il lui procurait. Elle noua les bras autour de son torse et le serra très fort ; sans son soutien, elle eût presque redouté de s'écrouler.

— Tu peux t'appuyer sur moi, Kate, dit-il en lui caressant les cheveux d'un geste apaisant. Je suis là pour toi.

La jeune femme inspira profondément, savourant l'odeur de sa peau hâlée — un arôme ensoleillé, mêlé de savon épicé. Il était si tentant de l'écouter, songea-t-elle. D'abandonner la lutte et de se laisser prendre en charge, désormais.

Hélas, elle ne pouvait pas se le permettre. La menace qui pesait sur eux était trop monstrueuse.

Elle s'écarta à regret.

— Je dois rester forte, Luke. Emma est mon enfant. Elle est en danger. C'est une responsabilité dont je ne peux — ni ne veux — me décharger sur personne. Pas même sur toi.

Il la dévisagea un instant avec un mélange de gravité et de respect, puis il se pencha sur elle et effleura ses lèvres d'un rapide baiser.

— Il est temps de partir.

Vingt minutes plus tard, ils étaient en route pour Washington. Kate s'efforça de ne songer qu'aux propos rassurants de Luke, à la confiance qu'il avait manifestée avant leur départ. Elle voulait faire bonne figure, se montrer optimiste. Pas seulement pour elle mais aussi pour les autres.

Pourtant, la peur ne cessait de la tenailler. Elle regardait régulièrement derrière elle tandis que défilaient les kilomètres les séparant de Houston, consciente que chacun de ces kilomètres les rapprochait davantage d'un inévitable affrontement avec John Powers.

Du moins le voyage se passait-il bien. Il lui semblait tout naturel d'être avec Luke, comme s'ils ne s'étaient jamais quittés depuis l'université. Ils parlaient et riaient ensemble, chacun anticipant fréquemment les désirs de l'autre, le moment auquel il souhaitait s'arrêter, manger, ou se taire.

En revanche, la compagnie de Julianna la mettait mal à l'aise.

Elle ne pouvait regarder cette femme sans éprouver une violente colère, sans se rappeler l'enchaînement de circonstances qui l'obligeait à fuir pour sauver sa peau et celle de sa fille — sans penser à Richard.

A plusieurs reprises, Kate avait surpris le regard de Julianna posé sur Emma, un regard plein d'envie et de regret. A ces moments-là, Kate s'était sentie terriblement oppressée — et vulnérable. Cette angoisse n'avait rien à voir avec l'épée de Damoclès suspendue au-dessus de leurs têtes. Elle craignait que Julianna voulût reprendre Emma. Elle la jugeait tout à fait capable d'enlever subrepticement l'enfant au milieu de la nuit et de disparaître avec elle sans autre forme de procès.

De ce fait, Kate ne s'éloignait jamais d'Emma ; elle ne laissait Julianna ni la prendre dans ses bras ni même l'approcher. Il n'était pas question de courir le moindre risque.

Le lendemain de leur départ, en début d'après-midi, Kate se rendit compte qu'un trajet de deux jours était une utopie. A cause d'Emma, il fallait envisager une étape supplémentaire. L'enfant supportait de plus en plus mal les longues heures confinées dans son siège auto ; elle commençait à se montrer grognon et ne tarderait pas à devenir inconsolable.

— On va devoir faire une pause, annonça-t-elle en agitant sans succès le jouet favori d'Emma devant ses yeux.

Au lieu de frapper vigoureusement le hochet comme à l'accoutumée, l'enfant détournait la tête avec une moue — le genre de moue qui annonçait généralement les larmes.

Kate croisa le regard de Luke dans le rétroviseur.

— Emma en a assez. Si nous ne lui accordons pas un moment de détente, elle nous rendra bientôt la vie insupportable.

Comme pour confirmer ses dires, l'enfant se mit à pleurer, et ses cris s'intensifièrent de seconde en seconde. Kate entreprit de la bercer dans son siège en fredonnant à mi-voix. Au bout de quelques instants, ses efforts furent récompensés. Dès que les cris commencèrent à céder la place à de petites plaintes entrecoupées, elle glissa une tétine dans la bouche du bébé.

— Comment faites-vous donc ? demanda soudain Julianna. Comment pouvez-vous supporter ces crises sans vous énerver ? A votre place, j'ai l'impression que je deviendrais folle.

— C'est tout simple, dit Kate : je l'aime. Et je suis sa mère.

— Prochaine sortie, 10 kilomètres, lut soudain Luke sur un panneau indicateur : station-service, chambres, restaurant. Voilà tout à fait ce qu'il nous faut, on dirait.

Cinq minutes plus tard, ils prenaient la direction du complexe autoroutier et gagnaient directement le motel — un établissement haut de gamme, niché dans la verdure. Comme il ne restait plus de suites avec deux chambres, ils se contentèrent d'une suite classique, équipée d'un bar et d'un miniréfrigérateur. Julianna proposa de dormir dans le convertible de l'entrée, pour laisser la grande chambre à Kate, Emma et Luke.

Afin de se délasser un peu, ils profitèrent durant plus d'une heure de la piscine couverte, faisant barboter Emma dans la pataugeoire à la disposition des tout-petits. L'intermède leur fit à tous le plus grand bien après cette longue journée de voyage. Puis, ils regagnèrent la chambre, détendus et rafraîchis ; le bébé maussade que Kate reconnaissait à peine à leur arrivée avait recouvré son humeur joyeuse et son rire irrésistible.

Kate s'installa à l'extrémité du divan, les jambes repliées sous elle, et regarda Luke jouer avec Emma tandis que Julianna s'abîmait dans la contemplation d'un film sentimental à la télévision. Allongé sur le dos au milieu de la pièce dont le sol était revêtu d'une épaisse moquette, Luke souleva l'enfant à bout de bras au-dessus de lui. Emma tendit les bras en croix et raidit ses petites jambes.

— Vroum, l'avion décolle, dit-il en la faisant successivement descendre et monter puis osciller de droite à gauche.

Le rire argentin du bébé fit sourire Kate. Son amusement céda peu à peu la place à une émotion plus ambiguë cependant que ses yeux s'attardaient, soudain rêveurs, sur les larges épaules de Luke et les muscles qu'on voyait jouer sous la peau hâlée.

Se sentant observé, Luke tourna la tête de son côté et surprit son regard mi-attendri, mi-lascif. Une flamme espiègle passa dans ses prunelles dorées.

— Eh bien ? Qu'y a-t-il ?

La jeune femme rougit malgré elle.

— Rien, dit-elle précipitamment. Je suis… heureuse. C'est tout.

— Ah oui ? Ma foi, le bonheur te donne des couleurs, répliqua-t-il d'un air taquin, entre deux gazouillis d'Emma.

Kate jeta un coup d'œil vers Julianna. Totalement absorbée dans son film, la jeune femme ne semblait pas leur prêter la moindre attention.

— Ce doit être le soleil.

— Les piscines couvertes provoquent parfois…

Il s'interrompit brusquement avec une grimace, le visage aspergé de salive.

— Oh, non.

L'avion redescendit en piqué et Luke se redressa en position assise.

— Elle m'a bavé sur le nez.

Kate se mit à rire. Quittant le canapé, elle gagna la salle de bains.

— Cela prouve à quel point elle t'admire, dit-elle en revenant avec une serviette qu'elle lui lança à la volée. Mais rassure-toi : la salive d'ange ne salit pas.

— Certes ; ce n'est pas toi qui es inondée.

Luke s'essuya les joues et le nez, et lui rendit la serviette.

— Tu pourrais en avoir encore besoin, fit-elle remarquer d'un ton léger.

Il suivit la direction de son regard ; Emma s'amusait à présent à souffler de grosses bulles ; le liquide coulait ensuite sur son menton, puis sur le short de Luke.

— Bon sang, maugréa-t-il en riant. J'ai dû la secouer un peu trop fort. Lance-moi la serviette ; je ferais mieux de la garder.

Kate consulta sa montre.

— En fait, il est bientôt l'heure de la coucher. Il serait plus sage de la mettre en pyjama et de lui donner son biberon. Je parie qu'elle va s'endormir avant même de l'avoir fini.

Elle avait vu juste ; et quand les adultes furent prêts à se coucher à leur tour, après un léger repas que Luke avait fait porter dans la chambre, Emma dormait déjà depuis près de deux heures.

Luke aida Julianna à déplier le convertible tandis que Kate s'assurait que la porte était fermée à double tour. Elle cala une chaise sous la poignée pour plus de sécurité.

— Bonne nuit, Julianna, dit Luke. Si vous avez besoin de quoi que ce soit, nous sommes juste à côté.

— Merci.

Elle regarda Kate d'un air hésitant comme si elle s'apprêtait à lui souhaiter également bonne nuit, mais elle détourna la tête sans rien dire.

Luke laissa la porte de communication légèrement entrebâillée pour qu'elle ne fût pas totalement isolée, puis se tourna vers Kate.

— Je vais m'installer un lit sur la moquette.

Il traversa la pièce pour aller prendre une couverture et un oreiller dans la penderie.

— Ne dis pas de bêtises, répliqua Kate. C'est moi qui dormirai par terre. Tu as conduit plus longtemps que moi. Tu as besoin de repos.

— Il n'en est pas question. Je suis moins fatigué que toi.

Kate se planta devant lui, les poings sur les hanches.

— Tu es plus entêté qu'une mule, n'est-ce pas ? Tu n'en démordras pas.

— Ma foi, non.

Elle haussa les épaules avec un soupir.

— C'est stupide, après tout. Ce lit est immense. Nous allons le partager.

Comme il s'apprêtait à protester, elle l'arrêta.

— Tu n'as donc pas confiance en moi ? Craindrais-tu que je te fasse des avances ?

Luke la dévisagea un instant.

— Ce n'est pas en toi que je n'ai pas confiance. Peux-tu supporter cette idée ?

— Naturellement, répondit-elle avec désinvolture. Nous sommes de vieux amis.

— Comme tu dis.

Ignorant le sarcasme, elle rabattit le haut du drap et se mit au lit. Dix minutes plus tard, allongée à côté de Luke, dont elle écoutait la respiration irrégulière, elle comprit qu'ils ne parviendraient ni l'un ni l'autre à s'endormir.

Alors un fou rire incoercible s'empara d'elle. Elle enfouit le visage dans l'oreiller sans parvenir à l'étouffer complètement.

Luke tourna la tête vers elle.

— Qu'y a-t-il de si drôle ?

— Nous.

Elle croisa son regard dans la pénombre.

— Nous avons un tueur professionnel à nos trousses, et notre principal souci est de savoir qui va dormir par terre ou si l'un de nous deux risque de faire des avances à l'autre.

Luke sourit.

— Es-tu vraiment soucieuse ? A l'idée que je pourrais tenter ma chance auprès de toi ?

Emma remua dans son petit lit et Kate baissa davantage la voix.

— Soucieuse n'est pas le terme approprié. Curieuse, peut-être.

Il se tourna plus franchement vers elle.

— Et si je te faisais des avances, y répondrais-tu favorablement ?

Kate soutint son regard.

— Je ne sais pas. Peut-être.

Il y eut un silence.

— Luke ?

— Oui ?

— Te souviens-tu de cette nuit à Tulane, celle où nous… avons fait l'amour ?

— Je m'en souviens.

— Je ne me suis pas servie de toi. Il n'y avait rien de prémédité dans tout cela.

Kate chercha son visage à tâtons et posa les doigts sur sa bouche.

— Est-ce que tu me crois ?

Il prit sa main dans la sienne.

— Je l'ai toujours su, je pense ; mais j'avais trop mal, j'étais trop déçu pour l'admettre.

— Je suis désolée.

— C'est du passé.

— Vraiment ?

Elle se tut un instant.

— Certaines plaies ne guérissent jamais tout à fait, murmura-t-elle enfin.

— Celle-là a mis longtemps à cicatriser, en effet. Mais à présent, c'est fini.

Comme Luke lâchait sa main, elle la ramena le long de son corps.

— J'ai commis beaucoup d'erreurs à cette époque, reprit-elle. Tu sais, le jour où tu as dédicacé mon livre, tu avais raison. Pas seulement au sujet de Richard, mais aussi à mon propos. A propos des raisons pour lesquelles je l'ai épousé.

— Pourquoi l'as-tu épousé, Kate ?

— Parce que je l'aimais. Je l'aimais vraiment ; mais on ne sait pas toujours sur quoi se fonde l'amour qu'on éprouve. Je ne me rendais pas compte à ce moment-là que je l'aimais surtout parce qu'il me procurait un sentiment de sécurité.

— Et moi, non ?

— Certainement pas.

Kate esquissa un sourire.

— Toi, tu représentais le risque, l'aventure. Avec toi, l'avenir était incertain.

Elle renversa la tête sur l'oreiller et fixa le plafond, se remémorant le passé.

— Avec toi, j'avais l'impression d'être capable de tout, à condition d'essayer. A condition de le vouloir.

— J'ai toujours cru en toi, Kate. Je continue, du reste.

Les yeux de Kate s'emplirent de larmes. En dix ans de mariage, Richard ne lui avait jamais dit cela.

— Oui, mais justement… Ce n'était pas de toi que je doutais, Luke. Moi aussi, je croyais en toi. J'avais foi en ton talent, ta force de caractère. C'est en moi que je ne croyais pas.

Luke voulut intervenir mais elle ne lui en laissa pas le loisir.

— J'avais envie d'être une artiste mais je craignais de finir comme mes parents ; de passer ma vie à essayer de joindre les deux bouts, en sacrifiant le confort de mes enfants à mon art. Tout au long de ma scolarité, j'ai porté des vêtements dont les autres ne voulaient plus et des chaussures trouées ou ressemelées. Je m'étais promis de ne jamais faire subir ce genre d'existence à mes enfants ou à moi-même.

— Oh, Kate…

Il glissa les doigts dans ses cheveux déployés sur l'oreiller. Kate prit sa main et l'approcha de ses lèvres.

— J'ai eu peur, chuchota-t-elle. Trop peur pour donner la priorité à mes désirs ; trop peur pour prêter attention aux sentiments que tu m'inspirais. Je le regrette infiniment. Et je regrette surtout de t'avoir fait du mal.

Luke se souleva sur un coude et la contempla un long moment sans rien dire. Puis il approcha sa bouche et l'embrassa d'abord doucement, presque chastement.

Palpitante, Kate lui rendit son baiser, savourant la douceur de ses lèvres, de sa langue qui cherchait la sienne ; c'était comme un vin capiteux dont les effluves lui montaient à la tête, l'enivraient peu à peu. Elle se sentait soudain revivre : chaque parcelle d'elle-même renaissait sous la caresse ; grâce à lui, elle redevenait une femme complète — pas seulement une mère ou la propriétaire du Grain de Fantaisie, pas une épouse trahie ou une veuve éplorée, mais une femme, enfin. Et c'était là une sensation grisante.

Elle noua les bras autour de son cou et l'attira plus près. Quand il murmura son nom à son oreille, elle entendit le désir dans sa voix ; un désir qu'il lui communiquait de tout son corps brûlant, pressé contre le sien.

Soudain, elle songea à son mari. A leur dernière étreinte — leurs derniers baisers —, aux caresses, aux murmures qu'ils avaient échangés en faisant l'amour pour la dernière fois.

Et tout aussi brusquement, les gestes qu'elle trouvait si naturels, si merveilleux quelques instants auparavant lui parurent déplacés. Elle eut le sentiment de commettre une trahison.

Aussitôt, le remords remplaça le désir, et la jeune femme se raidit dans les bras de Luke. Ses bras se dénouèrent et elle posa les mains sur le torse de son compagnon.

— Excuse-moi, Luke. Je ne… C'est…

— C'est trop tôt, acheva-t-il à sa place.

— Oui, dit-elle dans un souffle.

Sous ses doigts, elle sentait les battements désordonnés de son cœur. Elle leva sur lui un regard suppliant.

— Richard et moi… nous avons vécu si longtemps ensemble. J'ai envie de toi mais je ne peux pas. J'ai l'impression de le tromper.

— Je vois.

De toute évidence, ce n'était pas vrai. Pas complètement.

— Je ne veux pas qu'il y ait le moindre malaise, le moindre malentendu entre nous, reprit-elle. Cette fois, il faut que tout soit transparent — sans remords ni regrets pour aucun de nous.

Luke soupira.

— Toi et moi, Kate, j'ai toujours trouvé cela juste — et évident. Il eut un petit rire amer.

— Tu as l'impression que c'est trop tôt et moi, j'attends depuis plus de dix ans.

La gorge nouée par l'émotion, Kate resta sans voix. Elle aurait tant voulu ignorer ce sentiment de culpabilité qui la freinait, l'étouffer sous le feu dévorant de la passion. Elle avait envie de lui ; envie de trouver l'oubli dans la griserie du plaisir charnel. Elle avait tant besoin de dissiper le cauchemar de sa vie, ne fût-ce que pour quelques heures. Et, par-dessus tout, elle ne voulait pas perdre Luke.

— Ne me regarde pas ainsi.

Il prit son visage en coupe dans ses mains, l'embrassa avec

fougue puis se laissa retomber sur le dos et exhala un profond soupir.

— J'ai déjà attendu dix ans. Je peux sans doute patienter encore un peu.

68

Luke ne perdit pas une minute. Sitôt arrivé à Washington et installé à l'hôtel avec Kate, Emma et Julianna, il appela Tom Morris. Il eut la chance de le trouver à son bureau et d'obtenir un rendez-vous le jour même. Les deux hommes convinrent de se retrouver dans un jardin public, à la périphérie de la ville, à 4 heures de l'après-midi.

Luke décida de faire attendre Morris ; pas assez longtemps pour le contrarier, mais suffisamment pour que le message passe. Il tenait à prendre l'avantage dès le début de l'entretien. Avant même d'avoir dit un mot, il voulait que l'autre homme comprenne qu'il entendait mener le jeu ; que ses exigences n'étaient pas négociables et qu'il ne transigerait sous aucun prétexte.

Il n'était pas question d'envisager un échec, songea-t-il. Il devait réussir.

Luke grimaça un sourire en traversant l'épaisse pelouse d'un vert éclatant en direction de la mare aux canards où l'attendait Morris. Assis sur un banc comme une dizaine d'autres promeneurs, le directeur de la branche opérations de la CIA lançait du pain aux canards en les regardant plonger et se chamailler pour l'attraper.

— Salut, Tom.

Morris leva les yeux sur lui.

— Luke. Ravi de vous revoir, mon vieux.

— Merci de me consacrer un moment. Si nous marchions un peu ?

L'homme parut légèrement surpris, mais il se leva sans discuter, fourrant le reste du pain dans la poche de son pardessus.

Ils firent quelques pas en silence au bord de l'étang.

— Belle journée, dit enfin Morris. J'aime cette période de l'année — l'air piquant, l'approche des fêtes. Nous voilà bel et bien débarrassés de la canicule et de la moiteur estivales.

Il tourna la tête vers Luke.

— Mais je ne pense pas que vous soyez venu pour parler de la pluie et du beau temps.

— Non, en effet, admit Luke.

Il entra aussitôt dans le vif du sujet.

— L'un de vos hommes a assassiné l'époux de ma meilleure amie. A présent, il veut aussi sa peau et celle de sa petite fille de quatre mois.

— Cela me semble difficile à croire.

Morris avait riposté du tac au tac ; Luke eut le sentiment qu'il connaissait déjà le motif qui l'amenait et n'ignorait rien de ce qui allait suivre.

— Vraiment ? Le nom de John Powers ne vous dit rien, peut-être ?

— John Powers, répéta lentement Morris en fronçant les sourcils.

Il secoua la tête.

— Non, je ne pense pas.

— Allons, Tom ; cessons de tourner autour du pot. Je n'ai pas le temps de tergiverser. Son nom de code est Iceberg ; il était chargé des missions délicates au sein de l'Agence. Un renégat.

Morris tiqua imperceptiblement. La surprise, peut-être ; nuancée d'un soupçon de respect.

— Il se peut que j'aie entendu ce nom-là quelque part ; pas dans le cadre de la CIA, en tout cas.

— Avant que vous vous en teniez définitivement à cette version, laissez-moi vous raconter une petite histoire.

Comme l'avant-veille, pour Condor, Luke lui fit le récit des événements qui s'étaient succédé depuis le meurtre de Richard

Ryan jusqu'au moment où Kate et Julianna étaient arrivées à sa porte.

Tom Morris enfonça les mains dans ses poches.

— En admettant que tout ceci soit vrai — je dis « en admettant » car l'affaire me paraît tout de même assez invraisemblable —, qu'attendez-vous de moi, au juste ?

Aucun sentiment de culpabilité. On fait porter le chapeau aux autres.

Quelle grandeur d'âme.

— Voici ma proposition : je vous fournis la preuve que votre bonhomme est devenu incontrôlable et représente une menace pour l'Agence. En échange, vous vous engagez à le liquider.

— Le liquider ?

Morris haussa vigoureusement les sourcils.

— Ma foi, Dallas, vous commencez à vous exprimer comme l'un de vos personnages.

— Ecoutez, Tom, je n'ai pas le temps de jouer au plus fin avec vous. Si j'obtiens cette preuve, le liquiderez-vous ?

— Comment pensez-vous vous procurer cette... preuve ?

— J'ai actuellement en ma possession un document fort intéressant : le carnet de notes de Powers. Il contient toutes sortes d'informations passionnantes : noms, dates, lieux...

— J'imagine qu'il est codé.

— Bien vu. Sans quoi notre entretien n'aurait pas de raison d'être.

— Vous et vos amies avez donc l'intention de décrypter ce code ?

— Bravo. Excellente déduction, encore une fois.

L'homme plissa légèrement les yeux.

— Epargnez-vous cette peine, Dallas. Remettez-nous le carnet ; nous avons des spécialistes pour ce genre de tâche.

— Je n'en doute pas un instant mais là, vous faites fausse route. Vous aurez le carnet quand Powers aura évacué la scène.

— Mais comment pourriez-vous savoir si vous détenez là un objet de valeur ? interrogea Morris d'une voix suave. Si vous me le remettiez, je pourrais l'évaluer moi-même. Mes collaborateurs...

— Bon, je commence à en avoir marre.

Luke s'immobilisa et fit brusquement face à Morris.

— Je manque peut-être d'expérience à ce jeu-là mais je ne suis pas débile. Ce carnet est notre seul atout. Vous le savez aussi bien que moi. Et nous n'avons pas envie, mes amies et moi, de nous retrouver complètement démunis.

Il tendit la main.

— Marché conclu ?

Morris marqua un temps d'arrêt avant de lui serrer la main.

— Entendons-nous bien ; je vous le répète, cet individu n'a aucun rapport avec nous et nous ne sommes pas au courant de ses activités. Cependant, si vous me fournissez de solides éléments sur son compte — la preuve tangible qu'il constitue une menace pour le pays ou pour la CIA —, alors oui, nous nous chargerons de lui. Vous avez ma parole d'honneur.

69

— Une coupe de champagne, monsieur Winters ? Un brin de mimosa, peut-être ?

John sourit à l'hôtesse de l'air.

— Un simple jus d'orange, je vous prie.

— Certainement.

La jeune femme prit un verre dans le chariot et le remplit ; puis elle le posa sur la tablette de John et se redressa. Il était l'un des trois passagers de première classe du Boeing 707 et elle ne semblait pas pressée de poursuivre son service.

— Vous vous rendez à Washington pour vos affaires ou pour les loisirs ? s'enquit-elle.

— Les deux à la fois.

Il sourit de nouveau et but une gorgée de jus de fruits.

— A quelle heure devons-nous atterrir ? J'ai quelques personnes à rejoindre là-bas et je ne voudrais surtout pas les manquer.

— A 10 h 30. Si vous avez besoin de quoi que ce soit, faites-moi signe.

— Entendu. Merci, Allison.

Flattée qu'il eût remarqué son prénom sur son badge, elle le gratifia d'un sourire avant de s'éloigner d'un pas chaloupé. John la suivit un instant des yeux, puis il cala sa nuque contre l'appuie-tête. L'horaire lui convenait parfaitement ; quoique, en fait, il ne fût pas pressé. Traquer une cible n'était pas une question de rapidité mais de précision ; de rigueur et d'organisation. Il les retrouverait et, le moment venu, il les supprimerait. Rapidement et sans bavure.

Ce serait une mort plus douce qu'ils ne le méritaient — qu'*elle* ne le méritait.

D'un geste machinal, il porta la main à l'arrière de sa tête, palpant les quinze points de suture que lui avait valus la trahison de Julianna. Il respira longuement, profondément, s'efforçant de se calmer. Depuis cet incident, il avait dû mobiliser tout son sang-froid, toute l'autodiscipline à laquelle il avait été entraîné, pour réussir à dominer sa fureur. Pour contrôler la haine qui brûlait en lui et se concentrer sur la tâche qu'il s'était assignée.

Il avait déjà repéré la trace de Julianna et de ses comparses. Un sourire lui monta aux lèvres. Les retrouver avait été un jeu d'enfant pour lui. Les deux femmes s'étaient réfugiées à Houston chez un ami de Kate, l'écrivain Luke Dallas. Les conversations à voix basse entre Blake et Marilyn au Grain de Fantaisie l'avaient renseigné sur ce point. Il avait ensuite découvert l'adresse de Luke dans l'agenda de Kate. Houston n'était qu'à une heure de vol de La Nouvelle-Orléans. Il lui avait fallu à peine trois quarts d'heure de plus — en comptant le temps de louer une voiture — pour se rendre de l'aéroport de Hobby à Kingwood, l'endroit où résidait Dallas.

Malheureusement, il les avait manqués. John porta son verre à ses lèvres. Ce n'était là qu'un contretemps mineur, qui rendait la chasse plus palpitante encore. En fait, l'éditeur de Luke s'était fait un plaisir de le renseigner en apprenant qu'il avait affaire à un journaliste du magazine *People* intéressé par l'auteur. Il lui avait fourni les coordonnées de son attaché de presse.

L'astuce du journaliste avait fonctionné une nouvelle fois, tel un véritable sésame. Dans son empressement à obtenir l'interview, le brave homme en avait oublié toute précaution. Après avoir préalablement affirmé qu'il n'était pas en mesure de joindre son client, il avait ensuite confié — craignant de rater l'interview — que Dallas était en vacances à Washington mais resterait en contact avec lui.

Le plus délicat consistait désormais à savoir où ils étaient descendus. Après une trentaine d'appels, John avait enfin réussi à les dénicher — au Capitol Hill. Luke Dallas avait commis l'imprudence de réserver les chambres d'hôtel à son propre nom.

John en était presque navré pour eux. Jusque-là, le choix de Washington avait été sa seule surprise au cours de cette chasse à l'homme. Il avait éprouvé une sorte de satisfaction perverse à l'idée que l'existence de Julianna s'achèverait dans cette ville où elle l'avait trahi pour la première fois.

John se tourna vers le hublot et contempla le ciel radieux au-dessus de l'épaisse couverture de nuages blancs. Luke Dallas n'aurait jamais dû se laisser entraîner dans cette affaire. Il allait falloir l'éliminer, lui aussi. Kate, elle, n'avait pas eu le choix : elle protégeait son enfant au péril de sa vie. John regrettait sincèrement d'être obligé de la sacrifier. Il admirait son courage et sa loyauté, son honnêteté et sa fidélité sans faille.

S'il l'avait rencontrée en d'autres circonstances, peut-être aurait-il pu s'éprendre d'elle.

Pour cette raison, il lui épargnerait le spectacle de la mort du bébé.

John termina son jus d'orange, gardant un instant le liquide sur sa langue avant de l'avaler — en savourant l'arôme, la fraîcheur fruitée. Comme il savourerait le plaisir de massacrer Julianna et son petit groupe de fidèles malavisés.

Il était impatient de voir leur réaction quand il apparaîtrait devant eux ; de voir blêmir Julianna, surtout. John ferma les yeux et imagina le crâne de Julianna emporté par une balle.

70

La description que Julianna avait faite de l'appartement de Powers se révéla d'une surprenante exactitude. C'était un trois pièces spacieux, dépouillé et sans âme ; glacial, lugubre — à l'image de l'homme qui l'habitait, songea Kate en pénétrant dans la salle de séjour.

Elle balaya la pièce du regard, remarquant le canapé de cuir sombre et les fauteuils assortis, la bibliothèque encastrée, les gravures quelconques qui décoraient les murs. John Powers ne vivait pas ici ; personne n'y vivait. C'était une coquille vide, une vitrine de magasin garnie d'un mobilier coûteux et classique. Rien ne signalait ici la présence d'un être humain, à l'exception, peut-être, d'une photo dans son cadre, posée sur la table basse.

— Julianna, dit Luke en se tournant vers la jeune femme, vous connaissez les lieux. A votre avis, par où faudrait-il commencer ?

Julianna, immobile comme une statue, n'avait pas bougé de l'entrée. Elle secoua la tête sans rien dire.

— D'abord, que devons-nous chercher ? demanda Kate en posant par terre le siège de bébé où Emma dormait à poings fermés.

— De la correspondance, répondit Luke. Des factures de téléphone, des relevés de cartes bancaires — n'importe quel indice permettant d'établir un lien avec un endroit, une date, un événement. Evidemment, l'idéal serait de découvrir la clé de son code secret ; mais, à mon avis, il l'a gravée uniquement dans sa mémoire.

Il se tourna vers Kate.

— Vous pourriez vous mettre à fouiller cette pièce et la cuisine, toutes les deux. Pendant ce temps, je m'attaquerais à la chambre principale.

Kate opina.

— Ça me convient tout à fait.

Elle jeta un coup d'œil sur Julianna qui restait pétrifiée sur le pas de la porte, visiblement prête à décamper à la première occasion.

— Ça ne va pas ? lui demanda-t-elle.

La jeune femme la fixa d'un air absent.

— Pardon ?

— Comment vous sentez-vous ?

Julianna battit des paupières et parut soudain l'apercevoir.

— Bien, bien. Allons-y.

— Je vais commencer par ici. Si vous vous occupiez de la cuisine ? proposa Kate.

La jeune femme acquiesça, et Kate la regarda s'éloigner d'un pas hésitant, comme si ses jambes et son cerveau n'étaient pas parfaitement coordonnés. Son teint cireux, son expression hagarde n'avaient rien de rassurant, songea-t-elle.

Peut-être avaient-ils eu tort de l'emmener ; devait-elle en parler avec Luke ? A la réflexion, il était un peu tard pour modifier leurs plans. Mieux valait achever ce qu'ils avaient commencé afin de ne pas s'éterniser ici. Cet endroit lui donnait la chair de poule.

Elle entama son inspection par le meuble le plus proche — un fauteuil à oreillettes dont le cuir lisse crissait comme s'il était encore neuf. Après avoir soulevé le coussin d'assise, elle le retourna, examina soigneusement l'envers à la recherche d'un endroit décousu pouvant servir de cachette. Elle passa au second fauteuil, puis à la bibliothèque encastrée dans le mur.

De la cuisine lui parvenaient des bruits de vaisselle, de placards qu'on ouvre et qu'on ferme, accompagnés par intermittence de quelque commentaire indistinct.

Luke émergea de la chambre principale et s'approcha de Kate.

— Tiens, jette un coup d'œil là-dessus.

C'était un exemplaire du *Times Picayune* — l'édition locale de La Nouvelle-Orléans — daté du mois de septembre. Ebranlée, Kate leva les yeux sur Luke.

— Cela signifie que...

— Qu'il avait déjà retrouvé la trace de Julianna à ce moment-là et qu'il s'apprêtait à partir pour La Nouvelle-Orléans.

Kate frémit. *Pendant combien de temps les avait-il épiés, suivis — guettant l'occasion de frapper ?*

Elle se frictionna les bras.

— Rien d'autre ?

— Hélas, non, répondit Luke. Ce lascar est d'une méticulosité maladive. Et de ton côté ?

— *Nada*. Allons voir si Julianna a découvert quelque chose dans la cuisine.

Mais la jeune femme n'avait rien trouvé non plus. Déçu, Luke jura entre ses dents.

— Vous avez bien ouvert tous les récipients, n'est-ce pas ? Oté leur contenu pour vérifier si rien n'a été dissimulé en dessous ?

— Oh, j'ai tout déplacé, tout retourné chaque fois que c'était possible, affirma Julianna. Mais jetez donc un coup d'œil là-dedans.

Elle ouvrit successivement deux placards. Ils étaient vides, à l'exception de deux piles d'assiettes, d'une douzaine de verres et de tasses.

— Il n'y a rien non plus dans le réfrigérateur, à part une bouteille de champagne. Idem dans le congélateur et le garde-manger.

— Etait-ce toujours ainsi ? demanda Kate en contemplant la cuisine immaculée, le sol et les plans de travail reluisants, dignes d'une salle d'opération.

— Pas tout à fait ; il y avait quand même quelques provisions. Mais John est un maniaque de l'ordre et de la propreté. Il ne tolérait pas une miette sur la table entre les repas.

— Toutes les corbeilles et poubelles sont vides, déclara Luke en inspectant celle qui se trouvait sous l'évier. Je me demande ce que cela veut dire.

— Il considère peut-être cette mission comme la dernière, avança Kate. Une sorte d'opération kamikaze.

Luke réfléchit un instant puis inclina la tête de côté.

— A moins que ce ne soit un signe d'aggravation de son état mental ; le dérèglement progressif d'une obsession latente.

— Intéressant, murmura Kate ; il ne supporte pas le moindre désordre mais gagne sa vie en massacrant les gens. Comment réagit-il quand il a du sang sur les mains ?

Pendant quelques instants, personne ne dit mot. Enfin, Julianna soupira.

— Nous ne trouverons rien ici, n'est-ce pas ?

— Ce n'est pas une certitude, répliqua Luke. Puisque nous y sommes, tâchons de terminer ce que nous avons entrepris.

Les deux femmes y consentirent et regagnèrent leurs pièces respectives. Kate déplaça tous les livres des étagères, les retournant et les secouant un par un avant de les remettre en place. Son inspection minutieuse se révéla hélas aussi infructueuse que les précédentes. Déçue, presque découragée, elle se tourna vers le canapé. Son regard s'arrêta sur le cadre posé sur la table basse. Peut-être Powers avait-il caché quelque chose entre la photo et le cadre ?

S'approchant, elle se pencha et étudia un instant le cliché. Julianna, encore toute jeune, posait en tenue de tennis auprès d'un homme qui devait être Powers. Il portait une casquette de base-ball et son visage était partiellement caché par l'ombre de la visière. Pourtant, Kate eut le sentiment de l'avoir déjà vu. Elle fronça les sourcils, l'examinant plus attentivement, se demandant où…

Soudain, elle comprit.

John Powers et Nick Winters n'étaient qu'un seul et même individu.

Kate recula involontairement, prise de vertige. Toutes les implications de sa découverte tournoyaient à présent dans son esprit. Sous l'identité de Nick Winters, Powers les avait traquées, Emma et elle, durant plusieurs semaines. Il avait cherché à la séduire et fait sauter Emma sur ses genoux.

Il était même entré chez elle ; elle lui avait ouvert sa porte de son plein gré. La nuit où Richard avait été tué. La nuit où *il* avait tué Richard.

Rétrospectivement, tout devenait parfaitement logique — l'attitude qu'il avait eue ce soir-là, les mots qu'il avait prononcés. Horrifiée, Kate porta une main à sa bouche. *Tout sera bientôt terminé. Bien plus tôt que vous ne pourriez l'imaginer.*

Il aurait pu les tuer à ce moment-là. Il aurait pu assassiner Emma. Sans la moindre difficulté. Elles étaient seules. Sans défense. De toute évidence, il le savait. *Naturellement.* Oh, Seigneur ! Pourquoi les avait-il épargnées ce soir-là ? Elles étaient pourtant toutes les deux à sa merci.

Parce qu'il ne fonctionnait pas ainsi, songea-t-elle, atterrée. Ce salaud procédait de façon méthodique. Chaque chose en son temps, suivant l'ordre de ses priorités. Oh, oui, le Powers qu'elle connaissait à travers Nick Winters ne laissait jamais rien au hasard.

D'une main tremblante, elle prit le cadre sur la table. Observant l'image de Powers-Winters, elle se remémora d'autres choses qu'il avait dites — ses principes concernant la loyauté, la confiance, la fidélité...

Tess.

Elle était bien différente de nous, vous ne l'ignorez pas. Elle n'avait aucune notion de loyauté ou de fidélité.

Kate s'effondra sur le canapé. Le petit ami de Tess avait toujours clamé son innocence. Tess et lui s'étaient bien disputés ce soir-là, avait-il admis. Il l'avait déposée près de sa voiture, derrière le Grain de Fantaisie, puis il était reparti sur-le-champ, furieux, sans s'assurer qu'elle avait repris le volant sans encombre.

C'était là qu'il l'avait vue pour la dernière fois, avait-il juré. Comme tout le monde, Kate avait alors cru qu'il mentait. En même temps, elle s'était toujours demandé pourquoi il avait brisé tous ses vitraux. Cela ressemblait à une crise de rage dirigée contre elle — pas contre Tess.

L'après-midi précédant le crime, se souvint alors Kate, elle avait voulu racheter à Winters le vitrail qu'il s'était procuré la veille.

Elle se rappela la conversation qui avait suivi, à propos du travail de création artistique ; les propos déconcertants de Winters lui avaient fait froid dans le dos.

« Je possède une parcelle de votre âme. »

Il était tout à fait conscient de ce qu'elle éprouvait. Il y prenait plaisir. Ce jeu du chat et de la souris l'amusait d'autant plus qu'il en édictait lui-même les règles — tandis qu'elle ignorait totalement le rôle qui lui était échu.

Powers avait massacré Tess ; c'était l'évidence même. Les vitraux brisés signaient indiscutablement son acte. Mais pourquoi ? se demanda Kate en examinant la photo comme si elle pouvait lui fournir quelque indice. En quoi Tess le dérangeait-elle ? Pourquoi lui voulait-il du mal ?

Peut-être la jeune femme s'était-elle simplement trouvée au mauvais endroit, au mauvais moment ; peut-être l'avait-elle surpris en train de fureter et…

Bonté divine… son agenda.

Kate se leva d'un bond. Le cadre lui glissa des mains et atterrit par terre. Le verre vola en éclats.

Powers avait la liste de toutes les personnes qu'elle connaissait grâce à son carnet d'adresses. Evidemment, celle de Luke y figurait en bonne place. Une panique incontrôlable lui coupa brusquement le souffle. Winters n'était-il pas devenu l'un de leurs meilleurs clients, le « chouchou » de la pauvre Tess, et de Marilyn ? En tant que tel, il continuait sans doute à fréquenter le café, à approcher ses employés, qui ne se méfiaient pas de lui.

Elle ferma les yeux, essayant de se remémorer exactement ce qu'elle avait confié à Blake quand elle l'avait appelé de chez Luke avant leur départ pour Washington. Elle lui avait dit qu'elle était allée voir un ami à Houston. Qu'il y avait trop de souvenirs douloureux chez elle et qu'elle avait préféré partir. Elle lui avait demandé de garder le secret absolu sur sa destination.

Un rire nerveux la secoua tout entière. Blake et Marilyn avaient-ils jamais été capables de tenir leur langue ? Combien de temps faudrait-il à Powers pour découvrir auprès de qui elle s'était réfugiée et pour retrouver leur trace ?

Peut-être était-ce déjà fait ?

Elle fit brusquement volte-face, le cœur battant à se rompre, s'attendant presque à trouver Powers sur le pas de la porte.

— Kate ?

Julianna vint la rejoindre dans le salon, l'air inquiet.

— Que se passe-t-il ?

Kate se retourna vers elle.

— Je crains que nous n'ayons des ennuis.

— Que voulez-vous dire ?

— Il sait peut-être où nous sommes. Il a pu apprendre que nous étions parties chez Luke.

Julianna fronça les sourcils et fit le tour du canapé. En apercevant le cadre brisé, elle se figea sur place. Le sang reflua brusquement de son visage.

— Il faut partir d'ici au plus vite, dit Kate en glissant une main tremblante dans ses cheveux. Avez-vous fini d'inspecter la cuisine ?

Comme Julianna gardait le silence, Kate la regarda, inquiète.

— Julianna ? Ça ne va pas ?

La jeune femme ne répondit pas tout de suite.

— C'est moi qui lui en avais fait cadeau, murmura-t-elle enfin d'une voix étrangement détachée. Je voulais agrémenter cet endroit d'une touche personnelle. Pour qu'on s'y sente chez soi.

— Je suis désolée, dit Kate avec douceur. Je ne voulais pas le casser.

S'agenouillant, Julianna entreprit de rassembler les éclats de verre dans ses mains nues. Ce faisant, elle se coupa un doigt et le sang se mit à couler.

— Julianna, vous vous faites mal.

Mais rien n'indiquait qu'elle eût entendu la remarque de Kate.

— Il m'amenait souvent ici. Maman disait qu'elle était d'accord. Elle ne savait pas.

Kate s'assit sur ses talons et lui prit les mains.

— Arrêtez, Julianna. Vous saignez.

Julianna repoussa ses mains d'une pichenette et s'empara du

cadre en cristal. Bien qu'il fût fendu en deux, elle ouvrit le fond avec précaution, sortit la photo et le referma d'un geste vif. Puis elle passa la main sur le cliché, le barbouillant de rouge.

Kate se releva d'un bond et fit un pas en arrière.

— Luke, appela-t-elle sans trop élever la voix. Peux-tu venir ici, s'il te plaît ?

— J'étais mignonne, n'est-ce pas ?

La tête inclinée sur le côté, la jeune femme examinait le cliché comme si elle faisait un effort de mémoire.

— Avais-je dix ou onze ans, à ce moment-là ?

Elle leva les yeux sur Kate.

— Qu'en pensez-vous ?

Dix ou onze ans. Seigneur, était-ce possible ?

Craignant que sa voix la trahisse, Kate secoua la tête.

— Enfin, peu importe, reprit Julianna. Mais j'étais tout de même jolie, non ?

— Vous étiez très belle, murmura Kate, prise de nausée à l'idée de ce qui avait pu se passer à l'époque entre Powers et cette pauvre enfant. Vous l'êtes toujours.

— Non, dit Julianna, d'une voix qui avait pris une intonation enfantine. Maman est belle et Julianna est jolie. Il faut être une petite fille bien sage, bien gentille. Ne l'oublie surtout pas. La petite fille bien sage de John.

— Luke, appela Kate un peu plus fort, sans quitter Julianna des yeux. Il vaudrait mieux venir tout de…

— Je suis là.

Il posa une main sur son épaule et se pencha à son oreille.

— Emmène Emma dans la chambre à coucher, murmura-t-il.

Kate tourna la tête et leva les yeux sur lui.

— Pourquoi ? Que crois-tu…

— Je ne sais pas. Mais cela vaut mieux.

Elle obtempéra sans discuter davantage, s'éloignant sur la pointe des pieds. Précaution superflue, car Julianna ne remarquait même plus sa présence.

Kate installa le siège portable dans la chambre et laissa la porte entrouverte. Elle ignorait ce que Luke redoutait au juste, mais elle ne voulait pas faire courir le moindre risque à sa fille.

Quand elle regagna le salon, Julianna serrait le cadre sur sa poitrine. Ses mains striées de coupures étaient toutes sanguinolentes. Elle avait le visage barbouillé de rouge et le pantalon taché. Elle fredonnait à mi-voix en se balançant d'avant en arrière.

Kate et Luke se regardèrent.

— Il faut faire quelque chose ; ce verre lui met les mains en lambeaux.

Luke opina et alla s'accroupir auprès d'elle.

— Julianna... allons, chérie. Vous vous faites du mal.

— C'est moi, dit-elle en lui montrant la photo ; avec John.

— Oui, je vois.

Il posa une main sur son bras.

— Vous pouvez l'emporter à l'hôtel, si vous voulez.

— Je ne comprends pas.

Elle secoua la tête. Kate vit que ses yeux étaient luisants de larmes.

— Comment a-t-il pu me faire ça ? Je n'étais... qu'une enfant. Une petite fille.

— Je sais, mon ange. C'est fini, à présent. Tout va bien.

Il la prit par le coude mais elle se dégagea d'une secousse, contemplant de nouveau la photo. Elle inspira profondément, de manière entrecoupée ; quand l'air ressortit de ses poumons, ce fut sous la forme d'une plainte aiguë, un long gémissement pitoyable. Un autre suivit, puis un troisième.

Elle releva les genoux contre sa poitrine et les entoura de ses bras. Ses plaintes se muèrent peu à peu en sanglots déchirants qui semblaient provenir du tréfonds de son être. Dès qu'ils commencèrent à s'atténuer insensiblement, Luke se pencha vers elle et la souleva comme une plume.

— Allons, mon petit. Vous avez les mains en sang.

Inerte dans ses bras, elle continua à pleurer doucement. Puis brusquement, avec un cri de rage, elle se mit à se débattre à coups de pied et de poing, essayant de griffer et de mordre. Luke perdit prise et elle réussit à se libérer.

Déchaînée, elle s'empara d'une lourde lampe posée sur un guéridon et la lança de toutes ses forces. L'objet heurta le mur, volant en éclats.

— Je n'étais qu'un bébé ! hurla-t-elle.

Elle attrapa le téléphone, l'arracha de sa prise.

— Comment a-t-il pu me faire ça ! Comment ? Je l'aimais !

Son regard tomba de nouveau sur la photo et elle se jeta dessus, la froissant et la déchirant en menus morceaux.

— J'avais confiance en lui !

Haletante, tremblant de rage désespérée, elle se précipita d'un pas chancelant vers la bibliothèque et balaya les étagères de ses mains, jetant les volumes à travers la pièce.

Puis, aussi soudainement qu'il s'était déclenché, son accès de violence prit fin. Julianna s'effondra sur le sol, pantelante, à bout de forces.

Kate s'approcha d'elle. S'agenouillant auprès de la jeune femme, elle la prit dans ses bras et se mit à la bercer comme elle berçait Emma, lui murmurant des paroles de réconfort.

Julianna blottit son visage contre sa poitrine, s'accrochant à elle.

— Je n'étais qu'une toute petite fille. Comment a-t-il pu me faire ça ? Comment ?

— Je ne sais pas, ma grande. Mais tu es en sécurité, maintenant, assura Kate.

Tout en lui caressant les cheveux, elle leva les yeux sur Luke, le cœur serré.

— Nous ne le laisserons plus s'approcher de toi. Plus jamais.

71

Luke acheva de fouiller l'appartement tandis que Kate s'occupait de Julianna. Elle aida la jeune femme à nettoyer ses blessures, lui lavant soigneusement les mains, ôtant avec précaution les éclats de verre incrustés dans les plaies avant de désinfecter celles-ci avec de l'alcool trouvé dans un placard de la salle de bains.

Assise sur le canapé, Julianna resta immobile pendant que Kate appliquait le tampon imbibé d'alcool sur ses blessures. La brûlure ne lui arracha pas une plainte, ni même un tressaillement, comme si la crise avait absorbé la totalité de son énergie, inhibé en elle toute espèce de sensation.

Sa détresse faisait peine à voir et Kate aurait voulu pouvoir dire ou faire quelque chose pour elle — pour compenser le préjudice moral et psychique qui lui avait été infligé lorsqu'elle n'était encore qu'une enfant confiante et innocente.

Hélas, c'était impossible, songea-t-elle. Le mal était fait et Julianna en porterait à jamais les stigmates.

Elle reboucha le flacon et le posa sur la table basse.

— Tu devrais t'allonger et te reposer un moment, suggéra-t-elle. Je vais voir où en est Luke.

Julianna s'étendit sur le canapé. Les yeux grands ouverts, elle fixait le plafond d'un regard absent. Kate s'attarda encore un instant auprès d'elle, déplorant son impuissance, avant d'aller rejoindre Luke.

Elle le trouva juché sur une chaise dans la cuisine, à inspecter le sommet des placards.

— As-tu déniché quelque chose ?

— Rien du tout, maugréa-t-il en remettant pied à terre.

— J'ai une mauvaise nouvelle.

Elle lui fit part de ce qu'elle avait découvert en regardant la photo : John Powers n'était autre qu'un habitué du Grain de Fantaisie qu'elle connaissait sous le nom de Nick Winters.

— Si — comme je le soupçonne — c'est lui qui a tué Tess, il est actuellement en possession de mon carnet d'adresses. Bien entendu, ton nom et tes coordonnées y figurent.

— L'ignoble ordure ! En somme, il sait peut-être que nous sommes ensemble.

— Oui.

— Dans ce cas, nous nous trouvons bel et bien dans le pétrin, dit Luke.

Il laissa échapper un juron.

— L'hôtel, Kate ; j'ai retenu les chambres à mon nom, pensant qu'il ne pouvait pas deviner que tu m'accompagnais. Bon sang, quel imbécile ! Par ma faute, nous voilà en mauvaise posture.

— J'ai réagi comme toi, Luke ; j'ai cru que nous ne risquions rien. Je ne t'aurais jamais entraîné là-dedans si j'avais su qui était réellement Nick Winters.

— Je suis content que tu ne l'aies pas su.

Ils se regardèrent un instant, puis Luke détourna les yeux avec un grognement de dépit.

— Il va falloir changer d'hôtel ; le plus tôt sera le mieux.

— J'ignore si Julianna est prête à partir. Elle semble sérieusement traumatisée.

Comme pour confirmer, Julianna se remit à gémir dans la pièce voisine. La mâchoire de Luke se crispa.

— Je hais cet individu, Kate. S'il avait franchi cette porte tout à l'heure, j'aurais pu le tuer — l'étrangler de mes propres mains. Je…

Il respira profondément, s'efforçant de se calmer.

— Je ne me serais jamais cru capable de dire une chose pareille. Pourtant, je le pense vraiment. J'aurais pu le tuer.

Kate posa une main sur son bras et il la recouvrit d'un geste protecteur.

— A ton avis, quel âge pouvait-elle avoir quand il… quand il a commencé à s'en prendre à elle ?

— Je ne sais pas, murmura Luke. Elle devait être une enfant.

Elle songea à sa propre fille et à la jeunesse heureuse que Julianna aurait pu avoir. Des larmes lui montèrent aux yeux.

— Crois-tu qu'elle ait des chances de s'en sortir ? Elle est tellement désemparée.

— L'esprit humain est résistant, Kate. Une bonne thérapie pourrait la remettre d'aplomb ; il se produit de vrais miracles, parfois.

— Sans doute.

Kate se tourna vers le salon ; par la porte ouverte, on apercevait en partie le canapé où Julianna était allongée.

— Sa détresse me va droit au cœur, murmura Kate. Hier encore, je lui en voulais terriblement. Après tout ce qui nous est arrivé par sa faute, je n'aurais jamais cru pouvoir m'apitoyer sur son sort.

— Elle t'a donné Emma.

— C'est vrai.

Ils se turent tous deux. Au bout d'un instant, Kate s'éclaircit la gorge.

— En dépit de tout, je lui en ai toujours été reconnaissante ; sans oser me l'avouer, du reste.

Elle marqua une pause et regarda Luke.

— Que dois-je en déduire sur mon propre compte ?

— Que tu aimes énormément ta fille.

— Ou bien que je n'aimais pas suffisamment mon mari ?

— Ne te tourmente pas ainsi, Kate. C'est une attitude autodestructrice ; et totalement inutile. N'y pense plus.

Il avait raison, bien sûr. Mais elle était incapable de ne plus y penser. Absolument incapable.

— Julianna m'a dit qu'en échange de Richard, elle m'avait donné ce que je désirais le plus au monde, reprit-elle.

Ses yeux s'emplirent de larmes.

— Est-ce que je voulais un enfant à n'importe quel prix ?

Ses larmes jaillirent et elle les essuya d'un geste impatient.

— Je me suis posé cent fois la question depuis… depuis sa mort. S'il m'était possible de rendre la vie à Richard, de reprendre notre vie commune d'avant à la seule condition de renoncer à Emma…, est-ce que j'accepterais ?

Les mots s'étranglèrent dans sa gorge sous l'effet de la honte et du chagrin.

— Je mentirais en prétendant que je le ferais, Luke. Je me sens tellement coupable, tellement… moche.

— Tu n'es pas responsable de la mort de Richard, Kate. Ce n'est pas toi qui l'as provoquée. Julianna non plus. John Powers a assassiné Richard. C'est à lui qu'incombe cette faute ; c'est lui qui doit être châtié. Pas toi.

— Je le déteste, dit-elle d'une voix sourde, une lueur farouche dans le regard. Ce type n'est pas un monstre ; c'est le diable en personne. Dieu me pardonne — je voudrais qu'il crève.

— La CIA se chargera de le liquider, Kate. Ne perdons surtout pas de vue ce que nous devons obtenir pour arriver à nos fins.

Un peu réconfortée, Kate hocha la tête et fit quelques pas. Elle respira profondément pour rassembler ses forces.

— Et maintenant, que faisons-nous ?

— Maintenant ? On va lui secouer un peu les puces, à cette ordure.

Luke grimaça un sourire.

— As-tu du rouge à lèvres ?

Kate alla chercher son sac, en sortit un tube doré et le lui tendit.

— Vermillon, ça ira ?

Il le déboucha et dévissa le fond pour admirer la couleur du fard.

— Parfait.

— Qu'est-ce que tu…

— Attends un peu ; je vais lui laisser un message.

Le bâton de rouge à la main, il se dirigea vers l'un des placards immaculés.

— Voyons un peu si M. Powers appréciera d'être la proie au lieu du chasseur.

72

John examina le carnage, écumant de rage. Comment avaient-ils osé s'introduire chez lui ? Comment avaient-ils osé porter la main sur ses biens et détruire ce qui lui appartenait ?

Ne comprenaient-ils pas à qui ils avaient affaire ?

John se fraya un passage parmi les décombres du salon. Sur le seuil de la cuisine, il s'arrêta net. Ils lui avaient laissé un message, barbouillé en rouge sur les portes de ses placards, telle une blessure béante.

On aura ta peau, espèce d'ordure.

John regarda fixement la phrase, et les lettres se mirent à danser devant ses yeux, à tournoyer dans une folle sarabande avant de se fondre en un brouillard écarlate. Ses mains tremblèrent et sa respiration s'accéléra, son souffle s'exhalant par saccades irrégulières. Il assouplit ses doigts l'un après l'autre, tout vernis de sang-froid ou d'autodiscipline désormais envolé. Ils allaient lui payer ça, jura-t-il entre ses dents. Ils allaient souffrir.

Sa carrière dût-elle s'achever là, il s'arrangerait pour qu'ils crèvent comme des porcs.

73

— Bonjour, dit Kate à Julianna qui venait d'apparaître sur le pas de la porte reliant leurs deux chambres.

Il était 8 heures du matin, et cette dernière avait dormi d'une traite cette nuit-là ; Kate le savait car, incapable de fermer l'œil, elle s'était levée à plusieurs reprises pour aller la voir.

Julianna croisa son regard puis détourna les yeux d'un air embarrassé.

— 'jour.

Kate acheva de changer Emma, reboutonna son pyjama et la prit dans ses bras. Immobile dans l'encadrement de la porte, Julianna n'avait pas bougé d'un pouce.

— Comment vont tes mains ?

Julianna les lui montra ; rouges et tuméfiées, elles semblaient sortir d'un hachoir à viande. Elle essaya de plier les doigts et grimaça de douleur.

— Elles me font mal.

Emma calée sur une hanche, Kate traversa la pièce pour jeter la couche sale à la poubelle. L'enfant commença à s'agiter et elle la souleva contre son épaule.

— Entre donc, dit-elle à Julianna. Nous bavarderons un peu.

Visiblement sur ses gardes, la jeune femme avança jusqu'au lit le plus proche d'elle et s'assit tout au bord.

— Où est Luke ?

— Il est sorti chercher du café et des croissants.

Emma se mit à gémir en se contorsionnant dans ses bras et Kate la changea encore de position.

— Nous partirons après le petit déjeuner.

Julianna serra les bras autour de sa taille.

— Luke a trouvé un autre hôtel ?

— Oui ; ce ne sera pas aussi bien qu'ici, je le crains. La plupart des établissements exigent une carte de crédit pour les réservations. Seulement voilà : Luke nous a retenu les chambres sous un pseudonyme. Il a passé plusieurs appels ce matin.

Julianna observa Emma du coin de l'œil et son front se plissa.

— Qu'est-ce qui ne va pas, aujourd'hui ? Je ne l'ai jamais entendue pousser des gémissements pareils.

Kate baissa les yeux vers Emma. En effet, l'enfant geignait faiblement, de manière inhabituelle. Contrariée que Julianna eût remarqué ce détail avant elle, Kate se rembrunit.

— Elle est un peu énervée ce matin. Elle a mal dormi. Les bébés sont parfois grognons.

Un silence embarrassé s'installa entre les deux femmes. Julianna le rompit la première.

— Je suis contente de vous l'avoir donnée. Et de ne pas avoir eu recours à... enfin, vous savez.

A l'avortement. Kate frémit à l'idée qu'Emma aurait pu ne jamais voir le jour.

— J'en suis heureuse, moi aussi. C'est une petite personne tout à fait exceptionnelle.

Julianna tendit la main vers l'enfant et effleura du bout des doigts sa tête duveteuse. Puis elle se détourna légèrement, les yeux luisants de larmes.

— J'ai honte d'avoir disjoncté, hier.

— Il n'y a aucune raison d'avoir honte.

La jeune femme baissa la tête.

— Comment j'ai pu ne pas m'en apercevoir plus tôt ? J'aurais dû me douter que c'était anormal... dégoûtant...

Elle leva vers Kate un regard plein d'angoisse.

— J'ai laissé faire. Je suis autant à blâmer que lui.

— Ce n'est pas vrai.

Kate s'approcha d'elle.

— Ecoute, Julianna. Tu étais une enfant, lui un adulte. Il a profité de ton innocence, de la confiance que tu avais en lui ; de ton impuissance. Il a commis un crime envers toi.

— Mais j'aurais pu l'en empêcher ! s'écria Julianna. Pourquoi je ne me suis pas défendue, ou plainte auprès de quelqu'un ? Et en grandissant, pourquoi je suis restée avec lui ? Quand je pense à tout ça, j'ai envie de me coucher par terre et de mourir.

Elle marqua une pause avant de poursuivre d'une voix rauque :

— Je savais. Inconsciemment. C'est pour ça que…

Les mots s'étranglèrent dans sa gorge et elle toussa pour s'éclaircir la voix.

— C'est pour ça que j'ai voulu un enfant : dans l'espoir d'avoir une relation normale. Comme les autres femmes.

Une relation normale ; comme celle qu'elle avait eue avec Richard.

Ignorant la colère qui vibrait soudain en elle, Kate posa une main compatissante sur l'épaule de la jeune femme.

— Un psychiatre pourrait t'aider à surmonter tes traumatismes. Il te permettrait de mieux comprendre tes réactions. Tu te sentirais mieux.

Julianna se leva, luttant manifestement pour ne pas s'effondrer de nouveau.

— Je vais aller faire un brin de toilette. Luke va revenir d'un moment à l'autre.

— Julianna, attends.

Kate la retint par le bras.

— Promets-moi d'y réfléchir quand ce cauchemar sera terminé. Tu auras besoin d'aide, je t'assure.

La jeune femme se dégagea doucement ; un pâle sourire effleura ses lèvres.

— Entendu, Kate. C'est promis.

74

Luke revint à l'hôtel au moment précis où Julianna émergeait de sa chambre, son sac marin en bandoulière. Elle avait les cheveux mouillés, les yeux rouges et les paupières gonflées.

A la manière dont il l'observa à la dérobée, Kate vit que l'état de la jeune femme n'échappait pas à Luke, mais il s'abstint de tout commentaire.

— Rien de mieux que le McDo pour les gens pressés, dit-il en posant un sac de muffins et un plateau de boissons sur la commode. Il y a du café et des viennoiseries. Mesdames, servez-vous.

Kate cala sa fille sur une hanche pour prendre un gobelet de café. Voyant que l'enfant protestait avec véhémence, elle soupira, exaspérée.

— Qu'est-ce qui ne va pas, aujourd'hui, bout de chou ?

— Si vous voulez manger quelque chose, je peux la porter un moment, proposa Julianna. Enfin, si cela ne vous ennuie pas ?

Kate hésita un bref instant. Une pause lui ferait du bien. Depuis plusieurs heures, elle promenait un bébé grognon sans arriver à la calmer.

— D'accord, dit-elle à la jeune femme. Mais je te préviens, ce ne sera pas une partie de plaisir.

Elle lui tendit sa fille sans trop d'appréhension. Sa crainte de voir l'autre femme enlever Emma s'était évaporée. Au demeurant, en prenant maladroitement le bébé dans ses bras, Julianna semblait plus inquiète que Kate.

Provisoirement distraite par le changement, Emma cessa de geindre et Kate put déguster son petit déjeuner.

— J'ai appelé le détective privé d'une cabine, dit Luke tout en ôtant le couvercle en plastique de son café. Il a retrouvé les coordonnées de White et de Snow, ainsi que les renseignements concernant leurs déplacements. Comme prévu, les adresses fantômes ne l'ont mené nulle part ; mais les documents des agences de voyages ne manquent pas d'intérêt.

Il but une gorgée de café et sourit.

— Ce lascar est un véritable globe-trotter. En deux ans, ses deux pseudonymes se sont promenés un peu partout dans le monde : Colombie, Mexique, Israël, Royaume-Uni… J'ai chargé mon homme de mener également une petite enquête sur Nick Winters.

L'appétit soudain coupé, Kate repoussa ses viennoiseries.

— A quoi tout cela nous avance-t-il ? demanda-t-elle d'une voix anxieuse.

— Nous devons apporter la preuve que Powers est devenu une brebis galeuse, n'est-ce pas ?

Kate et Julianna acquiescèrent de concert.

— Son carnet nous fournira les informations qu'il nous faut. Pour cela, il nous suffit de décrypter le code secret. Les rapports sur ses déplacements nous y aideront.

Comme les deux femmes ne semblaient pas comprendre, il poursuivit ses explications.

— Dès que nous aurons découvert une clé du code, nous devrions pouvoir l'utiliser pour déchiffrer le reste — comme s'il s'agissait d'un alphabet. Je me suis déjà livré à quelques expériences. D'après mon détective, David Snow s'est rendu à Mexico le 4 juin de l'année dernière. Il en est revenu le 15. L'une des inscriptions codées du carnet est justement datée du 14 juin.

— Alors nous le tenons, conclut Kate.

— Peut-être. Pas forcément. Et si les dates étaient également codées ? Déformées d'une manière ou d'une autre ? Et si Snow s'était rendu au Mexique en mission commandée ? Nous devons éviter tout faux pas. Ces nouvelles données en main, il faudrait maintenant aller consulter les archives des journaux dans une bibliothèque pour savoir quel personnage important a pu être assassiné à l'une des dates en question.

— C'est un travail de longue haleine, murmura Kate.

— Mais c'est notre seule chance, répliqua Luke. Et, à mon avis, cela vaut cent fois mieux que de nous morfondre dans notre coin en attendant que Powers nous retrouve.

Ils se regardèrent un bref instant, puis ils passèrent immédiatement à l'action, conscients d'être talonnés par le temps. Il n'y avait plus une minute à perdre.

Leur nouvel hôtel — un établissement de piètre catégorie à la décoration pseudo-médiévale — ne leur fit pas grande impression, avec son papier peint chamarré et son mobilier pompeux. Une femme entre deux âges les reçut à l'accueil : incapable de leur fournir l'adresse de la bibliothèque la plus proche, elle leur remit l'annuaire avec un haussement d'épaules.

La bibliothèque dédiée à la mémoire de Martin Luther King était située au 901, rue G, dans le vieux quartier des affaires du centre-ville. On pouvait y consulter tous les exemplaires du *Washington Post* et du *New York Times* sur microfilms.

La journée fut longue, les recherches fastidieuses. A mesure que l'heure tournait, Kate avait l'impression de plus en plus nette qu'ils se donnaient beaucoup de mal pour rien ; que, de minute en minute, pendant qu'ils cherchaient en vain, Powers se rapprochait.

Leur travail était en outre considérablement ralenti par Emma, dont l'humeur chagrine empirait d'heure en heure. Kate et Julianna se relayèrent pour la promener dans les couloirs. Elles la firent sauter dans leurs bras, lui fredonnèrent des berceuses et lui lurent des histoires. Rien n'y fit. Par moments, l'enfant se montrait presque inconsolable.

Quand ils décidèrent finalement d'en rester là, vers 2 heures de l'après-midi, Kate souffrait d'une épouvantable migraine. Fourbue, la nuque et les épaules raides, les yeux congestionnés, elle sentit le découragement la gagner.

Elle n'était pas la seule à broyer du noir. De retour à l'hôtel, Julianna se replia sur elle-même, comme privée de tout ressort.

Luke, de son côté, se mit à arpenter la chambre. Le visage hermétique, il rembarra vertement Kate qui tentait de lui adresser la parole.

Elle suivit un moment ses allées et venues dans la pièce, puis elle reporta son attention sur Emma qui l'inquiétait de plus en plus.

— Qu'est-ce qui t'arrive, ma poupée ? Allons, dit-elle en lui chatouillant les lèvres avec la tétine du biberon, tu n'as presque rien mangé de la journée.

A son grand soulagement, Emma se mit enfin à téter. Un répit qui se révéla de courte durée car, quelques secondes plus tard, le bébé repoussait violemment le biberon avec un cri perçant qui se mua en sanglots étouffés.

Kate sentit la panique la gagner. Il y avait quelque chose d'anormal. Ce n'était pas une petite crise passagère due à des horaires perturbés. Elle posa une main sur le front de sa fille. Il était chaud.

Luke s'immobilisa devant elle.

— Que se passe-t-il ?

— Je ne sais pas. Je crois qu'elle a de la fièvre.

Inclinant la tête, elle effleura de ses lèvres le front d'Emma.

— Elle est plus chaude que d'habitude.

— Laisse-moi voir.

A son tour, Luke tâta la tête de l'enfant.

— On dirait qu'elle a un peu de température, en effet. Mais elle a peut-être faim ? Ou bien sommeil ?

— J'ai essayé de lui donner son biberon mais elle le refuse. Je suis inquiète, Luke. Elle n'a encore jamais été malade.

— Ne dramatisons pas trop vite, Kate. Elle est peut-être simplement… dérangée.

— Son pédiatre habite Mandeville, et son carnet de santé est resté…

Elle s'interrompit, secouant la tête.

— Ce voyage et toute cette agitation ont dû la perturber. Les tout-petits ont besoin de tranquillité. Je n'aurais pas dû lui faire subir cela.

— Parce que tu avais le choix, peut-être ? répliqua Luke avec brusquerie. Tu n'aurais pas bougé de Mandeville afin qu'elle puisse être assassinée dans son berceau ?

Ebranlée par sa rudesse, Kate s'écarta d'une pirouette, serrant farouchement sa fille contre elle, les yeux pleins de larmes.

Luke vint se placer derrière elle et les entoura toutes les deux de ses bras. Puis, inclinant la tête, il appuya sa joue contre les cheveux de Kate.

— Excuse-moi, Kate. Je n'aurais pas dû dire ça. J'ai eu tort.

— Non, répondit-elle en secouant la tête. Tu n'as pas tort. C'est la pure vérité. De toute façon, il nous aura. Nous avons seulement retardé un peu l'échéance ; c'est tout.

Il la fit pivoter vers lui.

— Ne sois pas aussi pessimiste. Nous avons…

— Rien du tout, Luke. Nous n'avons rien. Nous ne sommes pas plus avancés que nous ne l'étions à Houston.

— Nous savions depuis le début que ce ne serait pas facile. Il nous faut encore un peu de temps, voilà tout.

— Et c'est précisément le temps qui nous manque, répliqua Kate.

Un sanglot monta dans sa gorge.

— Soyons réalistes… Autant chercher une aiguille dans une botte de foin. Et voilà qu'Emma est malade, à présent. Je ne peux pas continuer à la traîner ainsi d'un endroit à l'autre. C'est mauvais pour elle.

— Regarde-moi, Kate. Il n'est pas du tout certain que Powers ait établi un rapprochement entre toi et moi. Et quand bien même ce serait le cas, personne n'est au courant de l'endroit où nous sommes.

— Il sait que je suis avec toi. D'une manière ou d'une autre, il nous retrouvera, affirma Kate.

Elle se dégagea de son étreinte. Comme Emma se mettait à pleurer, elle la serra contre elle en tremblant.

— Je le sens, Luke. Il nous observe, en ce moment même. Il est sur nos talons et il se moque de nos efforts dérisoires. Et maintenant, Emma… Je ne sais pas ce qu'elle…

— Calme-toi, Kate.

Luke franchit la distance qui les séparait et prit son visage en coupe dans ses mains.

— Je vais appeler la réception ; on nous indiquera le médecin le plus proche et…

— Et après ? s'écria Kate, au bord des larmes. On changera d'hôtel ? La fuite éperdue continuera éternellement ? Tu sais aussi bien que…

— Ça suffit !

Julianna jaillit du canapé, comme mue par un ressort.

— Je ne peux plus supporter ça !

Surpris, Kate et Luke se tournèrent vers elle. Emma elle-même cessa provisoirement de geindre.

— Ne comprenez-vous pas qu'il faut qu'on se serre les coudes ? reprit la jeune femme d'un ton suppliant. Si nous voulons avoir une chance contre lui, nous devons nous unir. Rester optimistes…

Elle se tut brusquement, tandis que son visage changeait d'expression. Elle porta une main à sa bouche.

— Oh, mon Dieu. Ça y est. Je sais ce qui peut nous permettre de le confondre. Comment ne l'ai-je pas vu plus tôt ?

Elle fit un pas vers eux.

— Jacobson, le sénateur. Clark Russel. Nous tenions la solution depuis le début.

— Le sénateur William Jacobson ? dit Kate, fronçant les sourcils. N'est-il pas mort l'an dernier ? Assassiné par un inconnu ?

Julianna opina.

— Je l'ai lu dans le journal mais je n'ai pas tout saisi sur le moment. D'après l'article, son cadavre avait été découvert dans une chambre d'hôtel. Pourtant, quand il séjournait à Washington, il ne descendait jamais à l'hôtel, mais chez nous.

— Chez vous ? répéta Luke, perplexe.

— Ma mère était sa maîtresse.

— Je vois où Julianna veut en venir, dit Kate en se tournant vers Luke. John a affirmé qu'il avait tué sa mère. Si elle était avec le sénateur cette nuit-là…

— Il les aura tués tous les deux, acheva Luke ; ce qui signifierait que les véritables circonstances du crime ont été volontairement occultées pour protéger l'entourage du sénateur. Cela se produit fréquemment.

— Billy était marié, précisa Julianna. Ma mère faisait souvent allusion à sa femme ; elle est issue d'une famille de haut rang, je crois.

— En effet, renchérit Kate. J'ai lu quelque chose à ce sujet ; elle appartient à une famille très influente sur le plan politique.

— Vous avez raison, dit Luke avec un frémissement dans la voix. Vous avez mentionné deux noms, Julianna. Le second était...

— Clark Russel. Il travaillait pour la CIA ; dans la branche investigations, si ma mémoire est bonne. Ma mère et lui avaient été amants, autrefois. C'est lui qui lui a révélé la véritable nature des activités de John. Jusque-là, alors qu'elle avait vécu avec John pendant des années, elle ignorait la vérité. Comme je refusais de la croire, elle a appelé Clark. Il m'a montré des documents classés top secret — des photos de... de victimes de John. Alors je me suis enfuie.

— Clark Russel a transgressé la règle, murmura Luke. Il a mis en jeu des intérêts particuliers.

Kate se massa le front, réfléchissant.

— Voyons, Julianna, si je comprends bien, chacun des trois hommes dont tu parles a été à un moment donné l'amant de ta mère ?

— C'est ça, oui.

— Et aujourd'hui, deux d'entre eux sont morts.

— Oui ; John a tué Clark ; il me l'a avoué lui-même.

Luke s'assit sur le lit.

— Si nous apportons la preuve que Powers a assassiné un sénateur des Etats-Unis, cela devrait suffire.

— Pour quoi faire, la preuve ? demanda Kate, essoufflée comme si elle venait de courir un cent mètres. Pourquoi ne pas aller raconter tout cela à Morris et...

— A mon avis, ce serait inutile. Nous ne disposons d'aucun élément matériel permettant de relier Powers à ces crimes.

Kate eut un geste d'exaspération.

— Vraiment ? Même en démontrant que ces trois hommes ont été tour à tour les amants de Sylvia Starr ? Même si deux d'entre eux sont décédés récemment et que la fille de Sylvia est traquée par Powers ? Que leur faut-il de plus ? Un cadavre dans un paquet-cadeau ?

— C'est presque ça. Ils veulent que nous leur livrions Powers pieds et poings liés. Pour l'instant, nous n'avons rien de plus que des hypothèses et des coïncidences.

Luke s'interrompit une fraction de seconde.

— Mais j'y pense, reprit-il soudain. Si nous parvenions à démontrer que l'affaire de l'assassinat du sénateur a été sciemment camouflée, peut-être les forcerions-nous à réagir. Cela vaut la peine d'essayer.

Ragaillardi, il se leva et fit un pas vers la porte.

— On commence par la police.

Son regard se posa sur Emma qui avait fini par s'assoupir dans les bras de Kate, mais qui s'agitait encore dans son sommeil.

— Après avoir emmené bébé chez le médecin.

75

La section homicides de la brigade de police judiciaire était située au centre-ville, dans les locaux administratifs du Centre Henry J. Daly. Outre la P. J., l'immeuble abritait plusieurs autres services publics, tels que le bureau d'attribution des cartes grises et la commission d'examen des demandes de libération conditionnelle. Quelle idée d'accueillir dans le même bâtiment les policiers de la P. J. et les prisonniers libérés sur parole, estima Luke.

Pour éviter le cauchemar de chercher une place en ville, il avait pris un taxi. Il régla le prix de la course et pénétra dans l'immeuble, franchissant la porte flanquée de gardes en uniforme puis le détecteur de métaux. La section homicides, située au troisième étage, était accessible uniquement par les ascenseurs du hall principal.

Chaque bureau de police où il s'était rendu avait ses particularités. Certains étaient installés de façon rudimentaire, d'autres bénéficiaient d'équipements ultramodernes, d'autres encore baignaient dans une ambiance plutôt folklorique.

Mais les policiers eux-mêmes, dans l'ensemble, se ressemblaient assez — du simple flic de province au membre de brigades spéciales des grandes métropoles.

Ils formaient une espèce à part — des durs à cuire qui ne prenaient pas de risques inutiles — tous modelés sur le même type. Peut-être était-ce dû à la vie qu'ils menaient, toujours sur le fil du rasoir, songea Luke. Le spectacle de la mort change un homme, tout comme le fait de l'affronter.

S'il réchappait de cette aventure, Luke ne doutait pas qu'il ne serait plus tout à fait le même, lui non plus.

Il monta dans l'ascenseur et jeta un coup d'œil sur sa montre. Il était près de 5 heures. La consultation avait duré plus longtemps que prévu ; mais ils avaient bien fait d'emmener Emma chez le médecin. Entre le moment du départ et leur arrivée au cabinet, son état avait déjà empiré : ses joues étaient cramoisies, son petit front, brûlant.

Rien d'étonnant à cela, avait déclaré le médecin, diagnostiquant une sérieuse otite. Sa température était montée à 40. Il lui avait prescrit un antibiotique, un antalgique, et beaucoup de repos.

L'ascenseur ralentit, avant de s'arrêter avec un bruissement feutré. Les portes s'ouvrirent et Luke quitta la cabine. La section homicides se trouvait en face, derrière des portes auxquelles on n'accédait qu'à l'aide d'un code secret. Luke obliqua à droite et enfila le couloir en direction du bureau du commissaire.

Tout en marchant, il sortit un livre de son sachet en plastique, fourra celui-ci dans sa poche et cala le volume sous son bras. Quelques minutes plus tôt, Luke s'était fait arrêter à une librairie, où il s'était procuré à la hâte un exemplaire d'*Adresse Fantôme*. Avec un peu de chance, sa prétendue célébrité et un livre dédicacé pourraient peut-être encourager quelqu'un à parler. A Houston, les flics de la P. J. l'avaient adopté et même admis dans leur petit cercle fermé. Ils lui refilaient quelques tuyaux, lui expliquaient leurs théories — pourquoi et comment certaines affaires débouchaient sur une impasse ou, parfois même, sur de fausses pistes. Il leur inspirait confiance parce qu'il se souciait de ne pas déformer les faits et n'oubliait jamais, le cas échéant, de mentionner leur aide dans ses remerciements.

Il n'avait pas la candeur de croire qu'il serait aussi bien accueilli à la P. J. de Washington.

Le policier de faction était une femme. Luke s'approcha du bureau et lui décocha son sourire le plus engageant.

— Bonsoir. Permettez-moi de me présenter : Luke Dallas — auteur de romans policiers.

La femme ne broncha pas.

— Je viens à Washington glaner quelques renseignements pour mon prochain roman et j'aimerais beaucoup rencontrer l'un de vos détectives.

— Vous devez voir l'inspecteur Peterson, chargé des relations extérieures. Quatrième étage.

L'inspecteur chargé des relations extérieures ne lui fournirait pas l'information qu'il lui fallait. Ces gens-là appliquaient toujours le règlement à la lettre.

Luke fit une nouvelle tentative. Il gratifia la femme d'un autre sourire, qui n'eut apparemment pas plus d'effet que le précédent.

— Je reprends l'avion dès ce soir, dit-il, et j'espérais pouvoir rencontrer quelqu'un qui travaille vraiment sur le terrain — si je peux m'exprimer ainsi.

— Désolée, répondit-elle, plissant le front. C'est le règlement de la maison.

Luke changea son livre de bras. Elle y jeta un coup d'œil et leva de nouveau le regard sur lui.

— Je n'ai pas bien compris votre nom ?

— Luke Dallas. *Adresse Fantôme.*

Il lui montra le livre et les traits de la femme s'éclairèrent.

— Je vous ai vu à l'émission de Matt Lauer, l'autre jour. Cet homme est franchement craquant, n'est-ce pas ?

Un sourire d'autodérision retroussa les lèvres de Luke. *Bonne leçon d'humilité.*

— Je ne sais pas s'il est franchement craquant mais c'est un type formidable ; nous sommes d'excellents amis.

Quand tout le reste échoue, se rabattre sur les bobards.

— Je peux vous obtenir un autographe.

— Vraiment ?

— Oh, bien sûr. Nous jouons au tennis ensemble tous les week-ends.

La groupie de Lauer réfléchit puis se pencha légèrement vers lui.

— Ecoutez, je vais demander à l'inspecteur Sims de vous recevoir. A mon avis, il sera en mesure de vous renseigner.

Cinq minutes plus tard, les coordonnées complètes de l'agent Arlene Lawson en poche, Luke s'asseyait en face de l'inspecteur Sims. Il comprit immédiatement pourquoi miss Lawson l'avait dirigé vers lui. C'était un jeune loup aux dents longues — le genre de gars frais émoulu d'une grande école, qui tenait trop à son avancement pour s'autoriser la moindre entorse au règlement. Ce n'était pas lui qui irait divulguer les secrets de la maison.

— Ainsi, vous êtes écrivain ? dit l'inspecteur.

— Oui ; je m'appelle Luke Dallas.

Il lui tendit le livre.

— Tenez, c'est pour vous. Il est dédicacé.

Le jeune homme observa le volume, bouche bée.

— Bon sang, vous êtes *le vrai* Luke Dallas ?

Luke sourit, un peu plus détendu.

— Lui-même, en personne.

— J'adore vos romans.

Sims se pencha vers lui, baissant la voix.

— Je suis écrivain, moi aussi ; pas encore publié mais cela viendra. Peut-être pourriez-vous jeter un coup d'œil sur mon manuscrit ?

D'abord, Matt Lauer. Et maintenant, ça.

— Je repars pour Houston ce soir, murmura Luke d'un ton de regret assez bien imité. Ecoutez, si vous me donnez un coup de main dans mes recherches, je glisserai un mot pour vous à mon agent littéraire — d'accord ?

— Marché conclu.

Visiblement enchanté, l'inspecteur se rengorgea.

— Voulez-vous connaître le sujet de mon intrigue ? C'est vraiment très bien. Le rythme est enlevé — beaucoup d'action…

— Ce serait avec plaisir, si j'avais le temps. Je dois, hélas, me contenter de vous croire sur parole.

La mine déconfite, Sims hocha néanmoins la tête.

— Tant pis. Eh bien, qu'auriez-vous besoin de savoir ?

— Je travaille en ce moment sur un épisode dans lequel il s'agit de camoufler le meurtre d'un personnage influent.

— Influent ? De quelle manière ?

— Il s'agit d'un sénateur américain.

L'inspecteur opina.

— Continuez.

— Le sénateur en question est un homme respectable, marié — père de trois enfants. C'est un notable en vue, une personnalité du monde politique. Il a également une maîtresse.

Sims esquissa un sourire approbateur.

— Très bien. Cela me plaît.

— Il est au lit avec sa maîtresse. Un assassin s'introduit chez elle et les tue tous les deux. Pan ! Une balle en plein cœur et le sénateur n'est plus qu'un souvenir.

— Je vois. Hum, où est le subterfuge ? Il y a toujours un coup de théâtre dans vos histoires.

Une lueur d'amusement anima le regard de Luke.

— L'assassin ne venait pas pour lui mais pour la maîtresse. Le sénateur se trouvait simplement au mauvais endroit, au mauvais moment. Or, l'épouse de ce dernier appartient à une famille de tout premier plan, apparentée au président des Etats-Unis, si bien que les flics…

— … camouflent les véritables circonstances du meurtre pour épargner la famille et la réputation de la victime, conclut Sims.

— Exactement.

Luke lui adressa un clin d'œil complice.

— Vous êtes un écrivain-né, à ce que je vois.

Le visage de Sims s'épanouit et Luke se carra dans son siège.

— N'avez-vous jamais été confronté à un cas de ce genre, inspecteur ?

— Personnellement, non. Mais cela peut se produire.

— Et l'assassinat de Jacobson, en novembre dernier ? N'y voyez-vous aucune ressemblance avec ma petite anecdote ?

Les traits du fringant policier se figèrent.

— Jacobson… le sénateur ?

— Ma foi, oui.

Luke se pencha légèrement en avant.

— J'ai de bonnes raisons de croire que Jacobson n'était pas

seul quand il a été tué, ni même dans une chambre d'hôtel. Je voudrais une confirmation.

— Cette affaire n'était pas de mon ressort.

— Vous pourriez jeter un coup d'œil sur le dossier.

Il regarda l'inspecteur droit dans les yeux.

— C'est important, Sims. Je vous serais infiniment reconnaissant de me rendre ce service.

— Ce n'est pas pour l'un de vos romans, n'est-ce pas ?

— Non, Sims, en effet. Mais c'est une question de vie ou de mort, je vous en donne ma parole.

Le jeune homme hésita puis jeta un coup d'œil inquiet derrière lui.

— Ce n'est pas moi qui vous l'aurai dit, d'accord ?

— Personne ne m'aura dit quoi que ce soit.

Sims hocha la tête, regarda encore autour de lui puis se mit à parler d'une voix à peine audible.

— Inutile de consulter le dossier : ce n'est pas tous les jours qu'un sénateur se fait buter. De toute évidence, les cartes ont été faussées dans cette affaire.

L'inspecteur s'agita sur son siège. Le fauteuil grinça.

— Dès le début, la consigne a été : bas les pattes — chasse gardée des agents fédéraux. Ce sont eux, les gars du FBI, qui ont examiné le lieu du crime, recueilli les pièces à conviction et relevé les empreintes. Certains d'entre nous se sont fait carrément jeter comme des malpropres.

— Cela pourrait s'expliquer par l'identité de la victime. Vous l'avez dit vous-même : ce n'est pas tous les jours qu'on assassine un sénateur américain.

— Peut-être. Pour ma part, j'en doute.

Le jeune homme se pencha vers Luke d'un air de confidence.

— Des rumeurs me sont parvenues. Certains ont avancé l'hypothèse que les choses ne s'étaient pas passées comme le rapport officiel l'affirmait. On a relevé des anomalies sur le lieu du crime. Le commissaire principal nous a sommés de la boucler.

— Que s'est-il passé, alors ?

— Nous avons obéi aux ordres. Ce macchabée, après tout, c'était du passé. Des cadavres, il nous en tombe tous les jours sur les bras, ici. Pourquoi perdre notre temps avec celui-là, si vous voyez ce que je veux dire ?

Luke assura qu'il voyait très bien.

— Sylvia Starr : ce nom vous rappelle-t-il quelque chose ?

L'inspecteur fronça les sourcils puis secoua négativement la tête.

— Qui est-ce ?

— Elle a été assassinée à la même époque. Pourriez-vous me renseigner sur l'affaire ?

— Certainement. Que voulez-vous savoir ?

— La date et l'heure exactes du meurtre ; les circonstances dans lesquelles il a été commis. Si on l'a trouvée seule ou pas.

Sims pivota vers son ordinateur et pianota sur le clavier. Quelques secondes plus tard, l'information s'affichait sur l'écran.

— Assassinée le 16 novembre dernier à son domicile de Georgetown, lut-il à haute voix. Moment approximatif du décès : 15 heures. Trouvée en compagnie de son amant, un inconnu. Tuée d'une balle tirée à bout portant dans la tête. Affaire non résolue.

— C'est tout ?

— C'est tout et c'est peu, en effet.

Sims se massa pensivement le menton tout en relisant le texte affiché.

— Il n'est pas question de recueil de preuves, d'appel à témoins ou de recherches en cours. Cela a dû passer à travers les mailles du filet. Voulez-vous que je jette un coup d'œil dans le dossier original ?

— Non, c'est inutile. Pourriez-vous me fournir encore un petit renseignement ?

— Bien sûr. Allez-y.

— La date et l'heure du crime, pour Jacobson ?

Sims se tourna de nouveau vers son ordinateur. En découvrant le résultat de ses recherches, il fronça les sourcils.

— Le 16 novembre dernier. Moment approximatif du décès : 15 heures. Vous pensez qu'il y a un rapport ?

— Peut-être.

— Ce serait elle, la maîtresse ?

— J'en suis convaincu.

Luke grimaça un sourire et se leva, réfléchissant déjà à la conversation qu'il allait avoir avec Morris.

— Avez-vous une carte, inspecteur ?

Le jeune homme lui en tendit une. Luke la retourna et inscrivit au dos l'adresse et le numéro de téléphone de son agent littéraire.

— Envoyez-lui votre manuscrit en précisant que je vous ai conseillé de le lui faire parvenir. En rentrant chez moi, je l'appellerai et lui glisserai un mot en votre faveur.

Sims en rougit de plaisir.

— Merci, monsieur Dallas. Merci infiniment.

— Il n'y a pas de quoi.

Ils échangèrent une poignée de main.

— Je vous suis reconnaissant de l'aide que vous m'avez apportée, ajouta Luke.

Il fit quelques pas vers la porte, puis il s'arrêta et se retourna.

— Pardonnez-moi, inspecteur.

Sims leva la tête.

— Tout à l'heure, vous avez dit que les agents fédéraux ont examiné les lieux. Etes-vous sûr qu'il s'agissait du FBI ?

L'homme réfléchit un instant.

— Je ne peux pas vous répondre avec certitude. Voulez-vous que je vérifie ? Ce ne sera pas long.

— Oui, je vous remercie, dit Luke en revenant vers le bureau. J'attendrai.

76

Assise près du petit lit d'enfant, Kate regardait sa fille dormir. Epuisée, tenaillée par le remords, elle se reprochait de ne pas avoir réagi plus tôt. Les changements dans le comportement d'Emma avaient pourtant été évidents. Le manque d'appétit, le caractère grognon et l'agitation sont des signes indiscutables de maladie chez les tout-petits. Pourtant, il avait fallu que la température monte jusqu'à 40 pour qu'elle s'affole enfin. Quel genre de mère était-elle donc ?

Elle passa une main lasse sur son front. Le médecin avait affirmé que l'otite infectieuse était courante chez les bébés. Vite et bien traitée, elle ne laissait aucune séquelle ; dans le cas contraire, l'ouïe de l'enfant pouvait être altérée. Il avait en outre tenté de la convaincre que l'origine du mal était parfaitement étrangère à ce qu'elle avait pu faire — ou omettre de faire.

Kate aurait aimé le croire mais c'était impossible. En six mois, Emma n'avait souffert d'aucune maladie — pas même un simple rhume ; à présent, sa vie était sens dessus dessous, ses habitudes bouleversées. Affaiblie, elle n'offrait plus aucune résistance aux microbes.

Kate ferma les paupières, les serra très fort. *S'il te plaît, Luke, trouve ce qu'il nous faut. S'il te plaît.*

Le téléphone sonna bruyamment et Emma s'agita en geignant. Son petit visage se plissa douloureusement tandis que Kate se précipitait sur l'appareil pour l'empêcher de sonner une seconde fois.

— Allô ? dit-elle à voix basse sans quitter sa fille des yeux.

— Kate, c'est Luke.

— Luke ?

Elle appliqua plus fermement le récepteur contre son oreille, gênée par le vacarme qui encombrait la ligne.

— Je ne t'entends pas très bien.

— J'ai eu quelques petits contretemps, ici.

— Des contretemps ? Qu'est-ce que…

Il y eut des crépitements, et la communication faillit être coupée. Elle l'écouta parler dans le lointain sans parvenir à saisir tous les mots qu'il prononçait.

— Luke, parle plus fort. Je n'arrive pas à comprendre ce que tu dis.

Julianna apparut à la porte de communication entre leurs chambres.

— Ça ne va pas ? demanda-t-elle du bout des lèvres.

D'un haussement d'épaules, Kate lui indiqua qu'elle n'en savait rien et reporta son attention sur Luke.

— Je crois que nous le tenons, Kate, dit-il d'une voix qui s'éteignait par intermittence. Mais le temps presse. Peux-tu me rejoindre en ville le plus vite possible ?

Une bouffée d'espoir monta soudain en elle.

— Te rejoindre en ville ? répéta-t-elle.

— Kate ? Je ne t'entends presque plus.

La friture brouilla de nouveau le son.

— … besoin de toi ici. C'est au 300, Indiana Avenue, dans les locaux du Centre Henry J. Daly. Troisième étage. C'est urgent. As-tu compris ?

— Oui. Mais, Luke, qu'est-ce…

— Tu comprendras tout en arrivant. Fais vite, dit-il. Il n'y a pas une minute à perdre.

La communication fut coupée. Julianna entra dans la pièce, la mine anxieuse.

— Que se passe-t-il ?

— Je ne sais pas.

Kate garda un moment le récepteur dans la main avant de raccrocher.

— Luke dit qu'il a ce qu'il nous faut, mais il y a un problème et nous devons agir vite.

— Il a les preuves en main ?

— Je crois bien que oui. Il m'a demandé de le rejoindre immédiatement.

— Mais pour quoi faire ?

— Je l'ignore.

Kate ramassa le fourre-tout du bébé et gagna son petit lit.

— La communication était épouvantable. Je n'entendais presque rien.

Elle jeta un coup d'œil sur sa fille, soudain indécise. Sous l'effet de l'antibiotique, la fièvre était tombée et l'enfant avait enfin sombré dans un sommeil réparateur.

— Ça m'ennuie vraiment de la réveiller, murmura-t-elle. Elle vient à peine de s'assoupir, le pauvre chou.

— Laissez-la dormir, dit Julianna en s'approchant. Allez-y, je reste avec elle. Ce sera beaucoup plus rapide et Emma pourra se reposer tranquillement.

Kate réfléchit. Julianna avait raison. A quoi bon déranger Emma, alors qu'elle dormait si bien ? En la réveillant maintenant, elle allait la faire pleurer. Et le médecin avait été formel : le repos était indispensable pour éviter tout risque de rechute.

— Vous pouvez avoir confiance en moi, Kate. Je ne ferai rien qui puisse nuire à Emma.

Comment en douter ? songea Kate. Si ce n'était pour Emma, Julianna ne se serait certainement pas attardée en Louisiane après avoir assommé Powers ; en fait, la jeune femme avait pris d'énormes risques pour la protéger, au péril de sa vie. Du reste, combien de temps allait-elle s'absenter ? Certainement pas plus de trois quarts d'heure ?

— Bon, d'accord, dit-elle finalement ; mais referme à double tour derrière moi. Et surtout, n'ouvre à personne.

La jeune femme se mit à rire.

— Vous plaisantez ? Je ne sais même pas si je vous laisserai entrer à votre retour.

D'un geste spontané, Kate la serra brièvement dans ses bras.

— Je passerai un coup de fil de là-bas. Tu sais où se trouve le lait maternisé.

— Les biberons et les couches de rechange, aussi. Maintenant, allez-y.

Kate prit sa veste et l'enfila en se dirigeant vers la porte qui donnait sur le parking du motel. Quand elle ouvrit, l'air froid du soir s'engouffra dans la pièce. Sur le seuil, elle se retourna, la gorge nouée.

— Prends bien soin de mon bébé, veux-tu ?

Tout en prononçant ces paroles, elle en mesura soudain la portée toute particulière, compte tenu de la nature de leurs rapports. A l'origine, n'était-ce pas Julianna qui avait confié son enfant à ses soins ?

— Je veillerai sur elle. Ne vous faites aucun souci.

Sur un dernier regard en arrière, Kate partit en courant à la recherche d'un taxi.

77

Vingt minutes plus tard, le taxi déposait Kate devant le 300 Indiana Avenue. Elle régla la course et se précipita à l'intérieur du complexe administratif. Elle balaya du regard le hall grouillant d'activité. Aucune trace de Luke. Elle franchit alors le détecteur de métaux en direction des ascenseurs.

L'une des cabines venait justement de se vider. Elle entra et appuya sur le bouton du troisième étage. Les yeux fixés sur les chiffres qui défilaient au-dessus de la porte, elle inspira profondément, oscillant entre anxiété et agitation, espoir et appréhension.

Luke avait dit qu'ils tenaient Powers. Mais il avait également parlé de contretemps. De quoi pouvait-il s'agir ?

L'ascenseur s'arrêta au troisième et les portes s'ouvrirent. Le couloir était désert, les portes de la section homicides, hermétiquement fermées. Kate tourna à droite et se dirigea vers le bureau d'accueil.

Le policier de faction, une jeune femme brune à l'allure dynamique, leva les yeux sur elle quand elle s'approcha.

— Que puis-je pour vous ?

— J'ai rendez-vous avec un ami, Luke Dallas. Il avait un entretien avec un inspecteur de la P. J.

— L'inspecteur Sims, dit la femme en opinant. Mais je crains que vous l'ayez manqué.

— Manqué ? répéta Kate, consternée. Vous êtes sûre ?

— Absolument. L'inspecteur Sims est parti à la suite d'un appel il y a dix minutes.

Dix minutes. Une éternité.

Tout cela n'était pas normal.

Kate battit aussitôt en retraite, la mine défaite.

— Il m'attend probablement dans le hall. Je vous remercie.

Elle fit demi-tour et courut jusqu'à l'ascenseur. Cette fois, elle dut attendre une cabine. Chaque minute semblait s'étirer à l'infini. Un ascenseur s'arrêta. Elle se précipita à l'intérieur. Deux policiers en uniforme s'y trouvaient déjà. Elle fixa comme pour se rassurer l'étui de revolver accroché à leur ceinture, les menottes, les radios.

Le plus grand des deux surprit son regard.

— Est-ce que tout va bien, madame ?

Elle le dévisagea. *Elle pourrait solliciter leur aide. Pourquoi ne pas leur raconter toute l'histoire et leur demander d'intervenir ?*

Sur le point de le faire, elle se ravisa, songeant à ce que Julianna avait dit à propos de John et de la police ; qu'il les sèmerait sans la moindre difficulté et ne ferait que redoubler d'astuce pour les dépister. Elle se vit en train de leur exposer toute l'affaire, puis de recommencer pour leur supérieur ou quelque inspecteur de la P. J. Elle devina leurs questions, imagina leur scepticisme.

Avant qu'elle réussisse à persuader quelqu'un de l'accompagner jusqu'au motel — en admettant qu'elle y parvienne —, Emma, Luke et Julianna seraient déjà morts.

— Pas de problème, répondit-elle d'un ton trop aigu.

— Vous en êtes certaine ?

Il l'observa plus attentivement et Kate sentit ses joues s'enflammer.

— Vous avez l'air un peu agitée.

— Non, non, tout va bien.

Elle se racla la gorge et sourit vaillamment.

— Je devais retrouver un ami ici et je l'ai manqué, c'est tout. Merci de votre sollicitude.

Dès que les portes s'ouvrirent sur le hall du rez-de-chaussée, Kate s'élança droit devant elle, fouillant du regard la grande salle à la recherche de Luke.

Il n'était pas là.

Le cœur serré, elle se fraya un chemin jusqu'à la sortie. Au milieu du trottoir, elle s'arrêta et scruta la rue dans les deux sens, gagnée malgré elle par un mauvais pressentiment. Qu'était-il arrivé à Luke ? Powers l'avait peut-être suivi. Elle eut l'impression d'être tombée dans un piège.

Remontant la rue jusqu'au croisement suivant, elle héla un taxi. Le chauffeur coupa deux files de véhicules pour venir se ranger devant elle. Kate ouvrit précipitamment la portière.

— Kate ! Attends !

Elle se retourna d'une pirouette. Luke sortait du complexe administratif et elle s'élança vers lui.

— Luke ! Dieu soit loué !

Ses bras se refermèrent sur elle.

— Je suis venue aussi vite que j'ai pu, murmura-t-elle, haletante. Ne te voyant pas, j'ai imaginé le pi…

— Je ne t'ai pas appelée, Kate.

Elle se dégagea de son étreinte et leva les yeux sur lui, cherchant quelque étincelle de malice dans son regard. Mais il avait l'air terriblement sérieux.

— Que dis-tu là ?

— Je viens de parler à Julianna.

Il la serra de nouveau dans ses bras.

— Ce n'était pas moi au téléphone. Je serais même déjà parti si je n'avais pas appelé l'hôtel avant de quitter l'immeuble.

Powers. Bonté divine. Elle porta une main à sa bouche. *Elle avait laissé Emma. Julianna ne pourrait pas la protéger de Powers. Cet homme était le diable en personne.*

Comme s'il déchiffrait ses pensées, Luke l'éloigna légèrement de lui et la regarda bien en face.

— Pas de panique, Kate. Je viens de parler à Julianna. Tout va bien. La porte est fermée à double tour et la chaîne est mise. Elle n'ouvrira à personne.

Il baissa la voix.

— Et je lui ai dit où se trouve mon revolver. Il est chargé.

— Ton revolver ? répéta-t-elle, l'esprit paralysé par la peur.

— Pour qu'elle puisse se défendre et protéger Emma en cas de besoin.

Un coup de Klaxon retentit derrière eux.

— Vous voulez un taxi ou pas ? lança le chauffeur.

Luke la saisit par la main et ils s'engouffrèrent à l'arrière. Pris dans les embouteillages des heures de pointe, ils avançaient trois fois moins vite qu'à l'aller. Le trajet semblait interminable. Tout en s'efforçant de ne pas pleurer, de ne pas craquer complètement, Kate ne pouvait songer qu'à Emma et à ce qui risquait de lui arriver si Powers mettait la main sur elle.

Comment avait-elle pu être aussi stupide ? Aussi crédule ? Elle n'avait pas douté une seconde que ce fût Luke qui l'appelait, alors qu'elle ne l'entendait pas clairement.

Powers n'ignorait rien de leurs faits et gestes, songea-t-elle, la mort dans l'âme. Il savait où Luke se rendait et probablement ce qu'il allait y faire. Il savait qu'ils avaient vu un médecin pour Emma et en avait déduit qu'elle préférerait la laisser avec Julianna.

Les yeux noyés de larmes, elle baissa la tête. S'il arrivait quelque chose à Emma, elle ne se le pardonnerait jamais. Jamais.

Luke posa sa main sur la sienne et elle la serra entre ses doigts crispés.

— Tiens bon, Kate. Il ne lui arrivera rien.

Elle le regarda un instant puis détourna la tête, aveuglée par les larmes.

— Je m'y efforce, Luke. Je fais de mon mieux.

— J'ai trouvé ce que nous cherchions, dit-il.

Elle se tourna de nouveau vers lui.

— La mère de Julianna et le sénateur ont été assassinés la même nuit à la même heure. Apparemment, les flics du coin se sont fait évincer par les agents fédéraux. Il y a eu des rumeurs ; des hypothèses concernant un camouflage des véritables circonstances de l'affaire.

Kate eut toutes les peines du monde à concentrer son attention sur ce qu'il disait.

— Alors, nous le tenons ? Tu peux aller voir Morris, maintenant ?

— Pas tout à fait ; et ce, pour deux raisons. D'abord, Julianna avait volé le carnet avant l'assassinat de Jacobson ; par conséquent, nous n'avons aucune preuve concrète de son implication dans cette affaire-là. Ensuite, l'inspecteur Sims a accepté d'effectuer quelques petites recherches pour moi. Devine à quel organisme appartenaient les agents fédéraux en question ?

Kate sentit sa gorge se serrer.

— A la CIA ?

— Tout juste. Je crains que nous soyons manipulés.

— Je n'y comprends rien. Pourquoi…

— Ils étaient déjà au courant pour Jacobson, Kate. Pourtant, Powers court toujours.

Elle s'affaissa contre le dossier du siège, anéantie.

— Qu'allons-nous faire, alors ? Il ne nous reste plus la moindre issue.

— Tu te trompes.

Luke serra les mâchoires.

— Si Morris ne me donne pas satisfaction, j'alerterai la presse. Nous avons de quoi provoquer quelques sérieux remous à Langley. Songe un peu. Un sénateur assassiné. Un camouflage. Un tueur à gages formé par la CIA, qui devient incontrôlable et en proie à une folie meurtrière. Un petit carnet noir plein de secrets fétides. Il y a là de quoi lui rendre la vie difficile, pour le moins. C'est bien ce que Condor essayait de me dire à mots couverts : ils n'ont pas envie d'attirer l'attention sur eux.

— Qui t'a dit cela ?

— Un contact. Enfin, hum… un ami.

Le taxi s'arrêta sur le parking du motel. Kate ouvrit la portière à la volée et courut jusqu'à l'escalier extérieur menant aux chambres du premier étage, tandis que Luke lui criait de l'attendre. Les marches métalliques vibrèrent quand elle les gravit quatre à quatre, quelques secondes avant lui.

Les chambres contiguës se trouvaient au fond du couloir ; la porte de la leur était entrouverte. Kate s'arrêta net, le cœur à l'agonie. Elle ouvrit la bouche pour appeler au secours mais Luke saisit son bras.

— Reste derrière moi, lui chuchota-t-il à l'oreille.

Elle obtempéra et recula légèrement pour lui céder le passage, réprimant l'instinct irraisonné qui la poussait en avant. Luke avança lentement, à pas feutrés, vers les deux portes.

Il atteignit la première et la poussa sans un bruit, le dos appuyé au chambranle.

La pièce était plongée dans la pénombre — rideaux tirés, lumière éteinte. Luke entra et actionna l'interrupteur. La lumière du plafonnier inonda la chambre.

Il n'y avait personne.

Emma ! Kate courut jusqu'au lit d'enfant. Il était vide. Avec un cri étranglé, elle vola vers la chambre de Julianna. Luke l'y avait devancée. Agenouillé sur le sol, il se penchait sur quelque chose. Ou sur quelqu'un.

Il tourna la tête de son côté. L'expression de son visage la glaça d'effroi. Elle se précipita près de lui.

Ce n'était pas Emma, mais Julianna. Elle était recroquevillée sur le sol, nue, le corps meurtri, le visage tuméfié. Un filet de sang s'écoulait de son nez et du coin de sa bouche.

Elle ouvrit les yeux.

Dieu soit loué, elle était vivante.

Kate s'agenouilla à son tour auprès d'elle et prit sa main. La jeune femme la regarda et ses lèvres bougèrent sans qu'aucun son n'en sortît.

— Quand, Julianna ? dit Luke en se penchant davantage sur elle. Quand est-il venu ?

Ses yeux roulèrent vers lui.

— Déjà là… quand vous…

Une convulsion la secoua brusquement et son visage se contracta sous l'effet de la douleur. Sa main se crispa sur celle de Kate.

— Me suis… battue… trop… fort…

Kate s'efforça de lutter contre la panique qui montait en elle.

— Où est-elle, Julianna ? Où est Emma ?

La jeune femme toussa, crachant du sang.

— … pas pu… je voul…

Kate dut approcher son oreille tout contre son visage pour entendre les mots presque inaudibles.

— … pardonnez… je vous…

Elle toussa encore, d'une toux déchirante, effrayante, qui semblait lui arracher les entrailles. Kate l'entoura de ses bras.

— Ne meurs pas, Julianna, chuchota-t-elle, les joues ruisselantes de larmes. Je t'en prie, tiens bon.

Un autre spasme ébranla le jeune corps, qui parut rassembler ses dernières forces pour tenter de vaincre un ennemi monstrueux. Ses yeux se fermèrent et Kate resserra farouchement son étreinte.

— Non, non ! Ouvre les yeux. Tu ne peux pas mourir ; je ne te laisserai pas mourir ! Rouvre les yeux, je t'en supplie.

Julianna obéit, ses prunelles d'un bleu vif à présent délavées, leur éclat terni par l'approche de la mort. Kate la vit lutter pour échapper aux ténèbres, pour ne pas perdre conscience. Elle s'agrippa au corsage de Kate, remua les lèvres.

— … S'il vous plaît… croyez… je… Sauvez ma… sauvez Em…

Un souffle frémissant balaya ses derniers mots. Ses muscles se relâchèrent d'un seul coup et sa tête roula sur le bras de Kate.

Pendant quelques instants, Kate la garda ainsi dans ses bras, les membres et l'esprit étrangement engourdis. Puis, progressivement, les paroles de Julianna se frayèrent un chemin jusqu'à son cerveau. Elle leva les yeux sur Luke.

— Il ne peut pas l'avoir enlevée, dit-elle. Ce n'est pas possible.

Elle se redressa et gagna l'autre chambre d'un pas titubant, aveuglée par les larmes. Elle s'approcha du petit lit. Entre les draps froissés, l'ours en peluche d'Emma gisait, abandonné.

— Pourquoi ne l'a-t-il pas emporté ? murmura-t-elle d'un ton déchirant. A qui va-t-elle se raccrocher ? Qui pourra la réconforter quand elle aura peur ?

Kate prit le jouet et l'approcha de son visage. Il était imprégné de l'odeur d'Emma. Elle huma profondément son parfum, écrasée par le désespoir.

Le téléphone sonna. Kate et Luke pivotèrent d'un même élan dans sa direction. A la seconde sonnerie, Kate s'élança sur l'appareil et décrocha.

— Kate, chérie, c'est John. Ou plutôt Nick Wint…

— Où est mon bébé ?

Powers ignora sa question.

— Surprise ? Ou bien le savais-tu déjà ?

Il marqua une pause.

— Tu l'avais sans doute découvert. Sur cette maudite photo.

Une nouvelle pause.

— Ce n'est pas gentil d'avoir saccagé mon domicile. Cela m'a terriblement contrarié, Kate.

— Espèce d'abominable cinglé. Rendez-moi ma fille.

Luke s'approcha d'elle et inclina la tête vers la sienne pour essayer d'entendre ce que disait Powers. Du coin de l'œil, Kate vit qu'il avait étendu une couverture sur Julianna ; et qu'il tenait un revolver à la main.

— Voilà ce que j'aime chez toi, Kate, reprit John. Cette loyauté à toute épreuve. Mais je te l'ai déjà dit, je crois.

Il soupira.

— Je regrette de devoir te mêler à tout ça, ainsi que tes proches. Julianna ne m'a pas laissé le choix. Elle était jeune et inconsciente. Et comme la plupart des enfants désobéissants, elle n'a pas pris mes avertissements au sérieux. Ce qui t'arrive est sa faute.

La main crispée sur le récepteur, Kate lutta contre un brusque accès de nausée.

— Et ce qui est arrivé à Tess ?

— Elle s'est trouvée au mauvais endroit, au mauvais moment. Tout comme ce brave sénateur. Sylvia a toujours eu un penchant pour les pépères bedonnants avec un certain prestige social. Allez comprendre…

— Mais pourquoi ? articula Kate d'une voix tremblante. Qu'est-ce que Tess avait bien pu vous faire ?

— Elle m'a surpris en train de voler ton agenda.

Powers émit un petit gémissement douloureux.

— J'ai détruit tes œuvres dans une crise de rage. J'en éprouve un immense remords, Kate. C'est là un acte impardonnable.

C'était un véritable monstre. Et sa fille était avec lui.

— Cela m'est bien égal, dit-elle. Je veux retrouver mon enfant.

— Elle est avec moi. Avec son *papa*.

Sur ces mots, il se mit à ricaner. Le son lugubre, totalement dénué d'émotion, avait quelque chose d'effroyable. Kate dut fournir un effort surhumain pour ne pas donner libre cours à son désespoir. Elle ne réussit à tenir le coup qu'en songeant à quel point Emma avait besoin d'elle.

— Quel dommage pour Julianna, poursuivit Powers. Mais, tu en conviendras sûrement, elle l'a bien cherché. Elle m'a trahi, Kate. *Moi*. Je lui ai tout donné, et elle m'a trahi.

— Vous lui avez tout donné ? s'écria Kate, incapable de réprimer son indignation. Vous voulez dire que vous lui avez tout pris, espèce d'ordure.

— Quel langage.

Il émit un petit claquement de langue désapprobateur.

— Voyons, Kate, la trahison est pourtant un sentiment auquel tu devrais être particulièrement sensible — avec ce que Richard t'a fait subir. J'aurais cru que tu me remercierais.

— Qu'avez-vous fait d'Emma ? Je veux récupérer ma fille.

— Tiens, c'est drôle, ce que tu dis là — car, justement, tu as quelque chose qui m'appartient. Quelque chose que je veux récupérer, moi aussi.

Derrière lui, un bébé se mit à pleurer. *Emma ?* Kate porta une main tremblante à sa bouche. *Elle eût reconnu la voix d'Emma entre mille. Elle était en vie.*

— A présent, j'ai quelque chose qui t'appartient — ou, du moins, que tu souhaites récupérer à tout prix, il me semble.

— Ne lui faites pas de mal, supplia Kate. Je vous en prie, ne lui faites aucun mal : demandez-moi tout ce que vous voudrez. N'importe quoi.

— Je comptais précisément là-dessus, mon ange. Mais, de grâce, épargne-moi les grandes scènes larmoyantes. Ce n'est qu'une affaire à débattre entre nous. Si tu tiens à récupérer ton bien intact, retrouvons-nous tous les trois à 2 heures du matin au Yacht Club de la Baie, à Annapolis, quai nº 12. Répète bien la consigne à Dallas : appelez les flics ou la CIA, et la petite salope crèvera sur-le-champ.

78

Annapolis, dans le Maryland, était une ville de taille moyenne nichée dans la baie de Chesapeake, à une heure environ de la capitale. Fondée en 1646, elle était surtout renommée pour son académie navale du même nom. Le port de plaisance, l'un des plus importants du pays, abritait rien moins que quatre clubs de navigation, dont le Yacht Club de la Baie.

Kate et Luke arrivèrent au lieu du rendez-vous avec dix minutes d'avance. Luke se gara sur le parking désert sans couper le moteur. Face au parking, la marina s'étendait sur plusieurs centaines de mètres avec ses bateaux amarrés le long des embarcadères, étroites langues de béton au bout desquelles on devinait la mer.

C'était une nuit noire et froide, d'un calme impressionnant. Kate se recroquevilla dans son manteau, envahie par un sentiment d'impuissance, de désolation. Les heures qu'elle venait de passer avaient été un véritable cauchemar. Avant de quitter l'hôtel, ils avaient appelé police secours pour signaler le meurtre. Puis ils étaient partis sans se retourner, la mort dans l'âme.

Kate se frictionna frileusement les bras. Elle ne pouvait fermer les yeux sans voir l'image de Julianna agonisant dans ses bras ; sans songer que l'artisan de cette mort atroce tenait sa fille à sa merci en ce moment même.

Emma était entre les mains d'un fou.

Une vague de panique la submergea, lui coupant le souffle. Malgré elle, les images continuaient à la harceler, jusqu'au vertige. Comment cesser d'entendre les cris d'Emma dans sa tête ? Des cris de terreur, des appels au secours adressés à sa mère.

A sa mère qui ne venait pas.

Et encore fallait-il qu'Emma soit en vie !

Un sanglot étouffé s'échappa de ses lèvres. Elle porta une main à sa gorge, incapable d'envisager cette perspective.

Comme s'il devinait ses pensées, Luke se tourna vers elle.

— Elle est vivante, dit-il doucement. John tient à récupérer ce carnet. Il sait qu'il ne l'aura pas s'il la tue.

D'un geste tendre, il posa une main sur celles de Kate, serrées l'une contre l'autre sur ses genoux.

— Nous allons la récupérer, Kate. J'en suis sûr.

Un flot de larmes monta aux yeux de la jeune femme. Elle ne se sentait pas le courage de répondre, de lever la tête vers lui ; car, au fond d'elle-même, en dépit de tous ses efforts, elle ne parvenait plus à y croire.

— Regarde-moi, Kate.

— Je ne peux pas.

— J'ai besoin de voir tes yeux pour te dire ça. C'est important pour moi.

Ne pouvant refuser, elle accéda à son désir et leva vers lui ses yeux ruisselants de larmes. Luke prit son visage en coupe dans ses mains et le caressa du regard.

— Je t'aime, Kate. Je n'ai jamais cessé de t'aimer.

Ces paroles sonnaient comme un glas. Elle eut un mouvement de recul.

— Non, Luke ; je t'en prie…

Il la considéra avec intensité, comme s'il voulait absorber chacun de ses traits dans sa mémoire.

— Nous savons tous deux que ce type n'a pas l'intention de nous voir repartir vivants, avec ou sans carnet, mais je te promets de faire l'impossible pour sauver Emma. Pour vous sauver toutes les deux.

Même s'il devait y laisser la vie.

Bien qu'il eût passé ce détail sous silence, Kate entendit la phrase aussi clairement que s'il l'avait formulée.

— Si la moindre occasion de fuir se présente à toi, je veux que tu la saisisses, Kate. Je veux que tu prennes tes jambes à ton cou avec Emma. Sans un regard en arrière. Promets-le.

— Je ne peux pas.

Elle secoua la tête.

— Je ne t'abandonnerai pas, Luke. Et je refuse de te dire adieu.

— Alors, ne dis rien.

Il promena son pouce sur sa joue humide, le regard débordant d'émotion.

— Je t'aimerai toujours, tu sais. Rien ne pourrait y changer quoi que ce soit. Pas même la mort.

Kate tourna la tête et appuya ses lèvres contre sa paume en sanglotant.

— Moi aussi, je t'aime, Luke.

— Viens là.

Il lui tendit les bras et elle alla s'y blottir, s'accrochant à lui dans l'espoir vain d'oublier sa peur. Chaque seconde qui passait pouvait être fatale à Emma.

— C'est l'heure, dit-il.

Kate ferma les yeux et pria silencieusement pour que sa fille lui soit rendue, saine et sauve. Puis elle se redressa et croisa vaillamment le regard de Luke.

— Allons-y.

Ils quittèrent la voiture, le claquement des portières brisant le silence nocturne. L'odeur et les bruits du port assaillirent leurs sens ; bruit des drisses heurtant les mâts d'aluminium, du ressac qui fouettait les flancs des bateaux à intervalles réguliers, des drapeaux qui claquaient au vent, au-dessus des mâts ; odeur de sel et d'iode, âcre et puissante, portée par la brise.

Kate respira à pleins poumons, sentant renaître son énergie, sa soif de vivre — alors qu'ils s'apprêtaient sans doute tous à mourir.

Luke prit sa main et entrelaça leurs doigts.

— Quai n° 12, murmura-t-il.

Ils obliquèrent dans cette direction, dépassant quelques hangars à bateaux et les sanitaires.

Comme ils atteignaient l'embarcadère, ils entendirent une voix chuchoter derrière eux ; quelqu'un les appelait. Ensemble, ils firent volte-face. Powers émergea de l'ombre à une dizaine de mètres. Il avait Emma. Elle reposait, inerte, dans ses bras, un rectangle de sparadrap collé sur la bouche.

— Emma ! cria Kate, redoutant le pire.

Au bruit de sa voix, l'enfant commença à s'agiter, puis à se contorsionner dans les bras de John.

Dieu soit loué ! Elle était vivante !

Kate s'élança ; aussitôt, John pointa son arme sur la tempe d'Emma. Elle s'immobilisa.

— Pas si vite, Kate.

Ses lèvres se retroussèrent en un rictus hideux.

— Ce revolver est chargé ; c'est un semi-automatique. En douze secondes, à peine, je peux nicher douze balles dans le crâne de ta petite princesse. Aimerais-tu ça ?

Un sanglot la fit suffoquer.

— Non. S'il vous plaît. Je ferai n'importe quoi.

— Je n'en doute pas.

L'affreux rictus réapparut.

— Et j'admire cet amour, cette loyauté à toute épreuve. Il fit claquer sa langue contre son palais.

— Ton Richard n'a pas su t'apprécier à ta juste valeur. C'était un imbécile.

Son regard glissa vers Luke.

— Apparemment, Dallas n'a pas commis cette erreur-là. Quel dommage.

— Epargnez-la, implora Kate. S'il vous plaît, Nick... John, je vous en supplie. Elle est innocente. Elle n'a pas demandé à venir au monde.

Indifférent à ses prières, Powers se tourna vers Luke.

— Où est mon carnet ?

— Je l'ai, répondit Luke. Et je vous le remettrai dès que vous nous aurez rendu Emma.

John le dévisagea un instant puis se mit à rire, d'un rire glacial, inhumain.

— Eh bien, Zorro, que croyais-tu pouvoir faire de mon carnet ? Décrypter mon code secret et passer un accord avec la CIA ? Désolé de te décevoir, mon vieux : tu t'es fait baiser. C'est une bande de connards sans foi ni loi.

— C'est drôle, ils ont employé les mêmes adjectifs à votre sujet, répliqua Luke.

Son regard allait et venait de Powers à Emma, guettant la moindre occasion d'agir. D'un geste vague, il désigna les alentours.

— Quels sont vos projets, Iceberg ? Nous tuer et mettre le cap sur l'horizon ?

— En plein dans le mille. Mon cruiser est prêt à prendre le large, direction les Bermudes.

— Et vous croyez vraiment que vous allez vous en tirer comme ça ?

— Je ne le crois pas ; j'en suis sûr.

Il indiqua du menton le Gulfstar amarré deux places plus loin, contre l'embarcadère.

— Joli joujou, n'est-ce pas ? Je l'ai baptisé *La Julianna*.

Horrifiée, Kate porta une main à sa bouche. Ce monstre avait tué la jeune femme et n'en éprouvait aucun remords. *John Powers n'avait rien d'un être humain.*

— Vous êtes complètement givré, n'est-ce pas, Powers ? C'en est pathétique.

L'expression de Powers se durcit.

— Un peu de respect, Dallas. J'aurais pu te tuer à plusieurs reprises mais je ne l'ai pas fait. Sais-tu pourquoi ?

— Non, mais je suis certain que vous allez m'éclairer.

— Je voulais voir le blanc de tes yeux quand je pointerais mon arme sur toi, dit Powers d'une voix sourde. Je voulais sentir l'odeur de ta peur, t'entendre demander grâce, te voir trembler pour ta peau.

Il avança de quelques pas.

— Pour m'assurer que tu sois puni pour tes crimes.

Un rire inattendu, plein de mépris, accueillit ces paroles.

— Vous n'êtes pas un véritable professionnel, n'est-ce pas ? Tuer pour des motifs personnels est l'apanage des psychopathes et des vulgaires crapules. Ma foi, le redoutable Iceberg n'était donc rien de plus qu'un amoureux éconduit.

Un muscle tressaillit dans la mâchoire de John. L'arme glissa imperceptiblement, comme s'il avait relâché sa pression sur Emma.

Kate retint son souffle, terrorisée, consciente qu'une parole malheureuse de la part de Luke provoquerait la mort immédiate de sa fille. Leur unique chance de s'en tirer était pourtant de mettre Powers hors de ses gonds — tout en détournant son attention du bébé.

— Est-ce ainsi que vous avez tué le sénateur ? Dans un accès de jalousie morbide ? Et Clark Russel aussi ? reprit Luke.

— Moi ? Jaloux de Jacobson ou de Russel ? Allons, soyez sérieux.

Powers émit un petit ricanement de dérision.

— Jacobson a joué de malchance ; comme Tess, il s'est trouvé au mauvais endroit, au mauvais moment. Et Russel est venu fourrer son nez dans mes affaires. Il devait être châtié.

— Décidément, c'est une obsession. Tout le monde doit être châtié, selon vous. Uniquement parce que le petit Johnny a été blessé dans son amour-propre. Parce que la femme de sa vie l'a laissé tomber dès qu'elle a été assez grande pour se rendre compte à qui elle avait affaire : un désaxé, un ignoble salopard coupable d'abus sexuels sur une enfant innocente.

— Ta gueule ! hurla Powers, les traits déformés par la rage. Ferme ta grande gueule et rends-moi ce foutu carnet, nom de Dieu !

— Le carnet ? répéta Luke d'un ton posé. D'accord ; dès que nous aurons Emma.

— Vous voulez la petite salope ? Je me ferai un plaisir de vous la rendre ; et de te coller une balle dans le crâne, par la même occasion.

Comme dans une scène filmée au ralenti, Kate vit John lancer le bébé en l'air. Luke se précipita en avant. Un hurlement jaillit de la gorge de Kate tandis qu'elle plongeait en direction de sa fille, espérant au moins réussir à s'interposer entre le sol et elle.

Elle l'attrapa au vol avant de tomber, projetant l'épaule de côté pour lui éviter l'impact du choc. Le gravillon la fit déraper et lui écorcha les joues et les mains.

Une balle fendit l'air en sifflant.

— Non ! cria Kate tandis que Luke, stoppé net dans son élan, se pliait en deux avec un gémissement de douleur.

Brusquement, une vive clarté illumina la scène, des projecteurs s'allumant tous à la fois sur plusieurs bateaux à la ronde, leurs faisceaux braqués sur Powers. Des hommes armés surgirent d'on ne sait où — du néant, semblait-il — et pointèrent leurs revolvers sur lui.

— Jetez votre arme, Powers ! C.I...

Avec un hurlement de rage, John pivota vers Kate, dirigeant son arme sur elle et Emma.

Kate vit son existence défiler devant ses yeux. Elle se jeta sur le côté, serrant désespérément sa fille contre sa poitrine, lui faisant un rempart de son corps.

Les agents ouvrirent le feu. Le corps de Powers, secoué de soubresauts, se mit à exécuter une gigue infernale tandis que les chargeurs se vidaient dans un crépitement continu, le transperçant de balles.

Aussi soudainement qu'il avait commencé, le feu d'artifice qui ébranlait la nuit s'arrêta. Pourtant, Powers était toujours debout. Il demeurait sur place, tel un spectre effroyable, l'arme au poing, son regard vide fixé sur Kate. En cet instant, sur le point de céder à l'hystérie, Kate se demanda si John Powers n'était pas immortel. Si un monstre de son espèce n'était pas capable de survivre sans une goutte de sang, le corps transformé en passoire. Elle se demanda si ce cauchemar prendrait jamais fin.

Puis, tel un pantin dont on aurait brusquement coupé les ficelles, il s'effondra d'un seul coup, désarticulé, heurtant le sol sans un bruit.

79

Luke ouvrit lentement les yeux et cligna des paupières, ébloui par la clarté du jour. Sa bouche était sèche ; il avait l'impression que sa tête avait servi de punching-ball à toute une équipe de boxeurs. Il promena le regard autour de lui, notant au passage la perfusion, les barreaux de fer au pied du lit, la télévision perchée au-dessous du plafond. Un hôpital, songea-t-il. Il était à l'hôpital.

Pleinement réveillé, à présent, il tourna la tête sur le côté. Kate dormait dans un fauteuil près du lit, Emma serrée contre sa poitrine.

Elles étaient toutes les deux vivantes. Ils étaient tous vivants.

Il remua légèrement et un vif élancement à l'épaule le fit grimacer. Avec la douleur, les événements de la nuit précédente refirent surface, affluant à son esprit de manière chaotique, dans la plus grande confusion. Le hurlement de Kate. Une brûlure fulgurante à l'épaule et la sensation d'être rejeté en arrière par une force qu'il ne pouvait maîtriser. La tiédeur gluante du sang puis l'idée qu'on lui avait tiré dessus, qu'il allait probablement mourir.

Mais il n'était pas mort ; Kate et Emma ne l'étaient pas non plus.

— J'ai cru que je t'avais perdu.

Il tourna de nouveau la tête vers Kate et esquissa un sourire.

— Je l'ai bien cru aussi. C'est une fréquentation dangereuse que la vôtre, ma petite dame.

Elle sourit à travers les larmes qui lui montaient aux yeux.

— Je suis désolée, Luke. Je regr…

— Il ne faut pas. Moi, je ne regrette rien.

Jetant un coup d'œil sur Emma qui dormait toujours, il nota la marque écarlate qui zébrait sa bouche et ses joues.

« La trace du sparadrap », songea-t-il, tandis qu'une rage impuissante montait en lui.

— L'infâme ordure. Comment a-t-il pu lui faire ça ?

— Ce sera bientôt cicatrisé, murmura Kate. Elle est vivante et c'est tout ce qui compte.

— Grâce à la cavalerie. Sans eux…

Il ravala les mots qu'il avait sur les lèvres. Ils n'ignoraient ni l'un ni l'autre où ils en seraient sans l'intervention de Morris et de ses hommes. Luke avait deviné juste. Apparemment, les gens de la CIA suspectaient Powers depuis un certain temps. Ils s'étaient servis d'eux pour confirmer leurs soupçons.

Kate déplaça Emma, l'installant au creux d'un bras. De sa main libre, elle prit celle de Luke et referma les doigts autour des siens.

— Non, dit-elle d'une voix fêlée par l'émotion. C'est toi qui nous as sauvées.

— Moi ?

Il secoua la tête.

— Tu parles d'un héros. Je n'ai pas même tiré mon arme de ma ceinture.

Kate se mit à rire et porta la main de Luke à ses lèvres. Elle embrassa sa paume puis ses phalanges.

— Sans toi, nous serions mortes toutes les deux. J'en suis persuadée et je te serai éternellement reconnaissante de nous avoir secourues.

Emu, il entrelaça tendrement leurs doigts.

— Tout est terminé, à présent. Tu es saine et sauve, mon amour.

— Je sais. Mais j'ai du mal à y croire. Si je ne l'avais pas vu mourir de mes propres yeux, si je n'avais pas…

— Mais tu l'as vu, Kate. Nous l'avons vu tous les deux. Il ne peut plus te faire de tort.

La porte de la chambre s'ouvrit en coup de vent et un homme en blouse verte pénétra dans la pièce.

— Bonjour, tout le monde.

Il avança jusqu'au pied du lit, prit la feuille de température, l'examina puis se tourna vers Luke.

— Comment vous sentez-vous ce matin, monsieur Dallas ?

Condor. Luke plissa les yeux. Sans doute était-il dans les secrets de la CIA depuis le début.

— Aussi frais qu'une serpillière. Et vous, comment allez-vous ?

Près de lui, Kate émit un petit hoquet de surprise. Luke la regarda du coin de l'œil ; elle dévisageait Condor d'un air dérouté.

— Moi qui pensais que vous seriez heureux d'être en vie.

— Je le suis.

Luke lui fit signe d'approcher comme pour lui parler en aparté. Condor se pencha sur lui et Luke saisit sa blouse à pleine main, l'attirant d'une secousse à quelques centimètres de son visage.

— Espèce d'enfoiré. Vous auriez pu nous aider, au lieu de rester en retrait et de laisser Morris nous manœuvrer comme des pions pour piéger Powers.

Condor encercla son poignet dans l'étau de ses doigts.

— J'étais en mission, Dallas. L'enjeu n'avait rien de personnel pour moi. Nous soupçonnions Powers d'avoir assassiné le sénateur et Russel ; grâce à vous, nous en avons eu la confirmation. Nous avions besoin de son carnet pour vérifier qu'il avait été impliqué dans des activités illégales. Là encore, votre concours nous a été précieux. Nous vous en remercions.

— Et vous saviez où nous allions retrouver Powers. Vous aviez mis notre téléphone sur écoute ?

— C'est généralement ainsi que nous procédons.

Luke sonda le regard de l'individu. Condor n'éprouvait aucun remords de s'être ainsi servi d'eux, d'avoir mis leur vie en danger.

Ecœuré, Luke lâcha sa blouse.

— Allez au diable.

— Je vous ai aidé dans la mesure du possible, dit Condor en se redressant et en lissant sa blouse d'un geste machinal. Je vous ai conseillé de ne pas vous défaire du carnet de Powers. Bon sang,

Dallas, j'aurais pu vous le prendre ce soir-là. Vous étiez prêt à me le remettre.

— Et je devrais vous exprimer ma gratitude, peut-être ?

— Franchement oui. J'aurais pu vous laisser mourir.

— Et Julianna ? Vous auriez pu éviter qu'elle soit tuée.

Condor demeura imperturbable.

— Je n'ai de comptes à rendre qu'à l'Agence, Luke. Je n'ai absolument pas trahi mon pays. Ma loyauté n'est pas du tout en cause. Je sais toujours quels intérêts servir en priorité. C'est une chose que vous comprenez certainement.

— La loyauté : Powers n'avait que ce mot à la bouche, lui aussi. L'honneur, la fidélité aux engagements : il s'en gargarisait. Et c'était un psychopathe.

Condor ébaucha un sourire dénué d'émotion.

— La frontière est étroite, n'est-ce pas, l'ami ?

Il se dirigea vers la porte, s'arrêta sur le seuil et se tourna vers Kate.

— A un de ces jours, Kate, dit-il avec un sourire.

Quand la porte se fut refermée sur lui, Kate tourna vers Luke un visage incrédule.

— Cet homme était l'un de mes clients — un baba cool. Seulement, il a complètement changé d'allure. Je ne l'aurais pas reconnu sans ces yeux…

Elle s'interrompit, fronçant les sourcils.

— Mon téléphone… l'employé de la compagnie… Ce type-là est entré chez moi.

— Il travaille pour la CIA, Kate. Il a probablement été envoyé chez toi pour surveiller Powers. Il a dû mettre ton téléphone sur écoute ; celui du Grain de Fantaisie aussi.

Kate frissonna et Emma gémit légèrement dans son sommeil. Kate contempla un instant son petit visage puis leva de nouveau les yeux sur Luke.

— Je ne veux plus parler de lui, ni de la CIA, ni de Powers.

Elle lui prit la main avec un sourire.

— C'est de toi que je veux parler.

— De moi ?

— Mmm. Le médecin pense que tu as une chance inouïe. La balle s'est logée dans une partie charnue de ton épaule. A quelques centimètres près, les dégâts auraient pu être irréparables. Mais tu sais ce que je pense, moi ?

Elle serra fermement la main de Luke entre ses doigts.

— Je pense que c'est moi qui ai de la chance.

NOTE DE L'AUTEUR

Depuis quelques années, l'adoption est sortie de l'ombre dans laquelle la société la tenait cachée — comme s'il s'était agi d'un secret honteux. Le fait d'adopter un enfant est aujourd'hui considéré pour ce qu'il est réellement : un incroyable pacte d'amour entre toutes les personnes concernées.

J'ai moi-même adopté un enfant, et je sais, pour l'avoir vécu intimement, quel amour fulgurant, entier, possessif, ressentent les parents adoptifs envers leur enfant. Pour l'avoir moi-même également ressentie, il ne m'est pas non plus difficile de comprendre la peur totalement irraisonnée des parents adoptifs à l'égard des parents biologiques, et le sentiment de responsabilité que suscite le fait d'ouvrir votre cœur et votre vie sur l'inconnu. Je partage avec tous les parents la volonté charnelle, absolue, de protéger son enfant du mal que l'on pourrait lui faire.

Ce roman vient s'enraciner dans cette expérience très personnelle, que j'ai transformée en œuvre de fiction.

Remerciements

Je tiens à remercier tout particulièrement l'inspecteur Quintin Peterson, de la brigade de Police municipale de Washington D.C., non seulement pour avoir répondu à mes questions concernant ses services mais aussi pour en avoir traduit la réalité quotidienne de manière tellement vivante. J'adresse également tous mes remerciements à Vicki et John Faivre pour leurs brochures sur la pêche au lancer. Une photo vaut vraiment toutes les explications du monde. Je tiens aussi à exprimer ma gratitude à Dianne Moggy et à la formidable équipe de Mira ; ils m'ont aidée à effectuer un véritable tour de magie, cette fois. Le temps ne jouait décidément pas en ma faveur. Merci encore à Chuck et Evelyn Vagnier, de la librairie Cover to Cover, à Mandeville, Louisiane, grâce à qui j'ai pu dénicher toutes sortes de documentations fort peu courantes.

Enfin, un grand merci à mon incomparable agent, Evan Marshall, et à mon époux, Nathan, pour son soutien et sa compréhension indéfectibles.

DANS LA MÊME COLLECTION

Par ordre alphabétique d'auteur

MARY LYNN BAXTER	*La femme secrète*
MARY LYNN BAXTER	*Un été dans le Mississippi*
JENNIFER BLAKE	*Une liaison scandaleuse*
BARBARA BRETTON	*Le lien brisé*
MEGAN BROWNLEY	*La maison des brumes*
CANDACE CAMP	*Le bal de l'orchidée*
CANDACE CAMP	*Le manoir des secrets*
CANDACE CAMP	*Le château des ombres*
CANDACE CAMP	*La maison des masques*
ELAINE COFFMAN	*Le seigneur des Highlands*
ELAINE COFFMAN	*La dame des Hautes-Terres*
JACKIE COLLINS	*Le voile des illusions*
PATRICIA COUGHLIN	*Le secret d'une vie*
MARGOT DALTON	*Une femme sans passé*
EMMA DARCY	*Souviens-toi de cet été*
WINSLOW ELIOT	*L'innocence du mal*
SALLY FAIRCHILD	*L'héritière sans passé*
ELIZABETH FLOCK	*Moi & Emma*
KATHRYN HARVEY	*La clé du passé*
FIONA HOOD-STEWART	*Les années volées*
FIONA HOOD-STEWART	*A l'ombre des magnolias*
RONA JAFFE	*Le destin de Rose Smith Carson*
PENNY JORDAN	*Silver*
PENNY JORDAN	*L'amour blessé*
PENNY JORDAN	*L'honneur des Crighton*
PENNY JORDAN	*L'héritage*
PENNY JORDAN	*Le choix d'une vie*
PENNY JORDAN	*Maintenant ou jamais*
PENNY JORDAN	*Les secrets de Brighton House*
PENNY JORDAN	*La femme bafouée*
HELEN KIRKMAN	*Esclave et prince*
ELAINE KNIGHTON	*La citadelle des brumes*
CATHERINE LANIGAN	*Parfum de jasmin*

... / ...

DANS LA MÊME COLLECTION

Par ordre alphabétique d'auteur

RACHEL LEE	*Neige de septembre*
RACHEL LEE	*La brûlure du passé*
LYNN LESLIE	*Le choix de vivre*
MERLINE LOVELACE	*La maîtresse du capitaine*
ANN MAJOR	*La brûlure du mensonge*
ANN MAJOR	*Le prix du scandale**
CURTISS ANN MATLOCK	*Sur la route de Houston*
CURTISS ANN MATLOCK	*Une nouvelle vie*
MARY ALICE MONROE	*Le masque des apparences*
EMILIE RICHARDS	*Le temps d'un été*
NORA ROBERTS	*Retour au Maryland*
NORA ROBERTS	*La saga des Stanislaski*
NORA ROBERTS	*Le destin des Stanislaski*
NORA ROBERTS	*L'héritage des Cordina*
NORA ROBERTS	*Love*
NORA ROBERTS	*La saga des MacGregor*
NORA ROBERTS	*L'orgueil des MacGregor*
NORA ROBERTS	*L'héritage des MacGregor*
NORA ROBERTS	*La vallée des promesses*
NORA ROBERTS	*Le clan des MacGregor*
NORA ROBERTS	*Le secret des émeraudes*
NORA ROBERTS	*Un homme à aimer**
NORA ROBERTS	*Sur les rives de la passion*
NORA ROBERTS	*La saga des O'Hurley*
ROSEMARY ROGERS	*Le sabre et la soie*
ROSEMARY ROGERS	*Le masque et l'éventail*
JOANN ROSS	*Magnolia*
JOANN ROSS	*Cœur d'Irlande*
EVA RUTLAND	*Tourments d'ébène*
DALLAS SCHULZE	*Un amour interdit*
DALLAS SCHULZE	*Les vendanges du cœur*
JUNE FLAUM SINGER	*Une mystérieuse passagère*

... / ...

DANS LA MÊME COLLECTION

Par ordre alphabétique d'auteur

ERICA SPINDLER	*L'ombre pourpre*
ERICA SPINDLER	*Le fruit défendu*
ERICA SPINDLER	*Trahison*
ERICA SPINDLER	*Le venin*
CHARLOTTE VALE ALLEN	*Le destin d'une autre*
CHARLOTTE VALE ALLEN	*L'enfance volée*
CHARLOTTE VALE ALLEN	*L'enfant de l'aube*
LAURA VAN WORMER	*Intimes révélations*
SUSAN WIGGS	*Un printemps en Virginie*
BRONWYN WILLIAMS	*L'île aux tempêtes*
SHERRYL WOODS	*Refuge à Trinity*
SHERRYL WOODS	*Le testament du cœur*
KAREN YOUNG	*Le passé meurtri*

* *titres réunis dans un volume double*

6 NOUVEAUTÉS À PARAÎTRE EN AOÛT 2007

Composé et édité par les
éditions Harlequin
Achevé d'imprimer en mai 2007

par

LIBERDÚPLEX

Dépôt légal : juin 2007
N° d'éditeur : 12817

Imprimé en Espagne